中国文论的诠释学传统

古代文学理论研究

第四十一辑

胡晓明 主编

东师范大学出版社

目　录

编辑部报告 ……………………………………………………………（ 1 ）

不太理论的古代与太理论的当代:中国古代文论当代研究
观察 ………………………………………………… 刘文勇（ 1 ）

诗学诠释的分与合
——读《管锥编·毛诗正义六〇则》 ……………… 杨　龙（14）

杜诗《哀江头》“欲往城南望城北”句考释——兼评陈寅恪与
钱钟书及其所代表的两种诗学范式 ……………… 李　伟（ 24 ）

姚永朴《文学研究法》征引《文心雕龙》考 ……… 叶当前（ 52 ）

“孝子行役”的前世今生——《诗经·小雅·蓼莪》当代阐释的
分歧考辨 ………………………………………… 施　岩（ 68 ）

◆先　秦◆

黄钟毁弃,瓦釜雷鸣
——屈原二元对立思维考论 ……………………… 唐志远（ 80 ）

◆六　朝◆

魏晋南朝人对文学批评客观性问题的探索 ………… 张晓伟（ 99 ）

两汉魏晋辞赋论中流行的文学思想
——左思、挚虞的观点 …【日】林田慎之助　著　曹　旭　译（112）

苏绰文体改革与北周的文笔分野 ………………… 李建栋（132）

阮籍易学与《咏怀》八十二首(下) ……………… 李瑞卿（148）

陈子龙名士论与晚明魏晋观 ……………………… 吴思增（170）

◆ 唐　宋 ◆

归化与异化的统一：玄奘翻译理论的
　中国文化背景 …………………………………… 汪　莹(187)
敬畏与自得：朱熹文艺法度观之二重维度 ……… 杨万里(202)
试论朱熹文道观的矛盾与统一 ………………… 唐　玲(220)
论韩愈、柳宗元的诗序 ………………………… 吴振华(231)
身份与策略：宋代文人的佛教经藏书写 ……… 赵军伟(247)

◆ 明　清 ◆

论纪昀评点韩偓诗歌 …………………………… 徐美秋(259)
小说评点的伦理意图 …………………………… 江守义(272)
论"聊斋" ……………………………………… 杨子彦(289)
论中国古代小说选本的阅读、传播与文献价值 ……… 任明华(299)
赵元礼诗学思想初论 …………………………… 杨传庆(317)

◆ 文　献 ◆

李梦阳评点《石淙诗稿》辑钞(下) ……………… 文　爽(339)
青芙蓉阁诗话(下) ……… (清)陆元鋐　著　汪　洋　整理(375)

编辑部报告

早在春秋战国时代，中国就开始了经典的诠释，杜预《春秋左氏传序》称："周德既衰，官失其守，上之人不能使《春秋》昭明，赴告策书，诸所记注，多违旧章。仲尼因鲁史策书成文，考其真伪，而志其典礼，上以遵周公之遗制，下以明将来之法。其发凡以言例，皆经国之常制，周公之垂法，史书之旧章，仲尼从而修之。"周朝衰落，邦国枉法，小人在位，史官失其所掌官守，甚至连崩薨、祸福之事也不能按照旧章相告，背理而坏道，孔子便根据鲁史策书成定之旧文，进行刊正修改。"刊谓校勘，志谓记识。考其真伪，真者因之，伪者改之。志其典礼，合典法者褒之，违礼度者贬之，上以遵周公之远志，使旧典更兴；下以明将来之法令，后世有则，以此故修《春秋》也。"而"指之将来，其实亦以教当代也"（孔颖达疏）。故清代章学诚说："三代之衰，治教既分夫子生于东周，有德无位。惧先圣王法积道备，至于成周，无以续且继者而至于沦失也，于是取周公之典章，所以体天人之撰而存治化之迹者，独与其徒相与申而明之。"（《文史通义 · 经解上》）孔子的工作，校勘、辨识真伪，以求合乎作者原意；褒贬评价，则有阐释者自己的主观之意和立场在。这些，实际已经包含诠释学的基本技术。而"上以遵周公之遗制，下以明将来之法"亦成为经典诠释的旨趣。此后，中国诠释学即循此路径发展，无论孔子去世后，"微言绝而大义将乖，于是弟子门人各以所见所闻所传闻者，或取简毕，或授口耳，录其文而起义"（同上），由弟子对孔子的记载，还是朱熹"读书以观圣人之意，因圣人之意以观自然之理"式的对圣人之意的叩求，都是诠释。

孔子是不是最早的经典诠释者，可以讨论，但《论语》中保留有大量孔子论《诗》的文献，诸如："赐也始可与言《诗》矣，告诸往而知来者"(《学而》)；"《诗三百》，一言以蔽之，曰：思无邪"(《为政》)；"《关雎》乐而不淫，哀而不伤"(《八佾》)；"诵《诗三百》，授之以政，不达；使于四方，不能专对，虽多，亦奚以为？"(《子路》)"人而不为《周南》、《召南》，其犹正墙面而立也与？"(《阳货》)等等，堪称对文学文本的最早诠释。我们是否可以据此说孔子对儒家经典《诗经》的诠释，开启了中国文论诠释学的传统呢？庄子的"得意忘言"，孟子的"知人论世"，汉儒的说《诗》，以及诗教的确立，还有历代的《诗经》注疏、解说，后代对前代文学经典的笺注、解说、评论，即构成中国文论的诠释史。中国文论的诠释传统源远流长，对中国文论的生成、发展、演变影响甚巨，但对中国文论进行系统的、全面的诠释学的研究，尚有待进一步加强。

本辑发表三篇诠释文学经典的文章。杨龙先生《诗学诠释的分与合——读〈管锥编·毛诗正义六〇则〉》是研究钱钟书先生《管锥编》的成果，文章指出：钱钟书《毛诗正义六〇则》每每讥刺宗经观念宰制下的经生说诗，意在深入解构古典解诗传统，促使《诗经》由"经"还原为"诗"，重建诗学意识，恢复对《诗经》的诗学诠释。继此，钱钟书先生着重提出了分说与合训并举的诠释学命意，并构建起分与合相得相济的诗学诠释模式，在诗学诠释实践中广泛运用分与合的辩证法，形成一种对话性的、空间化的诠释思维，且对诠释的限度与有效性亦有深刻省察。李伟《杜诗〈哀江头〉"欲往城南望城北"句考释——兼评陈寅恪与钱钟书及其所代表的两种诗学范式》所涉及的杜诗《哀江头》"欲望城南望城北"，从文献角度看，宋人早就进行过讨论，但本文的立意在于通过陈寅恪与钱钟书关于杜诗《哀江头》末句"欲往城南望城北"的经典诠释，总结这两种已成学术范式争锋的范例。文章从文献学角度对陈、钱立论之共同前提重加考释，证得老杜此句原以"忘南北"为正文，"望城北"乃王安石所臆改，至元高楚芳编《集千家注》始以"望城北"为正文，后借"仇注"而以正文面目通行至今；杜集注文中常见之"甫家居城南"断非"公自注"，当为黄庭坚所臆补；就主体言，此联非诗人自况，当是城中难民逃亡的情形。此种探释既可纠迄今杜集注文之失，为此诗提供另一种更具文本依据的诠解路向，亦可由此省审陈、钱学术范式争论之实及重建人文研究应具“义理与考据循环诠释”之学术生态。施岩《“孝子行役”的前世今生——〈诗经·小雅·蓼莪〉当代阐释的分歧考辨》一文，就《诗·小雅·蓼莪》诗中“孝子是否行役”，考察《诗经·小雅·蓼莪》当代解释中的主要分歧。作者认为，解决这一分歧，既需要溯源而上，对《蓼莪》之为“诗”与之为“经”的传统解释成果做分层梳理，同时又需要对《蓼莪》在今天的价值做兼顾“诗”与“经”的整体观照。“孝子是否行役”的问题只有在这种“分”与“合”的双向研究中才能找到其坐标和价值。回溯《蓼莪》解释史，“孝子行役”是经学语境下建构儒家意识形态的阐释符号，无益于《蓼莪》在纯粹诗学意义上的研究。但是经由“孝子行役”这一叙事元素的参与而建构的儒家政治思想中深厚的民本思想已经与《蓼莪》文本相共生。“孝子行役”为《蓼莪》一诗赋予的思想价值应与《蓼莪》之为“诗”的文学价值并存而不混存。

本辑中，张晓伟《魏晋南朝人对文学批评客观性问题的探索》，曹旭翻译、日本学者林田慎之助撰《两汉魏晋辞赋中流行的文学思想》，徐美秋《论纪昀评点韩偓诗歌》，杨子彦《论“聊斋”》，杨传庆《赵元礼诗学思想初论》，等等，也都是很有新意的文章。

2014 年，我们学会与常熟市翁同龢纪念馆联合举办了一场小型的文论高层论坛，继续第十九届年会的议题，探讨后五四时代建设性的中国文论。2015 年，学会与安徽大学合作，又举办了一场高层论坛，主题是“作为理论资源的中国文论”，胡晓明会长，詹福瑞、吴承学、曹顺庆、蒋寅四位副会长，刘永翔、徐志啸、袁济喜教授，以及周锡山、曹旭、卢盛江、刘文勇、彭玉平、查洪德、方锡球、李定广、童岭、唐玲、周小燕等常务理事、理事、会员，安徽大学文学院顾祖钊、丁放、吴怀东、刘飞、赵凯、陶新民、鲍恒、方盛良等教授，还有编辑部同仁，就中国文论的理论性，文献与理论的关系，中国文论与西方文论，文论文献之理解，经典文本之理解、消化等具体问题，展开热烈、激烈的讨论。这次论坛的成果，我们将在下一辑予以发表，希望对此问题有兴趣的文论会员和爱好者，能积极加入讨论。

此次参会的四川大学刘文勇教授，早在两年前就撰写了《不太理论的古代与太理论的当代：中国古代文论当代研究观察》一文，恰与本次论坛的论题暗合，我们这里予以提前也是滞后的发表。这篇文章认为中国古代的诗文思想绝大多数是基于诗文经验而出，文人的非专业化状态也决定了诗文评的作者们无追求系统化的理论的兴趣，所以，把关于诗文等的思想叫作中国古代文论可能并不合适，即使就叫作中国古代文论，那么它实际上却是不理论或者不太理论的。对于古代诗文思想的研究，当代却有着把它理论化或者太理论化的问题，认为不把它理论化那么身份地位就不高，就无法在和西方比较中获得心理上的平衡与对等，同时，这一对传统进行理论化的过程与现代以来学人专业化也密切关联。古代的已经成为历史，对古代诗文思想的研究，最好还是抱着平常心遵循“史”的法则去书写历史。刘文勇教授的观点是否合理，我们同样希望能够引起文论界的关注，展开一定的讨论、争鸣。讨论、争鸣的成果，本刊予以优先发表。

《古代文学理论研究》编辑部

二〇一五年十一月

不太理论的古代与太理论的当代：中国古代文论当代研究观察*

刘文勇

冯友兰先生一生可谓是搞理论的人，在总结自己一生工作的时候，大体上以为自己作了两件事情：研究哲学史和哲学创作。对于二者的区别，他认为："哲学史的重点是要说明以前的人对于某一哲学问题是怎么说的；哲学创作是要说明自己对于某一哲学问题是怎么想的。"按冯先生的说法，前人怎么说的是"史"的范畴，自己怎么想的属于"理论创作"的范畴，而对于"史"的部分，今人的写作原则大约是"照着讲"，对于"理论创作"部分，今人的写作原则大约是"接着讲"①。按这样一种思路下去，那么一个知识人一生的理想状态应该是既成功的做了历史的书写者也成功的做了历史的创造者，因了"照着讲"而书写历史，因了"接着讲"而创造历史。

但是，知识人的禀赋与后天的努力却各不相同，这样就出现几种情况，某些人既做好了"书写历史"的工作也做好了"创造历史"的工作，某些人只做好了"书写历史"的工作而没有做好或者无暇做好或者无兴趣去做"创造历史"的工作，某些人既没有做好"书写历史"的工作也没有做好"创造历史"的工作，某些人没有做好"书写历史"的

---

* 本文受到教育部人文社科基金项目"中国古代文论现代研究史"（项目编号：11YJA751051）和四川大学中央高校基本科研业务费研究专项项目（项目编号：skjp201101）的资助。

① 冯友兰《三松堂自序》，人民出版社，1998年，第233—234页。

工作却做好了“创造历史”的工作。对于最后一种情况可能需要略微说明一下，“书写历史”和“熟悉历史”是相似但又不同的事情，有些人很熟悉既有的“历史”却未必参与了“书写”的著述工作，但他确乎可以在很熟悉“历史”却没有“书写历史”的情况下“创造历史”。

本文无意去做哲学史与哲学创造方面的观察，只不过以冯先生的话引出一个我所要探讨的问题而已，而我所要探讨的方向则是中国古代文论当代研究的状态。对于中国古代文论界整体而言，目前承担的工作也无非冯先生所说的照着讲的“书写历史”与接着讲的“创造历史”两项任务，但具体到不同的从事该领域的学者而言，大体可以说处于以上所论说的四种情况中的某一种。就中国古代文论的“书写历史”层面的工作而言，当然会受到当代研究风气以及创造当代中国文论这一“创造历史”冲动的影响，这一影响，在我看来就造成了一个结果：不太理论的古代与太理论的当代。

一

就我个人而言，是不太认同“中国古代文论”这个名称的。“中国古代文论”这一名称应该是相对于“西方文论”而提出的，只不过加了一个时间上的限制词“古代”而已。但问题的关键是中国古代是否很“理论”，如果中国古代关于诗文词曲等的议论本身就不“理论”或者不很“理论”，那么这一叫法是否能够成立就成为问题，现当代人在取这一名称的时候似乎也没有考虑过古人是否认同或者同意这一称呼，就按照现当代人的独断而在古代的那些思想的头上戴上了“理论”的帽子。古人在议论着论说着诗文词曲这些体裁而产生了思想，这是没有问题的，我们可以先暂时把这些叫做中国古代诗歌思想、中国古代散文思想、中国古代词曲思想等等，等我们有了确实的证据证明这些思想确实很“理论”之后再给它戴上“理论”的帽子也不迟，但问题的关键是现当代人早就不假思索的给古代这些思想戴上了“理论”的帽子，所以就逼着我们不得不回头来证明这些思想本来就不“理论”或者不太“理论”，同时也要证明古人并不像现当代中国学人这样喜欢“理论”。

一国或者一民族之某种思想是否追求“理论”化，可从其核心概念处找到证据，如果古人有意在某一思想领域中追求一套理论化的东西，则会在该思想领域中追求内涵外延明确或者比较明确的核心概念。今人所言“文论”实际上是“文学理论”的简称，其中的“文学”观念就是该思想领域中的核心概念，但古人言说的“文学”其含义与今人所说的“文学”含义有异甚至差别很大，《论语·先进》中有“文学：子游，子夏”句，宋代邢昺疏云：“若文章博学，则有子游、子夏二人也。”[①]其释“文学”为“文章博学”，而其中所谓文章也与今日文章含义有别，南朝时期的皇侃《论语义疏》中引范宁的话说：“文学，谓善先王典文。”在引范宁的解释后皇侃在自己的按语中又说：“文学，指博学古文。”[②]与范宁的解释基本上意义相近，这两人的解释把“文章博学”中的“文章”具体化为“古文”或者“先王典文”这个层次了。除了先秦典籍中的这个“文学”观念外，汉代人典籍中也言说过“文学”一词，但汉人大体上是在“文学”与“文章”对举情况下基本上延续了先秦对“文学”的用法，还是指“文化学术”的涵义[③]。

既然古人“文学”的含义如此，那么也就意味着无法用古代“文学”概念去定位今日所言的“古代文学思想”是否追求理论化了。实际上，古人在论说上使用频率特别高的概念是“文”而不是“文学”，而“文”的观念恰又包罗甚广，在“文”下面就有“天文”、“地文”、“人文”三大类，而“人文”中又分出若干类，诗文词曲等也仅仅是其中部分而已，从中国传统的四部分类看，在经史子集四部之中，诗文词曲等属于集部，集部分别集、总集等，而关于诗文词曲等的议论与批评点评的文字文章古人通称为诗文评，这类文章与著作正如朱自清先生所

---

① 阮元《十三经注疏·论语注疏》卷十一。

② 何晏集解、皇侃义疏《论语集解义疏》，商务印书馆，1937年，第146页。

③ 具体内容可以参看王运熙、顾易生主编，顾易生、蒋凡著《中国文学批评通史·先秦两汉卷》，上海古籍出版社，1996年，第497—499页。

说“一向只附在‘总集’类的末尾”[①]。以此，则今人所言之“文学”实则仅仅是古人所言之“文”的一部分而已，“文”之外延既然如此之广，广到似乎不设置边界的地步，那么广泛使用这样一个概念或者观念展开论说的某种思想似乎一开始就不打算要弄什么理论体系之类的东西了，如果古人要弄一个关于诗文词曲等的体系化理论，那么古人应该会在诗文词曲等概念之上弄一个更大的概念以涵盖它们限定它们，并以此与其他的类别区分开来，但古人没有这样作，只是在广义到无边的“文”的概念下面议论评论着诗，议论评论着散体之文，议论评论着词曲，等等。与此同时，而古人也并不一定认为“理论化”的论说就高明，老子欲行“不言之教”，实际的社会文化中显然不能实行这一原则，但大体中国传统社会也是不鼓励“多言”、“滥言”的，而喜欢省略无数论证过程的不太理论不太体系的单刀直入式的精要论说，以为这样的点到为止式的论说才是高手的方式，有理论有体系的规模宏大的论说反而在古人看来落入“低手”的行列了。所以，即使是议论评论着诗，议论评论着散体之文，议论评论着词曲，古人似乎也追求的不是理论化的论说，而是追求他们以为的高手式的点到为止的方式的言说，诗话词话小说戏曲评点的大量出现也证明了这一点。不管今人如何看待这样的著述方式，至少在古人那里，他们就认为这样的不太理论的论说反而是节约言词的高明论说方式。从现代学术史上看，恐怕钱钟书先生就认为自己《谈艺录》、《管锥编》的不太理论不太系统的著述言说方式是高明的，对那些看着很理论的著作钱先生恐怕还很不一定认可。

以上是从积极的比较理想的方式来证明古人无意于营构看似理论的东西，如果从不太积极的现实的角度看，似乎古人也是无这兴趣做这样的事情。传统时代，士人的主业或者向往的主业还是入仕从政（当然，理论上入仕前提还是“修身”，故而德行为首），即使时运不济不能如愿，也大抵保持着虽不能至心向往之的心态，用议政的方式

① 朱自清《诗言志辨·序》，华东师范大学出版社，1996 年。

保持对社会政治的介入。这一大的风气使古代中国甚少或者没有专业的文人或者学人，所以也就在传统中国缺乏文化上的专业主义的传统。既然传统士大夫身上主要的情结还是从政，那么文化创造或者创作就大抵是伴生性的产品，如果用一个不太雅驯的词汇来说，就是"从政之余事"，南朝时候的皇侃认为孔门四科中"文学"（近似于现在所称的文化）处于末位就是这样的认知："四科次第，立德行为首，乃为可解。而言语为次者，言语，君子枢机，为德行之急，故次德行也。而政事是人事之别，比言语为缓，故次言语也。文学指博学古文，故比三事为泰，故最后也。"[①]到了清代，儒者李颙也持与皇侃大体相同的看法，并以此批判后世的风气："孔门以'德行'为本，'文学'为末，后世则专以'文学'为事，可以观世变矣。"在他的观念中"'文学'为末"是自然而然的事情。然而后世却本末倒置专以"文学"作为营利进身之阶丢掉了圣人的遗训，自此则"世变矣"："自后世专重'文学'，上以此律下，下以此应上；父师以此为教，子弟以此为学；朋友以此切磋，当事以此观风；身非此无以发，家非此无以肥；咸知藉此梯荣，谁知道德为重？"他以为这样一来"根本由此大坏矣"，既然根本大坏，故而"纵下笔立就千篇，字字清新警拔，徒增口耳之虚谈，纸上之赘疣，究何益于身心，何补于世道耶？"[②]李颙所描述的现象当然在科举时代更甚，受科举致仕的牵引，入仕之前，士子们以"文"为工具作敲门砖力图挤入仕途，虽然表面看是"专以'文学'为事"，实际上是"专以致仕为事"，成为具体工具只能证明是"专以'文学'为末"而已，这是我不同于李颙的一点看法。这种为仕途而"为学为文"的现象当然不是专业主义的表现，而入仕之后，"为学为文"虽然不能说是末事，但起码也是"余事"了，虽然回到了正轨但也不是专业的职业的。所以，从正面看，大传统认为文化创造或者创作是末事，从反面看，似乎文化创造或者创作也是末事与余事而已，只是致仕成功后心态没

① 何晏集解、皇侃义疏《论语集解义疏》，商务印书馆，1937年，第146页。

② 李颙《二曲集》卷三十六，中华书局，1996年，第476—477页。

有那么急功近利了，所以把这“余事”做得潇洒一些漂亮一些随意一些而已。

既然整体性的文化层面都是“从政之余事”，那么把余事弄得很理论的可能性就极低了，那是专业文人学人才会有那个闲暇与兴趣去做的事情。以此观，从政之后的诗文创作更是余事之余事了（相较于从政之后仍然做一些“为往圣继绝学”这“余事”而言），一方面作为从政的补充，或者议政的手段，一方面就是从政之余的休闲方式，白居易的诗歌大体上有“讽谕诗”与“闲适诗”两大类可以说是很好的证明。而对诗文等议论批评评点的文字与文章更是余事之余事之余事了，朱自清先生说传统的诗文评是“附在‘总集’类的末尾”就其体现余事的程度而言，这描述是准确的，“附”、“末尾”这些词语传达的含义是不言而喻的。既然诗文评是余事之甚者，我想古人是不会有那个兴趣殚精竭虑的把它们弄得很理论化的了，那样就很不诗意了，也不闲适了，所以宋代以后产生那么多随意化随笔化的诗话与词话也就可以理解了，成熟的科举体制下面产生大量的这样体裁的作品是合乎中国古代政治与文化逻辑的。就是今日之专业文人恐怕也不会把自己的余事之余事之余事弄得很理论化的，相反很大可能会弄得很随意化、随笔化，作为主业的点缀，也顺便让世人观瞻一下自己的业余才情所在，以今测古，人心相同而已。诗文评刚好就是现当代学人称呼的“中国古代文论”，只是古人叫做诗文评而今人叫做中国古代文论而已，时空相隔，表述各异。

是不是在诗文评的大海中就无一点“理论”的因子呢？那也不是，例如朱自清先生就曾经说过“诗文评的系统著作，我们有《诗品》和《文心雕龙》，都作于梁代。”[①]这样的话，但是朱先生认为诗文评中基本上就这两部著作是“系统”的而有些理论的框架，朱先生的说法大体正确，如果再加上叶燮的《原诗》可能更准确一点，但即使如此，在诗文评的总量中所占比例也可以忽略不计，这些少量的貌似有些

① 朱自清《诗言志辨·序》，华东师范大学出版社，1996年。

理论的诗文评论著可以说是整体诗文评中的例外，而不是常态。

这样论说下来，似乎古代关于诗文词曲等方面的议论批评点评本来就不理论或者不太理论的论证也就应该告一段落了，但仍然需要补充的一点是，民国时期的学者大体上更多的时候把古代关于这些的思想叫做“中国文学批评史”而不是叫做“中国古代文论”，这也可以看出那个时代还保持着比当代更多的“了解之同情”，毕竟还没有把本来就不太理论或者不理论的古代描述到严重理论化的程度。

二

与古代本来不理论或者不太理论相比，当代的中国古代诗文思想研究却在相当程度上存在着把古代理论化或者太理论化的现象。这种现象在中国古代文学研究界表现得还不那么突出，但在文学理论研究界却表现突出。人都有从众的心理，既然名称已经是“中国古代文论”了，于是乎不把古代的那些关于诗文词曲的思想弄得很理论化自己还觉得不大好意思，一波推一波，于是成为积习。

之所以有这种把古代诗文思想理论化的潮流，原因恐怕很多。第一个原因，是中西比较中不愿意输给西方。现当代中国学人普遍认为西方是理论的，所以我们也必须是理论的，否则我们就比别人档次低了。在这种不愿输给西方的心理背后，其实往往也潜藏着一种自卑的心理。而我们所理解的西方往往也不是完整的西方，诚然，西方文论确实有哲学家路径的西方文论，这一路径下面的西方文论当然很理论化，文学理论往往是其哲学理论推演的结果，但是，西方也有文学家路径的文学思想，而后者却不那么理论化，从贺拉斯到雨果到托尔斯泰，包括歌德，他们的文学思想就并不那么理论化，大多是创作经验谈。中国古代的诗文评恰好基本上是作家们的诗文评，朱自清先生所说的诗文评“附在‘总集’类的末尾”就提示出这样的意思，“附”字意味着是作家们创作之余再顺便干的事情，诗文评前面是总集，总集前面是别集，集部的结构可以说是“创作＋诗文评”的模式。但现当代中国人并不愿意中国古代的诗文评这样“西方化”，因为这样“西方化”后就不理论了或者不太理论了。于是，把中国古代诗文评“理论”化的方向，基本上就定位于哲学家路径下面的“西方”化。在这种思维情况下，于是就有了“阐发法”、“诠释法”思想的流行，要借西方的很理论的文论的光来照耀中国古代的诗文评，希望借这一照诗文评就摇身一变变得很理论了。阐发传统本身没有问题，如果传统不被阐发的变样变调，而是阐发出它本身蕴涵着但现当代人没有发现看见的义理，不仅没有问题而且值得鼓励，但是过度阐发以及阐发被滥用却不是个例，故而走向了把本不理论或者不太理论的传统诗文思想阐发得很理论了。实际上，在朱自清先生写《诗文评的发展》一文的20世纪40年代就已经有了这种思想的胚胎，朱先生以为中国的诗文评必须“靠了”西方来的“文学批评这把明镜”来“照清楚诗文评的面目”，他以为罗根泽先生的著作《中国文学批评史》就是“借了‘文学批评’的意念的光”从而“将我们的诗文评的本来面目看得更清楚了”[①]的成果，但朱先生只是说“照清楚诗文评的面目”还没有说要把古代诗文评弄得很理论化，这与后来者的做法还是有些区别的。后来流行的用西方很理论化的理论去阐释本不理论或者不太理论的中国古代诗文思想而让后者理论化起来，结果可能看来很好看，但也就进入了“援骚入风”或者“援赋入风”的模式了，可以称之为“援中入西”。被阐释被诠释的一方地位是大大的提高了，但同时也可能在一定程度上或者很大程度上遮蔽了被阐释被诠释的一方的本相。

第二个原因，恐怕与当代中国的思想主流有关系。国家主流思想是来自德国的，而这一主流思想的三大渊源中有一项是德国古典哲学，德国古典哲学属于欧陆哲学体系，向以理性主义为准的，可以说是西方思想中最理论最思辨的部分，当代中国前面大半段整体思想界理论界被这种氛围熏染着，当然也就有把各种中国古代的东西

① 朱自清《诗文评的发展》，《读书通讯》1946年第113期。又见《朱自清古典文学论文集》(下)，上海古籍出版社，2009年，第2版，第545页、549页。

(包括古代的诗文思想)进行理论化提高的冲动与实践。这实际上也是中国固有传统的继续,在古代中国,因为儒家是主流,所以其他思想文化领域也就存在着一定程度的被儒家阐释提高地位的现象。古代的提升方向是儒家化,而当代中国对古代的提升当然不可能是儒家化了,最大可能就是德国古典哲学化,而德国古典哲学又刚好是世界哲学中最理论化的部分,所以,中国古代诗文思想被大范围的理论化也就不奇怪了。

第三个原因可能是文人学者职业化。中国古代基本上无职业学者与文人,更基本上没有专职专业从事诗文评的(刘勰接近于专业从事诗文评的情况,所以刘勰在古代地位反而不高,甚至于某几个时代默默无闻几乎无人提起),但是现代以来,大学体制是按照西方的模式建立起来的,学者大多进入了职业化的轨道。古人写诗文评是余事,甚至于创作诗文也是余事,所以诗文评地位不高不影响他们的地位,因为他们的主业(入仕从政)与“主要的余事”(诗文创作)足以让他们在社会上有比较高的地位了。但是在现当代有一群人却专职专业从事着中国古代诗文思想的研究,如果诗文评不换一个名目而提高地位那么这些研究者的地位也不能体面和提高。朱自清先生对诗文评这个古时候的名字就有某种敏感,他说:“这老名字代表一个附庸的地位和一个轻蔑的声音。”这大抵说的也是实话,这地位与诗文评本身在古代文化世界的位置和文人心理上的位置是关联着的,正如朱先生所说:“‘诗文评’在目录里只是集部的尾巴。原来诗文本身就有些人看作雕虫小技,那么,诗文的评更是小中之小,不足深论……再说有许多人以为诗文贵在能作,评者往往不是作手,所评无非废话,至多也只是闲话。”看来朱自清先生是挺为古人着急的,但是古人不急,诗文评是他们的余事之甚者,有什么可着急的呢?但是,现当代在大学里面从事这个专业的职业学者就着急了,着急中想出的办法就是换名称,在朱先生看来换为“文学批评”这个译名就很好:“现在通称为‘文学批评’,因为这个名称清楚些,确切些,尤其郑重些。”最后的话“尤其郑重些”是关键点,“郑重”意味着体面雅致上得了台面。但可能令朱先生没有想到的是后来者觉得“文学批评”也还不够“郑重”，于是，就加倍“郑重”起来，就让这名称再次进步进化为“文学理论”了。在朱自清先生看来，古人似乎没有人去为诗文评争地位：“一面从《文心雕龙》和《诗品》以后，批评的精力分散在选本和诗话以及文集里，绝少系统的专书，因而也就难以快快的提高自己身分。”[①]古人不争这地位去“提高自己身分”正如前面所言是事出有因的，因为有其他东西确保了他们的地位与身份，但是，现当代学人却不能如古人这般潇洒无所谓了，因为这决定了他们自己的地位与身份，研究者心中大约有研究对象的地位与身份决定研究者的地位与身份的意识，所以就不得不出面来争这个地位与身份了。而要为古代诗文评争地位与身份，最好的方法当然就是说它们本来就是很理论的，于是乎“中国古代文论”也就成了流行用法，1979 年以来这一领域的全国性学会名称也叫做“中国古代文学理论学会”而不叫做“中国文学批评史学会”，恐怕也体现了此一方面的意识，而该学会的首任会长是中国文学批评史最早的开创者之一 20 世纪 30 年代就写过《中国文学批评史》的郭绍虞先生，最早就写过《中国文学批评史》恐怕自己心里也认为自己一生所做的是中国文学批评史研究的郭先生就任的却是“中国古代文学理论学会”的会长，这一名称从现代到当代的转换虽然不能说明一切问题，但说明一些问题还是可以的。[②]

第四个原因，恐怕就缘于构建当代中国文论这个理论诉求。中西比较 100 年，比较的结果发现我们没有或者没有像样的自己的当

① 朱自清《诗文评的发展》，《读书通讯》1946 年第 113 期。又见《朱自清古典文学论文集》(下)，上海古籍出版社，2009 年，第 2 版，第 543 页。

② 尽管“中国古代文论”与“中国文学批评史”这两个名称现在都还在用，但在文学理论研究界似乎是“中国古代文论”这名称的使用占据绝对优势而“中国文学批评史”这名称越来越边缘化，只是在中国古代文学研究界还有不多的一批人在坚持使用“中国文学批评史”这个名称。其实“中国文学批评史”这名称也不一定很合适，倒是罗宗强先生所倡导的“中国文学思想史”可能更好一点。

代文学理论，这样的尴尬局面让学者们特别是不专业搞古代诗文思想研究的学者不服气不畅快，因为是要构建“当代中国文学理论”，这名称就决定了这个结果必须有三个要素在其中：“当代”，“中国”，“文学理论”。如果“中国”这个词语换为“西方”或者“外国”，那么，就不存在构建的问题了，而结果必须是中国的，但当代中国又没有或者比较少自己独创的“文学理论”，于是只有转向古代中国找，古代中国虽然有而且肯定“很中国化”的诗文思想，但在他们看来又不理论或者不太理论，于是乎就只能把这古代资源“当代化”、“理论化”，站在当代采用“拿来主义”的方式从古代“拿来”材料，但对材料的加工方式却不是古代的，而是当代的且是“理论化”的，“当代”是一个时间概念，只要产生在当代当然就是当代的，所以问题的关键还是“理论化”的工作，因为要求的结果就是有体系的当代中国文学理论，所以即使不理论或者不太理论的古代也必须服从当代人的意志理论化起来。虽然理论化起来了，但“中国化”的本位问题上却又遇到难题，因为理论化的理论工具往往并不来自中国，于是，构建的结果往往就是“西方的理论工具＋中国古代的材料”，这样看起来是理论的了，好像也是中国的而且是当代的，但“核心”是别人的决定了这个“中国本位”是要大打折扣的。如果是抱着“创造历史”的态度来进行这项工作的，还是值得在一定程度上予以“同情之了解”并鼓励的，毕竟“创造历史”的工作性质还是不同于“书写历史”工作的，“书写历史”要求尊重历史本身的样态，“创造历史”的工作却是拿古代的材料为自己当前使命服务，可以在一定程度上拥有利用与处理历史材料的自由。如果理论具有了“共同拥有性”而不分国界不单属某个民族某个文化圈的情况下，则这种方式就具有了完全的合法性，但那是“理论拥有大同”时代的事情了。

无论以上哪种原因导致了当代的中国古代诗文思想研究在相当程度上存在着把古代理论化或者太理论化的现象，但结果总归一致，可以称之为“整理国故”运动的文学理论版本。

三

把本来就很理论的思想做得很理论，那是理论自身的要求。如果本身就不理论或者不太理论，而做出的结果却很理论，那么做出的结果就在一定程度会被怀疑与质疑。古人实际上大多是在诗文经验（包括创作经验与阅读经验）的角度与立场提出问题并讨论问题，正如陆机在《文赋》前面小序中所言："余每观才士之所作，窃有以得其用心。夫放言遣辞，良多变矣，妍蚩好恶，可得而言。每自属文，尤见其情。"是在观历代"才士之所作"与反思"自属文"的情况下而"作文赋"并以此来"述先士之盛藻，因论作文之利害所由"的，其中所提示出来的义涵是不言而喻的。观乎古代中国世界，不从经验出发去谈诗论文者甚少，这决定了古代中国的诗文思想基本上是经验主义的，这种经验有的可以言说，有的则不可言说。如果要中立的概括古代关于诗文等体裁的思想的话，可以说是一部"诗文经验史"。

既然是"史"，那么总要受"史"的规则的约束，而不要为了当代的目的把本不理论或者不太理论的"史"理论化，严耕望先生在《治史三书》中就以为"研究历史不要从哲学入手"，他说："哲学理论对于历史研究诚然有时有提高境界的作用；不过从哲学入手来讲史学，多半以主观的意念为出发点，很少能努力详征史料，实事求证，只抓住概念推演发挥，很少能脚踏实地的做工作。这样工作，所写论文可能很动听，有吸引力，但总不免有浮而不实的毛病，不堪踏实的史学工作者的一击。"①严先生的这些话恐怕还是对我们有所启示的。当代的目的严格说只能算是个人的好恶或者时代的好恶，不是历史研究的出发点，正如钱钟书先生在评价郭绍虞先生《中国文学批评史》的时候所说："在无穷尽、难捉摸的历史演变里，依照自己个人的好恶来定'顺流'、'逆流'的标准——这也许是顶好的个人主义，不过，无论如

① 严耕望《治史三书》，辽宁教育出版社，1998年，第145页。

何，不能算是历史观。”[①]按照钱先生的说法来推，就是研究者要尽量消除个人的好恶或者时代的好恶，回到历史第一现场给出合乎“历史观”的结论。

基于此，我认为“中国古代文论”的当代研究最好还是回归平常心，以平常心回望历史，书写历史。

（四川大学中文系）

① 钱钟书《论复古》，《大公报》1934年10月17日。今见《钱钟书集·写在人生边上 人生边上的边上 石语》，生活·读书·新知三联书店，2002年，第330页。

诗学诠释的分与合

——读《管锥编·毛诗正义六〇则》

杨　龙

钱钟书先生所撰《管锥编》，震古铄今，在海内外早已被树为众所瞩目的学术丰碑。钟书先生治学，尤善小中见大、引譬连类、发幽阐微、深入浅出，读之如饮春醪，久而不觉醉矣；且下笔则妙语连珠，幽默风趣，睿智迭现，神思翩然，想落天外，每每令人会心解颐乃至捧腹喷饭。世常称引钟书先生自况之言："东海西海，心理攸同；南学北学，道术未裂。"以为其学问之道，志在"打通"。信然！

《管锥编》会通中西，融贯古今，在治学方式上兼具古典遗风与现代品格。观其书名曰"编"，并非只是表面之谦辞，事实上深切地呼应着集腋成裘、厚积薄发的为学之道，同时还折射出破除封闭结构、敞开文本视域、去中心化的现代学术取向，既避免了思与言的凝滞，又在整体上将自身建构成篇什间相互映带、彼此勾连的互文本。因此，与其说这部煌煌大作建造的是什么森严巨构，不如说是多宝楼台，虽不失洋洋大观，但更妙乎深藏锦绣，每一亭每一阁都别有洞天，任意叩扃而入，皆令人流连。面对着重檐层宇，我独拣了其中一间——《毛诗正义六〇则》，启其户牖，细心观摩，反复研读，力图窥其堂奥，乃略有所思，权记于下。

一　宗经观念与诗学意识

《毛诗正义》本是经解，钱钟书先生又从而为之再解，撰写了这六十则札记，大概可以说是“诠释的诠释”，但似乎又不止于此种垂直关系。仔细追究起来，在《毛诗正义六〇则》这部分，所涉及的文本诠释关系交错重叠，相互牵连。显见的事实是，《毛诗正义》对《毛诗》做诠释，而《毛诗》已包含了对《诗经》的诠释。钱钟书先生的诠释既针对《毛诗正义》，又时常直指《毛诗》，其间旁征博引，又广泛地囊括进来大量其他可资证解、对驳、修正的诠释文本。

《毛诗正义》作为解经著作，自居儒家正统，抱持强烈的宗经观念，历来经生解诗大抵态度类似于此。对于此种宗经前提下的经生说诗，钟书先生颇不以为然，每每讥刺之。譬如，其《毛诗正义五五》：“（焦循、黄道周）二说相类，皆知《诗》之为诗，而仍尊《诗》之为经，故过情溢美耳。……《诗》自有连城之璧，而黄、焦徒识珷玞尔。”又如，其《毛诗正义五四》：“说《诗》经生，于词章之学，太半生疏，墨守‘文字之本’，睹《诗》之铸语乖剌者，辄依托训诂，纳入常规；经疾史恙，墨灸笔鍼，如琢方竹以为圆杖，盖未达语法因文体而有等衰也。”

显而易见，钟书先生所不满者，当在乎《诗经》诠释中“诗”与“经”的矛盾混淆，在乎经学思维对诗学意识的遮蔽抑或篡夺。其实，《诗经》本身的身份归属就是错位的，起初名为《诗》，或云《诗三百》，本是中国古代最早的一部诗歌总集，却由孔子删订，列于儒家典籍名册，纳入了“经”的范畴，成为解经话语绵绵不绝的渊薮。当然，不可否认，对于诗，古今观念大异其趣，古人对诗的认识往往以有利于政教为出发点，这不仅在中国如此，且古希腊罗马乃至中世纪基督教世界皆同此观。而且，毫无例外地，解经学在中西方各自文化传统的熔铸和传承方面，都是源远流长、功莫大焉。

就前引钟书先生两段讥评，再映照西方解经学（exegesis）一二实例，加以比勘，或当更能有所洞明。钟书先生前一段引语批评经生的宗经观念，后一段批评经生说诗墨守文字之本。宗经与墨守文字之本，二者虽无必然因果联系，但彼此常常如影随形。比如，西方基督教世界中最早提出宗经问题、并着手编定基督教正典（canon）的，是马克安（Marcion，生活在公元 2—3 世纪）。当时基督教尚未稳固，受犹太教的观念羁绊仍很复杂难解，如何对待自摩西以来早已定型的圣典——希伯来圣经，成为基督徒以及基督教教会倍感棘手的难题。当然，教会及大多数信众在这一点上最终追随了耶稣。耶稣以成全旧约律法自命，创立并实践了预表解经（typology）的方法，对希伯来圣经做了充满隐喻色彩的寓意诠释。马克安无疑是一名虔敬笃正的基督徒，然而他的福音主义立场使他激烈反对律法主义的犹太教观念，他因此甚至否定了耶稣的预表解经，坚持认为对希伯来圣经只能做字面解释，其字面义即其真实本义。耶稣的预表解经保留了对希伯来圣经的宗经立场，后来基督教教会也顺理成章地将希伯来圣经的主体内容作为旧约，立为基督教正典的组成部分。如此看来，似乎马克安的字面解经截然相反、抛弃了宗经观念，其实不然，他所抛弃的是对希伯来圣经的崇奉，其字面解经旨在贬低希伯来圣经的神学价值和地位，他的实际意图是排斥犹太教典籍，建树纯粹的基督教正典，他所编定的基督教圣经只包括保罗的数封书信。因此，马克安的字面解经是指向了另一个方向的宗经，具有除旧布新的宗教革命倾向。同样，作为基督教内的一位划时代的革命家或改革家，马丁·路德在晚于马克安一千余年的时代，也祭起了字面解经这一法宝。他这次针对的是整个新旧约全书。为了颠覆天主教教会长期以来的信仰垄断和解经权威，路德鼓吹圣经主义，捍卫圣经权威，极力维护“圣言”的纯洁，坚持以圣经文字为准绳圭臬，认为凡一切皆在圣经圣言中。这当然是别一种的新型的字面解经，包含着无比强烈的宗经情绪。

无论是马克安“意在沛公”式的字面解经，还是路德卫道士般的字面解经，都显示出解经学内在所蕴含的宗经观念。套用现代诠释学创始人、德国哲学家伽达默尔的术语，宗经观念乃是解经学家最突出的“前理解”。

钱钟书先生并非否认诠释活动中固有的“前理解”，相反，他正是意识到了前理解，才对经生说诗的宗经观念有深刻省察。不过，差别在于，伽达默尔揭示了前理解的客观性及其所具有的积极价值，在他看来，一切诠释的达成，都来源于前理解的推动，而钱钟书则仍注意到前理解所体现的阻碍作用，特别是经生说诗，在《诗经》诠释上以宗经为先，诗学意识匮乏，常常导致“以辞害意”，生吞活剥，削足适履，将《诗经》完全置于经学诠释的理念宰制下，以经学义理为牢笼。钟书先生着意披露经生说诗之乖谬，是在力图使《诗经》诠释回归诗学诠释，这对于《诗经》背后所负载的漫长而沉重的解经传统，具有激浊扬清、正本清源甚至釜底抽薪的归真意义。夫所谓辨章学术，于斯是也。

然则诗学诠释又意指什么呢？诗学诠释的根本前提应当是要具备诗学意识，必须理解和把握诗性。意大利学者维柯有一个著名观点，认为古代人类的知识都是诗性的知识，其解释原则即诗性。诠释《诗经》，就应当运用诗学思维，遵行诗性原则。诗性意味着人的生命某种本真性的东西，不受逻辑法则的束缚，因而也是精神科学的基本标志。据伽达默尔的论述，精神科学的本体论模式都是诠释学的模式。因此，诠释学本身就是诗性的，它与唯科学主义、客观主义毫不相容。在此意义上，钱钟书先生将《诗经》诠释由解经学转向诗学诠释，或许有意无意地恰好切中了诠释学的本体论实质。伽达默尔指出，真正意义上的诠释学绝不是方法论主义的，诠释包括理解的意向和解释的行动，二者都包含在语言活动中，语言是人的存在之家，因此，理解即存在即语言。诠释学之成立，乃在于它是本体论而不是方法论。理解即存在，是说理解是人的基本的存在方式；理解即语言，是说一切可理解的东西都在语言中。诗，与存在和语言都直接息息相关，诗学诠释因而也应具备本体论的诠释学观念，就其本身而言，也便是必须树立诗学意识。

二　分说与合训

钱钟书先生讥刺经生解诗，力主重建诗学意识，恢复对《诗经》的诗学诠释。那么，“诗学”之谓者何？大概就是我们前面已引述到的钱氏所谓“词章之学”（《管锥编·毛诗正义五四》）。诗学乃词章之学——这在钱钟书先生笔下虽未尝明言，但潜隐于他解诗的字里行间，据我读来，正是他着意否弃宗经观念宰制下的解经学思维、而回归和坚持诗性的诠释视域之用心所在。

于是，钟书先生所主张的诗学诠释立场，其实，意在深入解构古典解诗传统，促使《诗经》由“经”还原为“诗”，运用一种现代诗学观念对《诗经》的诗性做出返朴归真式的重新阐发。《管锥编》中所蕴含的现代诗学观念大抵也经历了 20 世纪语言学的洗礼。钟书先生视诗学为词章之学，对此虽不能贸然以之附会于 19 世纪后期西方象征主义的纯诗观念，甚或 20 世纪俄国形式主义、英美新批评、结构主义等思潮，但确实不乏同气相求、同声相应的倾向。尽管汉语古典学术早已建立了一整套有关义理、考据、词章的经学诠释传统，可是钟书先生一方面有意剥离经学与诗学，驱散《诗经》诠释中弥漫已久的“头巾气”，另一方面在考辨词章中体现出具有现代意识的语言观，不仅语言成为其诗学诠释的核心，而且他对于语言的理解和解释彰显了强烈的现代性和诗性。其典型例证是，他关于“分说”与“合训”的诠释学命意，以及有关“比喻之同边异柄”的诗学见解。

现代语言学对传统语言观的根本突破在于，工具主义的语言观和意义自明的修辞学信念被颠覆，语言成为自在之物，其能指与所指之间的关联充满任意性，语言永远居于不确定性之中，因而永远处在“说”的状态中。对于诠释学而言，说语言还意味着说理解、说解释，这一过程是本体论性质的，乃至赋予了存在论的意义。人的存在浸透了语言性，一切都必须通过语言而可理解，从而得以存在。根据伽达默尔对海德格尔生存论诠释学的称引，语言即诠释，语言包括着人，同时延伸着人，诠释处在通向语言的路上。围绕语言，诠释不仅仅是一种单纯的释义行为，而且体现着诠释者的视域观念和精神维度。于是在这个意义上，伽达默尔再三强调诠释学是本体论而不是方法论。基于此，我也想撇开方法论视角，就语言观念和诠释视域方面，对钱钟书先生的诗学诠释，从“分说”与“合训”入手辨析一二。

《管锥编》全书多立意于指瑕救失、烛幽阐微，入思行文多采用举一反三、归谬驳议的模式。分说与合训的提出,也是凭借由反入正的路数。在《毛诗正义四》中,钟书先生专门议论声情曲调,首先就是批驳了前人种种诠释“有见于分,无见于合”,继而转入正面论证音乐最真实。自此,在诗学诠释的批判上,“有见于分,无见于合”一语之广泛适用、屡试不爽、犀利中肯,使得钟书先生俨然建构了自己富于辩证意味的、分说与合训并举的诠释学视域。

而且,关于诗学诠释的分与合,钱钟书先生尤其批判了仅靠“分说”所导致的片面诠释后果,而指出“合训”的诠释学优势和必然性。这里透露出的仍是视域观念问题。据伽达默尔所论,诠释学源出于人的存在的历史性和有限性,而语言同时既是理解媒介又是诠释对象,以其本身的不确定性,进一步延宕了诠释学真理的显现。然而,正如伽达默尔从海德格尔那里所领悟到的,在真理中,解蔽(去蔽)与遮蔽是并存的,因此,诠释活动作为去蔽的过程,其旨归不是放弃真理,而依然是追求真理,质言之,真理是诠释学的终极目标。耐人寻味的是,伽达默尔在思考诠释学真理时,首要的并不是考虑求得真理的方法,而是要求建立本体论的诠释学视域,事实上,这一本体论的视域又是建立在语言论之上的。可见,伽达默尔对于诠释学真理的讨论,超越了自施莱尔马赫以来对诠释学循环的关注;在伽达默尔看来,诠释学在真理追求上遭遇的困境不在于诠释学循环的宿命怪圈,相比之下,语言更是人类的宿命,诠释学真理问题的关键在于语言,对于存在或世界而言,语言既是澄明,又是遮蔽,诠释故而也如是。所以诠释学的核心在语言。而且,伽达默尔在诠释学循环中部分与整体的往复纠结之外,进一步提出并探讨了诠释活动中的一与多的复杂关系,这种一与多的探讨,有似于钱钟书先生有关分与合的诠释学思想。

浪漫派诠释学将理解等同于误解,施莱尔马赫明确定义:诠释学即误解的技艺。在他们看来,整体性永远无法给出,诠释学循环导致的就永远是误解。当然,在浪漫派那里,误解敞开了主体创造的可能性,但是对于依然坚持诠释学真理的学者而言,此说则大不尽然。整体性不可给出，并不是等于诠释学完全陷于误解。伽达默尔提出了一与多的命题，面对同一个诠释对象，应该形成多元的诠释学对话，藉此努力消除误解，促进诠释对象意义的多面呈现，以期务求实现真理性诠释。钱钟书先生的分说与合训，大意或宗旨也是如此。

值得注意的是，“合训”之“合”，并不是对“分说”之“分”加以总体化甚或简单迭加，而是合观对照。不妨戏拟一比方：说三国者论天下大势所谓“分久必合、合久必分”之类的常谈，将分与合看成是时间轴线上的接续运动，可是，分说与合训中的分与合，则处在空间层面上，是对观与共存，体现由一生多、多元对话的诠释学辩证法。具体而言，例如，在对诗的语词诠释方面，钟书先生所持的“比喻之同边异柄”说，就可纳入这类分与合的辩证性诠释框架。譬如，其《毛诗正义三六》谈及“云”一词的诠释：“郑（玄）谓云‘心无定’，乃刺荡妇，陶（侃）谓云‘无心’，则赞高士，此又一喻之同边异柄者。”且“举凡云义，虽有多种，多明无心。”在这里，“无心”乃“云”义之合训，而云义多种，即由同边生出异柄，故须分说。分说与合训相得益彰，并非是用总体化的诠释，将合训盖过分说。实际是各分说之间形成对话，相互补充或相互佐证，从而得以合训之。事实上，更有甚者，有时分说之间适相逆反，故宁可不作合训，而惟以分说，例如其《毛诗正义一四》：“我国古籍镜喻亦有两边。一者洞察：物无遁形，善辨美恶，……二者涵容：物来斯受，不择美恶；……前者重其明，后者重其虚，各执一边。”可见，在诗学诠释中，分与合不是前后相续的线性时间过程，而是植根于对话性的、空间化的诠释思维。

广而言之，这种分与合相得相济的诗学诠释模式，在更宽泛的意义上，映衬着《管锥编》遍及全书的互文性诠释。钱钟书先生博古通今，笔涉中西，罗列引文，堆叠释例，彼此烛照，综观比勘，或评骘前贤，或议论当世，或启悟后学，引譬连类，发散联想。整部《管锥编》恰如海纳百川，所汇聚各语种、各学科、各时期、各地域的诠释文本之数量无比惊人，各种诠释重叠交织，互证互补，抑或彼此廷争面折，于分与合的辩证对话场中激颓扬波，辨理析义，蔚为大观。人们常津津乐道或啧啧称赞于《管锥编》所构建的互文性阐释图景，以之为钱钟书先生在诠释学上的巨大创获，乃至当代中国比较文学学者们冠之以“阐发研究”的美誉，推崇为比较文学中国学派的开山典范。且不论其是否情溢于实，仅就钟书先生确确实实所作的互文性阐释实践而言，分说与合训并举，应当是其根底处最独立而坚实的基石。

三　限度与有效性

诗学诠释的分与合，不仅是指各项释义在形式上的分与合，质言之，不仅是指诠释与诠释之间的对话，而且，诠释本身就是对话，本身就包含着分与合的辩证法。伽达默尔指出，诠释即语言，对于人而言，语言就是说话，说话将语言置于应用中，诠释由此展开。说话必然是向着某对象来说的，否则说话就无意义，所以说话必然是交往，必然是对话。这其中的关键，即意向性。理解或诠释，总是同时包括了主体与客体在内，总是在“之间”，体现为意向性。这样，分与合的辩证法，持存于诠释者与诠释对象的意向性关系中。

甚至，由“意向性”这个概念，伽达默尔进一步援用了胡塞尔现象学的“主体间性”概念。清代学者章学诚曾提出著名的带有自我标榜的命题：六经注我，而非我注六经。章学诚的用意显然是强调文本接受者或诠释者的优先权，他的说法确实具有颠覆性，颠覆了文本作者的权威(或文本作者的诠释优先权)。“我注六经”，按照伽达默尔的说法，也就是翻译。伽达默尔强烈而鲜明地指出，诠释绝不等于翻译，翻译是逐字逐句地依照对象而进行，追求意义的等值性。伽达默尔坚决否定这种客体主义，但他也不赞成无限定的诠释自由。“六经注我”，实际上与西方浪漫派诠释学一致。伽达默尔反对浪漫派放任自我、将诠释等同于误解的主观主义诠释学。他认为，在诠释者主体和诠释对象客体之间应建立平等交往。一方面，他承认诠释者固有的前理解，且别具慧眼地洞察到“前理解”(伽达默尔甚至直言不讳地径称为“偏见”)在诠释、理解中发挥着积极能动作用；另一方面，他坚持诠释学真理的实在性，既然一切可理解的东西都在语言中，那么诠释就已处在通向语言的路上。为此,伽达默尔创立了“视域融合”这一概念,认为诠释是诠释者(前理解)与诠释对象(作者文本)视域融合的过程。视域融合,意味着主客体区分的失效,诠释者与诠释文本(伽达默尔甚至厌弃“对象”这个词,而宁可使用“文本”)之间所具有的是主体间性,这既高度符合诠释的语言性,又明确标志着对话。因此,归根结蒂,诠释学的视域融合之实质是主体间对话。

视域融合绝非视域同一,其主体间对话的实质所包含的恰是分与合的辩证逻辑。诠释者与诠释文本(作者)是分立的主体,在诠释学对话中达到视域融合,由此呈现出诠释学真理。伽达默尔的这番结论,仍然没有完全解决诠释学境域的有限性和诠释的有效性问题。伽达默尔的前提,正是作为诠释者的人所固有的历史性和有限性,但直至他的结论出炉,其中仍隐含着有限性所带来的后果。由分到合,视域融合依然存在一个融合的限度问题,从而也就是诠释的有效性问题。伽达默尔将终极答案交付给实践,在他看来,诠释学的根本特性是应用,诠释学的实践是一个去蔽的过程,最终将会抵达真理。

然而,正如伽达默尔业已考虑到的诠释学处境和前理解所喻示的,诠释者与诠释文本的对话关系实际上从来都不是纯粹的。伽达默尔以“主体间性”来论说视域融合,欲表明诠释者与诠释文本之间是相互限定的。但这种相互限定,彼此的力量对比并不均衡。像这样,由分到合,产生的不是融合,而是诠释者视域对诠释文本的吞没。钱钟书先生《毛诗正义五四》增订一,引《朱子语类》论吕祖谦说《诗》云:“人言何休为‘公羊忠臣’,某尝戏伯恭为‘毛、郑佞臣’”,并进而评论:“韩愈口角大似《三百篇》之‘佞臣’,而王世贞则不失为《三百篇》之‘诤臣’。《诗经》以下,凡文章巨子如李、杜、韩、柳、苏、陆、汤显祖、曹雪芹等,各有大小‘佞臣’百十辈,吹嘘上天,绝倒于地,尊玞如璧,见肿言肥。”忠臣、诤臣、佞臣之谓,应是根据诠释的有效性来区分的,但也反映出诠释者的姿态,譬如,面对诠释文本,强为之辞,进而文过饰非,便是佞臣了。

戏谑且归戏谑,总之,在诗学诠释中,如何拿捏好分与合之间的微妙平衡，形成真正的主体间对话，实现有效的视域融合，确乎不易，这不单是看主观意愿与否，也不单是看客观条件若何。伽达默尔指示曰：且将一切交给实践。——或许这乃是大智慧。《管锥编》所呈现的诠释实践，即为楷模。

行文至此，为避佞臣之嫌，我想对钟书先生《毛诗正义五三》引弥尔顿《失乐园》原人亚当怨问上帝语所作的诠释，提一点儿别议，以结束全文。钟书先生在旁征博引中外古诗抒写怨苦之极而宁愿无生的词句时，信手拈来，语及："密尔敦写原人怨问上帝云：'吾岂尝请大造抟土使我成人乎？'"实际上，若依基督教的诠释，原人此问差矣。他只道是，上帝造他只是造了他的身体，实则他的灵、他的精神也为上帝所赋予。正是上帝往人的鼻孔里吹气，人乃有了生命。故此，原人之"我"完全是上帝赋予的。原人说"使我成人"，似乎在上帝造人之前既已存在"我"。其实，又哪里存在什么上帝之外的"我"？"我"何在？在乎上帝中。凭着与上帝相通的气息（灵），人之"我"方存在。所以，人必须生活在对上帝的信仰中，方为人，如马克斯·舍勒云：人向着上帝而在。再者，原人此问是把"成人"、成肉身，当成"在"；仅止乎此，是有偏失的，人之"在"是整个生命的"在"，生命则意谓生气（灵）的灌注。

（武汉大学文学院、华东交通大学人文学院）

杜诗《哀江头》"欲往城南望城北"句考释*

——兼评陈寅恪与钱钟书及其所代表的两种诗学范式

李 伟

有学者认为,陈寅恪与钱钟书开创并主导了20世纪中国诗学研究的两种略带竞争意味的学术范式,此消彼长。① 前者开示出一种远绍中国古代"诗可以观"、知人论世及比兴笺诗等传统的"诗学史学化"理路,后者张皇了以化融古典诗学之修辞、评点、谭艺等旧学与现代西学之语言学、心理学和艺术学等新知为特征的另一种诗学范式;前者聚焦于诗的具体内容,强调"诗意的实证",后者偏重于诗的艺术形式,究心"诗艺的传承";一重诗之用,一重诗之体;一执意于诗之考据实证,一守护着诗之价值理念。② 最能体现这两种诗学范式之争锋者,莫过于广为学界传颂的陈、钱关于杜诗《哀江头》末句"黄昏胡骑尘满城,欲往城南望城北"之"北"的经典诠释了。

陈氏之考释,主要见于他对"元白诗"的释证:一为先生1944年8

* 基金项目:安徽省教育厅人文社科重点研究项目(sk2012A147)。

① 胡晓明《陈寅恪与钱钟书:一个隐含的诗学范式之争》,《华东师范大学学报》1998年第1期,第67—73页。又见于氏著论文集《诗与文化心灵》,中华书局,2006年,第245—256页。

② 李伟《诗中有史不是史,史蕴诗心终非诗——事实与价值视域下文史关系的哲学辨正》,《安徽师范大学学报》(人文社会科学版),2013年第5期,第607—614页。

月完稿的《元白诗笺证稿》，一是先生弟子刘隆凯整理的《陈寅恪〈元白诗证史〉讲席侧记》（讲授时间当在1957年初秋至第二年6月底）[①]。兹引前者如下：

（白乐天《卖炭翁》）诗中“回车叱牛牵向北”者，唐代长安城市之建置，市在南而宫在北也。拙著《唐代政治史述论稿》中篇论中央政治革命条及《隋唐制度渊源略论稿》礼仪章附论都城建筑节已详论之，兹不复赘。要知乐天此句之“北”，殊非趁韵也。

杜少陵《哀江头》诗末句“欲往城南望城北”者，子美家居城南，而宫阙在城北也。自宋以来注杜诗者，多不得其解，乃妄改“望”为“忘”，或以“北人谓向为望”为释（见陆游《老学庵笔记》七），殊失少陵以虽欲归家，而犹回望宫阙为言，隐示其眷恋迟回不忘君国之本意矣。[②]

十余年后，钱钟书就此论曰：

杜甫《哀江头》“黄昏胡骑尘满城，欲往城南望城北”……杜疾走街巷，身亲足践（Nähebild），事境危迫，衷曲惶乱，有若张衡《西京赋》所谓“丧精亡魂，失归忘趋”……陆游《老学庵笔记》卷七：“《哀江头》云：‘欲往城南忘城北’，言皇惑不记孰为南北也。然荆公集句两篇皆作‘望城北’，意则一；北人谓‘向’为‘望’，亦皇惑之意。”王安石主“望城北”，殊具诗眼……窃谓“忘城北”不词费解，“忘南北”意固可通，而无“城南”与“城北”之对照映带，词气削弱；且“望”者，向之而往也，言“望城北”，则“忘城北”勿言可喻，言“忘南北”，则犹豫踌躇而尚未迷方信足，漏却尘昏日暮，心乱路失之状。是故“望城北”已包“忘南北”之情，而“忘南北”犹未尽“望城北”之事。[③]

---

① 刘隆凯整理《陈寅恪〈元白诗证史〉讲席侧记》，湖北教育出版社，2005年，第2—3页。

② 陈寅恪《元白诗笺证稿》，生活·读书·新知三联书店，2009年，第258—259页。

③ 钱钟书《管锥编（三）》，生活·读书·新知三联书店，2007年，第1564— （转下页）

陈寅恪从唐长安城区建置着眼，解“北”为居所，彰显老杜“不忘君国之本意”，此乃苏轼解杜“每饭不忘君”一路；钱钟书从诗语承传和普遍人性入手，释“北”为方位，揭出老杜“丧精亡魂，失归忘趋”的时下窘态，此乃山谷释杜“无一字无出处”一脉。学界于此颇多着墨，兹不赘述，而乃绕道其后，揭其立论之根柢相通处如下：(1)皆依荆公，主“望城北”为正文；(2)皆以“甫家居城南”为公自注；(3)皆释此联为老杜自道亲历。本文拟就此三点相通之处予以文献考释，提供理解《哀江头》的另一种更具文本依据的诠释路径，以成多元阐释之格局，并从中得窥学者的“前理解”如何暗自执拗地左右着博淹如陈寅恪者的头脑和眼光。此一探讨将具文献纠补、认识价值和方法启示等意义。

一 “忘南北”而非“望城北”才是杜诗正文

校勘底本之选择，当以“古、全、善三者兼备”为要[①]。《宋本杜工部集》二十卷，乃后世“杜集之祖”，宋王洙[②]宝元二年(1039)编次并《记》，何瑑、丁修参校，王琪嘉祐四年(1059)校刻刊行并《后记》，裴煜治平元年(1064)补刻遗文九篇于苏州。其中《哀江头》一诗为毛氏汲古阁王为玉景抄本，可视同宋本。北京图书馆编《中国古代版刻图录》对上海图书馆所藏此本之审定略云：“杜集以北宋宝元间王原叔洙编次、嘉佑间苏州郡守王琪校刻、白文无注本为最古，一切注释分

(接上页)1566页。钱钟书接着引述了钱谦益《读杜小笺》中对此联的注解，细析后结论道：“‘我闻室’中人多暇日而生绮愁，宜其不能领略孤危皇遽之况。余常谓钱氏说杜，深文而实浅见，附会而乏体会，此一例也。”若联系陈寅恪少时即与钱谦益有学缘，对钱氏著述自谓“大好之”且“几悉读之”(《柳如是别传·缘起》)，可知默存先生此语或非虚发。陈寅恪亦在《元白诗笺证稿》中先行批评了钱钟书所认同的陆游《老学庵笔记》的观点为“殊失少陵……本意”。两相对照，可明两位学界巨擘就此问题的分歧所在。

① 王叔岷《斠雠学(补订本)斠雠别录》，中华书局，2007年，第105页。张之洞《增补輶轩语·语学》(光绪二十一年乙未[1895]夏陕西学署刻本)谓：“‘善本’非纸白版新之谓，谓其为前辈通人用古刻数本，精校细勘，不讹不误之本也……‘善本’之义有三：一足本，二精本(一精校、一精注)，三旧本(一旧刻、一旧抄)。”

② 关于王洙生平及学术成就，详张丽娟《北宋学者王洙及其著述》，《文献》2000年第3期，第92—103页。

类本，都从此出。顾北宋原本久亡，今但存南宋翻刻本。翻刻本有二……清初汲古后人毛扆据上举两本，合为一帙，缺叶、缺卷倩工影钞补足。《续古逸丛书》即据此影印，此为传世杜诗最早刻本。”[①]故此本既“古”且“善”。

王洙《杜工部集·记》云：“甫集初六十卷。今秘府旧藏、通人家所有称大小集者，皆亡逸之余，人自编摭，非当时第叙矣。搜裒中外书凡九十九卷，除其重复，定取千四百有五篇。”“甫集初六十卷”首见于唐樊晃（开元进士）《杜甫小集序》[②]，乃老杜诗文之总集。“小集”及此后著录，均不著编者信息，到底是老杜自为，还是他人代劳，现已无法确知。然种种迹象表明，“六十卷”诗文集，当诗人所亲为[③]，只是不久就散逸了，当王洙广加裒搜时，所得之“秘府旧藏、通人家所有称大小集者”，皆“六十卷”亡逸之余，且“人自编摭，非当时第叙”。如此看来，王洙本二十卷杜集及其所据之底本，除杜甫生前业已流布于世的作品，主要还是杜甫亲次的六十卷本诗文集。二王本录杜诗 1 405 首，与收诗最多的浦起龙《读杜心解》的 1 458 首（其中亦有十几首真伪莫定）相比，亦属完整。[④] 故此本既“善”且“全”。

知见《哀江头》末句之异文有四种情况：忘南北、忘城北、望城北和望南北。杜诗多有异文，然以“凡异必录”为则的“二王本”，并未收

---

① 详见周采泉《杜集书录》，上册，上海古籍出版社，1986 年，第 8—9 页、第 13—14 页；亦可参张元济《宋本杜工部集跋》。

② 据考，《小集》成书于杜甫刚刚去世的大历五至七年[770—772]，后为南宋初胡仔所藏，凡六卷，收杜诗 290 首，行于江左。“吴若本”和“草堂本”等都曾据以参校。参王新芳、孙微《樊晃〈杜工部小集〉考论》，《中国韵文学刊》2011 年第 4 期，第 35 页。

③ 陈尚君《杜诗早期流传考》（载《敬畏传统》，复旦大学出版社，2011 年，第 60—63 页），列四大证据，即六十卷文集于老杜辞世前业已流行于江汉一带、现存杜诗自注多有重加整理的痕迹、自注有准确的记时、“二王本”的自注体例与唐人旧集基本一致，故“六十卷本杜集是经过杜甫本人整理的，收诗按写作时间为序的文集”。美国学者宇文所安（Stephen Owen）亦持此论：“我们现有的杜诗版本一定是他在生命尽头最后一次漂流扬子江时随身携带的稿子。”见氏著《瓠落的文学史》，载《中国学术》2000 年总第 3 期，后收入《他山的石头记——宇文所安自选集》，江苏人民出版社，2006 年，第 7 页。

④ 莫砺锋《杜甫诗歌讲演录》，广西师范大学出版社，2007 年，第 17 页。

录除“忘南北”之外的其他异文。这足以说明，在王洙、何瑑、丁修、王琪和裴煜等参考过的樊晃“小集”和其他各本中，此句均无异文。另据罗继祖《枫窗脞语·文物（下）》之“《草堂先生杜工部诗集》”条可知，张元济校勘《宋本杜工部集》所用杜集另一罕见之南宋刊本《草堂先生杜工部诗集》，亦未载“忘南北”之外的其他异文。[①]

据查，“望城北”之异文最早见于王安石的两首集句诗中。胡仔(1110—1170)于绍兴末年(1162)[②]编成的《苕溪渔隐丛话前集》卷三十五云：

> 《遯斋闲览》云：“荆公集句诗，虽累数十韵，皆顷刻而就，词意相属，如出诸己，他人极力效之，终不及也……《送吴显道》云‘欲往城南望城北，此心炯炯君应识。’《胡笳十八拍》云‘欲往城南望城北，三步回头五步坐。’此皆集老杜句也。”按：杜诗《哀江头》云“黄昏胡骑尘满城，欲往城南忘南北。”荆公两用，皆以“忘南北”为“望城北”，始疑杜诗误，其后数善本皆作“忘南北”。或云：“荆公故易此两字，以合己一篇之意。”然荆公平生集句诗，未尝改古人字，观者更宜详考。苕溪渔隐曰：“余闻洪庆善云：‘老杜欲往城南忘南北之句，《楚词》云：中心瞀乱兮迷惑，王逸注云：思念烦惑忘南北也。’子美盖用此语也。”[③]

《送吴显道》共五首，其二集老杜此句；《胡笳十八拍》共十八首，

① 罗继祖《枫窗脞语》(中华书局，1984 年，第 138—139 页)云：“吾家旧藏杜诗残本二册，题曰《草堂先生杜工部诗集》……字体似南宋建本，无注，惟注异同字作某某……考杜集最古为北宋王洙编二十卷本……1957 年已作《续古逸丛书》影印出版，取校此本，编排分卷皆异，同者惟无注及注异同字耳。”《草堂先生杜工部诗集》，残存六卷，南宋淳熙年间阙名编刻本，不载公私著录，殊为罕见。另可参阅张忠纲主编《杜甫大辞典》，山东教育出版社，2008 年，第 551 页；陈必、沈果正《四川文物志》下册，巴蜀书社，2005 年，第 1992—1993 页。

② 胡仔《苕溪渔隐丛话前集·序》作于戊辰春(1148)，然据考《前集》定作于戊辰后，约在绍兴末年。参阅周本淳《〈苕溪渔隐丛话前集〉决非成于绍兴戊辰说》，《读常见书札记》，江苏教育出版社，1990 年，第 15—18 页。

③ 胡仔著、廖德明校点《苕溪渔隐丛话前集》，人民文学出版社，1962 年，第 239 页。

其十二集老杜此句，皆作于1085年[①]。王氏所集老杜此句或当另有所本（公曾自辑《杜工部后集》和《四家诗选》），然亦有别种可能。按陈正敏《遯斋闲览》所云，“荆公集句诗，虽累数十韵，皆顷刻而就”，或《王直方诗话》云“坐中率然而成”[②]，“顷刻而就”或“率然而成”只能凭记忆，加之方言和语言习惯的差异，故无以排除“误记”之可能；以王氏之学养，或认“望城北”更合于他诗家的口味。即使荆公另有所本，那也不能断定“望城北”就是正文，因“其后数善本皆作‘忘南北’”。据校勘之一般通则，文人所述与刻本所刊，后者当更可靠。荆公集诗在元丰八年（1085）退居钟山时，“二王本”已刊行二十六年，据载是本“嘉祐中……印万本，每部直千钱，士人争买之，富室或买十许部”[③]，以荆公之位、之学、之力，他此时不可能见不到此刻本[④]，亦不可能不知“望城北”根本就不见其中。然不从，确需“观者更宜详考”，比如胡氏所引“荆公平生集句诗，未尝改古人字”，是否属实？《蔡宽夫诗话》云：

今世所传子美集，本王翰林原叔所校定，辞有两出者，多并存于注，不敢彻去。至王荆公为《百[四]家诗选》，始参考择其善者定归一辞。如“先生有才过屈宋”注“一云先生所谈或屈宋”，则舍正而从注。“且如今年冬，未休关西卒”

---

① 李德身《王安石诗文系年》，陕西人民出版社，1987年，第303—304页。

② 郭绍虞《宋诗话辑佚》，《王直方诗话》第110条，台湾华正书局，1981年，第41页。

③ 范成大《吴郡志》卷六，江苏古籍出版社，1999年，第50—51页。

④ 宋宜元丰五年（1082）所作的《杜工部诗序》中自称曾“观内相王公[洙]所校全集”，并与荆公所辑《杜工部后集》比较，谓“互有详略”，且有重复，如荆公《杜工部后集序》所引《洗兵马》即在二王本卷二中。但并不能因此说，荆公未见王洙本《杜工部集》。在皇祐五年（1053）的《杜工部后集序》中，荆公云：“予考古之诗，尤爱杜甫氏作者……世所传已多，计尚有遗落，思得其完而观之……予之令鄞，客有受余古之诗，世所不传者二百余篇。观之，予知非人所能为，而为之实甫者……然甫之诗，其完见于今者，自予得之。”（《临川集》卷八四）王安石若不是已拥有王洙编次本，何有“甫之诗，其完见于今者，自余得之”的感慨。周采泉据《杜工部后集序》中“世所不传者”推测荆公未见王洙本（《杜集书录》，第296页），亦不确。荆公之意是说，“客有受余古之诗”，其中“世所不传者二百余篇”。“后集”之名亦能说明荆公必有大部杜集，且非王洙编次本而何？

注“一云如今纵得归，休为关西卒”，则刊注而从正。若此之类，不可概举。其采择之当，亦固可见矣。惟“天阙象纬逼，云卧衣裳冷”，“阙”字与下句语不类；“隅目青荧夹镜悬，肉骏碨礌连钱动”，“肉骏”于理若不通。乃直改“阙”作“阅”，改“骏”作“鬃”，以为本误耳。（《苕溪渔隐丛话前集》，卷九引）

由此可知，王荆公《四家诗选》大有“一锤定音”和“唯我为是”的气概，遇其不能解者，或“舍正而取注”，或“刊注而从正本”，甚至“直改……以为本误”，实非选家、学者应有之态度，唯以其为诗家大佬而差可释疑[①]。荆公著述，唯《四家诗选》不存，良有以也。当然，荆公选诗“采择之当，亦固可见”，然就杜诗而言，改“阙”为“阅”实在是“凭空臆改”，此做法显不可取，再说，“此诗是仄韵五古，本不必对仗工整”[②]。

“吴若本”“草堂本”“二黄本”等均曾引“四选本”以校刊杜诗文字。郭知达《九家集注杜诗》之洪业“杜诗引得本”即所谓的“嘉庆复刻本”作“望城北”，且无异文。唯“文渊阁”《九家集注杜诗》（第1072册）存二种异文：忘城北、忘南北[③]，以“望城北”为正文。然不论是“嘉庆本”还是“文渊本”，其底本皆为元明人重刻本，多所删改，不足为据。查曾噩重刊之《新刊校定集注杜诗》，郭知达原本乃以“忘南北”

---

① 莫砺锋《杜甫诗歌讲演录》（第44页）引《王氏谈录》之“校书”条略云：“公言校书之例。它本有语异而意通者……俱当存之……公自校杜甫诗，有‘草阁临无地’之句，它本又为荒芜之‘芜’，既两存之。”氏著断其为王安石言行录，不知所以，据《四库提要》（文渊阁第862册），误矣，当为王钦臣录载其父王洙言行。然《宋本杜工部集》之《草阁》诗并无“芜地”异文，而以“吴若本”为底本的“钱注”（卷十五）注此诗“无地”云：“王原叔本作芜地，非。”因此，王洙原本是有“一作芜地”异文的，只是《草阁》诗所在卷十五已佚，汲古阁“毛钞”据以“景钞”的“配本”并非二王本或其覆刻本，故不见此异文。

② 莫砺锋《杜诗学疑难问题举隅》，《杜甫研究学刊》2004年第3期，第2页。王夫之《夕堂永日绪论》（第35条）认为，“阙”字、“卧”字乃子美早年未醇之下字法，从阴铿、何逊来。

③ 据笔者所考，四库七阁所收《九家集注杜诗》的原本已阙《哀江头》后半部分，故七阁中凡是完璧者，均为后人据他本所补，如就此处异文注释方式（欲往城南望城一作忘城一作忘南北）看，定来自《杜诗详注》。仇注杜诗也是四库馆臣校勘、补遗和决疑所录杜集的主要版本依据，只验看四库全书荟要本《集千家注杜工部诗集》各卷末所附校记即明。

为正文，唯存“望城北”为异文，注曰：“洙曰一云望城北”。此“洙曰”最早见于《杜陵诗史》（玉海堂景宋本，早稻田大学图书馆藏）卷五和《分门集注杜诗》（四部丛刊景宋刊本）卷三，《草堂诗笺》卷九和《补注杜诗》卷二亦征引之。据今人考证，所谓“伪洙注”实出于熙宁三年（1070）进士邓慎思《杜诗注》（即《王内翰注杜工部集》）三十六卷，因打入元祐党人籍而托名于王洙。邓氏此注约成书于元祐二年至六年（1087—1091），刻于崇宁二年至大观二年（1103—1108）间，所用底本即是王洙所编校的十八卷本，每卷二分而成三十六卷本，“其中注释部分为邓忠臣所作，校勘部分则出于王洙之手”①。当然，说《杜诗注》之“校勘部分则出于王洙之手”亦不当，因为，若以此则这个“洙曰一云望城北”的校勘就应当是王洙本人的，然“二王本”并无此条。故这个异文校勘也一定是邓忠臣给出的，那他的版本依据何在呢？看来，王安石所定“望城北”并非来自邓慎思的《杜诗注》，而是相反，《杜诗注》参考了王安石的《四家诗选》或“集句诗”②。由“洙曰一云望城北”亦可知，邓注此句正文亦是“忘南北”。又，邓忠臣崇宁元年（1102年）十二月因著文表彰范纯仁而被列入元祐党籍，可知他向与主张新法的王安石等人政见不合，因此，即使王安石真有二王未见之杜集孤本，也一定不会示于邓忠臣等所谓元祐党人；同样，邓忠臣即使参引了《四家诗选》也决不会明示其来源。

故而，自“伪洙注”和“九家注”始有、遍存今见两宋诸杜集的“望城北”异文，始作俑者应当就是王安石。那么，荆公径删“二王本”原

---

① 梅新林《杜诗伪王注新考》，《杜甫研究学刊》1995年第2期，第42页。另参阅邓小军《邓忠臣〈注杜诗〉考》（《杜甫研究学刊》2002年第1期）和张忠纲等编著《杜集叙录》，第27页。邓文认为，《杜诗注》约成书于元祐二年至六年（1087—1091），刻于崇宁二年至政和七年（1103—1117）。据[宋]杨仲良《皇宋通鉴长编纪事本末》卷一二四，徽宗大观二年（1108）三月，邓忠臣等42人已经门下中书省等批审赦出元祐党籍，故此注刊刻下限当断在大观二年（1108）。

② 当然，“四选”中是否有《哀江头》亦未可知，若有，则可断言仅有“望城北”正文，而无异文。由后世杜集仅见“洙曰一云望城北”而论，“四选”必无此诗，否则一定会有“安石曰一云望城北”注文。

有之正文“忘南北”代之以“望城北”，其据何在？无非有二：更早版本或自家体会。若有更早的版本，即使编辑“二王本”的众家未见，也应为其他注家所见。试想，居然有一个杜集的本子，只有他王安石见到了，此前此后都无人目睹，这种可能性实在是太小了。王琪《后记》清楚表明，王洙所编杜集可谓“无遗矣”，这个判断不仅代表他本人，还包括何瑑、丁修和裴煜等人，他们所得“古今诸集”并未溢出王洙的搜裒范围。因此，“望城北”为荆公自改老杜句，和改“阙”为“阅”属同一类型——“直改……以为本误”，明矣。荆公之后，编杜集如荆公者，有徽宗时与江西诗派颇有来往的蔡兴宗（伯世），其《编杜诗》有一卷名为“少陵诗集正异”，对杜诗文本的取舍，同于荆公“四选”。稍后不久的汪应辰（1118—1176）在其《书少陵诗集正异》云：“此书诠次先后，考索同异，亦已勤矣。世传杜诗，往往不同，前辈多兼存之；今皆定从某字，其自任盖不轻矣。”[①]荆公与伯世，均以诗人之眼光、声韵之范规，前者改“忘南北”为“望城北”、改“阙”为“阅”[②]，后者改“马鞭”为“马鞍”、改“故乡”为“故园”、改“英妙”为“年妙”、改“行人”为“人行”[③]，

---

① 汪应辰《文定集》（丛书集成初编本，第二册）卷十，商务印书馆，1935年，第112页。

② 胡仔《苕溪渔隐丛话前集》（卷八杜少陵三）引《少陵诗正异》云：“‘天阙象纬逼，云卧衣裳冷’，世传古本作‘天窥’，今从之。《庄子》之‘管窥天’，正用此字。旧集讹作‘阙’，又或作‘关’，今不取。盖先生诗该众美者，不唯近体严于属对，至于古风句对者亦然，观此诗可见矣。近人论诗，多以不必属对为高古，何邪？故详之篇首，以俟知者焉。”

③ 上引《书少陵诗集正异》批评蔡氏擅改杜诗文句云：“诗以气格高妙、意义精造为主，属对之间，小有不谐，不足以累正气。今悉迁就偶对，至于古诗亦然，若止为偶对而已，似未能尽古人之意也。‘千金买马鞭，百金装刀头’，言其服用之盛尔；‘故乡归不得，地入亚夫营’，言故乡方用兵尔。今悉以他本改作‘马鞍’‘故园’，固未知其孰是。其说则曰：‘若千金买鞭，以物直校之，非也；若故乡为营，则营亦大矣。’此等去取，非所谓不以辞害意也。律诗全篇属对，固有此格，非尽然也。如‘宓子弹琴邑宰日，终军弃繻英妙时’‘黄草峡西船不归，赤甲山下行人稀’，皆律诗第一联也，今改作‘年妙’‘人行’以就偶对。若他本不同，定从其一，犹不为无据；此直以己意所见，径行窜定，甚矣其自任不轻也！……政使实有此证，犹未可轻改，况其不然者乎？”当“存一家之说，使览者有考焉可也，未可以为定本。”（《文定集》卷十，丛书集成初编本，1935年排印，第二册第112—113页）另，阮阅编《诗话总龟后集》卷十八“正讹门”辑《少陵诗集正异》三十二条佚文，可参看。

臆以此更合老杜诗情、诗艺或诗史。由此可见，诗人选诗固然高明深会，然难免有恃才傲前之弊，反不如王洙、王琪者，来得更如实客观。总之，王安石、黄庭坚常以己意定异文[①]，实非可嘉之举，正如黄侃所言"凡轻改古籍者，非愚则妄"(《黄侃手批白文十三经·前言》)。明末清初的黄生(1622—?)就在《杜诗说》(一木堂梓，康熙三十五年序)卷三评点《哀江头》末句时批评王安石说："'欲往城南'反忘其路而向城北，承上'往'字而言，王、陆不识其句法，各以意改之，俱陋。"

《四家诗选》(嘉祐五年[1060][②])之后的各种杜集和选本，以"望城北"为异文者及少数以其为正文者，皆从荆公而来，故至明胡震亨(1569—1642)《唐音癸签》卷二十二仍谓："有作忘城北，又有作忘南北者，迄无定本。"要到元高楚芳所编《集千家注杜工部诗集》(1303)始以"望城北"为正文，后经清初仇兆鳌《杜诗详注》(1693)而通行至今[③]。二十世纪八十年代以来的杜诗选本亦遵仇注，致使后人鲜知还有"忘南北"一说。中间六百多年间的各种杜集注本，均以"忘南北"为正文，存"望城北"为异文。另，今人所辑"赵次公注本"录此诗末句以"望城北"为正文，与其所据之底本"九家注"及校本"百家注""分门集注""黄氏补注""钱注杜诗"等均殊异，诸本皆以"忘南北"为正文，存"望城北"为异文。[④] 或谓"望城北"已为有清以来所"公认"也?

此外，有宋以来的历代选本的情况也是如此，基本都以"忘南北"为正文，间有存"望南北"为异文者，如下：

两宋选本：苏辙《栾城集》第三集卷第八"诗病五事"、胡仔《苕溪

---

① 王嗣奭《杜臆》卷三释《哀江头》谓："'一箭'山谷定为'一笑'，甚妙。"

② 因《唐百家诗选》不录杜诗，可推知首选杜诗的《四家诗选》当在此前编就。据[清]蔡上翔《王荆公年谱考略》卷八，《四家诗选》成书于嘉祐五年，故有此说。

③ 清代书家梁同书(1723—1815)曾集老杜句云："欲往城南望城北，可爱深红与浅红"(《春湖曲》，《频罗庵遗集》卷五旧繍集二)。显仿荆公而作。

④ 林继中辑校《杜诗赵次公先后解辑校(修订本)》，上册，上海古籍出版社，2012 年，第 179 页。

渔隐丛话前集》卷十三、张镃《仕学规范》卷三十八、何溪文《竹庄诗话》卷六、真德秀《文章正宗》卷二十四，均作“忘南北”，无异文。文天祥狱中集杜句所成《胡笳曲》右二拍亦是“欲往城南忘南北”(《文山先生全集》卷十四)。陈应行编《吟窗杂录》卷三十五亦作“忘南北”。

元明清选本：元刘壎《隐居通议》卷七诗歌二、明曹学佺《石仓历代诗选》卷四十五盛唐十四、明李攀龙《古今诗删》卷十二、明杨士奇《东里诗集》卷三《集杜卧病答黎信十首》、明张之象辑《唐诗类苑》卷一二六、清曹寅《全唐诗》卷二百十六(句下注：一作望城北)、清弘历《唐宋诗醇》卷九、清曾国藩《十八家诗钞》卷十一杜工部七古百四十六首，亦皆作“忘南北”，余无异文。有清一代的杜集注本，如“钱注”“朱注”“浦解”亦均以“忘南北”为正文。

其中，唯两宋间刊刻的郭茂倩(1041—1099)《乐府诗集》卷第九十一作“望城北”，句下注“一作望南北”①；明高棅《唐诗品彙》卷二十八“七言古诗四”和陆时雍编《唐诗镜》卷二十三作“忘城北”。《乐府诗集》刊于两宋间，成书于郭氏晚年(北宋后期)，录杜甫《哀江头》所据之底本应该就是王安石的“四选”，或与后者所据为同一底本。这后一可能，已如前述，可能性极小。

看来，《遯斋闲览》谓“荆公平生集句诗，未尝改古人字”，这话断不可信。王安石是有擅改老杜诗句前科的：上述改“阙”为“阅”，即是一显例。② 舒王亦曾改王仲至诗“日斜奏罢长杨赋”为“奏赋长杨罢”、改刘贡父诗句“却将云表(里)望蓬莱”作“却将云气望蓬莱”。③ 不论舒王改他人诗句妙与否，都说明他极喜改人诗。舒王生前编过老杜

---

① 茂倩正放翁之谓“北人”，可证放翁所谓“北人谓向为望”为确。清沈德潜《重订唐诗别裁集》卷六引《哀江头》末句亦作“望南北”。

② 参阅郭绍虞《宋诗话辑佚》，《王直方诗话》第 75 条，第 30 页；钱钟书《谈艺录》，第七四条“王荆公改诗”；莫砺锋《杜诗学疑难问题举隅》，《杜甫研究学刊》2004 年第 3 期；孙微、王新芳《论杜诗校勘史上的“以意改字”现象——以宋代杜诗校勘学为中心》，《安徽大学学报》2013 年第 3 期，第 34—41 页。

③ 郭绍虞《宋诗话辑佚》，《王直方诗话》第 100 条，第 37—38 页。

诗集，遇有异文便“择其善者定归一辞”，而遇有在他看来都不满意者，便“直改……以为本误”了，“望城北”极有可能就是这样被他创造出来的，非有其他二王未见之版本作“望城北”者。这就更合理地解释了为什么杜集诸善本均作“忘南北”的缘故：诸家谨慎，见舒王曾录如此，以为“必有所据”，为严肃起见便录“望城北”以为异文耳。

综之，虽然“我们现有的杜诗……永远都不可能准确地代表作品的‘原始面目’了。印刷本给出的主要文本及其异文只能代表一小部分一度广为流传的手抄本……是从存留下来的手抄本变成印刷文本的结果”，但也不能象宋代“诗话”所显示的那样：“一个编者在碰到诗中的一个字因为抄本不同而具有多种选择的时候，最终依据的是他个人觉得像杜甫这样一个诗人‘应该’会用哪一个字这样的主观臆测”。①

二 “甫家居城南”非“公自注”，实为黄庭坚所臆补

陈寅恪诸人持论的另一个根本依据是，《哀江头》末句有公自注：“甫家居城南”。近人杜集注本，也多在《哀江头》末句后出“公自注：甫家居城南”，源头可能是清初仇兆鳌《杜诗详注》(1693)，是书卷四注此诗末句有“原注：甫家居城南”。明末王嗣奭《杜臆》(1645)卷二释此诗也有“公家在城南”的注，清代杨伦《杜诗镜铨》(1791)卷三亦有“旧注：公家居城南”。今人邓魁英、聂石樵撰《杜甫选集》、卢国琛撰《杜甫诗醇》、张忠纲撰《杜甫诗》均以“甫家居城南”为公自注。②

可这个所谓的“公自注”十分可疑。张元济校刊的《宋本杜工部集》和上海图书馆所藏《杜工部集》(卷一，南宋绍兴初年王祖宁浙本)③及其他各家杜集善本，均未见这个“家居城南”的注，清代注本中最为可靠的“钱注”连同其底本“吴若本”亦均未载此注。那么，“甫家

---

① 宇文所安《瓠落的文学史》，《他山的石头记——宇文所安自选集》，第 21、22 页。

② 邓魁英、聂石樵《杜甫选集》，上海古籍出版社，1983 年，第 85 页；卢国琛《杜甫诗醇》，浙江大学出版社，2006 年，第 235 页；张忠纲《杜甫诗》，中华书局，2013 年，第 75 页。

③ 周采泉《杜集书录》，上海古籍出版社，1986 年，第 5 页。

居城南”在什么时候、又被谁定为“公自注”的呢?

查现存历代杜集诸本,最早存此注的是《王状元集百家注编年杜陵诗史》即《杜陵诗史》,又称“百家注”“王状元本”或“伪王本”。是为南宋乾道、淳熙年间(1163—1189)的坊刻本,伪托王十朋之名,较“九家集注本”和“集千家注本”为早,“南宋时《分门集注》及黄鹤《补注》诸本,皆此伪王集注之支流也”[①]。然与“随事造文,一一牵合”(陈振孙《直斋书录解题》卷十九)的“伪苏注”[②]不同,它保存了大量有价值的古注。此本卷五注《哀江头》末句云:

> 黄曰:甫朝哀江头,暮又闻史思明连结吐蕃入寇,欲往城南省家,仓皇之际,心曲错乱,忘南而走北也。甫家居城南。

“黄”即黄庭坚(1045—1105)[③]。后无名氏《分门集注杜工部诗》(1195—1224,《四部丛刊》景宋刊本)卷三、黄希父子《补注杜诗》(1216,四库文渊阁本)卷二、朝鲜刻本《纂注分类杜诗》(1403?)卷十一,均照录“百家注”,皆为“黄曰”。蔡梦弼《杜工部草堂诗笺》(1204,古逸丛书本)卷九亦引此注,但删去了“黄曰”,似已视其为通注。

郭知达“九家注”的情形较为复杂。郭氏淳熙八年(1181)初刻于成都的原版即所谓“蜀本”,原名《杜工部诗集注》,久佚,不得见。宋宝庆元年(1225)曾噩重刊本名为《新刊校定集注杜诗》,凡三十六卷,即“漕台本”,有两部残本传世,其一为瞿氏铁琴铜剑楼藏本,即中华书局1981年版《新刊校定集注杜诗》(简称“中华本”)之底本,中有五卷(卷十九、二十五、二十六、三十五、三十六)阙,据清嘉庆翻刻本抄

① 洪业《杜诗引得·序》,上海古籍出版社,1985年,第15—16页。

② 莫砺锋《杜诗伪苏注研究》,《文学遗产》1999年第1期。

③ 新出《杜甫全集校注》(卷三,人民文学出版社,2014年,第764页)判其为“黄鹤”,显误。黄氏父子的《杜诗补注》录此段全文亦云“黄曰”,如果是黄鹤,《补注》当出以“补注”,如果是黄希,《诗史》(曾取二黄本补录)当出以“希曰”,故此既非黄鹤亦非黄希。《诗史》卷一《画鹰》诗“轩楹势可呼”句下有“黄庭坚曰可呼可以猎也”,以其注例,后皆省为“黄曰”,可确证。

补，是本不载上述注文。另有《九家注》之“四库全书本”（文渊阁本、文津阁本和文澜阁本）及嘉庆间翻刻本和1940年洪业之“哈佛引得本”。其中，“文津阁本”和“文澜阁本”《哀江头》一诗自“明眸皓齿今何”以下俱阙，故不载此注文，嘉庆翻刻本和“引得本”均未录此注文，唯“文渊阁本”录及：

鲍云：甫家居城南。欲往城南忘南北者，言迷惑避死，不能记其南北也。

然而，“甫家居城南”的发明权安在了鲍彪（字文虎，号潜翁，1128年进士）的头上了。“欲往城南忘南北者，言迷惑避死，不能记其南北也”，亦出现在陆游《老学庵笔记》卷七中，字句稍异。据笔者考证，所有四库七阁收录的《九家集注杜诗》卷二《哀江头》诗，均应于“明眸皓齿今何”下阙，凡全者，皆据他本抄补。现存的“文津阁本”和“文澜阁本”于此均标明“阙”，唯“文渊阁本”全，实乃《天禄琳琅书目》编校者于敏中等人据仇氏《杜诗详注》和元人高楚芳所编《集千家注杜工部诗》所增补。查《天禄琳琅书目》，对照《新刊校定集注杜诗》，四库阁本所应阙者，正是其所标明“阙补卷二二十八、六十、六十五”者。①

问题是，这个“黄曰”的源头“百家注”，实为坊间托王十朋之名所伪刻。据今人考证，《百家注》基本上照搬了《门类增广十注杜诗》即所谓《十家注》②，只是有时把“十家注”的一家拆成几家，或变其无名氏旧注为“洙曰”③，或将其“集注”和“新添”分归两宋名家，黄庭坚即居其中。④

---

① 详拙文《郭知达〈九家集注杜诗〉版本考》（未刊稿）。

② “十家注”今残存六卷（卷二、七、八、九、十一、十二），《哀江头》不在其中，现藏北京图书馆。

③ 到底是“无名氏旧注”变成“洙曰”还是相反“洙曰”变成“无名氏旧注”，抑或“无名氏旧注”变成“洙曰”后又变成“无名氏”，尚可进一步讨论。笔者倾向于“洙曰”变成“无名氏旧注”，待考。

④ “百家注”与“十家注”最大的区别是前者增加了不见于后者的师古和郑卬的注。参阅聂巧平《从〈十家注〉到〈百家注〉集注的发展演变看宋代杜诗之伪注》，《南昌大学学报》2005年第4期，第109—113页。洪业《杜诗引得·序》（第17页）云：“窃疑伪王集注编纂之法，乃取六十家注及《门类十注》等书，依鲁訔编年之目，而改编焉。”

此处所谓“黄曰”是否亦是原有之“集注”或“新添”所径改，殊不可考。加之《十家注》亦是坊间刻本，周采泉《杜集书录》卷十一(三)列其为“伪书之属”，郑庆笃等《杜集书目提要》亦断其为坊贾撷合而成[①]。故而，这个所谓的“黄曰”连同那个“甫家居城南”的所谓“公自注”都显得难以为据了。

综上可知，所谓“公自注”的“甫家居城南”，决非杜甫手笔，最理想的结果也只能说出于黄庭坚[②]，当然，这亦非常契合于他所谓“杜诗无一字无来处”(《答洪驹父书三首[其二]》)的释杜原则。如此看来，老杜并未特别注明“甫家居城南”以示其与“城北”相对并引读者从“城南城北”来理解此诗。以此反观钱钟书所谓“‘城南’与‘城北’之对照映带”可增词气之论，就只能是一种自家体会的可能罢了。杜集中城之东西南北对举者仅一例，即《阆山歌》首联“阆州城东灵山白，阆州城北玉台碧”(《九家注》卷九)；然“南北”并举者甚多，如：

> 是身如浮云，安可限南北。(《别赞上人》,《九家注》卷六)
>
> 甫也南北人，芜蔓少耘锄。(《谒文公上方》,《九家注》卷九)
>
> 东西南北百里间，仿佛蹴踏寒山空。(《冬狩行》,《九家注》卷八)
>
> 东西南北更谁论，白首扁舟病独存。(《追酬故高蜀州人日见寄》,《九家注》卷十五)
>
> 川合东西瞻使节，地分南北任流萍。(《严中丞枉驾见过》,《九家注》卷二十三)
>
> 今春喜气满乾坤，南北东西拱至尊。(《喜闻盗贼蕃寇总退口号五首》,《九家注》卷二十八)

---

① 参阅郑庆笃等《杜集书目提要》，齐鲁书社，1986 年，第 7 页。

② 然遍查今本《黄庭坚全集》(刘琳等点校，四川大学出版社，2001 年)，未见此条，可见确不足信也。

五十头白翁，南北逃世难。（《逃难》，或疑伪作，《九家注》未收，初见于明胡震亨《杜诗通》[1625—1635]卷四十）

当然，以上诗句中“南北”多是“四处”之意，并不足以说明老杜此诗末句就一定没有城南、城北对举以明心迹的可能，然无论如何，“忘南北”总比“望（忘）城北”更有文本上的可能性，亦与前文就此句异文所作之考证相契。

三 “欲往城南忘南北”所写当非诗人而乃城中难民

如始所言，陈寅恪与钱钟书虽于杜诗《哀江头》末句解释上针锋相对，但亦都认定“欲往城南忘南北（望城北）”所写正是诗人自己。只是陈寅恪认为，杜甫当时并未皇惑而不记南北，他是清醒的，故“虽欲归家，而犹望宫阙”正“隐示其眷恋迟回不忘国君之本意”；钱钟书则认为，杜甫在“黄昏胡骑尘满城”的混乱情形下，“疾走街巷，身亲足践，事境危迫，衷曲惶乱”，故而赞同被陈寅恪批评的陆游《老学庵笔记》所谓“皇惑不记为南北”的解释。然而，也还有另一可能。

如果《哀江头》末句果真如荆公所录为“望城北”——即使这种可能性几乎为零，那此句就绝非难民而只可能是诗人自道清醒状态下的所思所行①，然正如明胡震亨驳“忘城北”曾谓：“曲江已是城南矣，欲更往城南，何之乎”（《唐音癸签》卷二十二）。而如果实情真如上文所考，那就必须追问“皇惑不记孰为南北”者到底是诗人还是难民，这中间有大不同。

在《元白诗笺证稿》中，陈寅恪断言“子美家居城南，而宫阙在城北”，并要求读者参阅他的《唐代政治史述论稿》和《隋唐制度渊源略论稿》，所要证明的都只是“宫阙在城北”。即便如此，那“子美家居城

---

① 有论者以王嗣奭《杜臆》所倡“以杜解杜”为则，引同时期老杜《悲陈陶》末句“都人回面向北啼，日夜更望官军至”，以证《哀江头》末句之“北”亦是此意。然而，此间有两点差异值得提出，一是前者的主体是“都人”而非“诗人”，二是前者的背景并非“黄昏胡骑尘满城”而是“仍唱胡歌饮都市”。写在同一时期的《北征》中亦有“都人望翠华，佳气向金阙”。

南”是不是也要考一考？杜甫当时在不在长安？如果在长安，一定就住在先前“城南”之居所？这些都必须考证清楚。

据载，唐至德元年(756)六月底长安陷落，七月十二日太子于灵州(今宁夏灵武县)继大统。杜甫是年四月赴奉先，后携家至白水，六月举家避乱于鄜州羌村，八月闻肃宗即位于灵武，便只身“自鄜州羸服欲奔行在，为贼所得”，解送长安，至德二年四月脱贼，“亡走凤翔上谒，拜右拾遗”(《新唐书》卷二百一列传第一百二十六文艺上)。因此，长安沦陷时杜甫并不在那里[①]，“黄昏胡骑尘满城”如果是安史乱贼破都屠城之情形，那杜甫根本就无缘亲见。第二年春季的一天，杜甫偷偷溜到城南昔日皇家贵绅游猎的曲江边，水边宫殿千门紧锁，今昔对比，百感交集，于是乎写下这首《哀江头》。从“忆昔”亦可知此诗为追忆往日情形之作，“黄昏胡骑尘满城，欲往城南忘南北”也不可能是老杜返回住处时即目所见，而只能是昔日贼军入城的混乱场景。否则，“细柳新蒲为谁绿”与“尘满城”何能共处一城？尘烟漫天飞下的“细柳新蒲”只能是灰蒙蒙的，既不可能“绿”更不可能“新”。更为紧要的是，老杜所游之曲江，在唐长安城东南，且是最南；据考，老杜此时所居之所，亦在曲江西边一带(与杜位所居相去不远[②])。试问，“黄昏胡骑尘满城”即便是他返回时即目所见，那他也是自长安“城南”往“城西”走，何来“欲往城南”之说，是“欲往城西”才对。老杜此时尚能自由走动，看来并未为贼所扣，即便他按规定还必须在某一时刻回到城中被拘之所，那也是从“城南”向“城北”走去，如是，则既不会有“欲往城南”之举，又只能“向城北”了，何需如此曲意转折。故而，“欲往城南望城北”当是作者想象中的、于慌乱中不知所措的城中难民之奔逃场景，如同并未迷向的杜甫站在高空，看着那些逃难的市民，急急忙忙向南面奔走，突然又停下来，回望北方，显然是转了向，

① 参阅莫砺锋《杜甫评传》，南京大学出版社，1993年，第424页。

② 据杜诗《寄杜位》(761年作)题下公自注“位京中有宅，近曲江，诗尾有述”及末句“何时更得曲江游”可知，杜甫陷贼时亦可能居于杜位(李林甫东床，天宝十二年被贬官)曲江西边的家中。

算是纪实之笔，不必拔到“眷恋迟回不忘君国”的高度。

更何况，当时的长安，包括象征君国的宫殿，悉为胡贼所控，若再视“城北”为皇帝所系且来“望城北”，那真有“意欲何为”之虞了[①]。他即使要“望”也当望“西”，此时君国之所系既不在“长安”也不在“灵州”，而是在“凤翔”[②]，后者正在长安城正西。老杜是年四月所作《自京窜至凤翔喜达行在所》开首即云：“西忆岐阳信，无人遂却回。眼穿当落日，心死着寒灰。”几乎同时而作的《哀江头》若要表达“冀王师之至”或“眷恋迟回不忘君国”之意，当云“欲望城南望城西”。论者皆谓“欲望城南”句当与《悲陈陶》“都人回面向北啼，日夜更望官军至”对读，殊不知，房琯自请领兵收复两京并于是年十月廿一败于陈陶、廿三日再败于青阪时，肃宗还在彭原（《资治通鉴》第二一九卷），和灵武一样，还算是在长安的北部；而老杜“春日潜行”时，业已知晓肃宗已到长安西面的凤翔。杜甫从长安城西的金光门逃出，这是他必选的出逃路径，流亡政府和国君都在这个方向，可以断定，老杜在西市这一带（比如怀远坊和大云经寺）有过频繁的活动，如“西郊胡正繁”（《至德二载，甫自京金光门出，间道归凤翔……》）必是多次亲历后所言，“出郭眺西郊”（《喜晴》）也确有为出逃探路的可能[③]。

鲁訔《杜工部年谱》“至德”条云：“公羸服走灵武，贼得之。故《赠韦评事》诗曰：‘昔没贼中时，潜与子同游。’公没贼中，有《九日蓝田崔氏庄》以下十三首。”闻一多《少陵先生年谱会笺》“至德二载丁酉”条

---

① 施蛰存《唐诗百话》，上海古籍出版社，1987 年，第 250 页。

② 肃宗至德二年（757）二月初十自彭原幸凤翔（《资治通鉴》第二一九卷），杜甫此时已知悉，四月即窜归之。陷贼时的老杜，消息倒是灵通得很，如房琯刚刚兵败于陈陶、青阪，他就有《悲陈陶》《悲青阪》两首及之。林继中《杜诗选评》（三秦出版社，2004 年，第 68 页）、刘学锴《唐诗选注评鉴》（中州古籍出版社，2013 年，第 874 页）以及上文提及的卢国琛《杜甫诗醇》（2006，第 235 页）和张忠纲《杜甫诗》（2013，第 75 页）仍以“其时肃宗在灵武”为据，证老杜“望城北”为冀官军早至，失之。

③ 陈贻焮《杜甫评传》，上卷，北京大学出版社，2003 年，第 315 页。

云："公四十六岁。春陷贼中，在长安，时从赞公苏端游。"[1]可知，老杜陷贼时经常与之同游者至少有三人：韦评事、乾元元年登进士第的苏端[2]，还有一个僧人赞公。他们时常一同"潜行"，所去之处约莫也是曲江、南苑一类的旧地。老杜此期所作《哀江头》，也不太可能仅是一次所见所感，当有平时的一贯感慨系之。"黄昏胡骑尘满城"想是经常遇到的场景，"欲往城南忘南北"也应是百姓奔逃时的实情。

据宋敏求《长安志》卷十，赞公所在的大云经寺（原名光明寺，为武皇初年所改）位于长安城"西市"正南、"怀远坊"的东南隅，近金光门，老杜后由此门出而"窜归凤翔"。诗人陷贼时，曾屡居此寺[3]，写有《大云寺赞公房（四首）》，中有"把臂有多日，开怀无愧辞"句。可以判定，西市和怀远坊是老杜陷贼时的主要活动场所。又，《四首》中有"尘沙黄"（其三）、"泥污人"（其四）、"国多狗"（其四）等语，当是老杜于西市附近即目所见之实际情形。《哀江头》中"黄昏胡骑尘满城"，可能更多是老杜在西市所见，"二王本"录《大云寺赞公房》诗末公自注云"时西郊逆贼拒官军未已"及公诗《至德二载……》有"此道昔归顺，西郊胡骑繁"，可证。这就进一步证明"欲往城南忘南北"所写不光是诗人自己，主要还是城中逃难的百姓，极言胡贼陷城时对百姓的戕害及城中混乱不堪的情形，批判痛惜之情寓于其中。

然就《哀江头》之结体看，中间十二句是痛思往事，首末四句恰成回环照应，起于现实又结于现实，"忘南北"者似是老杜自己。大而言

---

① 闻一多《少陵先生年谱会笺》，《唐诗杂论》，中华书局，2009 年，第 65—66 页。杜集中有《大云寺赞公房四首》和《宿赞公房》、《西枝村寻置草堂地夜宿赞公土室二首》、《寄赞上人》、《别赞上人》（后四首均作于乾元二年[759]）等诗，颇言其落魄时赞公予以善待之情（"饮食过扶衰"、"深藏供老宿，取用及吾身"）及与之相交甚欢之高谊。二人均为房琯挚友，亦皆因房氏罢相连及被贬。

② 杜诗《雨过苏端》中有"苏侯得数过"句，"过"即拜访之意。

③ 有研究称，杜甫在长安城没有自己的住处，与大多数人一样，赁住在寺院或租舍之内，陷贼时即寄居大云寺。参阅武伯纶《杜甫与长安》，《古城集》，三秦出版社，1987 年，第 83 页。清郭曾炘《读杜札记》云大云经寺乃老杜陷贼时"藏匿伏窜之所"（郭曾炘《读杜札记》，上海古籍出版社，1984 年，第 56 页）。

之，确乎如此，若细微察之，仍以难民义胜：首二句“少陵野老吞声哭，春日潜行曲江曲”，诗人自谓无疑，次二句“江头宫殿锁千门，细柳新蒲为谁绿”，乃即目所见且遍浸哀恸之客观环境；末四句亦有两层，首二句“人生有情泪沾臆，江水江花岂终极”对应于“少陵”两句，系诗人自我感慨，“黄昏”二句对应于“江头”二句，是为平日习见之根于自然人性（求生本能）的社会环境。《五家评本杜工部集》卷一录王士禄于“黄昏胡骑尘满城”两句批曰：“乱离事只叙得两句，清渭以下纯以唱叹出之，笔力高不可攀。即两句亦是唱（喧）叹，不是实叙。”[①]正得老杜真意。

由于“欲往城南忘南北”写的不是诗人而是城中难民，故而，陈寅恪所谓“少陵以虽欲归家，而犹回望宫阙”以“隐示其眷恋迟回不忘君国之本意”以及钱钟书基于老杜“身亲足践”而给出的关于“忘城北”“望城北”和“忘南北”的精微读解[②]，均有再商之必要了。

“忘”之本义即是“不识”（《说文》篇十下），“忘南北”即“找不着北”的意思，之所以拿“南北”说事儿，盖古人以“南北斗”（张守节《史记·天官书·正义》：“南斗六星，在南也。”）辨别方向也，杜诗《秋兴八首》之二有“每依南（北）斗望京华”。其祖典在徐乾《中论·慎所从篇》：“譬如迷者，欲南而反北也。”后曹植《吁嗟篇》：“当南而更北，谓东而反西。”六朝所译《贤首楞伽经》云：“譬如迷人，于一聚落，惑南为北。”都是遑惑避死而不辨南北之意，与具体城南城北没有直接关系。杜诗《将赴成都草堂途中有作，先寄严郑公五首（二）》“过客径须愁出入，居人不自解东西”，表达的亦是此意。

---

① 参阅卢坤辑《五家评本杜工部集》卷一，日本早稻田大学藏本（道光十四年[1834]序），第二十七页。是书录末句为“欲往城南忘南北”，并注“一云望城北”。《杜工部集》乾隆五十年（1785）玉勾草堂本，末句及注同此，卷一，页三十五。杨伦《杜诗镜铨》（1791）卷三、郭曾炘（1855—1929）《读杜札记》“哀江头”条亦引。

② 即便照钱钟书的理路来，与“忘”所表达的意蕴亦有“望（向）”所不能包含甚至对立者。“欲往城南……”乃老杜事后追述，当时老杜要么是清醒的，要么已因“胡骑满城”且近“黄昏”而迷其所向。若是后者，用“忘”最为恰切，表示其虽知应向“城南”但慌乱中已不辨南北，如用“望”亦是“回望”或“走向”之意。“望”若作“向往”解，就只能说老杜当时是清醒的，虽然已是黄昏，虽然胡骑满城，虽然尘烟弥漫。

四 “忘南北”正文不传释疑及反思

然而，历史是出人意料的，作为正文的“忘南北”自清代以来反不传，本来连是否是异文都成问题的“望城北”，反倒成了正文，得到有清一代不少注家的青睐并流传至今而定于一统，致使博学如陈寅恪者探讨此句时竟也不着一字，其间奥妙不可不探。要之，除如不少诗评家所谓较之“忘南北”，“望城北”所传达出的诗情、诗境和诗法更胜一筹外，尚有如下原因值得拈出。

其一，历史进程是有选择性甚至是创造性的，这创造和选择又是借由杰出人物，如杜甫之类，并通过杰出人物，如王安石、陆游、黄庭坚、仇兆鳌、陈寅恪、钱钟书等，来实现的。因此，可以说是历史有条件地选择了“望城北”而放弃了“忘南北”。在“原始文本”无法获取的情况下，自然可以转而探求异文兴替间的历史动因①，但就杜诗而言，《宋本杜工部集》有着非同一般的文献价值，像“望城北”之类的异文还是可以大致弄清楚的，当然亦不排斥其他诸种释读的可能性。因此，就《哀江头》而言，我们既不能像陈寅恪指责陆游等“不得其解”那样来指责陈寅恪，亦不能如研究者所断定的那样：有陈寅恪如此根据充实的详论，这一费解句子的诂释可以得到解决了。陆游、钱谦益之解释是否切合老杜诗意，陈寅恪之解释是否最为准确②，都还有再商之余地。实际上，陈寅恪的释证，并未真正进入当代的杜诗注本。据笔者核检，仅徐仁甫《杜诗注解商榷》③一书及之，邓魁英、聂石樵《杜甫选集》及倪其心、吴鸥《杜甫诗选译》虽均有相关引述，然皆未提陈的大名④。著名唐诗研究专家刘学锴先生甫出的《唐诗选注

---

① 田晓菲《尘几录——陶渊明与手抄本文化研究》，中华书局，2007 年，第 13 页。

② 参阅胡晓明《诗与文化心灵》，第 254 页；邓小军《诗史释证》，中华书局，2004 年，第 181 页。

③ 徐仁甫《杜诗注解商榷》，中华书局，1979 年，第 26—27 页。

④ 邓魁英、聂石樵《杜甫选集》，上海古籍出版社，1983 年，第 85 页；倪其心、吴鸥《杜甫诗选译》，黄永年审阅，巴蜀书社，1990 年，第 59 页。

评鉴》[1]屡引义宁高论，然笺注评赏此诗时亦未尝援引及此，新版《杜甫诗歌全集校注》对之亦不置一词。看来，陈氏之解，虽被景仰陈寅恪的研究者们屡加推崇，并以之与钱钟书一派对阵，但其尚未真正被唐诗研究界所接受，也是显然的。

其二，“望城北”之终成正文，实乃历代释杜策略之极端化的结果。概而言之，历来对杜诗的诠解无非两种思路：要么以山谷“杜诗无一字无来历”为指归，尽掘与之相关之史料，求其深蕴；要么，以老杜如苏轼所谓“每饭不忘君”[2]为准的，微言大义，在在联系其思想倾向以解之；前者强调杜诗的艺术性、继承性和典范价值，后者强调杜诗的思想性、圣人性和教育意义。这两种理路，一重诗格，一重人格，皆为宋代学者所开拓，至今有继。前者如孙觉（1028—1090）之“杜子美诗无两字无来处”以及被乃婿黄庭坚推而极之的“杜子美诗无一字无来处”，赵次公《杜诗先后解自序》（1134—1147）亦承此而谓其稍涉杜诗即“知非特两字如此耳，往往一字綮切，必有来处，皆从万卷中来”[3]，清杨伦《杜诗镜铨·凡例》亦欲于杜诗“语语求其着落”。后者则尤为一向重视人格、思想的儒家士人所推重，苏轼导夫先路，文天祥、仇兆鳌随其后，至新时期极尽其致。

按说，照陈、钱两家既有之学术理路，陈寅恪当属前者，钱钟书当归后者。然而，素来于史料“喜聚异同，取材详备”[4]的陈寅恪，所取路向显然不是史学的或考据的，而是思想的。他之取于思想者，缘于他关于唐代都城建制的发皇和强调，以至“宫在北而市在南”成了他理解唐代文献的“前见”。所以，他咬定“望城南”为正文，痛斥以“望”为

---

① 刘学锴《唐诗选注评鉴》，中州古籍出版社，2013 年，第 873—879 页。

② 老杜动辄即有“忠君爱国”“悲天悯人”之情流露，然并不予人反感，根本原因正在杨伦所谓“杜公一饭不忘，忠诚出于天性”（《杜诗镜铨·凡例》）及其“推己及人”的儒家思维模式之中。

③ 林继中辑注《杜诗赵次公先后解辑校》，上册，上海古籍出版社，2012 年，第 1 页。

④ 此为“合本子注”之法，参阅陈寅恪《杨树达论语疏证序》和《陈述辽史补注序》两文，《金明馆丛稿二编》，生活·读书·新知三联书店，2009 年，第 262—263、264 页。

"忘"者。[①] 其实,只要顺眼浏览一下宋敏求(1019—1079)的《长安志》或徐松(1781—1848)所撰《唐两京城坊考》[②]——两书均属常见——所载唐长安城图表,即刻便会知晓"宫在北而市在南"的建置情况。陈寅恪囿于"即成之见"的释证,其前提所需曲折太多,须就原文做双重臆改(这也许就是王安石的思路):

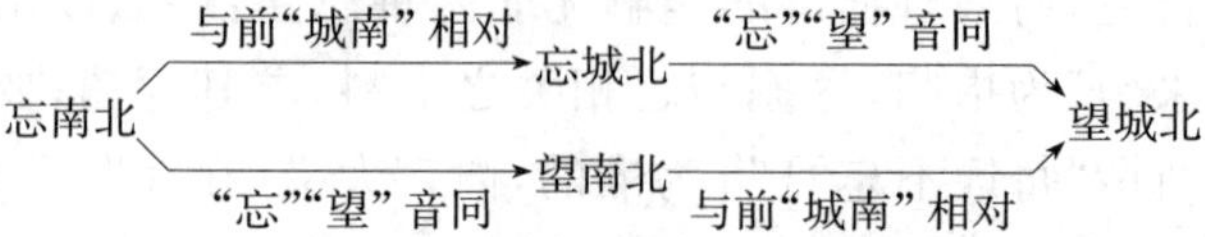

同时还须认定"甫家居城南"为老杜自注。陈寅恪这种因既有观念而持论可商者,尚可在《元白诗证史》讲课中见到,不为特例。在此课的开场白中,先生曾云:"唐诗是负盛名的。诗人写诗,必定和时代息息相关。如白居易,诗多,内中有很多十分著名,流传也广。对于这些诗,一定要考证是非:是,要加以证明,并详为说明;非,也同样要如此。这样,才能免于误会。文人的作品,多爱想象,或故意错,或按传统不自觉错,这些都要改正。"[③]文学家进行艺术创作,有想象,有夸张,有虚构,这有什么好"改正"的呢?若非记录有误则着实让人费解。

陆游、钱钟书等,虽多从"丧精亡魂""衷曲惶乱"的心状入手,但骨子里就是"杜诗无一字无来处"的理路。钱钟书没有"宫在北而市在南"的"前见",他以诗艺的眼光,历数老杜之前如此用语造诗的先例,以明诗艺和诗意的继承关系,倒显得比较多元。

与"望城北"渐成正文同步,"甫家居城南"本为山谷臆补,自"仇

---

① 在唐人传写中,"忘"与"望"可通用,如敦煌变文《孔子项托相问书》云"项托父母不承忘",另一卷"忘"即作"望";又《父母恩重经讲经文》云"望却深恩大苦裁(哉)",此"望"就是"忘"。参阅盛静霞、蒋礼鸿《〈唐诗选〉注解的商榷》,《文学遗产增刊》,第 11 辑,1962 年,第 135 页。

② 是书原收《丛书集成初编》,今有李健超增订本,三秦出版社,2006 年。

③ 刘隆凯《陈寅恪〈元白诗证史〉讲席侧记》,第 13—14 页,着重号为引者所加。当然,也许此记录有录者自拟成分,然就语气和语意看,当是陈氏的原话。

注”始亦成了“原注”“公自注”或“旧注”而广为注家所引。究其故，首先是这个“黄曰”并不悖于史实，虽属臆补，然非作假，老杜长安十年确居于城南；更根本的是，此注之于“黄昏”两句之主体在宋代以来被聚焦于“诗人自况”甚而“微言大义寓焉”的解释路向，实有引导、推助、顺应之功，陈寅恪亦据而不究。

综之，在这里，一向严守考释的陈寅恪，今典、古典概不过问，有违先生自己以生命护卫的“不能先有……见解，再研究学术”①的教谕，显得那样独断而拘儒；倒是印象中一向只谈诗艺、睿智狡黠的钱钟书，古典、今典一应俱下，显得更像人们眼中的陈寅恪。陈、钱之争，实质上有着共同的文本基础和理论前提，皆因二人生命体验、知识学养和人格性情之不同而取了各异的理解途径罢了，“只可互补，不可对观”②。然就本真意义上的文学研究而言，陈寅恪发皇的“史学化理路”连同其背后的中西理论资源，都只能作为外援、辅助和推力，必须得到作品本身的支撑和验证，否则就较文学为远了。③

本文讨论，除了上述纠补杜注之失和认识论之澄清两重价值外，尚有更紧要的方法论启示。陈寅恪与钱钟书就杜诗所做或隐或显的争论，实质上只是“义理”之争，而且，就各自所持之“义理”论，根本不存在孰对孰错或孰高孰低的问题。景仰陈寅恪的学者，认为他解决了这个难题，许以定论，如胡晓明和邓小军；推重钱钟书者，则认为陈

---

① 在《对科学院的答复》中，先生的原话是“不要先有马列主义的见解，再研究学术”（陆键东《陈寅恪的最后二十年》，联经，1997 年，第 111 页），但对白居易《卖炭翁》和老杜《哀江头》中“北”的释证，均是在“唐代长安城市之建置，市在南而宫在北”这一“先有见解”下得出的，是关注了艺术的现实性，但又无视于老杜读破万卷书后长于用典的诗艺特征，难免显得有望文生义之嫌。我们这里所谓的“先有见解”（前见），不是人们理解文本必具的基础性修养，而是指对文本理解之方向有决定性的既有判断，而前者只是基础性的并不决定诠释的方向。

② 李伟《诗中有史不是史，史蕴诗心终非诗——事实与价值视域下文史关系的哲学辨正》，《安徽师范大学学报》（人文社会科学版），2013 年第 5 期，第 610 页。

③ 曹旭《文学研究，请重视“特殊的”文学本位》，2012 年《文学遗产》第 1 期，第 132—133 页；陈文忠《三千年文学史，百年人生情怀咏叹史——关于文学生命本质的新思考》，《安徽师范大学学报》（人文社会科学版），2012 年第 6 期，第 700—702 页。

的解释不妥，过于拘泥，常常不顾诗艺，推而极之则有“以史杀诗”之嫌，如萧公权、李洪岩等。

局面业已难乎为继，这有些类似于宋明时理学（朱子派）与心学（阳明派）之争，“性即理”与“心即理”的争辩到了各执一词、山穷水尽的境地。据余英时先生卓见，宋明儒如果就此非要决个究竟，那最后就只有“取证于经书”（罗钦顺《困知记》卷下条四三），回到原始经典，“藏理学于经学”，于是乎考证之学遂兴——而这正是明清学术思想大变（宋明理学一变而为清代的经典考证之学）的“内在理路”（inner logic）所在。[①]

说到底，我们所遭际的学术困境，就是作为明清儒学之要害的义理与考据的关系问题，也大致就是孔子所谓“思而不学则殆”与“学而不思则罔”的意思。就人文研究应有之学术生态言，我们可以套用康德的话就二者之学理关联说上一句：无义理的考据是盲的，无考据的义理是空的。返审当下，表面看来，我们既有“义理”又有“考据”。前者在文艺学、美学学界，可谓层出不穷；后者在古典文学界，那叫个君临天下。然而，我们常听到文艺学界说古典文学研究太“死”，没有灵魂；古典文学界说文艺学研究太“空”，没有根底。不论是孔语所示，还是明清儒学所昭，都是说义理与考据当呈互为支撑的合作之势。然而，我们不得不说，当下的义理不少是无考据的，当下的考据不少是无义理的，因而，前者是空的，后者是盲的。这当然不是人文研究应有的学术生态。

然而，问题的繁难之处在于，我们还必须紧接着余先生追问如下问题：清儒所谓“取证于经书”有没有解决宋明儒学的义理之争？事实上，结果令人失望。看来，考据并不能成为义理之争的最终裁判，因为文献材料的释读很多时候要看我们“先在理解”的诠释意向——这一点已为西方现代诠释学，尤其是海德格尔和伽达默尔的哲学所

---

① 余英时《论戴震与章学诚——清代中期学术思想史研究》，生活·读书·新知三联书店，2012年，第290页以下。

确证。因此，如果说义理尽而考据兴，那么，考据穷则义理亦必起，两者注定是既没有起点也没有终点的无限的诠释循环关系。古典文学与文艺学学界当明此大义，进而消除彼此间不应有的误会，以同情之心态悉心借鉴对方研究之成果，视彼此为目的而非只是工具，以之形成“有考据的义理”和“有义理的考据”这种良性的诠释循环态势。一如程千帆先生晚年总结其学术方法时，视“文艺学与文献学”相结合的“两点论”作为他的“大道至简”。①

上面揭出的这个道理几乎没有人不“知道”，我则希望通过陈寅恪与钱钟书这个经典个案，让读者“体验”到它，化“常知”为“真知”，转识成智。②

（安徽师范大学中国诗学研究中心）

附：

历代杜集《哀江头》末句异文对照表

题名（诗所在卷/总卷）	编刻者	编刻年（纪元）	正文（●）和异文（○）			底本或版本
			忘南北	忘城北	望城北	
杜工部集（1/20）	[宋]王洙\王琪	1039\1059	●			续古逸丛书本
荆公集句诗（凡2首）	[宋]王安石	1085年集			●	不明，疑安石臆改

① 程千帆《桑榆忆往》，上海古籍出版社，2000年，第47—48页。

② 黑格尔所谓“熟知非真知”的警言，早在《河南程氏遗书》卷二上《元丰己未吕与叔东见二先生语》中道出：“真知与常知异。尝见一田夫，曾被虎伤，有人说虎伤人，众莫不惊，独田夫色动异于众。若虎能伤人，虽三尺童子莫不知之，然未尝真知，真知须如田夫乃是。”（朱熹编《二程遗书》，上海古籍出版社，2000年，第66页）

续 表

题名（诗所在卷/总卷）	编刻者	编刻年（纪元）	正文(●)和异文(○)			底本或版本
			忘南北	忘城北	望城北	
注杜诗	[宋]邓慎思	1087—1108	●		○	此书早佚，后之"洙曰"均出于此
杜陵诗史(5/32)	[宋]王十朋(伪)	1163—1189	●		○(洙曰)	线装书局2001年景印本
新刊校定集注杜诗(2/36)	[宋]郭知达	1181年	●		○	中华书局1981年景印"漕台本"
九家集注(2/36)	[宋]郭知达	1181年		●		上海古籍出版社《杜诗引得》本
分门集注(3/25)	[宋]赵次公等	1195—1224	●		○(洙曰)	四部丛刊景宋刊本
草堂诗笺(9/50[40])	[宋]蔡梦弼	1204年	●		○	续修四库本
补注杜诗(2/36)	[宋]黄希\黄鹤	1216年	●		○(洙曰)	文渊阁本
须溪批点(4/22)	[宋]刘辰翁	1295年	●			早稻田大学图书馆藏元刻本
集千家注(3/20)	[元]高楚芳	1303年		●		早稻田大学图书馆藏易山人本
纂注分类杜诗(11/25)	[宋]刘辰翁	1403年?	●		○	早稻田大学图书馆藏朝鲜刻本
杜工部诗通(4/16)	[明]张綖	1572年		●		早稻田大学图书馆藏明刻本
分类集注(5/23)	[明]邵宝(伪)	1592年	●	○		早稻田大学图书馆藏明万历二十年周子文校刊本

续 表

题名（诗所在卷/总卷）	编刻者	编刻年（纪元）	正文（●）和异文（○）			底本或版本
			忘南北	忘城北	望城北	
读杜小笺上	［清］钱谦益	1634 年		●		四部丛刊本（第271 册）
钱注杜诗（1/20）	［清］钱谦益	1667 年	●		○	早稻田大学图书馆藏本
杜诗辑注（3/20）	［清］朱鹤龄	1670 年	●	○	○	早稻田大学图书馆藏本
杜诗论文（6/56）	［清］吴见思	1672 年		●		早稻田大学藏宝翰楼重印本
杜诗阐（5/33）	［清］卢元昌	1682 年		●		续修四库本
杜诗详注（4/23）	［清］仇兆鳌	1693—1714	○	○	●	中华书局本
读杜心解（2/6）	［清］浦起龙	1724 年	●	○	○	中华书局本
杜诗偶评（2/4）	［清］沈德潜	1747 年			●	早稻田大学图书馆藏赋闲草堂本
杜诗镜铨（3/20）	［清］杨伦	1791 年	○		●	早稻田大学图书馆藏清重刻本
五色评本（1/20）	［清］卢坤辑	1834 年	●		○	宣统三年时中书局本
杜甫全集校注（3/28）	萧涤非等主编	2014 年	●			人民文学出版社本

注：

1. 林继中《杜诗赵次公先后解辑校》乙秩卷二作“望城北”，然是书录杜诗正文所据之底本即《新刊校定集注杜诗》卷二作“忘南北”，未明其故。

2. 表中各时间点参证洪业《杜诗引得・序》（上海古籍出版社，1985 年）、周采泉《杜集书录》（上海古籍出版社，1986 年）、张忠纲等《杜集叙录》（齐鲁书社，2008 年）和莫砺锋《杜甫诗歌讲演录》（广西师范大学出版社，2007 年）。

姚永朴《文学研究法》征引《文心雕龙》考*

叶当前

《文学研究法》是姚永朴在大学课堂教学基础上精心结撰的一部文章学著作，"其发凡起例，仿之《文心雕龙》"①，其在范畴界定、命题阐释、文学史论等方面大量征引《文心雕龙》，述作并重，既重视经典文论的传承，又主动考虑学术体制的需要，在总结中国民族文学理论上作出了贡献，在现代文学理论发生发展史上有一定的地位。该书四卷二十五篇，在体例上与《文心雕龙》呼应相通，学界多有论述。现仅考察其对《文心雕龙》的征引，就教于同仁。

一

《文学研究法》是作者北大讲义的基础上编订而成，前期基础是国立法政学校讲义《国文学》四卷。《国文学》选录中国历代单篇文论《诗・关雎序》以迄曾国藩《经史百家杂钞序》二十篇，随文简要夹注词义或段落大意，每篇之后以"永朴谨案"、"又案"字样领起按语的形式阐述中国古代文学理论史上重大命题、范畴、理论与规律，类似中

* 本文为国家社科基金重大招标项目"东亚《诗品》《文心雕龙》文献研究集成"(14ZDB068)；国家社科基金后期资助项目(13FZW058)。

① 张玮《文学研究法・原序》，见姚永朴著、许结讲评《文学研究法》，凤凰出版传媒集团，2009年。

国古代文论作品选讲①。《文学研究法》很重视《国文学》选录篇目，除方苞《书归震川文集后》一篇外，其余十九篇均见引录，象曹丕《典论·论文》、陆机《文赋》、韩愈《答李翊书》等均引达七条之多，文体分类更是直接沿用姚鼐《古文辞类纂》与曾国藩《经史百家杂钞》。同时，《文学研究法》还大量录用《国文学》案语。如姚鼐《古文辞类纂序》案语"盖文有名异而实同者"一段，见录于《文学研究法·门类》篇；曾国藩《经史百家杂钞序》案语"昔郑东甫言郑康成注《经》"一段，见录于《疵瑕》篇；《毛诗·关雎序》案语"古今著作不外经史子集四类"一段，见录于《范围》篇等。门人张玮序介绍《文学研究法》撰写原委，亦从《国文学》说起，只是"今年先生复应文科大学之聘，编订讲义，较《国文学》尤详"，编订过程也非常精审，"每成一篇，辄为玮等诵说。危坐移时，神采奕奕，恒至日昃忘餐"②。可见该书编撰之用力。

姚永朴作为桐城嫡传，论文"本之姜坞、惜抱两先哲"，《文学研究法》征引先祖姚范、姚鼐两家之说亦冠以尊称"先姜坞府君"与"惜抱先生"；曾国藩是桐城派中兴主将，姚氏征引其说多以"曾文正公"相称；其他桐城派古文家文论也多有引录。然而，《文学研究法》又是一部旁征博引的宏大著述，张序谓"自周秦以迄近代，通人之论，莫不考其全而撷其精"，"自上古有书契以来，论文要旨，略备于是"，全书征引之富，可见一斑。程正民先生总结该书编撰特点说："行文之中，作者多综述前人观点，自己只是略加点评和串联。引述最多的桐城三祖方苞、姚鼐和刘大櫆的著述，经常成篇引用，像《状态》一篇中引刘大櫆的《论文偶记》长达四页。此外，曾国藩也是书中常常出现的名字，而另一个必不可少的资源是《文心雕龙》"③。姚永朴对《文心雕龙》的重视可能有一个过程。起初，在《国文学》中，姚氏并没有选录

① 姚永朴《国文学附见闻偶笔》，广文书局，1982年再版。

② 张玮《文学研究法·原序》，见姚永朴著、许结讲评《文学研究法》，凤凰出版传媒集团，2009年。

③ 程正民、程凯《中国现代文学理论知识体系的建构：文学理论教材与教学的历史沿革》，北京大学出版社，2005年，第13页。

《文心雕龙》篇目，案语中提及《文心雕龙》的仅九处，“意翻空而易奇，言征实而难巧”凡两引，涉及篇目只有《神思》《诠赋》《风骨》《指瑕》《养气》《定势》等六篇。大抵到京师大学堂接受“文学研究法”课程教学任务，《国文学》并不能满足新课程的教学要求，新课程又没有成熟的教学目标与完善的教学内容，姚永朴对本课程的理解可能接近于后来的“文学概论”，重视文学的分类、派别、创作等内容，于是“体大而虑周”的文章学巨著《文心雕龙》成为不二范本，开始受到重视。另外，由于西学东渐，“西文艺学”的学科观念随之引入，固守家法旧学已不合时宜，追求新变已势在必行，姚永朴应清楚看到这一点，故其《国文学》跳出《古文辞类纂》的窠臼，从古代文论入手选篇，算是别开生面，《文学研究法》不薄桐城爱“文心”，又是其“谨守家法而无门户之见存”文学思想的体现。这种思想倾向从数据统计可以直观看出。

在谨守家法方面：《文学研究法》共引姚范文论 40 条，其中直接标明出自《援鹑堂笔记》的计 37 条，标示“先姜坞府君”言论凡 3 条。征引姚鼐文论总计 69 条，主要出自《古文辞类纂》及其序目、《复鲁絜非书》《答鲁宾之书》《复曹云路书》《与新城陈硕士书》《与陈硕士书》《与张阮林书》《答翁学士书》《与姚莹书》《与管异之书》《与张翰宣书》《复刘明东书》《复陈东浦方伯书》《与王铁夫书》《与何砚农书》《答徐季雅书》《与方植之书》《与人书》《贾生明申商论》《跋刘海峰诗》《五七言今体诗钞》及评点文字等。征引方苞文论 26 条，主要出自《答乔介夫书》《与刘言法书》《赠方文辀序》《古文约选序例》《答孙以宁书》《与程若韩书》《答程夔州书》《又书〈货殖传〉后》及文章评点等。征引刘大櫆《论文偶记》55 条，征引篇幅达到原著的一半，其中《状态》篇连续引用《论文偶记》“文贵奇”、“文贵高”、“文贵大”、“文贵远”、“文贵简”、“文贵疏”、“文贵变”、“文贵瘦”、“文贵华”、“文贵参差”、“文贵去陈言”、“文贵品藻”等相关条目 34 条。征引曾国藩文论 50 条，主要出自《曾文正公日记》《答刘孟容书》《试大理评事王君墓志铭》《答许仙屏书》《经史百家杂钞》《欧阳生文集序》《曾国藩家训》《与吴南屏书》《曾文正公笔记》《复陈右铭太守书》《复李眉生书》《与张廉卿书》

《复邓寅皆书》《圣哲画像记》及评点等。征引方东树《昭昧詹言》22条。对先大父姚莹、先考慕庭府君姚濬昌等文论亦有征引。姚氏家族自姚范、姚鼐、姚莹、姚濬昌至姚永朴，文学思想代代传承，在《文学研究法》中有着清晰的脉络。《文学研究法》对其他桐城派古文家如梅曾亮、戴钧衡、张裕钊、吴汝纶、马其昶等重要文论观点亦多有摘引，梳理对照，不难看出桐城文学思想发展的线索。

《文学研究法》征引《文心雕龙》共62条，从破除门户之见角度看，意义尤显重要。首先，在征引数量上，《文心雕龙》与姚鼐、刘大櫆相当，比其他桐城派古文家所引条目多，足见姚氏对《文心雕龙》的重视。其次，《门类》篇阐释十三类文体时，姚氏往往选录《文心雕龙》的文体界定释名章义，涉及文体有"论"、"章"、"表"、"奏"、"启"、"议"、"书"、"记"、"说"、"诏"、"策"、"檄"、"移"、"状"、"碑"、"颂"、"赞"、"赋"、"诔"、"哀"、"吊"等，或先引《文心雕龙》的定义，次以姚鼐、曾国藩或其他文论家理论证之；或先引姚氏、曾氏之论，次以《文心雕龙》结之。无论先后，《文心雕龙》文体界定在姚著中有着举足轻重的作用。再次，在重点篇目上，姚氏不惜笔墨征引《文心雕龙》大段文字，以述为著，说明问题。如《功效》篇引《物色》440余字，引文占《物色》原文的三分之二；《运会》篇征引《时序》1 921字，占《时序》原文91%；《性情》篇征引《情采》300余字，占原文三分之一强；《神理》篇引《神思》370余字，占45%，在《奇正》篇又引《神思》"夫神思方运"至"言征实而难巧也"一段文字，足见作者对《神思》篇的重视。

数据对比，姚氏文学思想总体倾向清晰可鉴。《文学研究法》将《文心雕龙》提到与桐城派古文家文论同等重要的位置，客观上促进了《文心雕龙》进入大学课堂，正是在姚永朴《文学研究法》的直接刺激与影响下，北京大学《文心雕龙》课程在黄侃手里成为热门课程①，

① 姚永朴应算北京大学最早在课堂上摘段讲解《文心雕龙》的教师，其后，北京大学主讲《文心雕龙》的教师有黄侃、朱宗莱等。朱宗莱(1881—1919)，字蓬仙，在日本留学时与鲁迅一起听过章太炎讲学，与黄侃同为章门弟子。1916年后任教北京大学，主讲《文心雕龙》课程，被傅斯年、罗家伦、顾颉刚等学生上书蔡元培撤换为黄侃主讲。黄侃(转下页)

也开启了以《文心雕龙》为阵地的文选派与桐城派之学术论争，演绎成学术史上一段公案。从这个角度看，《文学研究法》大量征引《文心雕龙》，有着深刻的学术史意义。

二

《文学研究法》征引《文心雕龙》多为直接引用，一般以“《文心雕龙》××篇云”、“又云”直接领起引文，但为了文字简洁，也会概括大意后衔接引文，或在引文中间略去数句。故许振轩在校点本《文学研究法》的“出版说明”中说：“先师曾为予言：古人引文多凭记忆，所以如能予以校勘、注释，当更有利读者。”①的确是这样，兹仅就姚氏对《文心雕龙》引用中的概述与省略部分出校若干条如下，以引起读者注意。

(1)《门类》篇：“奏议类者，其异名尤多。……而《文心雕龙》言之尤详。《章表》篇云：七国言事，‘皆称上书。秦初定制，改曰书奏。汉定四品：一曰章，二曰奏，三曰表，四曰议；章以谢恩，奏以按劾，表以陈请，议以执异。章者，明也。表者，标也。’”②此段文字，有数处概括省略。“七国言事”，《文心雕龙》为“降及七国，未变古式，言事于主”；“汉定四品”，《文心雕龙》为“汉定礼仪，则有四品”；“章者，明也。表者，标也”，中间有省略，《文心雕龙》原文为：“章者，明也。诗云为章于天，谓文明也；其在文物，赤白曰章。表者，标也。”③

(2)《门类》篇：“《奏启》篇云：‘奏者，进也。言敷于下，情进于上也，自汉以来，奏事者或称上疏。’”《文心雕龙》原文：“奏者，进也；言敷于下，情进于上也。秦始立奏，而法家少文。观王绾之奏勋德，辞质而义近；李斯之奏骊山，事略而意迳：政无膏润，形于篇章矣。自汉

(接上页)早朱蓬仙两年到北京大学任教，主讲《文心雕龙》应已颇有名声，故得学生青睐。朱宗莱事迹见朱怿《朱蓬仙生平事略》一文，载《鲁迅研究动态》1984 年第 1 期。

① 姚永朴撰，许振轩校点《文学研究法》，黄山书社，2011 年，第 2 版。

② 姚永朴著、许结讲评《文学研究法》，凤凰出版传媒集团，2009 年，第 38 页。

③ 杨明照校注拾遗《增订文心雕龙校注》，中华书局，2000 年，第 306 页。

以来，奏事或称上疏。”[①]姚永朴引用时，将中间举例部分省略掉了。接下来引用“启”的界定，同样有大段省略。姚氏引文为“启者，开也。孝景讳启，故两汉无称。至魏国笺记，始云‘启闻’，奏事之末，或云‘谨启’。自晋盛启，用兼表奏，陈政言事，既奏之异条，让爵谢恩，亦表之别干。自汉置八仪，密奏阴阳，皂囊封板，故曰封事。晁错受书，还上便宜。多附封事，慎机密也。”《文心雕龙》原文被略去三处。一为“启者，开也”之后有“高宗云：启乃心，沃朕心。取其义也”；二为“亦表之别干”后有“必敛饬入规，促其音节，辨要轻清，文而不侈，亦启之大略也。又表奏确切，号为谠言。谠言者，偏也。王道有偏，乖乎荡荡，其偏，故曰谠言也。孝成称班伯之谠言，贵直也”；三为“还上便宜”后有“后代便宜”[②]。

(3)《门类》篇：“《议对》篇云：‘议之言宜，审事宜也。昔管仲称轩辕有明台之议，其来远矣。’汉立驳议，‘驳者，杂也。杂议不纯，故云驳也。’‘又对策者，应诏而陈政也；射策者，探事而献说也。言中理准，譬射侯中的。二名虽殊，即议之别体也。’”此段文字引用《文心雕龙》关于“议”、“驳议”、“对策”、“策射”等名称的解释，稍不注意，就容易当成原文整段读下去。其实在“审事宜也”后略去了《文心雕龙》几句原文：“《易》之《节卦》，君子以制度数议德行。《周书》曰：议事以制，政乃弗迷。议贵节制，经典之体也。”“汉立驳议”也是原文“迄至有汉，始立驳议”[③]的概括。而且原文解释“议”、“驳”、“对策”分布在全篇三处，姚永朴糅合在一起，虽更简练，却容易淆乱原著，读者不可大意。

(4)《门类》篇：“《文心雕龙·书记》篇云：‘书者，舒也。舒布其言，陈之简牍。’‘战国以前，君臣同书，秦汉立仪，始有表奏；王公国内，亦称奏书。迄至后汉，稍有名品，公府奏记，而郡将奏笺。记之言志，进己志也；笺者，表也，表识其情也。’”此段引文解释“书”、“记”、

---

① 杨明照校注拾遗《增订文心雕龙校注》，中华书局，2000年，第317页。
② 杨明照校注拾遗《增订文心雕龙校注》，中华书局，2000年，第318—319页。
③ 杨明照校注拾遗《增订文心雕龙校注》，中华书局，2000年，第332—333页。

“笺”等文体，在“陈之简牍”后省略历代“书”体经典范例的大段原文，在“亦称奏书”后省略“张敞奏书于胶后，其义美矣”[①]一句。

(5)《门类》篇：“而《文心雕龙》言之尤详。《诏策》篇云：‘昔轩辕、唐、虞，同称曰命。其在三代，事兼诰、誓，誓以训戒，诰以敷政，命喻自天，故授官锡胤。降及七国，并称曰命。命者，使也。秦汉天下，改命曰制。’汉初‘命有四品：一曰策书，二曰制书，三曰诏书，四曰戒敕。敕戒州郡，诏诰百官，制施赦命，策封王侯。策者，简也；制者，裁也；诏者，告也；敕者，正也。’”[②]姚氏引文在“同称曰命”后省略“命之为义，制性之本也”，在“故授官锡胤”后省略“《易》之《姤》象，后以施命诰四方。诰命动民，若天下之有风矣”，“汉初命有四品”原文为“汉初定仪则，则命有四品”[③]。接下来又引《诏策》篇解释“戒”：“又云：‘戒者，慎也。君父至尊，在三罔极。汉高祖之敕太子，东方朔之戒子，亦顾命之作也。教者，效也，言出而民效也。故王侯称教。’”相对《文心雕龙》原文，在“慎也”后略去“禹称戒之用休”，在“亦顾命之作也”后略去“及马援已下，各贻家戒。班姬女戒，足称母师也。”在“言出而民效也”后省去“契敷五教”[④]。

(6)《门类》篇：“《檄移》篇云：檄之称自七国始。‘檄者，皦也。皦然明白也。或称露布，播诸视听也。’‘移者，易也。移风易俗，命往而民随者也。’”原文檄、移分开论列，姚氏概括的“檄之称自七国始”，原文为“暨乎战国，始称为檄”；“皦也”后略去“宣露于外”；“皦然明白也”后略去“张仪檄楚，书以尺二，明白之文”。

(7)《门类》篇：“《文心雕龙·诔碑》篇云：‘碑者，埤也。上古帝皇纪号封禅，树石埤岳，故曰碑也。又宗庙有碑，树之两楹，事止丽牲，未勒勋绩。而庸器渐缺，故后代用碑，以石代金，同乎不朽。自庙徂坟，犹封墓也。’”原文在“故曰碑也”后有“周穆纪迹于弇山之石，亦

① 杨明照校注拾遗《增订文心雕龙校注》，中华书局，2000年，第345—346页。
② 姚永朴著、许结讲评《文学研究法》，凤凰出版传媒集团，2009年，第40页。
③ 杨明照校注拾遗《增订文心雕龙校注》，中华书局，2000年，第264页。
④ 杨明照校注拾遗《增订文心雕龙校注》，中华书局，2000年，第266页。

古碑之意也”。

(8)《门类》篇:“《文心雕龙·诠赋》篇云:‘诗有六义,其二曰赋,赋者,铺也。铺采摛文,体物写志也。’赋与诗体虽异,‘总其归涂,实相枝干。赋也者,受命于诗人,拓宇于楚辞也。’”原文在“体物写志也”后有“昔邵公称公卿献诗,师箴赋。传云:登高能赋,可为大夫。诗序则同义,传说则异体”,姚永朴将这段文字缩略为“赋与诗体虽异”串联引文,虽然通畅,但略去了上古对诗、赋的认识。“实相枝干”后原文有“刘向云:明不歌而颂,班固称古诗之流也。至如郑庄之赋大隧,士蒍之赋狐裘,结言短韵,词自己作,虽合赋体,明而未融。及灵均唱骚,始广声貌”①。

(9)《门类》篇:“《文心雕龙·诔碑》篇云:周时‘大夫之材,临丧能诔。诔者,累也,累其德行,旌之不朽也。’”“周时”原文为“周世盛德,有铭诔之文”。

(10)《门类》篇:“《哀吊》篇云:‘哀者,依也,悲实依心’,‘以辞遣哀,盖不泪之悼’。‘吊者,至也,君子命终定谥,事及理哀。故宾之慰主,以至到为言也。’”②为了尽量体现引文与原文的区别,标点本用三个双引号隔开此段引文。原文在“悲实依心”后有“故曰哀也”;在“吊者,至也”后有“《诗》云:神之吊矣,言神至也”。

(11)《功效》篇分三处引《物色》篇文字论证文章的“达情”与“博物”功效,其中“山林皋壤,实文思之奥府。屈平所以能洞鉴风骚之情者,抑亦江山之助乎”一段略去开头的“若乃”二字,在“实文思之奥府”后略去“略语则阙详说则繁然”九字。

(12)《格律》篇:“《奏启》篇云:‘夫奏之为笔,固以明允笃诚为本,辨析疏通为首,强志足以成务,博见足以穷理,酌古御今,治繁总要,此其体也。若乃按劾之奏,所以明宪清国……术在纠恶,势必深峭’。”此段文字在“明宪清国”后省略“昔周之太仆”至“矢人欲扬”简述历代

---

① 杨明照校注拾遗《增订文心雕龙校注》,中华书局,2000 年,第 95 页。

② 姚永朴著、许结讲评《文学研究法》,凤凰出版传媒集团,2009 年,第 46 页。

奏文发展的129字，从"明宪清国"跳跃到"术在纠恶"，显得很突兀。

(13)《声色》篇："《文心雕龙·炼字》篇，有避诡异、省联边、权重出、调单复四法，而论重出尤精。其说云：'重出者，同字相犯者也。《诗》《骚》适会，而近世忌。若两字俱要，则宁在相犯。故善为文者，富于万篇，贫于一字。一字非少，相避为难也。'"[①]姚氏在引文之前对原文炼字四法进行概括，还是比较得体的。在同篇谈到"隶事"时，姚氏以"《文心雕龙·丽辞》篇，尝戒不均与孤立二病"概括《文心雕龙》大意，领起引文，亦简洁有效。在《繁简》篇引用《文心雕龙·镕裁》篇，分别以"其总论镕裁曰"、"其论镕曰"、"其论裁曰"导出引文，可谓言之有序。

总之，姚永朴对《文心雕龙》的征引，并没有完全照抄原著，而是将讲义中摘录的笔记归类汇合到一起，以说明问题为旨归。故姚永朴对引文往往作一些技术处理，如在引用《文心雕龙》时，只是将释名章义的要点以简短语句串连起来，尽量不引例证部分，最大限度减少枝蔓，因而行文流畅，论点突出。又正因其连贯简洁，极易造成对原文的断章取义，误导读者。整理者亦怯其引文之繁琐，许振轩校点与许结讲评本，在引文标点上都下了一番功夫，然仅就《文心雕龙》而言，仍有许多省略文字没有在标点上体现出来。

《文学研究法》征引《文心雕龙》侧重在释名章义与敷理举统方面，较少引用选文定篇材料。一则姚永朴理解的"文学研究法"重在文学文体论与创作论，不必细致梳理文学发展史；再则桐城派早就有姚鼐《古文辞类纂》选定的文体范文，不必过多引入《文心雕龙》介绍的范例；另外，桐城派古文家讲究义法，要求语言雅洁，而广泛征引前人著述，容易造成行文臃肿，气脉断续，故在引用中略去不少句段，以求行文连贯。最后，《文学研究法》除在《气味》篇引《隐秀》赞辞"深文隐蔚，余味曲包"外，不引其他篇目的赞辞，大抵因为赞辞皆为规范的四言体，高度概括，含义深蕴，不符合明白晓畅的要求。

① 姚永朴著、许结讲评《文学研究法》，凤凰出版传媒集团，2009年，第159页。

三

姚永朴前后，以《文心雕龙》为主要教学内容进行教学的，主要有章太炎、黄侃。章氏在日本时期“国学讲演会”上讲过《文心雕龙》，后到北大讲授《文心雕龙》的朱宗莱即与朱希祖、沈兼士等一起听过课，留存有听课记录稿在上海图书馆。黄侃在北大主讲《文心雕龙》名声显赫，日后在讲义基础上整理的《文心雕龙札记》更是“龙学”的开风气之作。章、黄重视对《文心雕龙》的注解梳通，姚永朴则重在为我所用，以引代著，进而阐发自己的文章学理论观点。出发点不同，对《文心雕龙》篇目的侧重便不一样。兹列表对照三家涉及《文心雕龙》篇目，以见异同。

章太炎讲授	《文学研究法》	《文心雕龙》札记	姚、黄均不提及篇目
《原道》《征圣》《宗经》《正纬》《辨骚》	仅概引《辨骚》一句	《原道》《征圣》《宗经》《正纬》《辨骚》	卷一
《明诗》《乐府》《诠赋》《颂赞》《祝盟》	《诠赋》《颂赞》	《明诗》《乐府》《诠赋》《颂赞》	卷二《祝盟》
《铭箴》《诔碑》《哀吊》《杂文》《谐隐》	《铭箴》《诔碑》《哀吊》	无	卷三《杂文》《谐隐》
《史传》《诸子》《论说》	《论说》《诏策》《檄移》	无	卷四《史传》《诸子》
	《章表》《奏启》《议对》《书记》	《议对》《书记》	卷五《封禅》
	《神思》《体性》《风骨》《定势》	《神思》《体性》《风骨》《通变》《定势》	卷六

续 表

章太炎讲授	《文学研究法》	《文心雕龙》札记	姚、黄均不提及篇目
	《情采》《镕裁》《声律》《丽辞》	《情采》《镕裁》《声律》《章句》《丽辞》	卷七
	《事类》《练字》《隐秀》	《比兴》《夸饰》《事类》《练字》《隐秀》	卷八
	《指瑕》《养气》《附会》《时序》	《指瑕》《养气》《附会》《总术》	卷九
	《物色》	《序志》	卷十《才略》《知音》《程器》

黄霖整理集评《文心雕龙》附录有周兴陆整理的《章太炎讲授〈文心雕龙〉纪录稿两种》，一种为《文心雕龙札记》，只有前 8 篇；一种为《文学定谊诠国学讲习会略说》，一直到第 18 篇。据周兴陆考证，章太炎讲授《文心雕龙》进度为“每周一次，五周而毕其事”。据此，章太炎应通讲《文心雕龙》50 篇，笔记仅存 18 篇，不得窥章氏《文心雕龙》讲义全貌，实属遗憾。周兴陆《章太炎讲解〈文心雕龙〉辨释》指出：“近代刘师培、黄侃等骈文派学者从刘勰《文心雕龙》中寻找到理论支撑点，而散文派也同样如此。桐城派后劲林纾的《春觉斋论文》认为‘《文心雕龙》为最古论文之要言’，此书与桐城派的另一位文论家姚永朴的《文学研究法》，都多处称引《文心雕龙》，特别是对其‘文体论’部分津津乐道。章太炎已经摆脱了畸骈畸散的胶着，强调文学的务实治用，大大扩展‘文学’的范围，但他同样也从《文心雕龙》中找到其理论的基石。”[①]将章、黄、林、姚等四人对《文心雕龙》的应用与研究联系起来考察，无疑切中当时的学术风气。据“纪录稿”，可以推断章太

① 黄霖整理集评《文心雕龙》，上海世纪出版集团，2008 年，第 105—128 页。

炎讲解《文心雕龙》的着力点在文字的校勘训诂与六朝文学史论，并自然涉及文学观问题，有较高的学术价值。黄侃亲聆讲授，受其影响自在情理之中。

黄侃《文心雕龙札记》选取《文心雕龙》三十一篇展开讲解，或概括剖析《文心雕龙》文学思想，或根据《文心雕龙》线索梳理文学发展史，或征引历代文论印证刘勰论点，或附录《文心雕龙》提及经典篇章备读者研阅。全书以《文心雕龙》篇目为经，以文学理论史与范畴命题为纬，以笺疏体展开，不求体系完整，在体例上迥异乎《文学研究法》。然而，学界每论《札记》，往往将其置于桐城派与《文选》派论争的背景下，关注黄氏对《文学研究法》的批判，较量二者异同。李平老师认为："其实，《札记》与《文学研究法》并非水火不容，如果对两个文本进行细致分析，可以发现二者之间异中有同。"相同处主要表现为二人都重小学，对《文选》与骈文的态度基本一致，对文章义法与法度的态度比较灵活。其区别则表现为："同是借鉴于《文心雕龙》，黄侃欣赏其有韵骈偶之一端，为之张皇幽眇；而姚氏则拾其全部，虽然其古文家的倾向性是坚定的，但他有意统合有韵之文和无韵之笔，试图消弭古文与骈文之间的壁垒"。"《札记》侧重于创作论部分，《文学研究法》更侧重于文体论部分"①。的确是这样，从上表二家所选篇目便可见一斑。

在卷一的枢纽论部分，姚永朴仅在《著述》篇词赋类论屈原时间接引用了《辨骚》用词："是以刘彦和《文心雕龙·辨骚》篇，以屈宋为'惊采绝艳'，而叹'《九怀》以下，莫之能追'。"姚永朴很重视屈原，认为"词赋类以屈原为鼻祖。盖周衰《诗》熄，屈氏因崛起于楚。"继引张惠言《七十家赋钞序》明词赋体发展脉络，又引洪迈《容斋随笔》、方苞评语略述词赋体之正变②。姚氏从词赋史角度阐释屈原的文学地位，区别于《文心雕龙·辨骚》篇把屈赋放在文之枢纽位置。可见，姚氏

---

① 李平等《〈文心雕龙〉研究史论》，黄山书社，2009年，第105—107页。

② 姚永朴著、许结讲评《文学研究法》，凤凰出版传媒集团，2009年，第79页。

对《辨骚》篇应有自己的理解。实际上，姚永朴有自己的理论体系，并不刻意模拟《文心雕龙》，故在《文学研究法》中亦没有直接征引文之枢纽论五篇。傅莹说："作者自己虽强调，与'西文艺学'相比较，'无取于文'，仿效的是《文心雕龙》，但开篇绝非沿着'原道'、'征圣'、'宗经'、'正纬'和'辨骚'的构架与路数；且'取'与'不取'，已经显示出参照的经纬，本身暗含了中西对比的眼光和视角，隐形中放置了一套参照体系和标准，在某种意义上说，是中国传统文论向现代文论转向的纽结点。"①傅莹高度评价《文学研究法》在新学与旧学交替中的意义，姚永朴是否真的这么全面接受西方文艺理论体系又另当别论，但这种看法的确从一个侧面揭示了姚永朴不引《文心雕龙》文之枢纽论篇目的原因。

对《文心雕龙》卷二至卷五文体论部分，姚、黄都讲解征引的篇目有《诠赋》《颂赞》《议对》《书记》四篇，姚永朴还征引有《铭箴》《诔碑》《哀吊》《论说》《诏策》《檄移》《章表》《奏启》等篇目，姚氏征引12篇中相应文体基本包含在姚鼐归纳的十三类之中。在"门类"篇，姚永朴阐释十三类文体，主要征引姚鼐、曾国藩、《文心雕龙》三家释义，尤其重视三家论及每一类文体的异名。兹就三家理解的文体异名情况列简表如下：

序号	类别	《文心雕龙》	姚　鼐	曾国藩
1	论辩类	论(《论说》篇)	论	篇、训、览、论、辨、议、说、解、原
2	序跋类		序	序、跋、引、题、读、传、注、笺、疏、说、解
3	奏议类	上书、章、奏、表、议(《章表》篇)上	表、奏、疏、议、上书、封事	书、疏、议、奏、表、劄子、封事、弹章、

① 傅莹《中国现代文学理论发生史》，上海文艺出版社，2008年，第43页。

续 表

序号	类别	《文心雕龙》	姚　鼐	曾国藩
		疏、封事(《奏启》篇)议、驳、对策、射策(《议对》篇)		笺、对策
4	书说类	书、奏书、记、笺(《书记》篇)说(《论说》篇)	书	书、启、移、牍、简、刀笔、帖
5	赠序类		序、引、说	
6	诏令类	命、誓、诰、制、策书、制书、诏书、戒敕、教(《诏策》篇)檄、露布、移(《檄移》篇)	檄、令	诰、诏、谕、令、教、敕、玺书、檄、策命
7	传状类	状(《书记》篇)	传、行状	本纪、世家、列传、家传、行状、事略、年谱
8	碑志类	碑(《诔碑》篇)	石鼓刻文、碑、表、志、铭、序	
9	杂记类		碑文之属	《礼记・投壶》《深衣》《内则》《少仪》,《周礼・考工记》
10	箴铭类		箴、铭	
11	颂赞类	颂、赞(《颂赞》篇)	《诗・颂》之流	
12	词赋类	赋(《诠赋》篇)	赋	赋、辞、骚、七、设论、符命、歌
13	哀祭类	诔(《诔碑》篇)哀、吊(《哀吊》篇)	《颂》《黄鸟》《二子乘舟》皆其原。	祭文、吊文、哀辞、诔、告祭、祝文、愿文、招魂

从上表可见姚永朴对文体的重视,《文心雕龙》文体论释名章义、敷理举统,自然是可资参考的最佳材料。然而,黄侃很重视的《明诗》《乐府》篇,姚永朴均不作征引。桐城派古文家重视文章及其理论,不论诗词亦在情理之中。然而《文学研究法》专列《诗歌》篇,且曰:“诗歌亦著述门之一类。但古今作者既众,而境之变化又多,大抵文中或论道,或叙事,或状物态,或抒性情,诗皆有之,兹不得不别为一篇,以评历代作者之得失,而备商榷焉。”[①]可见姚永朴还是非常重视诗歌的。《文心雕龙·明诗》篇在阐释诗歌本质与梳理诗歌史方面都受到时代的限制,不能概括唐宋以来诗歌发展情况,故姚永朴另起框架,按照五言古诗、七言古诗、五七言绝句诗、五言律诗、七言律诗、历代诗论、词曲的先后顺序全面梳理中国诗学发展史,后出转精,颇有价值。《文学研究法》不引文体论部分的《明诗》《乐府》《祝盟》《杂文》《谐隐》《史传》《诸子》《封禅》等8篇,对诗歌、乐府因有新的认识而不征引,祝盟、封禅已成为刍狗陈迹而不必论,杂文、谐隐、史传、诸子等因文学观念差异而无法纳入桐城派古文家文体十三大类,故不合引论。姚、黄比较起来,无论从数据上还是从论述符合度上,姚永朴都相对重视《文心雕龙》文体论。

对《文心雕龙》卷六至卷十,姚永朴、黄侃均有征引讲解。二人皆涉及到的篇目有《神思》《体性》《风骨》《定势》《情采》《镕裁》《声律》《丽辞》《事类》《练字》《隐秀》《指瑕》《养气》《附会》等14篇;姚永朴引用率很高的《时序》《物色》两篇,黄侃没有注解;黄侃注解的《通变》《章句》《比兴》《夸饰》《总术》《序志》等6篇,姚永朴没有引及;两家均没有涉及《才略》《知音》《程器》等3篇。从数据上比较,黄侃更重视《文心雕龙》的创作论,甚至修辞方法及篇章结构的安排。桐城派古文家特别讲究文章作法,但其自有“义法”,而不是《文心雕龙》所讲的那种骈文写作方法,在作品构成与作品风格方面也区别于《文心雕龙》总结出来的经验,而是重视“神、理、气、味、格、律、声、色”对作品

---

① 姚永朴著、许结讲评《文学研究法》,凤凰出版传媒集团,2009年,第97页。

生成的意义，关注“刚、柔、奇、正、雅、俗、繁、简”的文学风格。故姚永朴对《文心雕龙》创作论部分自有取舍。

总之，姚永朴身处当时学术语境，西方文学观念渐次传入、《文选》派重辩文笔问题，泛文学与纯文学的交锋虽处深水暗流，却已引起姚氏等桐城派古文家的注意，由姚鼐确立的文章十三类在《文学研究法》中重新阐释，并以《文心雕龙》为据，在大类中不断纳入文体小类或历代异名，对古代文体去彼取此，都经过反复衡量与思考。故在姚永朴《文学研究法》中不难找到旧学润新知的蛛丝马迹，这也是《文学研究法》有选择地征引《文心雕龙》的内在因缘吧。

（安庆师范学院文学院）

“孝子行没”的前世今生

——《诗经·小雅·蓼莪》当代阐释的分歧考辨

施　岩

《诗经》在古代中国是具有双重身份的特殊文本：经学文本和文学文本。《诗经》历代的解释成果异见纷呈，对其不同的身份认同是重要原因之一。对于今天的《诗经》解释学而言，借鉴前人的解释成果，不可回避的前提便是厘清这些成果背后的解释观念，分层离析出基于经学的解释和基于文学的解释，并澄清其中的源流关系。当代学术型以及普及型的《诗经》解释著作中，都常常表现出对两种传统解释观念及其解释成果的暧昧态度，在注释的取舍方面，存在诸多分歧。《诗经·小雅·蓼莪》的当代注释分歧一直存在，而这种分歧正是需要溯源考辨的。

一、孝子行役？
——《蓼莪》当代解释的分歧

《蓼莪》诗共六章："蓼蓼者莪，匪莪伊蒿。哀哀父母，生我劬劳。蓼蓼者莪，匪莪伊蔚。哀哀父母，生我劳瘁。瓶之罄矣，维罍之耻。鲜民之生，不如死之久矣。无父何怙？无母何恃？出则衔恤，入则靡至。父兮生我，母兮鞠我。抚我畜我，长我育我，顾我复我，出入腹我。欲报之德。昊天罔极！南山烈烈，飘风发发。民莫不谷，我独何害！南山律律，飘风弗弗。民莫不谷，我独不卒！"

当代《诗经》解释著作，对《蓼莪》本义的注释不尽相同。分歧主要在于是否确指诗中之“我”不得奉养父母终老的原因——“行役”。如果“我”的人伦悲歌起于奉旨服役，以至父母双双病亡而不归，那么这首诗就超越了个人情感的抒发，具有了鲜明的社会政治意味。如程俊英《诗经注析》将《蓼莪》的创作目的阐释为“这是一首人民劳于兵役，悼念父母的诗。作者深痛自己久役贫困，不能在父母生前尽孝养之责”①。高亨《诗经今注》认为“诗人在统治者的剥削压迫下，（或在徭役中）不得奉养父母，父母不幸死去，因而写出这首诗以抒发内心的哀痛”②。前者指实了作者“劳于兵役”的身世遭际，后者泛言“统治者的剥削压迫”，指出了“徭役”的可能性。由于“行役”或“剥削压迫”内容的加入，“人民”与“统治者”的矛盾成为《蓼莪》创作的社会背景，而诗人的遭遇就成为时代悲剧的缩影。这种认识在当代《蓼莪》解释中具有非常广泛的代表性，如李山在《诗经新注》中也从社会矛盾的角度阐释《蓼莪》的意义：“在这种诗中我们可以看到，王朝片面地注重国家利益，而伤害了自身肌体的细胞。”③此外，在一些普及读物中这种解释也广泛存在，流沙河《诗经现场》④、袁愈荌《诗经全译》⑤等皆持类似的观点。如果诗中发出孝思绝唱的“我”，并不曾向读者透露“行役”的信息，《蓼莪》文本本身便仅止于个人的诗性言说，模糊了具体的时空坐标，从而向无限的阅读视域开放，如马乘风《诗经今译今注》仅审慎地注明“这是孝子悼念父母之诗”⑥，王秀梅译注《诗经》⑦，以及刘毓庆、杨文娟《诗经讲读》⑧等都有相似的表述。

对孝子“行役”与否的认识分歧，也体现在《蓼莪》具体章句的解释中。第三章“缾之罄矣，维罍之耻”的意义存在争议。一种观点认

---

① 程俊英、蒋见元《诗经注析》，中华书局，1991年，第621页。
② 高亨《诗经今注》，上海古籍出版社，2009年，第307页。
③ 雒三桂、李山《诗经新注》，齐鲁书社，2000年，第412页。
④ 流沙河《诗经现场》，新星出版社，2013年。
⑤ 袁愈荌《诗经全译》，贵州人民出版社，2008年。
⑥ 马乘风《诗经今注今译》，新世界出版社，2011年，第194页。
⑦ 王秀梅《诗经》，中华书局，2006年。
⑧ 刘毓庆、杨文娟《诗经讲读》，华东师范大学出版社，2008年。

为诗句用以比喻统治者和人民的关系，如周振甫《诗经译注》："瓶空由于罍空，比上之人征役不息，不能养父母"[①]，以及高亨《诗经今注》："酒瓶空了，是酒坛的耻辱。比喻人民穷了，是统治者的耻辱"[②]等。另一种不同的观点则认为诗句用以比喻父母和儿子的关系，无涉"行役"，如马乘风《诗经今注今译》："瓶中的酒完了，那便是罍的耻辱，犹之乎父母之不得终养，便是子女的耻辱一样。"王秀梅译注《诗经》、刘毓庆、杨文娟《诗经讲读》等观点略有不同，但也都在父母与儿子这一对人伦关系中解释。程俊英《诗经注析》的分析则涵盖了上述两种观点：一方面认为"诗人以瓶喻父母，以罍喻子"，另一方面又肯定此句指出了"人子不能奉养父母的罪魁祸首——役使人民的统治者"[③]，但是并没有说明这两重意思是如何体现在同一喻体中的。

与对"孝子行役"的认识分歧相关联，第五、六章中"南山"的解释也有虚实之分。程俊英《诗经注析》明确将"南山"解释为"诗人行役之所"，因而"南山烈烈，飘风发发"、"南山律律，飘风弗弗"是"含赋作用的兴"。流沙河《诗经现场》也将"南山"确指为"终南山，孝子行役到此"。而马乘风《诗经今注今译》、王秀梅译注《诗经》等，均未将"南山"实指为"我"在诗中活动的地点。

"孝子是否行役"，成为当代《蓼莪》解释的关键分歧。虽然上述著作成书年代不同，但其中成书较早的著作直到近年仍多次再版，深刻影响着今天的《诗经》研究和一般读者的阅读。那么，"行役"这一重要信息依据何在呢？究竟是今人的新说，还是源自历代传统的《诗经》解释脉络？

二、"孝子行役何时始？"
——汉唐时期《蓼莪》经义的建构及对训诂的影响

汉代《毛诗序》论《蓼莪》之旨云："刺幽王也。民人劳苦，孝子不

① 周振甫《诗经译注》，中华书局，2002年，第328页。
② 高亨《诗经今注》，上海古籍出版社，2009年，第307页。
③ 程俊英、蒋见元《诗经注析》，中华书局，1991年，第625页。

得终养尔。”[1]此处“孝子”被阐释为“民人”的代表，显然是程俊英《诗经注析》将“我”作为“人民”之代表的先声；而“幽王”正是高亨《诗经今注》中泛指“统治者”的依据。郑玄《毛诗传笺》的解释相比《毛诗序》增添了社会历史语境中的个人叙事：“‘不得终养’者，二亲病亡之时，时在役所，不得见也。”这是出现的最早有关“孝子行役”的表述。唐代孔颖达《毛诗正义》进一步明确了“民人劳苦”与“孝子不得终养”之间的因果关系：“民人劳苦，致令孝子不得于父母终亡之时而侍养之。”至此，《蓼莪》在阐释语境中向我们展开一幅毫无悬念的时代画卷：幽王之时，人民劳于兵役，以至父母在“我”行役途中双双病亡。今人程俊英、高亨、李山等对《蓼莪》意义的阐述正是上述观念的整合，是汉唐儒者论《蓼莪》之旨的当代回响。

事实上，“孝子行役”的训诂依据并不充分。《蓼莪》在《毛诗注疏》中被解释为与“行役”有关的诗句共有三处。其一，“蓼蓼者莪，匪莪伊蒿”。郑玄解释为“视之以为非莪，故谓之蒿。兴者，喻忧思虽在役中，心不精识其事”，赋予了诗句生动的情节性，揭示了当事人行役的遭际和感受。孔颖达则进一步填充了“心不精其事”的原因：“二亲今且病亡，身在役中不得侍养，精神昏乱，故视物不察也”。在郑笺和孔疏下，“蓼蓼者莪，匪莪伊蒿”的解释与其后的“哀哀父母，生我劬劳”句形成叙事意义上的承接关系，与其说是“兴”，不如说是具有了“赋”的色彩和功能的“兴”。但是，解释者阐发的“身在役中”的信息却无法在相关诗句的语词意义中获得。其二，“瓶之罄矣，维罍之耻”。郑玄注：“瓶小而尽，罍大而盈，言为罍耻者，刺王不使富分贫众恤寡”。孔颖达详释为“以兴民有富而多丁，贫而寡弱，治民者当多役富，少役贫，不使贫者先困”。此处阐述的儒家政治主张，也并未见于全篇的语言材料之中。其三，“南山烈烈，飘风发发”。郑玄作“赋”解，“民人自苦见役”。孔颖达则指实了“我本从役，苦于南山”，南山

---

① 毛亨、郑玄、孔颖达等《毛诗注疏》，上海古籍出版社，2013 年，第 1115—1119 页。以下所引《毛诗序》、《毛诗传笺》、《毛诗正义》之文皆出于此。

被解释为行役的地点。关于“南山”这一所谓行役之所，无论郑玄还是孔颖达都未论及作此解释的文字或文献依据。郑笺、孔疏中三处有关“行役”的解释，均不是出自对章句本身的训诂；恰恰相反，“行役”成为上述解释所依赖的确定的语境和前提。

既无可靠的文本依据，“孝子行役”的训诂是否另有可征实的历史文献呢？涉及《蓼莪》创作背景的历史记载，目前仅见《后汉书·陈宠传》。文中记载陈宠在婉转劝谏国君遵循“人从军屯及给事县官者，大父母死未满三月，皆勿徭，令得葬送”的旧令时，谈到了所谓《蓼莪》的创作源起：“周室陵迟，礼制不序，《蓼莪》之人作诗自伤曰：‘瓶之罄矣，惟罍之耻。’言己不得终竟子道者，亦上之耻也”[①]。暂不论这段史实是否可靠，就文献本身而言，也并未明确提到“行役”一说，难以成为“孝子行役”可靠的文献依据。至于文中提到的陈宠以《蓼莪》来劝谏国君不以徭役影响民人服丧，其实正是自先秦以来引诗用诗的传统，其时“用诗来讽谏乃是一种普遍的认识”[②]，重点在于利用《诗经》的权威地位以达到规劝君主的目的，诗的本义是否如此倒是次要的。

由毛传、郑笺到孔疏，解释《蓼莪》的重点都在诗歌文本之外，解释者汲汲以求的是诗歌创作的社会历史语境。三者共同完成了对《蓼莪》语境的具体“还原”，由大的历史背景“幽王”之时，聚焦到“民人劳苦”以至“我”之行役，《蓼莪》成为一段没有留白的完整叙事。利科在《诠释学与人文科学》中区别了文学语言与日常话语，并由此阐述了语境对于解释的意义。对文学文本而言，没有作者与读者共享的场景，“它消除了特定现实性的所有指称”[③]，因而打开了一个区别于日常现实的新的在世存在的可能性；而日常话语则因为其具有确定的对话语境，从而拥有明确而有限的指称和意义。正是通过具体

① 范晔《后汉书》，中华书局，2007年，第458页。

② 李春青《诗与意识形态》，北京大学出版社，2005年，第321页。

③ 保罗·利科《诠释学与人文科学》，中国人民大学出版社，2012年，第101页。

语境的重建，汉唐经学家们使读者相信经典文本拥有确定的意义世界，从而垄断文本的阐释权，将文学文本上升为体现国家意识形态的神圣经典。这一解释路径显然背离了文学文本的自足性和超越性，诗学文本成功地转化为经学文本。当代《蓼莪》解释中出现的“孝子行役”的内容，并非今人的创造，而是经学语境下构建不容辩驳的儒家意识形态话语的重要符码。

三、“孝子未必行役”
——宋以后《蓼莪》训诂的新见及对经义的解构

“孝子行役”对《蓼莪》的解释而言，是否是不可或缺的必要条件呢？宋以后，在一些重要的《诗经》解释著作中，历史背景逐渐退到次要的位置，学者更加关注《蓼莪》文本自身的世界。一旦作品中古老的字义、暧昧的比兴都在文本内部得到解释，还原诗歌背后遥远隐秘的社会历史事件便不再是最重要的事。与此同时，汉唐经学所建构的确定语境的隐退，也使得《蓼莪》成为一个向解释者开放的诗意世界。

解释路径的转换，体现在修辞手法的重新认定和阐释上。宋以后，学者多以《蓼莪》中由郑笺、孔疏认定的第一、二章中的“兴”句为“比”，第五、六章中的“赋”句为“兴”。由兴而比，由赋而兴，学者们更加关注诗句在诗歌整体语言结构中的作用和意义，而非还原其创作时的社会历史语境，《蓼莪》在汉唐经学阐释中获得的具体的叙事性和情节性又被重新离析出去，意识形态话语回复诗性言说。

关于“蓼蓼者莪，匪莪伊蒿”、“蓼蓼者莪，匪莪伊蔚”，宋以后的解释更加多元，一个明显的趋向是在文本内部求解。“莪”、“蒿”、“蔚”，不再被视为诗歌叙事中的实有之物，而是被置于上下文的意义关系中探讨其象征意义，修辞手法上则被认定为“比”。至于“比”的喻体，主要的观点有三种：第一种认为“莪”、“蒿”、“蔚”为一类，皆为无用之野草，比喻己之不才。如南宋王质《诗总闻》认为“非莪即蒿，非莪即蔚，目前唯有此物更无他见。父母生我本欲增光门户，今乃索居田野。如此叹惋之辞也”[①]。第二种为朱熹《诗集传》中的解释:“莪,美菜也。蒿,贱草也”,“言昔谓之莪,而今非莪也,特蒿而已,以比父母生我以为美材,可赖以终其身,而今乃不得其养以死”[②]。这一解释影响最为广泛和深远,宋辅广《诗童子问》、元刘瑾《诗传通释》、元朱公迁《诗经疏义会通》、明季本《诗说解颐》等皆从此说。第三种为清人马瑞辰在《毛诗传笺通释》中的考证和解释:“莪蒿即茵陈蒿之类,常抱宿根而生,有子依母之象……蒿与蔚皆散生,故诗以喻不能终养”[③]。以上三种解释不尽相同,前两种侧重人子对己之不才的自责,第三种侧重痛失父母的离情和怅惘;但是三种解释均本于对语词本身的考证和对章句的理解。在拆解汉唐经学确定的“行役”的叙事要素后,喻体与本体之间均获得了紧密的对应性,而情感空间更为阔大和深厚。其中,朱熹和马瑞辰的解释仍然是当代《蓼莪》研究中的两种主流认识,如程俊英《诗经注析》取马瑞辰的解释;马乘风《诗经今译今注》则取朱熹的解释。

关于“瓶之罄矣,维罍之耻”,宋以后的《诗经》研究中,“瓶”与“罍”的政治寓意不再居于研究的中心,学者们将其喻意落实到父母与儿子这一对人伦关系中,区别仅在于:或认为“瓶”喻父母,“罍”喻子;或与之相反,认为“瓶”喻子,而“罍”喻父母。前者如朱熹《诗集传》:“言瓶资于罍,而罍资瓶,犹父母与子相依为命也。故瓶罄矣,乃罍之耻,犹父母不得其所,乃子之责”。后者如清人姚际恒《诗经通论》:“瓶小罍大,皆盛水器。瓶所以注水于罍也。瓶喻子,罍喻父母。罍既罄竭,则瓶无所资,为罍之耻,犹子不得养父母,怡亲之辱也。”[④]两种解释都影响深远,直至当代。在脱离无根的历史语境限定后,诗句的喻体与本体重新获得立足文本的结合。

---

① 王质《诗总闻·中国书店藏版古籍丛刊》,中国书店出版社,2012 年,卷十三。

② 朱熹《诗集传》,中华书局,2011 年,第 192 页。

③ 马瑞辰《毛诗传笺通释》,中华书局,1989 年,第 668 页。

④ 姚际恒《诗经通论》,《儒藏·精华编·经部诗类》,北京大学出版社,2010 年,第 235 页。

关于“南山烈烈，飘风发发”、“南山律律，飘风弗弗”，宋以后的研究多以之为“兴”，“南山”作为“行役之所”的叙事意义被解构。宋朱熹在《诗集传》中明确指出此处的修辞手法为“兴”，但是并未明言其与所咏之事的关系。明季本在《诗说解颐》中阐发朱熹的解释，认为此二句“皆言天降惭酷之祸而使不得终身致孝也”[①]。明朱谋玮在《诗故》中提出“山高则多悲风”以兴“人情危苦则多悲叹”[②]。清李光地在《诗所》中则将此两句与“父母之凋零”[③]相联系。“南山”成为诗歌的修辞元素，学者们不再关注其地理和历史意义，而是涵泳于诗句的语词和情绪结构中，得出各自不尽相同的理解。

除了对修辞手法的重新认定和阐释，《蓼莪》在汉唐经学阐释中呈现出来的内在矛盾也为学者们所发现。清人姚恒际在《诗经通论》中指出：“《小序》谓‘刺幽王’，亦混。《大序》谓‘民人劳苦，孝子不得终养’，以‘民人劳苦’合‘刺幽王’之意。不知诗云‘民莫不穀，我独何害’，则止系一人之事，岂得泛言‘民’乎？”[④]清人方玉润在《诗经原始》中也阐发了相同的观点。

当《蓼莪》字词章句均在诗歌文本内部获得完满的解释时，汉唐经学所建构的具体而微的创作语境自然便被解构了，《蓼莪》还原为“无达诂”的古朴诗歌。因而《毛诗序》所确立的“刺幽王”的主旨也不再是不容置疑的金科玉律，常见反驳之文，如南宋杨简《慈湖诗传》：“《毛诗序》曰：‘《蓼莪》，刺幽王也。民人劳苦，孝子不得终养尔。’本诗怨辞甚微，而《序》曰‘刺王’，诬矣！悖矣！”[⑤]明季本《诗说解颐》：“旧说‘民人劳苦，孝子不得养其亲’，则诗中未见有此意耳。”[⑥]清范家

① 季本《诗说解颐》，《景印文渊阁四库全书》，台湾商务印书馆，1986年，第79册，23页。

② 朱谋玮《诗故》，《豫章丛书·经部一》，江西教育出版社，2006年，第612页。

③ 李光地《诗所》，《景印文渊阁四库全书》，台湾商务印书馆，1986年，第86册，94页。

④ 姚际恒《诗经通论》，《儒藏·精华编·经部诗类》，北京大学出版社，2010年，第235页。

⑤ 杨简《慈湖诗传》，《丛书集成续编》，上海书店，1994年，第5册，631页。

⑥ 朱谋玮《诗故》，《豫章丛书·经部一》，江西教育出版社，2006年，第612页。

相《诗瀋》:“辞皆自责。而序专刺王者,终养之孝,无伸征役之重可知也。”[1]

《蓼莪》解释变化的背后,是诗学观念的变化。方玉润在《诗经原始》自序中明确阐述了他的解释学思想:“《诗三百篇》编自何人?昉于何代?世远年湮,古无明文,不可得而考已”,明确指出《诗经》的历史背景与诗歌文本本身存在间距,意图依据诗人的生平、创作年代来解释诗歌是行不通的。在否定了通过重建历史语境解释《诗经》的可行性之后,方玉润进一步阐明了他的解释方法:“虽不知其于诗人本意如何,而循文按义,则古人作诗大旨要亦不外乎是”。[2] 文本本身就是用以解释的全部依据。至此,方玉润明确表达了他将《诗经》视为拥有自足性的文学文本的解释学立场和立足文本解释《诗经》的解释方法。

利科认为“文学作品的本质特征,以及总体上艺术作品的本质特征就是,它超越了自身创作的心理——社会环境,因而将自身向无限的阅读视域开放……从社会学和心理学的观点看,文本必须能够以这样的方式来使自身‘去语境化’”[3]。宋以后出现的这种《蓼莪》研究的新取向,意义恰恰在于解构了汉唐经学所精心建构的叙事“语境”,探讨了文学范畴中《蓼莪》的意义和价值。这种解释思路和成果已经深刻浸入后世的《蓼莪》研究中,也是当代《蓼莪》解释的重要资源之一。

四、“孝子行役”在《蓼莪》当代解释中的存在坐标和价值

回溯《蓼莪》解释史,对“孝子行役”的肯定和扬弃,关系着“经学”与“文学”的不同的研究取向。“孝子行役”说,既非本于章句训诂,也

---

① 范家相《诗瀋》,《景印文渊阁四库全书》,台湾商务印书馆,1986 年,第 88 册,690 页。

② 方玉润《诗经原始》,中华书局,1986 年,第 1 页。

③ 保罗·利科《诠释学与人文科学》,中国人民大学出版社,2012 年,第 101 页。

未发现可靠的文献佐证，而是诞生于汉唐儒家经学的土壤里，是使《蓼莪》由个体的孝思上升为国家意识形态话语的重要符码。然而以毛传、郑笺、孔疏为代表的解释并不能涵盖《蓼莪》解释的全部历史。宋以后反对之声不绝如缕，不少学者基于诗歌文本，探求修辞手法的再认识和诗意的新诠释，“孝子行役”说的不确定性和不合理性被发现和论证，历史语境的索隐在相当一部分《蓼莪》研究著作中淡去。

当代《莪蓼》解释的分歧与历史上的《蓼莪》研究有着直接的传承关系。但是，当代注释常常不再完整呈现或辨析先人的观点，只做结论性的简要说明。这种注释形式便于一般读者阅读和学习，但常常掩盖了其历史来源与依据，进而掩盖了其解释背后未必清晰甚至混杂的解释观念。因此，理解当代《蓼莪》研究的分歧，还需要在溯源考辨的基础上，重新审视和厘清今人自身的解释思想。

将《诗经》视为文学文本，是当代《诗经》解释的主流。但是这一解释思想往往不能完全贯彻在解释实践中。如程俊英在《诗经注析》序言中明确提出“《诗经》应该从‘经’的桎梏中解脱出来，恢复文学的本来面目了”①。高亨也表达了“我注《诗经》是依循它的本义，探求它的原意”②，以和传统经学的研究相区别。但是二者在对《蓼莪》主旨和章句的分析中，都透露出解释观念的内在矛盾。关于《蓼莪》的主旨，二者都继承了郑笺、孔疏的思想，均以“人民”和“统治者”的矛盾落实《蓼莪》的社会政治背景，而这一认识也影响到部分章句如“瓶之罄矣，维罍之耻”及“南山烈烈，飘风发发”等的解释。当我们重建当代《蓼莪》研究的历史渊源时，研究者自身解释思想和解释实践的矛盾便突显出来。“孝子行役”的语境“填空”，其意义存在于思想史中；就文学研究而言，反而局限了《蓼莪》的诗境，弱化了其文学价值。

《诗经新注》的主编聂石樵在该书前言中强调了《诗经》解释立足文本的原则：“我们今天研究《诗经》，应该在总结前人研究成果的基

① 程俊英、蒋见元《诗经注析》，中华书局，1991 年，第 625 页。

② 高亨《诗经今注》，上海古籍出版社，2009 年，第 1 页。

础上，舍其所短，取其所长，开拓新路子。即舍弃其墨守家法，凭空立说，吸取其精于训诂、于诗之本文探求诗义的方法”。但是注释者李山在《蓼莪》解题时坚持了毛序郑笺的“刺幽王”和“时在役所”的观点，并分析原因：“从诗所表现出的激烈情绪看，郑玄的说法是有道理的”[①]。这一论述与书中前言所申明的阐释原则相比较，文本依据仍然是不足的。

刘毓庆、杨文娟所著《诗经讲读》提出了兼顾《诗经》的文学性以及经学思想价值的观点，在具体解释中，“尽量广泛地采纳了前人的研究成果，在诗的文本上用了较多的力，对于‘经’的方面也尽可能的有所观照”[②]。遗憾的是该书也未能完全做到解释实践与解释观念的一致。关于《蓼莪》的经学意义，书中引用朱善《诗解题》的看法：“彼父母俱存者，犹未知是诗之悲也。若父母既没，诵是诗而不三复流涕者，是亦非人子也”[③]；又援引方玉润《诗经原始》否定《蓼莪》有“刺幽王”意的有关阐述。而事实上，二者的解释实践恰恰是对汉唐经典经学释意的反拨。尽管如此，这一解释路径，为当代《诗经》解释学开辟了新的方向，也为我们重新看待《蓼莪》的经学价值提供了新的思路。

“孝子行役”，是经学语境下建构儒家意识形态的阐释符号。“孝子是否行役”的讨论，无益于《蓼莪》在纯粹诗学意义上的研究；但是经由“孝子行役”这一叙事元素的参与而建构的儒家政治思想中，有郑玄以“王者师”姿态发出的婉转规劝：“刺王不使富分贫、众恤寡”；有孔颖达向统治者的慷慨直陈：“治民者当多役富，少役贫不使贫者先困。今贫者既困矣，而富者尚饶裕，是王之耻也”。深厚的民本思想绵延至今，已经与《蓼莪》文本相共生，在今天仍然有其不可磨灭的思想价值，理应继续留守在《诗经》思想文化传承的脉络中。“孝子行役”为《蓼莪》一诗赋予的思想价值应与《蓼莪》之为“诗”的文学价值

---

① 雒三桂、李山《诗经新注》，齐鲁书社，2000年，第412页。

② 刘毓庆、杨文娟《诗经讲读》，华东师范大学出版社，2008年，第17页。

③ 刘毓庆、杨文娟《诗经讲读》，华东师范大学出版社，2008年，第267页。

并存而不混存。

“孝子是否行役”的分歧，是《蓼莪》解释史中久已有之的问题，分歧的当代存在，暴露了今人《诗经》解释观念的分歧以及观念与实践的内在冲突。《诗经》的解释需要溯源而上，对其之为“诗”与之为“经”的传统解释成果做出分层梳理，同时对于《诗经》在今天的价值又必须做兼顾“诗”与“经”的整体观照。只有通过这种“分”与“合”的双向研究，才能找到“孝子行役”在今天《蓼莪》研究中的坐标和价值。

（上海理工大学社会科学学院）

黄钟毁弃，瓦釜雷鸣

——屈原二元对立思维考论

唐志远

学界对屈原的生平思想多有研究，在现有的文献基础上，几乎发挥无余意，偏独对其独特的思维方式关注较少。田耕滋先生《从思维方式看屈原悲剧的人性深度》对此稍有论列，然其认为屈原的生命精神是“个体与社会绝对统一的绝对集体主义，具有无我的准宗教性”[①]，无疑消解了屈原的主体性和批判精神，却不能为笔者所苟同。细读屈原的作品可知，他非但没有奉行“个体与社会绝对统一”，相反的，却是以一种“二元对立”的思维方式进行思考和创作。在屈原的文学世界里，善与恶、是与非、黑与白、忠与奸等等价值观念，往往呈现出两两相对、历历分明的镜像。这种“二元对立”的思维表现在哪些方面？其成因有哪些？我们今天应该如何评价它？本文试图对此进行探讨。

一、二元对立之表现

所谓二元对立，指的是两种事物处在一种互相对立、非此即彼的紧张关系中，白黑分明，势不两立。屈原常是采用这种二元对立的方式进行思考和写作，故其作品中处处可见二元对立的叙事模式。屈原作品的真伪问题一直备受争议，至今未已。一般认为，《离骚》、《九

① 田耕滋《从思维方式看屈原悲剧的人性深度》，载《广西社会科学》2008年第4期。

歌》(11篇)、《天问》、《九章》(9篇)为屈原所作无疑,而《远游》、《招魂》、《卜居》、《渔父》四篇之归属尚无定论。以下即分两组讨论。

首先,在屈原的文学世界里,人与人之间常常呈现出善恶斗争、忠奸对立的状态。具体的人物多出于历史传说,他们之间的对立如:《离骚》:"彼尧舜之耿介兮,既遵道而得路;何桀纣之猖披兮,夫唯捷径以窘步。"[①]此尧舜与桀纣之对立;"夏桀之常违兮,乃遂焉而逢殃。后辛之菹醢兮,殷宗用而不长。汤、禹俨而祗敬兮,周论道而莫差。"据王逸注,后辛即商纣王,汤、禹、周分别指代商汤、夏禹和周文王,故此句为桀纣与汤、禹、周文王之对立。《天问》:"比干何逆,而抑沉之?雷开阿顺,而赐封之?"据王逸注,比干为纣之叔父,雷开则"佞人也,阿顺于纣",故此句为比干与雷开之对立。《怀沙》:"离娄微睇兮,瞽以为无明",离娄是古代著名的明目者,瞽则是盲目之人,此为离娄与瞽叟之对立。《惜往日》:"妒佳冶之芬芳兮,嫫母姣而自好。虽有西施之美容兮,谗妒入以自代。"嫫母是传说中的黄帝之妻,貌甚丑,而西施则是越之美女,故此以嫫母与西施相对立。除此之外,屈原本人与其国君亦常处于对立之状态,虽然一方面表现出"思君其莫我忠兮,忽忘身之贱贫"、"竭忠诚以事君"(《惜诵》)的不二之心,另一方面,则对"曰黄昏以为期兮,忽中道而改路"[②]、"初既与余成言兮,后悔遁而有他"(《离骚》)的君王大加挞伐,如《抽思》篇云:"昔君与我诚言兮,曰黄昏以为期。羌中道而回畔兮,反既有此他志。骄吾以其美好兮,览余以其修姱。与余言而不信兮,盖为余而造怒。"前两句指明君王的背信弃义,后两句则批评君王的骄傲自负和躁怒。《惜往日》篇中更是一再声讨君王的昏庸:"卒没身而绝名兮,惜壅君之不昭"、"不毕辞而赴渊兮,惜壅君之不识",无怪乎招来颜之推"显暴君过"的非议。

---

① 凡本文所引"楚辞"及注释,皆用洪兴祖《楚辞补注》,中华书局,1983年,如无特殊情况,不复出注。

② 洪兴祖补注疑此二句为后人所窜乱,可从,然并不影响本文结论。

以上是具体人物，又有抽象人物之对立，突出表现为个体与大众之对抗。以《离骚》为例，代表抒情主体的“余”与“党人”、“世俗”、“众人”、“民生”等，皆是两两相对，不可调和。如：“惟夫党人之偷乐兮，路幽昧以险隘。岂余身之惮殃兮，恐皇舆之败绩！”以“党人”与“余”相对立；“众皆竞进以贪婪兮，凭不厌乎求索。羌内恕己以量人兮，各兴心而嫉妒。忽驰骛以追逐兮，非余心之所急。”以“众”与“余”相对立；“众女嫉余之蛾眉兮，谣诼谓余以善淫。”以“众女”与“余”相对立；“民生各有所乐兮，余独好修以为常。”以“民生”与“余”相对立；“众不可户说兮，孰云察余之中情？世并举而好朋兮，夫何茕独而不予听？”则以大众、世俗与自身相对立。在屈原的眼中，整个世俗都很糟糕，无可救药，故其常说：“世溷浊而不分兮，好蔽美而嫉妒”、“世溷浊而嫉贤兮，好蔽美而称恶”、“世幽昧以昡曜兮，孰云察余之善恶”，他与世界处于对抗的状态，认为只有自己才是清白、美善的人。类似的情形在其他作品中也很常见，如《惜诵》：“吾谊先君而后身兮，羌众人之所仇。专惟君而无他兮，又众兆之所雠”；《涉江》：“世溷浊而莫余知兮，吾方高驰而不顾”；《哀郢》：“众踥蹀而日进兮，美超远而逾迈”；《抽思》：“何灵魂之信直兮，人之心不与吾心同”；《怀沙》：“夫惟党人鄙固兮，羌不知余之所臧”。凡此种种，都可看作屈原个体与当日大众的对抗。

其次，在屈原的文学世界里，事物与事物之间，也常常呈现出对立的状态，仿佛它们也参与了人世间的争斗，而被悉数“人化”了。深山大泽，实生龙蛇。楚国山川壮阔，动植丰富，皆供屈原笔端之驱遣。先看植物，如《离骚》：“户服艾以盈要兮，谓幽兰其不可佩”，“苏粪壤以充帏兮，谓申椒其不芳”，分别以艾与幽兰、粪壤与申椒相对待；“兰芷变而不芳兮，荃蕙化而为茅。何昔日之芳草兮，今直为此萧艾也？”更是叹息痛恨于兰芷、荃蕙等芳草化而为茅草和萧艾，两两之间，也是互相对立的。又如《思美人》：“揽大薄之芳茝兮，搴长洲之宿莽。惜吾不及古人兮，吾谁与玩此芳草。解萹薄与杂菜兮，备以为交佩。”据洪兴祖补注可知，萹薄和杂菜“皆非芳草”，“此言解去萹菜而备芳茝、宿莽以为交佩也”，两两相对，不言而喻。《惜往日》：“君无度而弗察兮，使芳草为薮幽。”《悲回风》：“故荼荠不同亩兮，兰茝幽而独芳。”也是以芳草和薮幽、荼和荠互相对待。动物之间相对立的情形也很常见，如《怀沙》：“凤皇在笯兮，鸡鹜翔舞”，以凤凰与鸡鹜相对。《悲回风》：“鱼葺鳞以自别兮，蛟龙隐其文章”，王逸注曰：“言众鱼张其鳍尾，葺累其鳞，则蛟龙隐其文章而避之也。”是此句为鱼与蛟龙之相对。除了上述动物和植物之外，细绎《怀沙》篇可知，方与圆（刓方以为圜）、白与黑（变白以为黑）、上与下（倒上以为下）、玉与石（同糅玉石）等等，也都是两两相对的。《涉江》篇的乱辞愤慨激昂，兼收并蓄，具有典型的意义：

> 鸾鸟凤皇，日以远兮。
> 燕雀乌鹊，巢堂坛兮。
> 露申辛夷，死林薄兮。
> 腥臊并御，芳不得薄兮。
> 阴阳易位，时不当兮。
> 怀信侘傺，忽乎吾将行兮。

就中鸾鸟、凤凰与燕雀、乌鹊是动物之间的对立；露申、辛夷作为芳香的植物①，与腥臊的臭味相对立；阴与阳之间也发生了错位的现象，这一点将于下节详论。

第三，在屈原的作品中，各种品质之间也常是互相对立，非此即彼，没有缓冲的余地。品质与人不可分，前引的“尧舜之耿介”与“桀纣之猖披”，既是尧舜与桀纣的对立，也是耿介与猖披的对立。“众皆竞进以贪婪兮，凭不厌乎求索”与“苟余情其信姱以练要兮，长顑颔亦何伤”，既是众与余的对立，也是竞进贪婪与信姱练要的对立。又如《离骚》：“固时俗之工巧兮，背绳墨而改错”，“固时俗之工巧兮，偭规矩而改错。背绳墨以追曲兮，竞周容以为度。”两次批评了时俗的工

---

① 辛夷即木笔，露申或即申椒，二者都是芳香的植物。参看戴震《屈原赋注》，中华书局，1999 年，第 93 页。

巧和周容（即苟合取容），而这显然是与遵规矩、循绳墨相反对的。类似的例子还有《惜往日》："背法度而心治兮，辟与此其无异。"其中的法度和心治也互为对立。再如《哀郢》："忠湛湛而愿进兮，妒被离而鄣之"，"憎愠惀之修美兮，好夫人之忼慨"，前者以湛湛之忠与被离之妒相对立，后者以愠惀与忼慨相对立①。《惜往日》："或忠信而死节兮，或訑谩而不疑。""谅聪不明而蔽壅兮，使谗谀而日得。"前者以忠信和訑谩相对立，后者则可看作聪明与蔽壅之间的对立。

如此一来，在屈原的眼中，整个世界似乎可以划为白黑分明的两块，人与人之间，物与物之间，品质与品质之间，都是互相对立，不容转圜的。又因其自居于正义与善良的一方，常以清洁的个体与溷浊的大众相对抗，故常常产生一种深深的孤独感，觉得自己独超众类，难遇知音。据统计，上述屈原作品中的"独"字，就有 27 个之多，其中多半都是表达孤独之情，如《离骚》："忳郁邑余侘傺兮，吾独穷困乎此时也。""民生各有所乐兮，余独好修以为常。"《惜诵》："终危独以离异兮，曰君可思而不可恃。"《涉江》："哀吾生之无乐兮，幽独处乎山中。"《抽思》："心郁郁之忧思兮，独永叹乎增伤。"《怀沙》："怀质抱情，独无匹兮。"《思美人》："独历年而离愍兮，羌冯心犹未化。"就连由民间神话改编的《九歌》中，也常流露出一种孤独凄苦之情，如《山鬼》篇："余处幽篁兮终不见天，路险难兮独后来。表独立兮山之上，云容容兮而在下。"真有"化作此花幽独"之慨。除了显而易见的"独"字之外，屈原又把自己比喻成孤独不群的飞鸟："有鸟自南兮，来集汉北。好姱佳丽兮，牉独处此异域。既惸独而不群兮，又无良媒在其侧。道卓远而日忘兮，愿自申而不得。"（《抽思》）或者特立独行的橘树："嗟尔幼志，有以异兮。独立不迁，岂不可喜兮。深固难徙，廓其无求兮。苏世独立，横而不流兮。"（《橘颂》）甚至化身为孤苦无依的美人："惟佳人之独怀兮，折若椒以自处。曾歔欷之嗟嗟兮，独隐伏而思虑。涕泣

① 汤炳正先生曰：愠惀，温良谦恭貌；忼慨，即慷慨，激切貌。二者辞意正相反。汤炳正《楚辞今注》，上海古籍出版社，2012 年，第 140 页。

交而凄凄兮，思不眠以至曙。终长夜之曼曼兮，掩此哀而不去。”(《悲回风》)凡此都可以看作屈原孤独心情的折射。

还有一种情形，虽不使用“独”字，也未采用比拟，只是一味地排比自己的处境，表述自己的困惑，也令人感到其孤立无援和无人理解的伤感。如《惜诵》：

纷逢尤以离谤兮，謇不可释也。

情沉抑而不达兮，又蔽而莫之白也。

心郁邑余侘傺兮，又莫察余之中情。

固烦言不可结诒兮，愿陈志而无路。

退静默而莫余知兮，进号呼又莫吾闻。

申侘傺之烦惑兮，中闷瞀之忳忳。

逢尤离谤既不可开释，感情沉抑又无可告诉，郁邑侘傺无人能体察，愿陈志趣也找不到门路，甚至不管是静默还是号呼，都没有人听到，没有人搭理，天地玄黄，宇宙洪荒，一连串的否定句式，把屈原这种孤独、抑郁、烦惑的心情表现得淋漓尽致。回过头来，再看看《离骚》的乱辞：“已矣哉！国无人莫我知兮，又何怀乎故都！既莫足与为美政兮，吾将从彭咸之所居！”真让人感到一种绝望的痛楚、彻骨的悲凉！如果说前引的个体与大众的对立还只是一种显性的牢骚的话，上述屈原的这种贯彻始终的孤独感，则更其隐约地表现了他与整个世界相对抗的悲壮与凄凉，而这些无疑也是一种二元对立思维的表现。准此而言，屈原大概算得是与全世界失恋的一个人。

上述讨论皆局限于《离骚》、《天问》、《九歌》、《九章》等确定无疑的屈原作品，其余《远游》、《招魂》、《卜居》、《渔父》四篇之归属虽无定论，就其以二元对立的思维方式进行思考和写作而言，却与前述作品没有什么不同。如《远游》首句：“悲时俗之迫阨兮，愿轻举而远游”，即表达了因不满于时俗而远游之主题，实可看作个体与世俗之对抗，堪为一篇之总领。类似的例子还有：“形穆穆以浸远兮，离人群而遁逸”，也是个人对群体的疏离和诀别。至如“遭沉浊而污秽兮，独郁结其谁语”、“免众患而不惧兮，世莫知其所如”等句，则可看出其孤独无助、特立独行的一面。《招魂》一篇有屈原自招、屈原招楚王、宋玉招屈原等不同说法，全篇之结构，如王逸序所言，是“外陈四方之恶，内崇楚国之美”，东方、南方、西方、北方、天上、地下皆不可居，所谓“天地四方，多贼奸些”是也，唯有“魂兮归来”、“入修门些”、“反故居些”，才是安乐吉祥的归宿，而这显然是以楚国之美与四方之恶相对立。全文首句：“朕幼清以廉洁兮，身服义而未沫。主此盛德兮，牵于俗而芜秽。”以廉洁之朕与芜秽之俗相对待，更是典型的屈原式的表达。《卜居》、《渔父》二篇当是后人同情屈原，体其思理而作。前者记屈原问卜于郑詹尹，后者述屈原与渔父之对话，二篇桴鼓相应，充类至尽，都将上述二元对立的思维方式发挥到了极致。就中《渔父》篇“举世皆浊我独清，众人皆醉我独醒”的名言，播在人口，久非一日，以独自一人与举世、众人相对抗，堪称对屈原思想的一种高度概括，毋庸多论。单看《卜居》中屈原提问一段，当知所言之不谬。请以表格列之：

正	反
吾宁悃悃款款，朴以忠乎？	将送往劳来，斯无穷乎？
宁诛锄草茅，以力耕乎？	将游大人，以成名乎？
宁正言不讳，以危身乎？	将从俗富贵，以偷生乎？
宁超然高举，以保真乎？	将哫訾栗斯，喔咿嚅儿，以事妇人乎？
宁廉洁正直，以自清乎？	将突梯滑稽，如脂如韦，以洁楹乎？
宁昂昂若千里之驹乎？	将泛泛若水中之凫乎？与波上下，偷以全吾躯乎？
宁与骐骥亢轭乎？	将随驽马之迹乎？
宁与黄鹄比翼乎？	将与鸡鹜争食乎？

其后更感叹曰：“此孰吉孰凶？何去何从？世溷浊而不清：蝉翼为重，千钧为轻；黄钟毁弃，瓦釜雷鸣；谗人高张，贤士无名。吁嗟默默兮，谁知吾之廉贞？”全篇排比行文，一气呵成，两两对立，如影随形。其中“宁……”的部分，表述其自身之追求，紧接着“将……”的部分，则

表达截然相反的取径，二者之间互为对立，其高下抑扬，显而易见，可知这些其实都是无疑而问。偏偏这个世界是“溷浊而不清”的，甚至“变白以为黑，倒上以为下”(《怀沙》)，小人往往得志，贤士却会失职，因而文中的屈原发出了“黄钟毁弃，瓦釜雷鸣”的愤慨之音。

通过考察上述屈原的作品以及疑似屈原的作品，我们可以得出一个大致的结论，即屈原在思考和写作的时候，往往采取一种二元对立的思维方式，将天地之间的人物、动物、植物乃至各种抽象的品质等，都划分为截然相反的两种类型，白黑分明，高下立判，非此即彼，不容转圜。黄汝亨《楚辞章句序》云：“屈子以其独醒独清之意，沉世之内，殷忧君上，愤懑混浊。六合之大，万类之广，耳目之所览睹，上极苍苍，下极林林，摧心裂肠，无之非是。”[①]可谓知言。屈原本人因此而常处于一种孤苦无告、抑郁无聊的状态。其作品中的各种意象，相应地打上了这种二元对立的印记，以互为对待的方式纷纷登场，形成固定的叙事模式，共同构成了屈原那“惊采绝艳”的文学世界。

二、二元对立之原因

接下来需要追问的是，究竟是什么原因造成了屈原的这种二元对立的思维方式，并进而影响到其文学创作，形成一种二元对立的叙事模式？我们认为至少包括三点，即春秋战国的政治背景、时代思潮以及屈原本人的性格特征，请依次述之。

首先，屈原所处时代的政治背景，作为一种客观环境，影响了其思维方式的形成。早在春秋时期，感时伤世的孔子就对礼坏乐崩、犯上作乱的失序情形痛心疾首，恨不能回复到“君君，臣臣，父父，子子”的理想状态(《论语·颜渊》)，发出了“恶紫之夺朱也，恶郑声之乱雅乐也，恶利口之覆邦家者”的感慨(《论语·阳货》)。陵谷迁变，世易时移，到了群雄争霸的战国时代，这种失序情形较之春秋时期变本加

---

① 姜亮夫《楚辞书目五种》，见《姜亮夫全集》(五)，云南人民出版社，2003 年，第 26 页。

厉，社会各个领域都在发生剧烈的变化[①]。如果说孔子的时代，周王室对于诸侯列国多少还保持一些威慑力和控制力的话，战国时期的列国则已基本摆脱周室羁縻，各自为政，我行我素。刘向的《战国策叙录》对此有较全面的描述：

> 仲尼既没之后，田氏取齐，六卿分晋，道德大废，上下失序。至秦孝公，捐礼让而贵战争，弃仁义而用诈谲，苟以取强而已矣。夫篡盗之人，列为侯王；诈谲之国，兴立为强。是以传相放效，后生师之，遂相吞灭，并大兼小，暴师经岁，流血满野；父子不相亲，兄弟不相安，夫妇离散，莫保其命，湣然道德绝矣。晚世益甚，万乘之国七，千乘之国五，敌侔争权，盖为战国。贪饕无耻，竟进无厌；国异政教，各自制断；上无天子，下无方伯；力功争强，胜者为右；兵革不休，诈伪并起。当此之时，虽有道德，不得施谋；有设之强，负阻而恃固；连与交质，重约结誓，以守其国。故孟子、孙卿儒术之士，弃捐于世，而游说权谋之徒，见贵于俗。[②]

试取其中"道德大废，上下失序"、"捐礼让而贵战争，弃仁义而用诈谲"、诈伪并起，竟进无厌，儒术之士弃捐于世，权谋之徒见贵于俗等句，与前述屈原作品中的"固时俗之工巧兮，背绳墨而改错"、"众皆竞进以贪婪兮，凭不厌乎求索"、"众踥蹀而日进兮，美超远而逾迈"、"凤皇在笯兮，鸡鹜翔舞"等句相比对，不难发现二者之间竟然高度吻合。

国际形势既如此，国内情形又如何呢？读过《史记》的《楚世家》、《屈原列传》等便可知，楚国政治也是一样的乌烟瘴气：楚怀王既变化多端，顷襄王亦荏弱难持，上官大夫妒贤嫉能，子兰、郑袖鼠目寸光。王听之不聪，谗谄之蔽明，邪曲之害公，方正之不容（语见《史记·屈

① 张荫麟先生形象地指出："春秋时代的历史大体上好比安流的平川，上面的舟楫默运潜移，远看仿佛静止；战国时代的历史却好比奔流的湍濑，顺流的舟楫，扬帆飞驶，顷刻之间，已过了峰岭千重。论世变的剧繁，战国的十年每可以抵得过春秋的一世纪。"张荫麟《中国史纲》，辽宁教育出版社，1998年，第89页。

② 缪文远《战国策新校注》，巴蜀书社，1998年，第12页。

原列传》)，正是当日的情状。由此看来，屈原所描述的“变白以为黑，倒上以为下”的失序状态，不过是战国时期社会情形的真实写照而已。从这个意义上说，屈原的作品堪称战国之诗史。“文变染乎世情，兴废系乎时序”(《文心雕龙·时序》)，这种上下失序、白黑颠倒的社会情形，无疑加深了他的愤慨。

第二，屈原二元对立思维的形成还跟他所受时代思潮的影响有关，其中最值得注意的，是一种阴阳二分的思想观念。据葛兆光先生考察，阴阳观念在远古时期即已出现，如西周金文、《诗经·大雅》、《尚书·周官》等文献中都有明确记载，并指出：“《周易》中的阴阳两种符号虽然从数字而来，但抽象成阴、阳两个基本概念，说明人们已经有了二元对立的思想。”①自春秋以降，阴阳观念更为普遍，似乎成为不言而喻的真理，如《国语·周语上》，伯阳父以阴阳失衡解释三川之地震，《左传·僖公十六年》，周内史叔兴认为六鹢退飞是“阴阳之事”，皆为著例。从这种观念出发，天地万物都可按照类比的原则进行比附，诸如天与地，日与月，水与火，昼与夜，明与暗，热与寒，动与静，表与里，上与下，生与死等等，即可分别从属于阳与阴。刘长林先生指出：“在阴阳学说看来，所有相互对立的事物尽管千差万别，但它们有着共同的特点，就是矛盾的双方在性态上总表现出两类特定的相反趋向：一类趋向为明亮、活跃、向前、向上、温热、充实、外露、伸张、扩散、开放等；另一类趋向为暗晦、沉静、向后、向下、寒凉、虚空、内藏、压缩、凝聚、闭阖等。古人把前一类性态称作属阳，把后一类性态称作属阴。”②

考屈原作品中，明确提到“阴阳”二字的计有四处，即《大司命》：“高飞兮安翔，乘清气兮御阴阳”、“一阴兮一阳，众莫知兮余所为”，《天问》：“阴阳三合，何本何化”，《涉江》：“阴阳易位，时不当兮”。姜

① 葛兆光《中国思想史》，复旦大学出版社，2005年，第74—75页。关于古代阴阳观念的起源，可参看高兵《论阴阳观念的起源与发展》，载《管子学刊》1997年第3期。

② 刘长林《中国系统思维》，社会科学文献出版社，2008年，第228页。

亮夫先生认为其含义各有不同，或指清浊变化而主于生死之气言，或指宇宙万物生成本德之两极，或以代指君与臣、君子与小人[①]，所言甚是。不论如何，“博闻强志”的屈原受到阴阳二分思想观念的影响，可为定论。他之所以采用二元对立的思维方式进行思考和写作，并将笔下的各种意象划为互相对立的两端，与这种阴阳二分的时代思潮是分不开的[②]。

第三，屈原二元对立思维的形成还跟他本人的性格特点有关。贾谊《鹏鸟赋》说过“贪夫殉财兮，烈士殉名。夸者死权兮，品庶每生”的话，意谓一个人的性格决定了他的人生追求，事实上，也在一定程度上决定了他思考人生的方式。屈原《离骚》谓“民生各有所乐兮，余独好修以为常”，《怀沙》谓“文质疏内兮，众不知余之异彩”，那么他的性格究竟有哪些独特之处，呈现出什么样的“异彩”呢？首先，屈原是一个极度自信的人。《史记》本传称其“博闻强志，明于治乱，娴于辞令”，都是他自信的本钱。其自述则云“纷吾既有此内美兮，又重之以修能”，化身为女子则谓“众女嫉余之蛾眉兮，谣诼谓余以善淫”（《离骚》），即便在改编的民歌中，也时现优越之感：“满堂兮美人，忽独与余兮目成”（《少司命》），大有鹤立鸡群、卓尔不凡之意。从上一节引文中那种睥睨天下、傲视群雄的气概也可想见其为人，是多么自信乃至自负。其次，屈原是一个生性忧郁的人。司马迁称《离骚》者，“犹离忧也”。他为王听之不聪、哲王之不寤而伤感，又为荃蕙化而为茅、芳草变为萧艾而痛心。“长太息以掩涕兮，哀民生之多艰”（《离骚》）、“皇天之不纯命兮，何百姓之震愆？”（《哀郢》）是对楚国民众的同情和哀悯，“哀州土之平乐兮，悲江介之遗风”、“曾不知夏之为丘兮，孰两东门之可芜”（《哀郢》）是对楚国乡土的眷恋与担忧。他又常为自身

① 姜亮夫《楚辞通故·天部第一》“阴阳”条，见《姜亮夫全集》（一），云南人民出版社，2003年，第9—12页。

② 屈原作品以夫妇喻君臣，自拟弃妇而抒情，也可看作受此阴阳观念之影响而产生的二元对立思维之表现。参看袁行霈主编《中国文学史》第一册，高等教育出版社，2005年，第114页。

的青春逝去、年华易老而伤痛："汨余若将不及兮，恐年岁之不吾与"、"惟草木之零落兮，恐美人之迟暮"(《离骚》)、"岁忽忽其若颓兮，时亦冉冉而将至"(《悲回风》)。如此看来，真是"登山则情满于山，观海则意溢于海"，愁肠百结，不可开释①。除此之外，屈原还是一个清高、倔强的人，刘毓庆先生对此有很好的阐释②，此不赘述。

唯其自信与清高，故高自标置，不轻许人，甚至"眼前见天下无一个好人"③。唯其生性忧郁，故常觉悲观失望，哀怨缠绵，没有办法排遣。唯其倔强，意志强大，故一往无前，之死矢靡它，"亦余心之所善兮，虽九死其犹未悔"(《离骚》)。这些性格都容易让他形成一种偏执，甚至是迷狂，觉天地之间，唯我独尊，偏又饱受挫折，似乎万事万物都与自身作对，抑郁无聊，动辄得咎④，回环往复，挥之不去，二元对立的思维得以成立。

三、二元对立之评价

本文通过细读《楚辞》及其注释等，爬罗剔抉，远绍旁搜，考察了屈原二元对立思维之表现和成因，行文至此，这种二元对立的思维和叙事模式当可给人留下深刻的印象。最后需要讨论的，则是对这种思维和叙事模式的评价问题。《文心雕龙·序志》篇曰："同之与异，

---

① 屈原作品中表达抑郁纠结的句子比比皆是，如《惜诵》："背膺牉以交痛兮，心郁结而纡轸。"《哀郢》："心絓结而不解兮，思蹇产而不释。"《思美人》："蹇蹇之烦冤兮，陷滞而不发。"《悲回风》："心鞿羁而不开兮，气缭转而自缔。"

② 刘毓庆《屈原人格及"屈原现象"》认为：屈原的体格为文弱多病、精神衰弱；气质为悲观忧郁、精神失常；性格为清高、倔强、多情、保守；才能为诗人绝伦，书生气足；态度为嫉世避邪、独善其身；情感为忧伤苦闷、绝少欢乐；意志为坚强慎定、选择死亡。参看中国屈原学会编《楚辞研究》，文津出版社，1992年。

③ 盛赞《楚辞》"前无古，后无今"，并称"吾文终其身企慕而不能及万一者，唯屈子一人耳"的苏东坡，其为人实与屈原大不相同，其自云："吾上可陪玉皇大帝，下可以陪卑田院乞儿，眼前见天下无一个不好人。"而屈原则认为"举世皆浊"、"众人皆醉"、"世溷浊而莫余知"，可云"眼前见天下无一个好人"。

④ 欧阳修《与谢景山书》："古人久困不得其志，则多躁愤佯狂，失其常节，接舆、屈原之辈是也。"

不屑古今；擘肌分理，唯务折衷。”以下分别从批判精神、审美张力和思维定势三个方面，对此进行探讨。

首先，我们认为屈原这种二元对立思维体现了伟大的批判精神，以道抗势，决不妥协。他秉持正义，公忠体国，追求“举贤授能”、“循绳墨而不颇”等政治理想。对于昏庸的君主，他常责以“王听之不聪”、“哲王又不寤”，甚至直斥为“壅君之不昭”、“壅君之不识”，极尽讽谏之能事，诚如刘知几所言：“怀襄不道，其恶存乎楚赋。”（《史通·载文》）对于邪恶的大臣，他常骂之为党人、谗佞，将之比喻为恶禽、臭物，誓与抗争，无少假借。对于庸俗的大众，他更是痛心疾首，认为他们溷浊、幽昧、贪婪、嫉妒，对之进行了大量的批评和痛斥。他与整个世界相对抗，勇往直前，独立不惧，“虽千万人吾往矣！”（《孟子·公孙丑上》）他就像自己笔下的橘树一样，“苏世独立，横而不流”，保持一己的高洁傲岸。当他遭遇挫折时，更能坚持己见，深固难徙，“亦余心之所善兮，虽九死其犹未悔！”“吾不能变心以从俗兮，固将愁苦而终穷！”真正做到了孔子所说的“笃信好学，守死善道”、“造次必于是，颠沛必于是”①。当他面对滔滔浊世，无从改变，伤心绝望之际，更是毅然决然地选择自投汨罗，以死明志，“知死不可让，愿勿爱兮”、“既莫足与为美政兮，吾将从彭咸之所居！”李长之先生指出：屈原的真价值在于“与愚妄战”，“他明知自己的力量不大，但他以正义和光明来与一切不可计量的恶势力战斗，他虽然是孤军，但‘终刚强兮不可凌’！”②

他的身上体现了一个独立知识分子的优秀品质，这种批判时政的精神更为后人所宗仰。汉代赵壹的《刺世疾邪赋》为姜亮夫先生收入《绍骚隅录》，其中“于兹迄今，情伪万方。佞谄日炽，刚克消亡。舐痔结驷，正色徒行。妪竬名势，抚拍豪强。偃蹇反俗，立致咎殃。捷慑逐物，日富月昌。浑然同惑，孰温孰凉？邪夫显进，直士幽藏”等

① 语见《论语》之《泰伯》、《里仁》二篇。

② 李长之《司马迁之人格与风格》，三联书店，1984年，第317页。

句，清捷简劲，大声鞺鞳，正是典型的二元对立式的表述，其受屈原之影响，显而易见，又不仅限于文体一端而已。故有论者精辟地指出，该赋“以其尖锐的批判、激烈的措辞、鲜明的思想倾向与不可干犯的凛然正气，在文学史上独标一格，辉映千古。”[①]赵壹的“刺世疾邪”最为尖锐直截，令人钦佩，更多的文人格于形势，跼天蹐地，往往隐约其词，曲折以赴之。司马迁称：“屈原既死之后，楚有宋玉、唐勒、景差之徒者，皆好辞而以赋见称；然皆祖屈原之从容辞令，终莫敢直谏。”(《屈原列传》)言外有无穷叹息；而其本人则继承屈原的批判精神，发愤著书，以隐约之笔揭示了汉朝的荒唐与错谬[②]。朱熹选录楚辞，删去宋玉、司马相如等作品，谓其“辞有余而理不足，长于颂美而短于规过”(《楚辞辩证》)，意即缺乏批判精神；而其自注《楚辞》，与赵汝愚案有关，亦追随屈原之逸步，隐以批判现实，“辨其赋比兴之体，而发其悲忧感悼之情。”[③]前述《离骚草木疏》的作者吴仁杰大抵与朱熹同时，其书虽不免牵强附会，然实有其良苦用心，清人鲍廷博跋此书云：“考先生是书，成于庆元丁巳。维时宁王初政，韩侂胄方专拥戴功，与赵汝愚相轧，既而斥汝愚，罢朱子，严伪学之禁，从而得罪者五十九人。先生官止国录，未敢诵言，迺祖述《离骚》，譬之草木，按神农、本草诸书，为之别流品、辨异同，薰莸既判，忠佞斯呈。”[④]可知其苦心孤诣，与朱子互相颉颃。正如莫砺锋先生所言：“在当时的政治形势下，朱、吴不约而同地采用注释屈赋的方式来颂扬忠贞之士，鞭挞奸佞之臣……朱注与吴书虽然体例不同，但其中所蕴含的精神则是心

---

① 章培恒、陈振鹏编《古文鉴赏辞典》，上海辞书出版社，1997年，第417页。

② 李长之先生指出：“‘发愤以抒情’，这是楚文化的精神，却也是西汉所承受了的伟大的精神遗产，而集中并充分发挥了的，只有司马迁。”李长云《司马迁的人格与风格》，三联书店，1984年，第326页。至司马迁对汉朝之批判，可参同书第319页“司马迁之讽刺”一节。

③ 语见何乔新《吴元明刊本〈楚辞集注〉序》，参前揭《楚辞集注》第302页。朱子注《楚辞》之隐衷，又见周密《齐东野语》卷三、陈振孙《直斋书录解题》卷十五、王应麟《困学纪闻》卷十八等，莫砺锋《朱熹文学研究》，南京大学出版社，2000年，第263—264页。

④ 鲍廷博《鲍廷博题跋集》卷一之《离骚草木疏》条，浙江古籍出版社，2012年。

心相印的。”[①]不宁唯是，旷观史上最优秀的《楚辞》注本，如洪兴祖《楚辞补注》、黄文焕《楚辞听直》、王夫之《楚辞通释》、蒋骥《山带阁注楚辞》等，都是继承了屈原二元对立的批判精神，借他人之酒杯，浇自家之块垒，各自对应自己的时代，通过隐约的方式发出抗议与申诉，后先相继，共同铸成了文学批评史上的一道奇观。[②]“夫诗书隐约者，欲遂其志之思也。”即此之谓乎？

其次，我们认为屈原这种二元对立的思维及叙事模式能产生审美张力，造成惊心动魄的效果。《论衡·艺增》篇曾讨论艺术夸张的作用，云：“俗人好奇，不奇，言不用也。故誉人不增其美，则闻者不快其意；毁人不益其恶，则听者不惬于心。”意谓只有使用夸张的方法，增益其美恶，才能使听者惬心快意。在我们看来，各种意象之间的强烈对比或反差，也能产生审美张力，达到类似的目的。老氏所云“有无相生，难易相成，长短相形，高下相倾，音声相和，前后相随”，即可作如是观。“年年岁岁花相似，岁岁年年人不同”、“吴宫花草埋幽径，晋代衣冠成古丘”，也都是在对比和落差中给人以震撼。

如前所述，在二元对立思维的影响下，屈原的文学世界常常呈现出两两相对、互不相容的镜像，强烈的对比和反差增强了《楚辞》的艺术力量。“曰黄昏以为期兮，羌中道而改路”、“初既与余成言兮，后悔遁而有他”，是背信弃义的反差；“兰芷变而不芳兮，荃蕙化而为茅”、“何昔日之芳草兮，今直为此萧艾也？”是美物变质的反差；“乘骐骥以驰骋兮，来吾导夫先路”、“何离心之可同兮，吾将远逝以自疏”，是前

① 莫砺锋《朱熹文学研究》，南京大学出版社，2000 年，第 266 页。

② 洪兴祖生活于两宋之间，曾冒犯权臣秦桧，后被贬至死。故《补注》以较长的篇幅赞扬屈原之人品：“余观自古忠臣义士，慨然发愤，不顾其死，特立独行，自信而不回者，其英烈之气，岂与身俱亡哉！”崇祯年间，黄文焕之师黄道周受冤入狱，他本人也被牵连下狱经年，自称“抱病狱中，憔悴枯槁，有倍于行吟泽畔者。”故其著书意在为老师和自己的冤狱鸣不平。《四库全书总目提要》称其“大抵借抒牢骚，不必尽屈原之本意。”王夫之身丁明清易代之际，自称“生于屈子之乡，而遭闵戢志，有过于屈者”，故其注释《楚辞》，借以寄托对故国的哀思。蒋骥“老于诸生，逾三十年。场屋之苦，下第之牢愁，殆与身相终始”，故借注《楚辞》以为“舒忧娱哀”之助。参看前揭《楚辞书目五种》各书之叙录。

后境遇的反差；最震撼人心的要数《招魂》中“外陈四方之恶”与“内崇楚国之美”之间的对比，如东方的“长人千仞，惟魂是索些”、南方的“蝮蛇蓁蓁，封狐千里些”、西方的“赤蚁若象，玄蜂若壶些”、北方的“增冰峨峨，飞雪千里些”，都是那么地伤心惨目、险象环生；天上则有“虎豹九关，啄害下人些”，地下亦有“土伯九约，其角觺觺些”，皆非久留之地，所谓“天地四方，多贼奸些”是也。唯有“入修门些”、“反故居些”，才能享受“高堂邃宇，槛层轩些。层台累榭，临高山些”的建筑、“川谷径复，流潺湲些。光风转蕙，氾崇兰些”的风景、“蛾眉曼睩，目腾光些。靡颜腻理，遗视矊些”的佳人、“大苦咸酸，辛甘行些。肥牛之腱，臑若芳些”的美食、“陈钟按鼓，造新歌些。涉江采菱，发扬荷些”的音乐等，过上“娱酒不废，沉日月些。兰膏明烛，华镫错些”的生活。前后之对比，有如天壤，好像乘着过山车，从幽暗的谷底一下冲到了顶峰，云日相辉映，空水共澄鲜，在这过程中产生巨大的审美张力，令人惊心动魄，应接不暇。故我们认为从布局谋篇看，《招魂》与《大招》、《招隐士》相似，都是一种二元对立的结构模式，通过对比和落差增强了艺术的美。李泽厚先生论到屈原的死时，曾指出：“诗人以其死亡的选择来描述，来想象，来思索，来抒发。生的丰富性、深刻性、生动性被多样而繁复地展示出来，是非、善恶、美丑的不可并存的对立、冲突、变幻的尖锐性、复杂性被显露出来，历史和人世的悲剧性、黑暗性和不可知性被提了出来。”①就中所云“对立、冲突、变幻的尖锐性、复杂性”，正是审美张力的源泉。

以上两条皆从屈原二元对立思维的积极一面立论，事实上，这种思维方式也有其负面影响，最严重的一点，便是容易导致一种简单机械的思维定势。透过屈原的文学世界可知，在他的心目中，忠奸、善恶、是非、黑白等，都是非此即彼、势不两立的。他与整个世界处于一种对抗的状态，因而一方面愤世嫉俗，另一方面又倍感孤独落寞。对于屈原的这种思维方式，前人亦有认识，如梁启超先生就说屈原是有

---

① 李泽厚《华夏美学》，天津社会科学院出版社，2001 年，第 198 页。

怪脾气的人："中国人爱讲调和，屈原不然，他只是极端。"[①]田耕滋先生则认为这种思维方式近于西方的形而上学，与辩证法相对立，并引用了恩格斯对形而上学思维的经典论断："在形而上学者看来，事物及其在思想上的反映，即概念，是孤立的、应当逐个地和分别地加以考察的、固定的、僵硬的、一成不变的研究对象。他们在绝对不相容的对立中思维。他们的说法是：是就是，不是就不是。除此以外，都是鬼话。"在我们看来，屈原正是"在绝对不相容的对立中思维"，很容易走向简单机械甚至生硬僵化。宋人余靖批评屈原"才虽美而趣不足"(《鲁太傅临川十二诗序》)，大概是有见于此而云然。

世间万物本是丰富多彩的，所谓"等闲识得春风面，万紫千红总是春"；人心也是复杂多端的，所谓"凡人心险于山川，难于知天"[②]；迥非简单的黑白、善恶、是非等所能概括。屈原生活在二元对立的世界里，看人看事都太拘执，不够通透。就为人处世而言，除了富于批判精神外，往往过于偏激、执著，恃才傲物，"举世皆浊我独清，众人皆醉我独醒"，眼前见天下无一个好人，只有走向彻底的毁灭。张舜徽先生即担心屈子之文"矜才傲物，忿世嫉俗之情，充溢篇幅，足以误人也。"[③]不无见地。就文学创作而言，除了产生审美张力外，容易形成一种僵化的叙述模式和套路。如果说屈原的作品为自我作古，真情郁勃，反复凌乱，还多少保持了元气淋漓的话，前述汉代绍骚之作则往往规行矩步，走向程式化和套路化，鲜有出彩之作，难免朱子"无病呻吟"之讥了[④]。

---

① 梁启超《屈原研究》，见《梁启超学术论著集》(文学卷)，华东师范大学出版社，1998年，第249页。

② 《庄子·列御寇》："孔子曰：'凡人心险于山川，难于知天；天犹有春秋冬夏旦暮之期，人者厚貌深情。故有貌愿而益，有长若不肖，有顺懁而达，有坚而缦，有缓而釬。'"张松辉先生指出，此处之"险"当作险要解，意谓人心比山川更难测度，而非寻常所理解的人心险恶。揆之文义，其说可从。张松辉《庄子疑义考辨》，中华书局，2007年，第318页。

③ 张舜徽《清人笔记条辨》"晓读书斋四录"条，华中师范大学出版社，2004年，第146页。

④ 姜亮夫先生亦谓：绍骚之作之最下者"取九篇七章之体，为无病呻吟之文，既无屈子忠款之忱，亦蔑玉、差修辞之俊。空存体貌，不见志趣，虽多亦何有于《楚辞》！"见前揭《楚辞书目五种》，第438页。

后世文学艺术中的脸谱化、高大全等,“所好则钻皮出其毛羽,所恶则洗垢求其瘢痕”,未始没有屈原二元对立思维的影响在①。

小　结

本文第一节通过对屈原作品及疑似作品的考察,论证了屈原在思考和写作的时候,常采用一种二元对立的思维方式,将整个世界划分为白黑分明的两块,人与人之间,物与物之间,品质与品质之间,都是互相对立,不容转圜的。又因其自居于正义与善良的一方,常以清洁的个体与溷浊的大众相对抗,故常产生一种深深的孤独感。凡此情形,所在多有,甚至形成了一种固定的叙事模式。

第二节考察屈原二元对立的思维及叙事模式形成之原因。从政治背景来看,战国时期社会失序,诸侯各以力争天下,国际形势既颠倒混乱,楚国情形也乌烟瘴气,正义与邪恶之间互相对抗,故屈原所描写的二元对立状态,不过是一种真实的记录而已。从时代思潮来看,盛行于世的阴阳二分的思想观念,认为天地万物都可按照类比的原则进行比附,矛盾双方在性态上表现出相反的趋向。屈原的作品中多次涉及阴阳观念,则其受此时代思潮的影响而形成二元对立的思维,自是不言而喻。从性格特征来看,屈原自信、清高、敏感、忧郁,意志坚强,这些都容易让他形成一种偏执,甚至是迷狂,觉天地之间,唯我独尊,偏又饱受挫折,似乎万事万物都与自身作对,抑郁无聊,动辄得咎,二元对立的思维得以成立。

第三节讨论屈原二元对立思维和叙事模式的评价问题。首先,我们认为屈原这种二元对立思维体现了伟大的批判精神,以道抗势,

---

① 徐复观先生评价鲁迅有云:“他的思考是‘直线型思考’,对问题的处理,使用彻底的二分法,好的便是彻底的好,坏的便是彻底的坏。”徐复观《中国文学论集》,九州出版社,2014 年,第 508 页。夏志清先生评论老舍《四世同堂》有云:“他所要描写的,只不过是正义和投机取巧的对立,英勇和怯懦的冲突,以及大无畏精神和邪恶之间的斗争而已。在表现这些课题时,老舍是很传统的,因为他这种善恶二分法,是植根于中国通俗文学和戏剧的。”夏志清《中国现代小说史》,广西师范大学出版社,2014 年,第 265 页。皆可相参证。

决不妥协，可谓铁中之铮铮，庸中之佼佼。历代的文学家和批评家继承了屈原二元对立的批判精神，各自对应自己的时代，通过或尖锐或隐约的方式，发出严正的抗议与申诉。其次，屈原这种二元对立的思维及叙事模式能产生审美张力，造成惊心动魄的效果。在二元对立思维的影响下，屈原的文学世界常常呈现出两两相对、互不相容的镜像，强烈的对比和反差增强了《楚辞》的艺术力量。当然，屈原这种二元对立思维也有其负面影响，最严重的一点，就是"在绝对不相容的对立中思维"，容易导致一种简单机械的思维定势。就为人而言，往往过于偏激、执著，恃才傲物；就创作而言，容易形成僵化的叙述模式和套路。

综上所述，本文从文献出发，勾稽排比，论证了屈原二元对立思维及叙事模式的客观存在；结合时代背景，远绍旁搜，对二元对立思维之成因进行了探讨；最后以辩证的眼光，对屈原这种思维方式作出比较客观的定位和评价。在我看来，屈原这种二元对立的思维方式容有其简单机械、不够圆融的一面，但受此思维方式之影响而产生的伟大的批判精神和巨大的审美张力，却是惊心动魄、沾溉无穷的。苏轼《屈原庙赋》有云："自子之逝今千载兮，世愈狭而难存。贤者畏讥而改度兮，随俗变化斫方以为圆。"今去苏子之逝，又将千载矣。真风告逝，大伪斯兴。古已有之，于今为烈。这种畏讥而改度、斫方以为圆的情形，是更少，还是更多了呢？这是一个值得深思的问题。

（湖南大学文学院）

魏晋南朝人对文学批评客观性问题的探索

张晓伟

对文学的评价,不同人会有不同的眼光。如何面对相互分歧的批评标准?这是一个非常重要但又难以解答的问题。一直到现代,不同文学批评的流派,对此还意见纷呈,而且不同观点背后更对应着不同的哲学思想。

在魏晋南朝时期,随着文论的繁荣,文论家之间的分歧无法避免,"文学批评如何做到客观准确"的问题,进入了当时人思考的范围。我们今天还能看到当时人对这个问题的一系列论说。这些论说在思考方式和表达方式上一脉相承,但是在观点上却多种多样,非常值得我们重视和研究。

魏晋南朝是一个文学批评初兴的时代。而难能可贵的是,这个"初兴时代"的文论一上来就达到了很高的水准。其原因,首先是当时玄学、佛学等带有思辨色彩的学问发达,文论家一般都有很强的思辨能力。第二是当时五言诗、骈文等纯文学的体裁兴起,文论家一般都能着眼于纯粹的文学批评,侧重点已经不在经典性或者实用性的文本上。

一、曹丕曹植兄弟的不同立场

不同人对文学的嗜好和评价标准是不同的,早在曹魏时人就已经认识到了这个问题。先看曹丕在《典论·论文》中的一段话:

文人相轻，自古而然。傅毅之于班固，伯仲之间耳。而固小之，与弟超书曰："武仲以能属文为兰台令史，下笔不能自休。"夫人善于自见，而文非一体，鲜能备善，是以各以所长，相轻所短。里语曰："家有敝帚，享之千金。"斯不自见之患也。[①]

这里提出著名的"文人相轻"的论断，成为后世著名的话头。除了这个话头，这段话里还有着更重要的内容。曹丕说"文非一体，鲜能备善，是以各以所长，相轻所短"。意思是不同的人在文学上有不同的擅长，所以喜欢攻击他所不擅长的文体。看他所举的傅毅班固的例子可知，这里的"体"，已经带有文学风格的含义，不仅指体裁。"下笔不能自休"，说的是行文太烂漫，不知裁剪。这里提出了人因为自持已见，对他人文学的判断会产生偏差的问题。曹丕还更进一步，提出了对这个问题的解决办法，即"自见"，要有自知之明。有了自知之明，也就能够"知人"，对别人的文学趣味，更加包容和认同。这里已经有了对不同的文学趣味"兼容并包"的意思，只是曹丕还没有明确把这个意思表达出来。而且曹丕这里说不同人欣赏文学眼光不同的原因是每个人在文学创作上只能独善一个方面。这还是从创作出发，不是直接着眼于不同人的文学批评而发的议论。

曹植对文学批评标准的问题也有说法，见于《与杨德祖书》：

昔田巴毁五帝，罪三王，訾五霸于稷下，一旦而服千人。鲁连一说，使终身杜口。刘生之辩，未若田氏，今之仲连，求之不难，可无息乎？人各有好尚，兰茝荪蕙之芳，众人所好，而海畔有逐臭之夫。《咸池》《六茎》之发，众人所同乐，而墨翟有非之论，岂可同哉！[②]

"刘生"指的是刘修，字季绪。曹植这里主要是对那些文学口味有偏颇的人进行反对。这其中的立场与态度，都与其兄曹丕颇为不

---

① 萧统编、李善注《文选》，卷五十二，中华书局，1977 年影印胡克家刻本，第 720 页。

② 萧统编、李善注《文选》，卷四十二，中华书局，1977 年影印胡克家刻本，第 593—594 页。

同。曹植十分相信文学评论是有其唯一标准的，并且他很自信自己可以掌握这个标准。人们喜欢好的作品，就像喜欢芳草的香气一样。而那些口味有偏颇的人，如同"逐臭之夫"。在文学发展的早期，人们相信文学作品的高低评价有其不可移易的标准，这本是一种十分朴素和自然的思想。曹植文学创作的高度成就，也让他有这个自信。

曹氏兄弟的这两段话，是我们所能看到的古人关于文学评判标准问题的最早论述。三曹的时代，五言诗兴盛，并且已成为文人创作，蔚为大观。其他文学题材如赋，也很兴盛。总的来说，这个时代的文学既脱离了汉代经学，又脱离了汉赋的铺排之风，接近现代意义上的纯文学。人们开始思考文学价值标准问题，即在此文学兴盛的背景之下。

那么二曹的立场为什么会有所不同呢？二曹是兄弟，其家庭背景、学术背景，都没什么区别。那么我们就只能从个性的区别来解释这个现象了。曹丕的性格，从各方面看，都是比较柔婉的。《三国志》裴松之注中记载，曹丕把曹睿立为太子，就是因为曹睿在狩猎时不忍心杀一只小鹿。[①] 沈德潜说曹丕的诗"有文士气""便娟婉约"[②]，几乎成为不刊之论。所以曹丕能够比较冷静而全面地看待问题，反对以自我为中心。曹植则不然。他逞才使气，外向奔放。他在文章中经常表示要"建永世之业，流金石之功"[③]，自视甚高。同样他在文学批评上，也认为自己掌握着文学批评的最高准则。

二、葛洪兼容并蓄的立场

到了东晋，葛洪在《抱朴子》的外篇中对这个问题十分关注。葛

① 陈寿著、裴松之注《三国志》，卷二，中华书局，1964 年版，第 91 页。

② 沈德潜《古诗源》，卷五，中华书局，1963 年，第 93 页。其实以"有文士气"四字评价曹丕的诗，并不始于沈德潜，而是始于晚明的钟惺，见钟惺《古诗归》卷七曹丕以下的评语。但钟惺在进入清代以后受到钱谦益等人的强烈批评，后来其书又曾被禁，并且《古诗归》本身在篇目选择等方面存在较多缺点，所以《古诗归》后来的流布，不能与沈德潜的《唐诗别裁集》相比。

③ 萧统编、李善注《文选》，卷四十二，中华书局，1977 年影印胡克家刻本，第 594 页。

洪的说法上承曹丕曹植，下对南朝江淹、刘勰等人的思想有明显的影响，这可以从江、刘的相关文章在文句上对葛洪的因袭看出来。同时，葛洪的论述还有一种东晋人特有的思辨色彩。《抱朴子·广譬篇》中有两则泛论了人们对美的判断标准不同的问题：

观听殊好，爱憎难同。飞鸟睹西施而惊逝，鱼鳖闻《九韶》而深沉。[①]

四渎辩源，五河分流，赴卑注海，殊途同归。色不均而皆艳，音不同而咸悲，香非一而并芳，味不等而悉美。[②]

这两则不是单纯的文学批评，而是更有普遍意义的美学理论。人的美丑，音乐的好坏，色泽的优劣，气味的高下，都难有统一的标准。不同人的口味不同。而且美本身也分为多种类型，相互之间差别巨大。《抱朴子》主张对美的不同类型，采取兼容并蓄的态度，承认各种美都有相同的价值。就像是大河大川不仅“流”不同，而且其“源”也是不同的，美的标准不必定于一尊。不过葛洪还是认为最后殊途同归，说它们都是“美”的，有一个统一的“美”的范畴在最上面。这段话里葛洪把曹丕没有说出来的话，明确说了出来。这种思想应用到文学批评上，则是《抱朴子·辞义篇》里的这一段：

五味舛而并甘，众色乖而皆丽。近人之情，爱同憎异，贵乎合己，贱于殊途。夫文章之体，尤难详赏。苟以入耳为佳，适心为快，鲜知忘味之九成，《雅》《颂》之风流也……文贵丰赡，何必称善如一口乎？[③]

“何必称善如一口乎”，这句话非常值得注意。因为如果只说不同人有不同的欣赏品味，这也许是因为一般人的欣赏能力有限，并不

① 葛洪《抱朴子外篇》，卷三十九，《诸子集成》第8册，上海书店，1986年影印世界书局版，第181页。

② 葛洪《抱朴子外篇》，卷三十九，《诸子集成》第8册，上海书店，1986年影印世界书局版，第176页。

③ 葛洪《抱朴子外篇》，卷三十九，《诸子集成》第8册，上海书店，1986年影印世界书局版，第182页。

能直接推出美的标准不能划一的结论。而“何必称善如一口乎”仿佛在说，写文章本来就不能追求所有人都称赞，因为要让所有人的评判标准统一是不可能的，有些分歧无法弥合。葛洪也批评近世的人“爱同憎异，贵乎合己，贱于殊途”的文学批评，他们只去赞赏合乎自己口味的作品，而对不合口味的作品一律贬低，意识不到不同类型的美应该共存。葛洪不愧是一个思想家，在那么早的时代，提出这样的文论，十分可贵。

我们有理由进行这样的联想，即葛洪的这种文艺思想背后，有道家相对主义的影响。《广譬篇》和《辞义篇》都属于《抱朴子》的外篇，外篇总体上并非阐述道家思想。但这两篇的写作时代，本难判断。葛洪毕竟是有道家背景的学者，而且葛洪的时代，也正是玄风大盛，老庄盛行。道家的相对主义如《庄子》所言：

> 既使我与若辩矣，若胜我，我不若胜，若果是也，我果非也邪？我胜若，若不吾胜，我果是也，而果非也邪？其或是也，其或非也邪？其俱是也，其俱非也邪？[1]

连是非都没有一定的标准，何况美丑？不过葛洪在强调美的相对性的同时，还是要说“殊途同归”“皆艳”“皆美”。除了我们可以对“何必称善如一口乎”这句话作一些西方文论式的阐释以外，其相对主义并不彻底。实际上，即便庄子也是如此。庄子相对主义的背后还是有一个绝对的永恒的东西，即“道”。

有人说《抱朴子》外篇是属于儒家思想的。这里也确实有所体现。葛洪在说完“何必称善如一口乎”之后马上说：

> 不能拯风俗之流遁，世途之凌夷，通疑者之路，赈贫者之乏，何异春华不为肴粮之用，茝蕙不救冰寒之急。古诗刺过失，故有益而贵；今诗纯虚誉，故有损而贱也。[2]

---

① 郭庆藩《庄子集释》，卷一下，中华书局，1961 年，第 107 页。

② 葛洪《抱朴子外篇》，卷三十九，《诸子集成》，第 8 册，上海书店，1986 年影印世界书局版，第 182 页。

刚说美没有统一的标准，葛洪却又给加上了一个统一的道德标准和社会功用的标准。其实，这与上文并不矛盾。因为道德标准属于伦理的范畴，社会功用的标准属于实用性的范畴，这与上文对美本身的论述，并不在一个层面上。

另外，《广譬篇》还指出了文学批评“贵远而贱近”“信耳而疑目”的不良倾向：

> 贵远而贱近者，常人之用情也。信耳而疑目者，古今之所患也。是以秦王叹息于韩非之书，而想其为人。汉武慷慨于相如之文，而恨不同世。及既得之，终不能拔。或纳谗而诛之，或放乎冗散。此盖叶公之好伪形，见真龙而失色也。①

“贵远而贱近”“信耳而疑目”的表现分别是，推崇远方的人而贬低自己身边的人，推崇古人而贬低当代人。两者自然都是不可取的。这也是葛洪对文学批评如何能做到更公正，作出的思考。

三、南朝人关于文学批评标准的论述

到了南朝，江淹的《杂体诗三十首序》延续了曹植和葛洪的讨论，而又专注于诗歌一体。魏晋时期的文论，几乎没有专注于诗歌一体的。到了南朝，这种文论却多起来了。《杂体诗三十首序》云：

> 至于世之诸贤，各滞所迷，莫不论甘则忌辛，好丹则非素，岂所谓通方广恕，好远兼爱者哉？乃及公干仲宣之论，家有曲直，安仁士衡之评，人立矫抗，况复殊于此者乎？又贵远贱近，人之常情，重耳轻目，俗之恒蔽。是以邯郸托曲于李奇，士季假论于嗣宗，此其效也。……今作诗三十首，效其文体，虽不足品藻渊流，庶亦能无乖商榷云尔。②

---

① 葛洪《抱朴子外篇》，卷三十九，《诸子集成》，第 8 册，上海书店，1986 年影印世界书局版，第 177 页。

② 逯钦立编《先秦汉魏晋南北朝诗》，中华书局，1983 年，第 1596 页。

这段话延续了曹植和葛洪关于不同人的文学评价标准不同的讨论，指出了人们“论甘则忌辛，好丹则非素”，执着于自己的欣赏口味。他提出的矫正办法是“通方广恕，好远兼爱”。这与葛洪“众色乖而皆丽”的兼容并取的态度是一致的。值得注意的是江淹说“贵远贱近，人之常情，重耳轻目，俗之恒蔽”，在文字上正是袭用葛洪的“贵远而贱近”“信耳而疑目”。“贵远而贱近”语典在《汉书·杨雄传》[1]，“信耳而疑目”则应该是葛洪自己发明的一个说法。因此江淹极有可能是看到了葛洪的那些论述。江淹在这里说应该“广恕”“兼爱”，这种思想也可能是受了葛洪的影响。不过，江淹是单纯要通过文学上的“广恕”“兼爱”来解决问题，坚持了“文学本位”，不像葛洪一样又把解决办法归结到了美刺教化上去。

在六朝时期，一家的文论已经能产生广泛的影响，并直接影响以后时代的文论家。这是文学批评的地位上升的体现。既然葛洪的文学批评可以影响到江淹，江淹自己自然是知道文学批评对世人的重要性。江淹在这里说“邯郸托曲于李奇，士季假论于嗣宗，此其效也”，是以这两件事为例，说明人们在文艺评论上执于己见导致的不良后果。这其实从反面强调了文艺评论对人们产生的重大影响。

最后，为了改变文学评论中的那些不良倾向，江淹提出自己的做法：写作这三十首拟诗，希冀能够“品藻源流”。通过拟作前人诗来达到“品藻源流”的目的，这在诗论史上是一大新创。拟作本来只是诗人学习前人的一种方式，或者是一种带有游戏性质的创作。但江淹在这里有着非常自觉的文学批评意识。他认为通过拟作前人诗，可以把自己对前人诗歌的风格、体制的理解表达出来。现代人编古人诗论集，有时会将古人的拟前人诗也当做诗论收入。这种观念，实是源于江淹。

---

① 《汉书·扬雄传》：“凡人贱近而贵远，亲见扬子云禄位容貌不能动人，故轻其书。”这里说扬雄的书在当时不很出名，只是因为当时人能够亲见扬雄，后世时代既远，扬雄的著作一定会越来越有名。这实际上也包含了葛洪所说的“贵古而贱今”的意思。见班固《汉书》，卷八十七下，中华书局，1964年，第3583页。

萧子显在《南齐书》中有一段话，也是在说文学批评的问题：

史臣曰：文章者……放言落纸，气韵天成。莫不禀以生灵，迁乎爱嗜，机见殊门，赏悟纷杂。若子桓之品藻人才，仲治之区判文体，陆机辨于《文赋》，李充论于《翰林》，张眎擿句褒贬，颜延图写情兴，各任怀抱，共为权衡。①

这里说到了“机见殊门，赏悟纷杂”，即前代人反复说过的不同人对文学的评判标准不同的问题。他又列举了各种不同类型的文论，并说“各任怀抱，共为权衡”。他是说“品藻人才”“区判文体”“擿句褒贬”等不同类型的文论可以共存。在提出“机见殊门，赏悟纷杂”的现象之后，接着概括文论的不同类型并且提出它们可以共存，实际上也暗含了不同的批评标准可以共存的意思。可惜萧子显对这个问题论述不详，只能靠我们今天阐释出一些意思。

梁代文学理论十分发达。有些文论家，表现出了“曹植式”的自信，批评当时人的文学评论，并表示要为文坛建立正确的标准。钟嵘和萧纲，是两个代表。值得注意的是，这时候文论家的自信已经不一定是来源于自己的创作水平。钟嵘在诗坛上就并无地位。先看钟嵘《诗品·序》中的话：

观王公缙绅之士，每博论之余，何尝不以诗为口实。随其嗜欲，商榷不同，淄渑并泛，朱紫相夺，喧议竞起，准的无依。近彭城刘士章，俊赏之士，疾其淆乱，欲为当世诗品，口陈标榜，其文未遂，感而作焉。②

人们对诗的评价标准不同，且各执己见。钟嵘认为社会上的种种诗论良莠不齐，总体上不能让人满意。他反对对这种众口难调的状况，并自信可以创立诗歌评论的“准的”。这更接近曹植，而不是像葛洪那样主张对各种评论标准兼容并蓄。钟嵘葛洪的区别，除了思想背景的不同以外，也许还有两人的志业不同所致。葛洪是思想家，

---

① 萧子显《南齐书》，卷五十二，中华书局，1972 年，第 907 页。

② 锺嵘著、曹旭集注《诗品集注》，上海古籍出版社，2011 年，第 74 页。

从理性的逻辑出发，表达了不同的文艺标准应该共存的看法。思想家的工作也就到此为止了。但是钟嵘是一个诗评家，面对的是具体的诗歌作品和世人的各种诗歌评论。世人之说难免淆乱，钟嵘要追求更准确客观的诗论，为世人树立诗歌批评的标准，是很自然的事情。

钟嵘创作《诗品》，正是要解决他说的世人论诗"准的无依"的问题。这是在江淹之后，更加明确地表达了自己在诗歌批评上的志向。钟嵘作为一个热爱诗歌的人，不但想写好诗，更想写出好的诗歌批评著作。这也体现出了，诗歌批评在钟嵘的时代，已经成为一个专门的知识门类，乃至一个专门的著述门类了。后来的目录书中出现"诗文评"之类的分目，是沿着这个趋势发展下去的。

梁简文帝萧纲，在做太子的时候写给弟弟萧绎一封书信，见于《梁书・庾肩吾传》：

> 比见京师文体，懦钝殊常，竞学浮疏，争为阐缓，玄冬修夜，思所不得，既殊比兴，正背风骚……故玉徽金铣，反为拙目所嗤。巴人下里，更合郢中之听。阳春高而不和，妙声绝而不寻。竟不精讨锱铢，核量文质，有异巧心，终愧妍手……甚矣哉，文之横流，一至于此！……文章未坠，必有英绝领袖之者，非弟而谁？每欲论之，无可与语，思吾子建，一共商榷，辨兹清浊，使如泾渭，论兹月旦，类彼汝南，朱丹既定，雌黄有别，使夫怀鼠知惭，滥竽自耻，譬斯袁绍，畏见子将，同彼盗牛，遥羞王烈。①

萧纲对当时的文坛表示不满，说"比见京师文体，懦钝殊常""文之横流，一至于此"。他认为当时人对文学的评价眼光有问题，不喜欢玉徽金铣、阳春白雪的佳作。他也意识到了人们的文学评价眼光，会直接影响文坛。然后他对萧绎说："思吾子建，一共商榷。辨兹清浊，使如泾渭。论兹月旦，类彼汝南。朱丹既定，雌黄有别。使夫怀

① 姚思廉《梁书》，卷四十九，中华书局，1973 年，第 690—691 页。

鼠知惭，滥竽自耻。”他认为要改变文坛现状，方法是他和萧绎“一共商榷”，辨析当时创作的清浊，评论作家们的高下（“论兹月旦”）。这是要用文论来改变文坛，将文学评论提升到了一种很高的理想层面上。萧纲比钟嵘更进一步的是，他建立文学批评的目的不只是为了矫正社会上错误的文学批评，而且还要改变“京师文体，懦钝非常”的创作现状。这大概是中国文论史上首次提出要用自己的文学批评来改善一个时代的创作。这也反映出当时文学批评的地位之重要。

另外，这两位皇子之间的通信，在文论上也体现出难得的“平民”特征，是把自己放在普通的文坛参与者的地位上的。他们要改善当时的文学创作，用的方法是建立文学批评，而不是作为皇族要员对整个社会发出提倡乃至号令。这体现出文学上的某种平等精神。不过这里面也有另外一个原因，就是在皇位动辄“禅让”的南朝，君臣地位差别并不悬殊。

四、刘勰对历代论述的总结和他提出的方法论

刘勰的《文心雕龙》，设置了专篇来说文学评论如何能做到客观公正，即《知音》一篇。《文心雕龙》的时代，在本文所引到的古人文学批评中，并非最晚。这里把《文心雕龙》放到最后来讨论，是因为第一刘勰在文章中引用了历代文论家的论述，具有总结性质。第二对于如何做到正确评论文学，他还提出了很多有具体步骤的、有操作性的方法。《知音》篇先是说了文学批评要做到准确客观是一件很难的事情：

> 知音其难哉！音实难知，知实难逢，逢其知音，千载其一乎！夫古来知音，多贱同而思古。所谓“日进前而不御，遥闻声而相思”也。昔《储说》始出，《子虚》初成，秦皇汉武，恨不同时；既同时矣，则韩囚而马轻，岂不明鉴同时之贱哉！至于班固、傅毅，文在伯仲，而固嗤毅云“下笔不能自休”。及陈思论才，亦深排孔璋，敬礼请润色，叹以为美谈；季绪好诋诃，方之于田巴，意亦见矣。故魏文称：“文人相轻”，非

虚谈也。[1]

这段话说文学批评很难，并说了文学批评中的一些不良倾向。值得注意的是，曹丕、曹植、葛洪关于文学批评的论述，刘勰都看到过，而且这里都引用到了。对曹丕是直接引用其“文人相轻”一语，并且把曹丕说过的班固批评傅毅的事情，重新拿来说。对曹植，则是提到了他在《与杨德祖书》中对刘修(季绪)的指责。刘勰对曹丕是援引其说，对曹植却是拿来当“文人相轻”的反面教材。他对两兄弟的态度，显然是不同的。对葛洪的借用，则体现在说韩非子和司马相如的遭遇的那一句。上文所引葛洪《抱朴子》：“是以秦王叹息于韩非之书，而想其为人。汉武慷慨于相如之文，而恨不同世。及既得之，终不能拔。”这显然不是刘勰与葛洪的偶合，而是刘勰有意识地借用葛洪的文章。

接着，刘勰作了总结，说文学批评中有“贵古贱今”“崇己抑人”“信伪迷真”三种不良倾向：

> 故鉴照洞明，而贵古贱今者，二主是也。才实鸿懿，而崇己抑人者，班、曹是也。学不逮文，而信伪迷真者，楼护是也。酱瓿之议，岂多叹哉！[2]

接着刘勰像上文提到的历代文论家一样，说到了不同人对文学的评价标准不同的题：

> 夫篇章杂沓，质文交加，知多偏好，人莫圆该。慷慨者逆声而击节，酝藉者见密而高蹈；浮慧者观绮而跃心，爱奇者闻诡而惊听。会己则嗟讽，异我则沮弃，各执一偶之解，欲拟万端之变，所谓“东向而望，不见西墙”也。

每个人对文学的偏好不同，原因在于每个人的秉性不同：有的人慷慨激昂，也有的人酝藉、浮慧、爱奇。不同的性格，对应着不同的文学风格。这里对不同文学风格产生的原因，提出了自己的理论。刘

---

① 刘勰著、范文澜注《文心雕龙注》，人民文学出版社，1958年，第713—714页。

② 刘勰著、范文澜注《文心雕龙注》，人民文学出版社，1958年，第714页。

勰主张不能“各执一隅之解”，因为文学风格有“万端之变”。这就有点类似葛洪的立场了。接着刘勰提出了对“各执一隅之解”的解决办法：

> 故圆照之象，务先博观。阅乔岳以形培塿，酌沧波以喻畎浍。无私于轻重，不偏于憎爱，然后能平理若衡，照辞如镜矣。①

即评论者要提高自己的水平，不让自己的偏嗜去影响文论。这段论述，与江淹“通方广恕，好远兼爱”的说法有些接近。

到这里为止，刘勰都还在本文所梳理的二曹以来对文学批评标准论说的脉络上，只是对若干问题，有了更深入的看法。而刘勰进一步做了前人没有做过的事情，就是对文学批评如何做到准确客观，有着十分具体的建设性的意见。首先他提出文学批评应该有六个步骤：

> 是以将阅文情，先标六观：一观位体，二观置辞，三观通变，四观奇正，五观事义，六观宫商。斯术既行，则优劣见矣。②

这六个步骤，几乎包含了文学的各方面。位体是文章的体式和整体风格。置辞是语言技巧。通变是与前代文学之间的继承和新变的关系。事义是用典，也关系到文章的思想内容。奇正则是中国古代特有的文论范畴，刘勰在《文心雕龙》的《定势》等篇中有论述。宫商是文章的四声五音等声律，刘勰这个提法的背后有着齐梁时期诗文格律兴起的背景。

在这六个步骤之后，他又提出了一个更根本的原则，就是通过文章去体会测度文章作者的思想感情：

> 夫缀文者情动而辞发，观文者披文以入情，沿波讨源，虽幽必显。世远莫见其面，觇文辄见其心。岂成篇之足深，

---

① 刘勰著、范文澜注《文心雕龙注》，人民文学出版社，1958 年，第 714—715 页。

② 刘勰著、范文澜注《文心雕龙注》，人民文学出版社，1958 年，第 715 页。

患识照之自浅耳。夫志在山水，琴表其情，况形之笔端，理将焉匿？[①]

这是延续了孟子“知人论世”的命题，并且论述更加深入了。这里的“情”，实是兼具思想和感情二义。所以后文又可以用“理将焉匿”的“理”字来表达。既然文章是从人心的思想感情而来，那么反过来通过文章，也就能去测度作者的思想感情了。只要读者有足够的“识照”，就一定能够做到这一点，不怕文章太深隐。只有做到与作者情思相通，真正去还原作者的情感意志，才能对其作品作评价。这是前人所无的创见。

总之刘勰在《知音》篇中的相关论说，精妙而又成体系，更有自己的文学批评方法论。《文心雕龙》被后人誉为“体大思精”，并且在“西学东渐”的过程中最为国人重视，被认为可以和西学交通。其特有的理论品质，在《知音》篇里，有着充分的体现。

（清华大学国学研究院）

① 刘勰著、范文澜注《文心雕龙注》，人民文学出版社，1958 年，第 715 页。

两汉魏晋辞赋论中流行的文学思想*

——左思、挚虞的观点

【日】林田慎之助　著
曹　旭　译

一

在中国文学的各种样式之中，韵文以诗、赋并称。韵文是与散文样式不同的适合于朗诵的文体。古代产生于江南地区的文学样式《楚辞》，是辞赋的母胎。西历公元前二世纪初，从楚地出发并最终掌握天下政权的汉王朝，楚辞系的文学十分流行。它抑制了产生于北方的《诗经》的四言诗体，成为这一时期文学史的主流，不仅如此，如果要提取出汉至魏晋六朝时代的文学特质，怎么也离不开辞赋文学的影响。例如，当时的散文作品大体上是一种被称为骈文的美文。这种骈文产生的母胎便是辞赋。正因为继承了《楚辞》文学形式上绚丽、丰赡、缠绵的特点，致力于辞赋的作家便倾注了自己的心血，意在驱使所有的修辞形式，构建出绚烂的形式美的世界。秦汉时期的宋玉、景差、枚乘、司马相如、扬雄、张衡；魏晋时期的曹丕、曹植、陆机、左思、潘岳，都是前后相继的著名辞赋作家。他们在以语言特质的视

* 本文为国家社科基金重大项目“东亚《诗品》《文心雕龙》文献研究集成”(批准号14ZDB068)阶段性成果、上海市高峰学科“中国语言文学”阶段性成果、国家重点学科——上海师范大学比较文学与世界文学专业建设项目成果。

觉、听觉功能与主题紧密的对应中，一面恰到好处地活用，一面竞相比试以音乐和绘画的虚构美创造文学世界的才能。

无论是好是坏，谁也不能无视辞赋这一文学样式的存在。早在前汉开始，各种以辞赋为评论对象的文学批评即已产生，并在这些文学批评中产生了辞赋论和辞赋观。拙稿即着眼于前汉至魏晋辞赋文学繁盛期的辞赋论和辞赋观，并以此为核心，抓住其中的线索，对那一时代流行的文学思想进行探索。在那些辞赋论和辞赋观中，贯穿中国文学批评史上的政治问题和文学问题还处在萌芽状态，因此，这里尽可能地以典型化的形式出现。对这一问题，如果不会误解的话，则两汉魏晋时代的辞赋论可分两大系统。一是以前汉司马相如、魏晋曹丕、曹植、陆机、陆云为代表的，纯粹从文学的立场出发，不考虑现实的效用性，强调以虚构表现美和娱乐性的辞赋论；二是前汉末年宣帝、扬雄、后汉班固、蔡邕，以及两晋左思、皇甫谧、挚虞从礼教道义论的立场出发，强调具有讽谏意义和社会效用性的辞赋论，两者围绕政治和文学问题呈现消长状态。而且，在每一种辞赋论中，又受到时代思想和不同作家个性合而为一的投射。让我们一面思考这些问题，一面从前汉司马相如的辞赋观入手进行探讨。

二

司马相如，字长卿，今四川省成都市人。以“相如”命名，乃是出于对战国时代赵国宰相蔺相如的企慕。他既好读书，又因敬慕蔺相如而爱豪侠之气，学击剑，年轻时仿效蔺相如的仪态。后出仕武帝，虽然作为赋家的才能发挥得淋漓尽致，但在政治上的抱负却未能施展。终身致力于文学而侍于武帝之侧。《汉书·艺文志》有“司马相如赋二十九篇”的记载，至今残留而确为其所作的，仅剩《子虚赋》、《哀二世赋》和《大人赋》三篇，全是经过磨炼的宏篇巨制和具有修辞美的绝唱，是使司马相如在中国文学史上享有盛名的作品。其传载于《史记》卷五十七。如果根据徐宏注，他应于武帝元狩五年（公元前118）逝世。在传为前汉末年刘歆所撰的《西京杂记》卷二中，还残留着关于司马相如作赋态度和方法的传闻：

> 司马相如为《上林》、《子虚》赋，意思萧散，不复与外事相关。控引天地，错综古今；忽然如睡，焕然而兴。几百日而后成。其友人盛览，字长通，牂柯名士，尝问以作赋。相如曰："合綦组以成文，列锦绣而为质。一经一纬，一宫一商，此赋之迹也。赋家之心，苞括宇宙，总览人物，斯乃得之于内，不可得而传。

此以司马相如对自己作赋态度和方法的叙述，显示他对辞赋文学的认识和辞赋创作的方法。这就是"合綦组以成文，列锦绣而为质。一经一纬，一宫一商，此赋之迹也。"赋的本质既表现丰赡美丽的事物，创作就必须捕捉具象，必须织锦一般把不同的纵丝和横丝交织成一片，像演奏音乐一般把高低强弱不同的音响组合在一起，从而完成这美文的创造。除此之外，没有任何可作说明的。那种要求辞赋按道义、伦理准则进行创作，要求表现内容要有这种观念所有功利主义的文学思想，这里一点也不存在。而且，似乎没有让它轻易介入的余地和可能。下文继续说："赋家之心，苞括宇宙，总览人物。"这是说，要运用语言进行美的创造，辞赋家的心就应该包摄整个普通而并不神秘的宇宙；在现实世界里总览和捕捉人生各种不同的形态。这里，正倾注了司马相如在创作上的自觉和自信。这一创作观产生于公元前一世纪，直与近代艺术家的观念相通，实在令人惊叹不已。

如果《西京杂记》的记载属实，真是当时司马相如创作观点的话，那么，它比三世纪初曹丕在《典论·论文》中表述的思想特质和对文学的认识，在时间上要早约四个世纪。在纯粹用语言叙述创造美的过程中，对赋的价值观的认识，也许能使文学批评史的那部分有必要重新改写。但遗憾的是，我们今天所见的《西京杂记》，是经东晋葛洪重新编定的，其中传闻的真实性还成问题，大有探讨的余地。然而，在前汉末年扬雄的《自序》及《汉书·扬雄传》里，都有扬雄论及司马相如的条文。由此可以清楚地看出，早于《西京杂记》的传闻记事在西汉时代的文学氛围中即已流传。除了想象的部分之外，有真实性的记事传闻不就应该看成是合理的吗？

往事武帝好神仙，相如上《大人赋》欲以风，帝反缥缥有凌云之志。繇是言之，赋劝而不止，明矣。又颇似俳优淳于髡优孟之徒，非法度所存贤人君子诗赋之正也，于是辍不复为，而大谭思浑天。

果真像扬雄所指出的，在司马相如《大人赋》的创作动机里。有对武帝好神仙的虚妄举动进行规劝的讽谏之意吗？从《大人赋》反映的内容看，说有一定程度的讽谏之意是可以的，但还不能落实得那么明确[①]，对司马相如赋中的讽谏精神，同时代的历史学家司马迁早在《史记》相如本传末尾所附的论赞中，就已及时地指出：

相如虽多虚辞滥说，然其要归引之节俭，此与《诗》之风谏何异？

可知，扬雄只不过是继承了司马迁评说司马相如赋具有讽谏意义的观点，而调子略低了一点，当然不能无视放射着不可思议光彩的辞赋家的历史地位，不过，那是从历史学家立言的立场出发肯定讽谏意义的。“虚辞滥说”，实在是指用虚构创作美文的修辞技巧，这种技巧旨在取得这样一种效果，即把非真实的事情当作存在的真实来感化人心。对相如赋的评语，这些措辞不仅确切，而且，还使人意识到，在这一评价的背后，有一双把尊重事实作为第一义的历史学家的炯眼。

证实了相如文学的本质就是“虚词滥说”，扬雄上述那段话，正揭示了这一内涵。到了晚年，迷信神仙思想，为长生不老养身术中精魂所倾倒的汉武帝，在读了《大人赋》以后，越发对神仙世界想入非非，被视为“虚辞滥说”的《大人赋》所描写的神仙世界，抓住了武帝的心，使他越发产生了神仙志向，所谓“缥缥有凌云之志”。这一如实反映相如文学本来面貌的资料，表面上看似乎是司马相如提倡赋家之心

① 船津富彦氏在他的《试论〈大人赋〉》(《汉魏文化》第4号)中认为，《大人赋》里稍有讽谏的意义存在。

应“苞括宇宙，总览人物”的一条反证。然而，司马相如所具有的赋家之心，包括在辞赋中用想象来表现神仙世界的小宇宙。在《大人赋》中，他采用与真实生活十分贴近的充满逼真力量的细密描写，加上赋中所使用绚烂华美的修辞，迷住了武帝的心并使他深为感动。

扬雄“颇似俳优淳于髡优孟之徒，非法度所存贤人君子诗赋之正”的说法，把辞赋家看成俳优，完全否定了辞赋家的文学创作。把辞赋家等同俳优的看法，也许并非从扬雄开始的，但是，在各种各样的辞赋观中，像以上那么明确地阐说，在文学批评史上却是扬雄开了先例。扬雄在同一篇《自序》中还说：“必推类而言，极靡丽之辞，闳侈钜衍，竞于使人不能加也。”这更是从辞赋文学的形式加以论述的。充分意识到司马相如赋中表现的游戏性和俳优性，从所前所述《大人赋》对武帝影响一事中可以显示出来。之所以这么说，并不是把作为辞赋家的司马相如视为俳优。因为考察《汉书·枚乘传》可以看出，司马相如与身为俳优感到自卑苦恼的枚皋之徒确实是不同的。司马相如是落笔迟而慎重，数量不多但质量很高的辞赋家，与受天子之命，犹如工匠一般速笔成赋的枚皋之徒不可同日而语①。究其不同的原因，是因为司马相如有“苞括宇宙，总览人物”的赋家之心，并从中反映出他的艺术哲学，这一崇高的理念，是辞赋家引以自豪并终身持之不渝的。

三

在探讨《西京杂记》所载司马相如辞赋观之际，不禁令人想起了文学论，那是西晋陆机的《文赋》②。

关于司马相如作赋的态度，《西京杂记》曾有“意思萧散，不复与

① 在《汉书·枚乘传》里，有“上有所感，辄使赋之。为文疾，受诏辄成，故所赋者多。司马相如善为文而迟，故所作少而善于皋，皋赋辞中，自言为赋不如相如。又言为赋乃俳，见视如倡，自悔类倡也。”

② 中岛千秋氏在《赋的成立与展开》一书第六章里已经指出，司马相如的文学观（赋的样式的批评），是晋陆机《文赋》的先驱。

外事相关,控引天地,错综古今”的描述。对辞赋家的观照,则有“赋家之心,苞括宇宙,总览人物”个概括。且征引《文赋》中有关的部分加以对照:

伫中区以玄览,颐情志于典、坟……其始也,皆收视反听,耽思傍讯,精鹜八极,心游万仞。其致也,情曈曨而弥鲜,物昭晰而互进。倾群言之沥液,漱六艺之芳润……收百世之阙文。采千载之遗韵。谢朝华于已披,启夕秀于未振,观古今于须臾,抚四海于一瞬。

这是说作家在从事创作的开始阶段,其内部精神和心理活动的过程。陆机是从自己的创作经验出发加以论述的。

对陆机《文赋》中“采千载之遗韵”一语,清人顾炎武在《音学五书》中以为:“文人言韵,始见于此。”顾炎武称《文赋》在表现美的过程中,是最早论及音韵调和问题的文学批评专著。正如顾炎武所指出的,陆机是有意识地错比文字,使之交响;织成韵律,使之谐和,以取得音乐上、色彩上的效果的。关于这一点,《文赋》中还有如下论述:

其为物也多姿,其为体也屡迁,其会意也尚巧,其遣言也贵妍。暨音声之迭代,若五色之相宣……苟达变而识次,犹开流以纳泉。如失机而后会,恒操末以续巅,谬玄黄之秩序,故而不鲜。

关于司马相如文体的特征,《西京杂记》有“列锦绣而为质,一经一纬,一宫一商,赋之迹也”之语。如果加以对比,这就是《文赋》中论音律的部分。“若使声律的配合调和,文章就宛如锦绣一般色彩绚烂。音韵经常变化,语言配置得各臻其妙,恰到好处。如果理理解掌握这一变化的法则,文章就会优美流畅。”以上是陆机的论旨。司马相如与陆机之间相隔约四个世纪,而论音乐效果是文章修辞表现不可缺少要素的观点,两者却是完全一致的。只不过陆机说得委曲周详,司马相如简洁地道出了问题的核心,这正说明,后者是前者的先导。说起赋体的特质,实际上已经进入文体论的领域。在《文赋》里,有“赋体物而浏亮”的阐述。对以上的影响表现得很清楚,并已把握了赋体的特征，魏文帝曹丕的《典论·论文》以赋作为韵文与诗并列，以“诗赋欲丽”加以概论。在以语言的色彩和音乐织成绚丽的篇章为“赋之迹”这点上，曹丕、陆机与司马相如的文体论内涵是完全相同的。

陆云是陆机的胞弟，至今仍残存陆云致兄陆机的书简，那些书简的内容，几乎全是文学评论。其中有一段涉及陆云对陆机赋的评价：“《述思赋》流深情至言，实为清妙……《文赋》甚有辞，绮语颇多。”陆云以为陆机赋的特点是，以最深切的语言，表达最深挚的感情，而且，有的还表现得十分清妙，有的则充满像彩绘般绮丽的辞藻和优美的修辞。上述的评论表明，陆云是陆机文学上最为投契的知己。

在魏晋的辞赋论中，尤其大放异彩的，是长期来被人误解的魏代曹植的辞赋论。在哥哥曹丕尚未即位为太子之时，曹植还过着梦想当太子的自由自在的生活。其时，他在《与杨德祖书》中，阐述了他对辞赋的看法：

> 辞赋小道，固未足以揄扬大义，彰示来世也。昔扬子云先朝执戟之臣耳，犹称壮夫不为也。吾虽德薄，位在藩侯，犹庶几戮力上国，流惠下民，建永世之业，流金石之功，岂徒以翰墨为勋绩，辞赋为君子哉？

在这里，曹植明确地称辞赋为“小道”。但是，如果把曹植的这种说法，与前汉末至后汉扬雄、班固、蔡邕等儒教伦理观的道德辞赋论直接联系在一起，那么，对曹植辞赋观本质的认识，就有被误解的危险。事实上，由短路思考而产生的误解，在六朝梁代简文帝的文学意识中即已表现出来。简文帝说：

> 纲少好文章，于今二十五载矣。窃尝论之，日月参辰，火龙黼黻，尚且著于玄象，章乎人事。而况文辞可止，咏歌可辍乎？不为壮夫，扬雄实小言破道；非谓君子，曹植亦小辩破言。论之科刑，罪在不赦。
>
> （《答张缵谢示集书》）

简文帝从文学至上的视角出发，把曹植“辞赋（岂为）君子哉”的说法，与扬雄说辞赋是“童子雕虫篆刻”，“壮夫不为”的观点等量齐观，并把两者均处以罪在不赦的科刑①。

那么，曹植为什么说辞赋不能显彰大义和君子的勋绩于来世呢？这句话的含义是，在作为小道的辞赋里，缺少与现实政治、道德相关的实用性的东西。辞赋作为一种文学样式，与君子从事的所谓重大政治事业没有任何关系。这些看法，正反映出曹植对辞赋意义和写作的必要性缺乏认识。换句话说，曹植所以视辞赋为小道，是因为他以为辞赋与生活现实相隔甚远，仅是在艺术表现的世界里玩弄虚构的美。

在对曹植辞赋论的挖苦里，简文帝已经站在近于文学至上主义的立场上。在辞赋的内涵里，集中了道德上劝善惩恶的讽谏意义，看扬雄最初的辞赋观即可充分认识到这一点。可以说，是曹植发现了不与政教发生瓜葛的纯文学的表现世界。曹植是魏晋时代创作上最为杰出的辞赋家之一，单凭这一点，就是比什么都有说服力的证明②。对于曹植来说，辞赋是彻头彻尾通过虚拟的语言来构建美的一种文字游戏，或者说，就是他称之的“小道”。综上所述，把曹植、司马相如、曹丕、陆机、陆云的辞赋观加在一起，就形成了一个异质的同盟者，与以下将要叙述的汉代扬雄、班固、蔡邕，以及两晋左思、挚虞等人讲究道义效用的辞赋论，形成了某种对立状态。

如上所述，辞赋被看成一种文字游戏，用它可以构筑美的小宇宙。尽管儒教思想中的一些原则，在当时仍作为支配的理论，但在社会秩序和人心上，这种原则再也不象在前汉武帝时那样得到贯彻。而且，在儒教失去绝对规范性和权威性的魏晋时代构建这些美的小宇宙，这本身也是意味深长的，从这里可以看出，文学观念是多么鲜

---

① 在拙稿《南朝放荡文学论的审美意识》(《东方学》第27辑)中，为考察简文帝的文学观，已涉及到他《答张缵谢示集书》中的文论。

② 冈村繁氏在《关于曹丕的〈典论·论文〉》(《支那学研究》第24、25合刊号)一文中，对建安末期文学和政治的关系提出并存性质的观点值得注意。透过曹植视辞赋为小道的表面，得出了不能说他轻视纯文学(辞赋)的结论。

明及时地反映了那一时代的思想观念。

四

前汉武帝殁后，大约过了十五年时间，由宣帝继承了汉王朝的皇位。只要看《汉书·王褒传》即可明了，宣帝好辞赋，他特地把王褒、张子侨等赋家集中在宫廷里，命他们写作歌咏性的颂赋，并根据他们写出的辞赋加以评定，赐以锦帛。汉宣帝的辞赋观无疑是值得注意的，因为从这里开始，重视现实效用性的辞赋观以明确的姿态，登上了历史舞台：

> 上曰："'不有博奕者乎，为之犹贤乎已！'辞赋大者与古诗同义，小者辩丽可喜。辟如女工有绮縠，音乐有郑、卫，今世俗犹皆以此虞说耳目，辞赋比之，尚有仁义风谕，鸟兽草木，多闻之观，贤于倡优博奕远矣。"

儒教的观念，一方面表现在"辞赋大者与古诗同义"的立论上。这里的"古诗"，指《诗经》中的诗篇，"古诗之义"，指《诗经》中诗人所表现的仁义讽谏的诗歌精神。第二表现在"鸟兽草木，多闻之观"的主张上。读赋可识鸟兽草木之名的观点，源出《论语》，是孔子主张读诗可以丰富知识的《诗经》观的翻版①。

辞赋文学原本出于《楚辞》文学的传统，这已是十分明白的道理。但是，上述辞赋观却硬是勉强把《诗经》的讽谏精神与辞赋结合在一起。促成这种结合的是儒教意识中的实用主义。

确实，宣帝所说辞赋"小者辩丽可喜"，设置和区分大小之别的原则，在于讽谕和辩丽的不同。"辩丽"辞赋的存在，如"女工有绮縠，音乐有郑、卫。"这是没有办法的解说。在论述郑、卫音乐的《礼记·乐记篇》中，有"郑、卫之音，乱世之音也"的说法。在宣帝看来，他所奖励的辞赋，与倡优、博奕等游戏相比，要远为出色的原因，是因为辞赋

---

① 《论语·阳货》曰："孔子曰：小子何莫学夫诗。诗可以兴，可以观；可以群，可以怨。迩之事父，远之事君。多识于鸟兽草木之名。"

中存在着仁义讽谕的精神。

要而言之，宣帝以“古诗之义”即仁义讽谏精神的有无，作为衡量辞赋价值的基准。很明显，由统治者统一理论派生出的儒教伦理，正实质性地介入到辞赋的表现中去。

宣帝曾被称为“礼教天子”，他让那些熟谙五经的硕儒大官集于石渠阁讨论经典的异同优劣，使儒学内部的对立，公羊学和谷梁学之间的对立，在国家的干预下得以调整，目的在于构筑统一的处于支配地位的理论。儒教与政治接近，成为支配现实政治的理论[①]。儒教伦理作为统一支配的理论，开始与生活现实十分接近。在宣帝时期，儒教伦理介入宣帝所持的辞赋观，有其必然的原因，是不矛盾的。

在司马相如活跃的武帝时代，儒教已经成为国教。但经学尚未成为规范人们日常行为的唯一准则，还没有渗透到社会和人心中去。不仅如此，由于汉武帝对外积极推行穷兵黩武的政策，并因此而国威远扬。但为此而极度膨胀的国家经济却已露出危机的征兆。为了挽救汉王朝这一危机状态，谋求恢复国家经济，就有必要以儒教统一人心。于是，从宣帝开始，元帝、成帝、哀帝以降，以经学的准则来规范人们的行为就成了必不可少的措施。迄于后汉，儒道礼教就完全成了人们日常生活中意识和行动的羁绊。

在从前汉开始至后汉儒教支配国家思想的状况下，辞赋论领域里出现了高举礼教道德的旗帜，态度鲜明的扬雄、班固、蔡邕之徒，这是必然的结果。这里，我们且把考察的视点移向扬雄的辞赋论。

翻开《西京杂记》，我们就会发现扬雄与司马相如关系的条文。根据那些条文可知，扬雄赞赏司马相如为“长卿（相如）赋不似从人间来，其神化所至邪。”对司马相如十分敬佩，并学习模仿司马相如赋，显示自己辞赋家的才能，希望藉此步入官场，反映出一味致力于辞赋创作的年轻时代扬雄的真实面貌。果真，扬雄在他晚年写的《法言·吾子》篇里，对自己年轻时爱好辞赋表示追悔，并对美丽而流行的辞

---

① 参照《思想史》（中国文化丛书）中所收日原利国氏的论文。

人之赋加以严厉的弹劾：

或问：吾子少而好赋？曰：然。童子雕虫篆刻。俄而曰：壮夫不为也。

或曰：赋可以讽乎？曰：讽乎！讽则已；不已，吾恐不免于劝也。

或问：景差、唐勒、宋玉、枚乘之赋也益乎？曰：必也淫。淫则奈何？曰：诗人之赋丽以则，辞人之赋丽以淫。如孔氏之门用赋也，则贾谊升堂，相如入室矣，如其不用何？

可见，扬雄直到晚年，对司马相如的敬爱之心都未曾消失。然而，这里说的"诗人之赋"，是吸取《诗经》诗歌精神所创作的辞赋，是必须以讽谏为主旨的。其中扬雄、司马相如、贾谊均属"诗人之赋"的谱系。而秦汉时期其他众多的辞赋家，如景差、唐勒、宋玉、枚乘等人则不属此列，他们的作品被称之为"丽以淫"的"辞人之赋"，与现世有益讽谏的"诗人之赋"截然不同。

其实，在扬雄提出"诗人之赋"的概念以前，汉宣帝的辞赋观中已有"辞赋大者与古诗同义"的说法，扬雄只不过对这种说法作了发展，并在"诗人之赋"的前面，设置一个"辞人之赋"的对立面罢了。扬雄这一立论的方法实在是颇为高明和巧妙的。

扬雄的《法言》，是在王莽篡夺前汉皇位之际，一面仿照《周礼》，一面企图使周代原始儒教理念在现实政治制度中发挥作用而撰写的著作。王莽改革过于理想化，欲速不达，结果导致失败。

郭绍虞先生以为，扬雄是因为看了刘歆石室中的藏书，于成帝阳朔四年才决定他钻研儒学的志向的[1]。从那以后，扬雄坚定了他作为儒者用世的意志，并一直坚定不渝。其时，正逢王莽的新儒教改革，引起他异常积极的共鸣，使他奋袂而起，学习《论语》的形式而撰成《法言》，这是合乎情理的。扬雄在《法言》中所表现的彻底现实主义的实用辞赋论，出自他的儒教立场，这不是不可思议的。

---

① 参照郭绍虞氏的《中国文学批评史》(新文艺出版社版)。

五

要考察出自《楚辞》文学传统的辞赋，何时与《诗经》的诗歌精神结合，只要看辞赋论，就可以知道，始于汉末宣帝之际。到了后汉班固、扬雄“诗人之赋”观念的提出，在更为顽固的礼教思想之下，展开了辞赋史论。《汉书·艺文志》的“诗赋略”，从对《诗经》的解说开始，对屈原出现，乃至后汉辞赋的发展，都作了历史性的概述：

> 古者诸侯卿大夫，交接邻国，以微言相感，当揖让之时，必称诗以谕其志，盖以别贤不肖而观盛衰焉。故孔子曰：“不学《诗》，无以言也。”春秋之后，周道寖坏，聘问歌咏，不行于列国。学《诗》之士，逸在布衣，而贤人失志之赋作矣。大儒孙卿及楚臣屈原，罹谗忧国，皆作赋以风，咸有恻隐古诗之义。其后宋玉、唐勒；汉兴，枚乘、司马相如下及扬子云，竞为侈丽闳衍之词，没其风谕之义。是以扬子悔之，曰：“诗人之赋丽以则，辞人之赋丽以淫。”

对上述所论内容我们姑且勿论，而与历史学家相适宜的这一工作却使辞赋史论的体裁初具梗概，对辞赋史的论述也从此开始。

由于班固在他的辞赋史论中强行坚持：辞赋文学存在的意义是从五经之一的《诗经》讽谏精神中派生出来的，因此，这一观点比扬雄的《法言》更加露骨。贤人之赋，在春秋以后的乱世中产生。请注意，班固以为上述辞赋有“恻隐古诗之意”存在。从此，辞赋文学被纳进了经典的框架，其理论也就显得牵强附会。肇始辞赋文学最初发生形态的祖型应是《楚辞》，而这一祖型表现辞赋文学具有丰赡富丽的形式，以及其中包孕的正当的文学视点，在这里全都丧失殆尽。

如果这一辞赋史论尚称得上思路清晰的话，那么，也不过从凝固的儒教观念出发，对辞赋存在的意义作了历史的整理罢了。况且，扬雄仍置司马相如于“诗人之赋”的系谱之上，而班固却把司马相如与宋玉、枚乘之徒等同起来，认为都是缺乏讽谏精神的辞赋家一概加以否定。仅此一点与扬雄比较，也可以看出，班固对经学规范的恪守态度比扬雄更加忠实，他的辞赋史论赖以立足的儒教思想也更为彻底，这是显而易见的。

至后汉末期，今天看来值得注意的辞赋论差不多都已消歇，唯一的例外，是蔡邕的辞赋观。审视他的《陈政要七事疏》，我们就会发现有这么一段话："书画辞赋，才之小者。匡国理政，未有其能。"这一见解，与前所述魏时曹植视辞赋为小道，以为辞赋与建立国家永世大业没有关系的看法十分接近。在观念上，不能不视为曹植辞赋观的先驱。中岛千秋氏在《赋的成立与展开》第六章"根据时代区分特色"一节里，对蔡邕的辞赋论进行考察，并得出了上述的结论。中岛氏这一大著，对汉代辞赋的形态和内容，对辞赋史的展开作了扎实而精心的研究，卓识创见，书中随处可见，我在展开拙论时，参考了他书中第六章的部分论述，很多地方使我颇受教益。但问题是，中岛氏在论述蔡邕的条文里，征引蔡邕这段话后断定，蔡邕是有意避开经国而有益的实用主义辞赋观，接着，又认为他正把辞赋文学从实用主义中解放出来①。这里，我们就产生了不同的看法。因为在同一篇文章里，蔡邕自己作为一个辞赋作家，还说了下面一段话：

> 作者鼎沸，其高者颇引经训讽喻之言，下则连偶俗语，有类俳优。

这里的高下之别，与宣帝说辞赋有大小，有"讽谕"和"辩丽"的区分没有什么不同。此谓"引经训讽喻之言"，与辞赋存在最初肇始《诗经》，是经典的一个方面，应发抒讽谕的宣帝、扬雄、班固的辞赋论也无本质的差别。蔡邕说书画辞赋才能在治理国家上作用有限是正确的。但以为援用经典的主旨，引导讽谕之言的辞赋才是其中的"高者"，这种看法本身就是强调实用而有益的儒教主义的文学观。单纯着眼于前一方面，便认为蔡邕正把文学从实用主义中解放出来，对此结论，本人不敢苟同。

从前汉末年至后汉，在国家需要的前提下，儒教作为统一支配理

---

① 参照中岛千秋氏《赋的成立与展开》第六章引蔡邕上灵帝《陈政要七事疏》所论。

论，正左右着现实政治和秩序关系。经学的规范，束缚了人们的思想。在那种社会情况下，形成了宣帝、扬雄、班固的辞赋理论，这在前面已加阐述。蔡邕的辞赋观，同样与这一系谱有一脉相承的联系。探索这一儒教辞赋论的系谱，考察汉代出现的毛诗学派的《诗经》观进而研究这种文学观念对辞赋论的影响，应该是很有意思的。

最初，强调《诗经》可为当政者资鉴，以及对《诗经》提出道德解释的是《毛诗序》。朱子根据《后汉书·儒林传》认为，后汉卫宏是该序的作者，此后，又经二三人加工而成。但是，《毛诗》作为教科书已由河间的毛公传播开来，经过贯长卿、徐敖等人的努力，《毛诗故训传》三十卷已堪称丰硕的成果。从前汉末年开始提倡古文学，乘着这一历史性的机会，徐敖及其弟子陈侠、谢曼卿、卫宏等人的前后相继，《毛诗序》也许经过他们的手得以完成[①]。这个学派，对《诗经》中的礼教思想提出道义的解释，从诗人中提取出讽谏精神而建立诗教说。今所传《毛诗序》，不管是卫宏一人所作，还是其他人的合作，对《诗序》作为那一学派代表性见解的结晶是没有什么妨碍的。像毛诗学派那样，把诗视为政教的工具，对诗作道义上解释的思想，在前汉末产生的古文学派中开始抬头。这种思想对当时知识分子的思考方式曾予以巨大的影响，这是应该充分考虑的。宣帝的"与古诗同义"说，蔡邕的"引经训讽谕之言"说，都是在毛诗学派文学思想强烈影响下产生的辞赋论。这些辞赋论毫无例外地把《诗经》仁义的内涵和讽谏的精神牵强附会地用来说明辞赋，地地道道是毛诗学派诗说在辞赋论上的应用。

六

前汉末至后汉出现儒教的辞赋观，在西晋左思、挚虞的辞赋论中再度复萌。一般说来，魏晋时代是儒教权威性实际已经丧失，是《易》

① 参照目加田诚氏的《诗经》（日本评论社刊、东洋思想丛书）第二章《诗经的产生和流传》中有关历代"诗经学"的论述。

和老庄思想合流而盛行的时代。后汉以来，在世家儒学和名门大族相勾结而掌握政权的西晋王朝，整个社会的思想状况是，礼教思想被再度抬出来成为占统治支配地位的理论。左思、挚虞辞赋论的出现，恰与上述的思想状况相吻合。其间唯独陆机的辞赋观是一个例外。陆机生于作为战败国的江南吴地的豪门望族，国破后经历了十年蛰居的生活，然后来到洛阳谋求官职，接纳他们的西晋王朝，实际上想利用陆机收揽吴人之心。因此，陆机对礼教思想并没有直接地全盘接受。而且，对自己的文学才能抱有绝对自信的陆机，事实上已经成了当时第一流的文学家。在他的自负里，事实上残存着楚国系统的文学余绪，并未站在政治道德立场上对文学加以蔑视。

左思在《三都赋序》里，表述了自己的辞赋观。他先引用扬雄的"诗人之赋"说、《毛诗大序》诗有六义说和班固的"古诗之义"说，接着，作为一个权威的辞赋作家，他又十分清楚地表明，他是站在扬雄、班固道统辞赋论一边的。

对《诗经》的采诗编纂，《礼记·王制》篇，班固《汉书·食货志》中都有关于周代派采诗官到各地采集民歌，调查风俗以作政治参考的记载。左思把采诗说引入辞赋论，从思想史的角度看，左思的辞赋观有其独到之处。其要点，主要表现在《三都赋序》中：

> 先王采焉（诗）以观土风。见"绿竹猗猗"（《卫风·淇奥》），则知卫地淇奥之产；见"在其版屋"（《秦风·小戎》），则知秦野西戎之宅。故能居然而辨八方。然相如赋《上林》，而引"卢橘夏熟"；扬雄赋《甘泉》，而陈"玉树青葱"；班固赋《西都》，而叹以"出比目"；张衡赋《西京》，而述以"游海若"。假称珍怪，以为润色。若斯之类，匪啻于兹。

在思把"采诗说"引入赋中，并直接用来对汉赋进行批评。汉赋出于表达上加工润色和辞采富丽的需要，其中描写的地名物产，往往与现实不符，事实上并非进行实地描摹而是一种艺术夸张。左思反对司马相如、曹植、陆机等人把辞赋变成以语言来表现美的游戏文学。始终采取经学传统的尊重事实的态度，否认辞赋文学游戏的本质，提倡辞赋实用上的功能。

确实，左思在创作《三都赋》时，“乃诣著作郎张载，访岷、邛（蜀）之事”（《晋书·左思传》）。从《文选集注》残卷本《三都赋》注引王隐《晋书》中可以窥知，左思曾访问陆机以打听吴地土风，又想谋求能广见闻的秘书郎职位，但似乎没有成功。从今所见《三都赋序》可知，左思创作此赋，“其山川城邑，则稽之地图；其鸟兽草木，则验之方志；风谣歌舞，各附其俗；魁梧长者，莫非其旧。”这一叙述表明，左思在描写自己没有亲临实地的都城情状时，则用参稽当地地图、方志的方法以求其确，努力补救自己未曾亲历的不足。左思创作辞赋的这种态度，小尾郊一氏以为是写实主义的精神①是十分确切的。

左思创作《三都赋》，殚心竭虑地耗费了十年时间，在他居住的门、庭、藩、厕所等处，都备有纸笔，偶得一句，即便疏之。如此苦心孤诣地进行赋的创作，作为山东一个胥吏的儿子，在任何时候都只能占据不显要地位的丑男子，且有口讷的左思，进行《三都赋》的创作，无疑是对自己整个生命的一次赌博。他以写实的方法描绘了魏、吴、蜀三国国都的风土人情，进行实证而有益于政教的描绘，也许确是他真诚的愿望。《三都赋》中表现出华丽的修辞和文风，立刻得到同时人张华“班、张之流”的评价。以为《三都赋》足可与汉赋比肩。在这篇长赋中，左思既描写了各国首都的风俗情状，又尽可能地根据事实，并以瑰丽的辞采，铺陈各国首都的奢华和强大。只不过最后以吴、蜀二都比不上魏之邺都而结束。如果没有说错的话，左思创作《三都赋》的意图，正是以邺都代表魏室曹氏，并对由禅让形继承王位的晋代司马氏三国统一的正统地位加以赞美。其证据是《三都赋》终了时那段经过修饰的话：

日不双丽，世不两帝。天经地纬，理有大归。

---

① 小尾郊一氏在《左思的赋观》（《广岛大学文学部纪要》第15号）中，论述左思的辞赋观具有写实主义的精神，而那种精神，又与魏晋时代赋中非常明显的写实主义的自然描写相关联。

在这里，左思以天上太阳无双，比喻晋室讨伐蜀、吴，由是对统一天下的伟业加以赞颂。《三都赋》作于太康三年，即在晋灭吴，完成天下统一事业的二年以后，对照这一历史事实看，《三都赋》与汉赋相比毫不逊色的原因，不仅在于它具有华丽的修辞，而且表现了对三国归晋宏伟大业及其正统地位赞美的重大主题。正因为如此，它才赢得了新时代人士普遍的欢迎，以至此赋一出，洛阳城为之纸贵。根据这一点还可以知道，寒门出身的左思，何以会参加在贾谧“沙龙”里形成的“二十四友”文学集团，并成为贾谧的掌中人物。

尽管左思的辞赋论贯穿的原则颇为彻底，在《三都赋序》中强调辞赋的本来意义应一如原样地描绘事实，但是，他在论述具有夸张的表现手法、华美宏丽风格而缺乏现实效用的赋时，却说：

> 且夫玉卮无当，虽宝非用；侈言无验，虽丽非经。而论者莫不诋讦其研精，作者大氐举为宪章。积习生常，有自来矣。

可见，左思对以往辞赋作者热衷于毫无根据的夸大和繁缛的修辞并未非难，而是采取放任的态度。那些具有夸张手法，宏丽词藻的辞赋，今天正是辞赋家的典范作品。发出这样的感叹，不是从左思开始的，后汉王符的《潜夫论》里，已有与左思观点相同的表露：

> 今赋颂之徒，苟为饶辩屈蹇之辞，竞陈诬罔无然之事，以索见怪于世，愚夫戆士，从而奇之，此悖孩童之思，而长不诚之言者也。

在左思的请求下，为左思《三都赋》作序的西晋另一名硕学高逸之士皇甫谧，也持与王符、左思相同的观点①。但与左思不同的是，皇甫谧还抱有“美丽之文，赋之作也”的看法，承认辞赋的表现力在于有恢宏瑰丽的文饰。如果仅此数语，这里特意让皇甫谧登场似乎就没有必要。在论赋为美文以后，他继续论述道：“昔之为文者，非苟尚辞而已，将以纽之王教，本乎劝诫也。”从对赋的劝戒作用并未忽略过去

---

① 皇甫谧的《三都赋序》为《文选》所收。

可以看出，皇甫谧同样以为，辞赋所表现的内容，应该与古代《诗经》诗人那种王道教化和劝诫讽谕的精神结合在一起。

七

曾师事皇甫谧并深受其薰陶的有西晋文学批评家挚虞。挚虞选择编纂各体文章而成的《文章流别集》今佚不传，但是，作为文学批评专著，当时为《文章流别集》附录的《文章流别志论》，至今尚存片断佚文。在仅存的片札只语中，全是文体论。挚虞对中国文学中的各种文体进行了细致的分类，并一一溯其源流，阐述其发生时期的形态，是将各种文体进行对比显现才能而知名的文学批评家。如果从这一点推测，挚虞《文章流别集》的编纂意图，应是对后世往往会流于异端的文体加以匡正，以示正统文体之楷模。各种文体分类精致到如此地步，中国有挚虞作为嚆矢，这意味着文学论的重大转变。

这里要讨论的问题是，作为挚虞文体论的一环，是《文章流别志论》中论述辞赋的部分：

> 赋者，敷陈之称，古诗之流也。古之作诗者，发乎情，止乎礼义。情之发，因辞以形之；礼义之旨，须事以明之。故有赋焉，所以假象尽辞，敷陈其志。
>
> 前世为赋者，有孙卿、屈原。尚颇有古诗之义，至宋玉则多淫浮之病矣。楚辞之赋，赋之善者也。故扬雄称赋莫善于《离骚》。贾谊之作，则屈原俦也。
>
> 古诗之赋，以情义为主，以事类为佐；今之赋，以事形为本，以义正为助。情义为主，则言省而文有例矣；事形为本，则言当而辞无常矣。文之烦省，辞之险易，盖由于此。
>
> 夫假象过大，则与类相远；逸辞过壮，则与事相违；辩言过理，则与义相失；丽靡过美，则与情相悖。此四过者，所以背大体而害政教，是以司马迁割相如之浮说，扬雄疾词人赋丽以淫。

以上所列，即为《文章流别志论》中的辞赋论。今检全文，共分四个小节片断。

首“赋者，敷陈之称，古诗之流也”一语，从后汉刘熙《释名》“赋、敷也。其义敷陈为之赋”来，是前所述《汉书·王褒传》载宣帝“赋，大者与古诗同义，”班固《汉书·艺文志》谓“有恻隐古诗之义”基础上的论述。紧接着，“古之作诗者，发乎情，止乎礼义，”是《毛诗大序》“故变风发乎情，止乎礼义”一语的活用。由此可知，挚虞赋论的思想根据，乃是后汉时期强烈的占统治地位的礼教文学思想，这是显而易见的。

挚虞对源出礼教文学思想辞赋论的叙述，并未停留在第一小节，在第二小节展开的辞赋史观，同样也是对班固《汉书·艺文志》、杨雄《法言·吾子》篇和《反离骚》的忠实祖述。

挚虞在第一小节里说：“情之发，因辞以形之；礼义之旨，须事以明之；故有赋焉，所以假象尽辞，敷陈其志。”对赋这一文体处于发生形态时的表现机能和特色加以分析。然而，挚虞为什么将“情的发动”和“礼义的意义”相提并论以作为辞赋文体的说明呢？其中必然原因在哪里？这似乎是很难理解的。仅仅说，赋是“假象尽辞，敷陈其志”的文体还不很充分。在挚虞的意识里，既然充塞着《毛诗大序》的诗说，如果不运用那种诗说，自己的赋论就不能得到进一步发展，尽管这种发展饱蘸了浓重的礼教思想。至此，赋在礼义上的意义已表现得十分清楚，而在文体的表现上却尚未开始。

在第二小节辞赋史观里，挚虞独创性的意见一点也没有，这一点，前已备述。审视第三小节对“古诗之赋”和“今之赋”的评论，恐怕同样是扬雄“诗人之赋”和“辞人之赋”分类的活用。值得注意的是，这里论述辞赋重要的是表现事形，还是表现情义时，出现了情义二字。在辞赋论的分野上，到此为止，还没有使用过“情义”概念的例子。也许是挚虞某些特殊想法倾注于这些语言之上[①]。但因此句结

① 参拙稿《汉魏六朝文学理论中的情志问题》（《目加田诚博士还历纪念·中国文学论集》）。

束时，仍袭用了《毛诗大序》"发乎情，止乎礼义"的文句，因此，说它是"情"与"礼义"单纯结合而创造出的概念也不为过。在这以后，又说文辞的烦省、险易问题，都是没有跨出常识领域一步的陈腐老套。

第四小节，挚虞提出辞赋"假象"、"逸辞"、"辩言"、"丽靡"四大表现要素，这倒是洞察辞赋文学本质的卓见。这四种要素，无论哪一种用得太滥太过，都会"背大体（道理）而害政教。"这里阐明的，说是挚虞辞赋论的真正观点也决非虚语。总而言之，挚虞的辞赋论既为礼教的魔障所束缚，又在辞赋文学的本质里认识到表现美上的游乐性。在那里，没有一切多余意义上的论述，与魏晋的辞赋论也毫不相关，他只是一个忠实的礼教信奉者而一味地固执己见。

翻阅《晋书》中挚虞的传记，我们可以看到，他曾站在传统与尚古主义的立场上，对朝廷中各类事件的申述意见都加记录。在《文章流别志》中，目前还残存他评诗歌体裁的片札断语，挚虞几乎切断了当时所有诗人的创作命脉，他竟然称为当时诗人使用得最频繁活跃的五言诗体为"非音之正。"而称发轫于《诗经》的四言诗形式为正统的"正体"。从中正可窥见他的文学观。而他的传统主义、尚古主义的思考方式，于此亦可见一斑。挚虞的赋缺少自己的个性，其原因也正在于此，这里毋庸赘言。总之，从前汉末年至后汉出现的宣帝、扬雄、班固的辞赋论及《毛诗大序》诗说的总汇和总决算，便是挚虞的辞赋论。

（上海师范大学人文学院）

苏绰文体改革与北周的文笔分野

李建栋

关于苏绰大诰体改革，论述角度颇多，成果亦颇丰。其中最主要的观点有两种：《周书·王褒庾信传论》以为“（苏）绰建言务存质朴，糠秕魏、晋，宪章虞、夏”①，“属词有师古之美”②，然其“矫枉非适时之用”③，基本否定了苏绰文体改革的文学成效。陈寅恪以为苏绰大诰体改革助成了宇文泰整个大统改制，推动了关陇本位政策的迅速确立，宇文周政权遂得“阳傅周礼经典制度之文，阴适关陇胡汉现状之实”④，亦即此文体改革为消弥国家内部胡汉矛盾作出重要贡献。此外，学界多有相关论述，然其多从政治意义考量，文体改革本身的文学意义却较少被涉及⑤。基于此，对大诰体改革的文学意义的具体考察就提上了日程。

一、家族命运与复古期待

关中士族，向以韦、杜、苏三氏居首。西汉韦贤、韦玄成父子以儒

---

① ［唐］令狐德棻等撰《周书·王褒庾信传论》，中华书局，1971年，第744页。

② ［唐］令狐德棻等撰《周书·王褒庾信传论》，中华书局，1971年，第744页。

③ ［唐］令狐德棻等撰《周书·王褒庾信传论》，中华书局，1971年，第744页。

④ 陈寅恪《隋唐制度源渊略论略　唐代政治史述论稿》，生活·读书·新知三联书店，2001年，第101页。

⑤ 李浩《苏绰文体改革新论》以为“苏绰《大诰》是公文体即公翰的范本，并非一切文学或文学的模式”、“苏绰倡导朴素文风，庾信带来声律藻饰，相反相成，为唐代文学的发生立下界碑”。见《文史哲》，1999年第6期，第69页。

宗而位居相位，东汉韦彪雅称儒宗，十六国韦謏亦以儒学而赢得较高的政治地位。然至北魏时期，关中韦氏门望已难乎为继。韦敻、韦孝宽兄弟虽盛有声誉，却无法阻挡家族政治地位整体跌落的命运。后韦氏兄弟入西魏，韦敻依然放逸旷远，养望于家，而其弟孝宽为振兴家族声望而弃笔从戎，以军功谋求政治出路。京兆杜氏在西晋有学术、命世皆优的宰相杜预，而此后杜氏或迁居江左，或迁居山东，政治地望亦跌落。至北魏，留守关中的杜氏主要有杜建一房，其孙杜杲虽多次作为外交使节斡旋于北周与陈朝间，但家族门望已总体式微。武功苏建是西汉著名武将，其子苏武以出使知名。至东汉，苏氏家族由军功命世转为儒学持家。苏章在安帝时举贤良方正，对策高第，成为当时朝廷的议郎。三国时苏则文武皆济，官至魏侍中、东平相，其从子苏愉位晋尚书，愉子苏绍入江左，门望亦颇高。而留守关中的武功苏则一支的家族门望在北魏时整体跌落。时苏湛、苏让、苏亮、苏绰虽著名西土，但家族政治地望相对较低，苏氏兄弟尚不具备入洛阳北魏政府供职的资格。至北魏末期萧宝寅西讨时，苏氏兄弟才主动投奔而藉以起家。

关中士族在北魏立国后一个多世纪的沉寂，主要与国家政治中心与长安的疏离有关。不过，直至北魏后期关中士人依然不为洛阳侧目的原因，也与时代的文学风会相关。众所周知，关中士族向有尚武传统，然在北魏孝明帝之后，国家承平日久，洛阳为中心的东部地区又“文雅大盛”[①]，文人地位得以迅速提高，而武人地位却直线下降。当时的从军者多为“征镇驱使，但为虞候白直，一生推迁，不过军主”[②]。由武人为清途所隔的现状，可知关中士族在北魏后期以军功命世的可能性极小。遗憾的是，他们的文学也不具备与洛阳文学相抗的实力。即便被常景誉为“秦中才学可以抗山东”[③]的苏亮，其实也

---

① [唐]李延寿撰《北史·邢峦传附邢邵传》，中华书局，1974年，第1589页。

② 见温子升《为广阳王渊上书言边事》，[清]严可均辑《全后魏文》，商务印书馆，1999年，第497页。

③ [唐]令狐德棻等撰《周书·苏亮传》，中华书局，1971年，第677页。

仅仅是“善章奏”[①]，并不具备与当时洛阳流行的江左文风相抗的才华。那么，关中士族崛起的出路何在？直面现实，他们进退维谷。

北魏孝武帝与权臣高欢矛盾的日益激化，无疑给关中士族崛起带来了机遇。昔日关中政治中心的丧失将他们的族望付之东流，此时的政治风云又为他们东山复起带来了希望。在一定意义上，对于西魏独立的期待，是这一时期关中士族的普遍心理。不过，关中士族要出人头地，必须找到一条最适合自己的出路。“周代公卿，类多武将”[②]的事实，基本说明了西魏、北周时期关中士族以军功命世的总体取向。然并非所有关中士族都以军功起家，对于关中文学士族而言，他们所面临的最大问题是：如何在文学上立于不败之地，并藉此取得更多的政治份额。苏氏兄弟无疑是其中较早的觉醒者、行动者。他们寄家族复兴之厚望于大统改制，而由苏绰首倡并发起的、作为大统改制之一的大诰体文学改革，无疑成为他们复兴族望的一项重要举措。

平心而论，苏绰首倡的大诰体改革出于拥护宇文泰同一胡汉矛盾之公心不必怀疑。尽管西魏初期入长安的洛阳文人给关中文学以柳暗花明，诸如“文藻华赡”[③]的卢柔、“雕文入微”[④]的元伟、辞彩“辉焕相华”[⑤]的李昶等洛阳文人，他们与关中文人的文学交流直接带动了关中文学的发展。然而如“文多轻艳”[⑥]的唐令则一类洛阳文人，他们的华靡之章却明显有碍宇文周政权军国多务、文以载道的实际效用。所以苏绰对洛阳文人祖述江左新风现状之忧虑亦绝非杞人忧天，确实有着对国家全局利益考虑的公心。如果这种骈偶华丽的文

① [唐]令狐德棻等撰《周书·苏亮传》，中华书局，1971年，第677页。

② [唐]魏徵等撰《隋书·张煚传》，中华书局，1973年，第1261页。

③ [唐]令狐德棻等撰《周书·薛寘传》，中华书局，1971年，第685页。

④ 庾信《谨赠司寇淮南公诗》谓元伟文彩“雕文本入微”。[北周]庾信撰，[清]倪璠注，许逸民校点《庾子山集注》，中华书局，1980年，第188—189页。

⑤ 见徐陵《与李那书》，[清]严可均辑《全陈文》，商务印书馆，1999年，第371页。

⑥ [唐]令狐德棻等撰《周书·唐瑾传附唐令则传》，中华书局，1971年，第565页。

学过于泛滥，本来简洁明了的公文都写成洋洋洒洒、下笔千言的华章，则写者劳心、读者费力，会极大影响公务处理的效率。而更值得关注的是，苏绰首倡文体改革的背后，也隐藏着他对于不同文风所代表的洛阳、长安文人在政治权力分配时彼此所得份额大小之考量。此虽出于苏氏之私心，但在当时，文风的不同影响双方文人政治地位的消长也是事实。

据《周书·卢柔传》，洛阳文人卢柔于大统二年进入西魏后，宇文泰即“重其才，引为行台郎中，加平东将军，除从事中郎，与苏绰对掌机密”①。卢柔以不俗的识力、华赡的文才得与苏绰平起平坐，对于苏绰而言无疑有着潜在威胁；《周书·李昶传》云李昶在年少时即以文学有声洛下，入西魏后其“虽处郎官，太祖（宇文泰）恒欲以书记委之。于是以昶为丞相府记室参军、著作郎，修国史。转大行台郎中、中书侍郎。顷之，转黄门侍郎，封临黄县伯，邑五百户。……岁余，加使持节、车骑大将军、仪同三司，赐姓宇文氏。六官建，拜内史下大夫，进爵为侯，增邑五百户，迁内史中大夫。”②宇文泰对李昶爱不释手及李昶职官升迁之速，亦与其文学声望相关；《周书·唐瑾传》云宇文泰闻洛阳文人唐瑾雅好属文，“因召拜尚书员外郎、相府记室参军事。军书羽檄，瑾多掌之”③，之后唐瑾同样以不俗的文学才华而位至户部尚书。对于洛阳文人如卢柔、李昶、唐瑾者流以文学为宇文泰赏识，进而迅速升迁的现状，关中文人是难以心平气和地接受的。洛阳文人政治地位的上升，即意味着关中文人政治地位的相对下降。只有对洛阳文学予以否定或压制，才能保证关中文人在政治上的绝对优势地位。于是，苏绰的文体改革便应时而出：斧正公文体式，一定程度上排斥洛阳文人带来的骈偶华丽文风。其目的是确立关中文学为公文范式的地位，进而达到在不动声色中压制政治对手之效果。

---

① [唐]令狐德棻等撰《周书·卢柔传》，中华书局，1971年，第563页。

② [唐]令狐德棻等撰《周书·李昶传》，中华书局，1971年，第686页。

③ [唐]令狐德棻等撰《周书·唐瑾传》，中华书局，1971年，第564页。

事实上，苏绰的这一心理在他初入宇文泰幕府时已经显露。《周书·苏绰传》云苏绰于大统初年为宇文泰行台郎中，尽管“在官岁余，太祖未深知之”①，然当时宇文泰幕府的公文却皆由苏绰“为之条式”②。亦即当大统十一年(545)宇文泰宣布大诰体文学改革时，苏绰已亲自践行文体改革十年左右。苏绰这一先机性的行为，表现出对家族政治出路的强烈责任心与使命感。文体改革对关中文学古拙、质直风气的张扬，其中一个重要的目的，就是要确立以关中文学为公文标准的地位，进而在政治博弈中使关中士族立于不败之地。

二、文体重构

苏绰首倡文体改革的实质即公文的大诰化。此改革由宇文泰借魏帝祭庙之仪而发起：“自有晋之季，文章竞为浮华，遂成风俗。太祖欲革其弊，因魏帝祭庙，群臣毕至，乃命绰为大诰，奏行之。”③苏绰所作大诰略下：

> 惟中兴十有一年，仲夏，庶邦百辟，咸会于王庭。柱国泰洎群公列将，罔不来朝。时乃大稽百宪，敷于庶邦，用绥我王度。皇帝曰：“昔尧命羲和，允釐百工。舜命九官，庶绩咸熙。武丁命说，克号高宗。时惟休哉，朕其钦若。格尔有位，胥暨我太祖之庭，朕将丕命女以厥官。”六月丁巳，皇帝朝格于太庙，凡厥具僚，罔不在位。皇帝若曰：“咨我元辅、群公、列将、百辟、卿士、庶尹、御事，朕惟寅敷祖宗之灵命，稽于先王之典训，以大诰于尔在位。昔我太祖神皇，肇膺明命，以创我皇基。烈祖景宗，廓开四表，底定武功。暨乎文祖，诞敷文德，龚惟武考，不霣其旧。自时厥后，陵夷之弊，用兴大难于彼东丘，则我黎人，咸坠涂炭。惟台一人，缵戎

① [唐]令狐德棻等撰《周书·苏绰传》，中华书局，1971年，第381页。
② [唐]令狐德棻等撰《周书·苏绰传》，中华书局，1971年，第381页。
③ [唐]令狐德棻等撰《周书·苏绰传》，中华书局，1971年，第391页。

下武，夙夜祗畏，若涉大川，罔识攸济。是用稽于帝典，揆于王廷，拯我民瘼。惟彼哲王，示我彝训，曰天生蒸民，罔克自乂，上帝降鉴睿圣，植元后以乂之。惟时元后弗克独乂，博求明德，命百辟群吏以佐之。肆天之命辟，辟之命官，惟以恤民，弗惟逸念。辟惟元首，庶黎惟趾，股肱惟弼。上下一体，各勤攸司，兹用克臻于皇极。故其彝训曰：'后克艰厥后，臣克艰厥臣，政乃乂。'今台一人，膺天之嘏，既陟元后。股肱百辟又服我国家之命，罔不咸守厥职。嗟夫，后弗艰厥后，臣弗艰厥臣，于政何弗斁，呜呼艰哉！凡尔在位，其敬听命。"皇帝若曰："……"。皇帝若曰："……。"皇帝若曰："……。"皇帝若曰："……。"皇帝若曰："……。"皇帝若曰："……。"柱国泰洎庶僚百辟拜手稽首曰："'亶聪明作元后，元后作民父母。'惟三五之王，率繇此道，用臻于刑措。自时厥后，历千载而未闻。惟帝念功，将反叔世，逖致于雍。庸锡降丕命于我群臣。博哉王言，非言之难，行之实难。罔不有初，鲜克有终。《商书》曰：'终始惟一，德乃日新。'惟帝敬厥始，慎厥终，以跻日新之德，则我群臣，敢不夙夜对扬休哉。惟兹大谊，未光于四表，以迈种德，俾九域幽遐，咸昭奉元后之明训，率迁于道，永膺无疆之休。"帝曰："钦哉。"自是之后，文笔皆依此体。①

从此文体特征可知，大诰体尽管一依《尚书》大诰的训诫格式，但所模仿者，仅开头、收尾之特定句式及句中部分语气词，多数语言实质上是以长安本土的文学语言表述的，并非如《尚书》之上古汉语口语一般诘屈难识。

就文体改革的文学效果而言，唐代史官认为它"莫能常行"②，是失败的。那么，苏绰文体改革是否真的莫能常行？从苏绰文体改革

① ［唐］令狐德棻等撰《周书·苏绰传》，中华书局，1971年，第391—394页。
② ［唐］令狐德棻等撰《周书·王褒庾信传论》，中华书局，1971年，第744页。

的实际时间上限来看，苏绰践行改革当肇始于其初入宇文泰幕府的大统初年。大统三年(537)宇文泰进军东魏时所作的《潼关誓》已是苏绰为之条式的大诰体：

与尔有众，奉天威，诛暴乱。惟尔众士，整尔甲兵，戒尔戎事，无贪财以轻敌，无暴民以作威。用命则有赏，不用命则有戮。尔众士其勉之。①

直至西魏恭帝元年(554)，卢辩的《为安定公告谕公卿》(安定公即宇文泰)：

呜呼！我群后暨众士，维文皇帝以繈緥之嗣托于予，训之诲之，庶厥有成。而予罔能革变厥心，庸暨乎废，坠我文皇帝之志，呜呼兹咎，予其焉避。予实知之，矧尔众人之心哉。惟予之颜，岂惟今厚，将恐来世以予为口实。②

依然以大诰体为之。说明西魏初年至庾信、王褒等江左文人入长安前的二十年时间内，苏绰所倡导的大诰体公文一直为长安公文的基本模式，故唐代史官所谓其“莫能常行”的判断未必允当。

对存世的西魏、北周公文予以分析，也可得出相似的结论。今存西魏、北周公文170篇，除江左入长安文人创作的13篇公文(包括庾信的《为齐王进苍乌表》、《为齐王进赤雀表》、《进象经赋表》、《为齐王进白兔表》、《谢明皇帝赐丝布等启》、《移齐河阳执事文》、《移虏留使文》，王褒的《为百僚请立皇太子表》、《上新定钟表》、《为厍狄峙致仕表》、《上祥瑞表》、《皇太子箴》，萧撝的《请归养表》。)词藻华美外，其余157篇北朝文人创作的公文皆质朴、典正之作，绝少华靡之风。可见洛阳文人及江左文人所带来的辞藻华美、句式骈俪的文学对长安公文创作的实际影响并不大，长安公文基本循着词语质朴、句多散体的关中本土文学的特质传承而下。即便以“辞彩温丽”知名的周明帝宇文毓，他现存公文如《放还远配诏》(557)、《放免元氏家口诏》

① [清]严可均辑《全后周文》，商务印书馆，1999年，第118页。
② [清]严可均辑《全后周文》，商务印书馆，1999年，第164页。

(557)、《放免抄掠诏》(558)、《改称京兆诏》(558)、《三足乌见大赦诏》(558)、《造周历诏》(559)、《推究赦前事诏》(559)、《霖雨求言诏》(559)、《量赐夏州义从诏》(559)、《赠秦荣先诏》(557—560)、《答长孙绍远论乐诏》(557—560)、《大渐诏》(560)、《敕陆腾》(559)等皆典正质朴,与"温丽"之风相去甚远。不仅如此,如上,从洛阳西渐的文人如卢辩的大诰体公文,以及王悦的《言于安定公》、《白达奚武》、《与梁汉城主杨贤书》,于谨的《射江陵城内书》、《传梁檄》皆质朴无华者,其中于谨的《传梁檄》:

> 告梁文武众官:夫作国者,罔弗以礼信为本。惟尔今主,往遭侯景逆乱之始,实结我国家,以为邻援,今忽背德,党贼高洋,引厥使人,置之堂宇,傲我王命,扰我边人。我皇帝龚天之意,弗敢以宁,分命众军,奉扬庙略,凡众十万,直指江陵。①

尤为典型。此文创作于西魏灭江陵当年,时在大诰体改革九年之后。此文与北齐魏收创作的《檄梁文》题材相类,然其篇幅较魏收之文明显短小,语言亦以四言整饬句为主,相对质朴。此文尽管亦多以训诫语气出之,饶富大诰之痕迹,然其明显延续了关中本土文学语言质朴、内容尚实的特点。

因此,对于苏绰首倡的文体改革,论者不能简单地以失败或成功对它进行判定。我们认为,苏绰文体改革的确逆文学之时代潮流而动,故其"非适时之用",但在南北朝文学整体向声律、辞彩、对偶方向推进的大潮中,应用性叙事散文已明显步入向美文靠拢的歧途。苏绰文体改革虽主张向《尚书》大诰体板滞的结构、拙拗的语言、韵散结合的句式追寻,但其出发点主要在于"矫枉",即摒弃浮靡文风、提高公文上传下达的效率,而并非真的要完全将公文大诰化。客观而言,大诰体文学改革之于长安公文至少有两方面是值得肯定的:一是在政策宣传上同一了长安的公文体例,以大诰体为范式;二是在实际执

① [清]严可均辑《全后周文》,商务印书馆,1999年,第152页。

行中同一了长安公文的语言特质,一依关中本土质朴典正的语言模式。亦即大诰体改革在实践中并非执意要求所有公文皆向《尚书》大诰体寻绎,大诰体事实上是长安公文质朴典正化的代名词。就这一角度而言,苏绰文体改革是值得肯定的。从此,长安公文走上了尚质朴、重实用的正确发展道路。

苏绰亦以大诰体改革及六条诏书,最终成为宇文氏的重臣,武功苏氏的家族政治地望亦得以全面提升。就国家层面而言,苏绰文体改革同样具有积极意义。如陈寅恪所言,此改革同一了宇文周政权内部的胡汉矛盾,国家得以集中精力发展生产、扩充军备,为日后东灭北齐、南陵江左作了充分的物质准备。

三、"文""笔"[1]分野

苏绰文体改革不仅对西魏、北周的公文创作产生了影响,更重要的是,它明确了西魏、北周文学领域中"文"与"笔"的界限。

从当时文学发展的实际情况来看,长安文学与江左一样,也存在文笔之辨。苏绰所谓"近代以来,文章华靡,逮于江左,弥复轻薄。洛阳后进,祖述不已"[2]的不满,就是对江左文学主华赡辞彩之"文"的明确排斥。从文学角度论,此文体改革亦即苏绰等关中文人对长安文学中义理深厚、语言拙朴之"笔"的声张。一个有意思的现象是,在实际执行中,大统文体改革所限定的范畴,仅限于以公文为主的叙事之"笔",对于抒情性的"文",国家并未刻意限制。很明显,在文、笔的取舍上,西魏、北周既不同于江左、北齐全以雕凿似锦的华章出之,亦不纯以拙朴之语言一统文坛,而是选择了一条中间道路,让叙事性文学

---

① 南北朝时期,文笔之辨主要有两种观点。传统观念认为有韵者为文,无韵者为笔。梁刘勰《文心雕龙·总术》摘引时人语云:"今之常言,有文有笔,以为无韵者笔也,有韵者文也。"可为代表;梁萧绎《金楼子·立言篇》以为:"至如不便为诗如阎纂,善为章奏如伯松,若此之流,泛谓之笔。吟咏风谣,流连哀思者,谓之文。……至如文者,惟须绮縠纷披,宫徵靡曼,唇吻遒会,情灵摇荡。"亦即辞彩华美的抒情性作品为文,章奏类叙事作品为笔。

② [唐]令狐德棻等撰《周书·柳庆传》,中华书局,1971年,第370页。

与抒情性文学各得其宜。

在抒情性文学方面，长安文坛一直以勃勃生机的面貌呈现。即便在庾信等江左文人入长安前的二十年长安文学发展历程中，“洛阳后进”带来的江左新风在抒情类文学领域，尤其是诗歌这一体裁中依然得到长足发展。周明帝宇文毓“词彩温丽”[①]的诗风就是长安抒情文学重“文”倾向下的直接产物。今存宇文毓诗《贻韦居士诗》、《过旧宫诗》、《和王褒咏摘花》可略见一斑。《贻韦居士诗》：

六爻贞遯世，三辰光少微。颍阳去犹远，沧州遂不归。风动秋兰佩，香飘莲叶衣。坐石窥仙洞，乘槎下钓矶。岭松千仞直，岩泉百丈飞。聊登平乐观，遥想首阳薇。傥能同四隐，来参余万机。[②]

以及《过旧宫诗》：

玉烛调秋气，金舆历旧宫。还如过白水，更似入新丰。秋潭渍晚菊，寒井落疏桐。举杯延故老，今闻歌大风。[③]

有三个共同特点，其一，属对工稳。如“岭松千仞直，岩泉百丈飞”、“玉烛调秋气，金舆历旧宫”皆属对严整，其水准虽不及庾信、王褒诗对仗之工稳，然与宇文周立国之初“遗文”“既丧”的长安文坛相比，则有了质的飞跃；其二，用典无痕。“颍阳去犹远，沧洲遂不归”两句，化用阮籍《为郑冲劝晋王笺》之“临沧洲而谢支伯，登箕山而揖许由”而来，引喻出韦居士栖居之幽静僻远，语言从容，娓娓而来。又如“还如过白水，更似入新丰”之“白水”、“新丰”，了了四字，宛若家常语，却能微言大义，在声色不动中传达给读者这样一条重要信息——同州本一龙脉重地。这一隐而彰的效果，无疑要受益于绝妙的用典艺术；其三，语言华美。“风动秋兰佩，香飘莲叶衣”、“秋潭渍晚菊，寒井落疏桐”等诗句，亦典雅明丽，富于动感。即便如宇文毓小诗《和王褒咏摘

① [唐]令狐德棻等撰《周书·明帝纪》，中华书局，1971年，第60页。
② 逯钦立辑校《先秦汉魏晋南北朝诗》，中华书局，1983年，第2323页。
③ 逯钦立辑校《先秦汉魏晋南北朝诗》，中华书局，1983年，第2324页。

花》：

玉椀承花落，花落椀中芳。酒浮花不没，花含酒更香。[①]

亦情感柔婉、语言清丽、声韵回环，深得江左咏物诗之风神意致。

相比之下，当时名播长安的文士李昶，其诗歌之辞彩更为富赡。今存李昶《和奉重适阳关》诗：

衔悲向玉关，垂泪上瑶台。舞阁悬新网，歌梁积故埃。紫庭生绿草，丹墀染碧苔。金扉昼常掩，朱帘夜暗开。方池含水思，芳树结风哀。行雨归将绝，朝云去不回。独有西陵上，松声薄暮来。[②]

系其与庾信的唱和之作，庾信亦作《和宇文内史入重阳阁》相和：

北原风雨散，南宫容卫疏。待诏还金马，儒林归石渠。徒悬仁寿镜，空聚茂陵书。竹泪垂秋笋，莲衣落夏蕖。顾成始移庙，阳陵正徙居。旧兰憔悴长，残花烂熳舒。别有昭阳殿，长悲故婕妤。[③]

就题材而言，庾、李诗皆抚今追昔，以重游周明帝所修重阳阁为切入点，进而对周明帝为宇文护毒杀、年岁不永予以怀念。庾诗情感略为平静，李诗情感较为深沉；庾诗以金马门、石渠阁、昭阳殿等典故对主题进行观照，视野开阔，李诗化用巫山神女朝云暮雨、魏武帝卒葬西陵事衬托人世沧桑，诗境深邃；庾诗如“竹泪垂秋笋，莲衣落夏蕖”，属对精巧，李诗除末二句外，皆属对精工者，与庾诗旗鼓相当。陈徐陵阅此诗后，作《与李那书》：

……铿锵并奏，能惊赵鞅之魂。辉焕相华，时瞬安丰之眼。山泽晻霭，松竹参差。若见三峻之峰，依然四皓之庙。甘泉卤簿，尽在清文。扶风辇路，悉陈华简。昔魏武虚帐，韩王故台，自古文人，皆为词赋，未有登兹旧阁，叹兹幽宫。

---

① 逯钦立辑校《先秦汉魏晋南北朝诗》，中华书局，1983 年，第 2324 页。

② 逯钦立辑校《先秦汉魏晋南北朝诗》，中华书局，1983 年，第 2325 页。

③ [北周]庾信撰、[清]倪璠注、许逸民校点《庾子山集注》，中华书局，1980 年，第 268 页。

标句清新，发言哀断。岂止悲闻帝瑟，泣望羊碑。一咏歌梁之言，便掩盈怀之泪。至如披文相质，意致纵横，才壮风云，义深渊海。……[①]

在徐陵看来，此诗铿锵顿挫、词语华赡，充斥着悲凉之气，而又文质相扶，思致纵横，旨意遥深。尤其是“歌梁积故埃”一句，凝注了巨大的历史兴亡感，读来使人悲泪零落。徐陵所谓当时“京师（即陈都建康）长者，好事才人，争造蓬门，请观高制。轩车满路，如看太学之碑。街巷相填，无异华阴之市”[②]诸语，未必尽可坐实，盖出于捧爱，但李昶文学为徐陵赏识这一点不必怀疑。李昶亦有《答徐陵书》，全以骈体出之，在现存北朝本土作家的作品中亦属稀有。中如“繁霜应管，能响丰山之钟。玄云触石，又动流泉之奏”[③]，以优柔、雍容的笔触营造了一空灵、雅逸的意境。又如“恒经枚孺之讥，屡被陈思之诮。羞逢仲子，类居山之鼓琴。屡见子将，同本初之车服。不谓殷侯，虚谈成价。遂同布鼓，轻响雷门。燕石空雕，终惭比德”[④]等语，亦音韵和鸣，属对精工，雕虫之美不让徐陵。一定意义而言，李昶对文学形式的刻意诉求及其披文入情的创作理念，与“丽藻星铺，雕文锦缛，义尽缘情”[⑤]的徐陵文学是颇为暗合的。这是北朝文学对江左文学模习之初不脱“辞罕泉源，言多胸臆”[⑥]，至北朝中后期“铿锵并奏”、“辉焕相华”、“标句清新”特质的明显转变。总之，李昶的文学，师尚江左靡丽之风，又承载着洛阳文学对长安文学传播的使命，表征出长安抒情类文学与江左文学相类的特质。

在叙事性文学方面，公文无疑占有主要角色。如上，大诰体改革的目的，一方面在于提高公务处理效率，以适应宇文周军国多务的现

① [清]严可均辑《全陈文》，商务印书馆，1999 年，第 371 页。
② [清]严可均辑《全陈文》，商务印书馆，1999 年，第 371 页。
③ [清]严可均辑《全后周文》，商务印书馆，1999 年，第 170 页。
④ [清]严可均辑《全后周文》，商务印书馆，1999 年，第 170 页。
⑤ [清]严可均辑《全后周文》，商务印书馆，1999 年，第 170 页。
⑥ [唐]李延寿撰《北史・文苑传序》，中华书局，1974 年，第 2779 页。

状；另一方面，大诰体也用于对洛阳后进带来的江左华靡文风进行打压，进而抑制洛阳文人政治地位上升的势头。长安本土叙事性散文尽管有拙朴有余，然其叙事明了、析理洞达之长处亦不容忽视，相对于动辄下笔千言的江左华章而言，其优势地位是不言而喻的。

宇文邕与李德林的公文可谓此类质朴典正公文的代表。如上，宇文邕留下了数量相当可观的诏敕类公文，尽管在北周建德之后“凡大诏册，皆令（王）褒具草”①，然周武帝本人“雅好文学”②、并“作《象经》”③亦是事实，其诏敕中当不乏亲力亲为者。即便在北周建德之后的大诏多出于王褒之手，此类公文语言亦趋于质朴典正，与江左诏敕风格迥异。说明王褒等江左文人在入长安后创作的公文亦一依北周之制，这也反见出大诰体改革后质朴典正公文已居于长安公文的主导性地位。

李德林虽在北周灭北齐后入长安，但其不久即成为北周大诏诰的主撰者。《隋书·李德林传》云其散文“辞核而理畅”④，这恰与北周大诰体改革后所提倡的公文风格相类。从周武帝在李德林入长安后之窃喜状亦可看出李德林文风与长安叙事散文风格之暗合：

> 武帝尝于云阳宫作鲜卑语谓群臣云：“我常日唯闻李德林名，及见其与齐朝作诏书移檄，我正谓其是天上人。岂言今日得其驱使，复为我作文书，极为大异。”⑤

宇文邕“及见其与齐朝作诏书移檄，我正谓其是天上人”诸语，正是对李德林散文大手笔的极度崇尚。宇文邕亦曾给李德林下旨说：“平齐之利，唯在于尔”⑥，并令北周诏诰格式皆委李德林一人裁定。从严可均辑《全隋文》及许敬宗《文馆词林》存文来看，北齐、北周末期及隋初

---

① ［唐］李延寿撰《北史·文苑·王褒传》，中华书局，1974年，第2792页。
② ［唐］李延寿撰《北史·文苑·庾信传》，中华书局，1974年，第2794页。
③ ［唐］李延寿撰《北史·文苑·王褒传》，中华书局，1974年，第2792页。
④ ［唐］魏徵等撰《隋书·李德林传》，中华书局，1973年，第1193页。
⑤ ［唐］魏徵等撰《隋书·李德林传》，中华书局，1973年，第1198页。
⑥ ［唐］魏徵等撰《隋书·李德林传》，中华书局，1973年，第1198页。

的国家大诏诰确实基本出自德林一人之手。今存李德林文《北齐后主起复邢恕屯田郎勅》、《北齐后主除李遵等官勅》、《北齐后主除僧惠肇冀州沙门都维那勅》、《为周静帝诛尉迟迥大赦诏》、《以隋公为大丞相诏》、《赐姓复姓诏》、《隋公进爵为王诏》、《改元诏》、《求贤才诏》、《劝隋公受九锡诏》、《禅位诏》、《为文帝襄阳等四郡立佛寺诏》、《文帝安边诏》、《又诏》、《策隋公九锡文》、《隋文帝获宝龟大赦诏》、《隋文帝平陈大赦诏》、《隋文帝免三道逆人家口诏》、《隋文帝解石孝义等官勅》、《隋文帝免常明官爵勅》、《隋文帝免马仲任官爵勅》、《司马氏为皇后册》、《禅位册》、《奏定舆辇制》、《复魏收议〈齐书〉起元事书》、《答魏收书》、《霸朝杂集序》、《天命论》、《秦州都督胡延碑铭》等 29 篇，不仅叙事明晰、畅达，事典之功亦非当时北朝多数本土文人所及。而同时期长安的军国文书虽明白如话，却略乏典雅，文彩稍逊。事实上，德林文章亦不输当时江左文人同类作品，其既不失江左章句之骈俪，又注重本土文学之内涵，与江左文章过分追求事典、偶对、辞彩靡丽的风气大不相同。德林《霸朝杂集序》亦云："唯是愚思，非奏定者，虽词乖黼藻，而理归霸德，文有可忽，事不可遗。"[①]可见理畅事达是德林撰写公文的一贯准则。另外，德林军国文书亦富于气势。北齐陆印所云"已见其大文笔，浩浩如长河东注。比来所见，后生制作，乃涓浍之流耳"[②]即此之谓。

整体而言，李德林主笔的军国诏书虽不失典丽，但绝不浪费笔墨于无聊的语言文字游戏。其文章亦注重对仗、声韵，但指陈事理、就事论事却是主旨，所以又能突出主题、说明问题，这正是其文章的独到之处。也正是这一点，决定了他蹭蹬于北齐、北周、隋军国文书主笔的行列。从德林入北周、隋政权后一直主笔国家大诏诰的实际情况来看，大诰体框定的公文范式在周、隋之际犹存，其不仅使北周文、笔明确分野，而且确立了北周叙事类文学质朴化的主体基调。

---

① [唐]魏徵等撰《隋书·李德林传》，中华书局，1973 年，第 1202 页。

② [唐]魏徵等撰《隋书·李德林传》，中华书局，1973 年，第 1194 页。

四、结　　语

在洛阳文学西渐长安的大趋势下，要保持对关中本土文学的持守，就必须做到对洛下新风(即江左文风)的警惕与抵制。但是洛下新风不可能被完全剔除亦是事实，所以，苏绰首倡文体改革的主要任务就是进行文体重构以提振关中叙事散文的地位，其出发点也并不是非要消灭情软辞丽的洛下新风。

就其文论学意义而言，大诰体改革对当时文、笔皆江左化的斧正作用不容忽视，终使西魏、北周的抒情之文、叙事之笔各行其道，走向了适应那一时代文学发展的正确方向。具体而言，其意义主要表现在两个方面：

一是同一了长安公文的范式体例，从此西魏、北周公文走向语言质朴典正的道路。显而易见的是，在大诰体改革的实践中，并非固执地要求所有公文皆向《尚书》大诰体寻绎。事实上，在改革实践中，大诰体已成为西魏、北周所执行的"质朴"、"实用"公文体式的代名词。如上所述，西魏、北周本土文人创作的 157 篇公文基本都以质朴文风出之，已步入尚质朴、重实用的正确道路。

二是大诰体改革实际上重新划定了抒情之文、叙事之笔的发展方向。针对当时所有文体皆趋于江左靡丽之风的倾向，宇文周以大诰体改革为契机，在文、笔的走向上选择了一条中间道路：对于关涉公务的叙事之"笔"，坚守朴素尚质的底限；对于吟咏性情之"文"，则给予相对自由的发展空间。亦即西魏、北周在叙事文学上要求析理显畅、富于内涵，在抒情文学上讲究声律对偶、词藻富赡。事实证明，这一文学批评标准的划定也符合隋、唐文学的发展方向，它无疑是顺应当时文学发展潮流的。

当然，大诰体改革在文体重构与文笔分野两大文学史意义背后，也有相关的后续影响。对于前者，从表面来看，大诰体框定的范畴基本限于叙事之笔，洛阳文学入长安后在抒情类文学上并未受到限制而大行其道，洛阳文人也因之在长安赢得了文学声望。但是，这些擅写华章的洛阳文人,未必皆具起草古拙公文的能力。一个明显的事实是:洛阳文人与长安公文的相对疏离,进一步减少了他们以撰写大诏诰而握持宇文周权柄的机率。

而文笔分野的影响也是相当深远的。梁、陈之际,江左之“文”、“笔”已趋于合流,叙事之“笔”不再突出,基本依附于抒情之“文”。而西魏、北周的文学批评标准却持操尚古,其叙事之“笔”词语质朴、语多散体,表现出明显的发展滞后。不过,它的正面作用更值得肯定。这种“文”、“笔”分野是在南朝后期众体皆丽的文学发展大潮下,对传统“文”、“笔”分野观念一定程度的寻绎。因此,它的重要性依然不言而喻:不仅在于有意识斧正江左文学批评之弊,更重要的是,它为隋唐叙事、抒情文体的发展指明了方向。

(安徽师范大学文学院)

阮籍易学与《咏怀》八十二首(下)

李瑞卿

(三)摆脱太一秩序的意识形态系统而回归自然人性

相对于将太一当至尊的思想,阮籍越太一而求至真的理念是非常深刻而大胆的,因为太一化生中暗含着一种神圣的秩序,或者说,太一思想的存在为统治者的礼法系统找到了来自上天的绝对依据。阮籍对太一的超越意味着对秦汉以来形成的天人感应模式、政治秩序、礼法系统等意识形态的正面挑战。

太一或太极是古代中国人根据观察和经验到的自然运行轨迹而形成的宇宙观念。古代中国人将永恒不动的北极当作了天的中枢,并根据北斗斗柄的指向来确定时间与空间,以及各自的神秘的象征物。这一宇宙时空观念,进而被抽象为具有终极性与绝对性的"道"、"一"、"太极"[①]。战国时期,思想家们围绕这一中心建立了由道、阴阳、四时、五行、八卦等组成的天道与人世同构的宇宙秩序,在这一系统中,太一或天道是价值的核心与最终依据。[②] 在《吕氏春秋》中依然延续了这一逻辑,如《吕氏春秋·仲夏季·大乐》中说:"太一出两仪,两仪出阴阳,阴阳变化,一上一下,合而成章,浑浑沌沌,离而复合,合而后离,是谓天常,天地车轮,终而复始,极而复返,莫不咸当",这就是说,自然世界发端于太一,太一是一切的渊薮,同时,根据这样的天

---

① 可参阅葛兆光《中国思想史》(第一卷),复旦大学出版社,2001年,第147页。

② 可参阅葛兆光《中国思想史》(第一卷),复旦大学出版社,2001年,第154页。

道规则也形成与之相对的人伦秩序，天道成为人道的依据。在此，天道与人道的关系又体现出“黄帝之学”的无为特征。《序意》篇中说：“尝得学黄帝之所以诲颛顼矣：‘爰有大圜在上，大矩在下，汝能法之，为民父母。’”依据吕氏的解释是说，法天地而行人事，天、地、人应该“三者咸当，无为而行”①，即天无私自化，人无私无欲，但太一与天道依然是自然和人伦的核心。

《淮南子》论宇宙起源也包含着由太一而阴阳、四时、五行，乃至万物演化逻辑，《天文训》说：“道始生虚廓，虚廓生宇宙，宇宙生气”，气又生天生地，乃至四时、五星、九野、八风、二十八宿、五官、六府、紫宫、太微、轩辕、咸池等。《淮南子》具体论述自然生成机制时认为，太一是开辟天地的元初力量，太一居于紫宫，“紫宫执斗而左旋”②，《隋志》云：“北极大星，太一之坐也。”《天官书》：“斗为帝车，运于中央，临制四乡。分阴阳，建四时，均五行，移节度，定诸纪，皆系于斗。”即是说天文学意义上的北斗星是太一的坐车，它的运行产生阴阳、四时、五行等自然节律。另外，《淮南子》中也有“天一”的说法，“天神之贵者，莫贵于青龙，或曰天一，或曰太阴”③这里的天一即是天，也是天地、阴阳的开始，在时间上来看，太一与天一所开启的时间是同一的，但在逻辑上太一要高于天一。《淮南子》也以“道”为一切之本原，《原道》篇指出：“夫道者，覆天载地，廓四方，柝八极，高不可际，深不可测，包裹天地，禀受无形……横四维而含阴阳，纮宇宙而章三光。”此处的“道”其实就是太一，它所开辟的也是天地、阴阳、四时、八极这样的界域，正如《要略》篇所说的：“原道者，卢牟六合，混沌万物，象太一之容。”基于这样的宇宙观念，《淮南子》建立了相应于天道规律的人世秩序，围绕天道讨论政治、伦理，却呈现出它的黄老色彩——以返本复初为最上策略。《精神训》中说：“圣人法天顺情，不拘于俗，不诱

---

① 《吕氏春秋·序意》。
② 《淮南子·天文训》。
③ 《淮南子·天文训》。

于人，以天为父，以地为母，阴阳为纲，四时为纪”，即圣人在在天地、阴阳、四时的秩序下，顺道而为；以无为的姿态施行积极的教化。更重要的是，《淮南子》在太一之上，依然设想了“无极”之野，给人以更大的精神空间，《精神训》中写道：“若夫至人，量腹而食，度形而衣，容身而游，适情而行，余天下而不贪，委万物而不利，处大廓之宇，游无极之野，登太皇，冯太一，玩天地与掌握之中”，这是一个超出太一与天、地的境界。这一思想在阮籍那里得到有意识的发挥。

如何将儒家人道与天道规律结合起来是汉代经学面对统一帝国的现实而急需解决的问题，董仲舒以阴阳五行学说来阐释《春秋公羊传》，即是将“儒家的文化价值理想纳入阴阳家的世界图式之中”[①]，也就是说，汉代的文化建设与意识形态的形成也是在太一、阴阳、五行的框架内完成的。以阴阳五行来解释自然变化的模式早在董仲舒以前，《吕氏春秋》、《淮南子》利用阴阳五行已经建立了完备而复杂的宇宙变化模式。董仲舒进一步认为，阴阳五行的根源却来自于天，天是最高的主宰，所谓“天者万物之祖，万物非天不生”（《春秋繁露·顺命》），“天执其道为万物主”（《春秋繁露·天地之行》）。另一方面，董仲舒以阴阳五行来推论君臣、父子等伦理的合法性。《春秋繁露·五行之义》：“天有五行：一曰木，二曰火，三曰土，四曰金，五曰水。木五行之始也；水，五行之终也；土，五行之中也。此其天次之序也。木生火，火生土，土生金，金生水，水生木，此其父子也。……故五行者，乃孝子忠臣之行也。”不仅如此，董仲舒还将阴阳五行模式投射于政治体制，《春秋繁露·五行相生》：“五行者，五官也，比相生而间相胜也。故为治，逆之则乱，顺之则治”，并且将官职及其职责、品德与五行系统中的方位、四季、德禀联系起来，而有司农尚仁、司马尚智、司营尚信、司徒尚义、司寇尚礼的说法[②]。总之，董仲舒将礼法与政治体制当

---

① 余敦康《汉宋易学解读》，华夏出版社，2006年，第10页。

② 关于《春秋繁露》中，社会制度、伦理关系与天同构的观念，章启群有论证。章启群《论魏晋自然观——中国艺术自觉的哲学考察》，北京大学出版社，2000年，第22页。

作了阴阳五行体系的现实模本。

其中值得注意的是，君王在此承担着“承天意”，符配天道的角色[①]，如《春秋繁露·洞察名号》：“天生民性，有善质而未能善，于是为之立王以善之，此天意也。民受未能善之性于天，而退受成性之教于王，王承天意以成民之性为任者也。”君王的责任在于以上天代言人的身份沟通天人，教化民众。又如《春秋繁露·四时之副》曰：“天之道春暖以生，夏暑以养，秋凉以杀，冬寒以藏。暖暑清寒，异气而同功，皆天之所以成岁也。圣人副天之所行以为政，故以庆副暖而当春，以赏副暑而当夏，以罚副凉而当秋，以刑副寒而当冬。庆赏罚刑，异事而同功，皆王者之所以成德也。庆赏罚刑，与春夏秋冬，以类相应也，如合符。故曰，王者配天；谓其道，天有四时，王有四政，四政若四时通类也，天人所同有也。”意思是说，圣人或君王根据四时的暖暑清寒来施行庆赏罚刑，根据天道来成就人间功德，实现配天之道。正如上天是宇宙的主宰一样，君王即是人间的主宰，即“人主立于生杀之位，与天共持变化之势”(《春秋繁露·王道通三》)。

这种天人感应论肯定了人道秩序来于至高无上的天。《白虎通》与《易纬》中也表述了类似观念。但《白虎通》与《易纬》建立的宇宙自然系统，更提出了由太初、太始、太素等构成的有机层次，这无疑是要给天地时空及其秩序寻找更合理的本源，也是为四时、五行、男女、尊卑等秩序的建立构筑理性根基。葛兆光说：“根据《白虎奏议》的资料而撰写成的《白虎通》，并不是班固个人的思想而是当时国家意识形态的理论表述。”[②]此论诚是，整个秦汉时期，影响甚巨的主流思想中几乎都是依赖太一秩序系统来树立人间伦理的。阮籍在《通易论》中有顺应自然的一面，但因怀疑礼法的合法性，反感于循规蹈矩的后世君子，在《大人先生传》中表达了更加宏阔的自然观，他突破了太一所

---

① 关于君王承天意，教人事的功德，冯友兰有详细论述。冯友兰《中国哲学史》(下)，生活·读书·新知三联书店，2009年，第31—35页。

② 葛兆光《中国思想史》(第一卷)，复旦大学出版社，2001年，第273页。

笼罩的天地时空，甚至整个宇宙，超出了所有的时间而抵达自然之真。他不仅直接质疑了天地间的礼法，更从哲学上开拓了超越礼法的新理路，即在理念上突破太一文化系统，质疑并超越了人间秩序赖以建立的理想王国。更值得注意的是，阮籍是自觉地以绝对的自由超越了汉统治者苦心构筑的太初、太始、太素等自然层次。而这一超越不仅是诗性的想象，却也是合理的、全新的哲学思想，因为它在主张顺乎自然的前提下，粉碎了局部理性的幻象，为我们提供了更普遍的自由与理性。这一思想的光亮对于自秦汉以来一直占盘踞地位的思想意识形态的冲击是根本性的。阮籍在思想上摆脱、抗拒了秦汉意识形态，其思想价值即在这里。

三、《咏怀》诗的精神内核
——在《通易论》与《大人先生传》的思想观念之间

钱志熙先生讨论到阮诗的解释历史，他认为颜延年注诗重于难解之词、沈约注诗则囊括诗歌大义，而李善采取的则是粗明大意、略其幽旨的解说方法；五臣专重索隐本事，力求幽旨，以至穿凿附会。进而论之，古今阮注可有两大分野，一为重其兴寄，一为重其讥刺。重讥刺者由五臣发端，明清以下诸家如陈沆、何焯、方廷圭等扬其波，成为阮学主流，而近代学者黄侃论阮则痛斥穿凿之论。[①] 因阮旨遥深之故，阮诗的解读必然是无尽的话题。其实任何一首意蕴丰富的作品势必引起读者的争议，一者因为接受者个个不同，所揭示的意义也不尽相同；再者，作品本身蕴涵着丰富的解读可能，存在着意义的不同层次——抒写情感、现实隐喻、人生哲思可以同时共处，众声合奏。一个作品的说服力在于本身所弥散而出的灵性与生机，其话语体系必然要形神兼备，所以，作品本身的肌理中也包含具体的事实、动人的情思、普遍的道理。而不论是言情，还是寓事，形而上的哲思是不

① 钱志熙《论〈文选〉〈咏怀〉十七首注与阮诗解释的历史演变》，《文学遗产》2009 年第 1 期。

可缺少的，如果一切情事属于血肉的话，哲思即成为作品的基本精神。历来的阮诗阐释者都忽视了阮诗的哲学意义的探究，将索隐本事等同于对遥深阮旨的解读，从而窄化和浅化了阮诗意旨。

《咏怀》八十二首中，每首作品都可谓形神兼备，既有充沛的情感也有玄远哲思。作为整体的《咏怀》诗，不仅从多个侧面呈现了阮籍的情感世界，而且将系统的哲思贯穿于他对自然、友情、生命、治乱、信仰的思考中，其中《通易论》与《大人先生传》中所提出的理念构成了诗歌中上述理性精神的内核。正如钱志熙先生所说："阮籍的《咏怀》诗是高度的理性和深沉的感情相结合的产物。"[①]《通易论》在哲学上解除了天人感应之魅，以盛衰消长来解释人类历史。《通易论》说："万物归随，如法流承，养善反恶，利积生害"，即肯定自然发展具有一定规律。它变化不息，承接不断，但存在着"养善反恶，利积生害"的可能，在此，阮籍肯定先王君子顺变应物以推动历史的智慧。不难发现，《咏怀》诗常写盛衰之感以及应物与否，也写不通与不遇的苦恼。特别注意的是，秦汉以来帝王与儒者们崇拜乃至神化的圣人在《通易论》中几乎是缺席的，而是聚焦于"大人"，但"大人"在阮籍的思想中几乎是一个超现实的存在，阮籍无意于塑造人间的神圣，这也注定了他在现实中找不到人格榜样，或陷入痛苦，或超离向玄妙的"大人"。《大人先生传》中所描述的思想境界是超越于天地界域的，可以说是对《通易论》中大人观念的发挥，表达了对绝对自由、自然之真的向往。从《咏怀》诗可以发现，上述境界成为了阮籍现实受挫后精神的归依之所。大多数的《咏怀》诗流露出的长生之想、游仙之思都与此有关，阮籍徘徊在天地现实的苦闷与对玄妙精神的追寻中。

（一）《通易论》中的哲学理念体现于主题

阮籍《咏怀》诗思想精深，内容庞杂，但主题十分鲜明。写朋友遇合、相交之道是重要的主题之一。这与阮籍易学有关，《通易论》中认

---

① 钱志熙《魏晋诗歌艺术原论》（修订版），北京大学出版社，2005 年，第 2 版，第 139 页。

为，当“刚柔不和，天地不交”时，君子应该施行因应之道，即所谓“君子一类求同，遏恶扬善，以致其大。”[①]基于此种哲学与政治学，朋友间的相交遇合不单纯是个人感情的沟通问题，已经成为安身立命的行为智慧。于是，在诗中对友朋的呼唤或是对寂寞无应的感慨，便自然而然地渗入了深刻的意蕴。《其一》：“夜中不能寐，起坐弹鸣琴。薄帷鉴明月，清风吹我襟。孤鸿号野外，翔鸟鸣北林。徘徊将何见，忧思独伤心。”[②]写孤独者的忧思和伤心，他与琴为朋，与清风明月呼应，可见其高洁的性情；但另一方面，又如同孤鸿翔鸟一般徘徊无偶，象征了君子无应的生存境遇，也折射出诗人因济世无门、心灵孤独而产生的缅邈不绝的苦闷。那么，阮籍的孤独就不是性情使然，也非孤芳自赏不得而自怨自艾，而是有着深沉的现实内涵。这也正是阮籍忧思与孤独的本源所在，在感性层面的背后潜藏着哲思，具体地说，诗人高洁之心寂寞无应，就意味着不能顺变应物而实现抱负。诗歌中的感伤有着理性主义的光芒。《其二》，写郑交甫与江汉二女“猗靡情欢爱，千载不相忘”，又感叹“如何金石交，一旦更离伤。”表面上是写人神之恋、男女情爱，实际上也是写相交之道。陈伯君按语：“此诗前后两段成一对比。前者一经解佩，千载不忘；后者虽树之兰房，一旦离伤。谓为‘刺交道不终’，于义为近。”[③]此论诚然，但我们更应该知道，阮籍肯定精神之爱而怀疑肉欲之情，他认为永恒的相知相交存在于精神领域。其八：“宁与燕雀翔，不随黄鹄飞”，写了生怕失群，乃至无所归依的心态，有意味的是在此诗中诗人放弃了远举高飞的鸿鹄之志，而希望“寒鸟相因依”。《其十八》抒写的是生命短促，时光不再，君子未合的忧伤。“岂知穷达士，一死不再生”，意思是说，相对永恒的时间之刃，生命惟有一次，于是有“君子在何许，叹息在合并”的感慨，表达了在有限生命中与君子相合的诚挚情谊，那么，友朋之相

① 《通易论》，阮籍著，陈伯君校注《阮籍集校注》，中华书局，1987年，第110页。
② 阮籍著，陈伯君校注《阮籍集校注》，中华书局，1987年，第210页。
③ 阮籍著，陈伯君校注《阮籍集校注》，中华书局，1987年，第215页。

合即成为生命中的重要部分。《其十二》写安陵、龙阳的芳姿美态，以及与君王的同衾欢爱和永世期许，借以表达贞固不二的朋友之道，正如邹思明所说："此诗以私昵方道义，凡事君交友皆朝于贞固，率是类也。"意谓该诗虽写私情密意，但也彰显的是坚贞的朋友之道。《其三十》则写交道受阻，不得沟通的境遇，发出"晨朝奄复暮，不见所欢形"的慨叹，充满忧愤地描写了朋友间存在的或有形或无形的障碍："单帷蔽皎日，高榭隔微声。谗邪使交疏，浮云令昼冥"，足见诗人是多么地珍视通畅融洽的友情。

朋友之情能够畅通地存在，意味着君子可以求得同类，得其友声，从而消解天地间的刚柔失和、阴阳不交，使社会和谐，情思融融。阮籍对相交之道一再歌咏的旨意即在于此，他的这种主观感情有着来于其易学的理论根据，这一主观感情不仅与个人的运途顺逆有关，而且关乎社稷民生。《其四十七》也是一首感叹知音之稀，同类之少的诗，茫然于生命的征途，满怀忧戚之感，唱出了"青云蔽前庭，素琴悽我心。崇山有鸣鹤，岂可相追寻"的心音，这是孤高者在鸣其友声。《其五十六》写鹡鸰鸣求其类于云天之上，而倾侧偏邪之士却不可附丽为友。《其六十九》则写交道之艰难，有"人知结交易，交友诚独难"之感叹，更有对人与人之间由龃龉不合乃至萌生怨毒的清醒反思，他说："险路多疑惑，明珠未可干。彼求飨太牢，我欲并一餐。损益生怨毒，咄咄复何言"。《其十九》写神女芳姿绰约，翩跹降临，诗人与神女虽愉悦相会却未交接，惟有彼此间的感伤之语。当然，这不是对一般意义上的人神之恋的叙写，而是属于阮籍对朋友之道书写的一部分，象征着对友情的珍视——它来于天上，关乎神性，有其先天的根据；也象征着朋友间情感交会时的喜悦和共同的命运感，而这种交会又带着遗憾，完美不得。友情难得，其间又常有种种阻隔，有的是人为的设障，有的则是天然的疏离，阮籍表达着对朋友之道的呼唤和反思，他笔下的友情不仅上伦理意义的，而且是具有政治意义和哲学意义的。在中国文学史上如此集中而自觉地写友情，而且写得如此寄托深远、洞及幽微是极其少见的。

抒写繁华易尽、物情万变、丕泰更替的生命之感也是重要主题之一。阮籍易学认为，历史如同自然一样存在盛衰消长的过程，但其变化规律并不与四时更替直接同步，而是类似于《序卦》中的消长次序。人作为主体在其中扮演着很重要的历史作用，人与自然的理想关系便超出了秦汉以来天人感应模式，由推尊上天为政治伦理之渊薮，转而积极地去“应运顺天”，“与物相追”。不过，这是《通易论》中的所谓先王、君子才可以做到的，对于当下阮籍是失望的。他对自然与历史规律的感知和审视却深受上述逻辑的影响，并将情感解放出来直接感物，感受那逃出自然天理的无常与盛衰之感。阮籍眼中的世界再也不是上天的摹本，完全有理由将情感倾注于这眼前的曲折变化，阮籍从父系权力系统中逃逸而出的生命触觉，体现出摇曳多姿、宛转惆怅的风采。

《咏怀·其三》描述了大自然由盛而衰的必然节律，也表达着繁华易尽的生命感慨，以及“一身不自保，何况恋妻子”的无奈。诗人以细致又精审的笔触描绘着树木花草的自然变化，“嘉树下成蹊，东园桃与李。秋风吹飞藿，零落从此始。繁华有憔悴，堂上生荆杞。”因节令更替，秋风吹来，草木繁华迎来了萧瑟与凋零，也必然带来人心的失落与凄楚。先有桃李之树，然后有下自成蹊的盛极一时，桃李零落时，人心也清冷。他将自然当作具体的生命来看而看到了自身，而不是当作伦理的规则来遵守。《其四》写青春与富贵不能永恒，如同自然变化一样。“清露被皋兰，凝霜沾野草。朝为媚少年，夕暮成丑老。”仿佛看到由翩翩少年到垂垂老者就在朝暮之间，清露为霜，朝暮交替，生命正在此间转换。阮籍从自然中看到的是不可阻挡的生命意志和悲怆的命运感，与此同时，产生对仙人王子晋的艳羡。《其六》表达着“多财为祸害”的感慨和“布衣可终身，宠禄岂足赖”的生存智慧，主张在多变的世事中，不要系心于宠禄与财富。无论是感伤自然还是慨叹世变，都是在感伤着人生，阮籍揭开了抽象的自然规律的外壳，感受到了自然的生命意志和情感，更重要的是他将更为复杂的人生感慨投射其间。同样，《其七》写四时代谢，日月迢递，不被人知而内心忉怛，期望永远欢好。其辞曰："四时更代谢，日月递差驰。徘徊空堂上，忉怛莫我知。愿睹卒欢好，不见悲别离。"这是为光阴虚度而惋惜，更是为阴晴不定的人情变化而担忧。诗人一方面似乎要挽回时间的消逝，另一方面又欲克服悲欢离合的循环逻辑，其中也有超越时间之流而不得的忧伤。

人之美妍和情谊如同自然一样也有盛衰变化。《其二十七》写道："妖冶闲都子，焕耀何芬葩。玄发发朱颜，睇眄有光华。倾城思一顾，遗视来相夸。愿为三春游，朝阳忽蹉跎。盛衰在须臾，离别将如何。"曾经光华耀眼的倾国倾城之貌，曾经盛极一时的名声与人气，随着时光的流转须臾间由盛而衰，灿烂浮华之人生同样难逃自然节律，这自然的节律竟然成了人生的规律。黄侃曰："儇薄之子，当年盛色荣，足以致倾城之顾；而荣华不久，旋复丑衰，始于合而终于离，非人力所能与也。"[①]岁月蹉跎，容色难久，这是阮籍以丰沛的感觉触及自然与人生后的叹惋，是情感解放后伴随而来的人生凄凉。在《其三十三》中阮籍更强烈地表达了生命消耗于存在之途中的惶恐感。其辞曰："一日复一夕，一夕复一朝。颜色改平常，精神自损消。胸中怀汤火，变化故相招。万事无穷极，知谋苦不饶。但恐须臾间，魂气随风飘。终身履薄冰，谁知我心焦！"在岁月的征途中，人生中存在着不可逆转的改变，所改变者不仅是容易凋零的颜色，甚至是根植于心的精神。万事纷纭，疲于应对的智谋是何其有限，心中于是盘桓着"魂气随风飘"的恐惧，这里有阮籍人生几何之慷慨，但绝不是空空哀叹，而是叹息着生命失去之后的灵魂之轻，他要延长的是殷实的生命与存在。正因为此，终其一身，小心翼翼，如履薄冰，但这谨慎态度与内心的焦热形成了难解的冲突，这是纠缠于日常，困扰于心灵的挥之不去的生命之苦。叔本华有感于生命意志、人生欲望的不可穷尽而苦恼，要去宗教与艺术中寻求解脱之道，阮籍则有感于热切的生命意志招致外界的侵袭而苦恼，他不是为欲望的不可穷尽而苦恼。"胸中怀汤

① 阮籍著，陈伯君校注《阮籍集校注》，中华书局，1987年，第299页。

火，变化故相招”，阮籍深刻地揭示了人情何以难逃盛衰之变的秘密。《其二十》中同样写“物情万变，难自保持”人生境遇，不过，作者也揭示了外部自然客观存在的多变因素，其辞曰：“杨朱泣歧路，墨子悲染丝。揖让长离别，飘颻难与期。”黄节引曾国藩曰：“歧路、染丝、言变迁不定，反复无常，不特燕婉之情如此，即国之存亡亦不过一反复间耳。”[①]在《其五》中写了一少年青春易逝、黄金易尽、前路易失的人生履历。诗歌写道：“平生少年时，轻薄好弦歌。西游咸阳中，赵李相经过。娱乐未终极，白日忽蹉跎。驱马复来归，反顾望三河。黄金百镒尽，资用常苦多。北临太行道，失路将如何？”年少轻狂是人类与生俱来的习性，喜好弦歌娱乐当属自然而然，而欲望总是无穷尽的，与之形成尖锐矛盾的是生命的有限性、青春的短暂性，如果再加之焦灼的内心、轻浮的性情、资用的拮据，人生之烦恼可想而知，简直就是一个越陷越深的泥沼。在阮籍的盛衰之感的背后潜藏着复杂的生命苦衷，而他又似乎清醒地知道它们是如何地发生和不可避免。

更可贵者，阮籍深刻地意识到历史的盛衰起伏、生命的危殆与无常，是有其社会原因的。他并不局限于抽象地讨论世事多变、人生苦短，以及难以淡泊的人生意志，同时，也将批判的笔锋指向失序或险峻的政治现实。这一主题是阮籍诗中非常重要的内容，历代注家索隐其事又不免穿凿附会。将历史事件坐实于诗歌作品中，恐怕阮籍在写作之初也不曾有过的，所以，任何指实性的注解只能是一种推测。但阮籍确实以他独特的视角、深刻的感知，艺术地反映和评价了他的时代，作为抒情性作品的《咏怀》诗，它本文中的现实是审美化的意象，也惟有这些意象可以安顿诗人的情思、体验、信仰，可以感动读者的同情之心。《咏怀》八十二首是阮籍不得已的感喟之作，因内心不得已而作，更因现实不得已而作——他已对时事无可奈何。既然如此，现实批判就带有超越具体现实的某种普遍性，甚至微妙地融会入诗人的生命之感中，不过，其现实性依然存在着。《其四十二》写

① 阮籍著，陈伯君校注《阮籍集校注》，中华书局，1987 年，第 284 页。

道："王业须良辅，建功俟英雄。元凯康哉美，多士颂声隆。阴阳有舛错，日月不常融。天时有否泰，人事多盈冲。园绮遯南岳，伯阳隐西戎。保身念道真，宠耀焉足崇。人谁不善始，尠能克厥终。休哉上世士，万载垂清风。"意思是说，建功立业时需要良臣辅弼，但大业告成后却只能逃遁隐居，究其原因，是因为阴阳舛错，人事亏损，君子们虽有善始，鲜有善终。这一悲剧性命运正是起源于人事的龃龉难安、政治的错杂失谐。复杂险峻的政治现实让君子们远离是非，兀自高蹈，但这一传统的隐逸方式依然会被现实的阴云笼罩而岌岌可危。《其九》中望首阳而兴叹，心中凄怆。其诗写道："步出上东门，北望首阳岑。下有采薇士，上有嘉树林。良辰在何许，凝霜沾衣襟。寒风振山岗，玄云起重阴。鸣雁飞南征，鶗鴂发哀音。素质游商声，悽怆伤我心。"对该诗的解读有多种，主张"首阳之思"者较多。沈约说："风霜交至，凋殒非一，玄云重阴，多所拥蔽，是以寄言夷齐，望首阳而叹息。"[①]刘履说："此篇托言出望首阳，想夫伯夷叔齐采薇而隐者，得其所矣。"[②]陈沆说："或采薇长往，矫首阳之思。"[③]方东树说："因乱极而思首阳。"[④]不过，上述意见都显得笼统，阮籍北望首阳，有求其友声之思，也有艳羡之想，但更表达了嘉辰不再，秋令已至凄楚之情，山上没有嘉树成林，惟有寒风吹过，秋天的肃杀是容不下采薇者的高情逸志的。对于良辰的期待何尝不是对政治常态的期许？隐居首阳作为一种政治姿态和自由选择的时代已经一去不复返了。

顺应自然，各尽性命也是阮籍诗歌的主题之一。《其二十六》中，写群鸟翩翩而飞不敢停止于荆棘，而鸾鷖却栖宿其上。群鸟与鸾鷖虽是各尽性命，但阮籍对后者表达了钦敬之意。黄节引蒋师瀹曰："此言能自树立，亦有如鸾鷖之受命于天，不妄求匹；超然神木之枝，

① 阮籍著，陈伯君校注《阮籍集校注》，中华书局，1987 年，第 244 页。
② 阮籍著，陈伯君校注《阮籍集校注》，中华书局，1987 年，第 245 页。
③ 阮籍著，陈伯君校注《阮籍集校注》，中华书局，1987 年，第 246 页。
④ 阮籍著，陈伯君校注《阮籍集校注》，中华书局，1987 年，第 246 页。

高山之上者，葛蔓无庸强附也。”[①]《其四十六》写物类不齐，各有自足。“鷽鸠飞桑榆，海鸟运天地。岂不识宏大，羽翼不相宜”，这仿佛是夫子自道，表达了顺应自然，自安于退屈的人生态度。《其四十八》：“鸣鸠嬉庭树，焦明游浮云。焉见孤翔鸟，翩翩无匹群。死生自然理，消散何缤纷。”黄侃注：“焦明远翔，不悉孤鸟无匹之苦。生死万殊，本于天命，岂能相为乎？”[②]即是说自然生灵各有性命，或远举高翔，或嬉于庭院，彼此不类。《其五十二》表达了“理无久存，人无不死，正当顺时待尽，忘情毁誉”的人生态度。（黄侃注）[③]《其五十三》写道：“自然有成理，生死道无常”，阮籍认为，在无常的命运面前，所有智巧都无济于事，只有以“不易”应万变才是上佳的方法，即“智巧万端出，大要不易方。”（《其五十三》）“不易方”就是不易之道，《周易·恒卦》曰：“雷风恒。君子以立，不易方”，君子执一以驭万，即是“不易方”，即是顺应自然，尽其性命。《其五十六》有“贵贱在天命，穷达自有时”之论，《其六十三》则有“但愿长闲暇，后岁复来游”之想，《其七十二》则希望回归自然，遨游以忘忧虑。阮籍认为不同的路途决定着不同的舟车，性命在现实中原本就失去“自然”，即所谓“修途驰轩车，长川载轻舟。性命岂自然，势路有所由”，特别是高名足以致惑，重利足以生忧，而亲昵足以致仇，即“高名令志惑，重利使心忧。亲昵怀反侧，骨肉还相仇。”种种势路都是现实中生成的结果，各有缘由。如何超离出来呢？“更希毁珠玉，可用登遨游”，即摆脱功利，从世俗的轮回中轻举高蹈，回归本性自然。阮籍之“遨游”是精神的自由之路，这一路径是现实存在方式，它可以全身远害，修养身心，它是一种政治逃避，但没有采薇首阳所附带的叛逆色彩的政治效应。

在阮籍《其十》中明确地将“延年术”当作心灵的居所，这可以说是一种现实中的遨游吧。诗中写道：“北里有奇舞，濮上有微音。轻

---

① 阮籍著，陈伯君校注《阮籍集校注》，中华书局，1987 年，第 296 页。

② 阮籍著，陈伯君校注《阮籍集校注》，中华书局，1987 年，第 342 页。

③ 阮籍著，陈伯君校注《阮籍集校注》，中华书局，1987 年，第 350 页。

薄闲游子，俯仰乍浮沉。……焉见王子乔，乘云翔邓林。独有延年术，可以慰我心。”诗中反对闲游子荒淫歌舞，也对王子乔吹笛成仙心存怀疑，而是钟情于延年之术。为什么阮籍有此思想呢？延年之术是其顺应自然、尽性于命思想逻辑链条上的天然部分，阮籍有此思想当属自然而然，重要的是这一观念是极具现实批判性与时代新质的。当时的统治者就反对荒淫习气，按照蒋师瀹的注解，阮籍力主“延年”是用来对抗“荒淫”的，他说：“按《三国志·魏少帝芳纪》何晏有（放郑声而弗听）之奏，司马懿废帝，撰太后令，亦云：（不亲万，日延倡优），是必有闲游子导以荒淫歌舞者，故起便戒以亡国之音，又结出好吹笙之王子乔，其登仙亦何可遽信，只延年之术或有可采，荒淫则岂所以延年者！”[①]此论诚然，阮籍的思想与统治者有合拍处，作为政治逃避的延年术成为了阮籍全身的政治。不过，阮籍之延年并不仅是出于政治，而是有其渊深的哲学理路，其思想是哲学思考与斗争的结果。在这一点上可以参照嵇康。阅读向秀《难嵇叔夜养生论》和嵇康《答向子期难养生论》便于理解此问题。嵇康批评向秀说：“以酒色为供养，谓长生为无聊，然则子之所以为欢者，必结驷连骑，食方丈于前也。夫俟此而后为足，谓之天理自然者，皆役身以物，丧志于欲。”[②]向秀正是一个纵情酒色、不喜长生者，这样的生活态度恰好是役身于物的，鉴于此，嵇康主张养生永年，他说：“苟云理足于内，乘一以御外，何物之能默哉！由此言之，性气自和，则无所困于防闲，情志自平，则无郁而不通。”[③]此种养生是肉体的延长，也是心性的锤炼，其内核也是来于易学中的圣人性命之学。借助嵇康养生论就不难理解阮籍诗中养生之内涵。

顺应自然的文学理念来源于他的易学思想，但他对易学中构建的天地秩序和圣人伦理又存在着怀疑，于是，阮籍作《大人先生传》超

① 阮籍著，陈伯君校注《阮籍集校注》，中华书局，1987年，第250页。

② 《全三国文》，卷48，见严可均辑《全上古三代秦汉三国六朝文》。

③ 《全三国文》，卷48，见严可均辑《全上古三代秦汉三国六朝文》。

越和批判了充满繁杂与错讹的现实及其价值观念。这一思想在其《咏怀》诗中同样存在。

（二）《大人先生传》中的哲学理念体现于主题

《大人先生传》在哲学上是《通易论》的重要补充，《通易论》所涉及范围是天地境界，而《大人先生传》则是对这一境界的超越，阮籍借此表达了他自由傲岸的人格精神。从上文可以知道，阮籍为自然与人世的盛衰更迭而烦恼，更为人生有限、世事难料而悲怆，他也希望能回归自然，各尽性命，但这仅仅是他思想上暂时的休憩之所。由于对现实的刻骨铭心的失望和对现实的复杂性的极度清醒，阮籍选择了唯心的超离。《咏怀》诗中即表达了对神仙世界的向往，准确地说是一种绝对自由的精神飞驰，他表现得很决绝，似乎要避开一切的人世气息，惟有名节念念于心。

首先，阮籍诗中所表达的游仙之想，这与《大人先生传》中的精神反抗与超越是一致的。生命不能永恒，名誉之辉赫也仅限一时，超越这难以逾越的有限是阮籍一往无前的生命意志。《其二十八》“系累名利场，驽骏同一辀。岂若遗耳目，升遐去殷忧。”表达了不与驽马同辀，抛弃名利远游遗世之志。《其十五》写道：“丘墓蔽山冈，万代同一时。千秋万岁后，荣名安所之！乃悟羡门子，噭噭今自嗤。”曾国藩解释说：“此首自述其抗志自修，遁世无闷”，不过，他的遗世独立恰好是对抗着庸常的自然节律。《其二十一》中“一飞冲青天，旷世不再鸣”，借飞鸟之名，表达着超出现实而直上云霄的姿态。《其二十二》中鉴于自然中“存亡从变化，日月有浮沉”的现象，表达了借游仙以超出天地自然的心愿，其文曰：“王子好箫管，世世相追寻。谁言不可见，青鸟明我心。”《其六十八》写道：“休息晏清都，超世谁能禁”，清都即是紫微，是太一之所在，超世是他的精神方向。《其七十》写道：“有悲则有情，无悲亦无思。苟非婴网罟，何必万里畿。翔风拂重霄，庆云招所晞。灰心寄枯宅，曷顾人间姿。始得忘我难，焉知嘿自遗。”阮籍要超出人间的情思悲喜，冲破一切的罗网，而入于重霄庆云中，但他并未沉溺于仙界感受，而是回味着那远离人间的虚无恬淡之心，正因为此,他以真正的解脱之眼清醒地俯视了人间。与其说是游仙不如说是自我遗世,在他的精神世界中没有一丝人间的世俗气息。《其七十三》写道:“横术有奇士,黄骏服其箱。朝起瀛洲野,日夕宿明光。再抚四海外,羽翼自飞扬。去置世上事,岂足愁我肠。一去长离绝,千岁复相望。”从游仙写起,羽翼飞扬,横绝四海,但重心依然是摆脱世事纠葛与愁肠百转,依然是欲超出时空的精神信念。但阮籍在其游仙之想中始终秉持着一种抗拒感,远离世俗而不溺于仙,他的远离是为了摆脱,他的摆脱是为了远离,“大人”的形象贯穿于《咏怀》中。“一去长离绝,千岁复相望”真是能代表阮籍对于现实和理想的复杂心态的,他要坚决地离开,但任何的境界都容不下他的自由和深情。

可以发现,阮籍诗中的游仙总是向往着无尽的苍穹,甚至摆脱着游仙本身。《其二十三》曰:

> 东南有射山,汾水出其阳。六龙服气舆,云盖切天纲。仙者四五人,逍遥晏兰芳。
>
> 寝息一纯和,呼噏成露霜。沐浴丹渊中,照耀日月光。岂安通灵台,游瀁去高翔。

这是一首游仙意味浓厚的诗,此类比较纯粹的游仙诗在阮籍笔下并不多见。它写龙车云盖,仙气逍遥,但最后依然表达了超离通灵台,高翔远去的愿望。黄侃说:“神仙之人既离尘俗,自当遨游八纮之外,虽通灵之台彼且不以为安,明避世之宜远也。”仙人也成了避世之人,避开当下的仙境,永无止息地去追求更高洁的精神境界。由此看出阮籍根深蒂固的反抗与反省精神,他要回到最纯粹的自然中。嵇康的游仙诗在境界上则要低于阮籍。《文心雕龙·明诗》篇说:“正始明道,诗杂仙心,何晏之徒,率多浮浅。唯嵇志清峻,阮旨遥深,故能标焉。”嵇、阮两人的作品中都有仙心,但阮籍的精神飞驰得更加自由洒脱。嵇康《兄秀才公穆入军赠诗十九首》“真实地抒写了他不得不逃世高蹈的原因及其对超越的神仙世界的向往”①,阮籍的游仙之想与

① 孙昌武《诗苑仙踪——诗歌与神仙信仰》,南开大学出版社,2005年,第196页。

超离世事也是不得已的选择，嵇康与阮籍在这一点上并无二致。嵇康不同于阮籍者在于，他徜徉和玩味在游仙的精神境界中，如《其十七》写道："乘风高游，远登灵丘。托好松、乔，携手俱游。朝发太华，夕宿神州。弹琴咏诗，聊以忘忧。"他与神仙携手，谈琴咏诗，依然是世俗的情趣。《其十八》写道："琴诗自乐，远游可珍。含道独往，弃智遗身。寂乎无累，何求于人。长寄灵岳，怡志养神。"他停留于灵山之境来怡志养神。养生思想对其游仙诗的影响导致了游仙过程中对人生趣味的留恋，没有阮籍那样的深刻与高远，在嵇康的作品中常可以发现"授我神药"、"受道王母"（《重作四言诗七首》其六、其七）、"轻举求吾师"（《述志诗》其二）、"授我自然道"（《游仙诗》）的观念，可见，他对神仙是那样地依赖，这使他很难彻底地抗拒人世的庸俗与纠缠，因为神仙无非是人的投影。于是，阮籍欣然游弋在一种高尚的趣味中了，正如孙昌武所说的："嵇康出于自己的神仙、养生观念，却把幻想转化为现实情境，描绘的则是理想的人生境界。"[①]阮籍则抗拒着现成的文化，永不停息地持久着自己的反省和超越。

阮籍不仅要抗拒自然节律，摆脱天地空间，超脱生死与情欲，而且，他以游仙来反抗礼乐制度，以及弊端丛生的君子伦理，在《大人先生传》中阮籍也表达了这一思想。这是阮籍超离世俗的社会原因。正如前文所论，"大人"对人世中的天地秩序、礼乐制度、道德观念都提出了质疑。《大人先生传》中列举君子中规中矩的行为举止，遵循常则、战战兢兢的君子，在大人眼里却是以裤裆为吉宅的虮虱，是动不敢离裤裆的自以为得绳墨者，也是搅乱天下的元凶。阮籍对当世的儒者作了深刻的批判，《其六十》主旨大致与之类同。其诗曰"儒者通六艺，立志不可干。违礼不为动，非法不肯言。渴饮清泉流，饥食并一箪。岁时无以祀，衣服常苦寒。屣履咏《南风》，缊袍笑华轩。信道守诗书，义不受一餐。烈烈褒贬辞，老氏用长叹。"意思是说，儒者恪守礼法、清高苦寒、崖岸分明的人格特点，以老氏观之则是无可奈

① 孙昌武《诗苑仙踪——诗歌与神仙信仰》，南开大学出版社，2005年，第199页。

何的叹息。但前人对此诗的解释存在较大分歧,黄节引朱嘉徵曰:“辞小儒也。讽收调音旨,实尊儒示老氏之上”;沈德潜以为:“儒者守义,老氏守雌,道既不同,宜闻言而常叹。魏、晋人尚老、庄,然此诗宜各从其志,无进退两家意。”①上述意见是说,阮籍并无讽刺儒者之义。黄侃、黄节等注家则以为阮籍对儒者有讽刺批评之义,黄侃曰:“儒者自修如此,自苦如彼,守诗书而不变,待褒贬而无惭。以老氏之道观之,徒堪叹息耳”;黄节曰:“‘烈烈褒贬辞,老氏用长叹。’蒋师瀹以为即老子‘天下皆知美之为美斯恶已,皆知善之为善斯不善已’之义。”②联系阮籍的整体思想,我们不能遽然判定阮籍对儒老有所轩轾,因为《通易论》中先王的功绩与人格乃是一种理想,而《大人先生传》中又表达了对后儒的反感,但是,《通易论》和《大人先生传》都表达了对后来君子的负面评价,特别是《大人先生传》更是鲜明而深刻地批判了那些抱守礼法的君子。《其六十七》也表达了上述思想,黄侃认为该诗与《大人先生传》同旨。阮籍写道:“洪生资制度,被服正有常。尊卑设次序,事物齐纪纲。容饰整颜色,磬折执圭璋。堂上置玄酒,室中盛稻粱。外厉贞素谈,户内灭芬芳。放口从衷出,复说道义方。委曲周旋仪,姿态愁我肠。”黄侃说:“此与《大人先生传》同旨。言礼法之士深为可憎,委曲周旋令人愁损。盖不待世士嫉阮公,阮公已先恶世士矣。”③此论甚是精当,阮籍在该诗中表达了《大人先生传》中对礼法之士的鄙夷。

其次,对于游仙阮籍存有矛盾心理,神仙世界不能安放他的心灵。一方面,主张遨游于神仙之境,如《其四十》所说的:“焉得凌霄翼,飘飖登云湄。嗟哉尼父志!何为居九夷!”。《其五十》则表达了对世俗价值观的迷惑而游仙:“谁云君子贤,明达安可能。乘云招松乔,呼噏永矣哉!”另一方面,阮籍认为神仙之事或千载难期,或沉湎

① 阮籍著,陈伯君校注《阮籍集校注》,中华书局,1987年,第364页。

② 阮籍著,陈伯君校注《阮籍集校注》,中华书局,1987年,第365页。

③ 阮籍著,陈伯君校注《阮籍集校注》,中华书局,1987年,第378页。

于当下欢乐，其实际功用颇为渺茫。《其五十五》写道："人言愿延年，延年欲焉之？黄鹄呼子安，千秋未可期。独坐山嵓中，恻怆怀所思。王子一何好，猗靡相携持。悦怿犹今辰，计校在一时。置此明朝事，日夕将见欺。"黄侃说："神仙之事，千载难期，纵复延年，终难自保。"[①]总之，人事难测，仙事难期，游仙长生之举都不能带给阮籍真正的自由。更重要的是，神仙世界不只渺茫，关键在于它是不足信的，它是否真实存在也同样困扰了阮籍。《其四十一》写道："天网弥四野，六翮掩不舒。随波纷纶客，泛泛若浮凫。生命无期度，朝夕有不虞。列仙停修龄，养志在冲虚。飘飖云日间，邈与世路殊。荣名非己宝，声色焉足娱。采药无旋返，神仙志不符。逼此良可惑，令我久踌躇。"意思是说，芸芸众生苟且偷生于天网之下，生命中存在各种不虞之险，而只有神仙可以养志逍遥，长生久视，不过，阮籍很快质疑了神仙世界的真实性，他看到了"采药无旋反，神仙志不符"的普遍情形，因而迷惑、踌躇、彷徨。黄节注曰："'逼此良可惑'，谓随波相逐则生命无常，志在神仙而生命又不足信，二者交迫于中，踌躇不能自决，以是良可惑耳。"[②]

即使神仙世界是可信可亲的，又能如何呢？阮籍否定了作为人生寄托的神仙境界。《其六十五》写道："王子十五年，游衍伊洛滨。朱颜茂春华，辩慧怀清真。焉见浮丘公，举手谢时人。轻荡易恍惚，飘飖弃其身。飞飞鸣且翔，挥翼且酸辛。"在这样的抛弃肉身的恍惚之境中，含着多少的无奈，多少人间的酸辛！黄侃说："神仙竟无可信。子晋缑岭之游，人传仙去；然飘飖恍忽，竟与死去何殊！观于此诗，而阮公忧生之情，大可见矣。"[③]在阮籍看来，这样的游仙之举无疑是精神和肉体上的消亡，因为那精神与肉体只带着人生的遗憾远离了尘世，这与阮籍所主张的张扬精神、反抗世俗大相径庭。由此看

① 阮籍著，陈伯君校注《阮籍集校注》，中华书局，1987 年，第 355 页。
② 阮籍著，陈伯君校注《阮籍集校注》，中华书局，1987 年，第 329 页。
③ 阮籍著，陈伯君校注《阮籍集校注》，中华书局，1987 年，第 372 页。

来，神仙世界无论真切还是渺茫、可信抑或不足信、存在还是不存在，阮籍都不能将神仙境界当作精神栖息之所，因此在其游仙之途中不仅存在着迷茫、矛盾，而且存在着强烈的孤独感，《其七十八》写道："昔有神仙士，乃处射山阿。乘云御飞龙，嘘噏叽琼华。可闻不可见，慷慨叹咨嗟。自伤非畴类，愁苦来相加。下学而上达，忽忽将如何！"所谓"可闻不可见"，是阮籍对神仙世界的比较全面的感受，也是他与神仙世界关系的写照。相对于阮籍，它存在于可信与不可信之间，可得与不可得之间，但在神与人之间存在着明晰界限，这也意味着阮籍在超越向人们向往的神仙世界时必将艰难苦辛，慷慨咨嗟。《其八十》正表现了他不见佳人、也不见仙人、徒受时命摧折的悲凉处境，其诗曰："出门望佳人，佳人岂在兹？三山招松乔，万世谁与期？存亡有长短，慷慨将焉知？忽忽朝日隤，行行将何之？不见入秋草，摧折在今时。"人生有限，它的衰落正如秋草要随节令而凋零一样难以避免，面对如此大限，阮籍对飘渺之仙人、意中着佳人、生命的归宿、命运之走向都充满了疑问，期望不得，超越不得，自处不得，即是阮籍在现实和理想之间的苦痛。

第三，阮籍在诗中表达了超然绝尘、志气雄迈的积极的精神追求，将回归到纯粹的自然当作理想境界。阮籍的反抗性并非对伦理价值的忽视或破坏，其反抗与价值重建是统一在一起的。《其三十八》写道："炎光延万里，洪川荡湍濑。弯弓挂扶桑，长剑倚天外。泰山成砥砺，黄河为裳带。视彼庄周子，荣枯何足赖。捐身弃中野，乌鸢作患害。岂若雄杰士，功名从此大。"方东树说："圣人但恶不义之富贵，非乐枯槁也。""此以高明远大自许，狭小河岳。言己本欲建功业，非无意于世者。今之所以望首阳、登太华，愿从仙人、渔父以避世患者，不得已耳，岂庄生枯槁者哉！"此诗中表达了远大超然的胸襟，也昭示自己不落于庄生枯槁其心的消极避世倾向，而以杰出雄浑之气驰骋宇宙以反抗世俗。"弯弓挂扶桑，长剑倚天外。泰山成砥砺，黄河为裳带"，在此境界中，人与自然浑然为一，但绝非静谧的冥合为一，而是意志开张地纵情于大化中。《其五十八》表达了远游天外而高跨一世的情怀,他说:“危冠切浮云,长剑出天外。细故何足虑,高度跨一世。非子为我御,逍遥游荒裔。顾谢西王母,吾将从此逝。岂与蓬户士,弹琴诵言誓。”诗人欲远离王母,依剑天外,不同于嵇康以王母为圣尊,而是要达到真正的逍遥。阮籍似乎要冲破所有的局限,包括对神仙的任何依赖和设想,以独特卓然之姿去追求绝对的自由。

《其三十五》中诗人进入到太极。“世务何缤纷,人道苦不遑。壮年以时逝,朝露待太阳。愿揽羲和辔,白日不移光。天阶路殊绝,云汉邈无梁。濯发旸谷滨,远游昆岳傍。登彼列仙岨,采此秋兰芳。时路乌足争,太极可翱翔。”因世事缤纷,人道苦辛,时不我待,青春将逝,诗人愿意驱使太阳之车——羲和,继续前行以掌握时间,可是,白日停步不前,上无登天之阶梯,也无渡过天河之桥梁,阮籍只能濯发于旸谷之滨,远游于昆仑之旁,陟彼仙山采此秋芳了。“时路乌足争,太极可翱翔”,这是诗人在天地境界中无法掌控时间后的选择,他要进入到太极世界中,这是一往无前、不甘庸俗的生命冲动的结果,所翱翔的世界正是他建构的精神境界。《大人先生传》中,即阮籍表达了他至高的精神追求,大人“虚形体而轻举”,抵达扶桑,穿越冥昧,沐浴光明,后来进入到了神仙境界,大人并未将太一当作至尊,而是开拓着他的征程。他驱使主管方位与四季之神,“腾炎阳而出疆兮,命祝融而使遣。驱玄冥以摄坚兮,蓐收秉而先戈,勾芒奉毂,浮惊朝霞。”[①]大人在太一的境界中获得自由,但更要游出太一的界域。

不停息地向上超升,不停地否定着当下(因为相对于纯粹的自然,一切的当下必然需要被否定),不停地寻找着更加纯粹的高标,是阮籍的理想所在,所以,阮籍的游仙并非通常意义上的对有限生命的超越,而是对无限精神境界的追求。他所超越的是太一、太始、太初等世界,颇具世俗色彩的神仙们都被他弃置不顾,他要回到最理想、最初的世界。游仙再也不是向现存彼岸去超越,而是要以果敢雄壮

① 阮籍著,陈伯君校注《阮籍集校注》,中华书局,1987年,第182页。

的姿势回到最本来的自然中。《其四十三》写鸿鹄高飞，抗身青云，冲出罗网，遨游仙际，以表达诗人的理想。《其四十五》则愿摆脱人间忧愁，归于太清，其诗曰“乐极消灵神，哀深伤人情。竟知忧无益，岂若归太清”，诗人要摒弃世俗的哀乐而归于太清世界。《其五十一》曰：“丹心失恩泽，重德丧所宜。善言焉可长，慈惠未易施。不见南飞燕，羽翼正差池。高子怨新诗，三闾悼乖离。何为混沌氏，倏忽体貌隳。”黄侃解释说：“人情至难预察，智力终于有穷。丹心宜于见恩而失恩，重德应无不宜而丧宜，善言宜可长而有时不长，慈惠宜施而有时不易施。宜臼之孝而见疏于父，屈原之忠而见疑于君，则世事何一足恃乎？混沌之隳，何能不归咎于儵忽耶？”[①]阮籍看到了世事的复杂诡谲，也深知智力的局限，混沌状态则是理想所在。表面看来，阮籍重复着庄子的观念，但在回归方式上要不同于庄子的心宅坐忘，阮籍并不进行游仙的生理或生命体验，而是进行着精神上的勇猛回归，他追求的是理念。《其七十四》写道：“咄嗟荣辱事，去来味道真。道真信可娱，清洁存精神。”合于道真，清洁精神是阮籍的境界。

（北京第二外国语学院文学院、文艺学中心）

① 阮籍著，陈伯君校注《阮籍集校注》，中华书局，1987年，第347页。

陈子龙名士论与晚明魏晋观*

吴思增

在中国历史的发展进程中，魏晋南北朝在政治、社会等方面充满动荡和不安，但在文学艺术及文化思想方面却展现出自由开放的探索精神和蓬勃发展的生命朝气，并影响着唐宋以后文艺的革新变化，魏晋人文精神的面貌，也为后世所评介和探讨①。

晚明的审美意趣与魏晋文艺思潮，有些许相似之处又各具特色。以诗歌而论，被公认为"明诗殿军"的陈子龙，其个性风度、文化品格与诗歌创作，无不体现着他对魏晋士风与艺术的思辨与承继。本文拟就陈子龙及其他晚明士人的魏晋观加以比较论述，以期深入和补充陈子龙研究。

一、陈子龙与明末傲诞士风

明中晚期的狂诞士风，学界多有论及，如清赵翼《廿二史札记》中专门开列《明中叶才士傲诞之习》，当代何天杰《从归庄与朱用纯的关系看明清士风之转变》等，记述吴中名士唐寅，前七子中李梦阳、康海等，都是纵酒放怀、耿直豪宕之人。

明季江南名士陈子龙的一生，坎坷而壮丽，朱东润先生将其概括

---

* 本文为教育部人文社会科学研究青年基金资助项目，项目编号 15YJC751047

① 《魏晋南北朝文学与思想国际学术研讨会》迄今已举办六届，其成果可作为此阶段新研究成果的代表。

为:名士、志士与烈士的过程。诚然,名士风度是肇始于少年时期并伴随其一生的个人风采,并影响其诗风特色。崇祯元年(1628),陈子龙与唐宋派文章大家艾南英相会于江苏太仓的弇园,辩论之事轰动一时:

> 秋,豫章孝廉艾千子有诗名,甚矜诞,挟谖诈以恫喝时流,人多畏之。与予晤于娄江之弇园,妄谓'秦、汉文不足学,而曹、刘、李、杜之诗皆无可取',其詈北地、济南诸公尤甚,众皆唯唯。予年少在末坐,摄衣与争,颇折其角。彝仲辈稍稍助之,艾子诎矣。然犹作书往返,辩难不休。

艾南英(1583—1646),字千子,江西临川人。艾南英论文承归有光唐宋派遗绪;陈子龙则推崇前后七子的复古主张和秦汉文风。《天佣子集》有《与陈人中论文书》、《答夏彝仲论文书》和《再答夏彝仲论文书》等,即是往返辩难的产物,主要是各自重申唐宋派与前后七子的文论主张。吴伟业《复社纪事》记述更为翔实:"天下争传先生(张溥)之文,而艾千子独出其所为书相訾。千子之学,雅自命大家,熟于其乡南丰、临川两公之文,未尝无依据,顾为人褊狭矜愎,不能虚公以求是。尝宴集州山园,陈卧子年十九,诗歌古文倾一世,艾旁睨之,谓:'此年少何所知!'酒酣论文,仗气骂座,卧子不能忍,直前殴之,乃嘿而逃去。"两人论辩之时,艾南英46岁,陈子龙方将弱冠之年,仗气论文,使酒骂座,"摄衣与争",甚至"直前殴之",翩翩君子之风、礼让谦和之态抛诸脑后,狂傲犀利,针锋相对,足见二人捍卫各自文章传统的执着。然而,在文学论争上互不相让的两位"意气用事"的文人,在人生态度、民族大义上却无二致:甲申之变后,陈子龙投笔从戎,辗转斗争,成为抗清的英烈;艾南英与族人、志士歃血为盟,拉起了一支七、八千人的队伍组织抵抗,后奔往福州唐王朱聿健处,直至人生终结。

其实再早些,陈子龙17岁时,也曾经做过"出格"的事。当时大批朝臣因反对魏忠贤,纷纷被削职或逮捕,如杨涟、左光斗、魏大中、袁化中、周朝瑞、顾大章等都下狱而亡。天启五年,阉党抓捕东林党人周顺昌，激起苏州民变，数万人自发聚集，为其塞道申冤，执香乞命，并“奋击缇骑至死”，惊动朝野。陈子龙虽年少，也暗中结纳，会集乡人友朋，伺机而动，后来事态渐息，他冒着灭族的风险，缚草为人，“书阉名射之”[①]。少年人自有其参与、解决问题的独特方式，这种类似诅咒、符箓的“报复”行为，确有幼稚之处，亦可见陈子龙爱憎分明，刚肠疾恶之性格。

陈子龙好友中也有狂放与耿直之性兼具者，如钱澄之。钱澄之(1612—1693)，初名秉镫，字饮光，一字幼光，晚号田间老人、西顽道人。明末诸生，复社成员，南都陷落后，曾参与抗清斗争，事败后削发为僧，后隐居著书，不仕清廷。著有《庄屈合诂》《田间易学》《田间诗学》等。

陈、钱相识的时间较晚，在崇祯十六年(1643)[②]。在此之前，一直以诗文相知，订交之后，钱视陈、夏(允彝)为知己诤友。在性格上，二人亦有相似之处，钱澄之少有侠气，好谈经略，积极用世。陈子龙亦“好奇负气，迈激豪上，意不可一世。”[③]其《自慨》[④]诗云：“岂将豪顿拟高踪，礼俗由来厌不恭。”“自羞节侠难为弟，人指风流亦可宗。”“交游泛爱属英姿，儒雅当年自羽仪。”更为相似的是，他们面对阉党余孽的斗争，都有奇特之处，方苞《田间先生墓表》中写道：

> 先生生明季世。弱冠时，有御史某，逆阉余党也，巡按至皖，盛威仪，谒孔子庙，观者如堵。诸生方出迎，先生忽前，板车而揽其帏，众莫知所为。御史大骇，命停车，而溲溺已溅其衣矣。先生徐立正冠，植立，昌言以诋之，驺从数十百人，皆相视莫敢动；而御史方自幸脱于逆案，惧其声之著也，漫以为病癫而舍之。

---

① 《陈子龙自撰年谱》天启五年条，《陈子龙诗集》(以下简称《诗集》)附录二，上海古籍出版社，1983年，第636页。

② 汪孔丰《陈子龙与桐城文人交游考论》，《牡丹江大学学报》2009年12期，第13页。

③ 夏允彝《陈李倡和集序》，《诗集》，附录三，上海古籍出版社，1983年，第759页。

④ 《诗集》，上海古籍出版社，1983年，第425页。

在观者如堵的人海之中，钱澄之教训阉党的方式竟是："溲溺"溅衣，随以痛骂，这一骇俗的举动，使得御史随从近百人，面面相觑，不知所措，事后只好自认倒霉，"以为病癫而舍之"。尤其钱澄之当时已过而立之年，并非少年轻狂，他故意以"非君子"的方式对待"非君子"——这与陈子龙"缚刍为人，书奄名射之"的行为，有异曲同工之妙。率性适意，做性情中人，儒雅的学养风度、文质彬彬的中和仪态，特定时刻都可抛开，从晚明读书人这些出格的举动中，我们似乎看到了千年以前鄙弃道德礼法、越名教而任自然的魏晋风度。

就陈子龙而言，他恃才傲物、疾恶如仇的疏放个性，确实有着魏晋风度的影子，且陈子龙喜欢以嵇康自比。崇祯十年，他在给陈继儒的信《与陈眉公徵君》中谈到自己："既挟嵇生疏诞之性，而又怀元礼是非之心。"[①]嵇康是三国时魏名士，竹林七贤之一，反对儒家繁琐礼教，在政治上表现为刚肠疾恶，锋芒毕露。李膺（字元礼）是东汉大臣，反对宦官专权，被称为"天下楷模"。"嵇生疏诞之性"与"元礼是非之心"，说明陈子龙既有狂放不羁、清高自傲的一面，同时又有正直刚劲的禀性，坚持原则、以天下为己任的责任感。

陈子龙的老师黄道周也曾喻其："有规简之叔夜，无锋棱之文举。"[②]叔夜与文举，分别指嵇康与孔融。孔融，建安七子之首，幼有异才，勤奋博学，为人不拘小节，恃才负气，喜抨议时政，颇露锋芒。因非议曹操被杀。在恩师眼中，陈子龙心怀天下，却个性内敛，做事沉稳有度，理性平和，正所谓"有规简"与"无锋棱"。虽然二人所评稍异，但都指出陈子龙与嵇康品性之间的关联，并不矛盾。

二、陈子龙与晚明名士观

清末之前，魏晋士人经常被批为"清谈误国"、魏晋学术被讥为

---

① 《安雅堂稿》卷十三，《陈子龙文集》（以下简称《文集》），华东师范大学出版社，1988年，第403页，此信作于崇祯十年。

② 《与戴石房》，《安雅堂稿》卷十四，《文集》，华东师范大学出版社，1988年，第431页，约作于崇祯十一年。

“老学之毒”，文艺创作被斥为“文起八代之衰”，这些评价总体上来说是负面的，而且是儒学正统大背景下的必然结论。与陈子龙同为几社成员兼好友的宋存标，写过一篇《晋论》，文章重点在讨论东晋夷狄之祸发生的原因，从历史、政局、社会等几方面入手，未与士风联系。晚明的散文家、藏书家茅坤（1512～1601）编选《唐宋八大家文抄》，在谈到宋代苏辙的《晋论》时，肯定了其文笔词章，但并不认同苏辙的观点，他说：“晋之士患在不习事故，无以经略当世，子由议之未当，而行文自佳”，是持士大夫清谈误国之论见。

1. 陈子龙《晋论》——晋宋士人苦乐之别

陈子龙却从思想自由与个性解放的角度对魏晋六朝进行了肯定，发现士人的价值。陈子龙也写过一篇《晋论》[①]，通过晋、宋情势的对比，分析了东晋灭亡的原因，如过分喜“禅名”、位“江左”之弊，“立国之势”等，其中对士大夫处境的思考尤为值得注意。他说：

> 以清言亡晋乎？谓其非世所用而茫乎？无所止也。宋之所谓儒者，亦尝言道矣。今将曰诸儒生实亡宋，诸儒生不受也。二者所言道各殊乎，其不可以捍寇却敌均矣。至于著于风俗之事，即何得不左晋，虽然，此儒者执泥师说，不达名实之故也。
>
> 晋人放弃先王之礼法，高道情性，绪肆虚无，此诚为罪，宋人修复久弃之仪，言必入准绳，动必在规矩。自三代而后，莫我若也，此所号功矣。然而晋之人乐，宋之人苦，乐则君子有以尽其用，小人有以散其恶。苦则君子有所拘忌，而英雄之略以为违于道，而不敢出，小人不胜其约束禁制之艰，而愤然跳于外，极其为恶之怀而不反。故晋之东也，虽当倾覆而有优游甚裕之意，是以迭废迭兴，宋之南也，晏然无事而迫蹙顿困之状，日见告也。故渐弱不复振也。然则晋何以亡也？曰东晋虽亡，犹勿亡也。且无致亡之道焉。

---

① 《陈忠裕公全集》卷二十二，《文集》，华东师范大学出版社，1988 年，第 177 页。

他首先将晋、宋士风作比较，指出了宋儒与晋人的共性，“不可以捍寇却敌”，即知行不一。他承认晋人“放弃先王之礼法，高道情性，绪肆虚无”之罪，无法对捍寇却敌有实际的功用，而沉浸于谈玄说理之中，但他的真实意图在于说明“晋人之乐，宋人之苦”。其实，宋代是儒生的时代，士大夫所受到的礼遇，高过前代和后代，没有因言杀头的事情发生。而晋代却是知识分子的“黑铁时代”，战争频仍，政治黑暗，因言获罪、被杀戮的事情时有发生，因而转向老庄清谈。但陈子龙却一反常见，认为“晋人乐，宋人苦”。原因就在于，“乐则君子有以尽其用，小人有以散其恶。苦则君子有所拘忌，而英雄之略以为违于道，而不敢出……”宋代拘谨、懦弱的士风，一些英雄伟略之事因为“违于道”而不敢有所突破；而晋人因为关注自身、抒发性灵却得以“尽其用”，即文艺的自觉而拥有“乐”，进而得出“东晋虽亡，犹勿亡”的结论，批驳了“清言亡晋”之论。

从这里可以看出，陈子龙对晋人风度的回护。他们服五食散，希求长生；注重自我，追求风流洒脱；鄙弃礼法，做性情中人，他们的“优游甚裕之意”是战乱年代面对政治黑暗、寻求解脱的一种方式，强调个性、注重自我的背后更多的是消极和幻灭，嵇康无端被杀，阮籍闭口不言，刘伶脱衣裸形……成就了独特的魏晋风度。魏晋时代的个性解放，究竟对后世产生了怎样的影响，这种解放是否远远小于个人的无奈和痛苦，“魏晋文学自觉说”为当代学者所争论和反思。但在陈子龙看来，晋人的价值亦体现于此，或者说，突破繁文缛节的约束禁制，体现士人的个性、精神气质是可贵的，知识分子由关注社会转到了关注自身、自我生命价值的实现，是值得嘉许的。其实，这其中也包含着陈子龙对明末士大夫处境的批评和明末士人疏放之性的回护。在另一篇《名士论》[①]中，他说道：

至于今世，苟稍有激扬之风，小擅人群之誉，于古无十一也，而荐绅侧目，指为党人，流俗奋讥，如待私仇，辄云樊

① 《陈忠裕公全集》卷二十二，《文集》，华东师范大学出版社，1988年，第187页。

英周党纯盗虚声，房琯深源，竟贻国祸。

在陈子龙看来，名士风度是必定要有激扬之风的，是敢于直言、针砭时弊的，而不应墨守成规，为流俗所拘困。他不愿做“袭章缝之容、守拘方之器”的人[①]。明末士人深知被“指为党人”的危险性，当时的门户之祸、东林党人遭受的政治迫害，是让人深以为惧的。而陈子龙在崇祯十年中进士之时，就已被“宵人耽耽，目为党魁”。恰值钱谦益、瞿式耜被诬告贪赃枉法，张溥等被污“树党挟持”，图谋不轨。陈子龙面对结党之名，毫不畏惧，不顾他人“微服前往”的劝告，“冠盖策马而去”，为钱、瞿报信，为二张奔走疏论，几乎危及自身。一方面证明了他“清者自清”的自信和对时局的把握，同时，“冠盖策马”的举动亦可见其过人胆识和狂放性格。

2. 徐应雷《名士》——古今名士之辨

晚明徐应雷的古今名士之辨，也是一篇借古讽今的佳作。什么人堪称名士？他首先批驳了时人的普遍观点：“所谓名士者，非姓名流传，人人皆知其名之谓也。”[②]在社会上享有高知名度、以科第做官为显达、广泛交游而成名的人，并非名士：

彼徒以科第仕宦为成名，以交游遍海内，冠盖车马，充其门者为名士，何也？吾独有感于古之名名士者，袁侍中谓韩康伯：“门庭萧寂，居然有名士风流。”袁粲每经傅昭户，叹曰：“经其户寂若无声，披其室其人斯在？岂非名贤？”夫名下岂有闲人？而曰门庭萧寂，曰寂若无声，无乃不知名者也？则古之名名士，非若今之名名士耶，王孝伯言：“名士不必奇才，但使常得无事，痛饮酒，熟读《离骚》，便可称名士。”夫痛饮酒，何关于名？而常得无事，又无乃不知名者也。且人知饮酒读《骚》之名名士，而不知常得无事之名名士，甚矣！其不达于孝伯之旨之轻重也。

---

① 《答戴石房》，《安雅堂稿》卷十四，《文集》，华东师范大学出版社，1988 年，第 433 页。

② 徐应雷《名士》，《明文海》，卷九十四，中华书局，1987 年。

他列举了东晋的玄学家韩伯、官至齐尚书左丞的傅昭，他们或为官或为学，但都清静平和、不事张扬，即“门庭萧寂”、“寂若无声”，与晚明所谓“名士”不同。徐应雷所赞同的“名士”，是东晋王恭之论，包含几层意思：一是不一定具有超群出众的才能（奇才），二是“常得无事”，三是“痛饮酒”，四是熟读《离骚》。东晋时，不拘礼法、善饮酒、能清谈、不务正事，是名士的几项标准。王恭之所以选择《离骚》，可能看重其反映出的自由放达精神，和名士追求放诞具有某些一致性；而且王恭的性格与屈原亦有几分相似，班固评价屈原“露才扬己，竞乎危国群小之间”，王恭性格中也有这种成分；当然，还有另一种说法是因他读书不多，有为自己辩解之意，如余嘉锡《世说新语笺疏》案语：“《赏誉》篇云：‘王恭有清辞简旨，而读书少。’此言不必须奇才，但读《离骚》，皆所以自饰其短也。”

其实，不论是崇尚自然、喜好老庄，还是率性任诞、风流自赏，抑或寄情物外、服食养生，都反映出魏晋风度的时代特质，都有其独特的文化背景和不可复制性。徐应雷的肯定古论，也有其现实针对性，他对于名士标准中“常得无事”的强调，正是介于晚明士人自诩风流、托为名士的功利之风而言，他所看重的名士品格，是不拘小节的傲然之气：

> 此何以名名士？吾以为客自携匕箸，就主人食者名士，而主人不命匕箸亦名士也。御史自携匕箸，就御史食者名士，而痴叔取菜蔬，对從子方丈食者，亦名士也，其傲然不屑一也，由此观之，所谓名士者，必非姓名流传、人人皆知其名之谓也。

他列举北齐崔瞻与裴御史共食之事，西晋王济识“痴叔”名士之叹，来说明真正的名士之交，应该不重虚礼应酬、外在的规矩形式，而在内心的默契互赏。崔瞻性简傲，备尽山珍海味在御史台独食，同僚裴御史来访，瞻不理不言，第二天，裴御史带着餐具不请自来，大快朵颐，安之若素，二人遂成知音；王济最初很看不起他的叔叔王湛，吃饭时，故意不给王湛面前放菜。王湛只是从容取食，没有任何不悦之色。当王济闻得王湛讲说易理后，肃然起敬，感叹自己的浅薄无知。徐应雷认为晚明“名士”所缺乏的，正是古之名士“傲然不屑”的内在禀性和气骨。

三、明末题咏“竹林七贤”之作

晚明以来，出现了大量关于“竹林七贤”、魏晋士风的题咏之作，反映了时人对于魏晋风度的关注，或景仰，或批评，莫衷一是。

1. 有关“竹林七贤”的题画诗文

明末清初，咏“竹林七贤”的题画诗文很多，如晚明王伯稠，不事举业，而以布衣游缙绅间，花晨夕月，诗坛酒社，宾朋宴饮，作《竹林七贤图》云：“茧纸如云开五尺，窗前笑拂霜雪色，陆即为插竹林图，风雨乳洒秋萧瑟。醉来仰天坐箕踞，把臂竹下其人士，俗物都堪白眼空，长啸自傲青山骨，千秋狂□若可呼，乾坤落魄真吾徒，无鱼冝旁朱门铗，得酒便卧黄公垆。”[①]颂其狂傲落拓、散漫不羁之风，堪称晚明名士的写照。明末书画鉴藏家吴其贞（1607—约 1678 以后）的《书画记》，是一部书画着录书，记载从事书画交易活动的实录性著作，评价《萧照竹林七贤图绢画》“画法精细，大有唐人风致，为能品上画，微嫌神色不旺耳。”明末清初学者彭孙贻（1615—1673），入清不仕，博览群书，闭门著述，曾与友人社集分赋竹林七贤之王戎，后又再赋其他六人，诗中选取能够体现名士们风度的典型事迹，如阮咸与群猪共饮、刘伶之颂酒德和醉酒欺妻等，并用浪漫的笔法描绘阮咸是“万古留清音，花前一阮咸”，评价向秀注庄子是“逍遥隐微旨，千载没知音”，可谓知音之论。对于嵇康与山涛的绝交，彭孙贻亦有已见。《与山巨源绝交书》被认为是真正体现文人独立人格的讽喻佳作，一千八百多字里，嵇康“师心以遣论”，敢于大胆发表自己的见解，读之使人畅快淋漓。也因为这封信，后人普遍认为嵇康讨厌与朝廷为伍的好友山涛。彭孙贻则反驳所谓通常之见：即山涛被功名利禄所牵制、支配，而是赞赏其雅量与经纶之材，指出他内在的傲骨与志趣：“中散绝交书，谓

① 王伯稠《王世周先生诗集》，卷八，明万历刻本。

于形役求，岂知经纶材，啸傲固优游”。

《题竹林七贤图》是宋朝著名文学家钱选的代表作品之一，晚明为丹阳姜中翰（抱宏）所藏，文人多有续题，如东林党领袖赵南星（1550—1627）、高攀龙（1562—1626）亦有题词。钱谦益在《书竹林七贤画卷》①中，回忆了天启二年与赵南星、高攀龙不惧阉党，佐以佳酿美食、相谈竟日之事，看到《竹林七贤图》上二人的题词，不由得泪湿衣襟，感叹道："十四年以来，死生患难，宛如度一小劫。其间世事，可悲可畏，可涕可笑，亦不复堪再道也。总付与阮公一恸，并借诸贤酒杯浇我块垒耳。"借阮籍穷途痛哭之典，抒发自己人生凶险无常之慨。

相比较钱谦益的隐讳不言，王心一则出语直率。王心一（1572—1645）生于寒素，曾艺事丹青，为陈焕入室弟子。但幼有大志，不愿俯首艺事，登万历癸丑（1613）进士，明朝末年任御史及刑部左侍郎，署尚书。曾抗疏言事，历遭降斥，朝右俱为之危，其志节刚直不群。他的《题竹林七贤图》②对七贤"废弃礼法、沉湎于酒"的处世方式颇有微词：

> 司马氏方收人望，以图海内，使其可辅则辅之，不然，君子潜身远害，亦自有道，何至废弃礼法、沉湎于酒，欲以此免祸？嗟嗟，岂名教之外，别无可以藏身？而先王制礼设法，皆杀身之物乎哉？

王心一认为，儒家所谓"穷则独善其身，达则兼济天下"，即"出处"，为士人提供了立身于世的两种选择，不论是出任还是退隐，都应当修身力行、抱义知命，而不该鄙弃道德，肆意放任。他又联系到晚明高、赵二公的遭遇：

> 然则高赵二公之不免，何也？曰论人者，当论其世。高赵二公之不免，亦犹李膺、范滂诸君子，不当于魏晋间里品题，吾于魏晋闻得苏门真人之啸，又于晋宋闻得五柳先生之

① 钱谦益《牧斋初学集》，卷八十四，题跋二，四部丛刊景明崇祯本。

② 王心一《兰雪堂集》，卷五，清乾隆刻本。

酒，彼七贤濡迹朝市，与时浮沉，使士大夫靡然从之，终晋之世，遂无风俗，君子无取焉。

知人论世，是孟子论述阅读文学作品时对作者思想、经历、所处时代背景的把握问题。王心一从赵、高二公的遭遇出发，比较了明末与东汉、魏晋时代的异同，来说明儒家立身原则的正确性。天启三年（1623），赵南星被宦官魏忠贤排斥，削籍戍代州至卒；天启六年（1626），高攀龙不堪贪污罪名的屈辱，投水自尽，时年 64 岁。他提出二公秉持儒家操守与立世原则，却不免于难，是由于所处的时代与魏晋有异。明末的宦官专权、迫害东林党人堪比东汉的党锢之祸。在不同于明末与东汉的魏晋，可以采纳的存世方式是，如孙登的苏门之啸与五柳先生的"寄酒为迹"，均保有一种高士的情趣，而七贤滞留朝市与山林之间，使得士大夫哄然效仿，王心一认为，他们的行为起到了不良的示范，"君子无取焉"。

2. 陈子龙诗歌中的魏晋情结

陈子龙心仪魏晋风流飘逸的名士风度，这在他的诗中有多处体现。25 岁时，他曾仿阮籍《咏怀》体，写过《咏怀》十首；他喜用魏晋风度比附自身与友人的风采和豪情。如《欲偕舒章游金陵不果各赋诗十首》之一云："气象年年大，登临处处愁。风流如晋代，无梦到西洲。""晋代词人歇，吾家狎客衰。此方愁绝地，何许更伤离?"（自注：忆周、徐诸子。）（《欲偕舒章游金陵不果各赋诗十首》之十）再如《遇桐城方密之于湖上，归复相访，赠之以诗》二首之一云："由来江表论兵者，大抵风流似晋年。"方密之即方以智，文武全才，以诗文议论朝政，又跃马挥剑，演习兵阵。陈子龙以晋人风流描写密之多才负气、志高疏狂之态。

陈子龙更时常以嵇阮典故入诗，表达异代相知的感慨。他在 25 岁所作《生日偶成》中，表达了自己的报国志向："击剑读书何所求?壮心日月横九州。颇矜大儿孔文举，难学小弟马少游。"矜者，惜也。即同情怜悯，进而有注重、崇尚之义。这里，陈子龙表达了对孔融的赞赏仰慕之情；马少游，是汉将马援从弟。其志向淡泊，无意功名，后世把马少游作为不求仕进、知足求安的典型。刘禹锡诗云:“一以功名累,翻思马少游。”苏轼也喜马少游,有诗云:“雪堂亦有思归曲,为念平生马少游。”陈子龙反其道而用之,意在表达一种不甘于淡泊闲适的思想。同年所作《春感》诗云:

> 春来花信杳难凭,风雨高歌酒不胜。消息龙鸾仙事远,飘零鹰犬少年憎。文章绮艳羞江左,踪迹淹留似茂陵。终日掩书广武叹,雄心深夜有飞腾。

阮籍凭吊广武楚汉古战场,慨叹到:“时无英雄,使竖子成名。”此处,陈子龙用阮籍登广武而慨叹时无英雄,意在表明并不想做一个“文章绮艳”的才人,所以“雄心飞腾”,不能自安。

除了风采与豪情的比附,陈子龙更以嵇康之气骨相比附。如《杂感》诗云:

> 端居日夜望风雷,郁郁长云掩不开。青草自生扬子宅,黄金初谢郭隗台。豹姿常隐何曾变,龙性能驯正可哀。闭户厌闻天下事,壮心犹得几徘徊?

此诗作于崇祯七年,陈子龙27岁会试落第之后①。颔联用扬雄、郭隗典喻自己失意京师。扬雄历经汉成帝、哀帝、平帝三朝,皆无升进;燕昭王为郭隗改筑黄金台,待以师礼,于是士人争赴燕国。陈子龙用这两个典故抒发了怀才不遇的心情。颈联借古讽今。“豹姿”谓谢朓事,谢朓身处明帝朝,明帝弑君自立,故玄晖有幽隐之意,他曾作“虽无玄豹姿,终隐南山雾”之句,表达隐退的想法;陈子龙身处明末天启、崇祯年间,看到奸邪秉政、贤者受制的政局,感到实现理想的艰难,因而全身远害之想与出仕报国之志时常交织矛盾;“龙性”本谓嵇康,颜延年在《五君咏》中咏嵇康:“鸾翮有时铩,龙性谁能驯?”后人常以“龙性难驯”形容嵇康孤傲、刚肠疾恶的个性,而《晋书》称其“龙章凤姿,天质自然”,因此“龙性”又含有风姿绰约、风采夺人之意,陈子龙对“龙性能驯”的哀叹和愤激正表达了自己卓尔不群、不妥协的本

① 《诗集》,上海古籍出版社,1983年,第435页。

意，“壮心犹得几徘徊”更传达出作者对天下事的关注和急迫心理。可以说，重魏晋六朝，是陈子龙前期诗风的一个特色，彭宾序陈子龙早期的《岳起堂稿》认为其诗“绵芊风丽，近于六朝者为多”①。

甲申国变之后，陈子龙做《秋日杂感·客吴中作》十首，其中用阮籍穷途痛哭之典，比附自己的身世遭遇，表达报国无门、穷途末路的悲怆心情，诗云：

> 万木凋伤叹式微，何人犹与赋《无衣》？繁霜皓月阴虫切，画角清笳旅雁稀。阮籍哭时途路尽，梁鸿归去姓名非。南方尚有招魂地，日暮长歌学采薇。

《魏氏春秋》载，阮籍时常率意独驾，不由径路，车迹所穷，辄痛哭而反。阮籍的痛哭，是魏晋文人在政治高压罅隙中挣扎求生的境遇与心迹表述。游玩行散的路，到了尽头还可以重新选择方向；可是人生日暮途穷，没有办法再回转。异代之际的陈子龙，兼负忠国与孝亲的双重责任，面临死节与存身之矛盾，抒写的是内心绝望的哀苦。因此，他在诗中叹万木凋丧，悲寒蝉秋虫，开篇即发出了“何人犹与赋《无衣》”的疑问。《无衣》是斗志昂扬的远古战歌，事到如今，还有谁能与自己并肩而战，同唱慷慨激昂的从军战歌？颔联用“繁霜皓月”的秋景与“画角清笳”的边塞意象，营造了清冷苍凉的氛围，秋虫呜咽的悲鸣，旅雁南飞的身影，是作者凄凉心声的写照，又与他客吴中的情境相符。

面对英雄无路的处境，陈子龙也曾有出世之想，“梁鸿归去姓名非”，梁鸿是汉代高士，淡泊名利，与妻孟光隐居霸陵山中，后因作《五噫之歌》而得罪汉章帝，改居齐、鲁间，不为高官厚禄所诱，终于吴。陈子龙也希望像梁鸿一样隐姓埋名，然而，又怎能真的逍遥世外呢？

最后一联表明了自己捐躯赴死的决心和志向。“南方尚有招魂地”，昔楚大夫屈原为楚怀王做《招魂》，有“魂兮归来，哀江南”句，隐含着诗人对本朝故主的怀念；“日暮长歌学采薇”，用伯夷、叔齐之典，

---

① 《诗集》，附录三，上海古籍出版社，1983年，第752页。

武王伐纣，天下宗周，二人耻食周粟，采薇而食，饿死在首阳山上。陈子龙也希望像古代隐者一样，义不侍新朝。诗中所举诸人：梁鸿、屈原、伯夷、叔齐，都是古代抱节守志的典范，而屈原最后投汨罗而亡，更是以谶语的形式，昭示出作者的结局。在这首诗里，陈子龙对典故的运用，已超越了青年时代的简单模仿，用典、抒情、言志都自然浑化，毫无雕琢的痕迹，是情韵兼胜的佳作。

而且，陈子龙为数不多的四言诗，对嵇康的作品也多有借鉴。《酿川偶笔》中谓“陈大樽先生四言古诗，全从嵇康《赠秀才十九首》中得来”。[①]

陈子龙四言诗共三首，均为30岁之后作品。一首名为《初观政刑部自励》，崇祯十年(1637)，陈子龙中进士，在京“观政刑部，登白云楼”[②]诗中表达了黾勉济世之志。

第二首《辛巳上巳同太守王公、郡丞毕公、别驾李公修禊兰亭仿古》作于崇祯十四年，绍兴司李任上。司李即掌狱论之官，负责执法断案。他为官勤政，救济饥民，整治民风。时逢三月三日上巳节，与知府王孙兰、郡丞毕九臣、通判李犹龙等，雅集于会稽兰亭，昔王羲之曲水流觞之所，仿先贤修禊事作此诗，发怀古之幽情。

第三首《朔风》，辑自《焚余草》，是亡国之后作品。三首中，以这首艺术性最高、思想内涵最为丰富，诗云：

朔风其凉，灌木悲吟。靡靡长薄，实劳我心。
陟彼高冈，宿麦青青。野无行人，远望涕零。
予怀维何？云念畴昔。发英三春，扬华九陌。
驰光密移，倏若川流。素商既逝，玄景忽周。
寒暑递迁，当待来兹。我生不再，谁能揽持？
瞻彼飘蓬，抑或爰止。嗟我惮人，载行载起。
兰茝在握，君子所媚。枯菀有时，芬芳不异。
我有神鼎，谁与析薪？我有修竹，谁与丝缗？

---

① 《诗集》，上海古籍出版社，1983年，第783页。

② 《陈子龙自撰年谱》崇祯十年条，《诗集》，上海古籍出版社，1983年，第657页。

原田膴膴，何勿荷锄？登高极目，不如脂车。

临兹芜秽，岂无耦耕？执绥授策，可以遐征。

开篇以景起兴，北风引起灌木的哀鸣，实则是诗人的悲吟，“陟彼高冈，宿麦青青。”登高，是诗词的一大主题。孔子曾“登东山而小鲁，登泰山而小天下”；汉末王粲的《登楼赋》，赋写湖北当阳楼，表达了一种浓浓的乡情；南宋的辛稼轩登上建康赏心亭，“把吴钩看了，栏杆拍遍”，抒发怀才不遇、忧时伤国的心境；陈子龙登上高冈，描绘的是繁茂葱郁的无际麦田。“宿麦”即冬麦，晚唐诗人薛能有“青青宿麦肥”之句(《送胡澳下第归蒲津》)。以“青青”之色写眼前景，是以丽景写哀，则哀更甚矣，“野无行人，远望涕零”，绚丽的绿色与旷野中伫立的孤独之人形成强烈对比，英雄失路感更加突显，富有感染力。

第二层，诗人以自问自答的方式，开始了对往昔美好生活的回忆：“予怀维何？云念畴昔。发英三春，扬华九陌”，并且感叹年华易逝，好景不再：“驰光密移，倏若川流。素商既逝，玄景忽周。”素商是秋天的雅称。按古代“五行”之说，秋天色尚白，又属“五音”之中“商”的音阶，故秋天又称素商。“玄景”是黑影，又指夜色、夜景。这几句点明了时节，与题“朔风”相呼应，又喻阴阳流转、江山异代之感。

第三层，由伤时转为悲己。“寒暑递迁”，周而复始，是自然之理；但“我生不再”，诗人发出“谁能揽持”的呼声，这是希望破灭的痛苦呐喊，也是迷茫无助中的不甘沉沦。接下来，诗人以“飘蓬”起兴，蓬草，是孤独无依的意象，它栖止无定，但也有停歇之时，“嗟我惮人，载行载起”，无家可归的人，却不能停止奔波的脚步。言外之意，人的处境比“蓬草”还要可悲可怜，作者遭遇巨变之后的怆痛跃然纸上。

第四层，托物言志。“茝”即白芷，香草名。《楚辞·九歌·湘夫人》云：“沅有茝兮澧有兰。”这里作者以荣枯不改芳香的兰茝比喻君子清高的品格，诗人守道的志节亦如此。后面的“神鼎”与“修竹”也是对自身美好品格与才志的描绘。神鼎为国之重器，竹的清雅淡泊一直是文人高风亮节的象征。古人言：“未出泥土已有节，凌云高处亦虚心”，而“谁与析薪”、“谁与丝缗”的疑问，则再次表达了苦无知己与后继者的孤独无力感。至此，诗人的心绪一起一伏，由孤苦到坚忍，由软弱转为刚毅。

第五层是自身归属的思考。“原田膴膴，何勿荷锄?”膴膴：是膏腴、肥沃之貌，与前面“宿麦青青”相呼应，从这两句看，作者似有躬耕归隐之意；“登高极目，不如脂车”，“脂车”即给车子的轮轴涂好油脂，指准备作战或继续出行。与其登高悲慨，不如整装待发，诗人在结尾处做出了回答。

通观全诗，感情深挚，言辞恳切，层次分明，借景抒情，托物言志，自然老到，是四言诗中的佳作。同时，确如《酿川偶笔》中所言，《朔风》对嵇康诗有诸多借鉴。《酿川偶笔》中所说的《赠秀才十九首》，即嵇康《兄秀才公穆入军赠诗十九首》，其中一首是五言诗，题为《赠秀才诗》，另十八首为四言《赠兄秀才入军诗》。陈子龙《朔风》诗中，有直接取自嵇康诗原句者，如“陟彼高冈”，来自于十八首之三“陟彼高冈，言刈其楚”，当然，更早的出处是《诗经·周南·卷耳》：“陟彼崔嵬，我马虺颓。……陟彼高冈，我马玄黄”；有相类者，如陈诗：“野无行人，远望涕零”与嵇康《赠兄秀才入军诗》十八首之三“仰彼凯风，涕泣如雨”相似；再如陈子龙的方式抒情：“我生不再，谁能揽持?”“我有神鼎，谁与析薪? 我有修竹，谁与丝缗?”以疑问的方式，叹知己全无、人生失意之感，与嵇康十八首之十一“虽有好音，谁与清歌? 虽有姝颜，谁与发华?”十五“鸣琴在御，谁与鼓弹?”表达方式相类。所不同的是，嵇康从琴诗中找到乐趣，希望能够远离流俗，忘却名利荣辱，“贵得肆志”，同时，“生若浮寄”的人生感悟，是对生命之渺小短暂与宇宙之广阔无穷的哲学思考结果；陈子龙则以特定的时代背景，抒写了国难当头的志士之悲和两难抉择。

陈子龙诗体现出的魏晋情结与其个性有关，亦与晚明的审美思潮一致。晚明的审美意趣与魏晋文艺思潮，都有打破清规戒律的趋向，外观上都呈现为旷达不羁的狂人、酒徒、韵士的形象。尤其是晚明文言小说的兴盛，明末以传人为主的文言小说，一个重要的时代特征就是大量表现名士风度。并且，这一时期更有直接模仿《世说新语》的作品。陈子龙诗歌，尤其是后期诗，终能将取法魏晋、崇尚才情的观念一以贯之，洗去刻意雕琢的痕迹，不论是用典，还是设色、陈情，都达到了浑然天成的诗境。

（华东理工大学人文科学研究院，复旦大学古代文学专业博士后流动站）

归化与异化的统一：玄奘翻译理论的中国文化背景

汪　莹

一、引　言

在我国一千多年的佛经翻译史上，唐朝高僧玄奘大师（602—664）以其惊人的翻译数量和登峰造极的翻译质量创下了佛典翻译史上空前的成就。在645年到664年的十九年间，玄奘大师共译经七十五部，一千三百三十五卷。玄奘精通大小乘各宗派，译籍汇集了“传统的佛学经典和佛学研究的精华，是佛教文化的核心”。[①] 同时，玄奘还将《大乘起信论》、《老子》译成梵文，传入印度。

玄奘不仅在翻译实践上功勋显赫，在翻译理论的研究上也留下了独到的见地。针对前人重“质”轻“文”或重“文”轻“质”的极端现象，玄奘提出了“音不讹、语不谬”的翻译标准。关于可译和不可译的问题，玄奘提出了“五不翻”原则，即在翻译佛典时，遇到佛教密语、梵文多义词、中国所无物、自古音译词和涉及佛教伦理问题的表达时，保留梵语原音，进行音译而非意译。玄奘在反对用“格义”翻译佛经的同时，也反对在中华典籍外译时的“以佛释道”。足见玄奘注重直译，对源语文本的尊重。

---

① 张志芳、张彬《译以载道：佛典的传译与佛教的中国化》，厦门大学出版社，2012年，第253页。

但是，玄奘的翻译思想绝不是“弃文存质”。根据今人的研究总结，玄奘为使读者易晓佛典经义而采用了六种意译技法，对译文进行恰如其分的增减修饰。除此之外，玄奘还主张“将旧译的术语加以扬弃”[①]而创造新词。

对于译经史上的“文”“质”之争，玄奘有过精辟的论述：“文过则艳，质甚则野。谠而不文，辩而不质，则可无大过矣，始可与言译也。”[②]近代梁启超在论及玄奘翻译时言：“若玄奘者，则意译直译，圆满调和，斯道之直轨也。”[③]季羡林也给予玄奘翻译高度的评价：“他的译风，既非直译，也非意译，而是融合直意自创新风。在中国翻译史上达到了一个新的高峰，开辟了一个新的时代。”[④]

在翻译学中，直译指“翻译时要尽量保持原作的语言形式，包括用词，句子结构，比喻手段等等，同时要求语言流畅易懂。”意译则“从意义出发，只要求将原文大意表达出来，不注意细节，译文自然流畅即可。”[⑤]作为翻译方法的直译和意译针对的是翻译时语言形式和内容的转换。但翻译不仅是把一种语言的文本转换成另一种语言，更是一种跨文化交际活动。作为以文化交流为本质的翻译，其文本的生成还有一个更深层的机制，即翻译策略。翻译策略是指“根据所涉语言文化的诸多因素及要求而制定的翻译行动方针和翻译方式。”翻译策略分为归化式策略和异化式策略。[⑥] 根据 *Dictionary of Translation Studies* 给出的定义，归化翻译是指为尽量减少目的语

① 张建木《玄奘法师的译经事业(续一)》，见《法音》，1983 年 03 期，第 8 页。

② 玄奘、辩机撰，季羡林等校注《大唐西域记校注》，中华书局，2000 年，第 1046 页。

③ 梁启超《饮冰室合集》，第九册，《专集之五十九：翻译文学与佛典》，中华书局，2011 年，第 20 页。

④ 季羡林《玄奘与〈大唐西域记〉：校注〈大唐西域记〉前言》，见季羡林等校注《大唐西域记校注》，中华书局，2000 年，第 7 页。

⑤ 朱安博《归化与异化：中国文学翻译研究的百年流变》，科学出版社，2009 年，第 11 页。

⑥ 谭载喜《翻译与翻译研究概论——认知·视角·课题》，中国对外翻译出版有限公司，2012 年，第 21 页。

读者对外语文本的生疏感，译者采用透明、流畅风格的翻译策略。①异化翻译则指译者通过保留原文本中的异质因素，打破目的语的规范的翻译策略。② 可见归化翻译是以目的语文化为归宿，翻译中剔除文本中目的语文化没有或与之相冲突的成分，尽量做到译文的“本土化”；异化翻译是以源语文化为归宿，翻译中保留文本中的异质文化成分，尽量做到译文的“原汁原味”。

选择什么样的翻译策略直接决定译者采用什么样的翻译方法。玄奘在译经的过程中主张“文”“质”调和，直译与意译的融合，体现了他将归化和异化两种翻译策略统一的思想。本文基于多元系统理论，将玄奘的译论思想放在一个更广大的历史、社会、文化、政治背景下考察，论述其归化和异化高度统一的原因和表现。

二、多元系统理论

“多元系统论”(Polysystem Theory)是由以色列学者伊塔玛·埃文—佐哈提在 20 世纪 70 年代提出的一种理论。该理论指出各种社会符号现象包括语言、文学、经济、政治等由相互联系、相互交叉、相互依存、部分重叠的系统组成。而此类系统又构成了一个庞大的系统网。在这个系统网内，各系统的地位不等，有的处于中心，有的处于边缘，并非一成不变，系统间的关系地位始终处于一个动态变化状态。③

“多元系统论”的提出，阐释了翻译文学在文学系统中的地位是处于边缘和中心的动态问题。

---

① Shuttleworth, Mark & Moira Cowie, *Dictionary of Translation Studies*, Manchester: St. Jerome Publishing 2004, p. 43.

② Shuttleworth, Mark & Moira Cowie, *Dictionary of Translation Studies*, Manchester: St. Jerome Publishing 2004, p. 59.

③ 参见张南峰对埃文—佐哈的多元系统理论的概述，见张南峰《从边缘走向中心：从多元系统论的角度看中国翻译研究的过去与未来》，见《外国语》，2001 年版第 4 期，第 61—69 页。

埃文—佐哈提进一步指出，不仅翻译文学的地位取决于它所处的系统位置，翻译策略的选择更是受翻译文学所处的系统位置决定。例如，当翻译文学处于系统网边缘位置时，译文则“常常套用本国文学中现成的二级模式”，必须按照译入语的文化规范，注重“可接受性”；而当翻译文学处于系统网中心位置时，译文“往往参与创造一级模式，不惜打破本国的传统规范”，关注“充分性”。①

由此可看出，翻译中归化和异化策略选择的问题，是与译入语文化系统中的文化语境、历史语境和政治、社会环境等诸多因素息息相关。

美国翻译学者勒弗维尔（Lefevere）根据多元系统对翻译影响的理论，提出了控制文学和翻译系统的两个因素：一个在文学系统之内，主要指“专业人士”，包括评论家、教师和译者等；另一个是在文学系统之外，指“赞助人”，“赞助人”可以是人，也可以是组织，“赞助人拥有足以促进或阻碍文学的阅读、书写或重写的力量”。勒菲弗尔又指出：“翻译为文学作品树立什么形象，主要取决于两个因素：首先是译者的意识形态，这种意识形态有时是译者本身认同的，有时却是‘赞助人’强加于他的；其次是当时译入语文学里占支配地位的‘诗学’。”②

综上所述，决定归化和异化策略的选择由译入语文化大系统中的两大因素构成：内因（译者）和外因（历史背景、意识形态和诗学）。由此，本文将从中国文化背景这一大系统中的玄奘译经的历史背景、初唐统治阶级意识形态和初唐诗学规范及玄奘本人的佛教意识形态四大要素论述玄奘大师译论中归化与异化统一的表现和原因。

三、玄奘译经的历史背景

佛经翻译之初，佛典未能系统性的传入中土，译经零散随机，错

---

① Even — Zohar Itamar, The position of Translated Literature within the Literary Polysystem, *Poetics Today* 1990(1), p. 47 - 49.

② Lefevere Andre, *Translation, Rewriting & the Manipulation of Literary Fame*, London, New York: Routledge, 1992, p. 41.

漏颇多。加之隋代以前，深谙华梵双语的人才缺失，佛典翻译多赖来华的西域高僧口授，华僧笔录。僧祐说："方言殊音，文质从异，译胡为晋，出非一人。或善胡而质晋，或善晋而未备胡。"[①] 译经僧人或不识汉语或不懂梵文，即便如译经大师鸠摩罗什，也同样疏于汉语。其弟子僧睿曾言："法师于秦语大格，唯译一往，方言殊好，犹隔而未通。"[②]再则，华、梵二语属于两个不同的语系，汉语属汉藏语系，梵语属印欧语系。梵语重音律，常常反复传唱；汉语重精简，强调惜字如金。翻译之初，由于对梵、汉两种语言本身差别认识的不足，一直采取"初从梵语，倒写本文，次乃回之，顺同此俗"，多出现"中间增损，多坠全言"。[③] 最后，更是因为当时中、印两国存在文化差异，当时人认为印度及传入中土的佛经具有神秘主义色彩，"天竺国自称书为天书，语为天语"，[④]于是如"质"派译经师主张，译经时须"因循本旨，不加文饰"，[⑤]否则将"巧而背源"，[⑥]但结果却使译文佶屈聱牙，艰涩难懂。这是极端异化的一种表现。与此同时，"文"派译匠认为，佛教义理有与中国传统文化相悖之处，如印度佛教强调皈依佛门后，不侍君主，不孝父母，若坚持直译，则佛教无法在中土传播。于是，译经时多采用"格义法"，将佛教依附于中国传统思想上。只有采取这样的归化策略，才能使佛教更好的本土化，便于传教。两方或"弃文存质"或"重文轻质"，争论不休，无有定论。虽"文""质"两方各有道理，但正如钱钟书批"质"派翻译："译者以梵之'文'损色而为秦之'质'，亦'失本'耳。"[⑦]梁启超评"格义法"翻译："盖彼时译家，大率渐染老庄，采其说以文饰佛言。例如《四十二章经》非惟文体类《老子》，教理亦多沿

---

① 僧祐《出三藏记集》，中华书局，1995 年，第 227 页。

② 僧祐《出三藏记集》，中华书局，1995 年，第 387 页。

③ 道宣《续高僧传》，中华书局，2014 年，第 121 页。

④ 慧皎《高僧传》，中华书局，1997 年，第 6 页。

⑤ 僧祐《出三藏记集》，中华书局，1995 年，第 273 页。

⑥ 道宣《续高僧传》，中华书局，2014 年，第 56 页。

⑦ 钱钟书《管锥编》，中华书局，1991 年，第 1263 页。

袭。此类经典，搀杂我国固有之虚无思想，致佛教变质，正所谓被水之葡萄酒也。”[①]由此可见两方缺陷都很明显。

面对古来的“文”“质”之争，华梵两晓，精通佛理的玄奘提出了“音不讹，语不谬”的翻译标准。“然则佛兴西方，法流东国，通译音讹，方言语谬，音讹则义失，语谬则理乖。故曰：‘必也正名乎！’”[②]玄奘指出只有音不讹、语不谬，才能义不失、理不乖。可见，他一方面主张译经时保留梵语的语音和音律特色，一方面要求译文文句符合汉语的语法习惯，体现玄奘译论中归化和异化相辅相成的思想。

译经中的“格义”现象有其出现的历史原因。佛法初入中原，典籍不全，多有误读的现象，又遭到本国的宗教抵制。为大众更好的熟悉佛教宗旨，更好的传教，译师们多用道家玄学概念对译佛经术语。如译“涅槃”为“无为”，“轮回”为“生死”。“硬将西方佛教嫁接于中国文化干支之上，令其不伦不类，非驴非马。”[③]于是针对这种现象，玄奘提出“五不翻”，为译外来词确立了具体的翻译规范。

一、秘密故不翻，陀罗尼是。二、多含故不翻，如“薄伽梵”含六义故。三、此无故不翻，如阎浮树。四、顺古故不翻，如“阿耨菩提”，实可翻之。但摩腾已来存梵音故。五、生善故不翻，如“般若”尊重，智慧轻浅。令人生敬，是故不翻。[④]

“不翻”是不用“格义法”翻或不用意译，而采用音译。从玄奘本人的翻译实践看，“五不翻”是一种行之有效的异化策略。其中，所谓“秘密故不翻”是指佛经中的甚深微妙的密语或咒语不可意译。如玄奘译本《般若波罗蜜多心经》中最后密语译成：“揭谛揭谛，波罗揭谛，波罗僧揭谛，菩提萨婆诃。”若以译入语为归宿，译成“令众生渡彼

---

① 梁启超《饮冰室合集》，第九册，《专集之五十九：翻译文学与佛典》，中华书局，2011年，第17页。

② 玄奘、辩机撰，季羡林等校注《大唐西域记校注》，中华书局，2000年，第43页。

③ 王铁钧《中国佛典翻译史稿》，中央编译出版社，2006年，第136页。

④ 法云《翻译名义集》，卷一，商务印书馆，1920年，《四部丛刊》影印南海潘氏藏宋刊本，第六页正。

岸”，就失去了经文本身的神秘性。在“多含故不翻”中，玄奘举“薄伽梵”为例。该词本有六种意思：自在、炽盛、端正、名称、吉祥、尊贵。若仅取其中一意，则失其它五意。“此无故不翻”最能体现玄奘的异化思想。在遇到中国没有的事物或概念时，不可用中国类似的语词硬套而抹杀了原文的异质文化因素。“顺古故不翻”是对古人采取的音译异化策略的尊重。如“阿耨菩提”，自东汉竺摩腾以来，诸大翻译家都用梵文音译，因此不再创造新的音译词而沿袭旧有翻译。最后“生善故不翻”是因为有些词音译，让人对佛教产生崇敬之心，意译便无此效果。“五不翻”原则顺应了梵语的语言习惯，重视梵语中的异质文化内涵。它的提出填补了“格义”的缺陷，明确了外来词的翻译规范，保留了梵典中的语言特色和异域文化特质。

四、唐统治者的意识形态

意识形态指当时的主导观念认为社会该怎么样。意识形态决定了译者的翻译策略。[①] 在翻译领域，意识形态是赞助人的意志权力的体现。玄奘译经的赞助人是唐朝统治者。

唐朝国力昌盛，社会稳定，文化开放，兼容并蓄。唐统治者对佛教抱有宽容的态度。佛教的传播客观上有利于麻痹和奴化人民，以达到巩固统治的目的。因此，“唐代对佛教采取了既管理、整顿又扶持、利用的政策。”[②]

唐太宗本人对玄奘译经事业的支持可谓不遗余力。贞观二十三年(649 年)玄奘携经归国，唐太宗以盛大场面迎接。如《大慈恩寺三藏法师传》有载：“贞观十九年春正月景子，京城留守左仆射梁国公房玄龄等承法师赍经、像至。乃遣右武侯大将军侯莫陈寔、雍州司马李叔慎、长安县令李乾祐等奉迎。”[③]玄奘回国后，在短短两个月内组织

---

① Lefevere Andre, *Translation*, *Rewriting & the Manipulation of Literary Fame*, London, New York: Routledge, 1992, p. 5.

② 方立天《中国佛教简史》，宗教文化出版社，2001 年，第 164 页。

③ 慧立、彦悰《大慈恩寺三藏法师传》，中华书局，2000 年，第 126 页。

起中国历史上分工最细规模最大的佛经译场，是由于中央政府在人力、物力和财力上给予极大的支持。太宗下旨："即居弘福寺。将事翻译，乃条疏所须证义、缀文、笔受、书手等数，以申留守司空梁国公玄龄……令旨依所须供给，务使周备。"[①]贞观二十二年(648 年)太宗撰《大唐三藏圣教序》，称玄奘为"法门之领袖"。[②] 作为法门领袖创立的宗教门派，唯识宗成为了当时风靡盛行的流派。

太宗礼佛，不仅出于他将佛教视为治国工具的政治动机，更是玄奘竭力迎合，投其所好的结果。玄奘深知得到皇权相助对于弘扬佛法的重要性。不但归国后与唐太宗、唐高宗两位皇帝都保持着密切的关系，而且在翻译上采取重原文更重译文的策略来满足帝王公卿的阅读品位。例如，玄奘将译场事务分为十一个工序，其中缀文、刊定、润文和梵呗分别根据汉语语法规则修改笔受的记录，意译冗长句子，从修辞角度对译文润色，唱颂译文，修正音律，直到琅琅上口。归化译文的最高境界用钱钟书先生的话说便是："译本对原作应该忠实得以至于读起来不像译本，因为作品在原文里决不会读起来像翻译出的东西"。[③] 为使译文更加文辞优美，义理信达，在润文阶段，玄奘还特别请当时的几位当朝大学士把关，大大提高了译文的质量。据载："明旦(帝)遣给事宣敕云：'所须官人助翻者，已处分讫，其碑朕自作。'寻敕：'慈恩翻译，文义须精。宜令左仆射于志宁、中书令来济、礼部许敬宗、黄门郎薛元超、中书郎李义府等，有不安稳，随事润色。若须学士，任追三两人。'及碑成，请神翰自书，蒙特许。克日送寺。"[④]玄奘的译文得到了太宗的赏识，皇帝下诏将玄奘版的《金刚经》作为钦定本，后又下令把新翻译的《瑜伽师地论》抄写九本，在九州颁行。玄奘采用归化策略以顺应统治者的阅读习惯，保证了译文广泛的受

① 慧立、彦悰《大慈恩寺三藏法师传》，中华书局，2000 年，第 130—131 页。

② 慧立、彦悰《大慈恩寺三藏法师传》，中华书局，2000 年，第 142 页。

③ 钱钟书《林纾的翻译》，见《七缀集(修订本)》，上海古籍出版社，1994 年，第 79—80 页。

④ 道宣《续高僧传》，中华书局，2014 年，第 128 页。

众面，确保了译经事业的正常开展。

有西方学者认为，中国文化是同质文化，中国文化视自己为世界的中心。[①] 我国学者也认为，传统儒家观念强调“中国以自己的衣冠文化和礼仪文化优于外族，华夏是各民族的中心，在民族交往中应处于主体地位”。[②] 唐朝是中国最强盛的时代之一，作为唐人，上至皇亲国戚，下至平民百姓，多少都有一种“中华文化中心主义”思想。在《大唐西域记》的《序论》中，玄奘曾写道：“我大唐御极则天，乘时握纪，一六合而光宅，四三皇而照临。玄化滂流，祥风遐扇，同乾坤之覆载，齐风雨之鼓润。”[③]同序中对西域的描述则是：“性重财贿，俗轻仁义。嫁娶无礼，尊卑无次。妇言是用，男位居下。”[④]从玄奘对大唐的赞颂和对西域风俗的贬斥可知，法师作为大唐子民的优越感和他本人带有的强烈的中国文化本位意识。“在翻译过程中，译者有着自己独特的民族文化积淀，在本质上代表了特定的文化势力，从而往往对翻译文体表现出一种非理性的态度。由这种态度转到翻译活动上，译者就会有意无意地进行自己的翻译策略选择：异化或者归化。”[⑤]这点同样体现在玄奘的翻译中。

玄奘认为，与汉语相比，梵文“文辞婉密，音韵循环，或一言贯多义，或一义综多言，声有抑扬，调裁清浊。”[⑥]在译经时，必须对原文进行适当的增减、改译、或创新词或创新句式，采用流畅地道的汉语翻译。利用这些归化翻译策略，译文能更加符合国人的思维习惯。例如，玄奘采用的六种意译技法，即补充法（相当于增词法）、省略法（相

---

① Lefevere, Andre, Chinese and Western Thinking on Translation, *Susan Bassnett & Andre Lefevere*, *Constructing Cultures*, Clevedon: Multilingual Matters, 1998, p. 13.

② 赵巍，马艳姿《传统译论中的翻译策略术语研究——重九译、重译、九译、直译和音译》，见《西安外国语大学学报》2010 年，第 9 期，第 95 页。

③ 玄奘、辩机撰，季羡林等校注《大唐西域记校注》，中华书局，2000 年，第 32 页。

④ 玄奘、辩机撰，季羡林等校注《大唐西域记校注》，中华书局，2000 年，第 45 页。

⑤ 朱安博《归化与异化：中国文学翻译研究的百年流变》，科学出版社，2009 年，第 85 页。

⑥ 玄奘、辩机撰，季羡林等校注《大唐西域记校注》，中华书局，2000 年，第 1046 页。

当于减词法）、变位法（调整句序或词序）、分合法（相当于分译法和合译法）、译名假借法（用另一种译名来改译常用的专门术语）、代词还原法（把原来的代名词改译成代名词所指代的名词）。在对比前人译词和梵经教义后，独创“静虑”、“胜解”、“异生”等新词，并首次使用“能＋动词”对译原典的主动语态动词，“所＋动词”和“可＋动词”对译原典中的被动语态动词。采用此类归化策略，能使译文符合中国传统文化观念，满足统治者的意识形态需求，赢得统治者的赞助和读者的接受，有利于佛教在中国的发展。

五、初唐诗学规范

勒菲弗尔为诗学下的定义是：当时的观念认为文学应该怎样，包括文学手段、文学样式、主题、原型人物、情节和象征等一系列文学要素以及观念，或者说在社会系统中，文学起什么作用，或应起什么作用。[①] 他认为译文的语言一般符合当下的诗学规范。

体现在玄奘的译经上，主要是当时盛行的骈体文的影响。骈文兴于六朝，衰于中晚唐。骈文在韵律上讲究平仄谐调，在句式上强调工整对偶，在修辞上注重文辞藻蔚。因其“四字密而不促，六字格而非缓”，李商隐将骈文称为“四六”。但“骈文较自由，四六更工整；骈文不必尽为四六句，而四六文实为骈俪之文无疑。”[②]可见四六文是一种严格的骈文。

许多学者认为玄奘译文“弃骈取散”[③]，其实不然。古代的散文即古文。“意欲革除六朝骈文之体”的古文运动肇始于中唐时期。玄奘所处的时代是初唐。其次，玄奘本人亦是骈文高手，“六朝文体乃玄奘所长”[④]再则，一名译者对文体的选择由他的翻译目的决定。玄奘

---

① Lefevere Andre, *Translation, Rewriting & the Manipulation of Literary Fame*, London, New York: Routledge, 1992, p. 5.

② 刘麟生《骈文学》，海南出版社，1994 年，第 2 页。

③ 王秉钦《20 世纪中国翻译思想史》，南开大学出版社，2004 年，第 15 页。

④ 王铁钧《中国佛典翻译史稿》，中央编译出版社，2006 年，第 240 页。

译经的目的是为了弘扬佛法，普渡众生。如前文所术，为迎合当时读者的口味，扩大佛经的受众面，玄奘以"唐文，颇居繁复，故使缀工专司此位，所以贯通词义，加度节之。"[1]并特请朝中重臣为译文润色。唐时朝廷诏令、臣僚奏议，都是使用骈体的。可见，最后出品的译文虽然并不属于严格意义上的四六文，但不可能不带有骈体文风。以下两例分别取自《金刚经》和《心经》，具体说明了玄奘译文采纳当时骈文体，属于典型归化手段。

《金刚经》：尔时，世尊于日初分，整理裳服，执持衣钵，……于食后时，敷如常坐，结跏趺坐，端身正愿，住对面念。

《心经》：色不异空，空不异色，色即是空，空即是色。

显见，玄奘的译文"钩锁连环，偶正奇变，转合有序，其文风可谓精严凝重。"[2]

玄奘在运用骈文文体的同时，不忘在译经时保留梵文文体。鸠摩罗什曾评价古印度文体："天竺国俗甚重文藻，其宫商体韵，以入弦为善。"[3]梵文经卷注重口头传唱。为方便记忆，偈颂文体在梵经中颇为通行。"凡言一颂，乃有四句，一句八字，总成三十二言。"[4]一偈为三十二个字，四句，每句八字。与前代译师们对比，玄奘为翻译中保留了大量的偈颂文体，增加了佛经的异国情调。如对比罗什和玄奘译文《维摩诘经》：

罗什译文：

彼上人者，难为酬对。深达实相，善说法要。辩才无滞，智慧无碍。

玄奘译文：

彼大士者难为酬对，深入法门善能辩说，住妙辩才觉慧无碍。

很明显，玄奘在此刻意地将罗什的四字格合并译成八言句式，主

---

① 道宣《续高僧传》，中华书局，2014 年，第 121 页。

② 王铁钧《中国佛典翻译史稿》，中央编译出版社，2006 年，第 240 页。

③ 僧祐《出三藏记集》，中华书局，1995 年，第 534 页。

④ 义净撰，王邦维校注《南海寄归内法传校注》，中华书局，1995 年，第 189 页。

要是为了仿译梵文的偈颂文体。

再如，《阿弥陀经》两者的区别也显而易见。

罗什译文：

池中莲花大如车轮，青色青光，黄色黄光，赤色赤光。

玄奘译文：

常有种种杂色莲华，量如车轮。青形青显青光青影，黄形黄显黄光黄影，赤形赤显赤光赤影，白形白显白光白影，四形四显四光四影。

为保证咏经时抑扬顿挫，与梵经诵读时效果相仿，玄奘在此对译文做了增益，以符合八言句式。

不难看出，玄奘在翻译时，对于当时盛行的骈文文体和梵文固有句式的协调，是煞费苦心的。因此，在译文之中，归化和异化相得益彰。

六、玄奘本人的佛教意识形态

译者本人的意识形态是“译者对异域语言与文化的态度和理解，对本土文化价值的认识与立场，是决定翻译方法的一个最重要的因素”。[①] 道宣曰：“今所翻传，都由奘旨，意思独断，出语成章，词人随写，即可披玩。”[②]反映出玄奘作为译者对归化和异化法选择具有决定性。

这种意识形态的影响反映在两个方面。其一，是玄奘“舍简就繁”的意识。作为虔诚的佛教徒，玄奘译经的目的在于向国人介绍印度佛法的本来面目。因此，在译经时，他积极采用异化法，保留梵经中的印度语言和文化特色。除上文提及的“五不翻”原则和提倡仿译偈颂文体，玄奘在翻译态度上也主张“舍简就繁”。例如，与鸠摩罗什对原文删改削减的译法相比，玄奘却警惕谨慎，恪守原本。其所译《金刚经》总字数达 8 208，比起罗什译文 5 176 字，几乎一倍。[③] 玄奘

① 许钧《论翻译之选择》，见《外国语》，2002 年，第 1 期，第 6 页。

② 道宣《续高僧传》，中华书局，2014 年，第 121 页。

③ 史原朋《〈金刚经〉及其不同译本研究》，《中国宗教》，2009 年第 2 期，第 30 页。

曾指出罗什译《金刚经》最大的缺点便是漏译："三问阙一，二颂阙一，九喻阙三。"①

罗什译文：

世尊。善男子善女人。发阿耨多罗三藐三菩提心。应云何住？云何降伏其心？

玄奘译文：

世尊：诸有发趣菩萨乘者，应云何住？云何修行？云何摄伏其心？

此处，须菩提向佛提出三个问题，罗什本只有两问，少了"云何修行"。此乃"三问阙一"。

罗什译文：

尔时世尊而说偈言：若以色见我，若以音声求我。是人行邪道，不能见如来。

玄奘译文：

尔时，世尊而说颂曰：诸以色观我，以音声寻我，彼生履邪断，不能当见我。应观佛法性，即导师法身。法性非所识，故彼不能了。

此处如来的两个颂文，罗什本只翻了一个。

罗什译文：

一切有为法，如梦幻泡影，如露亦如电，应作如是观。

玄奘译文：

诸和合所为，如星翳灯幻，露泡梦电云，应作如是观。

在最后的颂文中，罗什译本将一切有为的事物和现象比喻成：梦、幻、泡、影、露、电六项；在玄奘译本中，喻体有星，翳，灯，幻，露，泡，梦，电，云九项，为此，玄奘认为罗什译本缺少三个喻体。

玄奘始终认为："若其裁以笔削，调以宫商，实所未安，诚非说论。传经深旨，务从易晓。苟不违本，斯则为善。"②

---

① 慧立、彦悰《大慈恩寺三藏法师传》，中华书局，2000 年，第 154 页。

② 玄奘、辩机撰，季羡林等校注《大唐西域记校注》，中华书局，2000 年，第 1046 页。

其二，是玄奘自己的唯识宗思想。玄奘本人在印度求学期间，博采诸派经论，最擅印度瑜伽有宗。回国后，将瑜伽有宗移植到中土，创立唯识法相宗。“都由奘旨，意思独断。”透露出玄奘在译经时，将唯识思想渗入译文中。“译者在翻译之前就受到某种目的的驱使，出于政治、经济、文化等各方面的需要，希望译作能为广大读者理解并接受，通过译作的社会影响来实现自己的政治目的。”[①]玄奘采用归化策略，将唯识思想参入译著中，传播自家门派教义。例如玄奘选择翻译《维摩诘经》，并将经名改译成《说无垢称经》，很大程度上是因《维摩诘经》的义理与所信奉的唯识宗教义相契合。如门下窥基在《说无垢称经疏》中提到：

唯识法门者，《序品》中云：直心是菩萨净土，深心大乘心是菩萨净土，乃至广说，随其心净，所以心垢故佛土垢，心净故佛土净。《声闻品》中，如佛所说，心垢故众生垢，心净故众生净，此等诸文，并说唯识之法。”[②]

窥基又指出旧译《维摩诘经》的经名有误。但据张建木的梵汉对勘结论，罗什和真谛的译名完全正确。[③] 只是罗什、真谛和玄奘所属的派系不同。罗什属大乘空宗一系，玄奘属于大乘有宗一系。真谛建立第九识，而玄奘说八识。

在选材上，玄奘的翻译顺序也受其教派思想的影响。归国后，最初五年，玄奘译出瑜伽学系的“一本十支”各论，其后十年译出《俱舍》《婆沙》和“一身六足”等毗昙，最后四年完成《般若》。显见，玄奘主要将重点放在翻译瑜伽行派及相关经著上，最后才对般若做了系统的翻译。

七、结　　论

佛经翻译处于译经梵文与中文、印度文化与中国文化、梵典与译

---

① 曹丹红《小议术语的翻译》，见《上海翻译》2006 年第 09 期，第 69 页。

② 窥基《说无垢称经疏》卷一，见《大正藏》第 38 卷第 1782 部。

③ 张建木《玄奘法师的译经事业(续一)》，见《法音》1983 年 03 期，第 8 页。

文、历史沉淀与时代背景、高僧与赞助帝王等的多维关系网络中。玄奘的翻译理论中归化和异化统一的思想，是建立在历史上“文”“质”两派译经各显出利弊从而需加折中的时刻；唐王朝兴盛发达、文化开发的大背景中；唐统治者对佛教的宽容态度因而对玄奘译经支持有加的有利环境里；初唐盛行骈体，玄奘本人亦擅长此文体的文学风尚中；他对佛教的虔诚信仰及对唯识宗的创立和传播的中国文化大背景之下。玄奘对翻译策略的娴熟把握和灵活运用为后人建立了一种典范，值得我们认真思考。

（上海旅游高等专科学校）

敬畏与自得：朱熹文艺法度观之二重维度

杨万里

在朱熹的文艺思想中，法范畴似有两义：一为合义理之古法，一为重形式之今法。以书法而言，所谓古法即唐前汉魏之法，尚不失篆籀意象；今法即魏、晋后以王羲之书为准的而衍生的笔墨之法，今法盛行后古法顿衰。朱熹对书之法的态度即“不求古法脱，不与今法缚”，其诗文之法、音乐之法莫不如此。他将文艺法度视为礼义之法，关乎主体之心性涵养与君子人格建构，所谓“下学而上达也”，对礼法的重视也就具有了矫正人心世风的功能。所以朱熹虽尚法，但主张由守法而达乎自得，追求动容周旋中礼、从心所欲不逾矩之圣贤气象。他对义理古法的敬畏与坚守，对以苏、黄为代表的尚意文艺思潮带来巨大冲击。他所提倡的自得精神乃是一种在理法基础上的融会贯通、心与理一的艺术境界。敬畏古法与自得超然，正是朱熹文艺法度观的两重核心精神维度。

一

朱熹论书主张宗法汉魏，对唐人书法表现出鄙夷姿态。他认为正是由于唐人重形式之法兴，以致合义理之古法遂废。宋人或以唐人为法，或自出己意以成一家，均造成古法的流失，因而苏、黄等主张意造、无法的尚意一派遭到朱熹激烈批判。

朱熹对书之法的重视，首先源于他对道的追求，进而是对下学而上达之修养原则的遵守。朱熹讲求格物致知，书法也被纳入格物的行列，他说：“道理都在我时，是上达。譬如写字，初习时是下学，及写得熟，一点一画都合法度，是上达。”[①]这是他引学书为例对“下学而上达”的阐释，虽其目的不在论书，却侧面反映出他的书学思想。他在《论语集注》中说：“但知下学而自然上达。此但自言其反己自修，循序渐进耳。”接着又引程颐的话说：“学者须守下学上达之语，乃学之要。盖凡下学人事，便是上达天理。然习而不察，则亦不能以上达矣。”[②]朱熹秉承二程的观点，进一步解释道：“下学者，事也；上达者，理也。理只在事中。若真能尽得下学之事，则上达之理便在此。”“下学只是事，上达便是理。下学、上达，只要于事物上见理，使邪正是非各有其辨。若非仔细省察，则所谓理者，何从而见之。”[③]认为下学乃上达之条件，下学即循序省察、格物致知的过程。他提倡在学书法的过程中仔细省察从而获得书法之道，进而达到“一点一画都合法度”的境界。

朱熹十分重视对笔法渊源的考究。他深喜钟繇的书法，对其笔法颇为通晓，故而善辨其真伪。其《题钟繇帖》曰：“是时字画犹有汉隶体，知此《墓田帖》及官本‘白骑’等字，为非钟笔亡疑也。”[④]钟繇为曹魏时人，虽开创楷体，但其书中亦留有浓厚的分隶余风，书体颇为高古。《墓田丙舍帖》后人多以其归诸钟繇名下，唯朱熹善鉴明辨，指出其伪。他颇为欣赏尤袤善于鉴别古人笔法的能力，在《跋尤延之论字法后》中说：“尤延之论古人笔法来处，如周太史奠世系，真使人无间言。”[⑤]尤袤题跋书帖之文字存世者甚少，但其《梁溪遗稿》中收有八幅对《兰亭序》之题跋，考究笔法来处颇有见识，故而俞松的《兰亭考》

---

① 黎靖德编，王星贤点校《朱子语类》，卷四十四，中华书局，1986年，第1140页，下文中同一出处，不再一一注明。

② 朱熹《四书章句集注》，中华书局，1983年，第157—158页。

③ 《朱子语类》，卷四十四，第1139—1140页。

④ 朱熹《晦庵先生朱文公文集》，卷八十二，朱杰人等主编《朱子全书》第20—25册，上海古籍出版社、安徽教育出版社，2002年，第3865页，下文中同一出处，不再一一注明。

⑤ 《晦庵先生朱文公文集》，卷八十二，第3863页。

悉皆收入。朱熹称其辨古人笔法如奠世系、辨昭穆,当不为过。

朱熹在书法上推崇汉魏而贬抑唐宋,认为书之法在唐代中叶出现了本质的变化,书家各出己意以为书,而义理之古法不复存矣。其《题西台书》曰:

> 西台书在当时为有法,要不可与唐中叶以前笔迹同日而语也。细观此帖,亦未见如延之所云也。[①]

李建中是宋初的头号书法家,因曾任过"西京留司御史台"之职,人称其为"李西台"。《宋史本传》称其:"善书札,行笔尤工,多构新体,草隶八分亦妙,人多摹习,争取以为楷法。"时人赵令穰亦云:"国初五代无能书者,唯西台一人而已。"[②]李建中的书法渊源于唐法,这也是朱熹称其为有法的原因,说明其尚存法之意识;但又不能上追汉魏古法,故而对其颇感遗憾。苏轼对西台书亦表现出既爱又恨之态度:"国初李建中,号为能书,然格韵卑浊,犹有唐末以来衰陋之气。"[③]朱熹与苏轼看似对李建中书法均有所遗憾,但朱熹惜其未能上追古法而止步于唐法,苏轼所憾乃在于西台拘谨于唐法而未能自出新意以自铸高格。古法之废自王羲之已见端倪,不过他尚处于过渡期,萧散放逸的同时又能略具古法。朱熹晚年虽称二王书为"俗书",早些时候却对其尚能略存古法而颇感欣慰,并对渊源自王羲之的"永"字八法[④]推赏有加,《朱子语类》载:"道夫问:'何谓书穷八法?'曰:'只一点一画皆有法度,人言"永"字体具八法。'"[⑤]

大体来说,无论是书法还是诗歌等任何文艺创作活动,尚法度与工夫和尚自然与天赋是两种截然不同的路径。古人之篆籀乃出于自

---

① 《晦庵先生朱文公文集》,卷八十二,第3863页。

② 马宗霍辑《书林藻鉴》,文物出版社,1984年,第118—119页。

③ 马宗霍辑《书林藻鉴》,文物出版社,1984年,第118—119页。

④ 关于永字八法之初创者史上尚有争论,流行的说法是王羲之用几年时间专心写"永"字,因其中备存文字笔画之基本结构,分别是:"侧、勒、努、趯、策、掠、啄、磔",因此写好此字也便可善写万字,此法后经智永传于虞世南而以至世人皆为流传。

⑤ 《朱子语类》,卷一百四十,第3338页。

然，看似无法却合乎造字之义理规则，使人见之便晓其制字本义；但此时书法尚停留在用的层面，未进入视觉艺术层面。自汉魏而晋，书法意识的觉醒，成就了一批书法大家，相对来说，钟繇更得古人笔法源流，二王出乎己意处更多，所以朱熹虽然喜欢二王书法但晚年鄙其为俗书，对钟繇却一直赞不绝口。正如姜夔所言："大抵右军书成而汉魏西晋之法尽废，右军固新奇可喜，而古法之废实自右军始亦可恨也。"①王书存世者较多，且有永字八法可供学习，宜为后人奉之为书法宗师加以楷模。唐人师其法而陷于规矩，一味追求平正而丧失了字之真态；宋人欲矫唐人之失，继承王书天赋一面而专意求奇，并从字之形态上做功夫而强调出于规矩，实不知如此则去古人之法愈远矣。杨简、袁燮等心学家主张复书法之古直达钟鼎篆籀，而忽略书法之艺术性；朱熹复古提倡宗法汉魏，既重义理古法又不薄其艺术价值，足见朱熹是理学家中最懂艺术之人。

苏、黄等尚意书派求出新意，以"无法"高标于世，必然遭到崇尚古法之朱熹的批判。他在《跋朱喻二公法帖》中说：

> 书学莫盛于唐，然人各以其所长自见，而汉魏之楷法遂废。入本朝来，名胜相传，亦不过以唐人为法，至于黄、米而欹倾侧媚，狂怪怒张之势极矣。近岁朱鸿胪、喻工部者出，乃能超然远览，追迹元常于千载之上，斯已奇矣。故尝集其墨刻，以为此卷，而尤以《乐毅书》、《相鹤经》为绝伦，不知鉴赏之士以为如何也。②

唐人号称善书，然在朱熹看来唐人喜欢在书法中参以己意，在独创的过程中逐渐消解了义理古法。宋人书法与宋诗处于同一境地，即好诗歌、好书法均被唐人写尽，宋人欲自出面目必然面临出于唐而变于唐的抉择。于是宋人各出己意以自求成家，如苏轼之书好为斜体，黄

---

① 姜夔《落水本兰亭序》，俞松《兰亭序考》，卢辅圣主编《中国书画全书》第 2 册，上海书画出版社，1993 年，第 623 页，下文中同一出处，不再一一注明。

② 《跋朱喻二公法帖》，《晦庵先生朱文公文集》，卷八十二，第 3868 页。

伯思讥刺道:“凡书横难纵易,方正在二者间。不悟书意者强作横书,不斜则浊,蜀中一人是已。”[①]所谓蜀中之人正是暗讽苏轼,他的字笔画粗壮,墨迹饱满,被人戏为“墨猪”。朱熹则经常从其他方面批判宋人书法,如讽刺苏轼握笔不合规矩:“子瞻单勾把笔,钱穆父见之曰:‘尚未能把笔邪?’”对黄庭坚除认为他不甚理会得字外,还指出:“字法直黑内,黄鲁直论得玄甚,然其字却且如此。”又说:“鲁直论字学,只好于印册子上看。若看碑本,恐自未能如其所言。”[②]批评苏、黄全然不懂书法常理。苏、黄亦常好醉书,不求工拙,唯求一吐胸中块垒,书法至此,篆籀意象与义理古法荡然无存。米芾之书狂怪怒张之势相比苏、黄可谓有过之而无不及,故而落得“米颠”之雅号。此三人独占宋四大家之三席,而朱熹却不吝贬抑之词。他欣赏的是朱敦儒、喻樗这些儒者之书,朱敦儒小楷《道德经》精妙醇古,喻樗则为宋代少有之篆书大家,其所书《相鹤经》亦颇得朱熹称赞。

朱熹批判苏、黄、米三家的同时,却对颇具典则的蔡襄书法标举有加。他说:“字被苏、黄胡乱写坏了。近见蔡君谟一帖,字字有法度,如端人正士,方是字。”[③]《书史会要》载:“(朱熹)善正行书,尤工大字。尝评诸家书,以谓蔡忠惠以前,皆有典刑。及至米元章、黄鲁直诸人出来,便自欹斜放纵,世态衰下,其为人亦然。”[④]蔡襄在盛世之风的熏染下自与黄、米等人不类,正如邓肃在《跋蔡君谟书》中所说:“观蔡襄之书,如读欧阳修之文,端严而不刻,温厚而不犯,太平之气郁然见于豪楮间。当时朝廷之盛,盖可想而知也。”[⑤]朱熹对蔡襄法度典型的重视,也出于对君谟书尚能回归古人之法的推崇,“‘典刑’一词正说明了汉魏六朝时代形成的各种字体形式体现了书法本源之‘理’。”[⑥]

---

① 黄伯思《东观余论》,《中国书画全书》,第1册,上海书画出版社,1993年,第863页。
② 《朱子语类》,卷一百四十,第3337页。
③ 《朱子语类》,卷一百四十,第3336页。
④ 陶宗仪《书史会要》,卷六,《中国书画全书》,第3册,上海书画出版社,1992年,第57页。
⑤ 马宗霍辑《书林藻鉴》,文物出版社,1984年,第126页。
⑥ 姚宇亮《“魏晋古法”源流析论》,浙江大学2007年博士学位论文,第279页。

二

尚古法的文艺思想亦体现在朱熹的乐论与诗论中。朱熹论音乐时亦强调古法，认为后人所制乐律破坏了古乐之法，如他在与友人吴元士的信中讨论古乐旋宫之法时说："来教谓以旋宫命之，故曰中吕之宫者，正谓此也。然详此调，以中吕为角，则已不得角声之正；以角声为宫，则又不得宫声之正。又就少宫、少商以为徵、羽，而反以正宫、正商为徵、羽之应，则其迁就虽巧，而颠倒失正亦甚矣。以此窃意或非古乐旋宫正法，但不知其自何时而变耳。然当时若且私行此调而不废本曲，则人犹得以识其是非。今乃反以所变为正宫，而本曲遂不可见，则今之所谓琴者，非复古乐之全明矣。"[①]认为今人所通行的乐调，音律变换之法已非全然渊源于古乐，虽迁就巧合以成新乐，但与古乐颠倒不合之处颇多，如此则古人制乐之义在新乐生成的过程中逐渐被遮蔽了。如同"一笔一画皆有法度"的书法观，他认为古人制乐亦因自然之理而成，非苟然也。乐律之中亦有极为严密之成法，后人当严格遵守，不可徒务奇巧。他评价沈括《梦溪笔谈》中所记调琴之法曰："沈氏所言可救流俗苟简之弊。世之言琴者，徒务布爪取声之巧，其韵胜者乃能以萧散闲远为高耳。岂复知礼乐精微之际，其为法之严密乃如此而不可苟哉。"[②]朱熹的学生蔡元定在制作《律吕新书》时多次咨询他的意见，他在答复时叮嘱其务须根源古法："所云黄钟之管，与今黄钟之声相因，因而推之，得十二律，乃是只以当时见存之律为准，如此安能得其真耶？"[③]在朱熹的帮助下，蔡元定完成了这部优秀的乐书，在为其作序时朱熹对其能守古法颇为称赞："古乐之亡久矣，然秦汉之间去周未远，其器与声犹有存者。故其道虽不行于当世，而其为法，犹未容有异论也。……吾友建阳蔡君元定季通，当

① 《答吴元士》，《晦庵先生朱文公文集》，卷六十三，第 3084 页。
② 《定律》，《晦庵先生朱文公文集》，卷六十六，第 3246 页。
③ 《答蔡季通》，《晦庵先生朱文公文集》，卷六十六，第 1991—1992 页。

此之时，乃独心好其说而力求之。旁搜远取，巨细不指，积之累年，乃若冥契。著书两卷，凡若干言。予尝得而读之，爱其明白而渊深，缜密而通畅，不为牵合傅会之谈，而横斜曲直，如珠之不出于盘。……其言虽多出于近世之所未讲，而实无一字不本于古人已试之成法。”①此足以见朱熹对音乐古法之推崇。

朱熹亦具有复古尚法的诗学思想。他推崇唐之前的古诗，认为律诗一出，诗之古法遂废。在与巩仲至的信中他说：“古今之诗，凡有三变。盖自书传所记，虞夏以来，下及魏晋，自为一等。自晋宋间颜、谢以后，下及唐初，自为一等。自沈、宋以后，定著律诗，下及今日，又为一等。然自唐初以前，其为诗者固有高下，而法犹未变。至律诗出，而后诗之与法，始皆大变，以至今日，益巧益密，而无复古人之风矣。”②这与他论书法之变颇为相通，两者之变也基本同步。古人作诗无不出于义理之自然，因而无窘迫之态；律诗一出诗之作颇有竞技工拙之心，诗之义理即被抛却脑后。他评李杜诗曰：“李太白终始学《选》诗，所以好。杜子美诗好者亦多是效《选》诗，渐放手，夔州诸诗则不然也。”③又评刘子翚《闻筝》诗：“规模意态，全是学《文选》、《乐府》诸篇，不杂近世俗体，故其气韵高古，而音节华畅，一时辈流少能及之。逮其晚岁，笔力老健，出入众作，自成一家，则已稍变此体矣。然余尝以为天下万事，皆有一定之法，学之者须循序而渐进。如学诗则且当以此等为法，庶几不失古人本分体制。”④朱熹又将“古人本分体制”名之曰“定格”、“天生成腔子”：“前辈做文字，只依定格依本份做，所以做得甚好。后来人却厌其常格，则变一般新格做。本是要好，然未好时先差异了。”⑤他所言的“定格”、“常格”，正是出于对诗文常理的推崇，且看其“腔子”论：“前辈云：‘文字自有稳当底字，只是始者

① 《律吕新书序》，《晦庵先生朱文公文集》，卷七十六，第 3668—3669 页。

② 《答巩仲至》，《晦庵先生朱文公文集》，卷六十四，第 3095 页。

③ 《朱子语类》，卷一百四十，第 3326 页。

④ 《跋病翁先生诗》，《晦庵先生朱文公文集》，卷八十四，第 3968 页。

⑤ 《朱子语类》，卷一百三十九，第 3320 页。

思之不精。'又曰：'文字自有一个天生成腔子，古人文字自贴这天生成腔子。"[1]诗文自"理"中流出，如何讲明义理才是诗文之本分体制。

朱熹对苏轼与其门人诗文创作之态度如同对其书法，均批评其信笔无法而又与道理相违。他说："东坡晚年诗固好，只文字也多是信笔胡说，全不看道理。"[2]又说："范淳夫文字纯粹，下一个字，便是合当下一个字，东坡所以伏他。东坡轻文字，不将为事。若做文字时，只是胡乱写去，如后面恰似少后添。"[3]书法一点一画皆有法度，诗文一言一句亦当有法。世人只见苏轼诗文做得好，只学其气势而全然不注意苏文之法，故而朱熹劝世人："人有才性者，不可令读东坡等文。有才性人便须取入规矩，不然荡将去。"[4]苏门学士中因多学苏轼诗文也颇受朱熹诟病，他说："张文潜诗有好底多，但颇率尔，多重用字。"[5]就连推崇苏、黄的陈与义亦"遭受连累"，朱熹批评他说："古人诗中有句，今人诗更无句，只是一直说将去。这般诗，一日作百首也得。如陈简斋诗：'乱云交翠壁，细雨湿青松'；'暖日熏杨柳，浓阴醉海棠。'他是什么句法！"[6]这"重用字"、"一直说将去"可谓熏染于苏轼之风，不看道理且不必说，连字句之法亦不复存在了。

三

朱熹虽敬畏义理古法，但又贵乎自得精神，两者共同构成了其文艺法度的两个层面。理学家向来提倡"自得"，在理学家思想中，"自得"本是学者深造治学的方法与境界，朱熹用它来说明书法从容中道的超然气象。程颢关于"自得"的解说对朱熹影响很大，他说："学不言而自得者，乃自得也。有安排布置者，皆非自得也。然必潜心积

---

① 《朱子语类》，卷一百三十九，第3322页。
② 《朱子语类》，卷一百四十，第3326页。
③ 《朱子语类》，卷一百三十九，第3313页。
④ 《朱子语类》，卷一百三十九，第3322页。
⑤ 《朱子语类》，卷一百四十，第3330页。
⑥ 《朱子语类》，卷一百四十，第3330页。

虑，优游厌饫于其间，然后可以有得；若急迫求之，则是私己而已，终不足以得之也。”[①]程颢主张通过治学问而省察于心，并且将自得与儒家最高境界“仁”的思想相结合。在程颢看来，“自得正是儒者得‘仁’后自然具有的消除了物我间隔的自由自适的愉悦精神状态。”[②]朱熹在阐释“自得”时亦颇注意对豁然贯通从容于道的强调。他在《孟子集注》中说：“言君子务于深造而必以其道者，欲其有所持循，以俟夫默识心通，自然而得之于己也。自得于己，则所以处之安固而不摇；处之安固，则所藉者深远而无尽；所藉者深，则日用之间取之至近，无所往而不值其所资之本也。”[③]可见求道须有法，即“有所持循”，而一旦得之于心，心与理通为一，则左右逢源而从容中道，“日用之间取之至近”即已然消解了心物间隔。朱熹又将“自得”境界建立在格物穷理的基础上，他说：“学者即凡天下之物，莫不因其已知之理而益穷之，以求至乎其极，至于用力之久，而一旦豁然贯通焉，则众物之表里精粗无不到，而吾心之全体大用无不明。”[④]认为欲达心与物之浑然无间须借助于格物穷理的工夫，而所谓“豁然贯通”的境界其实就是心中自得的状态，心与理一以至与万物贯通为一。当自得精神贯注于朱熹文艺思想时，便体现出一种胸中无事而从容中道的“游”之乐。他在《四斋铭》中曰：“礼云乐云，射御书数。俯仰自得，心安体舒，是之谓游。以游以居，呜呼游乎！非有得于内，孰能如此其从容而有余乎？”[⑤]可见在游艺过程中自得精神表现在两个方面：一是心有所得，不求与人异而不得不异；一是从容中道，不游离道外而又不被法度所缚。

自得精神在朱熹书学思想中即体现为不求法脱而不与法缚的法度观。能达到如此境界者，当然非执天然与工夫二者之长的王羲之

① 朱熹《四书章句集注》，中华书局，1983 年，第 292 页。
② 方红梅《“自得”说的哲学内涵及美学意义》，《孔子研究》，2012 年第 4 期。
③ 朱熹《四书章句集注》，中华书局，1983 年，第 292 页。
④ 朱熹《四书章句集注》，中华书局，1983 年，第 7 页。
⑤ 《晦庵先生朱文公文集》，卷八十五，第 3988 页。

莫属，其《跋十七帖》云：

> 官本法帖号为佳玩，然其真伪已混淆矣。如刘次庄有能书名，其所刻本亦有中分一字，半居前行之底，半处后行之颠者，极为可笑。唯此《十七帖》相传真的，当时虽已入官帖卷中，而元本故在人间，得不殽乱。此本马庄甫所摹刻也，玩其笔意，从容衍裕，而气象超然，不与法缚，不求法脱，真所谓一一从自己胸襟流出者。窃意书家者流虽知其美，而未必知其所以美也。[①]

前面提到，朱熹对右军书之态度并不是始终如一，而是褒贬参半。此问题当有两方面原因造成：一是随着年龄与思想的变化，朱熹的书法思想出现了些微变化，如青年时期以曹操、钟王为学习对象，而中年之后转而摹法颜真卿书，对苏、黄、米等人书法的态度前后亦有出入[②]；再者，朱熹书学思想如其哲学思想，极具辩证色彩，在不同的场合其欲表达和强调的重心不同，态度自然有异。朱熹虽不喜王羲之过多破坏义理古法，但相对后人来说，其"不与法缚不求法脱"的超然气象是值得称赞的。能够做到从容于法的还有朱熹甚为欣赏的喻樗，在《跋喻湍石所书〈相鹤经〉》中他指出："旧藏碧虚子《相鹤经》石本，意颇爱之。今观湍石喻公所书，法度谨严而意象萧散，知彼为法缚矣。"[③]碧虚子即为北宋道士陈景元，善小楷，凡道家典籍均得其亲校亲书，其《相鹤经》"殊得道护笔势，亦可谓有意于古者也"[④]，因此甚

---

① 《晦庵先生朱文公文集》，卷八十四，第3952页。

② 方爱龙先生论述朱子书学思想时将其分为早、中、晚三个时期，认为不同的时期其书学思想不断变化，论到朱子晚期书风时指出："朱熹对苏轼、黄庭坚、米芾三人书法的态度发生了重大变化——由前期的颇有微词转变为充分肯定——认可宋人书法中的'意趣'。因此，我们认为，这既是他对以前自己的书法观念的延续，更是他书法思想上的升华。"（《中国书法全集》，第40卷，荣宝斋出版社，2000年，第42页）此论值得商榷，朱子中年之后是对苏、黄等人诗书有过称赞，但更多是出于对其人品道德的褒扬，而他所推崇的从容于法与苏、黄等人的无法之法思想根源不同，看似"认可"，实则貌合神离，后文会有详细辨别。

③ 《晦庵先生朱文公文集》，卷八十二，第3867页。

④ 黄伯思《东观余论》，《中国书画全书》，第1册，上海书画出版社，1993年，第884页。

为书家所爱。朱熹亦尝赞其“诗句字画皆清婉可喜”[①]，但当他见到喻湍石所书《相鹤经》后，比较之下乃辨出高低，陈景元所输于喻樗的正是过于法度。《宣和书谱》论碧虚子书法云：“生平不喜作草字，惟欲正书，大抵祖述王羲之《乐毅论》、《黄庭经》，下逮欧阳询《化度寺碑》耳。”[②]可见其法度谨严自不必说，这也是朱熹之前爱其书的重要原因，但过于拘泥而不能萧散[③]，又不免为朱熹诟病。

朱熹在论自得时提到，要想“豁然贯通”，其前提必须是“用力之久”，他说：“笔力到，则字皆好。（不曰有笔力。）如胸中别样，即动容周旋中礼。”[④]此处须辨明的两个概念是“笔力到”与“有笔力”。前者更强调一种通过积累、练习而达到的游刃有余的境界，此可见潜心积虑，优游厌饫于其间的工夫；而后者则是一种书迹所反映出的劲健阳刚之气势，虽亦与后天之存养有关，但更得益于先天之气禀。而所谓的“胸中别样”，即涵养义理培养心性所至的圣贤心境。如此，则所谓的“笔力到”亦有个“熟”的过程。朱熹非常强调“熟”在学问修养中的作用，他说：“而今便未得悠游和缓，须是苦心竭力下工夫方得。那个优游和缓，须是做得八分九分成了，方使得优游和缓。而今便说悠游和缓，只是泛泛而已矣。这个做工夫，须是放大火中锻炼，锻教他通红，溶成汁，泻成铤，方得。今只是略略火面上熠得透，全然生硬，不属自家使在，济得甚事！须是纵横舒卷皆由自家使得，方好搦成团，捺成扁，放得去，收得来，方可。”[⑤]欲达到书法自由的境界须有个锻炼的工夫作积淀，当然又非局限于技巧上的由生而熟，而是上升到心性涵养层面。朱熹认为通过技进于道，再由道来驾驭技，方可从容于法。

朱熹追求从容衎裕而又动容周旋中礼的书法境界，其终极乃是

① 《跋道士陈景元诗》，《晦庵先生朱文公文集》，卷八十三，第 3934 页。

② 《宣和书谱》，《中国书画全书》，第 2 册，上海书画出版社，1993 年，第 22 页。

③ 萧散澹然之风神亦是朱熹中和文艺美学的主要范式之一，请参拙文《朱子文艺的萧散澹然之美》，《南通大学学报》（社会科学版），2014 年第 1 期。

④ 《朱子语类》，卷一百四十，第 3337 页。

⑤ 《朱子语类》，卷一百二十一，第 2920 页。

出于对圣贤气象的追摹。其《跋邵康节检束二大字》曰："康节先生自言大笔快意，而其书迹谨严如此，岂所谓从心所欲而自不踰矩者耶？"[①]孔子说自己七十从心所欲而不逾矩，已经达到出于心而必合于理的精神境界，此时个人意志与道德准则已贯通如一，达到人心即为道心的地步，这是一种仁的最高境界。邵雍喜作大字，其《大笔吟》诗曰："诗成大字书，意快有谁如。巨浪银山立，风樯百尺馀。"又自评其书曰："足蹑天根，手探月窟。所得之怀，尽赋于笔。意远情融，气和神逸。酒放微醺，绡铺半匹。如风之卒，如云之勃。如电之欻，如雨之密。或住或还，或没或出。"[②]可见他的字给人以骏马奔腾龙蛇跃动之感，看似无法可拘，且并不敬谨于书。但这些只是一种假象而已，邵雍虽自言大笔快意，其实正是其不求字好的表现。而就其所书"检束"二大字之义来说，已经表明自己严谨持敬的内心态度，"检束"二字下注曰："检谓检其行止，束谓束其情性。"检束行止情性之语在魏了翁看来应为邵雍中年之语："然则兹二大字与束其情性之语，未必晚年安且成之时也。"[③]魏了翁指出邵雍晚年时已经可以从心所欲而不逾矩了，因此无谓写此二字。不过他又说："先生妙极道数，从容于义理之会。虽形诸余事，无问精粗，莫非实理。"[④]与朱熹所论可谓同出一辙，又可见道学家文艺观之共同旨趣。从容衎裕的圣贤气象可谓朱熹一生的追求，他在《书画像自警》中曰："从容乎礼法之场，沉潜乎仁义之府，是予盖将有意焉而力莫能与也。佩先师之格言，奉前烈之余矩，惟黯然而日修，或庶几乎斯语。"[⑤]由此可见，朱熹不求法脱不与法缚的文艺法度观其根源即在追摹圣贤气象的内心情结。

朱熹评他人书法提倡从心所欲而不逾矩，他自己所书亦是如此。后人对其书迹的评语亦多提到这一点，如其弟子黄干在《朱子行状》

① 《晦庵先生朱文公文集》，卷八十三，第 3932 页。

② 《邵雍集》，中华书局，2010 年，第 361、415 页。

③ 魏了翁《鹤山题跋》，《中国书画全书》，第 1 册，上海书画出版社，1993 年，第 920 页。

④ 马宗霍辑《书林藻鉴》，文物出版社，1984 年，第 124 页。

⑤ 《晦庵先生朱文公文集》，卷八十五，第 4005 页。

中说："文词字画，骚人才士，疲精竭神，常病其难。至先生未尝用意，而亦皆动中规绳，可为世法。"[①]从黄干的言辞中可以看出，朱熹文艺创作与骚人才士之区别，后者多刻意求好，以致将精力耗于形而下之创作客体，拘于笔墨、字句之法而出现为法所缚之状；而朱熹却在自身修养上下功夫，通过形而下之锻炼进入形而上之道，一旦浑然贯通则随心而欲又莫不合乎典则。明人王鏊亦云："晦翁书笔势迅疾，曾无意于求工也。而寻其点画波磔，无一不合书家矩矱，岂亦所谓动容周旋中礼者耶?"这不正是朱熹所追求的"从容于礼法之场"的外在表现吗?而王鏊同时指出从容于法的书法境界乃是南渡理学家的共同追求，他接着说："真西山书似草草作，谛观之乃非草草者。虽不全用晋人笔法，而亦不出于法之外，岂胸次高故落笔便自不同邪？然南渡诸公如魏鹤山、李心传兄弟书亦往往相似，岂亦习尚然邪？盖苏、黄笔法至是又一变。"[②]不仅指出理学家因胸次高明故而达到不脱于法又不为法缚的境界，且已然认识到理学家与苏、黄等文艺之士笔法的不同。

此处尚须一辨，就是朱熹追求无意求工而点画亦皆有法度之境，而苏、黄亦主张以无法为有法，二者在表象上何曾相似。在此可通过苏轼与朱熹共同推崇的吴道子画作为媒介，来深入考察二者在文艺法度上的外在趋同性。朱熹《跋吴道子画》曰：

> 顷年见张敬夫家藏吴画《昊天观》壁草卷，……吴笔之妙，冠绝古今，盖所谓不思不勉，而从容中道者，兹其所以为画圣与。[③]

朱熹先是对吴画之用笔设色及来源出处作了一番评述，点睛之笔在最后指出道子之所以为画圣的高超境界所在。朱熹所言道子从容中道其中亦有对道子画合于法度的称赞，张彦远《历代名画记》指出："吴宜为画圣。神假天造，英灵不穷。众皆密于盼际，我则离披其点

① 黄干《朱子行状》，《勉斋先生黄文肃公文集》，卷三十四，元刻延佑二年重修本。

② 王鏊《震泽别集》，倪涛《六艺之一录》，卷二百八十六，文渊阁《四库全书》第836册，台湾商务印书馆，1986年，第219页。

③ 《晦庵先生朱文公文集》，卷八十四，第3954—3955页。

画；众皆谨于象似，我则脱落其凡俗。弯弧挺刃，植柱构梁，不假界笔直尺。虬须云宾，数尺飞动，毛根出肉，力健有余。当有口诀，人莫得知。数仞之画，或自臂起，或从足先。”看似无法可寻，实则法度具备：“唯观吴道玄之迹，可谓六法俱全，万象必尽，神人假手，穷极造化也。”[①]可见道子之画非不从法中来，乃从容于法之道而示人以无法之象也。

苏轼对道子画技之称扬与朱熹颇为相似，他在《书吴道子画后》中曰：

> 故诗至于杜子美，文至于韩退之，书至于颜鲁公，画至于吴道子，而古今之变，天下之能事毕矣。道子画人物，如以灯取影，逆来顺往，旁见侧出，横斜平直，各相乘除，得自然之数，不差毫末，出新意于法度之中，寄妙理于豪放之外，所谓游刃余地，运斤成风，盖古今一人而已。[②]

苏轼认为吴道子可谓画技之圣者，既能于法度之中出新意，又可于豪放之外寓妙理。有法而无法，又重理趣，看似与朱熹之论不差毫末，实则内里差异千秋。首先苏轼所推崇的“妙理”，更多是自然规律之意，与理学家所言性理不在一个层面。他虽也推崇技进于道的境界，又如在《跋王巩所收藏真书》中称赞怀素书曰：“信乎其书之工也。然其为人傥荡，本不求工，所以能工此，如没人之操舟，无意于济否，是以覆却万变，而举止自若，其近于有道者耶？”[③]从“运斤成风”、“操舟若神”的典故来看，他所讲的道乃是庄子之道，更接近自然规律之意。这与朱熹以儒家之道游于艺的境界显然有别。苏轼自称其书“意造本无法”、“无意于佳乃佳”等，也提倡不为成法所缚而能自出新意，但他的“无法”更多出于个人私意，以己意运笔以求心手相应，与朱熹“自胸襟流出”之论不可同日而语。苏轼所说的“无意”更多是一种“身与竹

---

① 张彦远《历代名画记》，《中国书画全书》，第1册，上海书画出版社，1993年，第126、124页。

② 孔凡礼点校《苏轼文集》，中华书局，1986年，第2210—2211页。

③ 孔凡礼点校《苏轼文集》，中华书局，1986年，第2177页。

化”、“虚静忘我”，或是“静故了群动，空故纳万境”、无我无欲坐禅息心的状态。正如王镇远先生所言：“东坡论艺最重神气而不求形似，论书强调创作者的心态与艺术精神，不断断于规矩法式，都表现了道家与禅家思想的影响。”[①]而朱熹为理学宗师，且其论画圣“不思不勉而从容中道”的话直接出自儒家经典《中庸》对“圣”的阐释：“诚者不勉而中，不思而得，从容中道，圣人也。”[②]可见苏轼从容于法的思想根源是庄禅精神，而朱熹从容于法乃是出于儒学精神，末同而根异耳。

四

自得精神同样体现在朱熹的诗乐理论中。朱熹推崇诗文须有法，但也主张应从容于法。如他虽称赞陈师道诗文的法度，但同时又对其拘泥于法而无从自得表示不满：“‘《史记》不可学，学不成，却颠了，不如且理会法度文字。’问：‘后山学《史记》。’曰：‘后山文字极法度，几于太法度了。然做许多碎句子，是学《史记》。’”[③]后山虽一心学习《史记》文法，但不能自得于心，故而近于“太法度了”。朱熹认为王羲之、吴道子之所以为书圣、画圣，乃是因其从容衍裕而气象近道，那么他心目中的诗圣是谁呢？朱熹并不以杜甫为诗圣，从他对杜之夔州诗的不满态度即可见出。他最推崇的诗人是李白，因“李太白诗非无法度，乃从容于法度之中，盖圣于诗者也。”[④]他在《答林峦书》中说：“学之道非汲汲乎辞也，必其心有以自得之，则其见乎辞者非得已也。是以古之立言者其辞粹然，不期以异于世俗，而后之读之者知其卓然非世俗之士也。今足下之词富矣，其主意立说高矣，然类多采摭先儒数家之说以就之耳。足下之所以自得者何如哉？”[⑤]再如在《答巩仲至》中他亦抒发了对巩丰能有所自得的赞扬：“说诗之缪，甚愧率尔，

---

① 王镇远《中国书法理论史》，上海古籍出版社，2009年，第149页。

② 朱熹《四书章句集注》，中华书局，1983年，第31页。

③ 《朱子语类》，卷一百三十九，第3321页。

④ 《朱子语类》，卷一百四十，第3326页。

⑤ 《晦庵先生朱文公文集》，卷三十九，第1726页。

然后来细读前后所示诸篇，始能深味隽永之趣，盖已自成一家之言矣。”[1]他自己的诗歌也是从容于法、气象超然的代表，钱穆早已指出：“北宋如邵康节，明代如陈白沙，皆好诗，然皆不脱理学气。阳明亦能诗，而才情奔放，亦朱子所谓今人之诗也。惟朱子诗渊源《选》学，雅澹和平，从容中道，不失驰驱。”[2]

从容于法自得于己的诗文，必然体现出超然洒脱的气象。在朱熹看来，古圣贤之文均非用意为之而又莫不自在有法。他说：“圣贤说出来底言语，自有语脉，安顿得各有所在，岂似后人胡乱说了。”[3]他极为推崇古诗之章法：“看《诗》，义理外更好看他文章。且如《谷风》，他只是如此说出来，然而叙得事曲折先后，皆有次序。而今人费尽气力去做后，尚做得不好。”[4]在《读唐志》中他指出：“夫古之圣贤，其文可谓盛矣，然初岂有意学为如是之文哉？有是实于中，则必有是文于外。如天有是气则必有日月星辰之光耀，地有是形则必有山川草木之行列。圣贤之心。既有是精明纯粹之实以旁薄充塞乎其内，则其著见于外者，亦必自然条理分明，光辉发越。”[5]此论显然旨归于儒家有德者必有言的传统。基于此，朱熹在为王十朋文集作序时亦着意称赞其内心道义充养深厚，故发而为文自然洒脱而无不中道：“论事取极己意，然其规模宏阔，骨骼开张，出入变化，俊伟神速，世之尽力于文字者，往往反不能及。其他片言半简，虽或出于脱口肆笔之余，亦无不以仁义忠孝为归，而皆出于肺腑之诚。然非有所勉强慕效而为之也，盖其所禀于天者，纯乎阳德刚明之气，是以其心光明正大，疏畅洞达，无有隐蔽，而见于事业文章者一皆如此。”[6]朱熹对陆游诗歌、书法均推崇备至，也因其不用意于文而能得超然之气象：“放翁之诗，

---

① 《晦庵先生朱文公文集》，卷六十四，第3097页。
② 钱穆《朱子新学案》，第5册，九州出版社，2011年，第185页。
③ 《朱子语类》，卷十一，第194页。
④ 《朱子语类》，卷八十，第2083页。
⑤ 《晦庵先生朱文公文集》，卷七十，第3374页。
⑥ 《王梅溪文集序》，《晦庵先生朱文公文集》，卷七十五，第3642页。

读之爽然。近代唯见此人为有诗人风致。如此篇者，初不见其着意用力处，而语意超然，自是不凡，令人三叹不能自已。”[①]黄庭坚提倡诗中有眼、句中有法，极为讲究诗歌创作的形式技巧，故而成为朱熹着意批评的对象：“蜚卿问山谷诗，曰：‘精绝。知他是用多少工夫。今人卒乍如何及得！可谓巧好无余，自成一家矣。但只是古诗较自在，山谷则刻意为之。’又曰：‘山谷诗忒好了。’”[②]这与他批评陈师道“太法度了”可谓出于同一考虑。朱熹认为“太法度”的诗文令人读之有滞涩之感，观之有艰深严苦之状，这与“自胸中流出，更无些窒碍”的古圣贤之文乃是背道而驰，他说：“古人文章，大率只是平说而意自长。后人文章务意多而酸涩。”[③]在《孙稽仲文集序》中也指出：“今得此编而读之，则其律令之严，关键之密，又若未能无意于文者。然其不为空言，而必求有以发于物色事情之实，则犹《兵要》也。‘意翻空而易奇，文征实而难工’，昔之用力于文者，盖已病之。是以《谷桥》之篇，骤而读之，初若艰深严苦，而不谐于俚耳；至其合处，则又从容闲暇，流畅发越，若律吕之相和，雌雄之相应。此其用力之浅深，世当有能识之者，不待予言而后信也。”[④]

前面提到，朱熹乐论中亦有重法的思想，但在他看来礼法只是通向心中和乐的必经阶段而已，真正的乐必是从容礼法之中的自由和乐。如他在答廖德明的信中说：“礼、乐固必相须，然所谓乐者，亦不过谓胸中无事而自和乐耳，非是着意放开一路而欲其和乐也。然欲胸中无事，非敬不能。故程子曰‘敬则自然和乐’，而周子亦以为‘礼先而乐后’，此可见也。‘既得后须放开，不然却只是守者’，此言既自得之后，则自然心与理会，不为礼法所拘而自中节也。若未能如此，则是未有所自得，才方是守礼法之人尔。”[⑤]所谓“动容周旋中礼”的圣

---

① 《答徐载叔赓》，《晦庵先生朱文公文集》，卷五十六，第 2649 页。

② 《朱子语类》，卷一百四十，第 3329 页。

③ 《朱子语类》，卷一百三十九，第 3299 页。

④ 《孙稽仲文集序》，《晦庵先生朱文公文集》，卷七十六，第 3679—3680 页。

⑤ 《答廖子晦》，《晦庵先生朱文公文集》，卷四十五，第 2078 页。

贤气象，其内心应是自然和乐的状态。在诗书画中追求从容于法，无非是追求一种内心自得之后的和乐心境。文艺之法如礼法，动容周旋必须中礼，这就是朱熹推崇法度的思想根源。然而仅拘泥于礼法之中而全无自得和乐之状也不是朱熹提倡的，他所推崇的最高境界是通过“守”礼法而达到心与理一的自得，从而进入一种“放”的心境，如此方是胸中无事自和乐的圣贤境界。而“守”礼法的过程自是一个涵养心性的过程，因此需要“荡涤邪秽，斟酌饱满，动荡血脉，流通精神，养其中和之德，而救其气质之偏”①，用力之久自当进入从容中和之境。所以朱熹提倡复古乐，其根本目的并非是断断于古乐律法，而是想恢复古乐宽和为本的特质。所以在《答廖子晦书》中他又说：“圣人说政以宽为本，而今反欲其严，正如古乐以和为主，而周子反欲其淡。盖今之所谓宽者，乃纵弛；所谓和者，乃哇淫，非古之所谓宽与和者，故必以是矫之，乃得其平耳。”②

“和”乃朱熹的终极美学追求，从容中道而心与理一才是其文艺法度的最高境界。正如潘立勇先生所说：“朱熹理学的根本目的就在于消融殊相与共相的矛盾，或者说气与理的矛盾。两者‘一旦豁然贯通’，则共相即在殊相上体现，殊相（人心、人情、人欲）自合于共相（天理、天性），所然自合于所以然，感性就不感到理性的对立，情感就不感到伦理的压迫，这样‘自然心与理会，不为礼法所拘而自中节’，自然‘心平气和，冲融畅适，与物无际，其观于一世事物之变，盖无往非吾乐也’，以至达到‘天人合一’的境界。”③总之，朱熹推崇的是“不求法脱、不为法缚”的文艺法度观，敬畏义理古法旨归于道，提倡自得亦是旨归于道。

（山西大学文学院）

① 《晦庵先生朱文公文集》，卷六十五，第3172页。

② 《晦庵先生朱文公文集》，卷四十五，第2100页。

③ 潘立勇《朱子理学美学》，东方出版社，1999年，第480页。

试论朱熹文道观的矛盾与统一*

唐　玲

关于朱熹文学思想中的“文”、“道”关系，前人多有论述，其中不乏大家，然至今尚难盖棺定论。总体而言，学界对朱熹文道观的认识经历了从“重道轻文”到“道文并重”的转变过程。在上世纪八十年代出版的数种文学批评史专著中，郭绍虞、罗根泽、朱东润、刘大杰、侯敏泽诸先生从朱熹的哲学主张和理学倾向出发，认为他持“文从道出”观点，从而否认了文学的独立地位①。持类似观点者还有束景南，他认为朱熹重道轻文、重经术轻辞章；因感到作文害道，终于放弃了原来想当诗人和文章家的念头②。随着对朱熹综合研究的深入，越来越多的学者对作者抱有同情的理解，将其理论观点和创作实践结合起来分析，得出更为客观合理的结论。如莫砺锋认为，由于朱熹身兼理学家和文学家的双重身份，故时而重道轻文，时而道文并重，这在他的文学批评中注定会出现一系列的矛盾③。

对于莫文中所言朱熹文学思想中出现的“矛盾”，笔者亦深以为然。在此，我们不想重拾前人余唾，赘述朱熹的文道观究竟如何，而想对其文论所倡之“文从道出”和创作实践所循之“道文并重”之间的

* 本文系国家社科基金重大项目“朱子学”文献整理与研究（11&ZD087）阶段性成果之一。

① 马兴祥《20世纪朱熹文学研究述评》，《新疆大学学报》，2002(4)。

② 参见束景南《朱子大传》，福建教育出版社，1992年，第172页。

③ 莫砺锋《朱熹的文学观》，《文艺理论研究》，1988(5)。

“矛盾”,作进一步的探讨。

一、调和“文”、“道”,统于一体

理学家们对文道关系的认识,基本上是扬道抑文,他们将“道”视为一切事物的本源,而把“文”或看成道的附庸,或看成道的对立面,是难以调和的两端。作为理学的集大成者,朱熹虽远绍周敦颐、程颐诸人的遗绪,但比起二人“文以载道”、“文以害道”的轻文观点,他提出的“文从道出”、“道本文末”理论,似是有意将文、道统一于一体之内,无形中淡化了文、道之间的对立冲突。对此,他有两段著名的论述:

(陈)才卿问:“韩文李汉序头一句甚好?”曰:“公道好,某看来有病。”陈曰:“‘文者,贯道之器。’凡如六经是文,其中所道皆是这道理,如何有病?”曰:“不然。这文皆是从道中流出,岂有文反能贯道之理?文是文,道是道,文只如吃饭时下饭耳。若以文贯道,却是把本为末,以末为本,可乎?其后作文者皆如此。[①]

道者文之根本,文者道之枝叶。惟其根本乎道,所以发之于文,皆道也。三代圣贤文章皆从此心写出,文便是道。今东坡之言曰:“吾所谓文,必与道俱。”则是文自文而道自道,待作文时,旋去讨个道来入放里面,此是它大病处。只是它每常文字华妙,包笼将去,到此不觉漏逗,说出他本根病痛所以然处。缘他都是因作文,却渐渐说上道理来;不是先理会得道理了,方作文,所以大本都差。[②]

站在理学家的立场,朱熹本能地对一代文宗韩愈、苏轼进行了驳斥,对其“文者,贯道之器”、“文与道俱”之类将文、道分而为二的观点嗤之以鼻,进而宣扬自己“文从道出”、“道本文末”的思想。应该说,这

① 黎靖德《朱子语类》卷一三九,朱杰人等主编《朱子全书》,上海古籍出版社、安徽教育出版社,2002 年,第 4298 页。以下同一出处,不再一一注明。

② 黎靖德《朱子语类》,卷一三九,第 4314 页。

是他的一个创见，既然文道一体，那么谈文便是谈道，论道亦是衡文。与文学家们不同的是，文学之士衡文是以艺术审美为先，而朱熹论文则是以明理晓畅为好。[①] 他说："文章到欧曾苏，道理到二程，方是畅。"[②]可见，他并非一味地"板起面孔说话"，而能一针见血地指出欧阳修、曾巩、苏轼三人在古文上的成就与程颢、程颐在理学上的造诣旗鼓相当。这样的评论方式，恰与严沧浪"以禅喻诗"的精髓一致，都是将诗文引入到自己熟悉的天地中来体会琢磨，从而完成文道一体的内在转换。

虽然在总体成就上，朱熹认同韩、柳、欧、苏等人的文学地位，但在评论个人文风作品时，他总放不下"道学家"的身份，时刻不忘以理学的涵养工夫来指责古文家们有着这样那样的毛病[③]，所以在与弟子论文时常会出现看似矛盾的评价。例如他青少年时期最服膺的便是曾巩，曾说："熹未冠而读南丰先生之文，爱其辞严而理正，居常诵习，以为人之为言，必当如此，乃为非苟作者。"[④]他在另一篇《跋曾南丰帖》中亦言："余年二十许时，便喜读南丰先生之文而窃效之。"[⑤]但成为理学大师之后，评判曾文的标准也随之改变了：

> 问："南丰文如何？"曰："南丰文却近质。他初亦只是学为文，却因学文，渐见些子道理，故文字依傍道理做，不为空言。只是关键紧要处也说得宽缓不分明，缘他见处不彻，本无根本工夫，所以如此。但比之东坡则较质而近理，东坡则

---

① 按：朱熹评文云："今人学文者，何曾作得一篇！枉费了许多力气。大意主乎学文以明理，则自然发为好文章，诗亦然。"（《朱子语类》，卷一三九，《论文》）

② 黎靖德《朱子语类》，卷一三九，第 4302 页。

③ 按：朱熹评韩愈、柳宗元"皆只是要作好文章令人称赏而已，究竟何预己事，却用了许多岁月，费了许多精神，甚可惜也"（《晦庵先生朱文公文集》卷七四《沧州精舍谕学者》）；评苏轼云："苏氏文章伟丽，近世无匹，若欲作文，自不妨模仿。但其词意矜豪谲诡，亦有非知道君子所欲闻。是以平时每读之，虽未尝不喜，然既喜，未尝不厌，往往不能终帙而罢。非故欲绝之也，理势自然，盖不可晓。"（《文集》，卷四一，《答程允夫》）

④ 朱熹《晦庵先生朱文公文集》，卷八三，第 3918 页。

⑤ 朱熹《晦庵先生朱文公文集》，卷八四，第 3965 页。

华艳处多。”[①]

对少年时代学文模仿的对象，此时却认为他虽懂“些子道理”，却少了“根本工夫”。至于“华艳处多”的东坡，则更为不取。

比起曾巩来，朱熹对欧阳修诗文的称许与敬仰似乎更多，束景南先生便认为朱熹推崇唐宋八大家，以欧阳修古文为最上。[②] 但他欣赏的只是符合理学家审美标准的文字：

> 欧公文字敷腴温润，曾南丰文字又更峻洁，虽议论有浅近处，然却平正好。到得东坡，便伤于巧，议论有不正当处。后来到中原，见欧公诸人了，文字方稍平。[③]

> 欧公文字锋刃利，文字好，议论亦好。尝有诗云：“玉颜自古为身累。肉食何人为国谋。”以诗言之，是第一等好诗；以议论言之，是第一等议论。[④]

在朱熹眼中，议论的浅近精深、正当与否是评判诗文的准绳，若立论不正，与道乖违，则其文无甚可观。进一步讲，作诗也不是为了吟风弄月、哀感顽艳，而当有为而作，要蕴含有助于“道”的议论在其中，如此方可谓第一等的好议论兼好诗歌。所以他严厉批评元祐诸人无补于“道”的唱和之诗，说：“近世诸公作诗费工夫，要何用！元祐时有无限事合理会，诸公却尽日唱和而已。今言诗不必作，且道恐分了为学工夫，然到极处，当自知作诗果无益。”[⑤]

既然欧文的议论较曾文更深、苏文更正，似不应被挑剔了吧。实则不然，“正中尚有正中手”，朱熹心目中还有文章“更好”的人：

> 老苏父子自史中《战国策》得之，故皆自小处起议论，欧公喜之……范文正公好处，欧不及。[⑥]

---

① 黎靖德《朱子语类》，卷一三九，第 4308 页。

② 束景南《朱子大传》，福建教育出版社，1992 年，第 86 页。

③ 黎靖德《朱子语类》，卷一三九，第 4302 页。

④ 黎靖德《朱子语类》，卷一三九，第 4301 页。

⑤ 黎靖德《朱子语类》，卷一四〇，第 4332 页。

⑥ 黎靖德《朱子语类》，卷一三九，第 4300 页。

欧阳修喜好苏氏父子“自小处起议论”之文，胸中格局自不会高，始终达不到“天地间第一流人物”范仲淹的“好处”。对此，李士金先生分析得最好：“（朱熹）突然心头一动，在一个根本的问题上对欧公表示了不满，对范仲淹‘先天下之忧而忧，后天下之乐而乐’的精神境界充满了向往，此时经常用的‘欧公’字眼也变成了‘欧’。此种心态很细微。”[①]也就是说，当朱熹将欧、范二人进行比较的时候，不自觉地超出了单纯衡文的范畴，而转向评判道德性理等非文学因素上来。

一旦确立了衡文标准，“文”、“道”之间看似不可调和的矛盾就顺理成章地淡化了。那么，调和“文”、“道”之人为何要等到朱熹呢？那是因为，二程骨子里对文的厌恶[②]，注定了这项事业不会由他们来完成。而朱熹则不同，他自幼爱好作诗，和诗文之间并无不可解的宿怨，甚至为理学家辩解说：“诗之作，本非有不善也，而吾人所以深惩而痛绝之者，惧其流而生患也。”[③]所谓“流而生患”，应当是指一旦醉心于辞章之学，便会妨碍潜心向学之志。换句话说，朱熹担心的不是“文以害道”，而是“文以害学”，以及由此误入“文本道末”的歧途。他说：

> 人到五十岁，不是理会文章时节。前面事多，日子少了。若后生时，每日便偷一两时闲，做这般工夫。若晚年，如何有工夫及此？[④]
>
> 又云：“某四十以前尚要学人做文章，后来亦不暇及此矣。然而后来做底文字，便只是二十岁左右做底文字。”[⑤]

---

① 李士金《朱熹文学思想研究》，人民文学出版社，2013 年，第 137 页。

② 按：《二程遗书》，卷一八：“或问：‘诗可学否？’曰：‘既学时，须是用功方合诗人格。既用功，甚妨事。古人诗云“吟成五个字，用破一生心”，又谓“可惜一生心，用在五字上”。此言甚当。’先生尝说：‘王子真会寄药来，某无以答他。某素不作诗，亦非是禁止不作，但不欲为此闲言语。且如今言，能诗无如杜甫，如云“穿花蛱蝶深深见，点水蜻蜓款款飞”，如此闲言语，道出做甚！某所以不尝作诗。’”（《二程遗书》，上海古籍出版社，2000 年，第 291 页。）

③ 朱熹《晦庵先生朱文公文集》，卷七七，《南岳游山后记》，第 3705 页。

④ 黎靖德《朱子语类》，卷一三九，第 4293 页。

⑤ 黎靖德《朱子语类》，卷一三九，第 4294 页。

朱熹的“弃文从道”，是他所作的人生选择。在青年时代，尚有闲暇余力来磨砺诗文，一旦寻到安身立命之道，自然“不暇及此”，而将后半生“工夫”全用在修习道学上，对文章只能吃年轻时积累的老本了，如此方不会喧宾夺主。可以说，正是在思想转变的过程中，朱熹开创了一条融文入道的曲折道路，既承认道的根本性，又不否认文的枝叶性，最终将二者有机地合为一体。

二、“道”、“文”并重、身体力行

朱熹虽然口口声声“道本文末”、“文从道出”，但这只是身为理学大师的他对文道关系作出的最为自洽的阐释，使文、道能在更大程度上兼容并蓄。《论语》有云：“听其言而观其行。”实际上，朱熹对文学一度抱有浓烈的兴趣，并且在自身的创作实践中，为后人呈现出一个天赋极高的文学家形象。如果说“道本文末”是他的理论口号的话，那么“道文并重”才是他的创作真实。

我们认为，幼学熏陶和天资爱好决定了朱熹与生俱来的文学气质。史称其“少喜作诗”①，想必是受父亲朱松、老师刘子翚的影响。朱松虽是程门后学，长期从龟山先生杨时门人游，但同时也是南宋初小有名气的诗人。明李濂《读韦斋集》云：“韦斋朱松乔年，宋建炎、绍兴间诗人也，有盛名于时。年二十七八始从龟山杨氏门人，闻二程子绪论，为《大学》、《中庸》之学，久之有得，而发于诗文者，益精采鬯達，卓然名家。”②而刘子翚更是享誉后世的诗人，他的诗作明豪爽朗，钱钟书先生评价说：“他是诗人里的一位道学家，并非只在道学家里充个诗人。他沾染‘讲义语录’的习气最少，就是讲心理学伦理学的时候，也能够用鲜明的比喻，使抽象的东西有了形象。”③正是由于父、师二人皆有诗人兼道学家的身份，朱熹从小便耳濡目染，由此所产生的

---

① 岳珂《桯史》，卷一三，《晦庵感兴诗》，四部丛刊本。

② 李濂《嵩渚文集》，卷七一，《读韦斋集》，明嘉靖刻本。

③ 钱钟书《宋诗选注》，人民文学出版社，1979 年，第 170 页。

"道文并重"的创作倾向便不难理解了。

唐代史评家刘知几云:"史才须有三长,世无其人,故史才少也。三长:谓才也,学也,识也。"[①]虽是针对史才而发,移之于文学亦未尝不可。而朱熹在文学方面正有着其他道学家望尘莫及的才能、学养和识见。

首先,朱熹生前创作了千余首诗,其中不少作品脍炙人口,并无道学气,这便是富于文学才能的明证。青年时代的他,的确在诗歌上下过苦功,曾被胡铨以"诗人"身份论荐于朝。尽管对他来说,诗人的身份似是一种讽刺,他也一度为此不快,发誓以后不再作诗,但爱好诗文的天性还是战胜了道学家的理智[②]。正如《宋诗选注》所说的那样:"假如一位道学家的诗集里,'讲义语录'的比例还不大,肯容许些'闲言语',他就算得道学家中间的大诗人,例如朱熹。"[③]他的诗作少理障而多理趣,陈衍评价说:"晦翁登山临水,处处有诗,盖道学中之最活泼者。"[④]

朱熹之文也称得上是才气纵横,其逻辑性之强,非同时人可比,实为南宋文章一大作手。这恐怕与他学习效仿《史记》、《战国策》、韩柳、欧曾诸家古文有关。再加上说理本是理学家优为之的本领,寓"理"于"文",就更加游刃有馀了。清人李光地《榕村语录》评价他说:"朱子文字,何尝能到马、班、韩、柳,但理足,便觉得任他才学笔力驰骋藻耀,都压他不下。"又说:"一句有一句事理。即迭下数语,皆有迭下数语着落,一字不肯落空。"[⑤]

其次,朱熹具有极高的文学素养,其著《诗集传》、《楚辞补注》绝

---

① 刘昫《旧唐书》,卷一〇二,《刘子玄传》,中华书局,1975 年,第 3173 页。

② 罗大经《鹤林玉露》,甲编,卷六,《朱文公论诗》,中华书局,2012 年,第 112 页。

③ 钱钟书《宋诗选注》,人民文学出版社,1979 年,第 170 页。

④ 陈衍《宋诗精华录》,卷三,上海古籍出版社,2007 年,第 131 页。

⑤ 李光地《榕村语录》,卷二九,文渊阁四库全书本。按:此处参考引用刘寂潮永翔师《〈晦庵先生朱文公文集〉理董序》观点,《蓬山舟影》,汉语大字典出版社,2004 年,第 465—467 页。

对是《诗经》、《楚辞》研究史上里程碑式的著作。而《韩文考异》则体现出他对“韩文公”的尊崇，通过编校考订韩愈文集，向世人展示了精于“义理”之人独特的“考据”之功。

郑振铎先生指出：“朱熹最重要的见解，则在把《诗经》和《楚辞》两部伟大的古代名著，从汉、唐诸儒的谬解中解放出来，恢复其本来面目，承认其为伟大的文学作品。”①其语诚然。《诗集传》的成功正在于打破了汉唐诸儒解经的思维局限，摒弃了他们冗赘的笺注方式，而且在强调《诗经》文学性的同时，还赋予了其理学视域中的“义理”。朱熹谈自己解《诗》时的体会说：

> 某向作《诗》解文字，初用《小序》，至解不行处，亦曲为之说。后来觉得不安。第二次解者，虽存《小序》，间为辨破，然终是不见诗人本意。后来方知，只尽去《小序》，便自可通。于是尽涤旧说，《诗》意方活。
>
> 学者当“兴于《诗》”，须先去了《小序》，只将本文熟读玩味，仍不可先看诸家注解。看得久之，自然认得此诗是说个甚事。谓如拾得个无题目诗，说此花既白又香，是盛寒开，必是梅花诗也。②

朱熹凭借自己的文学素养，结合义理之学，打开了《诗经》研究的新局面。正如钱穆所说：“朱子以文学方法读《诗》，解脱了经学束缚，而回归到理学家之义理。”又说：“朱子《诗集传》之所以卓出千古，尽翻前人窠臼，无复遗恨者，盖以其得力于文学修养方面为大。然《诗》中究非天理，尽舍训诂考据，亦固不足以说《诗》。而仅务于诗文辞章之末，纵能自咏诗篇，亦不能胜说《诗》之任而愉快也。”③

同样地，朱熹作《楚辞集注》也是他“道文并重”的表现。他指出王逸《章句》、洪兴祖《补注》虽已详训诂名物之注，但却短于大义阐

---

① 郑振铎《插图本中国文学史》，人民文学出版社，1957 年，第 611 页。

② 黎靖德《朱子语类》，卷八〇，第 2758—2759 页。

③ 钱穆《朱子新学案》，第四册，九州出版社，2011 年，第 61、76 页。

发。《集注序》云：

顾王书之所取舍，与其题号离合之间，多可议者，而洪皆不能有所是正。至其大义，则又皆未尝沈潜反复、嗟叹咏歌，以寻其文词指意之所出，而遽欲取喻立说，旁引曲证，以强附于其事之已然，是以或以迂滞而远于性情，或以迫切而害于义理，使原之所为抑郁而不得申于当年者，又晦昧而不见白于后世。予于是益有感焉，疾病呻吟之暇，聊据旧编，粗加隐括，定为《集注》八卷。庶几读者得以见古人于千载之上，而死者可作，又足以知千载之下有知我者，而不恨于来者之不闻也。①

朱熹作《集注》时，正值南宋朝廷战和争论不休之际，其注《楚辞》固然有为政治服务的因素，但所提出的观点，却有一定的启示意义，如他认为："《楚辞》不甚怨君。今被诸家解得都成怨君，不成模样。《九歌》是托神以为君，言人间隔，不可企及，如已不得亲近于君之意。以此观之，他便不是怨君。至《山鬼篇》，不可以君为山鬼，又倒说山鬼欲亲人而不可得之意。今人解文字不看大意，只逐句解，意却不贯。"②

再次，朱熹具有高出辈流的文学识见，具体表现在他对诗有着极高的感悟力，特别是在评价历代诗人的作品上。他说：

陶渊明诗，人皆说是平淡，据某看他自豪放，但豪放得来不觉耳，其露出本相者是《咏荆轲》一篇。平淡底人，如何说得这样言语出来！③

自晋宋以来，"平淡"早已成为陶诗的标签，朱熹恐怕是第一个看出陶渊明是披着"平淡"外套的"豪放"诗人。此论一出，屡为后世文人所认同。如辛弃疾《贺新郎》云："把酒长亭说。看渊明、风流酷似，卧龙

① 朱熹《楚辞集注》，序，上海古籍出版社，1979年，第3页。

② 黎靖德《朱子语类》，卷一三九，第4288页。

③ 黎靖德《朱子语类》，卷一四〇，第4322页。

诸葛。”龚自珍《舟中读陶诗三首》其一：“陶潜诗喜说荆轲，想见《停云》发浩歌。吟到恩仇心事涌，江湖侠骨恐无多。”其二：“陶潜酷似卧龙豪，万古浔阳松菊高。莫信诗人竟平澹，二分《梁甫》一分《骚》。”

在评论本朝诗人时，朱熹亦未因人废文，常有客观准确的见解。对于“不看道理”的苏东坡①，“所论皆虚”的黄庭坚②，他抛开政治、学术上的成见，以文论家的眼光看待二人，认为：“苏才豪，然一衮说尽，无余意，黄费安排。”③虽仅十余字，却道出了二人天资的差异。又如，对南宋四大家之首的陆游，他真心激赏，称赞道：“放翁老笔尤健，在今当推为第一流。”④这个观点即使放到今天，也是令人信服的。试想，一个视辞章之学为末技的人，怎肯费心琢磨体会，又何来如此独到的见解？

除了极高的文学感悟力以外，朱熹对于作诗之法和其时诗坛的风气流弊也有着清楚的认识，他说：

> 作诗不学六朝，又不学李杜，只学那峣崎底。今便学得十分好后，把作甚么用？莫道更不好。如近时人学山谷诗，然又不学山谷好底，只学得那山谷不好处。⑤

这段话实际蕴含了学诗的原则，即“取法乎上，仅得其中；取法乎中，斯为下矣”，不过此论一直到了严羽的《沧浪诗话》才被明确地提炼出来。在朱熹看来，六朝那些有古人风致的诗，以及李杜的诗才是学诗者最好的榜样。而近时诗人虽以黄庭坚为宗，却无山谷之才学，最终只学到些卖弄才学、堆垛典故的伎俩，所作诗歌言之无味，流于下品。此论乃针对江西诗派末流的弊病而发，可谓一语中的。

---

① 按：朱熹云：“东坡晚年诗固好，只文字也多是信笔胡说，全不看道理。”（《朱子语类》，卷一四〇，《论诗》，第4324页。）

② 按：朱熹云：“山谷不甚理会得字，故所论皆虚。”（《朱子语类》，卷一四〇，《论诗》，第4336页。）

③ 黎靖德《朱子语类》，卷一四〇，第4321页。

④ 朱熹《晦庵先生朱文公文集》，卷六四《答巩仲志》，第3108页。

⑤ 黎靖德《朱子语类》，卷一三九，第4332页。

对于作诗之法，朱熹其实是在反复强调："作诗先用看李杜，如士人治本经。本既立，次第方可看苏黄以次诸家诗。"[①]在这段话中，又体现出他"立意须正"的思想。从朱熹对文学的识见来看，显然具备了诗学评论家的洞见，而始终不忘将"文"与"道"相提并论，故而罗大经才会说："公之论诗，可谓本末兼该矣。"[②]

综上所述，朱熹的理论观点虽然是"道本文末"，而其创作实践却又显现出"道文并重"，二者之间的"矛盾"，正是"理学家朱熹"与"文学家朱熹"碰撞后的必然结果。幸而他找到了最巧妙的解决办法，便是将文道有机地结合在一起。对此，钱穆先生独具慧眼，早已指出："惟朱子文道并重，并能自为载道之文。"[③]此论诚然。

（华东师范大学古籍研究所）

① 黎靖德《朱子语类》，卷一三九，第4332页。

② 罗大经《鹤林玉露·甲编》，卷六，中华书局，2012年，第113页。

③ 钱穆《朱子新学案》，第一册，第221页。

论韩愈、柳宗元的诗序*

吴振华

诗序是一种与诗歌关系密切的文体，经常性的运用于诗人之间赠别赋诗的场合。它产生较早，最迟在东汉初期就出现了真正意义上的“诗序”，经历魏晋南北朝时期的发展，在初唐达到一个高潮，中唐时期古文运动兴起，诗序回归古人“赠人以言”的本意，逐渐挣脱诗歌的束缚，而独立成为一种文人之间酬赠应答的文体。据明人吴讷《文章辨体序说》所论“近世应用，惟赠送为盛”①，又说赠序这种文章“当须取法昌黎韩子诸作，庶为得古人赠言之义，而无枉己徇人之失也”②。这就是说，到明朝初期，韩愈赠序一类的文章就已经成为一种公认的范式。这一方面固然由于当时八先生（即后代所谓的“唐宋八大家”）文集流行，广为文人所推服；另一方面也说明韩愈在赠序文体上取得了很高的成就。根据时下文学史类著作叙述的惯例，一般都将韩愈、柳宗元作为唐文的代表，恰好柳宗元也在赠序方面有突出的贡献。因此本文拟将韩愈、柳宗元的诗序作为研究对象，探讨他们在

---

* 本文是国家社科基金后期资助项目“唐代诗序及其文化意蕴研究”（编号：12FZW009）的部分成果。

① 吴讷（1369—1454），是明初著名的文章学家，生于明洪武二年，卒于明代宗景泰五年，享年八十六岁。【按】他所说的“近世”，当指南宋到明初这一时期，可见当时赠序之风非常兴盛，是流行一时的文体。

② 吴讷著、于北山点校《文章辨体序说·序》，人民文学出版社，1962 年 8 月第一版，第 42 页。

开拓这种文体艺术表现力方面的主要成就。

一、韩愈、柳宗元诗序创作的概况

韩愈序体文收在马其昶校注《韩昌黎文集》第四卷，共 37 篇，其中像名作《送孟东野序》、《送董邵南序》、《送高闲上人序》、《送杨少尹序》等，都是纯粹的赠文之序①。确切记录赋诗之序有：《送陆歙州诗序》、《上巳日燕太学弹琴诗序》、《送李愿归盘谷序》、《荆潭唱和诗序》、《送张道士序》、《送殷员外序》、《送权秀才序》、《送湖南李正字序》、《送石处士序》、《送温处士赴河阳军序》、《送郑尚书序》、《送水陆运使韩侍御归所治序》、《送郑十校理序》、《韦侍讲盛山十二诗序》、《石鼎联句诗序》等十五篇②。另外，《元和圣德诗并序》(《全唐诗》卷 336)、《琴操十首并序》(《全唐诗》卷 336)、《孟东野失子并序》(《全唐诗》卷 339)、《奉和虢州刘给事伯刍三堂新题二十一咏并序》(《全唐诗》卷 339)等四篇，合计为十九篇。

柳宗元序体文收在《柳宗元集》第二十一卷至二十五卷。共五十九篇。其中有文集序六篇，编柳集者称为“题序”，但《王氏伯仲唱和诗序》既是集序，又是重要的诗序。除单纯的赠文之序外，诗序有：《同吴武陵送前桂州杜留后诗序》、《送宁国范明府诗序》、《送苑论登第后归觐诗序》、《送豆卢膺秀才南游序》、《同吴武陵赠李睦州诗序》、《送严公贶下第归兴元觐省诗序》、《送崔子符罢举诗序》、《送从兄偁罢选归江淮诗序》、《愚溪诗序》、《娄二十四秀才花下对酒唱和诗序》、《法华寺西亭夜饮赋诗序》、《凌助教蓬屋题诗序》、《送韩丰群公诗后

---

① 按：正是这些名篇标志着脱离赋诗情境的赠序已经独立成体，其根源在于初唐时期普遍存在的“序重诗轻”现象，由于文人主要精力集中在写序方面，赋诗逐渐形式化，因而在实用性的召唤下，酬赠之序归向理性，注重教化德性方面的慰勉功能，遂将附庸风雅而不切实际的诗歌去掉，成为单纯承载朋友之间情谊与祝愿的文体，有的甚至成为宣讲国家大政方针、为官立身之道的载体。

② 按：像《送殷员外序》结尾说“于是相属为诗以道其行云”，《送权秀才序》结尾说“于是咸赋诗以赠之”，《送石处士序》结尾说“遂各为歌诗六韵”，《送郑尚书序》结尾说“韵必以来字”，等等，都是赋诗赠别的明确标志，因此将这些交际功能明显的序文算作诗序。

序》、《送贾山人南游序》等十四篇。

综观这些诗序，可以看出：韩愈不仅创作时间从年轻时期一直延续到晚年，而且诗序涉及到的题材内容比柳宗元广泛；而柳宗元诗序大部分是贬官永州及柳州期间的作品，题材内容比较狭窄，主要是朋友之间的赠别慰勉之作，也常常将自己贬官之痛流露于字里行间。韩柳的诗序类散文，既是他们表述诗歌观念的载体，又是宣扬道学、抒发忧郁的工具，他们叙事议论写景抒情的高妙技巧又使诗序这种体裁日臻成熟，成为交际应酬文章中艺术价值很高的文学作品。

二、韩柳诗序中表现的诗学观念

运用诗序来表达诗歌观念，要远溯到东汉出现的《诗大序》，尽管这是经师传授《诗经》时所作的“以意逆志”的解说，未必是《诗经》原始作者的本意，但是由于历代相传，渐渐为人们所接受，于是在一首诗或一组诗（含一本诗集）的前面，通过撰写诗序来表述某种诗学观也就成为作家惯用的方式，自江淹《杂体诗序》以来，到初唐陈子昂的《与东方左史虬〈修竹篇〉序》，诗序表述诗歌观念已经非常丰富了。诗歌经历盛唐的高潮以后，到中唐时期渐趋多元化，其中韩、柳二人将他们人生经历的惨痛遭遇凝聚成独特的诗歌理念，并且将这些理念纳入到他们建构的儒家道统之中，既各自独立个性鲜明，又深邃宏远，对后代影响深远。

首先，韩愈、柳宗元通过诗序，在与友人的交际中，宣扬儒家的道统观念。道统是一个内涵丰富复杂的思想体系，文学只是其中重要的一个方面，具体表现在诗歌方面，则主要是恢复儒家思想对诗歌的主导地位，即表现为恢复古道。复古的一个明显标志就是韩柳都重视卜子夏的诗学观念[①]，如韩愈《送王秀才序》中说：“吾尝以为孔子之

① 按：卜子夏，是孔子的学生，传说他是《诗大序》的作者。据现代学者考证，《诗大序》乃是东汉出现的文本，应该是经师传诗过程中所作的“以意逆志”的解说，是一个经过了很长时间，经过很多人的阐发而凝成的集体智慧的结晶，是儒家诗学思想的集中体现。其中“诗言志”“温柔敦厚”“比兴”“美刺”等观念，对后代诗学发展影响深远。韩愈、柳宗元都将子夏的诗学作为儒家诗歌观念的源头。

道大而博，门弟子不能遍观而尽识也……，盖子夏之学，其后有田子方，子方之后，流而为庄周……，荀卿之书，语圣人必曰孔子、子弓……，孟轲师子思，子思之学盖出于曾子。自孔子没，群弟子莫不有书，独孟轲氏之传得其宗。"并断言："求观圣人之道，必自孟子始。"①韩愈认为得孔子思想真传的是孟子，子夏之学最后流为庄子的诙谐诡怪，背离了圣人之旨，但是子夏作为《诗大序》的作者，在韩愈的诗歌观念里还是有重要地位的，"庄周"的乱流并不影响"子夏"源头的洁净。相较而言，柳宗元的诗学观比韩愈纯粹，他在《王氏伯仲唱和诗序》中赞扬王氏兄弟的创作是"正声迭奏，雅引更和，播埙篪之音韵，调律吕之气候，穆然清风，发在简素"，显然是认为王氏兄弟的诗歌继承了诗经风雅正声的传统，值得颂扬，并说"某也谓余传卜氏之学，宜叙于首章"②。在《法华寺西亭夜饮赋诗序》中更明确地说："卜子夏为《诗序》，使后世知风雅之道，余其慕卜者欤？"③在道统观方面，韩愈与柳宗元还是有差别的。韩愈注重儒家一脉相承的传承谱系建构，对异端思想如佛老等进行严厉的批驳排斥，他说学者应该慎重选择从学的道路，认为"道于杨墨老庄佛之学，而欲至圣人之道，犹航断港绝潢以望至于海也"④。即是说，取道杨子墨子老子庄子佛教的途径，是不可能达到儒家圣人的真境界的，因此，韩愈在赠给道士、和尚的序文中，往往极尽奚落嘲讽揶揄之能事，如《送廖道士序》在极力赞美郴州物产丰美之后，说唯独没有看见"魁奇忠信材德之民生其间"，而廖道士虽然气专容寂，多艺善游，但是迷惑溺没于老佛之学，甚为可惜；在《送高闲上人序》中将张旭学习草书不治他伎与高闲上人喜欢草书却相信浮屠之说进行对比，认为张旭将自己的人生喜怒哀乐全部寄托在书法艺术里，达到了变动若鬼神的境界，而高闲上人则因为沉溺佛

① ［唐］韩愈著，阎琦校注《韩昌黎文集注释》，上册，三秦出版社，2004 年，第 396—397 页。下引韩愈文均见此书。

② 《柳宗元集》，第二册，中华书局，1979 年，第 583—584 页。下引柳宗元文均见此书。

③ 《柳宗元集》，第二册，第 645 页。

④ ［唐］韩愈著，阎琦校注《韩昌黎文集注释》，上册，第 396—397 页。

教教义使他的书法不可能达到高深的造诣。都旨在否定佛老异端思想，从而使这些和尚道士能归附于儒家忠孝节义纲教伦常的人生轨途，诗序成为韩愈排击异端改造沉溺异教者的工具，成为他宣扬儒家道统观念的载体。柳宗元也重视儒家道统，但他更注重内外兼修，认为“君子病无乎内而饰乎外，有乎内而不饰乎外者”，因此希望友人在“有乎内”的基础上，要“以诗、礼为冠履，以《春秋》为襟带，以图史为佩服”，然后“揖让周旋乎宗庙朝廷”，俨然成为一个真正的儒者[①]。柳宗元认为“道”不仅仅是从孔子那里传承下来的一种理念，应该具有实践的品格，归结为一点就是强调“化人及物”。他在《送崔子符罢举诗序》中说，对于参加进士科考试的举子来说，“即其辞，观其行，考其智，以为可以化人及物者，隆之；文胜质，行无观，智无考者，下之”；在《送徐从事北游序》奉劝友人“得位而以诗礼春秋之道施于事，及于物，思不负孔子之笔舌”，都强调“道”的实践性。柳宗元对佛教态度比韩愈通脱，他在《送僧浩初序》中说：“浮屠诚有不可斥者，往往与《易》《论语》合，诚乐之，其与性情奭然，不与孔子道异。”[②]又在《送元十八山人南游序》中认为孔学与老学，虽然“道不同不相与谋”，但是孔学与老学乃至杨墨申商、刑名纵横之说，在“有以佐世”这一点上是相同的，而释氏由外国传入中国，与当年杨墨申商一样属于异端之说，但是元山人“悉取向之所以异者，通而同之，搜择融液，与道大适，咸伸其所长，而黜其奇邪，要之与孔子同道，皆有以会其趣”[③]。都表明，柳宗元有意融合儒道释三教的倾向，所以他提出的“文以明道”，是在以儒家思想为主导条件下，融会各种其他思想合理因素的综合体，比较通脱宏大。

第二，韩愈、柳宗元独特的人生经历，使他们对诗歌有超越同时代一般人的见解。他们认为诗歌是抒忧娱悲的心灵奏鸣曲，是不平

---

① 《送豆卢膺秀才南游序》，见《柳宗元集》，第二册，第 607 页。

② 《柳宗元集》，第二册，第 673 页。

③ 《柳宗元集》，第二册，第 663 页。

则鸣的产物。如柳宗元《娄二十四秀才花下对酒唱和诗序》说：

> 君子遭世之理，则深呼踊跃以求知于世，而遁隐之志熄焉。于是感激愤悱，思奋其志略，以效于当世。故形于文字，伸于歌咏，是有其具而未得行其道者之为也。

认为诗歌是有志于济世却遭遇不偶者发抒忧郁、寻求知音、渴望用世的工具。这与韩愈在《送孟东野序》中提出的"大凡物不得其平则鸣"的观点如出一辙。韩愈的诗学理论总体上比柳宗元更加恢廓完整，他在《荆潭唱和诗集序》中说：

> 夫和平之音淡薄，而愁思之声要妙；欢愉之辞难工，而穷苦之言易好也。是故文章之作，恒发于羁旅草野；至若王公贵人，气满志得，非性能好之，则不暇以为。

这篇诗序具有重大的诗学价值，因为他提出了一个重要的命题：诗歌是落魄之士，在羁旅他乡穷愁潦倒境地中真情的流露，是一种生命意义的寄托，因此"和平之音淡薄，而愁思之声要妙；欢愉之辞难工，而穷苦之言易好"。这一观点与他的"不平则鸣"诗学观，相互辉映，相互补充。韩愈认为王公贵人，志满意得，如果不是生性喜欢诗歌，那他是没有时间或不屑于创作诗歌的。诗歌仿佛天生就跟贫穷困顿结缘。但是韩愈从眼前的这部唱和诗集中看到了欢愉之词也有相当的价值。因为欢愉之词难工，毕竟也可以工整精巧。这样他的诗学观点就变得辩证通达。正如不平则鸣既可以鸣自己的不幸，也可以鸣国家之盛。这一观点对宋代欧阳修提出"穷而后工"有直接影响。

第三，韩愈、柳宗元重视《诗经》风雅古朴的诗学传统。韩愈《上巳日燕太学听弹琴诗序》描述了贞元十八年三月三日国子司业武少仪在太学组织的一次弹琴赋诗场景："太学儒官三十有六人，列燕于祭酒之堂，樽俎既陈，肴羞惟时，醆斝序行，献酬有容。歌风雅之古辞，斥夷狄之新声，褒衣危冠，与与如也。"正在这时，一个相貌魁伟的儒生抱琴坐于樽俎之南，"鼓有虞氏之《南风》，赓之以文王宣父之操，优游夷愉，广厚高明。追三代之遗音，想舞雩之咏叹"，这样一直进行到薄暮时分，人人都感到精神世界充实满足。可以说这就是儒家追求的诗学最高境界，呈现出一片古朴苍然、和乐风雅、神游三代、优游当下的奇妙景象。完全可以设想，如果真能够回到这样的世界，人们的思想境界提高，品格变得高尚，那么士风将回归醇厚渊雅，而世风也必将回归纯正端整，诗风也必将古朴庄严。这就是在安史之乱后军阀割据藩镇不臣情势下，以韩愈为代表的儒者渴慕追求的诗学景象，承载着导扬正声，匡正人心的历史使命，尽管这种诗学理想在当时严酷的形势下，不免迂阔，但是韩愈等人的努力还是值得肯定的。柳宗元没有太学任职的经历，当然无法体验韩愈当时的心境，但是他以穷愁羁旅之身，在山水之间寄托自己的孤寂苦闷，然而儒家独善其身的理念使他也神往这样的境界，于是他借描写凌士燮助教这位身处蓬户雍牖而傲然自立的儒者生活，表现了与韩愈同样的理想。请看，这位饱读诗书经典的儒生，为儒官守道端庄，在仕途遭遇挫折之后，建造茅屋，以备揖让之位，“栋宇简易，仅除风雨，盖大江之南其旧俗也。由是不出环堵，坐入吴甸，包山震泽，若在牖外。所谓求仁而得，斯固然欤！与夫南音越吟，慕望而不获者，异日道也”①。这不正是儒家诗学洁身自好、安贫乐道、慕德固义观念的鲜明写照吗？柳宗元在《愚溪诗序》中，描写愚溪四周绝美的景色之后，说“溪虽莫利于世，而善鉴万类，清莹秀澈，锵鸣金石，能使愚者嬉笑眷慕，乐而不能去也。余虽不合于俗，亦颇以文墨自慰，漱涤万物，牢笼百态，而无所避之”②。这一方面借愚溪山水写自己晶莹剔透的高洁人格，体现儒家洁身自爱的观念，另一方面也表现了自己遭遇废弃不能有所作为的满腔孤愤，再一方面也表现出柳宗元追求“漱涤万物，牢笼百态”、“超鸿蒙，混希夷”的诗歌艺术境界，是柳宗元对诗学理论的重大贡献。

第四，对诗歌发展史及诗歌艺术本质的认识存在差异。韩愈是持诗文相通论者，即主张诗文交融，对诗歌发展史的认识主要体现在

① 《柳宗元集》，第二册，第 651—652 页。
② 《柳宗元集》，第二册，第 643 页。

《送孟东野序》中，他以“不平则鸣”作为标准，建立了文化发展的谱系，把诗书六艺、诸子百家、楚骚汉赋、魏晋诗歌纳入其中，将陈子昂、苏源明、李白、杜甫、李观、孟郊等承接在后，可以看出韩愈复古背景下的诗歌发展观念，既突出主线，又宏观通脱。而柳宗元认为诗文同源异流，认为散文出于《尚书》《周易》《春秋》，属于辞令褒贬的著述，风格要求高壮广厚、词正理备，是藏于简册的东西；而诗歌本于虞夏的歌咏、殷周的风雅，属于比兴讽谏的体制，其风格要求丽则清越，适宜于谣诵讴歌。并认为一个人不可能诗文兼善，要求诗歌与散文严格保持各自的体性特征。因此，韩文与韩诗气息相通，廊庑特大，能为唐诗的发展辟土开疆，对后代影响深远；而柳宗元，虽然散文与诗歌双双如美玉晶莹，然诗歌与散文壁垒森然，异道而趋，后代接受时，多尊文而抑诗，就是由于柳宗元清莹明澈的胸襟不容诗文交杂的单纯，使他的诗歌固守传统的藩篱而缺少变通，因而有操守而无创辟。

三、韩柳诗序中表现出不同的人生际遇

诗序最早作为说明诗歌写作意旨与写作情况的文字，简明朴实是它主要的特色。随着时代的发展，诗歌不仅体制越来越复杂，而且渐渐与其他文体交融，借光生色，恢廓诗歌意境。诗序也因而悄悄发生变化，从说明写作情况的最初本意，渐渐演变成某一特定场合诗歌写作情景的描绘，由描绘场景再变为描写人物为主体；再从说明旨意的本义演变出更加复杂的寓意表述，上自世风诗风的变化，下至为官役民之道，再到出使出仕、应举归觐、宴会游历、离别相逢等等，都会生发出一番郑重正大的议论，因而通过一篇篇精美的诗序，可以考见当时的历史境况，可以体会作者当年的生活境遇，诗序遂成为韩愈、柳宗元人生际遇的渊鉴。

人都生活于具体的人际交往圈子里，像韩愈、柳宗元这样有操守、恪遵儒家道德准则的儒者，交友与交游都是很慎重的。柳宗元的人生经历以三十三岁时遭遇永贞革新失败为分界线，前期表现出卓厉风发、俊杰廉悍的特色，后期贬官永州、柳州，孤独苦闷，寂寞无告，

害怕遭人诬陷，因此多与道士和尚交往，或自娱于山水之间。柳宗元诗序主要是写给这样几类人：第一类是亲属，如杨凝为柳宗元妻叔，崔策为柳宗元姐夫崔简之子，柳偁为宗元从兄，柳澥为宗元族人，卢遵为宗元内弟，吕让为宗元表弟；第二类为秀才中举、下第者或贬官量移者，如中举者有苑论、班肃等，下第者有严公贶、元公瑾、辛殆庶等，量移者如南承嗣、薛巽等；第三类为柳宗元的好友或上司，好友如韩安平、吴武陵、娄图南等，上司如崔敏；第四类为僧人，如僧浩初、方及师、文畅上人、元暠师等。另外，还有像《愚溪诗序》这样自叙诗序。

柳宗元的这些诗序，主要是赠别序。有些诗序里表现对时事的强烈关注，如赠杨凝的序中对宣武军大梁"多悍将劲卒，亟就滑乱，而未尝底宁"的形势非常担忧，因而提出一种采取"中道"的控制之术，因为汴梁属于中原要冲，如果"将骄卒暴"就不能和众安民，如果"将诛卒削"则不能捍城固疆，所以必须刚柔相济，采取威怀兼备之道，从而化顺逆而同道。这篇诗序实际上是希望杨凝能够在控制藩镇方面有所作为，可以作为柳宗元为朝廷设计的对待宣武军的政治策略。而借群公赋诗的场合宣扬这种方略，恰好表现出柳宗元关怀时事渴望中兴的良好愿望。又如送范传真赴任宁国令时，柳宗元借赠序的机会大谈为吏之道，认为"吏者，人役也"，"仕之为美，利乎人之谓也"，因此"以惠斯人，然后有其禄，庶可平吾心而不愧于邑"，赋诗赠序皆是为了扬榷他"发吾所学施于物"的政治理念。柳宗元赠别落第秀才的诗序则揭露当时进士考试的一些弊端，深为落第者鸣不平。如送韦中立的诗序中揭示考进士之前，大批学子云集京师，"咸多为文辞，道古今语，角夸丽，务富厚"，然后投寄给主考官员，期望通过温卷以求闻达，这样在考试时就会捷足先登，而由于温卷人太多，有司阅读不足十分之一，因此很多不愿意温卷或虽温卷而未能进入有司视野的人，就往往遭遇落第的不幸命运，韦中立正是不愿意温卷而落第者。这篇诗序实际上在慰藉落第者的同时，抨击时势的弊端，感慨良深。当然，柳宗元诗序中最多的还是关于自己贬官的深哀巨痛。如送崔策的诗序里，柳宗元慨叹自己"智不足而独为文，故始见进而卒以废。居草野八年，丽泽之益，镞砺之事，空于耳而荒于心”；送柳谋的序里说“吾不智，触罪摈越楚间六年，筑室茨草，为圃乎湘之西，穿池可以渔，种黍可以酒，甘终为永州民”；在《愚溪诗序》里更说“余以愚触罪，谪潇水上”，是“遭有道，而违于理，悖于事，故凡为愚者莫我若也”，等等，都借诗序倾吐自己遭受诬陷，投荒置散，无所作为，孤苦无依的悲惨境遇，令人动容。

相比之下，韩愈的诗序所涉及到的人物与柳宗元有很大的不同，而所表现的生活内容也更为丰富。韩愈诗序涉及的人物很少有他的亲属，主要有这样几类人：第一类是赴任的官员，如陆傪、孟郊、窦平、郑权、郑余庆等；第二类是应举或下第的秀才，如权秀才、王秀才、齐皞等；第三类是处士、道士和尚，如李愿、石洪、温造、廖道士、高闲上人等；第四类是相互唱和的高级官员，如裴均、杨凭、韦处厚等。另外，韩愈还有太学听琴诗序、石鼎联句诗序、元和圣德诗序等杂序。

韩愈的诗序除了杂序外，基本上也是赠别序。首先，韩愈也有强烈的时事意识，表现出对藩镇割据的担忧，如著名的《送董邵南游河北序》，就通过河北地区今与夕的对比，表达他对河北藩镇不臣的担心，并希望董生能告诫河北的豪杰们要归心于朝廷；在送李益回幽州的序中，韩愈对国家失太平六十年的状况很担忧，希望李益回去辅佐幽州节度使刘济能够“帅河南北之将来觐奉职”，像开元时期那样归于一统；在《送郑尚书序》中希望“有文武威风，知大体，可畏信”的郑权能够将东南七十州治理得政通人和；而在送韩重华的诗序中则着重宣传韩氏的屯田戍边思想，期望边境安宁并减轻朝廷的经济负担。这些都表现出韩愈与柳宗元一样渴望中兴的理想，只是由于韩柳所接触的人不同，而表现的侧重点有异。其次，在对待科举考试方面，韩愈比柳宗元曲折艰辛得多，所以送别中举或下第者的诗序，多议论取士官员是否公正无私。如《送齐皞下第序》，针对宰相齐映之弟的落榜而生发出一番取士公正无私的大议论，对科举考试中“私其亲”“私其身”的根源及世俗的偏见作了剖析。再次，对和尚道士者，韩愈表现出强烈的讽刺倾向，并期望通过赠序的方式改变他们的思想与生活方式，与柳宗元欲融合三教是不同的。与柳宗元强烈地渴望家族振兴不同，韩愈很少给家人赠序，而韩愈赠给很多朋友的诗序则类似传奇小说，像《石鼎联句诗序》所描写的那种怪怪奇奇的经历，不见于柳序。而柳宗元托山水寄托孤愤也很难在韩序中一见。总体上看，韩愈诗序庞杂，追求变态横生的新颖性，而柳宗元则单纯严谨，追求雅洁朗净的格调。二者难以轩轾。

四、韩柳诗序表现的艺术性

韩愈柳宗元的诗序作为韩柳文最有特色的文类之一，历代备受人们喜爱，其最主要的原因，我认为还是这些文章具有鲜明的艺术性。首先是在诗序里写人状物，形象生动。如对得势的士大夫，韩愈这样描写：

> 人之称大丈夫者，我知之矣：利泽施于人，名声昭于时，坐于朝廷，进退百官而佐天子出令。其在外，则树旗旄，罗弓矢，武夫前呵，从者塞途，供给之人，各执其物，夹道而疾驰。喜有赏，怒有刑，才畯满前，道古今而誉盛德，入耳而不烦。曲眉丰颊，清声而便体，秀外而惠中，飘轻裾，翳长袖，粉白黛绿者，列屋而闲居，妒宠而负恃，争妍而取怜。大丈夫之遇知于天子，用力于当世者之所为也。（《送李愿归盘谷序》）

柳宗元则这样描写：

> 今夫取科者，交贵势，倚亲戚，合则插羽翮，生风涛，沛焉而有余，吾无有也；不则厌饮食，驰坚良，以欢于朋徒，相贸为资，相易为名，有不诺者，以气排之，吾无有也；不则多筋力，善造请，朝夕屈折于恒人之前，走高门，邀大车，矫笑而伪言，卑陬而姁媮，偷一旦之容以售其伎，吾无有也。（《宋娄图南秀才游淮南将入道序》）

韩愈、柳宗元显然将当时得势者的生活情状及其内心状态刻画得入木三分，针砭权贵及其追名逐利之徒的丑恶嘴脸也是入其骨髓，然从艺术上看，韩愈是取类穷形尽相的进行刻画，而宗元则与自己进行对照，韩愈批评社会风气的意图很明显，而宗元则意在表现自己的洁身自好。韩愈在文中还刻画了“伺候于公卿之门，奔走于形势之途，足将进而趑趄，口将言而嗫嚅，处污秽而不羞，黜刑辟而诛戮”的追名逐利者的丑恶嘴脸及其悲剧命运，来与“穷居而野处，升高而远望，坐茂树以终日，濯清泉以自洁。采于山，美可茹，钓于水，鲜可食；起居无时，惟适之安”的隐士进行对照，从而表现自己的人生志向，既为李愿和自己鸣不平，又含蓄委婉地批评了世态百相。语言工切精警、气势磅礴；而柳文则更为凝练，多用三字句与散句相杂，气势虽不如韩文，然骨力坚劲，晶莹洁净似更胜一筹。据说宋代欧阳修曾赞曰：“唐无文章，惟韩退之《送李愿归盘谷序》而已。”[①]陈景云评论说：“取偶俪之体，却非偶俪之文，此哲匠之妙用也。”曾国藩则说：“别出蹊径，跌宕自喜。”[②]总体上看，柳宗元在诗序里刻画人物形象的艺术成就稍逊于韩愈，[③]而刻画山水的手法则超过了韩愈。

如柳宗元描写永州风物：

> 零陵城南，环以群山，延以林麓。其崖谷之委会，则泓然为池，湾然为溪。其上多枫柟竹箭、哀鸣之禽，其下多芡芰蒲蕖、腾波之鱼，韬涵太虚，澹滟里闾，诚游观之佳丽者已。……于暮之春，徵贤合姻，登舟于兹水之津。连山倒垂，万象在下，浮空泛景，荡若无外。横碧落以中贯，凌太虚而径度。羽觞飞翔，匏竹激越，熙然而歌，婆然而舞，持颐而笑，瞪目而踞，不知日之将暮。(《陪永州崔使君游宴南池序》)

又如柳宗元描写法华寺西亭景象：

---

① 转引自《韩昌黎文集注释》第242页。

② 陈景云、曾国藩评语转引自《韩昌黎文集注释》第242页。

③ 像韩愈诗序中所描写“不治他伎，喜怒窘穷，忧悲愉佚，酣醉无聊不平，有动于心，必于草书焉发之”的书法家张旭、“貌极丑，白发黑面，长颈而高结，喉中又作楚语”的衡山道士轩辕弥明、“红帓首、靴袴、握刀，左右杂佩，弓韔服，矢插房，俯立道左”的幽州节度使刘济等人物，无不逼肖传神，令人印象深刻。

法华寺浮图之西临陂池丘陵，大江连山，其高可以上，其远可以望，遂伐木为亭，以临风雨，观物初，而游乎颢气之始。(《法华寺西亭夜饮赋诗序》)诗曰："远岫攒众顶，澄江抱清湾，夕照临轩堕，栖乌当我还。菡萏溢嘉色，筼筜遗清班，神舒屏羁锁，志适忘幽潺。"①

还有描写愚溪的景象等等，无不与他的"永州八记"等山水游记同一机杼，不仅境界幽旷、景物奇丽，而且神与物游，富有浓郁的诗意。尽管柳宗元持诗文同源异流论，是尊体派的代表，要求诗歌与散文保持各自体性的独立品格，但是在具体的创作实践中，他仍然将文的本真醇澹与诗的空灵隽永融会在一起，用自己羁旅南国荒江野岭的苦痛哀泣，濡染这些山水景物，使之成为人化的风景，将与天地同春共秋。当然，韩愈并非不能写景，如描写南国风景："(蛮夷)南州皆岸大海，多洲岛，飘风一日踔数千里，漫澜不见踪迹。"(《送郑尚书序》)渲染出一种恐怖荒凉而浑宏壮阔的大海景象，为南人野蛮难制作陪衬。再如描写阳山天下的穷处景象"陆有丘陵之险，虎豹之虞；江流悍急，横波之石廉利侔剑戟"(《送欧册序》)也是惊险恐怖的，与他怒然不平的心境相印合，显然缺少柳宗元山水景物的宁静悠远神韵。

韩柳诗序继承了王勃以来注重文采气势的优点，而摈弃王勃诗序堆砌典故、臃肿晦涩的弊端，成为既凝炼娟洁又精气充盈的美文。如柳宗元这样描写苑论参加贞元九年顾少连主持的礼部考试："明年春，同趋权衡之下，并就轻重之试。观其掉鞅于术艺之场，游刃乎文翰之林，风雨生于笔札，云霞发于简牍，左右圜视，朋侪拱手，其可壮也。"可谓壮气如虹，果然视上第如拾草芥的苑论高中榜首，于四月回归南方省亲，宗元又这样描述他踏上归途："拜手行迈，轮移都门之辙，辕指秦岭之路。方将高堂称庆，里閈更贺，曳裾峨冠，南荣诸侯之邦，遐登王粲之楼，高视刘表之榻，桂枝片玉，光生于家。是宜砥商洛

① 章士钊评曰："兴到笔随，风雨际会，神游物始，气与宙合。"见《柳文指要》，上册，文汇出版社，2000年，第577页。

之阻艰，带江汉之浩荡，超越千里而无倦极也。然而景炽气燠，往及南方，乘凌炎云，呼吸温风。可无敬乎？”然后是赋诗赠别的话。柳宗元写此序正值风华才盛的二十二岁之时，又中举及第，所以文笔轻盈潇洒，很有当年王勃的风采，尽管是骈体，但是气势健举，并无艰涩之态，虽然骨骼未成，但是激情壮彩，光艳动人。如果与他晚年所作《愚溪诗序》作一比较，不难发现柳宗元贬逐南荒之后的文章多吞吐回环、抑塞沉郁之气，早年的雄奇奔放已经消失，呈现出一片冰心玉洁、磊落低回的哀婉悲鸣。

韩愈主张“气盛言宜”，认为“气，水也；言，浮物也。水大而物之浮者大小毕浮，气之与言犹是也，气盛则言之长短与声之高下者皆宜”。[①] 他的序体类文章，非常讲究发端的雄健劲直气势。如《送窦从事序》这样开篇：“踰瓯闽而南，皆百越之地，于天文，其次星纪，其星牵牛。连山隔其阴，巨海敌其阳，是维岛居卉服之民，风气之殊，著自古昔。”展现出岭南南海地区一派从洪荒远古蔓延而来的苍茫雄阔气象，然后过渡到大唐盛世：“唐之有天下，号令之所加，无异于远近。民俗既迁，风气亦随，雪霜时降，疠疫不兴，濒海之饶，固加于初；是以人之之南海者，若东西州也。”友人窦平正是在这样的四海一家天下太平的情境下赴任广州刺史幕府从事的，一件并不怎么庄严重大的事情，经过韩愈如椽大笔墨气淋漓的渲染，遂给人盛大隆重的印象。张裕钊评论说：“起势如河之注海，如云出而风驱之，而造意雄坚，无一字懈散，读之但觉腾迈而上耳。”[②]确实道出了韩文追求起势壮大、雄迈浩荡的美学境界。这样的例子很多，如《送廖道士序》从五岳的中州清淑之气说起，一直漫延到南岳衡山，接着说“中州清淑之气，于是焉穷。气之所穷，盛而不过，必蜿蜒扶余磅礴而郁积”，最后说由郁积的奇气要么生长“百金水银丹砂石英钟乳桔柚之包，竹箭之美，千

---

① 马其昶校注《韩昌黎文集校注·答李翊书》，上海古籍出版社，1986 年，第 171 页。

② 马其昶校注《韩昌黎文集校注》，上海古籍出版社，1986 年，第 238 页，注释后所引录张裕钊评语。

寻之名材”，要么“必有魁奇忠信材德之民生期间”，一气贯注，迤逦而来，堪当张裕钊“喷薄雄肆”的评语。① 还有如《送温处士赴河阳军序》以“伯乐一过冀北之野，而马群遂空”开篇，劈空而来，令人震骇惊悚，急欲阅读下文。除了开篇，行文中间，韩愈也往往异军突起，以气势雄强的排句给人强烈的震撼，如《送石处士序》这样描写石处士的才华：“与之语道理，辨古今事当否，论人高下，事后当成败，若河决下流而东注，如驷马驾轻车就熟路，而王良、造父为之先后也，若烛照数计而龟卜也。”运用一连串的比喻，将石处士的学问见识才华展现出来，而语句长短交织，极富参差错落之美。

总体上看，韩愈序体类散文（当然其他类别也包含在内）最主要的特点是姿态横生，取得了凌跨百代的艺术成就。正如储欣《昌黎先生集录》卷三所说：“公诸序有如风狂云骇、海涛山立者；有如春和日丽、波平不流，泛画鹢、棹兰桡，目眺江山而奏箫管于其中者，可谓极文章之变。”②对韩愈散文意境变化莫测有真切体会。而林纾《韩文研究法》中借评论《送廖道士序》道出了韩文的艺术特征：“此文制局甚险，似泰西机器，悬数千万斤巨棰于梁间，以铁绳作辘轳，可以疾上疾下，置表面于质上，骤下其棰，棰及表面玻璃而止，分毫无损也。昌黎一生忠耿，而为文乃狡狯如是，令人莫测。”③指出的是韩愈散文技法与西方现代机器的巧妙同一机杼，洵为灼见。张裕钊是韩文评点大家，他说“退之奇处最在横空而来，凿险缒幽之思，策云乘风之势，殆穷极文章之变矣”④，可视为对韩文的定评。这种横生变态的艺术特

① 孙琮《山晓阁唐宋八大家选·韩昌黎集卷三》对此序有精彩评说：“胸中欲写出一个廖师，因廖师是郴民，却先写郴州。又先写岭南山水，又先写衡山灵奇，累累写来却又不径写廖师。又写出许多珍奇物产，其势如风雨欲来，烟云万状，令人怖骇之至。及读至后幅，竟飘飘然，一点廖师，又飘飘然，一点其徒，又如云散雨收，万象俱寂，令人愉悦之至。其文章首尾相称，自有相称妙处，首尾不相称，自有不相称妙处，总非俗笔所能梦见也。”转引自《韩昌黎文集注释》，上册，第 390 页。

② 转引自《韩昌黎文集注释》，上册，第 361 页。

③ 转引自《韩昌黎文集注释》，上册，第 390—391 页。

④ 转引自《韩昌黎文集注释》，上册，第 412 页。

点，主要由于韩愈接受了《庄子》的影响，其文用意恢奇，行文踏空造奇，用语诡怪新奇，遂成为文章巨观。

而柳宗元散文历代都认为峻洁崭削是其主要特色，如茅坤《唐宋八大家文钞·论例》就说："巉岩崱屴，若游峻壑削壁，而谷风凄雨四至者，柳宗元之文也。"[①]《古文关键》及《文章精义》的著者认为柳宗元文章是学习《国语》的，而刘熙载《艺概·文概》中却说："吕东莱《古文关键》谓'柳州文出于《国语》'；王伯厚谓'子厚《非国语》，其文多以《国语》为法'。余谓柳文从《国语》入，不从《国语》出。盖《国语》每多言举典，柳州之所长乃尤在'廉之欲其节'也。"又说："柳文如奇峰异嶂，层见叠出，所以致之者有四种笔法：突起，纡行，峭收，缦迴也。"还说："《愚溪诗序》云'漱涤万物，牢笼百态'此等语，皆若自喻文境。"[②]可谓识源探本之言。

总括起来看，也许正如刘熙载所说："昌黎之文如水，柳州之文如山。'浩乎''沛然''旷如''奥如'，二公殆各有会心。"[③]确实如此，韩文如浩荡奔放的海潮，既波澜壮阔、汗漫无际，又沛然汩涌生命的激情壮彩；而柳文则如巍峨雄峻的大山，既空旷幽邃、溪涧湾环，又凄然展现出晶莹明澈的奇丽心灵。二者都是天地之间的至文，不能轻易抑扬褒贬。

---

① 《中华大典·文学分册·唐文学部三》，江苏古籍出版社，1999年，第938页。

② 《刘熙载文集》，江苏古籍出版社，2001年，第72—73页。

③ 《刘熙载文集》，江苏古籍出版社，2001年，第74页。

身份与策略：宋代文人的佛教经藏书写

赵军伟

“接受僧人请托，为新建或重修寺院撰文，是北宋时期许多文人都有过的经历。”[①]不止北宋，南宋亦然，两宋文人为寺院所写记文，其数不下千篇。在这其中，他们对佛教经藏的书写值得我们关注。本文“经藏书写”，是指宋人的经藏记，据《全宋文》初步统计大约有 63 篇，其文题中往往含有“藏记”、“轮藏记”、“藏殿记”等关键词。在宋人语境中，经藏不仅是“收藏经文之建筑物”[②]，还代指大藏经，即佛教语言文字的总汇。

叶维廉先生认为一篇作品的产生有四种基本活动程序，前两种为：“作者通过文化、历史、语言对世界（物象）观、感而有所认识了悟，所谓观物感应过程，不同的看法自然有不同语言策略的选择”；“作者的心像通过文字的表达始成作品，其中便引起因袭形式的迎拒问题、文类的应用与变易、采取的角度与方式（独自？直叙？戏剧场景？）等。”[③]宋代文人因其对世界的“观感”不同而思想有异，表现在身份上即有一般儒士与居士的差异，这种身份的差异导致了他们对佛教经藏“采取的角度与方式”不尽相同。

---

① 赵德坤、周裕锴《济世与修心：宋代文人的寺院书写》，《文艺研究》，2010 年第 8 期。

② 慈怡主编《佛光大辞典》，佛光出版社，1989 年，第 5557 页。

③ 叶维廉《中国诗学》，生活·读书·新知三联书店，1992 年，第 211 页。

一　儒士的书写策略

就儒学之士的本位立场而言，宋代儒士一般还是反对佛教的，而由于各种因缘际会，他们恰恰在藏记书写中占了绝大多数，面对佛家的经藏，他们的书写采取了多重策略。

（一）质疑性对话体

宋代儒士采取质疑性对话体这种书写策略，首先自然是源于他们对佛教的一知半解，更源自于他们对佛教没有“信仰”般的态度，我们在居士的经藏书写中并没有听到这种质疑的声音，因此儒士的这种书写可以看成他们不得不为之的策略，这种策略一定程度上可以看作他们的回避之术。

范纯仁作《安州白兆山寺经藏记》，文中作者提出自己的疑问：“师尝自谓传达磨之宗，不立语言文字，直指心源，见性成佛，奚取五千之书，而复新其藏为？……”僧人回应云：

> 师曰：“不然。夫众生静明，真心与佛齐等。由情著于物，故翳而为病。佛犹良医，知病之本，皆称其浅深缓急，为药以治之。今之经，犹对病之药也。物之感情无穷，故众生之病无穷，则其所治之药亦无穷。此五千之书所以必有也。……”[①]

“无一众生而不具有如来智慧”[②]，佛世尊“为病者作医王”[③]，这种观念乃佛教的一般常识。上文僧人垂素即以此种观念而发挥阐释，众生虽然也具备如来智慧德相，但因着种种的烦恼执著（病）而不能证得本来实相，因此面对众生之病的纷繁复杂，佛世尊的对治之药亦琳琅满目，这些药就是佛所宣说的种种语言文字，其总括即所谓的经藏。当然，僧人回应的内容不是我们关注的重心，我们关注的是作

---

① 曾枣庄、刘琳主编《全宋文》，上海辞书出版社，2006 年，第 71 册，第 299 页。

② 实叉难陀译《大方广佛华严经》，《大正藏》，第 10 卷，佛陀教育基金会，1990 年影印，第 272 页。

③ 竺法护译《受新岁经》，《大正藏》，第 1 卷，佛陀教育基金会，1990 年影印，第 858 页。

者的这种质疑性对话体。

又，韩元吉作《景德寺五轮藏记》，作者质疑道："尔之徒不务其择而惟取其富，又庋而弗读，乃为是机关技巧，以衒于愚夫愚妇，而曰是将运之而与读无异，不几于儿戏而自诳哉？且在尔之法，一已多矣，而安用五为？"[①]其下便是请作者即僧人的答疑，此部分内容构成了这篇记文的主体内容，此文的文章结构即为对话体。

又，孙觌作《抚州疏山白云禅院大藏记》，此文主要记录的孙氏与僧了如的书信往来，也可以说是一种书信式对话体，其文伊始便是僧人建藏完成请孙氏作记，作者回信提出自己的疑惑："今子以出世间法提引未悟，而区区事纸上语，连榻累笥，子将何为也？"[②]下文便是僧人复信回应质疑，一问一答，构成了对话体。

（二）书写对象的隐没

所谓"书写对象的隐没"，即在经藏书写中基本没有经藏的身影，他们写作经藏记有其他方面的缘由。既为经藏作记，又让经藏缺席，这种书写策略着实高明，这倒是像宋词中的"无语"修辞。"宋词'无语'修辞的内在话语蕴藉，不是简单地停留在语言具体可感的意义所指上，更应借助上下文关系及作家的身世境遇、词作诞生的时代背景等因素加以考虑。"[③]联系作者的儒士身份，这种让经藏缺席的书写策略，我们可以理解为作者的漠视或不认同。

王安石（1021—1086）在庆历中（1041—1048）作《涟水军淳化院经藏记》[④]，我们知道，王安石晚年对佛教有了一定程度认同，但此时期他虽不排斥与僧徒交游但也不认同佛教所为。僧人善因托僧瑞新请王安石为新建经藏作记，他开始"辞而不许"，但"不可以终辞"，于是才有了这篇记文。此经藏记基本不涉及经藏本身，其叙说写文的缘由："夫以二人者与余游，而善因属我之勤，岂有它哉？"

① 曾枣庄、刘琳主编《全宋文》，第 216 册，上海辞书出版社，2006 年，第 218 页。
② 曾枣庄、刘琳主编《全宋文》，第 160 册，上海辞书出版社，2006 年，第 385 页。
③ 郭守运《宋词"无语"修辞的审美考察》，《文学评论》，2012 年第 1 期。
④ 曾枣庄、刘琳主编《全宋文》，第 65 册，上海辞书出版社，2006 年，第 59 页。

“二人者”僧人瑞新与怀琏(善因之师),作者王安石之所以与他们交往,主要是因为“为其徒者,多宽平而不忮,质静而无求,不忮似仁,无求似义。”因此,我们说,王安石与僧人交游源于他们的道德修养接近于儒家所标榜的“仁义”,符合儒家的伦理道德,而他对经藏实不措心。

南宋文人李石作《安乐院飞轮藏记》,此经藏记亦不及飞轮藏,作者认为:“若夫杨氏所施缗钱之数、经函之目、常住田顷亩多少,此了因住持事,不足书。”因此,作者的关注点实不在寺院,更不在经藏。只因此经藏乃杨氏为已亡父母追福施钱所建,这与儒家的孝道思想契合,李石才写了此篇经藏记,其文曰:“此杨氏之心当与佛同体,而于吾儒不为背本也。”①

叶适(1150—1223),作为永嘉学派的集大成者,他批评周程张朱之人出入佛老,其《习学记言》更言“浮屠本以坏灭为旨,行其道必亡。”叶适淳熙八年(1181)作《白石净慧院经藏记》②,此文主要是为了追忆旧游,几不涉及经藏。叶适少年时曾习业于寺院所在之山,并与寺院僧人有所来往,他至今犹记那里的“泉石之美”,当得知彼时所识之人大多凋零之后,“感怆久之”,因此我们说叶适此文主要是追忆旧游,缅怀故人,至于经藏,实不是他关心的。

(三) 儒释态度对比

儒家士大夫作为宋代经藏记的书写主体,其于释家之学,往往了解甚浅,有的甚至直言对佛学一无所知,如:

> 仆非学空者,何以塞请? 胡铨《衡州寿光寺轮藏记》③
>
> 予不知佛书,且不解福田利益事也。所知者,儒书耳。杨万里《石泉寺经藏记》④

作为不解释家之学的儒士,他们是如何书写作为佛教信仰一

---

① 曾枣庄、刘琳主编《全宋文》,第 206 册,上海辞书出版社,2006 年,第 23 页。
② 曾枣庄、刘琳主编《全宋文》,第 286 册,上海辞书出版社,2006 年,第 64—65 页。
③ 曾枣庄、刘琳主编《全宋文》,第 195 册,上海辞书出版社,2006 年,第 391 页。
④ 杨万里撰、辛更儒笺校《杨万里集笺校》,中华书局,2007 年,第 3018 页。

份子的经藏,即他们的书写策略如何?下面,我们就以“非学空者”的胡铨、“不知佛书”的杨万里的经藏记为例,看看他们的书写策略。

胡铨绍兴三十年(1143)作《衡州寿光寺轮藏记》,其云:

> 佛书止五千八百卷,比吾书,如唐弘文二十余万卷,不能四十之一。然自武德抵开元,集贤四库卷止八万九千,迄天宝之季,又损八千五百,而佛书至今不亡者何也?其徒能尊其书,而吾徒不能尊吾书耳。彼虽乱离颠沛,其目可矐,其足可断,而其书不可夺。吾徒苟一第,则已束书不观,其能顾庋书之室乎?①

作为儒学之士,胡铨认为佛教经典延续千年而不亡,是因为佛教徒能够虔诚护持其书,而儒家经典,作为选举制度的主要采择对象,具有一定的功利标签,所以他认为一些士子一旦登第,便抛弃了这些经典。这里值得我们注意的是,胡铨的经藏书写所采取的策略是儒释之徒对待各自典籍态度的对比。这种态度的对比书写,对于“非学空者”的胡铨,是可以通过感性的耳目所听所览完成的。如此书写,既回避了对佛教相关义理方面的阐发,又能对当时的儒学之士有所警醒,还能顺便赞扬释家之徒,真可谓一箭三雕。

由上可知,佛经之于佛教徒,儒书之于文士,其间的态度与意义有很大的区别,即对佛经采取信受奉行的佛教徒带有非功利的宗教情怀,而披览儒书带着广大科举士子的功利目的。又,杨万里淳熙六年(1179)《兴崇院经藏记》云:

> 予曰:“彼于其师之经,所谓五千四十八卷者,匦之矣,能如士之于书皆诵之否?能诵之矣,抑能如士之于书皆通之否?”世通曰:“释之不如士,固也。抑不宁唯是,释能以无经为怍,固不如士之以书而入官,以官而捐书。释能倾赀以市经,固不如士之以身而殉货,以货而殉色。释能辛勤千里

① 曾枣庄、刘琳主编《全宋文》,第195册,上海辞书出版社,2006年,第393页。

而求经,固不如士之重趼以附炎,奔命以死权。”[1]

当然,首先这是一种对话体,我们已阐述过这种书写策略,这里从免。我们这里强调的是世通的回答。僧人世通首先承认了僧徒的不足,即僧徒的文化水平确实不能同一般的士大夫相提并论,但接着以反语的形式以儒释对比批评士大夫的种种弊端与缺陷。接着,作者杨万里便云:“予无以诘,因并书其语。”很显然,作者认同僧人的说法,不同于胡铨的主动,杨万里是被动的书写僧人之语,但他认同儒释之间的这种差别。

儒释对待各自经典的态度对比,从根本上来说,是功利之儒与信仰之释的对比,而这种主动或被动的书写策略既能赞颂僧人,又能针砭儒家士大夫,而后者才是作为儒士的作者所切实关心的。

(四)扬少抑多

作为儒学之士,他们有自己的文化立场,如果他们认为寺院的经藏建设不符合儒家的规范与观念,他们也会批评;同时,因着僧人的请托,他们又不可能全文批判,因此他们采取了扬少抑多的书写策略。

南宋文人吕午于淳祐四年(1244)作《休宁县方兴寺西院新建藏记》,其文有云:

> 余闻宝林大士初意,谓五千四十八卷无非记佛善言,思所以宝藏之,而又为机械轮转,以便阅习耳。流传既远,此意寖失。狃于庄严,备极华丽,怠于诵习,托诸运转。又自一轮,演为五轮,金碧愈辉,心目愈骇。将使释俗炫华忘实,插架贝叶,手未尝触,是犹吾儒有书不读也,诸佛之说何由以传,宝林之意遂不泯乎?[2]

作者批判僧徒建造藏殿奢侈华丽,设五轮以运转经藏备极工巧,这背离了傅大士的初始愿望,实乃“炫华忘实”、懒怠倦堕的表现。文章末

---

① 杨万里撰、辛更儒笺校《杨万里集笺校》,中华书局,2007年,第3031页。

② 曾枣庄、刘琳主编《全宋文》,第315册,上海辞书出版社,2006年,第131—132页。

尾，作者“下一转语”，用十六个字来赞扬僧人，其言：“始于有志，终于无倦。化无为有，厥效立见”。

二　居士的书写策略

居士，他们往往首先是个儒士，但居士的身份毕竟赋予了他们不同的意义，而且他们的居士身份往往比较自觉，因此不同于一般儒士，这些居士的经藏记文有其别具一格的书写策略。

（一）对话体的代僧宣法

黄庭坚元祐九年（1094）作《普觉禅寺转轮藏记》，此文针对有些人对僧人所为的质疑不解展开的，“或讥谤以谓，大老翁当为十方衲子兴法之供养，安用作此机械，随俗嫮夸耶？”黄庭坚回应说：

> 山谷曰：“妙德法界，不容一尘；普贤行门，不利（误，据四库本，应作“剩”）一法。……若乃此离垢轮圆机时示诸衲子，转者谁转，止者谁止，负荷含藏，承谁恩力，一念正真，权慧具矣。若能如是观者，即绝众生生死流，即具普贤一切行。不如是观，虽八万四千宝目遍入五千四十八卷，字字照了，虎观水磨，竟是何物。常坐不动道场，即此以为佛事，善知诸子回心与未回心，堪入生死与不堪入生死，根器成熟与未成熟，法之供养，更于何求？”①

佛教有“真谛”“俗谛”的说法，“妙德法界，不容一尘”即是真谛，意谓究竟来讲，诸法毕竟空，无有少法可得，约理而言；“普贤行门，不剩一法”，即为俗谛，就事而论。上文所引内容主要针对“衲子”，希望他们对转轮藏的事相认真观察思维，具备了这种妙观察智，或许一念之间回光返照便能悟明心性，如果不具备这种智慧，即使遍读五千四十八卷佛书，也只能落得“虎观水磨”不知何物的境地。

值得我们注意的是，黄庭坚此文结构亦为对话体，但这种对话体

---

①　黄庭坚著、郑永晓整理《黄庭坚全集辑校编年》，江西人民出版社，2008 年，第 709—710 页。

不同于上文所举一般儒士的对话体。上文儒士的那种对话结构，是文章作者提出质疑，而请作的僧人回应答疑，其主体部分是僧人的回答，这种书写策略多少都有作者的回避成分；而黄庭坚此文，主体是作者本人，正面回应一些人的质疑，这里我们可以看到，黄庭坚回应质疑的内容高超绝妙，可以说是代僧宣法，因此住持普觉禅师说“山谷道人为我转此法轮，省老翁无量葛藤。”

（二）以偈书记

偈语，作为佛教重要的书写文体，在宋人的经藏书写中亦有显现。苏轼《胜相院经藏记》、南宋李纲《澧州夹山普慈禅院转轮藏记》等在文末即用偈语。这里，我们以更为典型的南宋文人程俱于靖康时期作的《镇江府鹤林天宁寺大藏记》为例，略作分析。说其典型，是因为程俱此文全文皆为五言偈，全文云：

> 稽首正觉尊，最胜放光者。具足功德聚，智海如虚空。善达于一切，众生心心相。似无尘垢轮，及无所行轮。无示无说中，而为说正法。不为有蕴故，有处及有界。无明至老死，故说如是法。/……/我以法施已，次当述因缘。惟此朱方城，天宁大禅刹。长老禅鉴师，其名曰道潜。……/城中有居士，氏名曰程俱。清净三业中，流出无尽藏。为记如是事，说是诸伽陁。为无量众生，回向萨云若。[①]

首先，作者的居士身份比较自觉，其言“城中有居士，氏名曰程俱。”其次，不同于一般的散体经藏记文，此文是以齐言的偈语来书写经藏，而且作者是比较自觉地运用这种方式，其言“说是诸伽陁”，“伽陁”即伽陀，“伽陀者，一切四言五言七九等偈，不重颂者，皆名伽陀也。”[②]程俱此文偈语用词古奥，非熟于佛经者不能道，且其偈语与经偈有直接的相似度，以前四句为例：

---

① 曾枣庄、刘琳主编《全宋文》，第155册，上海辞书出版社，2006年，第325—326页。

② 智者大师《妙法莲华经玄义》，《大正藏》，第33卷，佛陀教育基金会，1990年影印，第753页。

以偈叹曰："……若稽首正觉，便逮平等法。"①

以偈赞曰："敬礼最胜放光者，敬礼意如虚空者。"②

或有合掌说偈赞叹曰："……归命具足功德聚。"③

而说偈言："……具诸相好以严身，智海如空无有量。"④

作为居士的程俱，其用偈语来书写经藏，而且其偈语很多都源自佛经经偈，这不仅反映了其作为居士佛学修养深厚，同时还能看出其直接模仿经偈的努力。

除了全文皆偈语，程俱此文的结构也是值得我们留意。一般而言，佛经结构分三部分，即三分科经，东晋释道安所创，后取证于唐玄奘所译《佛地经论》，分别为：序分、正宗分、流通分，序分"即述说一经教说产生之由来"，正宗分乃"论述一经之宗旨"，"流通分"乃"叙说受持本经之利益，复劝众等广为流传"。与释迦所宣讲之佛经略有不同，僧人撰述（律论、经论）往往以礼敬作为序分，以回向作为流通分。唐释道宣注释《四分律比丘含注戒本》，其首末各有法护尊者所作偈语，首云："稽首礼诸佛，及法比丘僧。……"，释道宣言其为"序正流通"，即为序分；末云："……我今说戒经，所说诸功德。施一切众生，皆共成佛道"，道宣谓"此谓略教之流通分"⑤。又，《大乘起信论》首尾亦各有偈，首云："归命尽十方，最胜业遍知。色无碍自在，救世大悲者……"；末云："诸佛甚深广大义，我今随分总持说，回此功德如法性，普利一切众生界。"⑥此首尾二偈即为序分与流通分。程俱此文，

---

① 竺法护译《佛说离垢施女经》，《大正藏》，第12卷，佛陀教育基金会，1990年影印，第97页。

② 菩提流志译《大宝积经》，《大正藏》，第11卷，佛陀教育基金会，1990年影印，第458页。

③ 菩提流志译《大宝积经》，佛陀教育基金会，1990年影印，第358页。

④ 般若译《大乘本生心地观经》，《大正藏》，第3卷，佛陀教育基金会，1990年影印，第301页。

⑤ 释道宣《四分律比丘含注戒本》，《大正藏》，第40卷，佛陀教育基金会，1990年影印，第429页、第463页。

⑥ 马鸣菩萨造、梁真谛译《大乘起信论》，中华书局，1992年，第1页、第190页。

可以分成四部分(见文中斜线),第一部分(礼敬)与第三部分(因缘)可以视为序分,第二部分(内容太多故省略)为阐发佛理,可视为正宗分,第四部分为回向文,可视为流通分。文中第三部分可以视为作者的一种变通手法,毕竟此部分是言事的,前面均为说理,放在前面不协调。鉴于这种相似性,我们认为程俱此文在结构上极有可能亦在效仿佛教经论。

(三) 四言为记

在我们能够见到的宋代所有经藏记文中,有四位文人的经藏书写可以视作"四言为记"。北宋舒亶、吴栻的经藏书写全文皆是四言,苏轼为成都胜相院经藏所作记文除文末偈文为五言外,基本上也为四言(只有二句例外,"有大比丘惟简"、"无可无不可")。与苏轼相类,南宋何麟绍兴十年(1140)作《北岩转轮藏记》,前面基本四言,后面乃七言偈语。

在这四位文士中,舒亶、吴栻、苏轼在记文中直言自己的居士身份:

> 有一居士,施不及财。目睹胜缘,五体投地。恭敬作礼,而发愿言。舒亶《翟岩山宝积院轮藏记》[①]
>
> 有居士者,家住庵峰。信脚闲行,五湖四海。作家相见,不免葛藤。吴栻《天宁寺转轮藏记》[②]
>
> 有一居士,其先蜀人。与是比丘,有大因缘。苏轼《胜相院经藏记》[③]

还有一个文人何麟,我们认为也可视为居士。何麟为张商英外孙,而张商英曾参礼大慧宗杲禅师(1089—1163),并有所得,其言"不因公语,争见真净死心用处。"[④]何麟亦与宗杲相识,其《祭大慧禅师

① 曾枣庄、刘琳主编《全宋文》,第100册,上海辞书出版社,2006年,第76页。

② 曾枣庄、刘琳主编《全宋文》,第102册,上海辞书出版社,2006年,第311页。

③ 张志烈、马德富、周裕锴主编《苏轼全集校注》,河北人民出版社,2010年,第1224页。

④ 普济《五灯会元》,中华书局,1984年,第1200—1201页。

文》云:“我为童子居蛮荆,立老佛傍识其人。劫火炽然无不坏,师见我文张口骇。向道元来无尽在,此语示人当再拜。”[①]张商英(1043—1121)号无尽居士,“向道元来无尽在”,这里大慧宗杲禅师应该是把何麟视为“小”张商英,且何麟记文云:“稽首作记,而说偈言”,因此我们把何麟也算作居士。

没有其他人,只有这四位居士选择以“四言为记”,这种现象是偶然的吗?我们的答案是否定的。“佛法庄严肃穆,佛典文体庄重正式,以汉语文化传统中具有雅正、庄重特征的四言句式体现这种宗教文体的文风,无疑是最为合适的。因此在经历了漫长的探索之后,译经者最终选择了四言而不是其他形式作为汉译佛典的主流句式。”[②]上面所举四位文人至少有三位对自己的居士身份有较为自觉的认识,其在记中明言“居士”,因此我们认为,他们这种以“四言为记”的书写方式是对汉译佛典主流句式四言句的一种模仿,至少是受其影响。

三　结　　语

文学既具有独立性,又与哲学、思想、宗教等意识形态紧密关联,“不论是清晰的陈述,还是间接的暗喻,都往往表明一个诗人忠于某种哲学,或者表明他对某种著名的哲学有直接的知识,至少说明他了解该哲学的一般观点。”[③]宋代文人因其思想不同而身份有异,面对含有佛教信仰意味的经藏,他们以各自的立场采取了不同的书写策略,在这其中,儒士采取的质疑性对话体、书写对象的隐没、儒释态度对比、扬少抑多四大策略,居士采取的对话体的代僧宣法、以偈书记、四言为记三大策略,值得我们关注。文人身份的不同决定了他们各自

① 曾枣庄、刘琳主编《全宋文》,第177册,上海辞书出版社,2006年,第343页。

② 颜洽茂、荆亚玲《试论汉译佛典四言格文体的形成及影响》,《浙江大学学报》,2008年第5期。

③ 雷・韦勒克、奥・沃伦著、刘象愚等译《文学理论》,生活・读书・新知三联书店,1984年,第114页。

不同的"语言策略"与"表达方式",宋代文人的佛教经藏书写为我们进一步思考文学与思想、宗教的关系提供了一个很好的个案。总之,宋代文人在经藏书写中展现的身份的差异、书写策略的不同,为我们进一步思考同一文体书写的内部差异提供了一个很好的个案。

（南京大学文学院）

论纪昀评点韩偓诗歌*

徐美秋

韩偓(842—923)字致尧[1],小名冬郎,号玉山樵人,京兆万年(今陕西西安)人。他生活在唐末、后梁年间,是唐昭宗龙纪元年进士,曾官至翰林学士承旨,深入参与朝政谋划,甚得昭宗亲信;因忤触权臣朱温,被贬出朝,后朝廷诏命官复旧职,不应,避地入闽;先到福州,投靠威武节度使王审知,后因王接受朱温朝廷的封号而离开福州,流寓汀州沙县、尤溪县和桃林场等地,最后定居泉州南安县。韩偓年少即有诗名,李商隐是他姨父,李诗《赠韩冬郎》称赞他"十岁裁诗走马成"、"雏凤清于老凤声",流传下来的诗集有《韩内翰别集》与《香奁集》。

清人吴兆宜曾为《韩致尧翰林集》[2]和《香奁集》作注,二集均不分卷,卷首有八则诗话。二集都按体编次,《翰林集》依次为五古、七古、五律、五言排律、七律、七言排律、五绝和七绝,其中七律占半数多;《香奁集》有自序一篇,咏物赋两篇(《黄蜀葵赋》与《红芭蕉赋》),然后依次是四言古诗、五古、七古、长短句、五律、七律、五言排律、七言排律、六言律

* 本文为江苏大学高级人才专项资助项目《纪昀评点诗歌研究》(10JDG008)阶段成果。

① 《四库全书总目》(以下简称《总目》)卷一五一《韩内翰别集》提要说:"《唐书》本传谓偓字致光,计有功《唐诗纪事》作字致尧,胡仔《渔隐丛话》谓字致元,毛晋作是集跋,以为未知孰是。案:刘向《列仙传》称,偓佺尧时仙人,尧从而问道,则偓字致尧,於义为合,致光、致元,皆以字形相近误也。"

② 《韩致尧翰林集》与《韩内翰别集》的编次体例不同,前者按体编次,后者按年编次。

诗、五绝和七绝，其中七绝近半数。二集共三百三十余首，佳作不多。

纪昀评点韩偓诗集即以吴注本为底本，首页右下角有“瀛海纪氏阅微草堂藏书之印”[①]。纪氏对二集的评点很简略，以圈点为主[②]，偶尔附有只言片语的评论。其后记《书韩致尧翰林集后》二则与《书韩致尧香奁集后》三则对韩偓的忠愤节义极为推重，并因之而重其诗，同时也客观指出《翰林集》总体上不出五代之格局，《香奁集》则大多淫艳猥亵。纪昀点评韩偓诗集比较随意，不像他评点《瀛奎律髓》、苏轼诗歌、李商隐诗歌及《唐诗鼓吹》等诗集那样反复钻研，一书评阅数年或数遍。[③]《瀛奎律髓》收录韩偓诗歌三十六首（重一首），《唐诗鼓吹》收录十九首（与《瀛奎律髓》重六首），这些诗歌的评点、上述五则后记与《总目·韩内翰别集提要》[④]相互印证、补充，构成了纪昀点评韩偓诗歌的主体内容。这些评论虽然简略，却能将韩偓诗歌的几个重要问题，如韩诗的根本、人品与诗品的关系、时代与诗格的关系、韩诗（特别是《香奁集》）的评价标准等，都评析分明，且持论通达，而纪昀的诗歌思想也在其中得到较为集中的体现和印证。

一、论韩偓诗歌的根本

纪昀强调忠愤节义是韩偓诗歌的精神底蕴，也是其诗歌高出唐末五代而上接李商隐的根本原因。吴注本卷首《诗话》引晁公武曰：“偓有君子之道四焉：唐之末，南北分崩而忘其君，偓虽崔允门生，独

---

① 吴兆宜注，纪昀评点《韩致尧翰林集香奁集》，纪氏阅微草堂藏本，山西省图书馆藏。以下未作说明的纪评即出自此本。

② 其圈点，佳句则字字画红点或红圈（大略而言，画红点的诗句通常写景抒情较有情致，画红圈的诗句则或隐或显颇有寄寓与感慨。），拙句（或词）则其旁抹黑线；上佳之作则诗题前画两个红圈，佳作则诗题前画一个红圈，较佳之作则诗题后画一个红圈，稍佳之作则诗题后画黑圈，不好不差之作没有圈点，劣作则诗题后画黑点。

③ 参见拙著《纪昀评点诗歌研究·前言》之“纪昀评点诗歌概况”，花木兰文化出版社，2013年，第3—7页。

④ 《总目》集部提要可以说是纪昀文学思想的体现，这已被清代至现代许多学者所肯定。可参见拙著《前言》第5、12页相关论述。

能弃家从上，一也；其时缙绅无不交通内外，以猎取爵禄，偓独能力辞相位，二也；不肯草韦贻范起复麻，三也；不肯致拜于朱温，四也。《诗》曰‘风雨如晦，鸡鸣不已’，偓之谓矣，而宋子京薄之，奈何？”纪氏评曰：“此致尧全集之根本。”《诗话》又引《南唐近事》云：“偓捐馆日，有一箧缄鐍甚密，家人意其中必有珍玩，发观之，惟得烧残龙凤烛百余条，蜡泪尚新。盖在翰院日，昭宗召对金銮，深夜宫妓秉烛以送，偓悉藏之，识不忘也。”纪评曰：“此条虽无与于诗，而可见致尧之本志。诗者，志也，固宜收之《诗话》中。”这两则诗话称赞韩偓危难之际忠君爱国，坚守节义，不畏权臣，不忘国事；唐亡之后一直眷恋故国，至死不渝。纪昀认为这虽然说的是韩偓的品性与情志，并非直接论诗，然而“诗言志”，这些记述实际上是道出了韩诗的内在精神和根源所在，因此是很有价值的诗话材料。

纪昀一向坚持诗的本旨不出“诗言志”三字，其《郭茗山诗集序》说：“钟嵘以后诗话冗杂如牛毛，而要其本旨不出圣人之一语，《书》称‘诗言志’是也。盖志者，性情之所之，亦即人品、学问之所见。”《冰瓯草序》明确提出“诗本性情”，《诗教堂诗集序》又说“（诗）终以人品、心术为根柢。人品高，则诗格高；心术正，则诗体正”。[①] 纪昀认为诗人的性情、人品、学问都是“志”的表现，是诗歌的根本，在很大程度上决定着诗歌的风格。他从韩偓的性情、人品而论其诗品说：

> 致尧诗格不能出五代诸人上，有所寄托亦多浅露；然而当其合处，遂欲上躏玉溪、樊川，而下与江东相倚轧，则以忠义之气发乎情而见乎词，遂能风骨内生，声光外溢，足以振其纤靡耳。然则诗之原本不从可识哉？辛卯中元后三日晓岚记（《书韩致尧翰林集后》其一）
>
> 致尧诗格不高，惟不忘忠愤，是其高于晚唐处。（评韩偓《幽窗》，《瀛奎律髓汇》卷七）[②]

① 纪昀《纪文达公遗集》，文集卷九，续修四库全书，第1435册。

② 李庆甲《瀛奎律髓汇评》，上海古籍出版社，2005年，第279页。

偓为学士时，内预秘谋，外争国是，屡触逆臣之锋，死生患难，百折不渝，晚节亦管宁之流亚，实为唐末完人。其诗虽局於风气，浑厚不及前人，而忠愤之气，时时溢於语外。性情既挚，风骨自遒，慷慨激昂，迥异当时靡靡之响，其在晚唐，亦可谓"文笔之鸣凤"矣。变风变雅，圣人不废，又何必定以一格绳之乎？（《总目》卷一五一《韩内翰别集》提要）

上引三则评论或详或略，说的是同一件事，即一方面韩诗总体上未能超越唐末五代之格局，较为浅弱纤靡，诗格不高；另一方面，韩偓其人忠君体国，大勇大义，情感深挚，当他的诗歌抒写或流露这等情志时，则沉着遒劲，有杜牧、李商隐诗歌之风骨。纪昀比较全面、客观地概括了韩偓诗歌的得失与特色，同时以欲扬先抑的述说方式来突显"诗之原本"在于诗人性情，亦以此印证他了"诗本性情"、"人品高，则诗格高"的诗歌思想。

需要说明的是，诗人的性情、人品与诗品之间的关系很复杂，纪昀持论也很通达。周积明先生《纪昀评传》与吴兆路先生《纪昀文学思想管窥》都举了不少例子来论证这点[①]，纪昀对韩偓和吴融二人的为人与诗歌的比较也是这方面的典型例子。《总目》卷一五一吴融《唐英歌诗提要》说："吴融……与韩偓同为翰林学士，……以立身本末论之，偓心在朝廷，力图匡辅，以孱弱文士，毅然折逆党之凶锋，其诗所谓'报国危曾捋虎须'者，实非虚语，纯忠亮节，万万非融所能及。以文章工拙论之，则融诗音节谐雅，犹有中唐之遗风，较偓为稍胜焉。"韩偓为人品格远高于吴融，诗歌则有所不及。虽然纪昀认为韩偓诗格不高的主要原因是时代风气（详下文），但吴融也是唐末人，与韩偓为同年进士，其诗却有中唐之风，胜于韩诗。这说明人品与诗品未必都一致、成"正比"。纪昀实事求是的客观态度，使他在论述诗人

① 周积明《纪昀评传》，南京大学出版社，1994 年，第 387—391 页。吴兆路《纪昀文学思想管窥》，载《庆祝王运熙教授八十华诞文集》，上海古籍出版社，2005 年，第 358—363 页。

主体与诗歌风格的关系时，既探得诗歌之本原，又保证了诗歌的相对独立性。

二、论韩偓诗歌沉着格高

纪昀在《书韩致尧翰林集后》和《韩内翰别集提要》都肯定了韩偓因其性情、人品颇有一些诗作“风骨内生，声光外溢”、“风骨自遒，慷慨激昂”，能够突破唐末五代诗坛纤靡之格，颇近于晚唐“小李杜”之佳作。在具体评论中，纪氏不曾直接用“风骨”二字，除两例用“健气”、一例用“气遒语健”外，多数是用“沉着”二字。在纪昀看来，韩诗的风骨主要表现为“沉着”，他还一再强调这种风格在韩偓诗集乃至晚唐诗坛中都很少见：

致尧诗难得此沉着之语。（评《乱后春日途经野塘》）

后四句笔仗沉着，晚唐所少。（评《赠隐逸》，《瀛奎律髓汇评》卷四十八）

后半极沉着，不类致尧他作之佻。（评《春尽》，《瀛奎律髓汇评》卷十）

结句沉着。言长卿但知夫妇契合之难，不知君臣之间更难于夫妇也。（评《中秋禁直》，《纪评唐诗鼓吹笺注》卷二）

致尧诗限于时代，格律不高，而较唐末诸人为沉着，罗昭谏之次，可置一席。（评《惜春》，《瀛奎律髓汇评》卷三十九）

纪评《韩致尧翰林集》于此五诗题前皆画两红圈，意为上佳之作。那么“沉着”具体指什么？下面以《中秋禁直》诗为例并结合其他几例纪评试为解析。《中秋禁直》云：

星斗疏明禁漏残，紫泥封后独凭栏。露和玉屑金盘冷，月射珠光贝阙寒。

天衬楼台笼苑外，风吹歌管下云端。长卿只为长门赋，未识君臣际会难。

纪评《韩致尧翰林集》于此诗后四句密画红圈,意为佳句;《纪评唐诗鼓吹笺注》则着意于结句,评以"沉着",并对用典之意加以疏解;《瀛奎律髓刊误》的评析较为全面,云:"致尧诗或纤或俚,此独深稳。○第五句'衬'炼得稳,以新巧论之,则胜下句,而下句却以天然胜。○胜前篇处,在结句深挚。"综合三处点评可知,纪昀对五、六句的赞赏是从艺术技巧方面肯定其炼字炼句的新巧与天然;他最欣赏的显然是七、八两句,正是结尾这两句的"沉着"、"深挚"使这首诗的品质大大提升,由此亦可知,纪评"深稳"二字主要也是就末二句而言的。通过以上分析,可以说"沉着"二字大略相当于"深稳"、"深挚"两词。

进一步来解释"深稳"、"深挚"两词。纪评以"或纤或俚"从反面对"深稳"作了界定,则该词当指艺术表现上深曲而不浅直,工稳而不轻佻。"深挚"是纪氏认为此诗胜于"前篇"的地方。"前篇"指韩偓《雨后月中玉堂闲坐》,同样写翰林值夜,该诗写清景怡人,有闲旷之意,《瀛奎律髓汇评》所载诸家评价颇高,而纪评曰:"八句皆景,便无意味。"此诗前六句亦写景,结二句用典抒情。廖文炳解评末二句曰:"昔司马长卿为陈后作赋以讽武帝,卒复宠幸,固为美谈。然不知君臣交会千古为难,何不作赋以晓君上,使之亲贤哉?此必为朱全忠之毁,故有是语云。"此解迂曲,未能探得诗人深意。[①] 何焯结合当时政治环境说:"陈后废,以相如一赋复得召幸。昭宗幽于东内,身为内相,不能建复辟之绩,岂不负此际会乎?当于言外求之。"[②]此解得之。君臣相处总不免心机与猜忌,昭宗却对韩偓信任有加,颇为依重,然面对当时内外交困的局势,韩偓深恐自己辜负这份信重;或许此时诗人已隐约预感到他无法力挽狂澜,而终将辜负这份难得的君臣相契。结句即表达了这样的忧思与感慨,情感深沉真挚,全诗因此而变得厚重有意味。

---

① 纪昀批评此解说:"此在契合一边说,搅入亲贤便迂拘,非本旨,添出作赋更呆。"《纪评唐诗鼓吹笺注》卷二。

② 李庆甲《瀛奎律髓汇评》,卷二,上海古籍出版社,2005年,第68页。

综合“深稳”、“深挚”的涵义，纪评所谓“沉着”既指艺术表现上深曲工稳，又指内容情感深沉真挚。验之《乱后春日途经野塘》诗，尤其后四句“季重旧游多丧逝，子山新赋极悲哀。眼看朝市成陵谷，始信昆明是劫灰”，一句一典，将历史的兴亡更迭、尘世的沧桑变化与诗人故国哀思交织在一起，沉挚悲凉，厚重含蓄。纪昀评之以“沉着”，正是赞赏其深曲工稳地表达了诗人深沉真挚的情感。“沉着”的这两方面涵义，纪昀有时偏重于其中之一。如评《春尽》以“佻”与“沉着”相对而言，即偏重于艺术表现方面；以“沉挚”评《乙丑岁九月在萧滩镇驻泊两月忽得商马杨迢员外书贺余复除戎曹依旧承旨还缄后因批四十字》“事往凄凉在，时危志气销”两句，则侧重于情感方面。

纪昀又以“健气”、“遒健”肯定韩诗的风骨。他评《登南神光寺塔院》曰：“格弱是晚唐通病，此尚有健气。”[①]评《隰州新驿》曰：“语饶健气，题本有得说也。”评《感事三十四韵》曰：“气遒语健，便欲接武玉溪，其言有物，故非靡靡之音。”纪评着重突出后两诗之所以风骨刚健是因为题材重大、内容充实。《隰州新驿》叙写僖宗朝王重荣及李克用、田令孜等风云人事[②]，《感事三十四韵》咏叹自诗人进士及第至唐亡后的朝政时事，都是重大的历史、政治事件；而且，这两首都是五言排律，语言精悍有力，更能表现出刚健的体貌。

从内容来看，这些有风骨的韩诗表达了诗人忧时伤乱、感怀身世和哀悼故国的情感，是诗人“忠义之气”、“忠愤之气”的表现，或显或隐都蕴含着政治内涵，意境比较深厚。

三、论韩偓诗格不高及其原因

纪昀推重韩偓的性情、人品，肯定韩诗有高格沉着之作，高出唐末靡靡之音，同时也客观地指出韩诗总体上不出唐末五代之格。综

---

① 李庆甲《瀛奎律髓汇评》，卷四十七，上海古籍出版社，2005 年，第 1745 页。

② 笔者采用吴在庆《韩偓〈隰州新驿〉诗作年意旨考论》的考释，《广东技术师范学院学报》2012 年第 3 期，第 92—97 页。

合纪评，韩偓诗格不高首先表现在比兴寄托太浅。纪氏评《火蛾》诗“比兴太浅”，评《玩水禽》末二句：“结句用意自好，而比兴太浅。”这两首都是咏物讽喻诗，前诗作于诗人晚年寓居泉州南安县时，以“飞蛾投火”的习性为喻讽刺那些投靠朱温的官员“自取灭亡”，但语意浅露，缺乏情致。《玩水禽》作于天祐元年诗人流寓湖南醴陵时，前六句“两两珍禽渺渺溪，翠襟红掌净无泥。向阳眠处莎成毯，踏水飞时浪作梯。依倚雕梁轻社燕，抑扬金距笑晨鸡”，以清新的笔触描绘了一群珍贵水鸟的舒适的栖息之地、美丽洁净的外形、轻盈优美的动作、高傲雍容的神态，为读者呈现出一幅生趣怡然的画面，故纪昀在题前画红圈表示赞赏。结尾两句“劝君细认渔翁意，莫遣絚罗误稳栖”，劝诫这些安逸自在的水鸟要警惕暗藏杀机的渔翁，不要将剥夺自由的渔网视为栖身之所；实际是警告士人要看清朱温的险恶用心，不要将朱温把持的朝廷视为安身立命之所。《玩水禽》末尾的警戒来得有点突兀，语意也比较直接，因此纪评叹其“比兴太浅”。再如《冬至夜作》与《安贫》是两首蕴含政治内涵的七律，但缺乏杜甫、李商隐同类诗歌的“深沉的历史感”①，纪昀评前诗“极有寓意，只措语浅耳”，评后诗乃“致尧最沉着之作，然终觉浅弱”。② 韩偓诗歌（尤其七律）虽不乏寄寓和托讽，但在表达上未能酝酿深厚，而不免出之以浅率，因此诗格不高。③

韩偓诗格不高还表现在诗如小词。词为“诗余”，广义而言，诗和词都是诗歌，而实际上这两种文体各有其不同的功能与美学特征。功能上，诗“言志”而词“娱宾遣兴”；审美上，“诗庄词媚”。也就是说，

---

① 程千帆、张宏生《七言律诗中的政治内涵——从杜甫到李商隐、韩偓》，《文艺理论研究》，1988 年第 2 期，第 81—90 页。

② 李庆甲《瀛奎律髓汇评》，卷十六、卷三十二，上海古籍出版社，2005 年，第 603、1365 页。

③ 周裕锴《宋代诗学通论》论“格”范畴曾说：“‘格’字是精神内容与艺术形式的统一体。……诗歌若只有精神内容的高尚，仍不免‘格卑’之讥。……高雅脱俗的内容，须借助于收敛含蓄、盘马弯弓的语言张力，才能转化为高古的诗格。”上海古籍出版社，2007 年，第 288 页。

诗是用来抒发情志怀抱的，要写得正大庄雅；词是用来娱乐助兴的，要写得细腻柔媚。按中国传统诗论，诗、词的功能有着价值的高低之别，因之，二者的审美风格也有了高下之别，何况词还有着“艳科”之称，因此诗歌而呈现出词体风貌，则不免格调卑靡之讥。据此，纪昀之评《五更》“真是小令，无复诗格矣”、评《懒卸头》“作词则为高调，作诗则为靡格”便不难理解了。这两首俱写闺怨夜不眠，《五更》清婉，前六句以景言情，末二句“绣被拥娇寒，眉山正愁绝”正面描写闺妇愁情；《懒卸头》细腻，颇具情节，“凤皇钗”、“鸳鸯被”、“金穗”般的灯花，辞采艳丽。二诗从题材内容、表现手法及语词色泽都体现出词体柔美委婉的典型特征，尤其后者一般都视为词作。纪昀又评《南浦》、《金陵杂言》等诗“亦似词”，言外即嫌其“格卑”。《香奁集》不少诗歌表现出词体的美学风格，诗格自然不高。

纪昀进一步指出韩偓诗格不高主要是由于时代风气造成的。韩偓自注《冬至夜作》诗作于“天复二年壬戌随驾在凤翔府”，当时昭宗被宦官韩全诲劫持至凤翔，诗人随侍左右。方回评曰：“是时朱全忠围岐甚急，李茂贞有连和之意，偓之孤忠处此，殆知其必一反一覆，终无定在欤？此关时事，不但咏至节也。”纪昀同意方评，又说：“极有寓意，只措语浅耳。此则风气为之，作者不能自主。”又评《安贫》：“此为致尧最沉着之作，然终觉浅弱，风会为之也。”[①]此二诗，一忧时事，一伤身世，意极沉痛，但表达比较浅直薄弱，纪昀认为这是因为时代风气的影响。这两首都是七律，是韩偓所擅长的诗体，都不免浅弱，至于“古诗已非致尧所长，七言更为鄙浅，此晚唐通病，不独作者一人也”。此外，一些韩诗带有词体风格同样是源自时代的趋向，纪评《金陵杂言》：“此亦似词，至是而填词渐起，虽作者亦不知其然。”

韩偓所生活的年代是唐王朝彻底崩溃的时期，宦官擅权、藩镇割

① 李庆甲《瀛奎律髓汇评》，卷十六、卷三十二，上海古籍出版社，2005 年，第 604、1365 页。

据的情况严重到了无法收拾的地步，士人阶层看不到前途，“常带着一种末世的悲哀感”①。末世感弥漫之下，士人充斥着无能为力、无所作为的消沉心态，同时又往往有及时行乐的心理，整个时代精神低靡消沉。士人的消沉沮丧在诗歌里就表现为“才思窘薄，志气卑弱，视野狭窄，语意浮浅”②；而他们的纵情声色则表现为艳情诗的绮靡艳丽，表现为词的柔媚旖旎。生活在其中的韩偓深受影响，这是他诗格不高的根本原因。

《文心雕龙·时序》说“歌谣文理，与时推移”、“文变染乎世情”，时代风气对诗文风格的影响是必然的。纪昀于此多有阐发与论证。理论批评如《爱鼎堂遗集序》云：“三古以来，文章日变，其间有气运焉，有风尚焉。史莫善于班、马，而班、马不能为《尚书》、《春秋》；诗莫善于李、杜，而李、杜不能为《三百篇》。此关乎气运者也。至风尚所趋，则人心为之矣。”《冶亭诗介序》亦云：“夫文章格律与世俱变者也。”③具体到诗歌评点，除了上引论韩偓诗格不高外，又见于《玉台新咏校正》揭示“汉梁体格之变迁”的评论中④。时代社会有盛衰之起伏，诗歌风格也随之发展演变。该如何看待诗歌的这种变化？纪昀说：

> 变风变雅，圣人不废，又何必定以一格绳之乎？（《总目》卷一五一《韩内翰别集》提要）
>
> 阳和阴惨，四序潜移，时鸟候虫，声随以变。诗随运会，亦莫知其然而然。论诗者不逆挽其弊，则不足以止其衰；不节取其长，则不足以尽其变。诗至五代，骎骎乎入词曲矣。然必一切绳以开宝之格，则由是以上将执汉魏以绳开宝，执《诗》《骚》以绳汉魏，而《三百》以下直无诗矣，岂通论哉？就

① 罗宗强《隋唐五代文学思想史》，中华书局，2003年，第385页。

② 周裕锴《宋代诗学通论》，上海古籍出版社，2007年，第284页。

③ 纪昀《纪文达公遗集》，文集卷九，续修四库全书。

④ 参见拙著《纪昀评点诗歌研究》第二章第一节第三部分“纪昀论汉梁诗歌‘体格之变迁’”。

短取长，而纤靡鄙野之习则去太去甚焉，庶几酌中之制耳。（《书韩致尧翰林集后》其二）

纪昀否定了“以一格绳之”的看法，他认为不同时代、不同体格的诗歌要用不同的批评尺度，不能只用一个时代风尚、一种标准来评判所有的诗歌。他以“变风变雅，圣人不废”为理论依据，以《诗》、《骚》——汉、魏——开、宝的诗史演变为历史依据，以反问的方式突出了“以一格绳之”的荒谬与狭隘。同样的论述亦见于《总目》卷一九四《宋金元诗永》提要：“必以唐法律宋金元，而宋金元之本真隐矣。即如唐人之诗，又岂可以汉魏六朝绳之，汉魏六朝又岂可以风骚绳之哉？”而他提出的“逆挽其弊”、“节取其长”、“就短取长”，不仅是一种通达、开明的态度，也要求对诗歌的发展变化有全盘的掌握，需要很高的识力。由此可见纪昀论诗之高屋建瓴。

四、论韩偓《香奁集》

纪昀把《香奁集》作为一个整体时，评价很低。他评萧纲《圣制乌栖曲四首》其四：“末句荡冶之极，而终不似韩偓《香奁集》之猥鄙，终是古人身分。”[①]《诗教堂诗集序》说：“齐梁以下，变而绮丽，遂多绮罗脂粉之篇，滥觞于《玉台新咏》，而弊极于《香奁集》，风流相尚，诗教之决裂久矣。”批评《香奁集》猥亵鄙浅，与“发乎情，止乎礼义”的诗教相悖甚远，这是纪氏以儒者立场所作的严厉批判。但当他将《香奁集》点阅一遍写后记时，却侧重于赞扬韩偓的人品心性。《书香奁集后》说：

《香奁》一集词皆淫艳，可谓百劝而并无一讽矣。然而至今不废，比以五柳之《闲情》，则以人重也。著作之士，惟知文之能传人，而不知人之能传文，于此亦可深长思矣。阅《翰林集》竟，因并此集点阅之，并识其末。

---

① 纪昀《玉台新咏校正》卷九，此诗末二句为“相看气息望君怜，谁能含羞不自前”。稿本，国家图书馆藏。

身列士林而词效俳优，如律之以名教，则居然轻薄子矣；然而唐室板荡之时，视长乐老之醇谨，其究竟何如也？九方皋之相马也，取之于牝牡骊黄外，有以也哉。

《香奁》之词亦云亵矣，然但有悱恻眷恋之语，而无一决绝怨怼之言，是亦可以观心术焉。

纪昀认为《香奁集》作为纯粹的艳情诗而能够长久流传，是因为人们敬重韩偓人品；从《香奁集》来看，韩偓有轻浮的一面，但这是小节，在严酷的政治斗争中坚守忠愤节义，才是他立身之根本；而且《香奁集》的表达也符合"温柔敦厚"之美，这又再次印证了韩偓性情之忠正。

在评论《香奁集》具体作品时，纪昀持论却比较通达。他评《幽窗》曰："此真正淫词，非义山有所寄托者，就彼法论之，亦自细微。"评《马上见》曰："结句猥极，然此种体裁不必绳之过刻。"[①]纪昀认为不同体格的诗歌要有不同的批评标准，像艳情诗应该就其轻靡细巧的特色而作赏鉴，这体现了他一贯的"不以一格论诗"的艺术审美观。他评萧纲《倡楼怨节》："情韵殊为妩媚。齐梁小诗不以格论，所谓言各有当也。"[②]又评岑参《夜过盘石隔河望永乐寄闺中效齐梁体》："中四句本为小巧，然题目自明言'效齐梁体'，则竟以齐梁体论，不以盛唐法论矣。文各有体，言各有当，不以一例拘也。"[③]纪昀指出齐梁体的特征是小巧轻艳，就不宜用盛唐高华雄浑之格来衡量、批评。"文各有体，不以一例拘"，即强调文学风貌的多样性，不能以一种标准、一种风格评判所有文学作品。纪昀对艳体诗的包容与欣赏显示出他在艺术审美上宏通与开放的眼光，这在评《香奁集》时也有明确的体现。

纪昀对《香奁集》整体的严厉批判与具体作品的包容欣赏之间的

---

① 李庆甲《瀛奎律髓汇评》，卷七，上海古籍出版社，2005年，第279、280页。

② 纪昀《玉台新咏校正》，卷九，稿本，国家图书馆藏。

③ 李庆甲《瀛奎律髓汇评》，卷七，上海古籍出版社，2005年，第278页。

矛盾，是他儒者立场与诗家慧心之间冲突的表现。这个矛盾在他对《玉台新咏》的评点中也有体现①，是他诗歌思想一部分。

综上所述，纪昀评点韩偓诗歌看似简略，却涉及到本旨论、风格论与鉴赏论等，很好地贯彻了纪氏的诗论，是研究纪昀诗歌思想的重要文献，值得重视。

（江苏大学中文系）

① 张蕾《诗教法则的严守与变通——纪昀评点〈玉台新咏〉管窥》指出纪评《玉台新咏》表现出“儒者立场与诗家慧心”的折中，也因此造成纪评“交织着通达之论与迂腐之语的复杂情形”。《武汉大学学报》（人文社科版）2007年，第5期，第641—646页。

小说评点的伦理意图*

江守义

中国古代的小说评点，主要是对小说的艺术特色进行评点，对小说如何遣词造句、人物如何塑造、结构如何安排等方面进行分析，指出其优劣所在。在进行艺术分析时，往往涉及到小说的内容，因而有时也对内容发表看法；由于古典小说鲜明的伦理色彩，评点者对内容发表看法时往往直接表明了自己的伦理立场。同时，透过这些艺术分析和内容分析，还可以间接折射出评点者自己的伦理意图。由于前两者学界论述较多，本文集中谈评点者的伦理意图。大致有三个方面：一是宣扬评点者伦理意图的合法性；二是评点者解读的出发点是自己的伦理意图；三是在评点中对小说进行伦理重建。

一

小说评点的盛行，得益于两个方面的因素：一是文人评点者乐意为之，二是书商愿意刊刻。

就文人评点者的意图看，由于小说是小道，从事小说之人社会地位、文化水平一般都不高，这给小说的艺术水准和小说的流通都带来了负面影响，为了改变小说的这种情况，文人评点者应运而起。一般认为，宋代刘辰翁的《世说新语眉批》，开启了小说评点的先河。刘辰

* 基金项目：本文为2015年安徽省社会科学项目《中国古典小说叙事形式的伦理阐释》AHSKY2015D117的阶段性成果。

翁热衷于评点，“以全副精神，从事评点”[①]，当然，他的评点涉及很多方面，但对《世说新语》的评点，“开启了一代新风尚”[②]，成为后世小说评点的先声。到明清时期，小说评点蔚为大观，与评点者的喜好乃至自得其乐有关。评点者从事小说评点，一个直接的动机是认为小说评点可以宣扬自己的伦理意图。刘辰翁从事评点的主要原因是“托文章以隐”、“纾思寄怀”以及“留眼目开后来”[③]，处身于南宋末世，他可以借助评点在发表自己艺术见解的同时，抒发自己的时代哀痛和民族气节，遗教后世。刘辰翁的这一伦理意图，在后来的小说评点中得到进一步彰显。大致可区分为两个层面：一是小说非“异端”，而是于小道中有大义。所谓“异端”，主要是指在道学家眼中，小说的虚构违背了史家的“实录”精神，对此，评点者往往在意无意间证明小说虚构的合理性。罗烨《醉翁谈录·舌耕叙引》将实录和虚构结合起来，一方面说小说“得其兴废，谨按史书”，另一方面，又说小说“试将便眼之流传，略为从头而敷演”，并特地表明“如有小说者，但随意据事演说云云”[④]，立足于实录的同时，又为小说的虚构找到了依据。即空观主人《拍案惊奇序》认为小说只要能“意存劝讽”，就不要管它是否虚构：“古今来杂碎事，可新听睹，佐诙谐者，演而畅之……其事之真与饰，名之实与赝，各参半。文不足征，意殊有属……总以言之者无罪，闻之者足以为戒，则可谓云尔已矣。”[⑤]谢肇淛《五杂组》则将虚构看作是小说之必需：“凡为小说及杂剧戏文，须是虚实相半，方为游戏三昧之笔。亦要情景造极而止，不必问其有无也”[⑥]。小说既非“异端”，它

---

① 罗根泽《中国文学批评史》(三)，上海古籍出版社，1984年，第263页。

② 王运熙、顾易生主编《中国文学批评通史》(宋金元卷)，上海古籍出版社，1996年，第746页。

③ 张璇《刘辰翁〈世说新语〉评点研究》，南开大学2011届博士学位论文，第24—25页。

④ 黄霖、韩同文选注《中国历代小说论著选》(上)，江西人民出版社，2000年，第92页。

⑤ 黄霖、韩同文选注《中国历代小说论著选》(上)，江西人民出版社，2000年，第263页。

⑥ 黄霖、韩同文选注《中国历代小说论著选》(上)，江西人民出版社，2000年，第167—168页。

的虚构就不妨碍它的伦理旨归。汤显祖《点校虞初志序》说"《虞初》一书……意有所荡激，语有所托归"，虽是"稗官小说"，但无"害于经史子传"①；李贽《忠义水浒传叙》则多方论证了《水浒》的忠义主旨；即使是志怪小说《聊斋志异》，唐梦赉也说"其论断大义，皆本于赏善罚淫与安义命之旨"②。二是小说代我立言。春秋时即有"赋诗言志"，《汉书·艺文志》将其解释为"古者诸侯卿大夫交接邻国……必称诗以谕其志，盖以别贤不肖而观盛衰焉。"③诸侯卿大夫在与邻国结交时，往往引《诗经》中的诗，来表达自己的思想，通过这种引诗，可以看出引诗之人的贤或不肖，可以看出该国风俗之盛衰。此即后世所谓"六经注我"。既然经书中已有自己所要表达的思想，古人便形成一种"写书不如注书"的想法，所以历代有很多人注经，注诗文，到刘辰翁，开始注小说。之所以有"写书不如注书"的想法，起初是因为注释者觉得自己的思想没有超越要注释的经典，将经典说清楚了，也就将自己的思想说清楚了，因此值得花精力来阐发经典的要义，到后来，逐渐形成章句、义疏等专门学问，义疏中往往有注者的"按语"或"开题"，讲清原文的主旨和解释路径。注释者在解释原文时，难免会加入自己的主观理解，难免会寻找自己的理解和原文的契合之处。刘辰翁便希望通过小说评点，借他人酒杯浇自己胸中之块垒，以"裨益于未来"④。由于小说不像经书、诗文那样有崇高的地位，小说评点者更容易用自己的主观意图来理解小说，却在评点时认为小说本来表达的就是自己的主观意图。张竹坡的《竹坡闲话》很有代表性："迩来为穷愁所迫，炎凉所激，于难消遣时，恨不自撰一部世情书，以排遣闷怀，几欲下笔，而前后结构，甚费经营，乃搁笔曰：我且将他人炎凉之

① 黄霖、韩同文选注《中国历代小说论著选》(上)，江西人民出版社，2000年，第187页。

② 唐梦赉《聊斋志异序》，朱一玄编《聊斋志异资料汇编》，南开大学出版社，2002年，第474页。

③ 班固撰、颜师古注《汉书》(六)，中华书局，1962年，第1755—1756页。

④ 张璇《刘辰翁〈世说新语〉评点研究》，南开大学2011届博士学位论文，第25页。

书，其所以前后经营者，细细算出，一者可以消我闷怀，二者算出古人之书，亦可算我今又经营一书，我虽未有所作，而我所以持往作书之法，不尽备于是乎？然则我自做我之《金瓶梅》，我暇与人批《金瓶梅》也哉？”[①]明确传达了《金瓶梅》代我立言的呼声。

就书商而言，他们刊刻小说的第一动机是赚钱，为了让自己刊刻的小说能畅销，推销必不可少，评点就是推销的一个手段。在这种特殊的推销中，包含有商业伦理和商人伦理。首先，就评点中的商业伦理而言，评点中的伦理说教与商业推销并不矛盾。嘉靖、万历年间，商业发展迅速，到万历二十年前后，小说评点勃兴，书坊主的参与功不可没。余象斗于万历二十年弃儒从商，刊行《新刻按鉴全像批评三国志传》，“全像”与“批评”兼具，正文页面分三栏：上评、中图、下文，显然是为了小说的传播。万历二十二年，又刊刻《水浒志传评林》，正文前有《题水浒传叙》，高度评价《水浒》的“忠义”主旨：“有为国之忠，有济民之义”[②]，并在《叙》之眉栏写有《水浒辨》，概括此书特色：“《水浒》一书，坊间梓者纷纷，偏像者十余幅，全像者只一家……今双峰堂余子，改正增评，有不便览者芟之，有漏者删之，内有失韵诗词，欲削去恐观者言其省漏，皆记上层，前后廿余卷，一画一句，并无差错。士子买者，可认双峰堂为记。”[③]这显然是在为自己的刊本做推销。推销而不忘小说的“忠义”主旨，让人有理由相信标举“忠义”也是推销的一个手段。其次，就评点中的商人伦理而言，是儒贾相通的结果。由于商业发展，书籍普及，读书人增多，但科举名额有限，导致很多读书人弃儒从商，成为儒商。随着商业的兴盛和士商合流的发展，传统的“士农工商”的社会等级划分，既不能适应儒商的特殊身份，也不能满足商人群体与财俱增的对社会地位的要求。社会上，形成一种士人重商和商人自重的潮流。王阳明在《节庵方公墓表》中对商人的社会

① 朱一玄编《金瓶梅资料汇编》，南开大学出版社，2002年，第417页。

② 天海藏《题水浒传叙》，朱一玄、刘毓忱编《水浒传资料汇编》，南开大学出版社，2002年，第192页。

③ 转引自傅惠生《宋明之际的社会心理与小说》，东方出版社，1997年，第258页。

价值予以了充分的肯定："古者四民异业而同道，其尽心焉，一也……其归要在于有益于生人之道，则一而已……四民异业而同道。"[①]士、农、工、商阶层只要能"尽心"于其所"业"，那么他们的社会地位就没有什么不同。新安商人汪道昆在《诰赠奉直大夫户部员外郎程公暨赠宜人闵氏合葬墓志铭》中说："大江以南，新都以文物著。其俗不儒就贾，相代若践更。要之，良贾何负宏儒！"[②]既然"良贾何负宏儒"，书坊主完全可以弃儒经商，用刊刻小说来完成自己的人生理想，如果在刊刻小说时加以评点，既作为商人来推销小说，又作为儒生来张扬理想，更是二者兼得，何乐而不为？评点中，不时可见到书坊主表达出自己作为商人的伦理自信。熊大木作为能写小说和评点的书坊主，刊行了不少历史小说，在《新刊大宋演义中兴英烈传序》中，他将刊行小说和宣扬纲纪视为同一件事："武穆王《精忠录》，原有小说，未及于全文。今得浙之刊本……然而意寓文墨，纲由大纪，士大夫以下遽尔未明乎理者，或有之矣……使愚夫愚妇亦识其意思之一二……于是不吝臆见，以王本传行状之实迹，按《通鉴纲目》而取义。"[③]之所以新刊《大宋演义中兴英烈传》，既是为了让"愚夫愚妇亦识其意思之一二"，也是为了弘扬朱熹在《通鉴纲目》中所宣扬的纲常名教。为了完成这一目标，熊大木采取双行夹批的形式，对人名地名和一些典故加以解说，对一些字词注音释义，这主要为了方便"愚夫愚妇"阅读小说，同时，对事件的出处和整段故事的评论又依据《纲目》、《宋鉴》等史书，这主要是表明评点所秉持的伦理立场。

文人评点与书商往往交织在一起，有论者指出：明代书坊与文人评点的关系大致有两种情况，一是"书坊组织下层文人评点小说"[④]，二是"中上层文人主导小说评点"[⑤]。就第一种情况看，下层文人的社

---

① 转引自余英时《士与中国文化》，上海人民出版社，2003年，第455页。

② 转引自余英时《士与中国文化》，上海人民出版社，2003年，第459页。

③ 黄霖、韩同文选注《中国历代小说论著选》(上)，江西人民出版社，2000年，第121页。

④ 程国赋《明代书坊与小说研究》，中华书局，2008年，第314页。

⑤ 程国赋《明代书坊与小说研究》，中华书局，2008年，第316页。

会地位和文学修养一般不高，他们从事小说的编纂和评点主要是为了谋生，因此对书坊的依赖性很强，书坊主的伦理姿态主导了小说评点的倾向性。就第二种情况看，书坊主往往依靠中上层文人的社会名望来抬高自己刊刻的小说的声价，这一方面使得金声叹等人能在评点中宣扬自己对小说的伦理立场，另一方面又使书坊主冒用李贽等文人的名头来刊刻小说，使书坊主本人的伦理意图借助文人的社会影响得以推广。

二

小说评点的特色不仅在于对小说叙事艺术的总结，也在于评点者在评点中流露出来的伦理意图。这种伦理意图的流露，大致表现在三个方面：

一是以某种伦理观点来解读小说中的人物和事件。最常见的是对小说中的人物进行伦理定位：或是用儒家的德目来对人物进行道德评判，《聊斋志异》卷九《乔女》，但明伦评云："美哉乔女！其德之全矣乎：不事二夫，节也；图报知己，义也；锐身诣官，勇也；哭诉缙绅，智也；食贫不染，廉也；幼而抚之，长而教之，仁也，礼也。迨身既死，而犹能止其棺，斥其子，卒以遂其归葬之志，得为完人于地下。呜呼！抑何神乎！"[①]乔女集仁义礼节勇智廉于一身，可谓"德之全"，可谓儒家的"完人"；或是通过对事件的分析来对人物进行伦理定位，《三国志传评林》余象斗评"曹操起兵杀董卓"云："曹操往寻陈留，义结卫弘，国助家资，矫诏招兵以诛卓贼，乃忠义之举也。"[②]评"关云长千里独行"云："既不追其去，又赠金袍，即此可见操有宽人大度之心，可作中原之主。"[③]认为曹操乃忠义之人。与此后众多评本"拥刘反曹"的

① 朱一玄编《聊斋志异资料汇编》，南开大学出版社，2002 年，第 448 页。

② 罗贯中著，余象斗评《三国志传评林》，《古本小说丛刊·第 23 辑》，中华书局，1990 年，第 79 页。

③ 罗贯中著，余象斗评《三国志传评林》，《古本小说丛刊·第 23 辑》，中华书局，1990 年，第 377 页。

倾向性相比，此处的观点是就事论事，可谓客观，也分外醒目。评点者的伦理解读，也可以是对事件的解读。《儒林外史》第三十九回，郭孝子劝萧云仙不要出于义气就随意伤人，像他那样“有这样品貌材艺，又有这般义气肝胆，正该出来替朝廷效力……也不枉了一个青史留名。”[①]对此，卧闲草堂本《回评》云：“郭孝子指教萧云仙一段，虽圣人复起，不易斯言。世所传之稗官，实驱朝廷之命官去而之水泊为贼。是书能劝冒险借躯之人，出而为国家效命于疆场。信乎！君子立言必不朽也。”[②]不仅赞同小说所写内容，而且上升到君子立言的高度，伦理意图非常明显。评点者的伦理解读，还可以揭示出事件或人物所显示的伦理假象。《三国演义》第八十回，曹丕弑汉帝后，诸葛亮等人一再劝刘备即帝位，刘备再三推辞。“卿等欲陷孤为不忠不义之人”、“孤岂为逆贼所为”、“孤……并未有德泽以布于民；今一旦自立为帝，与篡窃何异”[③]，都是刘备拒绝称帝的原因。于是孔明托病逼刘备称帝，刘备说出了自己的顾虑：“吾非推阻，恐天下人议论耳。”[④]此处，毛宗岗评云：“不言己德不堪，但恐人心不服，比前又渐渐相近。”[⑤]在诸葛亮说出“圣人云：‘名不正，则言不顺’，今大王名正言顺，有何可议？岂不闻‘天与弗取，反受其咎’？”之后，刘备立即表示：“待军师病可，行之未迟。”毛宗岗评云：“此句已是十分应承。”[⑥]两处看似不经意的评点，却清楚地显示出刘备起初的拒绝只是怕称帝无名，遭人议论，内心又颇为急切的矛盾心理，用暗含的讽刺点出了刘备的心口

---

① 吴敬梓《儒林外史》，人民文学出版社，1977年，第456页。

② 朱一玄、刘毓忱编《儒林外史资料汇编》，南开大学出版社，2003年，第273—274页。

③ 陈曦钟、宋祥瑞、鲁玉川辑校《三国演义会评本》，北京大学出版社，1986年，第979页。

④ 陈曦钟、宋祥瑞、鲁玉川辑校《三国演义会评本》，北京大学出版社，1986年，第979页。

⑤ 陈曦钟、宋祥瑞、鲁玉川辑校《三国演义会评本》，北京大学出版社，1986年，第979页。

⑥ 陈曦钟、宋祥瑞、鲁玉川辑校《三国演义会评本》，北京大学出版社，1986年，第980页。

不一。

二是评点者用自己的伦理意图来解读小说主旨。对小说主旨的伦理解读最能反映出评点者的独特之处。同样的一部小说，在不同评点者眼中，具有不同的伦理主旨，其原因在于评点者自己的伦理意图不同。汪憺漪在《西游证道奇书》的“读法”中认为《西游记》阐发的是“仙佛同源之理”：“邱真人本是道家，西游一书却全讲佛教，要之不是舍己从人，正是发明仙佛同源之理。”[①]张书绅在《西游记总论》则认为《西游记》“只是教人诚心为学，不要退悔……逐段逐节，皆寓正心修身，黾勉警策，克己复礼之至要”[②]。将《西游记》解读为“仙佛同源”或“克己复礼”还可以说二者并行不悖，充其量意味着评点者的出发点不同而已。李贽在评点中将《水浒传》的主旨解读成“忠义”、金圣叹则“削忠义而仍《水浒》”[③]，二者观点针锋相对，则凸显出评点者的伦理意图可以改变对小说主旨的解读。李贽评《水浒》的思想可见于容与堂刻本《李卓吾先生批评忠义水浒传》和袁无涯刊刻的《出像评点忠义水浒传》[④]，容本与袁本虽然有差异，但在将《水浒》的主旨界定为“忠义”上却是一致的，它们不仅直接在书名中标明“忠义”二字，在评点时也往往以“忠义”为标准。容本对李逵的评点往往是“忠义”、“圣人”之类的话，小说提到皇帝时，则用“圣主”评之，这些都显示了评点者的“忠义”立场。如第一百回“宋公明神聚蓼儿洼　徽宗帝梦游梁山泊”，在与徽宗有关的地方，多次夹批“圣主”二字，在李逵说“死了也只是哥哥部下一个小鬼”处，夹批“真忠义”三字[⑤]。袁本在托名李卓吾的《读〈忠义水浒传〉序》中，不仅以“忠义”为《水浒》主旨，并以“忠义”之影响为《水浒》之功用：“读此传，则忠义不在水浒，而皆在

---

① 《西游证道奇书》怀德堂藏版，第 4 页。

② 朱一玄、刘毓忱编《西游记资料汇编》，南开大学出版社，2002 年，第 192 页。322 页。

③ 陈曦钟、侯忠义、鲁玉川辑校《水浒传会评本》，北京大学出版社，1987 年，第 8 页。

④ 参看谭帆《中国小说评点研究》，华东师范大学出版社，2001 年，第 18—19 页。

⑤ 陈曦钟、侯忠义、鲁玉川辑校《水浒传会评本》，北京大学出版社，1987 年，第 1337—1339 页。

于君侧……皆在于朝廷……皆为干城心腹之选矣。”[①]第七十一回“忠义堂石碣受天文　梁山泊英雄排座次”的“回末总评”云：“公明一意招安，专心报国……李逵……酒后益见真性，忠义至今凛凛。”[②]第一百二十回“宋公明神聚蓼儿洼　徽宗帝梦游梁山泊”，在宋江告知李逵已服毒酒，李逵说“死了也只是哥哥部下一个小鬼”处，眉批：“以死相赠，能以受之者不以为怪，真兄弟，真忠义，可敬可哀。”在“回末总评”中，再次以“公明一腔忠义”显示小说的“忠义”主旨[③]。对以“忠义”论《水浒》，金圣叹深恶痛绝，《第五才子书施耐庵水浒传·序二》云：“施耐庵传宋江，而题其书曰《水浒》，恶之至，迸之至，不与同中国也。而后世不知何等好乱之徒，乃谬加以‘忠义’之目”[④]，于是腰斩七十一回之后的内容，将梁山受招安以显忠义的情节全部删除。李贽和金圣叹对《水浒》态度上的差别，其根源在于二人伦理立场的差异。李贽受王阳明“心学”影响，以“天理”为“良知”：“吾心之良知，即所谓天理也”[⑤]，这就对人之“真心”提出要求，所以他评《水浒》，主要看人物内心是否“忠义”，而不纠缠于人物外在的言行。金圣叹则秉持传统的儒教观，认为“忠者，事上之盛节也；义者，使下之大经也”[⑥]，宋江等人上梁山反抗朝廷，是败坏纲纪，无忠义可言。

三是评点者借评点来针砭现实。借评点针砭现实，最常见的是在评点时借题发挥，对现实中的一些现象发表自己看法，这些看法往往与当时的伦理有关。毛评本《三国志演义》第三十七回回前评云：“每到玄德访孔明处，必夹写张翼德几句性急语以衬之。或谓孔明装

---

① 陈曦钟、侯忠义、鲁玉川辑校《水浒传会评本》，北京大学出版社，1987 年，第 29 页。

② 陈曦钟、侯忠义、鲁玉川辑校《水浒传会评本》，北京大学出版社，1987 年，第 1342 页。

③ 陈曦钟、侯忠义、鲁玉川辑校《水浒传会评本》，北京大学出版社，1987 年，第 1414—1415 页。

④ 陈曦钟、侯忠义、鲁玉川辑校《水浒传会评本》，北京大学出版社，1987 年，第 6 页。

⑤ 王阳明《答顾东桥书》，吴光等编校《王阳明全集》，上海古籍出版社，1992 年，第 45 页。

⑥ 陈曦钟、侯忠义、鲁玉川辑校《水浒传会评本》，北京大学出版社，1987 年，第 6 页。

腔，玄德做势，一对空头，不若张翼德十分老实。予笑曰：为此言者，以论今人则可，以论玄德、孔明则不可。孔明真正养重，非比今人之本欲出售，只因索价，假意留难，玄德真正慕贤，非比今人之本不爱客，只因好名，虚修礼貌也。”[①]指出了时人以伦理道德为手段，行追名逐利之实的可恶行径。借题发挥有时候是评点者发泄自己对现状的不满。容与堂本《水浒传》第五十七回“回末总评”云：“卓吾曰：一僧读到此处，见桃花山、二龙山、白虎山都是强盗，叹曰：当时强盗真恁地多。余曰：当时在朝强盗还多些。”[②]针砭现实有时候可以通过评点者对时行观点的反驳来实现。万卷楼刊本《三国志通俗演义》在曹操的名句“宁使我负天下人，休教天下人负我”后加“论曰”：“后晋桓温说两句言语，教万代人骂道：虽不去流芳百世，亦可以遗臭万年。”[③]只是一味认定曹操的自私无德，无甚新意，毛评本《三国志演义》第四回回前评云：“读书者至此，无不诟之詈之，争欲杀之矣！不知此犹孟德之过人处也。试问天下人，谁不有此心者？谁复能开此口乎？至于讲道学诸公，且反其语曰：‘宁使人负我，休教我负人。’非不说得好听，然察其行事，却是步步私学孟德二语者，则孟德犹不失为心口如一之小人。而此曹之口是心非，反不如孟德之直捷痛快也。吾故曰：‘此犹孟德之过人处也’。”[④]毛氏父子虽然积极维护拥刘反曹的正统思想，但却痛恨假道学之虚假伪善，这里为曹操做的翻案文章实际上标榜的是心学所提倡的“真性情”。可见评点者在针砭现实时还可以跳出儒家规范伦理的束缚，发表自己对某种规范伦理的见解。针砭现实有时候是评点者从事评点的动机。黄安谨《儒林外史序》云：

---

① 陈曦钟、宋祥瑞、鲁玉川辑校《三国演义会评本》，北京大学出版社，1986 年，第 460 页。

② 陈曦钟、侯忠义、鲁玉川辑校《水浒传会评本》，北京大学出版社，1987 年，第 1052 页。

③ 罗贯中《三国志通俗演义》，《古本小说集成》(第三辑)，上海古籍出版社，1994 年，第 129 页。

④ 陈曦钟、宋祥瑞、鲁玉川辑校《三国演义会评本》，北京大学出版社，1986 年，第 40 页。

"《儒林外史》一书……其实作者之意为醒世计，非为骂世也。先君在日，尝有批本，极为详备，以卷帙多，未刊。迩来有劝者谓，作者之意醒世，批者之意何独不然？请公之世。"[①]在明确《儒林外史》警醒世人的创作目的的同时，也肯定了评点者进行小说评点以"醒世"的意图。评点者的动机，即评点小说所要达到的目的，在伦理氛围浓厚的明清时期，一般可以置换为宣扬所评点小说中的伦理教化。芥子园刻本《忠义水浒传》卷首有大涤余人的《刻〈忠义水浒传〉缘起》，表明了刻印、评点《水浒》的动机在于教化："欲世知忠孝节义之事……莫若用俗以易俗，反经以正经。故特评此传行世，使览者易晓"，在评点者看来，通过评点《水浒》，可以"化血气为德性，转鄙俚为菁华，其于人文之治，未必无小补"[②]，突出地体现了评点对现实的教化之功。

三

评点者评点时，一般还按照自己的理解来改动小说原来的文字。上文提及《水浒辨》所言"有不便览者芟之，有漏者删之"，说明余象斗在刊刻《水浒志传评林》时，就已经改动了《水浒》原有文字，改动或是为了纠错，所谓"漏者"是也，或是为了彰显评点者的立场，所谓"不便览者"是也。因纠错而改动文字固不待言，因评点者立场而改动文字则使小说评点呈现出独特的面貌：评点者借助评点在小说中进行伦理重建。伦理重建的方式多种多样。

最常见的是评点者在评点中就某一人物或事件表明自己的伦理立场，以此立场来衡量人物或事件，并因此而改动文字。上文所说的评点者在评点中流露出来的伦理意图，是就评点效果而言，如果追究这一意图如何实现，则牵涉到此处所要说的伦理重建。需要说明的是，此处所说的伦理重建是一种宽泛意义上的重建，在大多数的评点中，评点者基本上是认同小说原有的伦理倾向，只是在不同程度上对

---

① 朱一玄、刘毓忱编《儒林外史资料汇编》，南开大学出版社，2003年，第442页。

② 陈曦钟、侯忠义、鲁玉川辑校《水浒传会评本》，北京大学出版社，1987年，第33页。

这种倾向加以强化或弱化，从而使评点本的伦理倾向与小说原有伦理倾向略有差异，在宽泛的意义上，这也可以看作是建立了一种新的伦理倾向。当然，也有些评点对小说原有伦理倾向进行"矫正"而建立起新的伦理倾向，这可算是严格意义上的伦理重建。《官板大字全像批评三国志》(清雍正郁郁堂、郁文堂刊本)对《李卓吾先生批评三国志》(明建阳吴观明刊本)便多有改动。第二十一回，在曹操和刘备煮酒论英雄之后，刘备急欲脱身，正好袁术送玉玺给袁绍要途径徐州，于是以擒拿袁术为借口离开曹操。关羽、张飞奇怪刘备"何故如此慌速?"刘备的回答在两个版本中是有差异的。吴观明刊本的回答是:"吾乃笼中鸟、网中鱼。此一行如鱼入大海、鸟上青霄，不受笼网之羁绊也！曹公只可同忧，不可同乐。若心一变，死无地矣。"并以"真心话"三字批之。郁郁堂、郁文堂刊本的回答删去了"曹公只可同忧，不可同乐。若心一变，死无地矣"，并夹批云:"曹操比备为龙，然龙在网罗之中，与鱼鸟无异，故急欲脱此羁绊。"此处差异，可见出两位评点者用心的差异:李贽侧重分析刘备的心理，毛宗岗侧重分析刘备的处境，对心理的分析着眼于人物一时一地的感慨，对处境的分析着眼于人物对大局观的把握，相较之下，毛宗岗更突出了刘备的远见卓识。刘备走后，程昱、郭嘉劝曹操追回刘备，曹操派许褚追赶。许褚追上刘备后，刘备对许褚说的话，两个版本也有差异。吴观明刊本说的是"'将在外，君命有所不受。'吾面君，况又蒙丞相之一语乎？你回去，替我禀覆丞相:有程昱、郭嘉累问我取金帛，不曾相赠，因此于丞相前谗言谮我，故令汝赶来擒吾。吾若是无仁义之辈，就此处砍为肉泥。吾感丞相大恩，未尝忘也，汝当速回，善言答之。"[①]并以"此处玄德大通"六字批之。郁郁堂、郁文堂刊本说的是"'将在外，君命有所不受。'吾面过君，又蒙丞相钧语。今别无他议，公可速回，为我禀覆丞相。"并夹批云:"数语亦不激不随。"[②]吴观明刊本突出了刘备的

① 陈曦钟、宋祥瑞、鲁玉川辑校《三国演义会评本》，北京大学出版社，1986年，第266页。
② 陈曦钟、宋祥瑞、鲁玉川辑校《三国演义会评本》，北京大学出版社，1986年，第262页。

心机，以栽赃陷害程昱、郭嘉来表明自己的“仁义”，实在不是“仁义”之举；郁郁堂、郁文堂刊本删去刘备的栽赃之语，显示出平和之态，虽不言“仁义”实有“仁义”之风。通过两个版本的差异，可以看出郁郁堂、郁文堂刊本的评点者对刘备的赞扬更为明显，对刘备的“正统”身份更加认同。毛宗岗在郁郁堂、郁文堂刊本的《凡例》中对自己的评点多有说明，其中涉及到评点本的伦理取向：“俗本……多有唐突昭烈、谩骂武侯之语，今俱削去，而以新评校正之”[①]，上文对第二十一回的改动就将“唐突”刘备之处全部删除，而代之以刘备的远见和仁义。

伦理重建的另一突出表现是对小说的名称和回目加以修改。当然，名称和回目的修改很多时候是书商为了推销自己的版本，但有时候这些修改也凸显出评点者对小说伦理倾向的修改。就书名而言，最典型的例子是《水浒传》，双峰堂刻本题名《京本增补校正全像忠义水浒志传评林》（余本）、容与堂刻本题名《李卓吾先生批评忠义水浒传》（容本）、袁无涯刻本题名《出像评点忠义水浒全传》（袁本）、芥子园刻本题名《忠义水浒传》（芥本），都在小说名称中标明“忠义”二字，突出了小说的“忠义”主旨，而贯华堂刻本则题名《第五才子书施耐庵水浒传》（金本），突出了小说的艺术性（所谓“才子书”）而删除其“忠义”主旨，这反映出金圣叹对万历年间的“余本”、“容本”、“袁本”的不满，而稍后于“金本”的“芥本”又在书名中标举“忠义”，这又反映出不同评点者对《水浒》主旨的理解不同。和小说主旨相对应，评点者在各自的评点中也进行自己的伦理重建。就回目而言，最典型的当数《金瓶梅》。比较万历年间的词话本和张竹坡评点的《第一奇书》（康熙刊本），均为一百回，但回目多有差异。词话本第一回回目云：“景阳岗武松打虎　潘金莲嫌夫卖风月”，第一百回回目云：“韩爱姐湖州寻父　普静师荐拔群冤”，张评本第一回回目云：“西门庆热结十兄弟（热结）　武二郎冷遇亲哥嫂（冷遇）”，第一百回回目云：“韩爱姐路遇

① 陈曦钟、宋祥瑞、鲁玉川辑校《三国演义会评本》，北京大学出版社，1986 年，第 20 页。

二捣鬼(路遇)　普静师幻化孝哥儿(幻化)”,比较二者,张评本不仅对仗工整,且每回用简要之语加以概括,正如张竹坡在《金瓶梅读法》中所言:“《金瓶》一百回,到地俱是两对章法,合其目为二百件事。”[①]更重要的是,从回目看,“潘金莲嫌夫卖风月”变为“武二郎冷遇亲哥嫂”,视角的不同淡化了词话本的“风月”意味,而增强了张评本的“孝悌”色彩;“普静师荐拔群冤”变为“普静师幻化孝哥儿”,将词话本对事件的陈述变为张评本对“幻化”的感慨。《竹坡闲话》很好地印证了回目所显示的内容:“《金瓶梅》,何为而有此书也哉?曰:此仁人志士孝子悌弟,不得于时,上不能问诸天,下不能告诸人,悲愤呜唈,而作秽言以泄其愤也……故其开卷,即以冷热为言,煞末又以真假为言。”[②]词话本以淫劝戒的主旨变为张评本的不平则鸣,这种伦理倾向的差异可以通过回目得到清晰的反映。

伦理重建的极端是评点者按照自己的理解擅自删改所评点小说的文字,并对删改后的小说加以评点,这样一来,名义上是评点别人写的小说,实际上是评点自己改写的小说。无论是改写,还是针对改写后内容的评点,都可以看出评点者对小说的伦理态度。当然,改写后的小说和改写前的小说在价值观上肯定有所差异,改写后的小说及其评点中所显示出来的伦理倾向其实是评点者在原小说基础上伦理重建的结果。最典型的例子是金圣叹删改《水浒传》。金圣叹腰斩《水浒传》一百二十回,根据自己的旨趣,使之成为七十回删节本(《第五才子书施耐庵水浒传》),通过改变“忠义”主旨来进行自己的伦理重建。主要有四:(一)如上文所言,删除了题名中的“忠义”字样。(二)删除了七十一回以后的招安内容,使“忠义”在小说中失去根基。(三)通过对小说结构的处理,使《水浒传》显示出一种新的主旨:金圣叹以卢俊义的恶梦结尾,这一结局紧接着大聚义的事业高潮而来,让人觉得有点突兀,但正是这种突兀,“给人以大难临头、万事皆空的袅

---

① 朱一玄编《金瓶梅资料汇编》,南开大学出版社,2002年,第425页。

② 朱一玄编《金瓶梅资料汇编》,南开大学出版社,2002年,第415—416页。

枭余音"[1],让人产生万事皆休的虚无感。联系到头尾两首渲染天下太平的诗作,这种感觉更明显,天下太平无事,中间那么多英雄好汉的故事,也只能如梦一般归于虚无,而这两首诗,后一首便是金圣叹自己加上去的,并认为这样"一部大书诗起诗结,天下太平起天下太平结"[2],是"极大章法"[3]。从对朝廷的抨击和万事皆梦的虚无来看,金批本叙述者的伦理立场是暧昧的:他既以极大的同情和感伤,对英雄们那种令天下土崩瓦解的行为进行"寓言式探索"[4],又以超脱的姿态,视这些行为为过眼烟云,犹如梦境。如果说这种暧昧的立场中有一个中心的话,那就是"治乱"[5]:天下太平,本来无事,若官逼民反,则天下事起,治乱之后,天下复归太平。《水浒》一部大书之中,乱变纷纷,如不加治理,则天下必倾,治理之后,则天下太平,过去的一切纷纷扰扰,犹如梦幻,归于虚空。百二十回本的"忠义"主旨在金圣叹手中消失殆尽。(四)丑化宋江,以显示梁山这一领军人物非"忠义"之人。在金批本中,宋江名实不符,言行不一,且阴险伪善。就名实不符而言,宋江号称"及时雨",仗义疏财,但实际上是用钱处世的小人。第三十六回宋江遇人追杀,逃到江边,便拿银子求艄公救命,金圣叹夹批云:"虽是急时相求,亦写卖弄银子。"[6]宋江心里着急,便又说:"我多与你些银两",金圣叹夹批云:"一路写宋江只是以银子出色,是此回一篇之眼,不得不与标出。"[7]后艄公唱起湖州歌,金圣叹将百二

① [美]浦安迪《明代小说四大奇书》,沈亨寿译,生活·读书·新知三联书店,2006年,第291页。

② 陈曦钟、宋祥瑞、鲁玉川辑校《三国演义会评本》,北京大学出版社,1986年,第39页。

③ 陈曦钟、宋祥瑞、鲁玉川辑校《三国演义会评本》,北京大学出版社,1986年,第1273页。

④ [美]浦安迪《明代小说四大奇书》,沈亨寿译,生活·读书·新知三联书店,2006年,第332页。

⑤ 参看[美]浦安迪《明代小说四大奇书》,沈亨寿译,生活·读书·新知三联书店,2006年,第331页。

⑥ 陈曦钟、宋祥瑞、鲁玉川辑校《三国演义会评本》,北京大学出版社,1986年,第680页。

⑦ 陈曦钟、宋祥瑞、鲁玉川辑校《三国演义会评本》,北京大学出版社,1986年,第680页。

十回本“不怕官司不怕天”[①]一句改为“不爱交游只爱钱”[②]，并夹批云：“今日宋江，则正所谓以钱为交游地者耳”[③]，明言宋江用钱处世的特点。就言行不一而言，宋江有“他时若遂凌云志，敢笑黄巢不丈夫”[④]的豪言壮语，但实际行为却胆小怕事。第四十一回，宋江上梁山后回家接父亲兄弟上山，被官兵发现，躲入还道村古庙的神橱之中。官兵追来，百二十回本写宋江此时“气也不敢喘”[⑤]，金圣叹改为“身体把不住簌簌地抖”[⑥]；当无人搜看神橱时，百二十回本写道：“宋江道：‘却不是天幸！’”，金改为“宋江抖定道：‘可怜天！’”；宋江刚叹完天幸，就有人来搜神橱，百二十回本作“我这番端的受缚”，金改为“宋江抖得几乎死去”；当宋江听到有人说发现踪迹时，百二十回本作：“宋江道：‘却不又是晦气，这遭必被擒捉’”，金改为“宋江簌簌地又把不住抖”；此后官兵又说要仔细搜查，百二十回本作：“宋江道：‘我命运这般蹇拙，今番必是休了！’”，金改为“宋江这一番抖得真是几乎休了。”从这几处改动来看，百二十回本通过语言显示出来的恐惧被金圣叹改为通过行动来显示，并以“发抖”来贯串始终，发抖程度的加重，显示出宋江恐惧程度的加深。从宋江的发抖来看，他完全是个贪生怕死的胆小鬼，与其言论大相径庭。就其阴险伪善而言，宋江表面上重情重义，实际上是用情义的外衣掩盖自己的私欲。在五十九回回前评中，金圣叹将宋江的险恶揭示出来，认为晁盖之死，宋江难逃其罪，他甚至用“宋江弑晁盖之一笔为决不可宥也”来说明晁盖之死，

---

① 施耐庵《水浒传》，上海古籍出版社，2009 年，第 334 页。

② 陈曦钟、宋祥瑞、鲁玉川辑校《三国演义会评本》，北京大学出版社，1986 年，第 682 页。

③ 陈曦钟、宋祥瑞、鲁玉川辑校《三国演义会评本》，北京大学出版社，1986 年，第 682 页。

④ 陈曦钟、宋祥瑞、鲁玉川辑校《三国演义会评本》，北京大学出版社，1986 年，第 717—718 页。

⑤ 施耐庵《水浒传》，上海古籍出版社，2009 年，第 383 页。以下几处引文出自同页。

⑥ 陈曦钟、宋祥瑞、鲁玉川辑校《三国演义会评本》，北京大学出版社，1986 年，第 775 页。以下几处引文出自 775—776 页。

宋江脱不了干系；并说"宋江之以晁盖之死为利，则固非一日之心矣"①。一个"弑"字，一个"利"字，将宋江处心积虑要夺梁山首领之位的用心表达出来，在这句话后面还罗列了十点理由，来证明说宋江"弑"晁盖并没有冤枉宋江，这十点理由更显示了宋江的卑鄙无耻。

总之，小说评点者在着眼于小说艺术特色的同时，在评点中也流露出自己的伦理意图，伦理意图一般隐藏在艺术特色的分析之中，但在伦理意味浓厚的古典小说中，艺术特色固然是评点的用力之处，伦理意图才是评点者真正的用心所在。

（安徽师范大学文学院）

① 陈曦钟、宋祥瑞、鲁玉川辑校《三国演义会评本》，北京大学出版社，1986 年，第 1084 页。

论“聊斋”

杨子彦

书名为书籍之眼，甚至是书籍之魂。作为中国文言小说的巅峰之作，《聊斋志异》的书名也值得探究。“志异”明示作品记录奇异的内容，并无深意，《阅微草堂笔记·槐西杂志四》也提到“志异诸书”；“聊斋”的涵义相对而言更值得关注。蒲松龄之孙蒲立德说：“聊斋，其斋名也”，因此世人一般都以“聊斋”为蒲松龄的书斋名。今人研究中，仅两位学者对此有所关注：马瑞芳认为，“‘聊斋’含有作者‘鹏飞无望，聊以著书，聊以名志’的意思”，“‘聊斋’最早仅是蒲松龄写《聊斋志异》时虚拟的一个书斋，现实生活中他的书斋先是叫‘面壁斋’，后又叫‘绿屏斋’，最后才定为‘聊斋’”。刘洪强则认为“‘聊斋’是不是蒲松龄的斋名还有待于考察，或者说，还没有足够的材料来证明是他的斋名。笔者认为，考证‘聊斋’何时何地成为蒲松龄的斋名还要进一步研究”①。

---

① 《马瑞芳解密〈聊斋志异〉》，东方出版中心，2006年，第14、22页。刘洪强《“聊斋”名义考》，《蒲松龄研究》，2008年第4期。根据《聊斋诗集》、路大荒《蒲松龄年谱》等资料看，蒲松龄《聊斋自志》写于康熙乙未春日，为康熙十八年(1679)，蒲松龄40岁之时。康熙二十七年(1688)，蒲松龄园中小筑落成，有丛柏当门，颜曰绿屏斋，作七律十首纪之。康熙三十三年(1694)，张历友七律中有“谈空误入夷坚志，说鬼时参猛虎行。咫尺聊斋人不见，蹉跎老大负平生”。康熙三十六年(1697)，斗室落成，曰面壁居，蒲松龄赋七律四首纪之，“斗室颜作面壁居”。由此可见，马瑞芳先生关于斋名先后顺序的说法可进一步商榷。刘洪强认为“聊斋”当为“心斋”，即“心灵寄托之斋”的说法，取消聊斋的实际存在，可能也有不符现实情况的部分。

关于“聊斋”，目前大概就是这三种解释。孔颖达《周易正义》指出：“先儒所云此等象辞，或有实象，或有假象。实象者，若地上有水，比也，地中生木，升也，皆非虚，故言实也。假象者，若天在山中，风自火出，如此之类，实无此象，假而为义，故谓之假也。虽有实象、假象，皆以义示人，总谓之象也。”正如钱钟书《管锥编》所说：“《正义》‘实象’、‘假象’之辨，殊适谈艺之用。”以此来看待三说，可知蒲立德以“聊斋”为实象，马瑞芳指出了“聊斋”由假象到实象的转变，刘洪强则以为是假象。本文认为，如果将“聊斋”和《聊斋志异》故事中频频出现的书斋联系起来，再结合蒲松龄的生平经历，可以发现，“聊斋”兼有实象和假象：实象就是蒲松龄在内的塾师设馆之斋，最后才为蒲松龄家中的书斋；假象则是蒲松龄在此基础上虚构和想象出来的书斋，是对实象之斋的补充和完形。

一

聊，本义为耳鸣，常用义有姑且、依赖、闲谈等。在“聊斋”中，对于聊的一般的理解是闲谈，马瑞芳则解释为聊以、姑且。无论做何种解，都说得通，对于作者和作品研究也都没有太大的价值。就“聊斋”来说，重心在斋而不在聊。

斋的本义是斋戒，祭祀前整洁身心以示虔诚，由此引申为斋舍，即斋戒时的居所，后世多指书房、学舍。佛教传入后，又以过午不食为斋，供奉神佛的食物为斋，素食为斋。斋很早就出现在笔记小说中，《搜神记》、《神仙传》、《世说新语》等作品中，斋的几种用意都已经有所体现[①]。以斋为书名在中国也早已有之，而在笔记小说中，以斋为名流传最广的就是《聊斋志异》。在书中，斋基本是指书斋，许多聊斋故事都和书斋有关。

---

① 东晋干宝辑录的《搜神记》中有七处出现“斋”，卷一琴高条“洁斋”，卷四张宽条、卷八孔子条有“斋戒”，卷十一王肃条“沐浴斋素以祈于天地”，卷十二怀瑶条有“斋内”，卷十六王昭平条有“斋室”，卷十八陈臣条“在斋中坐”。葛洪《神仙传》中除了斋戒外，还有上清斋二法、“实心之斋也”（卷八《葛玄》）。《世说新语》中几处出现“斋”，一为斋室，二为斋头。

世人熟悉的《画皮》故事就发生在书斋中。恶鬼借助女性姣好的皮囊来诱惑男性，书生藏娇在书斋中，恶鬼被发现后将其残害。如果将恶鬼换作外星人，将书生换作都市男性，将裂腹攫心换作获取血肉，那么这就是当代荷兰作家米歇尔·法柏的小说《Under the Skin》(皮囊之下)讲述的故事，它因此也被视为科幻版的《画皮》。这说明，此类故事情节超越国界，具有普遍性。它们的发生都需要一个相对独立的场所，在《画皮》中就是具有中国特色的书斋。它设于家宅之外，因而为书生隐匿外女、归斋觑破真相提供了条件。

同样多次被翻拍成影视剧而广为人知的《聂小倩》，故事也和书斋有关。故事讲述的是书生宁采臣的一系列奇遇：居住于兰若寺，结识剑仙燕赤霞，不受女鬼金钱与美色的诱惑，将女鬼聂小倩的尸骨带回家乡；"宁斋临野，因营坟葬诸斋外"，聂小倩恢复人气，并两次借助剑仙除掉了夜叉，宁、聂结为夫妻。《聊斋志异》经典故事最常见的要素基本都聚集在此。就人物而言，是书生、女鬼(女狐)、侠客；就环境而言，有寺庙、荒墓、旷野、书斋、家室。这些经典人物在典型场所发生的奇妙故事，是《聊斋志异》给人印象最深刻的部分。

《聊斋志异》中和书斋有关的故事还有不少，比较突出的如：

《娇娜》中孔雪笠寓菩陀寺，后入荒宅为塾师，天气炎热时移斋园亭，胸口生疮，得到娇娜的救治；《黄九郎》中何师参，斋于苕溪之东，门临旷野，因而得见由此经过的黄九郎，由此衍生出一段同性相恋、人狐相恋的故事；《连琐》"杨于畏移居泗水之滨，斋临旷野，墙外多古墓，夜闻白杨萧萧，声如涛涌"，和女鬼连锁相爱，最终喜结良缘①；《莲香》中桑生馆于红花埠，斋中夜遇女狐莲香和女鬼李氏，发展出一段人与鬼、狐之恋；《小谢》中陶望三借居废第，斋中遇女鬼秋容、小谢；《葛巾》常大用居曹州缙绅牡丹园之斋，与牡丹花精定情，并与其弟共娶花精为妻；《房文淑》邓成德寓败寺中，遇艳女，伪为妻，寓于斋中数

① 正因为"斋"的突出作用，1991 年谢铁骊导演改编自《连锁》等故事的聊斋电影就取名为《古墓荒斋》。

年，妇生子归其妻后离去；《荷花三娘子》士人宗相若和狐女密会斋中，女狐报恩为其牵线荷花三娘子；《董生》讲述两书生分别在斋中遇狐，因态度不同而结果迥异的故事；《鸽异》张公子酷爱养鸽，夜坐斋中，遇白鸽化人赠鸽后又收回……

聊斋故事中，每种人物类型和场所发挥的作用有所不同。就斋来说，它主要是作为书生（塾师）居住的相对独立的处所，为遭遇异类、满足私欲、进入异域等提供方便或可能。它是读书之地，有的安在宅院之中，有的设在家宅之外，甚至在寺庙之中（如《山魈》、《小猎犬》、《褚生》等），因此家人妻妾一般不会来打扰，是一个相对独立而清净的空间。可以说，斋是唯一处于社会之中却又可以保有自我的所在，是主人可以尽情尽性的个人小天地。就书斋有关的故事而言，主角多半是秀才、书生、塾师之类，他们奇遇的对象有女鬼、女狐以及女仙、女侠，这些异样的女性往往具有超凡的能力，在她们能力所不及之处，则多半会出现水平更高的奇人异士，如道人、僧人、剑仙之类来改变状况，保障故事顺利发展，最终遂人所愿，如有情人终成眷属、善恶得报等。

书斋相对独立，但有时也需要有目击者或他人出现，来推动故事发展。于是《董公子》、《彭海秋》中就出现了斋僮，《邵士梅》中有斋夫，《狐惩淫》有居住斋中的客人等，他们的功能没有剑仙、奇人那么突出，但也可以发挥推动或改变故事情节的作用。

有的书斋设置在家院之外，和家宅有一定距离，因此有时也成为躲避家庭矛盾的场所。像《江城》高蕃娶悍妇江城，高的父母与他们分居。高不耐寂寞，纳妓斋中，久之为江城发觉，到斋中谩骂。《孙生》中夫妻失和，孙生为躲避妻子，"寄宿斋中，经岁不归"。

在《聊斋志异》中，书斋常作为书生结识异类和短暂艳遇的场所，如果打算长期厮守，书斋就不太适合了。《阿霞》就讲述了这样一则故事。景生遇到阿霞，将之隐匿在斋中，"斋中多友人来往，女恒隐闭深房"；"景思斋居不可常，移诸内又虑妻妒，计不如出妻"，于是绝情将结发妻子遗弃；阿霞也因此毁约嫁给他人。

也有的书斋对于故事没有太大意义。如《雷曹》乐云鹤、夏平子"少同里，长同斋，相交莫逆"，《棋鬼》中父亲禁闭儿子的书斋，《陆押官》中显现珍贵兰花的书斋等。《粉蝶》和《湘裙》中的"斋"也无甚意味，但是前者安置在神仙岛中，后者是阴间鬼兄为其弟安排的住处。由此可见，斋也跨越了三界，处处皆有。

正因为斋频频出现，故事有时也用斋来淡化或者含混某些不好处理的问题。以比较经典的故事《青凤》看，耿去病居住于荒宅，并因此结识狐狸青凤一家；耿狂放不羁，狐狸一家避去；耿郊野扫墓救下青凤，将她安置在别的处所，此时耿已经连同妻小搬入原来的荒宅；耿又救下青凤的叔父，让其叔父一家搬来。最后，"生斋居，孝儿时共谈宴。生嫡出子渐长，遂使傅之，盖循循善教，有师范焉"。孝儿是青凤的堂兄，现在则成了耿家的塾师。以耿"斋居"，就将现实中的诸多问题，比如青凤的外室身份给含混过去了。

斋作为读书的场所，斋内多布置有棋、琴、书、画等相对风雅的事物。有的故事就以此展开，如《宦娘》中的琴和书斋中的词直接影响了故事的进展。还有些故事没有提到"斋"，但以塾师和以此类物事为主角和媒介，与上述故事近似。像《五通又》、《元少先生》、《浙东生》等讲述的都是塾师设馆时的奇遇。比较突出的，是《爱奴》中徐生设馆到了坟墓之中，教授鬼子；《叶生》则是反过来，书生鬼作塾师，教授弟子。这些故事尤其是《叶生》，是《聊斋志异》中受到关注较多的作品。

二

米克·巴尔说："如果空间想象确实是人类一般的趋向，那么，在素材中空间因素起着重要作用也就不足为奇了。比方说，注意到每个素材的场所，然后考察在事件种类、行为者本身与场所之间是否存在着联系就完全有可能。"[①]《聊斋志异》中的场所就体现出类型化的特点。书斋之外，常见的还有宅院、庙观、坟墓、山野、江海、岛屿、梦

① [荷]米克·巴尔《叙事学：叙事理论导论》，中国社会科学出版社，2003 年，第 257 页。

境、阴间等。不同场所的功能不同,而同一场所发生的故事则有一定的相似性。

梦境和阴间,本来就属于不可知之地,往往以变形的方式呈现出来。《续黄粱》、《凤阳士人》、《席方平》等都是大家耳熟能详的故事。市井,则多和民间卖艺、魔术以及奇人异事有关,如《偷桃》、《种梨》等。至于官署,多和鬼狐与刑狱有关,如《遵化署狐》、《狐妾》。这些都是传统笔记小说用力较多之处,《聊斋志异》中诸多故事也有其历史渊源。

至于庙观、坟墓、山野、江海,这些地方接近自然,山野、江海不必说,庙观则多为荒庙废观,和坟墓一样,处在人世与自然之间。对这些自然或半自然之地进行幻化,将原本的坟墓、荒庙幻化为巨宅、仙境,是《聊斋志异》创作的一个特点。"北向一家,门前皆丝柳,墙内桃杏尤繁,间以修竹,野鸟格磔其中",此段文字为世人称道,是《婴宁》中对坟墓的幻化;"殿阁重重,非复人世",是《画壁》中朱生观赏的寺庙壁画的幻化;大叶芭蕉为衣、以白云为棉,则是《连城》中洞府中出现的幻化。

还有一类场所介于二者之间,那就是宅院家室。这也是传统笔记小说诸多故事的发生地,《聊斋志异》也是如此。发生在此种场所的故事多简略,多为遇到鬼怪之类的离奇现象,如《咬鬼》、《捉狐》、《宅妖》之类,没有什么细节,人物形象也比较模糊。《聊斋志异》中也出现了个别家室被幻化的情形,如《褚遂良》中赵家,原本灶冷无烟,瓮底空空,转眼便"满室皆银光纸裱贴如镜,诸物已悉变易,几案精洁,肴酒并陈矣"。

将斋和上面所列场所类型加以对比,即可发现,斋基本没有被幻化的情况。可以说,庙观等都是故事中的变量,斋则是常量。以《雨钱》为例,滨州一秀才读书斋中,有款门者,启视则一老翁,形貌甚古,两人谈古论今,非常默契;秀才求老翁为其谋财,老翁就与秀才进入密室,念咒下了一场钱雨;最后秀才竹篮打水一场空,老翁拂袖而去。在这则故事中,作者有意无意地维护了斋所应有的斯文与体面——

虽然斋中经常出现男女密会等情形，但是这种密会有“情之所钟正在我辈”的理论支持①，俗气、低下的金钱往来还是要进入密室的。

在《聊斋志异》中，斋和坟墓、庙观等相比有其特殊性。那么和其后出现的《阅微草堂笔记》和《新齐谐》相比，《聊斋志异》之斋是否还如此独特呢？

《阅微草堂笔记》和《新齐谐》中的斋都有两种意思，一是和佛教有关的斋戒、斋饭、斋沐。二是书斋。

《阅微草堂笔记》发生于斋中的故事大概有十几则，多讲述在斋中所见的怪异之事，乏善可陈。其中有数则较为别致：

沧州潘班尝宿友人斋中，闻壁间小语曰：君今夕无留人共寝，当出就君。班大骇移出。越十余年，忽夜闻斋中啜泣声。次日，大风折一老杏树，其怪乃绝。（《滦阳消夏录一》）

李生乘月散步空圃，见一翁携童子立树下，心知是狐。童子曰：寒甚且归斋。翁摇首曰：董公同室固不碍，此君俗气逼人，那可共处。宁且坐凄风冷月间耳。（《滦阳消夏录四》）

纪生路遇女子独行，约其夜会于书斋。女夜半果至。书生觉渐为所惑，因拒使勿来。狐女怨詈不肯去。书生义正词严，狐女词穷而去。（《槐西杂志二》）

这三则故事都带有鲜明的《阅微草堂笔记》特点：第一则故事中书生闻壁间小语，不像聊斋书生那样欣然接纳，而是“大骇移出”；第二则故事中狐叟宁可忍受寒冷，也不愿入斋忍受伧俗之气；第三则故事和《聊斋志异》更为接近，但是结局迥异，书生仅凭言辞就说走了女狐。无论是男女老少还是鬼狐，其言行都以理为准则，这是《阅微草堂笔记》的特点。所以笔记中姚安公说：树下之鬼可谕之以理，书斋之魅能以理喻人。

在袁枚《新齐谐》中，发生于斋中的故事大概有十则。《七盗索命》中塾师汤秀才夜在书斋见七断头鬼索命，赴阴间说理，苏醒告别

---

① “礼缘情制，情之所在，异族何殊焉？”（《素秋》）

妻子死亡(卷五《文信王》与此故事相似)。《咔雄》和聊斋故事非常近似:务子宿于斋中,女狐冒名周女来密会,继而私奔;为平息物议,周家不得不将女儿嫁给务子。《王将军妾》则是慕崇士设馆京师,于斋中为王将军妾病;三年后再次见到王将军妾的棺木,书童因此自缢而死;守令怒而焚烧僵尸。《新齐谐》也是很有特点的,不同于《聊斋志异》的柔情蜜意,也不同于《阅微草堂笔记》的服从于理,《新齐谐》的人物与故事,不少都像《王将军妾》,有一种粗横荒诞、无情无理之气。

相比之下,虽然都出现了幻化,《聊斋志异》之斋荒幻的特点最为突出,或许后出的两部笔记小说就是部分受到了《聊斋志异》的影响。仕途顺遂的纪昀和潇洒自在的袁枚,大概是不能理解和体会蒲松龄之于斋的感情和寄托的。蒲松龄青年外出坐馆,七十老翁始返家,中间最为熟悉的场所就是坐馆所居之书斋。创作对于现实有补偿的作用,这已经是公认的事实,蒲松龄在创作中大概还是会突出自己最为熟悉的环境和场所。由三位作者的表述来看,蒲松龄对创作与虚构的认识也最为清晰。在《画壁》最后,蒲松龄感叹道:"'幻由人生',此言类有道者。人有淫心,是生亵境;人有亵心,是生怖境。菩萨点化愚蒙,千幻并作,皆人心所自动耳。"在《巩仙》结尾,蒲松龄又明确指出:"袖里乾坤,古人之寓言耳,岂真有之耶?抑何其奇也!中有天地、有日月,可以娶妻生子,而又无催科之苦,人事之烦,则袖中虮虱,何殊桃源鸡犬哉!设容人常住,老于是乡可耳。"所谓幻由人生,所谓袖里乾坤,是作者虚构的种种假象,也是《聊斋志异》创作的主要特点。

三

《聊斋志异》故事中的书斋,大概可以算得上聊斋的假象,那么作为实象的聊斋又是怎样的呢?就蒲松龄而言,他最初分家时仅得农场老屋三间,破旧不堪,甚至连外门都没有。为养家糊口,蒲松龄不得不外出设馆,"家计萧条,五十年以舌耕度日","七十岁始不趁食于四方"(《蒲箬等祭父文》)。家中子女陆续出生长大,为他们婚嫁,"自是一子娶一妇，必授一室”(《柳泉公行述》)，致使“一亩之园，遂无隙地”(《述刘氏行实》)。

蒲松龄外出设馆几十年，按照当时的一般规矩，是正月十五之后离家，腊月二十三始归。所以就《聊斋志异》的创作来说，他基本上是在设馆其间写作的，那么他在家中所设的斋，无论斋名为何，真正创作其中的时机可能并不多。所以蒲松龄七十一岁时写作的七律中就有此感叹：“聊斋有屋仅容膝，积土编茅面旧壁。……怜我趁食三十年，辜负此君殊可惜！垂老倦飞恋茅衡，心境闲暇梦亦适。瘰儒相习能相安，与以广堂我不易。”《中华名人书斋大观》认为：“聊斋意为谈天说地的闲聊之斋。聊斋既是蒲松龄邀人聊天、谈仙说鬼之地，也是他挑灯命笔，整理成书之所。”[①]这种说法可能是不太符合实际情况的。蒲松龄长期设馆于毕家绰然堂，以此为背景，蒲松龄写作了《绛妃》故事等。这也可以作为蒲松龄有相当多的作品创作于设馆之书斋的佐证。

蒲松龄个人居住的书斋外，当时普遍存在的塾师设馆之斋大概也是聊斋的一种实象。《聊斋志异》对此也有所展现：

> 长山某，每延师，必以一年束金，合终岁之虚盈，计每日得如干数；又以师离斋、归斋之日，详记为籍，岁终，则公同按日而乘除之。马生馆其家，初见操珠盘来，得故甚骇；既而暗生一术，反嗔为喜，听其复算不少校。翁大悦，坚订来岁之约。马辞以故。遂荐一生乖谬者自代。及就馆，动辄诟骂，翁无奈，悉含忍之。岁杪，携珠盘至，生勃然忿极，姑听其算。翁又以途中日尽归于西，生不受，拨珠归东。两争不决，操戈相向，两人破头烂额而赴公庭焉。(《爱奴附》)

类似的故事还有《司训附》等。此故事讲一位明经俭鄙自奉，积金百余两，自埋斋房，妻子亦不使知。明经担心别人知道，嘴里念念

---

① 杜产明、朱亚夫主编《中华名人书斋大观》，汉语大词典出版社，1997年，第110页。

不停,结果被一守门人听到偷偷挖去,叹恨欲死。蒲松龄感叹道:“教职中可云千态百状矣”。

对比前面所举故事中书斋的假象,再来看作者和当时塾师书斋的实象,可以发现,斋之假象虽有时夹杂恶丑,但是总体上善、美要更多一些,生活在假象之斋中的书生和塾师,无论是物质还是情感,都要幸福很多。在这个意义上,斋之假象,基于斋之实象,同时又对它构成了有效的补充和完形。同理,在《聊斋志异》中,人物复生的假象是死亡这一实象的补充和完形,富裕的假象是贫穷这一实象的补充与完形,幸福长寿的假象是潦倒短命这一实象的补充与完形,女鬼、狐妖、花魅的假象是现实女子这一实象的补充与完形。

可以说,“聊斋”就是蒲松龄所处的现实社会和他创造的艺术世界的交会之处。当现实生活中的书斋成为聊斋,最初的“鬼狐传”成为“聊斋志异”,现实中满怀孤愤的落魄书生蒲松龄,也在创作中获得了替代性满足,实现了个人的价值,成为名留青史的杰出小说家,和他的作品一起长久地存活在读者的心中。

(中国社会科学院文学研究所)

论中国古代小说选本的阅读、传播与文献价值*

任明华

小说选本的编辑和刊刻，最直接的价值和功能就是供人阅读、消遣的，同时促进作品更好地传播与保存。清顾千里在《重刻古今说海序》中说：

说部之书盛于唐宋，凡见著录，无虑数千百种，而其能传者，则有赖汇刻之力居多。盖说部者，遗闻轶事、丛残琐屑，非如经义史学诸子等，各有专门名家，师承授受，可以永久勿坠也。独汇而刻之，然后各书之势，常居于聚，其于散也较难。储藏之家，但费收一书之劳，即有累若干书之获，其搜求也较便。各书各用，而用乎此者，亦不割弃乎彼，牵连倚毗，其流布也较易。故自左禹圭以下，汇刻一途，日增月辟，完好具存。而唐宋说部书之传，不在汇刻中者固已屈指寥寥矣。①

这段论述独具只眼、较为全面地指出了小说汇编书的重要作用是使"各书之势，常居于聚，其于散也较难"、"搜求也较便"、"流布也较易"。小说选本同样如此，具有阅读、传播与文献三大价值（理论批评价值另文论述）。

* 本文系国家社科基金项目"中国古代小说选本研究"（10BZW066）阶段性成果。

① 丁锡根编著《中国历代小说序跋集》（下），人民文学出版社，1996年，第1784页。

一、小说选本的阅读价值

小说选本无疑首先是用来阅读的，具有不可替代的阅读价值，主要体现在下述三个方面：

第一，编者往往按照题材或文体编选小说选本，题材丰富，类型多样，便于读者按照自己的兴趣和目的选择阅读文本。明陈汝元在商濬编选的《稗海大观》"凡例"中云："小说体裁虽异，总之自成一家。好事者往往摘而汇之，取便一时观览。"小说选本的题材和体例取决于"好事者"即编者的身份和编选目的。编者的多样性、复杂性决定了小说选本题材和形式的多样化。编者或对小说有浓厚的兴趣，出于自娱而编选小说选本。如古鄞小芝山樵在《聊斋志异精选》自序中称自己人生失意，飘泊四方，喜欢搜奇志怪，所记书稿为人窃去，"屡欲补缀成之"，"繙得蒲氏《聊斋》一部，伏而读之，觉穷形奸顽，洞澈鬼域，心莹镜鉴，眼通墙壁。与夫古奥幽折、光怪屈奇之处，奚翅辟易千人，以视子云客嘲，孟坚宾戏，干将出匣，其犀利为何如哉！且举余向所未曾闻未及见而亟欲闻见者，嘈嘈然，杂杂然，骇目游心，如相告语。又余平日所尝欲言而未能言未敢言者，率不啻探予怀以出之。用是补缀之意，恧然其不敢萌，而转幸窃之者之善为我遁也。因于草檄衔杯之余，不揣固陋，择其精之尤精，雅之尤雅者，选付剞劂，以公同好。"[①]可知，编者与蒲氏遭遇相类，爱好相同，因惊叹《聊斋》记鬼神之穷形尽相，骇目游心，遂不复有创作之意，乃辑录《聊斋志异精选》一书。或意在助人遣愁消忧而编辑选本，如冰华居士《合刻三志序》云："余故汇三家，多弃彼就此，为世人消忧破梦之一助。"《遣愁集》凡例云："是集名为遣愁，意以消遣愁怀为主。"其宗旨无不是为了娱人。有的意在导愚化俗，如可一居士《醒世恒言叙》云："明者，取其可以导愚也。通者，取其可以适俗也。恒则习之而不厌，传之而可久。三刻殊名，其义一耳。"

---

① 周中明校点，(清)小芝山樵选《聊斋志异精选》，黄山书社，1991年，第1页。

除了纯粹自娱的选本，无论是娱人还是化人，无论是求雅还是求俗，或雅俗共赏，在编辑小说选本时，编者心目中都预先设定一个或一群假想的读者，考虑到他们的文化层次、社会地位、职业和欣赏趣味，然后有针对性地确定题材、挑选作品、设计版刻形式、决定是否进行笺注评点。如《新刊徽郡原板校正绘像注释魁字登云金璧故事》为书坊所编，是针对文化层次不高的普通读者的，因此，编排较有特点，中间不仅配有众多插图，还于正文中用双行小字对字词进行注音解释、对故事情节进行疏通。如"疾贪钱乃言阿堵"云：

> 晋王衍，字夷甫，妻郭氏贪鄙（贪钱鄙吝）。衍疾之，口未尝言钱。妻欲试之（试衍言钱否），使婢以钱绕床前，使不得行（郭氏待夫睡，令婢堆钱绕床，使衍晨起不能行，必言钱矣）。衍晨起见钱，谓婢曰：举此阿堵物者（谓举眼前物去，终不言钱）。后人诗云：语言少味无阿堵，冰霜相看有此君（无钱，语言少味而淡；有，竹冰霜看而清）。

这种粗浅的解释对文人来说显然是多余的，但对普通读者来说又是必要的，体现出该选本的通俗化特色。

正是小说选本题材和形式的多样性，才使读者能够根据自己的情况和爱好选择适合自己的小说选本。小说选本的多样性体现在以语体分，文言、白话兼有；按文体分，有话本和传奇；按题材分，有剑侠、艳异和笑话类；按欣赏趣味分，有雅俗之别。无论什么样的读者，不费吹灰之力，就能挑选到适合自己阅读口味的小说选本。可以说，小说选本种类齐全，题材丰富，风格多样，能够满足不同层面读者的阅读需求。

第二，小说选本常常是编者花费大量心血从浩如烟海的作品中经过精心挑选汇辑而成的，省却了读者不必要的翻检之劳，为读者节省了时间和金钱。因为一方面大家的时间和财力都是非常有限的，平时不可能花费太多的精力、金钱去翻阅、购买汗牛充栋的图书；另一方面一部书的内容并不是读者都需要的，往往只有一部分是有价值的。花最少的钱、用最短的时间阅读到尽可能多的优秀故事，对大多数人来说就显得尤为重要，既经济又实用。小说选本则有机地将二者结合在一起，恰恰能够满足读者的这种需要和心理，可以说编者是为他人作嫁衣裳。

明笑花主人《今古奇观序》云由于三言和二拍“合之共二百种，卷帙浩繁，观览难周”，“拟拔其尤百回，重加绣梓，以成巨览”，然抱瓮老人先得其心，“选刻四十卷，名为《今古奇观》”，深受读者的喜爱，致使三言、二拍在国内一度失传。而诸多小说选本则据数十上百种书汇编而成，观览更为不便，因此，选本之于读者就更为重要。正如商濬《稗海大观序》所云：“吾乡黄门钮石溪先生，锐情稽古，广构穷搜，藏书世学楼者，积至数百函，将万卷。余为先生长公馆甥，故时得纵观焉。每苦卷帙浩繁，又书皆手录，不无鱼鲁之讹。因于暇日，撮其纪载有体，议论的确者，重加订正。……今兹集也，就一书观之，所载方言，所谭阶除，所诧愕者幽异，诚不齿圣贤绪馀。然合而数之，上下千百载，涉阅百端，牢笼百态；从汉魏以下，种种名笔，罔不该载，谓之稗海大观也固宜。夫天壤间杀青搦管，充栋汗牛，讵敢云稗史尽是？然较之蹄涔行潦，抑有间矣。”①“苦卷帙浩繁”，商濬才编选了《稗海大观》。正因“编秩既广，观览难周”，李昉等多人才奉旨历时十八个月，从四百余种野史、传记、小说中“采摭菁英，裁成类例”（《太平广记表》），编成《太平广记》五百卷。要购买《太平广记》，对绝大多数读者来说，都是难以承受的事情。后来冯梦龙挑选《广记》中的菁华而编成的八十卷本《太平广记钞》，阅读更加方便。于此可见，小说选本给读者阅读节省多少时间，带来多么大的好处。

第三，小说选本能够娱人耳目。追求快乐本是人的天性。冯梦龙《笑府》自序曰：

> 古今来莫非话也，话莫非笑也。两仪之混沌开辟，列圣之揖让征诛，见者其谁耶？夫亦话之而已耳。后之话今，亦犹今之话昔。话之而疑之，可笑也；话之而信之，尤可笑也。

---

① （明）商濬《稗海大观》，明刊本。

经书子史，鬼话也，而争传焉。诗赋文章，淡话也，而争工焉。褒讥伸抑，乱话也，而争趋避焉。或笑人，或笑于人，笑人者亦复笑于人，笑于人者亦复笑人，人之相笑宁有已时？《笑府》，集笑话也，十三篇犹云薄乎云尔。或阅之而喜，请勿喜；或阅之而嗔，请勿嗔。古今世界一大笑府，我与若皆在其中供人话柄。不话不成人，不笑不成话，不笑不话不成世界。布袋和尚，吾师乎！吾师乎！①

阐述了古今皆笑话、人人都离不开笑话的观点，可谓新颖。清康熙六年朱石钟三兄弟删削冯氏《古今笑》，以《古今笑史》刊刻，湖上笠翁在《古今笑史序》中云："同一书也，始名《谭概》，而问者寥寥，易名《古今笑》，而雅俗并嗜，购之惟恨不早：是人情畏谈而喜笑也明矣。不投以所喜，悬之国门，奚裨乎？"同一小说选本一经改名，即"雅俗并嗜，购之惟恨不早"，其原因就在于"人情畏谈而喜笑"。而许多小说选本恰恰能令人喜悦、发笑。如明九紫山人谢友可万历丁亥(1587)《国色天香序》云："是以付之剞劂，名曰《国色天香》，盖珍之也。吾知悦耳目者，舍兹其奚辞。"正是其能"悦耳目"，故万历丁酉(1597)春金陵书林周氏万卷楼即重锲。因此，"悦耳目"的，尤其是诙谐笑话类的小说选本，在宋元明清四朝代编刊不绝。

当然，小说选本若能在让读者娱乐的同时，还能使人受到教化，就会取得更大的社会效益。汪云程《逸史搜奇序》云："余兹托迹湖山，恣情谈啸，入耳不凡，乃追寻千古，触目有得，遂裒集百家求其故。斯纪载足征核其实而纤悉具备，非徒资谑一瞬，抑亦作诫数端，爰命搜奇，用补逸史。"阐明了其"非徒资谑一瞬，抑亦作诫数端"的编选宗旨。许多小说选本就是寓教于乐的，正如《解愠编》卷首粲然子所评："古今漫录，雅俗兼收，义存箴警，一笑舒忧。"冯镇峦评价《聊斋志异》说："是书当以读程、朱语录之法读之。语录理精，《聊斋》情当。凡事境奇怪，实情致周匝，合乎人意中所欲出，与先正不背在情理中也。"

① (明)冯梦龙《笑府》，明刊本。

肯定了此书说鬼叙狐的合理性。这就为此类小说选本的编选、刊刻争得冠冕堂皇的生存理由。

正是上述三个方面的原因,使小说选本受到读者的欢迎和喜爱。洪迈《夷坚三志己》卷二《程喜真非人》曾记载曰:“新淦人王生,虽为闾阎庶人,而稍知书,最喜观《灵怪集》《青琐高议》《神异志》等书。”《青琐高议》为读者所喜观,亦可从《绿窗新话》《绿窗女史》《青泥莲花记》《才鬼记》《广艳异编》《情史》等小说选本都选录其中的作品得到印证。有的小说选本因为契合了读者的阅读需要,被反复传抄、刊刻。如约成书于南宋绍兴后期的《绿窗新话》,书目著录多注明为钞本,亦仅有钞本传世,应该就是依靠人们的抄写代代相传才流播至今。许多小说选本被多次翻刻,就是因为其供不应求。

二、小说选本的传播价值

由于读者喜欢阅读小说选本,从而扩大了小说的传播。中国古代小说的特殊性,决定了小说选本有着较大的随意性和娱乐性。小说选本所收无怪乎奇物、奇人、奇言、奇事、奇情,总之追求奇异性,因爱奇乃人之所常。书奇方能传世。正如清卢联珠《第一快活奇书序》所言:

> 书之所贵者奇也。《易》备六经之体,而韩昌黎以“奇”括之。至子史百家,隶骚坛,列艺苑者,靡不争胜于奇。下逮稗官野史,统目之为传奇,盖奇则传,不奇则不传,书之所贵者奇也。故《三国》之谲,《西游》之幻,《西厢》之荡,《水浒》之侠,人瑞金氏标之为“四大奇书”。外此小说家言,若《牡丹亭》、《红楼梦》、《聊斋》、《虞初》等集,且无虑数百十种,亦皆各出其奇,各擅其奇,信乎“奇则传,不奇则不传,书之所贵者奇也。”顾奇见为奇,人自惊其奇,爱其奇,争传其奇;奇不见为奇,人或不识其奇,则不惊其奇,不爱其奇,而因不传其奇矣。余则以为奇见为奇固奇,奇不见为奇,而合众奇以为

奇，是尤奇中之奇。奇可传，而奇中之奇尤不可以不传。[①]

因为"人自惊其奇，爱其奇，争传其奇"，所以"奇则传，不奇则不传，书之所贵者奇也"。小说选本的编者或"以为奇见为奇"，或"奇不见为奇，而合众奇以为奇，是尤奇中之奇"，投合了读者的阅读心理。因此，诸多小说选本赢得了读者的青睐，长期流传不衰。

首先，小说选本易于传播。洪迈的《夷坚志》集志怪小说之大成，深受读者喜爱。可是，由于卷帙浩繁，在宋元明清的流传过程中，残佚严重，流传不广。南宋叶祖荣就编选了《分类夷坚志》，篇幅小，易于刊印，分门别类，便于阅览，明清时期流传广泛，影响深远。清平山堂本田汝成序称："今行于世者五十一卷，盖后人病其繁复而加择焉，分门别类，非全帙也。"明朱国桢《涌幢小品》卷十八云"今行者五十一卷"。清陆心源《重刻宋本夷坚志序》亦云："《四库》所收支甲至支戊五十卷，民间颇不易得。所通行者，有明仿宋刊《分类夷坚志》五十卷，盖宋人摘录之本。"《分类夷坚志》对传播洪迈的作品起到了不可替代的作用。

清代，"三言二拍"渐不为人所知，以致失传，而《今古奇观》却成为传播其话本小说的主体。郑振铎先生曾高度评价《今古奇观》说："平话集的运命是很可悲戚的。不是受了官宪的禁售，便是自然的绝迹于书坛。三四百年来(从初有平话的结集算起)，流行最广，最为读者所知，且在实际上是延着平话集不绝一缕的命脉者，只有《今古奇观》一书罢了。"[②]鲁迅先生亦云："《喻世》等三言在清初盖尚通行，……其非异书可知。后乃渐晦，然其小分，则又由选本流传至今，其本曰《今古奇观》。"[③]孙楷第评价说："统观全书，去取眼光大致不错。虽然宋元人著作没有，明人好的短篇小说差不多都网罗在内，所以仍不失为好的短篇小说总集。他给予我们的便利，是应当感谢的。

---

① 丁锡根编著《中国历代小说序跋集》(下)，人民文学出版社，1996年，第1582—1583页。

② 郑振铎《西谛书话》，生活·读书·新知三联书店，1998年第2版，第137页。

③ 鲁迅《中国小说史略》，东方出版社，1996年，第163页。

或者有人这样说，《今古奇观》盛行而《三言》《二拍》日晦，其功罪是参半的。殊不知以《三言》《二拍》的浩瀚，即使没有《今古奇观》，也不易流通下去。在我们未得《三言》《二拍》全书以前，幸而有《今古奇观》一书，可以窥见明人短篇小说的作风。”①

伴随着小说选本的传播，所收小说作品尤其是优秀之作也得到传播，影响亦进一步扩大。如《三奇合传》《花神三妙》《天缘奇遇》《钟情丽集》《娇红并记》《金谷怀春》《觅莲雅集》等元明中篇文言传奇，大都是单篇刊行，后被《国色天香》（收录《龙会兰池录》《刘生觅莲记》《寻芳雅集》《双卿笔记》《花神三妙传》《天缘奇遇》《钟情丽集》）、《绣谷春容》（收六篇）、《花阵绮言》（全收）、《万锦情林》（全收）、余公仁批补本《燕居笔记》（全收）、《闲情野史风流十传》（收六种）和林近阳增编本《燕居笔记》（收六种）等小说选本收录。由于这些选本销量大，流传广，所收传奇也随之传播四方，而单行本渐绝于世。

其次，小说选本的传播形态丰富多样。或增加插图，如《一见赏心编》《艳异编》《燕居笔记》《今古奇观》等；或进行评点，如《虞初志》《太平广记钞》《香螺卮》《虞初新志》等；有的小说选本甚至对选录的典雅作品进行通俗化的处理以适合普通读者阅读，也扩大了作品的传播范围。正如绿天馆主人在《古今小说叙》中说：“大抵唐人选言，入于文心；宋人通俗，谐于里耳。天下之文心少而里耳多，则小说之资于选言者少，而资于通俗者多。”一些编者和书坊主正是认识到“天下之文心少而里耳多”，于是对本属于雅文学范畴的作品进行必要的注释、评点和文字上的疏通，以适合更多的读者群体。如明《新镌名公释义全备墨庄书言故事》就在正文中用双行小字对字词注音释义、疏通情节。其卷一“人道门”下栏“闺秀”条云：“闺秀（称人女曰闺秀）：晋张玄妹有才质，适顾氏。玄每称其敌王凝之妻谢道韫。济泥曰：王夫人神清散朗，故有林下风气（王夫人，道韫也）；顾家妇清新玉映，自是闺房之秀（顾家妇，张玄妹也）。”其注解相当通俗，显然是针

① 孙楷第《沧州后集》，中华书局，2009年，第35页。

对文化层次不高的普通读者的。其卷六鸟兽部所收的志怪小说“韩朋魄”更能体现这个特点，云：

《搜神记》：大夫韩朋（亦名凭），其妻美，康王夺之，朋自杀（朋因康王夺去其妻，反系之囚，故自杀）。妻与王登台，自投台下。（先是，朋妻阴腐其衣。至是，与王登台，左右捉衣，不胜手，故死）遗书于带曰：愿以尸还韩氏合葬。王怒，令埋两冢。忽有桥木生二冢上，根交于下，枝连于上，鸳鸯悲鸣。人谓此禽乃韩朋夫妇精魄。

此类通俗小说选本的编刊，使本来以文人为阅读对象的作品变得稍受教育的读者亦能阅览，的确扩大了它的受众对象。

第三，小说选本可以隐蔽地传播被禁的小说。历史上有许多小说，由于思想内容不符合正统文人的文化观念，被列为禁书，不得刊刻。小说选本常常选录被禁的小说作品，继续传播，以满足读者、市场的需要。如明初的传奇小说集瞿佑的《剪灯新话》、李昌祺的《剪灯余话》问世后，风行世上，深受欢迎。但是，英宗正统七年（1442），国子监祭酒李时勉却上疏奏言：

近年有俗儒，假托怪异之事，饰以无根之言，如《剪灯新话》之类，不惟市井轻浮之徒争相诵习，至于经生儒士，多舍正学不讲，日夜记意，以资谈论。若不严禁，恐邪说异端，日新月盛，惑乱人心，实非细故。乞敕礼部行文内外衙门，及提督学校佥事御史并按察司官，巡历去处，凡遇此等书籍，即令焚毁。有印卖及藏习者，问罪如律，庶俾人知正道，不为邪妄所惑。①

统治者摧残《剪灯新话》之类小说的险恶用心昭然天下。此后，上述二书在明代鲜有刻本，但却常常被选本收录。如嘉靖间刊的45卷本《艳异编》收录了《剪灯新话》中的《联芳楼记》《渭塘奇遇记》《绿衣人传》《滕穆醉游聚景园记》《金凤钗记》《双头牡丹灯记》，及《剪灯

① 《明英宗实录》卷九十。

余话》中的《贾云华还魂记》《田洙遇薛涛联句记》;万历间刊的《稗家粹编》收录了《剪灯新话》卷一《联芳楼记》《秋香亭记》《永州野庙记》《成令言遇织女星记(《鉴湖夜泛记》)》《修文舍人传》《富贵发迹司志》《太虚司法传》,及《剪灯余话》中的《凤尾草记》《秋千会记》《芙蓉屏记》等。这些选本大量选录"剪灯二话"中的传奇小说,当与其被禁有关。再如明西湖渔隐主人编撰的《欢喜冤家》表现风月人情的爱情婚姻题材,情节曲折,时涉艳笔,深受读者喜爱,在清代一再被禁,却被《今古传奇》《幻缘奇遇小说》《三续今古奇观》等反复选录。这充分体现出小说选本独特的传播价值。

总之,人们喜欢编选小说选本,书坊主也乐意刊刻,读者更愿意阅读。其风行世上,也就不言而喻。一旦某类小说选本受到欢迎,供不应求,就会促使人们进一步重刻、新编更多这样的选本,以迎合读者的欣赏趣味,赢得更多的读者和经济利益。明代专门题材小说选本的盛行,就颇能说明问题。如明代"世说"体小说选本,当以正德年间刊刻的都穆编选的《玉壶冰》为发轫之作。其后,郑履准的《续玉壶冰》、闵文衢的《增定玉壶冰》《玉壶冰补》、张邦侗的《广玉壶冰》、沈大奎的《广玉壶冰》,及《世说新语补》《世说补菁华》《世说新语广钞》等约三十种相继问世。由此,可以看出一代文人的喜好。来禽主人邢侗在《世说新语广钞引》中对"世说"体小说的盛行和原因有过精彩的分析,云:

> 盖隆万以来,而《世说新语》大行东南天地间,若发中郎之帐,而断淮南之枕,口不占不得中泓谈,士不授不得称名下也。吁!亦好事贪奇甚矣!夫书所列凡三十六卷,标目三十有二则。总之,逸流之胜致,韵士之清言耳。益引之而札记,不逾十行;征之而词条,才可二参也。……书本资谈,谈亦不尽于书。此固琅琊兄弟所为笺评广演之,复津津而不能一日缓石室名山之副,则江表之流风未泯哉!北士深沉,往往病声后而耽清潭,谓此书能启人跳浪心,助人浮薄名,未为非是。第南人童龀习之,长而骨挺,未必尽户无沉

深也。若夫饰椎父陋倡雅成趣，则北士须之更棘矣。①

这同样可以解释"世说"体小说选本何以风行。邢侗亦"与广野期暇日尽此书，仍期各出臆评，而会名法簿书相纠缠，卒宰初愿。又十年，而广野守谏议久，封章朝谒之间，为毕此书，研精蒿目，厥志良勤。其所为钞，盖主习见者，汰冗长者，节乱雅者，湔古语转沩不可了了者阙。吁！其于《世说》家言思过半矣。余斋居病卧，一夕为是正之，稍为广其遗逸……别式秩，辅谈致，无弗一贪奇好事之士人。秘一编，庶几无忝于智囊"，对《世说》情有独钟。正是明代文人独特的审美趣味和阅读心理，才促进了"世说"体小说选本的繁盛。大量此类小说选本的刊刻又反过来推动了作品的传播。小说选本的编刊——读者的阅读趣味——作品的传播，三者形成一种互动关系。因此，研究小说选本的编刊与传播，可以揭示一个时代的小说阅读状况和审美风尚。

三、小说选本的文献价值

对于"小道"之小说，要想流传后世，结集成书就显得尤为重要。小说选本的编刊、传播客观上有利于小说作品的保存。唐代陈翰的《异闻集》是一部唐传奇选本，凡十卷，所收作品当极为丰富，然原书久佚，可考索者约四十篇。若非是书，则其中许多唐传奇名篇必湮没无闻，永远不为世人所知。正如李剑国所言："翰书多采散篇单行者，而单篇者最易散佚。今所见《古镜》、《李娃》、《柳毅》、《南柯》、《后土》等名作，全赖陈氏书以存，翰实唐稗功臣。"②堪称不刊之论。事实上，小说选本大多具有保存作品的功能。如宋元话本见于官私著述和书目著录的有二百多种，现存的只有五十余种，其能够流传至今，大多依赖于《六十家小说》等小说选本，否则将被湮没，不为人所知。孙楷第先生就高度评价《今古奇观》保存话本的文献价值："与其说他有

① (明)邢侗《世说新语广钞》，明刊本。

② 李剑国《唐五代志怪传奇叙录》，南开大学出版社，1993年，第889—890页。

罪，无宁说他有保存旧文之功。”①

综合胡士莹等学者的研究成果，兹将依赖小说选本保存至今的宋元和明早期话本表列如下（三言中的篇目仅录可证明为此前之作品），以显选本保存小说之价值：

时代	篇名	收录之小说选本
1	西湖三塔记	《六十家小说》
2	合同文字记	《六十家小说》
3	风月瑞仙亭	《六十家小说》
4	蓝桥记	《六十家小说》
5	洛阳三怪记	《六十家小说》
6	陈巡检梅岭失妻记	《六十家小说》
7	五戒禅师私红莲记	《六十家小说》，即《绣谷春容》和集卷 12 和余公仁本《燕居笔记》卷 9 之《东坡佛印二世相会（传）》
8	花灯轿莲女成佛记	《六十家小说》之《雨窗集》
9	杨温拦路虎传	《六十家小说》
10	刎颈鸳鸯会	《六十家小说》、《警世通言》卷 38 之《蒋淑真刎颈鸳鸯会》
11	董永遇仙传	《六十家小说》之《雨窗集》
12	王魁	《最娱情》
13	柳耆卿诗酒玩江楼记	《六十家小说》
		《绣谷春容》和何大抡本《燕居笔记》作《柳耆卿玩江楼记》、《万锦情林》和余公仁本《燕居笔记》作《玩江楼记》
14	简帖和尚	《六十家小说》、即《古今小说》卷 35《简帖僧巧骗皇甫妻》

① 孙楷第《沧州后集》，中华书局，2009 年，第 35 页。

续 表

时代	篇名	收录之小说选本
15	快嘴李翠莲记	《六十家小说》
16	曹伯明错勘赃记	《六十家小说》之《雨窗集》
17	错认尸	《六十家小说》之《雨窗集》、《警世通言》卷33《乔彦杰一妾破家》
18	阴隲积善	《六十家小说》
19	裴秀娘夜游西湖记	《万锦情林》卷2
20	绿珠坠楼记	《燕居笔记》何大抡本卷10、余公仁本卷8
21	风月相思	《六十家小说》、《国色天香》卷八上层之《相思记》
22	羊角哀死战荆轲	《六十家小说》之《欹枕集》、《古今小说》卷7之《羊角哀舍命全交》
23	死生交范张鸡黍	《六十家小说》之《欹枕集》、《古今小说》卷16之《范巨卿鸡黍死生交》
24	张子房慕道记	《六十家小说》
25	老冯唐直谏汉文帝	《六十家小说》之《欹枕集》
26	汉李广世号飞将军	《六十家小说》之《欹枕集》
27	夔关姚卞吊诸葛	《六十家小说》之《欹枕集》
28	霅川萧琛贬霸王	《六十家小说》之《欹枕集》
29	李元吴江救朱蛇	《六十家小说》之《欹枕集》、《古今小说》卷34之《李公子救蛇获称心》
30	李亚仙记	《最娱情》、余公仁本《燕居笔记》卷七之《郑元和嫖遇李亚仙记》情节较简
31	张于湖宿女贞观	《燕居笔记》何大抡本卷9、余公仁本卷7
		《万锦情林》、《国色天香》作《张于湖记(传)》
32	杜丽娘记	何大抡《燕居笔记》卷9作《杜丽娘慕色还魂》

如果没有洪楩等编刊者的选录、刊印，恐怕冯梦龙就不会编纂成“三言”，对上述话本的研究就只能停留在《醉翁谈录》著录的说话名目上了。

在借鉴唐传奇的基础上，明代的传奇小说创作取得了极高的成就，作家辈出，数量众多。但有许多书目著录的单篇传奇与传奇小说集，如《百川书志》著录的桂衡《柔柔传》、周礼的《湖海奇闻》《秉烛清谈》等都佚失了，使明代传奇小说史出现了不可避免的断层。幸运的是有相当多的传奇小说依靠小说选本流传到今天。如明代胡文焕编刊于万历二十二年(1594)的《稗家粹编》收录文言小说一百四十六篇，其中有二十多篇较罕见，如《李主遇仙源宫土地》《求仙记》《严威误宿天妃宫记》《杜丽娘记》等。[①] 程毅中也高度评价了《稗家粹编》保存明人小说的重要价值：“卷一的《钟节妇记》、卷二的《金指环篇》、卷三的《续天宝遗事传》、卷四的《李主遇仙源宫土地》等，都没有作者可考，像是明人作品，有待考证。这样就发掘了又一批明代的古体小说，而且多数不属于诗文小说这一派，而近于志怪小说的类型，有些传记还保持着实录见闻的笔法。总的说，《稗家粹编》的发现，为明代小说的研究提供了不少新的资料，值得进一步研究。”[②]事实上，胡文焕编刊《稗家粹编》就参照了王世贞的《艳异编》《剑侠传》与施显卿的《古今奇闻类纪》等小说选本。其中从明万历四年(1576)编刊的《古今奇闻类纪》中至少抄录了七篇：胡文焕《稗家粹编》卷四神部《李主遇仙源宫土地》《龚元之遇岳神》《龚弘遇赴任城隍》，即施显卿《古今奇闻类纪》卷十神鬼纪“神”《李主遇仙源宫土地引《武当嘉庆图记》》《龚元之遇岳神(引《庚巳编》)》《龚弘遇赴任城隍神(引《涉异志》)》；卷四水神部《王勃遇水神助风》，即施显卿《古今奇闻类纪》卷十神鬼纪“神”《王勃遇水神助风(引《唐书》)》；卷五仙部《太上真人度唐若山》，即施显卿《古今奇闻类纪》卷九仙佛纪“仙”《太上真人度唐若

① 向志柱《胡文焕〈胡氏粹编〉研究》，中华书局，2008年，第91页。

② 程毅中《古体小说论要》，华龄出版社，2009年，第73页。

山》，引《仙传拾遗》；《许旌阳斩蛟》，即施显卿《古今奇闻类纪》卷八除妖纪《许旌阳斩蛟精》，引《真仙通鉴》及《十二真君传》；卷六鬼部《鬼携误卷》，即施显卿《古今奇闻类纪》卷六奇遇纪“功名奇遇”《鬼携误卷》，引《夷坚志》。可见，小说选本《古今奇闻类纪》《稗家粹编》对上述小说的保存起到了至关重要的作用。

据初步统计，至少有《西阁寄梅记》《陈子高》《韩宗武》《晁采外传》等一百多篇明传奇小说，依赖《艳异编》《稗家粹编》《广艳异编》《青泥莲花记》《一见赏心编》《绿窗女史》《剪灯丛话》《古今清谈万选》《国色天香》《绣谷春容》《古今奇闻类纪》《燕居笔记》《情史》等小说选本才保存下来。

选本有时收录许多手抄本，将极易散失的小说作品聚在一起，有利于作品的保存。如清代张潮编刊的《虞初新志》，题下注明“手授钞本”或“邮寄钞本”的就有十多种，如吴陈琰的《纪老生妄讼》、杨衡选的《纪盗》、顾彩的《髯樵传》、张南村的《万夫雄打虎传》、甘表的《赵希乾传》、王谦的《平苗神异记》，以及闺秀钱宜的《记同梦》等等，赖此才得以传世。[①]

小说选本既然保存这么多他人的作品，就具有重要的辑佚价值。譬如明人周礼的传奇小说集《湖海奇闻》原书已佚，学界据孙楷第的叙录就从小说选本《幽怪诗谈》中考出卷四《伏氏忠烈》和卷一《玉簪传信》即《湖海奇闻》的佚文《伏氏灵应传》和《碧玉簪记》。[②] 周礼的另一部小说集《秉烛清谈》，高儒《百川书志》卷六小史类、黄虞稷《千顷堂书目》卷十二小说类著录，五卷。《百川书志》云“凡二十七篇”[①]。原书已佚，也不见传本。目前出版的《中国古代小说总目》(山西教育出版社 2004 年版)、《中国古代小说百科全书(修订本)》(中国大百科全书出版社 2006 年版)等所有小说辞典、论著均未提及有佚文。其

① 国家教育部人文社会科学重点研究基地安徽大学徽学研究中心编《徽学》(第二卷)，安徽大学出版社，2002 年，第 344 页。

② 薛洪勣《传奇小说史》，浙江古籍出版社，1998 年，第 234 页。

实，署“新都全一道人汪廷讷著”的小说选本《劝惩故事》[2]（又称《全一道人劝惩故事》）卷四《违誓再醮》注出《秉烛清谈》，即是其佚文。全文如下：

宋郑朝议子娶陆氏，夫妻恩爱殊深，素以不再醮续弦相誓。居数年，夫得疾，将死，对妻泣申前誓，陆泣唯。郑死，即罄赀适曾工曹。曾一日出试，陆独坐，恍见一伻投书。陆视之，宛然前夫笔也。词曰：“十年结发夫妻，一生祭祀之主。朝连暮以相欢，俸有余而共聚。忽大幻以长征，慕何人而轻许？不恤吾子，不念吾父。义不足以为人妻，慈不足以为人母。吾已诉于上苍，待理对于幽府。”陆氏览毕，愧汗，未几果卒。

郑陆夫妇，恩爱殊深。誓不改节，言之谆谆。夫死未几，遽尔背盟。阴书谴责，愧汗捐生。

由于《劝惩故事》每条均四字标题，正文字数大致相当，条末缀以四言体铭文，编者很可能对原文有所改动。

南宋人叶祖荣编选《分类夷坚志》时，照录原文，不妄改文字，对《夷坚志》校勘、辑佚具有重要的文本价值。胡应麟曾以此比勘其新得到的百卷残本《夷坚志》，云：“武林刻本《夷坚志》，不知始自何时。以余所得百卷参之，盖亦洪氏之纂，匪后人伪托也。其叙事气法相类如一，意南渡宋亡之后，原书散轶，剞劂者难于补亡，又卷帙繁迄，工不易易，故摘录其中专志奇诡事，自余冗碎咸汰弗录，且胪列门类以便行世。其书仅五十卷，益余藏钞本则合《夷坚》所存尚百五十卷也。第刻本统于四百卷摘出，则余藏百卷中，同者固当什二三。今阅之，乃无一重见，则刻本尚难据为洪书，姑识以俟考。”[1]胡氏以《分类夷坚志》为标准，甚至怀疑百卷残刻为伪本。清代陆心源《分类夷坚志跋》高度评价此书云：“此本犹宋人所辑，尝见四百二十卷全书。其所甄

① （明）胡应麟《读夷坚志五则》（之二），《少室山房集》卷百四，《景印文渊阁四库全书》本。

录，出于今存八十卷及支志、巾箱本之外者甚多。不但全书崖略可以考见，即宋人遗闻佚事，亦往往赖此以存，未可以删削薄之也。”（《仪顾堂题跋》卷九）张元济则谓：“建安叶氏本与明钞本同出一源，词句略殊，门类悉合，虽于原书篇第尽已更变，而所辑各事，见于今存各卷中者，颇有异同，足资考订。”并从《分类夷坚志》中辑出他本所无的部分以《夷坚志补》刊印，云：“建安叶氏分类本所辑，不见于今存百八十卷中者，尚二百七十七则，因辑为二十五卷，名曰《志补》。”由此可见是书的辑佚价值。

小说选本还具有重要的校勘价值。在编选小说选本时，虽然有编刊者常常改动原文，但是也有不少编者态度认真，忠实于原文。这些选本与通行本相比存在许多异文，往往具有不可替代的校勘价值。试比较唐传奇《柳毅传》中《太平广记》本与《虞初志》本、四十五卷《艳异编》本的几条异文：

1. 念乡人有客于泾阳者，遂往告别。（《太平广记》卷四一九《柳毅》）

念乡人有客于泾阳者，遂往告去。（《虞初志》本、四十五卷《艳异编》本）

2. 遂娶于张氏，而又娶于韩氏，数月又亡。（《太平广记》卷四一九《柳毅》）

遂娶于张氏，亡；又娶于韩氏，数月又亡。（《虞初志》本、四十五卷《艳异编》本）

3. 而张子夭亡，今母怜其少艾，惜其慧美，欲择德以配焉。（《太平广记》卷四一九《柳毅》）

而张子夭亡，今母怜其少艾，惜其独居，欲择德以配焉。（《虞初志》本、四十五卷《艳异编》本）

第一例，《广记》本中，人尚未去，何得言“告别”，显然后者“告去”较“告别”更合情理。第二例中，后者先言张氏“亡”，再说韩氏“又亡”，顺理成章;《广记》本前面未言张氏"亡",后面焉得谓"又亡",逻辑不通,"而"当因与"亡"形近而讹。第三例中,《广记》本云"少艾",即年轻美丽,与"慧美"语义重复;从语义与情理上说,后者云"少艾"兼"独居"方欲为其择配,更加通顺。可见,《虞初志》等选本的文字有多处较《广记》本为善。《太平广记》本注出《异闻集》,《虞初志》本、四十五卷《艳异编》本当根据单行的《异闻集》或《柳毅传》选录。再如现存明刊孤本《鸳渚志余雪窗谈异》帙上《卖妇化蛇记》中有"妻负死不往,江人驱迫下船",而《稗家粹编》卷八作"妻负死不往,江南人驱迫下船",由于前文已说"卖妻于江南人",故《鸳渚志余雪窗谈异》刊本阙"南"字。[1]

总之,编者辑选的小说选本,经刊刻或抄写流布到读者手中,最终完成了其阅读、娱乐功能。客观上,扩大了作品的传播范围,具有重要的文献价值。

(曲阜师范大学文学院、语言文学研究所)

① 向志柱《胡文焕〈胡氏粹编〉研究》,中华书局,2008年,第74页。

赵元礼诗学思想初论*

杨传庆

近世以来，天津地域诗歌创作走向兴盛，特别是辛亥革命后，名流遗老云集于此，结社唱酬频繁。在诸多诗人中，天津本土诗人赵元礼[①]甚为活跃，他与严修等共创城南诗社，又先后参加俦社、星二社、增福社等唱酬，后又为冷枫诗社的诗学导师。赵元礼既热衷诗歌创作，又积极钻研诗学，所著《藏斋诗话》是民国时期的一部重要诗学著作。《藏斋诗话》记录了陈三立、陈衍、郑孝胥、徐世昌、严修、易顺鼎、樊增祥等当时知名诗人诗事，保存了丰富的近代诗坛史料。尤有价值的是其诗学见解，他主张诗是“艺术”，是“癖好”，[②]超越功利；他认为诗歌创作须真情与积学并重。其论诗注重诗歌之“味”，强调“意境第一”，[③]特别是针对王国维《人间词话》所言“不隔”之说，提出了“文

* 本文系天津市社科规划项目“民国津门文人结社研究”阶段性成果。(编号：TJZW12-005)

① 赵元礼(1868—1939)，字体仁，又字幼梅，号藏斋，天津人。所著诗集有《辽东集》、《寅卯集》、《辰巳集》、《无味集》等，另有《藏斋随笔》三本。《藏斋诗话》为赵元礼摘其《藏斋随笔》论诗文字汇编而成，上下二卷，民国二十六年(1937)刊印，张寅彭先生主编《民国诗话丛编》(上海书店出版社，2002年)将其收录。

② 赵元礼《藏斋诗话》，张寅彭主编《民国诗话丛编》，第二册，上海书店出版社，2002年，第241页。

③ 赵元礼《藏斋诗话》，张寅彭主编《民国诗话丛编》，第二册，上海书店出版社，2002年，第271页。

学之妙在乎隔与不隔之间”的论断。[1] 赵元礼的诗学思想体现了传统诗学在民国的新进展，丰富了我们对民国诗学史的认识。

一、诗是癖好

同光以来，世变日亟，面对艰难的时世与动荡的社会，诗人们“往往以突兀凌厉之笔，抒哀痛迫切之辞，甚且嘻笑怒骂，无所于恤。”[2]他们都希望寻得一种类型的诗歌，来满足他们的心理诉求，于是诗坛出现了错综复杂的格局，诗学流派林立，后人依据不同的诗学旨趣将它们分为同光体、汉魏六朝派、中晚唐派、诗界革命派等等。虽则派别芜杂，宗尚各异，但他们多延续着传统诗学的功利主张。与传统诗学不同，赵元礼对诗歌本质的认识却是从美感出发的，他是民国诗坛以审美角度定位诗歌的诗学家代表。

赵元礼论诗注重诗歌的美感，以“味”论诗是其诗歌批评的主要特色。如其论佚名诗人诗云：

> “晚树寒鸦元纬路，秋风黄叶李公祠”，此近人诗，颇隽逸有致。又另一律，其末句云：“欲著十年民国史，寒灯下笔泪如丝。”亦佳。[3]

诗人过李鸿章祠堂，时值晚秋黄昏，通过对李氏的悼念，寄寓深深的历史感慨。赵元礼以“隽逸”论之，重在其并置意象所产生的深长意味。又其论王什公诗句“寒酒尊前春话旧，丹枫庭角晚生烟”云：“雅炼超逸，余味盎然，非老手不办矣”。[4] 另如其论友人凌福彭（润苔）诗云：

> 十五年前秋间，凌润苔先生约同符曾、壁臣、燕孙、麟阁

---

① 赵元礼《藏斋诗话》，张寅彭主编《民国诗话丛编》，第二册，上海书店出版社，2002年，第234页。

② 陈衍《小草堂诗集叙》，钱仲联编校《陈衍诗论合集》，福建人民出版社，1999年，第1074页。

③ 赵元礼《藏斋诗话》，张寅彭主编《民国诗话丛编》，第二册，上海书店出版社，2002年，第228页。

④ 赵元礼《藏斋诗话》，张寅彭主编《民国诗话丛编》，第二册，上海书店出版社，2002年，第241页。

赏菊，首倡四诗，予有和作，今忆其诗云：“寂历秋花昼掩屏，一帘疏影散晴晖。多情蛱蝶时相顾，为恋寒香不肯归”，“容易秋风上鬓丝，天寒袖薄竟相欺。只余浊酒黄花意，举盏无人属阿谁”，“老夫白屋恋重衾，彻夜寒风定不禁。破晓披衣扶杖出，万缘留得爱花心”之句，韵味深隽，耐人吟讽。[①]

“余味盎然”“韵味深隽”，赵元礼关注的始终是诗歌本身所包孕的美感，读者吟讽之时，只须将内心浸润其中，与诗人之情相触相融，即以审美之心观之。故其云：

刘云孙口述元宋子虚先生……《老牛诗》：“草绳穿鼻系柴扉，残喘无人问是非。春雨一犁鞭不动，夕阳空送牧儿归。”予喜其闲适。又述其《绿珠诗》：“红粉捐躯为主家，明珠一斛委泥沙。年年金谷园中燕，衔取香泥葬落花。”予喜其凄艳。[②]

“闲适”与“凄艳”均是从审美的立场攫取出二诗的艺术特质，而不是从现实或历史的角度去阐发其情感。这种论诗模式在赵元礼评论陆游诗歌时体现得尤为突出，他说：

陆放翁《十月十四夜月》诗：“掬露以为浆，屑玉以为餐。泠泠漱齿颊，皓皓濯肺肝。”又《野饭诗》：“薏实炊明珠，苦笋馔白玉。轮囷劚区芋，芳辛采山蔌。山深少盐酪，淡薄味至足。”或设寓言，或叙实事，不必问其事之有无，理之真幻，而读之但觉清洁芳香，芬流齿颊矣。[③]

陆游诗中有寓言、实事，但赵氏不问其诗中事、理，而是分外强调诗歌带给读者的“清洁芳香，芬流齿颊”之感。赵元礼将放翁诗歌引起读

---

① 赵元礼《藏斋诗话》，张寅彭主编《民国诗话丛编》，第二册，上海书店出版社，2002年，第248页。

② 赵元礼《藏斋诗话》，张寅彭主编《民国诗话丛编》，第二册，上海书店出版社，2002年，第249页。

③ 赵元礼《藏斋诗话》，张寅彭主编《民国诗话丛编》，第二册，上海书店出版社，2002年，第250页。

者美的感受与想象,以及产生的阅读愉悦放在了第一位,取代了诗中事、理的阐发。

赵元礼为何会有这样一种以探赜诗歌美感——诗味为核心的诗学观念?这与其对诗歌本质的认识密切相关。他说:

> 诗是艺术,亦是癖好,能诗者不必以之骗人,不能亦无害,无须勉强袭诗人之名也。某公子以其诗数首来求教,不古不今,无律无情,因告以作诗之概要,劝其努力读书作文,不必作诗,徒耗日力也。严范老卧病半年,久废吟咏,日中偶欲为一诗,苦不成章,入夜则梦魂颠倒于其诗,动至彻夜不眠矣。前年九月下旬,强盗数人来寓劫夺,予见一小盗,貌不甚凶,欲稍诫之,盗以手枪相拟,予遂中止,仓猝中得一律,内有"未能理遣真滋愧,等是饥驱更可怜"两句,啸麓太史颇赏之,以为劣题乃得佳诗也。严老病魔,予经盗劫,犹复作诗,是即癖好之象征,非以艺术自矜也明矣。[①]

在赵元礼看来,首先诗歌是艺术,是非功利的。再则诗是个人癖好,直接与个人才情、兴趣相关,因此,不必强作诗人,也不必以能诗自矜。在赵元礼眼中,诗歌不是载道的工具,更不可成为求名获利的敲门砖。所以他肯定樊增祥之言:"大抵诗贵有品;无名利心则诗境必超,无娼嫉心则诗境必广,无取悦流俗心则诗格必高,无自欺欺人心则诗语必人人能解。"[②]作诗不可为名利,不可取悦流俗,不可自欺欺人,不可以功利之眼来认识诗歌。赵元礼曾记云:

> 某君曰:"人亦何必定作诗,作诗有何益?"予曰:"诚然,君大可以不作。"[③]

---

① 赵元礼《藏斋诗话》,张寅彭主编《民国诗话丛编》,第二册,上海书店出版社,2002年,第241—242页。

② 赵元礼《藏斋诗话》,张寅彭主编《民国诗话丛编》,第二册,上海书店出版社,2002年,第231页。

③ 赵元礼《藏斋诗话》,张寅彭主编《民国诗话丛编》,第二册,上海书店出版社,2002年,第268页。

赵元礼明确反对将作诗与利益联系，因为诗歌创作缘自诗人的一己性情，当内心情感不得不发时，自然会流为诗歌。所以他在《读诵洛论诗截句戏成二首》诗中说："一作文人便不奇，文人不必尽能诗。性情所寄成篇什，妙在天然落笔时。"①诗歌是独立的，作诗不必须有文人身份。有友人以"作诗太苦"诘问，赵元礼说："由苦方能得甘，若以为苦，最好诗不作，不必人人皆作诗也。"②他剥离了文人与诗之必然粘合，赋予了诗歌独立的地位。诗不必成为劝善惩恶的载道之具，不可以成为获取名利之技，作诗是个人所好，只是发抒天然性情，别无其他功利目的。

赵元礼以审美之心观诗，实践了他的诗是"艺术"、是"癖好"的诗学观念，这也是其论诗必重"味"的根本原因。身处民国的赵元礼能有这样一种超越晚清的诗学思想并非偶然，与他同时代的王国维在《文学小言》中即指出，"余谓一切学问皆能以利禄劝，独哲学与文学不然……餔餟的文学决非真正之文学也。""人亦有言，名者利之实也。故文绣的文学之不足为真文学也，与餔餟的文学同。"③他反对把文学作为追逐功名利禄的手段，主张文学是超越实用的、非功利的。他还在《论哲学家与美术家之天职》一文中强烈批判中国传统诗学将政治道德与诗人捆绑的做法，感慨中国历史上"美术之无独立之价值也久矣"。④ 赵元礼熟稔王国维的文学批评，从实际表达看，其对诗歌本质的定位延续了王国维于文学"可爱玩而不可利用"⑤的超功利认识，体现了受西学思想影响的中国文学批评在民国时期的新发展。

---

① 赵元礼《雪颏集》，民国二十五年(1936)铅印本。

② 赵元礼《藏斋诗话》，张寅彭主编《民国诗话丛编》，第二册，上海书店出版社，2002年，第246页。

③ 王国维《文学小言》，第一、三则，《王国维全集》，第十四卷，浙江教育出版社、广东教育出版社，2009年，第92、93页。

④ 王国维《静庵文集》，《王国维全集》，第一卷，浙江教育出版社、广东教育出版社，2009年，第132页。

⑤ 王国维《古雅之在美学上之位置》，《王国维全集》，第十四卷，浙江教育出版社、广东教育出版社，2009年，第106页。

二、诗贵情真

赵元礼以诗歌为抒发性情之艺术，若无真性情则不成为诗歌，其《杂诗》之十云："作诗以言志，哀者不能乐。无疾而呻吟，乃不如不作。"[①]他反对无病呻吟之诗，诗歌要表达诗人真实的哀乐。他在《我昔》一诗中论及作诗体会时云：

> 或意蕴精深，或笔力雄壮。或词炫华缛，或气直奔放。或境极高淡，或神妙荡漾。怪若千魔窟，矗若万仞嶂。蔚如五云锦，芬比百花酿。总之真指归，绝不在皮相。精理寓真气，乃克空依傍。造诣见浅深，袭取究奚当？[②]

在赵元礼看来，不论创作何种风格的诗歌，不论学习哪一派诗人，有一点是最根本的，那就是"真"。不同的诗人会有不同师法，作诗的造诣也会有浅深之别，如果只是剿袭前人，空有皮相，而缺乏诗人自己的真情，这样的诗歌肯定是失败的。赵元礼如此强调诗歌之"真"，乃是为近世以来诗坛弊端而发。其云：

> "今之言诗者必穷纸累幅，千篇一律，缀比重坠之字则曰：此汉魏也；依仿空旷之语则曰：此陶、韦也；风云月露，堆砌虚实，则以为六朝；天地乾坤，佯狂痛哭，则以为老杜；杂填险字，生凑硬语，则以为韩、孟。作者惟知剿袭剽窃以为家数，观者惟知影响比附以为评目。振奇之士、大言之徒又务尊六朝而薄三唐，注汉魏以诋李、杜，狂谵寱语，陷于一无所知。"此李爱伯先生语也。抉透诗学虚伪之弊，乃可以知真实之诣。无论何种事业学问，未有不真实而能成功者也。[③]

赵元礼充分肯定了李慈铭对诗坛虚伪之风的批判，亲身经历光宣诗

① 赵元礼《辽东集》，民国三年(1914)铅印本。

② 赵元礼《辽东集》，民国三年(1914)铅印本。

③ 赵元礼《藏斋诗话》，张寅彭主编《民国诗话丛编》，第二册，上海书店出版社，2002年，第238页。

坛的赵元礼于此深有感触。晚近以来，诗派林立，各派都有自己的模范对象，或六朝，或唐宋，诗坛模拟剽窃之风盛行。而这众多诗作，往往徒具皮相，流于空枵。故其引李慈铭之语再对诗坛不“真”之风痛下针砭，强调诗歌创作务必将情真置于首位。在赵元礼眼中，真性情是所有诗歌的核心质素，这体现在其对陈衍诗论的商榷上。他说：

《石遗室诗话》谓“不先为诗人之诗，而径为学人之诗，往往终于学人，不到真诗人境界，盖学问有余，性情不足也”云云。予以为此段议论似乎皆欠真谛，盖诗者以人工而鸣天籁者也，兴、观、群、怨，随事歌咏，皆可以见性情，未有无性情之诗与文。且无须分此为学人之诗，此为诗人之诗也。唐之李、杜、元、白，宋之苏、黄、欧、梅，能区分其为何派人之诗乎？程、朱道学人也，其诗具在，能确定其为学人之诗乎？石遗翁诗学甚深，此等议论似未经意。①

陈衍二分诗歌为学人之诗、诗人之诗，赵元礼不认可这一划分方法。他认为诗人随事歌咏在于天然的性情受到了触发，无论是兴、观、群、怨，都会呈现出诗人真切情感，所以无须强分所谓学人之诗与诗人之诗，学人之诗同样是以性情为根柢的。

赵元礼主张诗贵情真，因而他在欣赏诗歌时尤重抉发诗之真情。其论杜甫、韩愈诗云：

少陵《梦太白》诗：“冠盖满京华，斯人独憔悴。”昌黎《答东野》诗：“人皆余酒肉，子独不得饱。”则真有交情乃能为谆挚之语也。②

论苏轼云：

(东坡)《狱中诗》曰：“梦绕云山心似鹿，魂飞汤火命如鸡。”恐惧情词读之令人心悸，狱吏之尊古今同慨，文忠且

---

① 赵元礼《藏斋诗话》，张寅彭主编《民国诗话丛编》，第二册，上海书店出版社，2002年，第237页。

② 赵元礼《藏斋诗话》，张寅彭主编《民国诗话丛编》，第二册，上海书店出版社，2002年，第229页。

然，何况世人。[1]

杜甫之于李白，韩愈之于孟郊，心中有真挚的友情，方可发为谆挚之语。东坡身陷牢狱，惨遭鞭笞，命悬一线，故其惊惧之诗令人心有余悸。可以说他们是真情动于心中，是为情而作诗。论及当代诗坛，他也多以情真为标准加以衡鉴。如其论陈宝琛云："诗学深邃，尤多恳挚之作。"[2]并以其《哭竹坡诗》、《哭幼樵诗》为例，认为"有深交乃能有此至情之作"。[3] 评李慈铭《寒宵坐雨怀孟调汴中》、《唁陈闲谷商邱》二诗为"沉挚"。[4] 评蒋香农《哭陶仲明》《天津逢王仁安》二诗"深情如揭，凄恻动人"；[5]评其《典衣诗》"一衣何足珍，条条慈母线"句云："深挚，非寻常人吐嘱"。[6] 评范当世诗云："甲午遘国难，恰值钧天醉。读公居津诗，字字迸血泪。"[7]

赵元礼以情真与否品鉴他人之诗，同时他也将这一诗歌创作准则贯彻在自己的写诗实践中，这体现在论者对赵元礼诗歌评论上，众人对其作诗之"真"有着深刻地揭示。沧海遗民序其《辽东集》云：

> 出近诗见示，余讶然曰：君诗胡为大胜？幼梅曰：吾已十载不亲乐器矣。自寓辽海，郁郁不自得，因发之于诗，不计其工拙也。予曰：此君诗所以大胜于前也。夫世之诗家，恐其诗之少，而不足以传也，每日必作数首而又无事可言，

---

① 赵元礼《藏斋诗话》，张寅彭主编《民国诗话丛编》，第二册，上海书店出版社，2002年，第229页。

② 赵元礼《藏斋诗话》，张寅彭主编《民国诗话丛编》，第二册，上海书店出版社，2002年，第244页。

③ 赵元礼《藏斋诗话》，张寅彭主编《民国诗话丛编》，第二册，上海书店出版社，2002年，第244页。

④ 赵元礼《藏斋诗话》，张寅彭主编《民国诗话丛编》，第二册，上海书店出版社，2002年，第280页。

⑤ 赵元礼《藏斋诗话》，张寅彭主编《民国诗话丛编》，第二册，上海书店出版社，2002年，第225页。

⑥ 赵元礼《藏斋诗话》，张寅彭主编《民国诗话丛编》，第二册，上海书店出版社，2002年，第233页。

⑦ 《范先生古文写本题词》，《雪颣集》，民国二十五年(1936)铅印本。

乃取世间与己无干者而言之，其辞虽工，而可传者少矣。幼梅曰：吾自此复为诗人可乎？余曰：乌呼！可。夫世之所谓诗人者皆必不得已而为之者也。欲作即作，欲止即止，不为诗人而不朽者在矣。①

与世之诗家"无事"作诗，作"与己无干者"之诗相比，赵元礼是因"郁郁不自得"，必不得已而为诗者。他纯粹是因为胸中郁积了不得不发的情感，才发而为诗的，故其诗可传。周学彬《辽东集序》论其诗也云："赵子羁旅营州，抑郁不自得，倾无量之愁发为诗，诗写愁乎？愁写诗乎？吾虽不工诗，莫窥其涯际，然言志之旨，吾知其必有合矣。"②同样强调赵元礼诗所写乃是自我真切的情感，其愁非强说者，而是羁旅之抑郁自然流露。真情是赵元礼诗歌获得认可的关键因素，陈三立对其诗"抒写胸臆""不假雕饰"③的赞美正是从这个真情的角度作出的。而赵诗之所以能以情胜，也与其创作不以宗派相尚，不事模拟密切相关。对于这一点，论者亦有所阐发。智莹云：

《诗》三百篇尚矣，降至《离骚》，虽变《诗》之体，然温柔敦厚，缠绵悱恻，犹乎三百篇之旨趣也。后之说诗者不明乎此，徒分唐界宋，聚讼纷纭，皆未为得。……昔少陵值天宝禄山之乱，东坡当安石变法之际，皆本忠爱之忱而发为诗。今世何世，吾知藏公本此以为诗，将使后之读者知为藏公诗，不亦豪哉？奚必分唐界宋，规橅前人皮毛为？质诸藏公，其谓之何？④

王树翰亦谓：

元明以降，诗学家专在界宋分唐，以婢学夫人为能事，而诗道靡矣。藏斋先生以玉溪生羁怀忧郁之赋，得灵均香

① 沧海遗民《辽东集序》，《辽东集》，民国三年(1914)铅印本。

② 周学彬《辽东集序》，《辽东集》，民国三年(1914)铅印本。

③ 赵元礼《藏斋诗话》，张寅彭主编《民国诗话丛编》，第二册，上海书店出版社，2002年，第285页。

④ 智莹《辽东集序》，《辽东集》，民国三年(1914)铅印本。

草美人之旨，酒阑灯炧，吮毫拈韵，其为诗一惓惓于去国怀乡，忧时念乱，纯乎与三百篇之旨有合。不沾沾有意追步古人，而往往其浓郁有似义山，其沉郁有似少陵，其朗畅高华又有似陆务观，能者固不可测，其足成为藏斋一家之诗，能必传而无疑也。①

二人均对诗坛分唐界宋，规橅前人皮毛，缺乏真情实感提出了批评。他们认为赵元礼的创作本乎忧时念乱之心，用诗歌抒发羁怀悱恻之情，并不沾沾于学步古人，不事因循摹仿，却往往得古人之境。于此可见，在批评上，赵元礼以情真为准绳；而在创作上，他也是诗贵情真的践行者。

三、诗重积学

赵元礼在诗学批评与诗歌创作中强调性情的天然而发，这是否意味着他主张率尔为诗，随意抒情？当然不是。恰恰相反，赵元礼在强调性情的同时，非常注重诗人积学的功夫。他在《藏斋诗话》中论云：

某笔记谓："作诗须有情感，无情感之人，不能为诗人。"引袁子才之语曰："凡作诗，写景易，言情难，以景从外来，留心便得；情从心出，非有芬芳悱恻之怀，便不能哀感顽艳。然亦各人之性情所近，杜甫长于言情，李白不能也。永叔长于言情，子瞻不能也。王介甫、曾子固偶作小歌词，读者笑倒，亦天性情少之故"云云。然无书卷以泽之，而机轴复不熟，虽有情亦达不出，又安得佳诗耶？②

作诗强调性情固然无误，但是仅仅有性情还不够。如果没有学识来润泽，没有学问来构思布局，有性情也传达不出，更不能写出好诗，所

---

① 王树翰《辽东集序》，《辽东集》，民国三年(1914)铅印本。

② 赵元礼《藏斋诗话》，张寅彭主编《民国诗话丛编》，第二册，上海书店出版社，2002年，第268页。

以赵元礼说“有书卷则诗必雅”。[1] 如何能有“书卷”，惟有多读书。因此，他否定了宋人的说法：

> 宋人谓“诗有别才，非关书也”，其说未圆满，有能文而不能诗者，以其无别才，且性之所不近也。然枵腹必不能作诗，则“非关书”一语非笃论矣。[2]

腹中空空，没有学问积累的人无法作诗。作诗之人必须“读书多，积理富”，因为“但读书多，积理富，机轴熟，无论作诗作文，亦无论自动被动，一题到手，自有佳咏”。[3] 诗人通过读书可以积累深厚的学识，获得丰富的创作经验，能够熟练构思。具备了这些条件，才会写出好的诗作。联系前文不难得知，在赵元礼看来，性情与学问在诗歌创作中缺一不可。当然，学问于作诗之用还不仅仅只为成功顺畅地抒发情意，它还有更为重要的作用。赵元礼说：

> 余谓无论诗文与字，须多读古人名作，多看古人名迹，将各种境界酝酿胸中，然后落笔，自无俗薄之弊。[4]
>
> 人不必因作诗始读书也，然不读书则积蓄不厚，出语必浅薄；不必因作诗始读古人之诗也，然不读古人之诗，则不知韵味之高、格律之协、机杼之熟，出语必致扞格。[5]

作诗之人在古人名作中涵泳徜徉，经历多番熏染浸润，则酝酿各种境界于胸中。等到性情触发之际，厚积薄发，落笔为诗，则会律协杼熟，充满韵味，自成高格，自然而工。可见积学又是诗成为“艺术”，具备

---

① 赵元礼《藏斋诗话》，张寅彭主编《民国诗话丛编》，第二册，上海书店出版社，2002年，第231页。

② 赵元礼《藏斋诗话》，张寅彭主编《民国诗话丛编》，第二册，上海书店出版社，2002年，第235页。

③ 赵元礼《藏斋诗话》，张寅彭主编《民国诗话丛编》，第二册，上海书店出版社，2002年，第232页。

④ 赵元礼《藏斋诗话》，张寅彭主编《民国诗话丛编》，第二册，上海书店出版社，2002年，第240页。

⑤ 赵元礼《藏斋诗话》，张寅彭主编《民国诗话丛编》，第二册，上海书店出版社，2002年，第222页。

审美品位的不可或缺的要素。

在赵元礼的时代，作诗讲求积学是必然之事，但是从哪些诗人名家那里获取滋养，则因人而异，这也是不同诗派产生分野之因。从近代诗坛分布看，赵元礼所属当为汪辟疆所称之“河北派”，此派以张之洞、张佩纶、柯劭忞为领袖，以张祖继、王懿荣、李葆恂、王树楠、严修、王守恂为羽翼。[①] “河北派”领袖张之洞主张唐宋兼采，扬苏抑黄，比同光体视野扩大不少。赵元礼在反对分唐界宋的诗学环境里成长，他与“河北派”耆宿多有交往，与严修、王守恂等寓居天津的诗人更是往还尤密，并与二人并称“天津诗坛三杰”。同时，赵元礼又对曾任天津问津书院山长的李慈铭甚为推崇，赞成其不主宗派的诗学主张。他在《藏斋诗话》中特别引述了李慈铭之语：“学诗之道，必不能专一家限一代。凡规规摹拟者，必其才力薄弱，中无真诣，循墙模壁不可尺寸离也。”面对丰富的诗学遗产，学诗者不能拘守学汉魏六朝、学唐、学宋之门户之见，而要“上下千古，撷取精华”。[②] 不论何种诗体、何类诗人，但凡其诗有值得借鉴之处，都要将其优点充分汲取，蕴蓄酝酿于心，这样自己作诗时方能得心应手。赵元礼如此主张，他在学诗过程中确也认真实践，其《我昔》诗云：

> 我昔学为诗，泛然寡宗尚。如蛩草际吟，词苶气颓丧。其后广涉猎，饫眼饱腹脏。唐宋迄明清，汉魏溯畴曩。觥觥数大集，堆几俨屏障。研诵探奥窍，希古寸心抗。……稍觉涉津涯，词笔渐朗畅。潜怀漱灵渊，瞀然汇众况。[③]

《文字》一诗也云：“小斋罗万卷，偎然居其中。”“但祈假岁年，俾我勤研攻。腹富境不贫，遭引咸昌丰。”[④]汉魏唐宋迄明清，赵元礼广泛涉猎，辛勤研诵，终能腹笥浩博，汇聚众长。

---

① 汪辟疆《近代诗派与地域》，《汪辟疆说近代诗》，上海古籍出版社，2001 年，第 30 页。

② 《藏斋诗话》，张寅彭主编《民国诗话丛编》，第二册，上海书店出版社，2002 年，第 239 页。

③ 赵元礼《辽海集》，《辽东集》，民国三年(1914)铅印本。

④ 赵元礼《雪颏集》，民国二十五年(1936)铅印本。

除了问学于古人书卷，与当代诗学名流交往唱和也是赵元礼积学的一大途径。他在《诗话》中言及学诗历程云：

予自十八九岁即嗜吟咏，师则张公筱云，友则严范孙、李锡三两君而已。其后办教育，办实业，交游日广，朋友日多。民国二年在营口，始所作益多，系与王维宙、邓孝先、黎仲苏、蒋伯伟、郭啸岑诸君时常倡和，一时称盛。充议员后，徐东海为之介绍柯凤老、张贞老、王晋老，请益之余，意境一变。其后城南诗社诗友益多，唱酬益夥。厥后见郑苏戡、杨昀谷两先生，意境又一变，而昀老之益我尤多。至章太炎、朱古微、陈弢庵、章一山诸公，仅瞻风采，未敢与之言诗也。且古今人之诗集，几乎日不去手，而才力孱弱，所造并不深邃。作诗易言哉！①

从其所述可知，从向南皮张筱云学诗开始，赵元礼先后与清季民国诗坛的诸多名宿，如严修、郭则沄、徐世昌、柯劭忞、王树枏、郑孝胥、杨增荦等唱酬往还，并且今人诗集也“日不去手”，可谓转益多师。

四、诗须有味

赵元礼认为诗是“癖好”，缘于这样的诗歌本质定位，其论诗时尤重诗之“味”。以“味”论诗由来已久，刘勰的“余味”，钟嵘的“滋味”，司空图的“韵味”，苏轼的“至味”等以“味”为核心的诗歌美学观念在中国诗学史上深有影响。晚近以来，诗味论渐趋式微，较有影响的惟有张之洞的“神味说”。他在《輶轩语》中说：

有理、有情、有事三者俱备，乃能有味。诗至有味，乃臻极品。数语虽约，颇能该括前人众论。学诗者试体会之。新城王文简论博主“神韵”，窃谓言“神韵”，不如言“神

① 赵元礼《藏斋诗话》，张寅彭主编《民国诗话丛编》，第二册，上海书店出版社，2002年，第235页。

味”也。①

张之洞发展了王士禛的“神韵说”，强调理、事、情三者俱备，诗作方能有耐人咀嚼之味。只有有“味”之诗，才可称佳作。《輶轩语》是严修向赵元礼推荐的必读书目，②故言赵氏强调诗味受到张之洞的影响当为不谬。赵元礼论诗云：

> 吴梅村《偶成》云：“世间何物是江南。”谢玉岑《浣溪沙》辞云：“人生何处是当年。”读之真使人有惘惘不尽之意。前人谓张孟晋“高楼明月清歌夜，此是人生第几回”，读之有惘惘不尽之意，吾亦云，然终嫌其说尽也。“正是江南好风景，落花时节又逢君”，尽而不尽，真绝唱矣。③

吴梅村、谢玉岑、杜甫之诗，言尽而意不尽，使读者有茫然若失之感。他们的诗给人留下了丰富的体味空间，可以触发读者的情感、学识，联想想象出文字之外的无尽蕴藏。而张诗虽亦是人生体验，但言尽意亦尽，没有更多可玩味之处。另如其论友人诗：

> 王廉甫大令招饮。坐间有董季友、李又尘两君，酒半以谈诗为乐，董述其得意句云：“美人眼泪英雄血，不是黄金买得来。”李述其得意句云：“无边楼阁潇潇雨，独倚朱栏有所思。”合座叹赏，予以董诗似袁随园语，李诗意味尤胜。④

董诗说理，一语即尽，无须味其言外之意。而李诗言情融景，不言何情，而情味自足，委婉含蓄，颇具感染力，故“意味尤胜”。至于如祁文端《咏牡丹》诗所云“培植一年开十日，人间富贵作花看”，则“全行说

① 张之洞《增订輶轩语》，光绪乙未年(1895)陕西学署刻本，第52页。

② 严修建议赵元礼学习张之洞《輶轩语》所谈读书法，见严仁曾增编《严修年谱》，齐鲁书社，1990年，第29页。

③ 赵元礼《藏斋诗话》，张寅彭主编《民国诗话丛编》，第二册，上海书店出版社，2002年，第275页。

④ 赵元礼《藏斋诗话》，张寅彭主编《民国诗话丛编》，第二册，上海书店出版社，2002年，第220—221页。

破，索然无味”。[1] 林翰模仿杜甫“独使至尊忧社稷，诸君何以答昇平”所作“独使书生忧水旱，几闻官府念饥寒”之句，“说破索然”。[2] 可见对于言尽意尽，缺乏美感，无味可寻的诗作，赵元礼将其置于批判之列。

诗歌如何才能有“味”？从创作技法层面，赵元礼指出了两个途径：一在造意曲折，一在字句锻炼。就前者而言，他说：

> 作诗造意贵曲折，不贵直质，以直质便说尽无余味也。陈伯严《赠吴彦复》诗：“彭嫣非独怜才耳，谁识彭嫣万劫心？我友堂堂终付汝，弥天四海一沉吟。”本系以彭嫣付彦复，偏说以彦复付彭嫣。郑苏戡《哭顾子朋》诗：“自意死穷边，不复能见子。归来谁与归，得我子所喜。”本系苏戡得子朋而喜，偏说得苏戡而子朋喜，故意曲折，两作同一机轴。[3]

造意指作诗之构思，同样的诗情却有不同的呈现方式，因而会有相异的效果。就陈三立与郑孝胥诗来说，二人有意不言己之情，而言他人之情，主宾易位，曲折言情，多一层含蓄。就造意有味而言，赵元礼提出了“透过一层”的说法。他说：

> 诗要透过一层说乃为有味。……荆公诗曰：“绿阴幽草胜花时。”遂将“春城无处不飞花”，“若待上林花似锦”等语超过矣。予常患失眠之病，动则彻夜不寐，因得句云：“竟夜欲眠眠不得，未明喜听晓钟声。”自以为亦透过一层也。[4]

所谓“透过一层”即故意使诗意产生曲折，王安石诗不言春花绽放之绚烂，而别言绿阴幽草之静谧，更具蕴藉之味。赵元礼自己的这首不

---

① 赵元礼《藏斋诗话》，张寅彭主编《民国诗话丛编》，第二册，上海书店出版社，2002年，第241页。

② 赵元礼《藏斋诗话》，张寅彭主编《民国诗话丛编》，第二册，上海书店出版社，2002年，第242页。

③ 赵元礼《藏斋诗话》，张寅彭主编《民国诗话丛编》，第二册，上海书店出版社，2002年，第247页。

④ 赵元礼《藏斋诗话》，张寅彭主编《民国诗话丛编》，第二册，上海书店出版社，2002年，第241页。

言彻夜难眠的烦扰，而言听晨钟之喜悦，别开一境。另有刘节之《题松雪宫女啜茗图》云：“秋宫肃肃古衣裳，静女无愁黛亦苍。不点疏萤和月色，绢头已作百年凉。”吴天章《题云林秋山图》云：“经营惨淡意如何，渺渺秋山远远波。岂但秾华谢桃李，空林黄叶亦无多。”赵亦评云：“透过一层说法，较为深至。”[①]二诗均非直说，无直率质白之病，故能有“深至”之味。

造意曲折之外，赵元礼还强调作诗锻炼字句，他说“能煅炼则诗有味”。[②] 其引王紫诠为蒋纯甫词所作序来申说这一主张：

> 故炼意、炼词断不可少。炼意所谓添几层意思，多几分渲染，是作诗文密诀；有词无意，而词又不渲染，何以为文？语云：“言欲信、词欲巧。”此即所谓巧也。[③]

“炼意”即上言造意曲折，“炼词”就是锻炼字词，使诗之字句变“巧”，用精粹巧妙的字句表达丰富深邃的情感。赵元礼于此论云：

> 僧齐己“前村深雪里，昨夜几枝开”，“几”字经人改为“一”字，亦成名句，不但昌黎定阆仙之“僧推月下门”为“敲”字之为千古佳话也。作诗文偶不经意，常有差一个字及半个字者，一经推敲，乃得真谛。息庵先生《步韵和苍虬诗》第二首起二句：“蜗角宁堪国，驹光共惜身”，绝佳，予以为“光”字差半个字；三四句：“友朋真性命，文字要精神”，似不如改为“友朋能托命，文字要凝神”，较为曲折。惜息公徜徉山水间，不知其游踪所在，无从商酌也。[④]

齐己诗之“几”与“一”，贾岛诗之“推”与“敲”，一字之差，诗味迥别，故

---

① 赵元礼《藏斋诗话》，张寅彭主编《民国诗话丛编》，第二册，上海书店出版社，2002年，第263页。

② 赵元礼《藏斋诗话》，张寅彭主编《民国诗话丛编》，第二册，上海书店出版社，2002年，第231页。

③ 赵元礼《藏斋诗话》，张寅彭主编《民国诗话丛编》，第二册，上海书店出版社，2002年，第261页。

④ 赵元礼《藏斋诗话》，张寅彭主编《民国诗话丛编》，第二册，上海书店出版社，2002年，第236页。

推敲字词对于营造诗味至关重要。从其对周学渊诗之斟酌改易，可见他对锤炼字词的重视。其《和迦庵步韵再和》诗云："治诗忌浅易，斯诣贵精深。未许撄尘务，端须事苦吟。"[①]可见其他将苦吟视为诗歌创作不可缺少的环节，其诗也确有因一字而见长者，《诗话》记云：

> 予十九岁由平谷赴津，就婚郭氏，秋深携眷买船还平，途中得《即景》一句云："空水倒涵红蓼花。"邮寄京都，范孙答函云："此句神妙，全在一'空'字，他人所不能，亦不敢也。"[②]

"空"字深得严修赞赏，因此一字，激活全句，景致如在目前。

锤炼字句的确会对增强诗味有所帮助，但是苦吟太过，可能会致使诗意晦涩难索，读者难以有言外之味的获得。于此，赵元礼又有"煅炼不是晦涩"之说，[③]即字句锤炼不能使诗意晦涩。如何既有"诗味"又不晦涩？赵元礼结合王国维"隔"与"不隔"之论，提出了"隔与不隔之间"之说。他说：

> 王静安先生谓诗词之境界在乎不隔。诗之神秘，则须有朦胧性者，隔也，不隔则无朦胧性矣。文学之妙在乎隔与不隔之间，尽不隔则味薄，然显豁；尽隔则味浓，然晦涩，贵乎参差运用也。"隔不隔之间"，五字是文字秘诀。[④]

"隔"与"不隔"是王国维提出的两个重要诗学批评概念，在《人间词话》中计有四则，为能对王国维之论有直观理解，试列二则于下：

> 问"隔"与"不隔"之别，曰：渊明之诗不隔，韦、柳则稍隔矣；东坡之诗不隔，山谷则稍隔矣。"池塘生春草"、"空梁落

---

① 赵元礼《雪颏集》，民国二十五年（1936）铅印本。

② 赵元礼《藏斋诗话》，张寅彭主编《民国诗话丛编》，第二册，上海书店出版社，2002年，第221页。

③ 赵元礼《藏斋诗话》，张寅彭主编《民国诗话丛编》，第二册，上海书店出版社，2002年，第231页。

④ 赵元礼《藏斋诗话》，张寅彭主编《民国诗话丛编》，第二册，上海书店出版社，2002年，第234页。

燕泥”等句，妙处惟在不隔。词亦如是。即以一人一词论，如欧阳公《少年游》咏春草，上半阕曰：“阑干十二独凭春，情碧远连云，二月三月，千里万里，行色苦愁人”，语语都在目前，便是不隔。至云“谢家池上，江淹浦畔”则隔矣。

“生年不满百，常怀千岁忧。昼短苦夜长，何不秉烛游”，“服食求神仙，多为药所误。不如饮美酒，被服纨与素”，写情如此，方为不隔。“采菊东篱下，悠然见南山。山气日夕佳，飞鸟相与还”，“天似穹庐，笼盖四野。天苍苍，野茫茫，风吹草低见牛羊”，写景如此，方为不隔。①

联系王国维所列诗句可知，其所谓“不隔”即指写景抒情的自然、率真、明畅，易于领会。“不隔”易于引发鉴赏者的直观感觉，迅速捕捉诗句的形象或理致。王国维以“不隔”为高，对此，赵元礼提出了异议。他首先肯定了“隔”会让诗歌具有朦胧的美感，变得委婉含蓄，也就是他一再强调的“诗味”。如果诗歌“尽不隔”，固然显豁，易于得其情理，但可能会言尽意尽，毫无艺术感染力。若诗歌“尽隔”，固然会使诗味更浓厚，但可能会因其晦涩，鉴赏者也难以获得其美感。在赵元礼眼中，“尽隔”之流于晦涩，“尽不隔”之导致乏味，均有其不足。因此，他主张折衷二者，参差运用，作诗秘诀在于“隔与不隔之间”。缘于此，他在《读诵洛论诗截句戏成二首》诗中说：“诗是人间有韵文，摛词协律费辛勤。艰深浅易均须忌，更忌人云我亦云。”②“隔”之艰深，“不隔”之“浅易”，都可能会导致“诗味”损丧，故赵元礼以之为作诗忌讳。

五、诗尚意境

“意境”是中国诗学的一个传统范畴，清末民国时期，不少学者仍

① 王国维《人间词话》，彭玉平《人间词话疏证》，中华书局，2011年，分见第288、299—300页。

② 赵元礼《雪颏集》，民国二十五年(1936)铅印本。

以“意境”或“境界”评诗论文，赵元礼即为其中之一。赵论诗极重“意境”，其云：“作诗意境第一，词藻第二”。① 意境（境界）是其诗歌赏鉴的重要标准以及诗歌创作的最高目标。

我们首先通过他论评的诗歌了解其所主“意境”（境界）的内涵。《藏斋诗话》云：

> “犬吠水声中，桃花带雨浓。树深时见鹿，溪午不闻钟。”此是何等境界；“一溪初入千花明，万壑度尽松风声。”此又是何等境界。画也画不到，我以为世间无仙境，此即仙境也。置身尘土中，那得不起青鞋布袜思想。②

赵元礼所举实是写景之句，但非泛泛实写，而是虚实结合，营造了一个超越凡尘的“仙境”，引人产生了隐逸之思。可见写景可以让诗歌有境界。那抒情又如何呢？赵元礼论柳诒徵（翼谋）与钱梦龟诗云：

> 柳君冀谋《劬堂诗录》内佳句云……“禹域茫茫劳割据，百城吾且傲王侯”，又“万花未吐蛟龙蛰，谁会山翁夜读心”。……“禹域”两句，吾曾领略其趣。“万花”两句尤超妙，非寻常意境也。③
>
> 钱梦龟女士云：“‘死’之一字，千古愁人之佳境也。何也？人在愁中，苦无可奈，一死则安。犹人在睡中，方遇恶梦，一醒便快。因之得联曰：‘病多转觉身为累，愁到方知死是佳。’”予以为“愁到”，“到”字未安，改“极”字较妥，且不但愁极欲死，即病极不愈，亦欲速死，此等境界非亲历者不知也。④

---

① 赵元礼《藏斋诗话》，张寅彭主编《民国诗话丛编》，第二册，上海书店出版社，2002年，第271页。

② 赵元礼《藏斋诗话》，张寅彭主编《民国诗话丛编》，第二册，上海书店出版社，2002年，第229页。

③ 赵元礼《藏斋诗话》，张寅彭主编《民国诗话丛编》，第二册，上海书店出版社，2002年，第270页。

④ 赵元礼《藏斋诗话》，张寅彭主编《民国诗话丛编》，第二册，上海书店出版社，2002年，第243页。

赵氏云“万花”二句超妙，在于作者借花未吐芳、蛟龙蛰伏来写自己的无所建树，只能夜读遣怀。作者写出了乱世欲有所为而有无所作为的无奈，而这又不是一人的痛苦，具有时代特征。赵氏所改钱梦龟诗，也写出了千古愁人愁苦至极时生不如死的真切人生体验。二诗均是言情，但是却道出了具有普遍性的，最真切入微的人生感受，因此是有“意境”的。据此又知，写情也可以让诗歌有“意境”。

写景、抒情可以造就诗歌之“意境”之外，在《藏斋诗话》中，赵元礼还提到了“情景交融”，他说：

> 近人诗：“月色钟柴门，二人自成世”，意境幽绝，是从“白沙翠竹江村暮，相送柴门月色新”两句化出。“白沙”两句情景交融，诗中有画，宜李爱伯先生之酷爱之也。[①]
>
> “楼台冷落收灯夜，门巷萧条扫雪天”，此一境界也；“雪消池馆初春后，人倚阑干欲暮时”，此又一境界也。情景交融，所谓诗中有画也。[②]

可见，“情景交融，诗中有画”也是诗歌“意境”（境界）的内涵。所谓“情景交融”，指的是诗人通过景、情的安排，使二者相互契合，实现景中含情或情中寓景的效果。“如果情与景的关系处理得特别好，达到水乳交融的水平，那么诗的意象就构成并升华为意境，而意境乃是诗的极致。”[③]赵元礼所举诗例，均未在诗中表达明显的情感，而是侧重于景的渲染。但就其景而言，又非纯粹客观的自然之景，在或明丽幽美，或清冷阴暗的景中，隐藏了诗人的情感。赵元礼所言“诗中有画”，强调的是诗中由“含情”之景所构成的画面，这一画面是虚实相生的。诗的意境就是由这交融的情、景虚实相构而成，完美地将诗人情思传达处出来。其论东坡诗云：

---

① 赵元礼《藏斋诗话》，张寅彭主编《民国诗话丛编》，第二册，上海书店出版社，2002年，第236页。

② 赵元礼《藏斋诗话》，张寅彭主编《民国诗话丛编》，第二册，上海书店出版社，2002年，第259页。

③ 童庆炳《中国古代心理诗学与美学》，中华书局，1992年，第53页。

东坡《郭纶》诗："河西猛士无人识，日暮津亭阅过船。"又《纵笔》诗："溪边古路三叉口，独立斜阳数过人。"两诗同一意境。[①]

东坡诗呈现的画面是：日暮渡口，阅船之猛士；三叉古路，独立斜阳之人。诗人以情观景，景中蕴情，未言情而味无穷，缘于此，二诗有意境。因此，情、景的恰当运用，对于营造诗歌意境，获得审美感染至关重要。赵氏论诗云：

唐韩致尧诗："临轩一醆悲春酒，明日池塘是绿阴。"宋孙明复诗："清樽素琴宜先赏，明日阴晴未可知。"前清张文襄公香涛诗："阑前火急张汕幕，明日阴晴未可知。"三诗皆以咏风景而寓国势兴衰之感者，意致相同，读之使人凄恻。[②]

韩偓、孙复、张之洞三人诗句均是"咏风景"，但是结合他们的时代人生，赵元礼鉴赏出这些景语无不蕴含情语。他们诗中的景不是写实的，而是诗人心灵世界的一方呈现，所以赵元礼读出了"寓国势兴衰之感"的诗人主观情志。情与景的高度契合，为读者提供了广阔的想象玩味的空间。正如朱承爵在《存余堂诗话》中所说："作诗之妙，全在意境融彻，出音声之外，乃得真味。"[③]"意境融彻"之诗，是诗歌具有"真味"的必要条件，这也是赵元礼主张"作诗意境第一"的根本原因。

赵元礼一生嗜好作诗，自1914年至1937年，先后出版了十三种诗集，他真正将作诗当成了"癖好"。其作诗、论诗没有宗派门户之见，也无功利之心，而以诗歌的审美感染力为旨归。缘于此，他强调诗歌的情真、积学、诗味、意境，并将其执行于自己的创作之中。其诗诗味醇厚，委婉蕴藉，故王守恂跋其《辽东集》云："诗境清丽，情致亦

① 赵元礼《藏斋诗话》，张寅彭主编《民国诗话丛编》，第二册，上海书店出版社，2002年，第224页。

② 赵元礼《藏斋诗话》，张寅彭主编《民国诗话丛编》，第二册，上海书店出版社，2002年，第241页。

③ 何文焕辑《历代诗话》，中华书局，1981年，第792页。

深婉”,[1]严修评其诗云:“公诗酝酿深醇,读之觉舌本生香,口津助润,韩子所谓沉浸醲郁,殆谓是耶?已入广雅之室,他日或突过之”。[2] 由二人之论,可见赵元礼对其诗学主张的认真实践。赵元礼崇尚诗味与意境,其诗论既汲取了前人诗学的论点,又融汇了自我的作诗体验,对我们认识民国时期诗学思想的发展不无价值。

(南开大学中文系)

---

① 王守恂《辽东集跋》,《辽东集》,民国三年(1914)铅印本。

② 此为严修致赵元礼书札中语,收入《辽东集》,民国三年(1914)铅印本。

李梦阳评点《石淙诗稿》辑钞(下)

文　爽

石淙诗稿卷之十二　玉堂类　门生北地李梦阳评点

《题画一首》

江南无处无幽栖,拄杖独往穷攀跻。莫教迷却归时路,春雨夜涨桃花溪。

梦阳曰:盛唐。

《和西涯先生漫兴二十首》

(其四)两园花竹种俱成,岁岁庭前春草生。留取自家意思在,兴来策杖且闲行。

梦阳曰:自然。

(其五)日日蓬门为客开,儿童熟客不须猜。底事东风亦爱客,当筵时送落花来。

梦阳曰:杜。

(其七)曲巷回廊隔市声,花径不扫莓苔平。多情山鸟解人意,何处飞来时一鸣。

梦阳曰:杜。

(其八)客至开尊各解衣,爱山休问是还非。酒阑客散夜初寂,明月自照主人归。

梦阳曰:天趣至此,恐自解不得。

(其十)西庄果实太未稀,房山鲫鱼也自肥。一般风味足可乐,何必故乡方是归。

梦阳曰：杜。

（十一）东风桃李满门墙，老去重开绿野堂。只恐欲闲闲不得，酒逋诗价一般忙。

梦阳曰：杜。

（十二）园亭风日入清秋，绿树重阴护四周。颇恨青山看不见，似应别起看山楼。

梦阳曰：意外之意。

（十四）短衣箕踞病中身，俯仰茫然一岸巾。谁道诗成无和者，与君同是未归人。

梦阳曰：诗必未归人而后和乎？

（十五）闻君抱病掩柴门，数月不出城西村。愿得太平风日好，浮生何地不乾坤。

梦阳曰：杜。

（十六）竹底吟诗手自书，盘餐未少菜兼鱼。不须更作江南梦，此兴并州已有馀。

（十七）天近银河拂曙流，巷深不隔市烟浮。夕阳堕地鸟投树，明月满空花入楼。

梦阳曰：晚唐。

（十八）老将心事叩穹苍，一寸曾回白日光。身系安危今几见，更难全节是行藏。

梦阳曰：三首步用故事，少通透。

《和涯翁漫兴后十首》

（其二）世上几多闲岁月，浮生谁是散神仙。风光如此不同赏，空羡日高花影眠。

梦阳曰：脱唐。（按：此处评语《石淙诗钞》作“晚唐”。）

（其三）潇潇风雨浃旬多，道上泥深半没坡。莫羡东园能稳卧，向来曾历几风波。

梦阳曰：说尽。

（其四）老觉后山精力尽，病愁元亮酒杯空。百年强半归何处，多在春花秋雨中。

梦阳曰：有味，有味。

（其五）煮海流金事果符，分明天地一烘炉。昨宵风雨来何处，净洗炎蒸半点无。

梦阳曰：亦说得尽。

（其七）数亩方塘数尺墙，功成聊向此深藏。青林日午鸟啼歇，花气晴熏入画堂。

梦阳曰：晚唐。

《送高颖之南京光禄二首》

（其一）丹桂阴阴映绿槐，尚书门第旧崔嵬。君看琐闼题封笔，元是词林乐育材。此阙暂辞鹓侣去，南州重迓驷车回。两京不是天涯别，况复卿曹切上台。

（其二）艺苑文章一代华，谏垣清切几人夸。早知持论能匡国，更喜迁官是近家。龙阜千年多雨露，凤台三月富莺花。送君未得随君去，却望仙驱意转赊。

梦阳曰：二篇整整丽丽，对比精切。

《三星图歌》

梦阳曰：长江一泻，虽风澜未涣，然气吞东洋矣。

《送唐云卿归江南六首》

（其一）帝锡殊恩有，人如具庆稀。遥随母氏去，还载命书归。白日明宫锦，春风上采衣。无为念闺阁，至乐在庭闱。

梦阳曰：杜格。

（其二）老去吾多过，秋来子又行。孤灯独自坐，片月为谁明。江海忧时念，冰霜作宦情。沧浪近吾舍，曾与白鸥盟。

梦阳曰：此首句句好，字字好，玄之又玄。

（其三）世岂憎人好，吾方爱子才。直躬翻速毁，信口或深猜。肝胆竟难讬，年华苦易催。为山力须往，九仞在亲培。

梦阳曰：此首不亚前首。

《次韵答涯翁四首》

（其一）先朝台辅地，纯用读书人。身到黄扉久，堂开绿野新。姓名为世重，出处任吾真。亦有明农愿，东坡学制巾。

梦阳曰：句句浑成。

《九日席上和曹汝学韵》

不随宋玉浪悲秋，高兴逢时可自由。投辖正愁宾去早，看花翻恨酒行稠。茱萸插帽故乡远，蟋蟀在堂良士休。莫怪白衣人未至，蓬门犹幸拥仙驺。

梦阳曰：风流蕴藉，又是一种。

《答安汝砺黄门》

年如过隙影，身是未归人。白发看看尽，黄花故故新。淹留嫌烛短，倾倒见情真。醉后乌纱侧，翻成折角巾。

梦阳曰：风情似杜。

《画雁》

江岸芦花秋簌簌，江头旅雁群相逐。啄者自啄宿者宿，叫入斜晖断还续。秋来沙碛已冰霜，去寒就暖争回翔。物生有性各自适，何处江湖无稻粱。高飞冥冥谢矰弋，惜取扶摇双健翼。恼乱游人万里心，惊起渔家数声笛。昨夜南楼闻北风，天长水阔云蒙蒙。何当便买舟一叶，醉来棹入芦花丛。

梦阳曰：古调如画。

《吕纪雪图》

元冥令严气栗烈，酿作江城三日雪。朔风卷地天冥冥，四顾青山黯无色。是时同云冻不收，只尺川梁成阻修。灞陵豪客方闭户，剡曲幽人难放舟。山禽在原半在隰，欲飞不飞毛羽湿。渺渺平沙落雁多，萧萧古木群鸦集。天寒日暮恒苦饥，欲觅颗粒将安之。长安贫者亦无数，遑用恤此禽虫为。四明画史清狂客，决眦大呼声裂帛。画里风情只自知，赋罢令人三叹息。

梦阳曰：古调。

《和涯翁六言韵四首》

梦阳曰：四篇并佳。

《除夕有述二首》

(其二)两岁平分处,一灯深坐馀。身犹系朝籍,兴已在山居。久客童奴狎,衰年故旧疎。独怜诗酒病,不与岁俱除。

梦阳曰:此一篇字字好。

《人日》

冉冉岁华变,萧萧旅鬓疎。乡心落雁后,诗兴在春初。七日阴清半,三生梦觉馀。眼昏谢笔砚,赋就遣儿书。

梦阳曰:杜格。

《郊坛分献有述》

午夜祥云拥竹宫,我皇精意已潜通。祖宗并配天心悦,日月重华圣德同,对越俨看神陟降,骏奔长绕殿西东。铺张亦是儒臣事,欲赋阳春恐未工。

梦阳曰:大手笔。

按:此下天津图书馆藏明嘉靖刻本《石淙诗稿》原阙一页,据《石淙诗钞》可补以下几条评语:

《分献郊坛得夜明》

梦阳曰:大笔。

《礼成柬厚翁先生时先生分献大明》

梦阳曰:大笔。

《柬敬所先生时敬所分献星坛》

梦阳曰:大笔。

《庆成宴有述三首》

(其二)梦阳曰:"敬止""康哉"、"湛露""钧天",皆天生妙对。(按:《庆成宴有述三首》第二首诗中有句"祀罢齐明馀敬止,礼成歌咏其康哉。"第三首诗中有句"恩比周王歌湛露,坐闻仙乐奏钧天。")

(其三)梦阳曰:此等作不可无此结。(按:结句为"欲献豳诗当妙曲,尽收和气入丰年。")

《崔世兴宅赏料丝灯二首》

(其二)梦阳曰:惜物如此,惜人可知。

《赏灯席上限韵答诸客》

梦阳曰：赏灯诗七首一韵，词意无大高下，然以格调律之，则文人之笔也。

《恭题宣庙御笔扇面竹》

梦阳曰：有颂，有悲。

《送锦衣千户彭冲代兄济物都宪省墓二首》

梦阳曰：平正。

《约斋为周都谏子庚赋》

梦阳曰：宋大儒诗如此作。

《姚定之东园赏牡丹次韵》

梦阳曰：洒洒。

《安汝砺谢病还扬州赋古诗四章话别》

梦阳曰：四篇并佳。

《曹汝学擢南京太仆少卿赠别五首》

梦阳曰：头一篇另是一种，后四首逐入佳格。

《假山为曹少卿汝学赋》

梦阳曰：堂堂之作，一泻千里。（按：所评诗句为“沉潜水府乍出没，吞吐不厌泥沙浑。”）

（间评）梦阳曰：堂堂之作，一泻千里。（按：所评诗句为“沉 潜水府乍出没，吞吐不厌泥沙浑。”）

（间评）梦阳曰：凛然难干。（按所评诗句为“或时廉稜露锋刃，游人有手不敢扪。”）

《蓉溪书屋为金都宪舜举赋》

梦阳曰：题外生意。

《送李元白豸史督理陕西茶马》（按：《石淙诗钞》“白”作“伯”。）

梦阳曰：气概。（按：所评诗句为“金牌玉篆从天降，雾鬣风鬃匝地来。”）

《刘希载南还送别》

北上才瞻尺五天，怀归又向白鸥边。捻须亭上人方迓，待隐园中榻正悬。春水碧连南浦草，夜虹晴贯潞河船。明年迟我波心寺，同试中泠第一泉。

梦阳曰：唐调。

《送徐用砺太守还任》

梦阳曰：名言。（按：所评句为“为士只言从政易，此心不为作官移。”）

《石淙诗稿》卷之十三　归田后类　门生北地李梦阳评点

《致仕志感二首》

（其一）连章乞得老身回，雨棹风帆日夜催。父老忽惊吾早到，儿童真问客何来。新移菉竹和云长，久旧种黄花带露开。输却前时双脚健，病来无力更登台。

梦阳曰：胸中流出，语自别。

（其二）犹记垂髫膺荐日，流光五十一回春。黄扉不是养疴地，白首惭为坐食人。野性自便随鹿豕，岁寒相伴有松筠。惟馀一寸丹心在，长向空山梦紫宸。

梦阳曰：公未尝一日忘天下，所谓一出言而不忘君者也。二篇气格具足。

《除夕偶吟》

笑饮屠苏最后觞，向来桑梓愿初偿。笙歌有意迎春至，儿女无端为节忙。归到颇嫌冬日短，醉馀翻爱此宵长。因思二十年前事，刚得三回在故乡。

梦阳曰：句意各称。

《醉后再得一首》

梦阳曰：二句当彻上下观之，不但除夕以前四作，后五作不能道也。（按：所评二句为“感今忆昔三生外，送旧迎新一夜中。”）

《题竹屏卷》

为君重诵竹屏诗，历历冰霜岁屡移。梅月松风盟未冷，楚云湘水梦还疑。岂无俗客真能疗，纵有浮尘不受缁。日日城中饱粱肉，为君重诵竹屏诗。

梦阳曰：二句镜中之花，自贬自幸，自贬不瘦，自幸不瘦。

《安汝砺访予待隐园喜而有作二首》

春城细雨半泥途，静掩重扉不受呼。候吏忽来传子到，病夫强起唤儿扶。眼看世故多新态，道与心期是故吾。记取通家交谊在，重游此会未应孤。

梦阳曰：只此便不可及，何必远取。

逸世才华致主身，几年平步入通津。谏垣风采争夸子，学士门墙喜得人。芳草碧波怜近别，杏花春雨及芳辰。莫教桑梓长留滞，圣主方思献纳臣。

梦阳曰：二篇情真景真，句逸调逸。

《席上用韵赠何生》

老去忘机不羡鱼，病来寻乐未容徐。三千里外初停棹，四十年前此卜居。掬水有源真活活，野情随地自与与。何郎亦是清狂客，座上诗成解起予。

梦阳曰：诗何尝无理，此篇飞跃卓如，而不涉头巾者，化于理者也。

《仲与立宪长致政家居自宝应访予镇江宿丁卯桥庄舍感今忆昔口占近体三首》

(其一)病里幽怀久未开，忽传好语隔江来。故人相见翻疑梦，往事无端底用猜。老爱闲居多水竹，笑看春色在江梅。亦知此会真难得，莫使深情伴浅杯。

梦阳曰：忽与景会，故妙。

《次韵答林廷元》

先生消息远能闻，老病年来不出村。梦阳曰：老健。欲枉高轩过竹径，便呼童子扫蓬门。一天花雨春方丽，满地棠阴爱正存。只恐眼前同调少，锦囊韬后莫轻论。

梦阳曰：不但诗当如此，事事当如此。

《赏牡丹限韵》

草亭西畔石栏边，梦里春光近十年。丽色正当新雨后，浓香时送晚风前。墙头过酒真多事，坐上分题漫有缘。不羡春园宴桃李，豪吟空对艳阳天。

梦阳曰：此篇俊而秾。

《初食鲥鱼柬白石先生》

梦阳曰:鲥非笋,诚莫匹者,由是观之,我公非但能用天下之才矣。

《陪白石饮余鸿鹤山庄》

万竹从中一径开,雨馀花圃半莓苔。水环襟带淙淙出,山送青苔面面来。柳外莺声时婉转,风前花絮故迟徊。亦知刺史淹留地,曾为行春数往回。

梦阳曰:淡淡有味,一“春”字束住上面无限风景。

《闻胡孝思独游焦山》

闻君独往探名胜,直上诸天最上梯。老病无缘陪盛赏,山灵应喜得新题。矶头石刻苔全没,洞口桃花路已迷。落日长江望归鹢,潮声犹在海门西。

梦阳曰:中唐之调。

《见素得乃子达进士报有诗九首示达,予为次韵寄之》

梦阳曰:素翁心事非我公谁其知者,然愚每恐读斯篇者,但以诗观之也。

《见素临沧亭次韵十首》

梦阳曰:斯十章亦伯平之弦也。

《焦山倡和诗引》

(其一)八年不到焦山寺,今日重来一老翁。新渚忽生沙岛外,旧题多在辟萝中。闲云野鹤心与寂,流水桃花事或同。记取吸江亭上饮,啸歌休放酒杯空。

梦阳曰:老气。

《边汝成自巡抚宁夏擢南京刑部侍郎,将赴任,便道谒余,镇江话旧之馀,口占二诗为赠,因忆己未之冬,汝成宿余丁卯桥庄,话别诗甚多,抱病已来,聪明不逮,欲如前日之兴已不得,俯仰今昔,为之慨然,白岩司马汝成同志友阅之必有以教我也》

(其一)病里诗成手自书,重逢又是十年馀。已看精力消将尽,何止聪明较不如。西去几回劳远梦,南来聊得慰闲居。故人不道吾衰甚，犹有微言为起予。

梦阳曰：真之又真，公见人便倾倒肺腑，斯所以收一世之雄也。

（其二）错节盘根试屡新，路头夷险认方真。嚼馀冰蘖浑忘味，梦阳曰：何其苦。历尽风波有此身。梦阳曰：何其幸。南国山川根本地，西曹才望老成人。白岩会合多高兴，寄我篇章莫厌频。

《汝成将别予邀饮逸老园再赋一首》

乍逢仍别意踟蹰，暂憩南园水竹居。菊露带香秋澹澹，柳风入面晚徐徐。秖缘抱病常辞酒，纵使临渊不羡鱼。莫咲衰翁浑潦倒，也能揩眼为君书。

梦阳曰：此篇纯类唐者也，它篇多唐宋杂。

《冬至有述二首》

（其一）忽忽流光逢至日，不禁衰鬓转多丝。柳舒梅放春前信，阳长阴消夜半时。老怯增年真大错，愁随添线已成痴。绝胜作客天涯道，空对寒云动远思。

梦阳曰：雅调。结意悠扬。

《王尧卿自终南谒余镇江话旧有述四首》

（其四）师道久绝响，古风日沉沦。弯弓信有之，何止越与秦。昌黎忧籍湜，馀子安足论。况我素虚薄，业荒道无闻。门墙亦多士，子尤信且亲。时时效忠告，不避流俗嗔。群嚣未底定，亦复解吾纷。节应利金石，心可质鬼神。迂戆岂足师，古道君所敦。此意两自会，难语行路人。

梦阳曰：情到理到，景致笔到，然宋格也。（按："景致笔到"《石淙诗钞》作"景到笔到"。）

《寄寿见素先生》

冰霜历尽见芳春，闻道弧筵正及辰。人以安危占出处，天将强健报清贫。文章老去终名世，仕止平生总任真。欲拟南飞歌末阙，直从海鹤羡风神。

梦阳曰：四句殆素翁传神笔也。

《阅王尧卿诗文志感》

六经文字日中天，前辈仪刑已邈然。老去初心嗟我负，古来遗绪待人传。刚风早奋驱颓俗，奇气全收入大篇。留取旧时衣钵在，向人那肯作舂研。

梦阳曰：斯篇气胜于理。

《送王尧卿还终南三首》

（其一）高卧经年不出郊，忽闻佳客过衡茅。君才早向青山隐，我病初还白鸟交。身逐野云归旧陇，眼看江柳更新梢。盈虚消息先天数，有意相留问易爻。

梦阳曰：二句天机自然。眼中变态万端。

（其三）梦阳曰：诗贵瘦，此句之瘦者也。（按：此句为"新注遗书补欲完"）

《阅王尧卿所著天地正气编有作》

梦阳曰：三篇非本色语，然此等论说不可无也。

《送朱升之大参还任滇南二首》

（其一）相见无多日，相违更惘然。梦醒江阁雨，目极楚云天。白雪传新调，缁衣记昔年。遥知他夜月，西望几亏圆。

梦阳曰：唐调。

《送黎绣衣四川巡按二首》

（其一）梦阳曰：乡物入诗，切而有味。（按：诗中有句"治民欲赠无他物，惟有中泠水一杯。"）

《寄林有年御史谪武义丞》

（其二）梦阳曰：四句工甚。（按：四句为"江湖远道闲舟辑，霄汉低飞惜羽毛。捧日有心还入梦，哦松无事且挥毫。"）

《和孙思和西庄联句韵》

白云封石壁，修竹护村庄。烟火长林外，笙歌古道旁。谩论倾肺腑，兼得话农桑。想象三时雨，依稀百合香。人应夸二美，吾亦诧微长。几日交欢地，真教尔汝忘。

梦阳曰：四句肺腑语，真村庄诗也。"吾亦诧微长"有吞万象之气。

《闻马次甫孙思和郑中伯游金山寄柬一首》

梦阳曰：马郑孙，时人入诗，惟子美能之。（按：诗中有句“解道水云还有马，再题涛檐岂无孙。郑虔相伴成三绝，留取风情石上存。”）

《再叠韵》

独立中流瞰海门，向来高兴共谁论。烟霞老去深堪隐，江汉西来俯可吞。恨不名家逢李杜，若为佳句厌张孙。不知翠壁苍厓里，几处纱笼几字存。

梦阳曰：此篇真黄绢也。

《阅涯翁为方石、东山所作诗，三公皆予同志友也，文章节概，高步一世，今安得复见若人者哉，此卷崔世兴尚宝以赠毛给事用成，予怅然感之有作》

指点交游感叹频，年来多事益伤神。乾坤落落几大老，岁月悠悠三古人。敢谓仕途全节少，亦知公论盖棺真。黄门解领同声意，不是崔卿不自珎。

梦阳曰：此篇读之，令人堕泪，不但今无斯人，今何时矣。

《毛给事用成守制归云南镇江，话旧得三首兼以送别》

梦阳曰：三篇皆真到之语。无一字凑屑，又曰公提契时事入诗，如乌获举具，浑不费力，然七言律为优。（按：现选一首以供参考。其一：旧游自觉眼中稀，老去真看万事非。二十年馀才一叙，八千里外又言归。心同返哺慈鸟恨，身逐随阳旅雁飞。留取向来经国念，此身忠孝莫相违。）

《古者自王宫国都以至闾巷，莫不有学，今庠序偏天下，而乡学之制多忽而不讲，蒙养弗端有以也，才不古若实基于此，吾滇南毛给事用成家居时慨然有志风化，尝市城中地建书院，延请明师以教乡人子弟，而躬督劝之，甚盛举也，过镇江以质于予，予谓书院古有之而今不数数见，用成之意，盖欲端本澄源以为成德达材之地，此可与知者道耳，为名之曰养正，且赋四绝句以遗乡之人，俾知所趋向云》

梦阳曰：四篇可与白鹿学规参看，有韵之经也。

《中秋日与诸乡旧由金山乘月放舟而下，酌酒高歌，情兴甚浓，抵焦山，漏下三鼓矣，诸客皆有诗，予亦赋得一首》

画船萧鼓坐推蓬，正及秋光九十中。玉宇澄澄凉露下，沧波渺渺绛河空。银蟾夜泛金杯影，桂楫寒生铁篴风。怪底尘心消欲尽，分明身在水晶宫。

梦阳曰：此篇意浅辞丽。

《长安周君少安以进士节推吾镇江三年矣，才操兼美，凡所谳狱，多得其情，人甚称之，兹考绩北上，被留被征，皆所必有，恐不能为一郡淹矣，其父御史君应文子提学时，见其文艺器识在诸生中出色，既登仕，籍声名日起，众期其远到而不寿，以殁士论惜之，予衰病久，谢笔砚，顾通家君父子间于其形情不能已，为赋二诗赠之，兼以道旧故寓期待云》

梦阳曰：二诗譬之岷江初导，汹涌东注。

《游茅山杂诗》

（其一）丹梯百丈许攀缘，万古名山此洞天。云水望深行不极，烟崖势险去无前。十年旧梦心初慰，两腋清风兴已仙。不独山人能爱客，野花啼鸟亦欣然。

梦阳曰：万物一体。

（其二）月满空堦露气凉，晓来馀润湿衣裳。山林入望惊秋老，台观重来比旧荒。谩向金陵称地肺，翻疑白石是神羊。身闲只合寻真隐。莫更桃源问渺茫。

梦阳曰：自得如此，岂须更问仙？

《上宫一首》

山头万瓦碧参差，侧径回廊势半攲。鸟怯高寒楼不定，云归杳霭出还迟。人间福地应输此，物外真游更属谁？歌罢輾然成一笑，下山休问路多岐。

梦阳曰：山间楼阁，每恨写之不似，“侧径回廊势半攲”便如挂出上宫图矣。“鸟怯”二句壮山之大，壑之深，妙之又妙。

《茅山和唐云卿诗韵》

世争趋福地，吾亦礼茅君。鸟影向空尽，箫声归洞闻。远峰低列宿，万树阁秋云。明发下山去，仙凡从此分。

梦阳曰：起得忼慨，结之脱落，大手笔也。

《文济与拱贞奕饶三子而胜戏次其韵》

(其二)畦生棋力本肩随,忽漫饶三事亦奇。莫便逢人夸国手,南都恐被白岩知。

梦阳曰:白岩奕冠一时,乃于畦殷发之,斯太史公笔法也。

《再和滨竹诗韵》

流光渐渐入新年,之子翻回雪夜船。碧水丹山如送客,清风明月底须钱。归来已脱浮名累,老去难禁别思牵。梦阳曰:此句惟老去者知之。他日停云两相忆,尚多诗句托人传。梦阳曰:雅调。

《石淙诗稿》卷之十四　归田后类　门生北地李梦阳评点

《送锦衣千户马汝砺》

梦阳曰:囊无一钱,在武人足为麟凤。(按:诗中有句“行囊不贮一文钱”。)

《送句容曹君时范赴南台》

白笔重簪入旧京,向来风采重台评。也知激浊扬清地,不尽忧民报主情。两度过从慰衰病,一尊倾倒见平生。鲲鹏六翮逢秋健,拭目云霄万里程。

梦阳曰:忠厚雄健。

《寿抑斋太保》

梦阳曰:前赋后比,超卓之作。

《送唐云卿北上二首》

梦阳曰:山游之情,转为河梁之怆,更觉精神抖擞。

《殷文济过子待隐逸老二园有诗次韵答之》

梦阳曰:四句读之,令人水云兴思。(按:四句为“两屐不嫌花径僻,一枰长傍竹窗深。醉眠石上残林薛,倦憩池头狎水禽。”)

《和韵送吴举人文之》

江空飞鸟尽,雨过落花深。抱病方孤坐,逢人时一吟。会迟几失子,别易忽惊心。犹有相留兴,开樽醉竹阴。

梦阳曰:悠然见南山,此篇有之。(按:原诗为“江空飞鸟尽,雨过落花深。抱病方孤坐,逢人时一吟。会迟几失子,别易忽惊心。犹有相留兴,开樽醉竹阴。”)

《与孙廷贤话别三首》

梦阳曰：三篇，宋诗之高者。（按：现录一首以供参考。其二：少年英气逼人来，壮气崔嵬老未灰。不信骅骝终窘步，其怜梁栋有遗才。龙光夜跃张华剑，云影晴浮孺子台。见说芹宫多化雨，满川桃李为谁栽。）

《送乡进士吴与成还吴中将赴会试》

梦阳曰：首句每每道之，亦自见得。果如此，开口便及之邪。（按：首句为“老去聪明不似初，喜逢佳士自东吴。”）

《吴与成将行，与吾乡诸诗客游金焦诸山，极觞咏之趣，余闻而羡慕之，老病不能偕往，赋近体一章兼以识别》

梦阳曰：佳句。（按：原诗为“有客东来亦好奇，短笻孤艇镇相随。斟将第一泉头水，题遍金焦寺里诗。载酒正当为别路，看花曾及未开时。如闻赴约多同调，盛事谁云只自知。”）

《和与成登城韵二首》

（其一）独立高城暮，怀归更惜春。山川连梓里，烟雨暗花津。响绝朱弦久，交怜白发新。斯文方属望，何止作诗人。

（其二）落日衔疏树，残花送晚春。梦阳曰：四字照应。乾坤容纵目，江海羡知津。怀古百篇壮，感时千虑新。昏钟动城邑，犹自有行人。

梦阳曰：足为不知止者戒，又曰：二篇真唐人语。

《豸史叶君按治江南一年，于兹风采甚著，比在镇江，忽闻江西兵变，时承平日久，武备废弛殊甚，且仓无粮粟，有警调兵无所给，上下忧之，君策励诸司，为防御计，日简练兵卒，号召武勇，示以纪律，人知自奋，劝谕义民分籴谷，刍至万城中，恃以无恐，仗天之威，罪人旋即就擒，君得代还朝，予衰病久，谢笔砚，目击君之义气风概有如是者，为赋二诗赠之》

梦阳曰：二篇足补载记之缺，亦诗之史也。（按：现选一首以供参考。其一：年来风采动江乡，足有阳春面有霜。不遣官邪逃法网，几将民瘼疏封囊。忧时每切悬枫陛，问俗频劳访草堂。莫谓及瓜能了事，内台犹待振颓网。）

《赠陈豸史原习三首》

梦阳曰：三诗一气铸成，浑浑更浑浑。（按：现选一首以供参考。其三：高卧沧江七八年,停云相望几茫然。手中五色终华国,囊里孤桐未绝弦。渴极正怀商旱雨,愁多翻忆杞人天。送君更切吾乡念,多少苍生望息肩。)

《和王都谏存约买山韵》

梦阳曰:二句工而情态。(按:二句为“海云拖影低环屋,野水流清曲抱湾。”)

《送王寿夫知金华府》

梦阳曰:此篇是送御史除知府诗,然望之教之者至矣。

《得王阳明诗依韵寄答》

(其一)闻变幡然作,亲提一旅孤。欃枪浮太白,氛祲暗重湖。慷慨平原义,周旋宁武愚。成功何易易,帷幄妙吁谟。

(其二)冰霜为别日,转眼又春归。许国身方健,除凶愿不违。寒暄今契阔,道谊昔因依。抱膝浑无语,阴云暝夜扉。

(其三)戎马闲关际,风尘澒洞时,心应悬社稷,身已系安危。功大翻招忌,愁多恐易衰。冯唐年未老,终动汉皇思。

(其四)多士从河饮,俗儒徒管窥。平生抱经济,应变益权奇。风雨孤灯夜,莺花漫兴时。彩云何处扎,聊得慰相知。

(其五)历尽风波险,履兹阳道亨,通儒自适用,大勇不须兵。急雨惊春梦,停云系远情。中泠有玄酒,相见为公倾。

梦阳曰:五篇杜格、杜调,高之又高。忠义之气,触之勃然。

《用王阳明韵寄伍时泰廉宪》

(其二)洪都忽兵变,举目是瘝孤。抱恨声胜野,流腥血洗湖。平生慕汲戆,避难岂柴愚。偃武从今日,敷文仰圣谟。

梦阳曰:体面当如此。

(其四)相从记童稚,数载不园窥。一得湖南隽,遂为天下奇。陇云吟望处,江雨梦醒时。未得谈衷曲,幽怀只自知。

梦阳曰:无限含蓄。

(其五)荏苒岁云暮,驰驱路向亨。片言能折狱,弱冠已知兵。江海十年梦,乾坤千古情。相望不相见,肝胆为谁倾。

梦阳曰:此五篇亦是杜。(按:《石淙诗钞》本“杜”字后有“格”字。)

《寄彭幸庵》

梦阳曰:“岁月一枰”磨于我公,则得矣。如苍生何斯一句是证时变。(按:原诗为“陇云千万叠,何处是皋兰。莫讶寒暄少,须知道路难。衰容凭酒换,冷眼索梅看。天地恩无极,应留一寸丹。别来馀五载,老况竟如何?白水盟心在,浮云变态多。江山双眼足,岁月一枰磨。独有怀人梦,时时搅睡魔。”)

《希大司马扈驾至淮安归便道过江,访余石淙精舍,感今忆昔,怅然久之,口占二首》

梦阳曰:四句读之,如听山阳之苗。(按:四句为“老去多情怜水石,闲来开眼看风波。门墙旧侣彫应尽,灯火通宵话转多。”)

《东豸史希宋请余偕希大自金山谒新构陆丞相祠,祠有楼,甚宏伟,席上用卢豸史韵》

秋满空山落叶深,江头风雨夕初阴。梦阳曰:有趣有色。亦知柱史招游兴,聊慰邦人仰止心。采采岩花供客赏,萧萧林籁杂蛩吟。褒忠旧是清朝典,明水祠官合自今。梦阳曰:典则。

《希大将归南都,余饯之丁卯桥山庄》

秋风细雨晚萧萧,历尽荆榛见古桥。树色带烟迷近郭,泉声泻月落寒潮。未能投辖翻愁别,有意寻幽不待招。裴相勋名公等在,吾衰只合老渔樵。

梦阳曰:晚唐调。

《南山先生仙逝,予哭奠之馀,赋得二首》

(其一)犹忆登堂笑语温,向来多事不堪论。忍闻哀些停歌燕,空把生刍代寿尊。交谊不随时序改,老成虽谢典型存。要知善积多馀庆,请看兰芽与竹孙。

梦阳曰:向来多事不堪论,非老于世故,身履其地者不知此苦。

(其二)七峰开凿自鸿蒙,万里长江在眼中。亦欲磨崖纪佳胜,向来诗笔已多稚。攀萝蹑蹬路逶迤,老倦登山与每迟。却愧壮年雙健脚,长因奔走误幽期。

梦阳曰:二篇蕴藉感怆,情深又深,流音于水,恨无穷矣。

《用韵赠唐子畏解元》

丰姿楚楚玉同温，往日青蝇事莫论。笔底江山新书本，闲中风月九琴尊，清时公是年来定。发解文名海内存，长听金声爱词赋，天台未许独称孙。

梦阳曰：此篇奇作，初不韵窘，以结句之妥也。

《重游七峰三绝句》

梦阳曰：宜悔宜恨。

《题画送谢梅岐归闽》

（其一）岁寒相别意悠哉，不赠琼玓只赠梅。归向梅岐春正好，怀人须寄一枝来。

（其二）谢公昔在东山住，翠管娇歌出每携。不似云仍冰雪侣，任他歧路有东西。

（其三）有足不踏风尘车，有手不草封禅书。茫茫天地谁知己，还指梅花是故庐。

梦阳曰：三首前一首唐也，后二首宋调耳。

《暮春偶怀彭幸庵寄柬二首》

梦阳曰：奇之又奇。

《送扬州张都阃赴任湖广》

梦阳曰：起之壮丽。（按：起句为“凤凰佳气连鸡阜，鹦鹉香风度鹤楼。”）

《东豸史希宋过予，语及昔年提学事，因忆华州关中名郡东氏，实郡望焉，时希宋与其兄今南京户部郎中希节、刑部主事野在诸生中才气英发，而伯兄今驾部郎中希曾已领乡荐，俱尝以远到期之主事不幸不禄，而三君方骎骎，向用诗赠希宋兼柬希曾希节同致期待云》

梦阳曰：心印口碑，奇对。（按：所评句为“旧事悠悠心印在，新声濯濯口碑闻。”）

《予归自茅山路出金坛河口，希宋约许豸史伯诚来会舟中，话旧久之，解缆而别时，漏下三鼓矣次日寄诗为谢》

（其一）细雨萧萧酿薄寒，深秋摇落水无湍。荒村一棹来何客，夜半能劳两豸冠。

（其二）足音空谷远能闻，一咲相逢坐夜分。旧事依稀谈不尽，明朝回首隔重云。

梦阳曰:二篇前宋后唐。

《秦凤山亚卿园亭小酌用邢邵二泉韵一首》

半生江汉梦犹新,忽漫相逢几故人。君到正当新雨霁,君衰还与旧书亲。忧先天下心应苦,功在湖南笔有神。总为论交关道谊,不须杯酒见情真。

梦阳曰:雅句。

《和园亭联句答凤山》

梦阳曰:无意如有意。

《答马豸史园亭韵》

把酒看花意已阑,一尊相对偶留欢。坐深泉石孤云暝,面带冰霜九夏寒。别后怀人心共远,公馀适兴句还安。怪来晓梦清如许,柱史诗来墨未残。

梦阳曰:妙句。

《许豸史伯诚夜过丁卯桥庄赋此赠之》

梦阳曰:奇对。姓、地偶合,两言尽之。万钧之力,今古之雄。(按所评诗句为"君有好诗能压许,我无奇字合输扬。")

《次日用韵寄伯诚》

野桥流水护云庄,灌木阴中隐一堂。结构几年惊老迈,幽棲如此藉揄扬,秋山入夜微闻籁。岩桂逢时早放香,相国郢州遗事在,嘉名犹自托馀光。

梦阳曰:蕴藉更蕴藉,如幽花明月,巍石响泉。

《石淙诗稿》卷之十五　归田后类　门生北地李梦阳评点

《金舜举自南秋卿召掌都察院事过镇江别予,夜话丁卯,次日饯之金山,共得诗三首通录为赠》

(其一)梦阳曰:世事以不持久者败多矣。(按:诗中有句"入觐从容问更化,愿言持久是良图。")

(其三)赠处临歧意若何,相过那更又离歌。夔皋事业方深望,轩顾才名未足多。直遣关山严虎豹,还看江海静风波。老来世事慵开口，也向康衢颂太和。

梦阳曰：今人对古人自奇，亦诗之史。结句岂果于忘世者。

《乔希大自留都司马召拜天官卿中外士夫，以此地属望久矣，而今始如愿，闻者称快，北上戒程过镇江别余，喜慰之馀，感旧惜别得诗五首，情见乎辞》

（其一）梦阳曰：因重阳生出，结句又实又远又切。（按：结句为“折取黄花赠君去，要从晓节挹馀香。”）

（其五）冲风冲雨渡长江，每为怀人到石淙。京国旧游能有几，尚书高设故无双。病来对酒心先醉，老去挥毫兴未降。暂得相过还永别，离歌欲赋不成腔。

梦阳曰：五篇庙堂之诗，送吏部尚书更称。

《希大谒先茔祭奠志感一首，盖自希大迁官南来谒奠已三度矣》

十载荒丘几度行，生刍长系故人情。如何风雨经旬后，刚值溪山一日晴。往事悠悠谈不尽，长途渺渺恨难平。只应恩义深如许，说着相违梦已惊。

梦阳曰：诗本情语，况道其实，安得不佳？

《柬许伯诚豸史》

（其一）归来无一事，花竹伴吟身。落日清秋暮，衰颜紫菊新。病怜高兴减，老爱旧书亲。犹有忘言趣，停杯望可人。

（其二）菊花过重九，佳色正交并。采采凭轩看，栖栖信步行。朋游自来往，云意乍阴晴。待得诗仙赏，孤芳合避名。

梦阳曰：此盛唐人口中语。

《许伯诚豸史立冬前一日过小园赏花，有送秋诗次韵答之》

梦阳曰：过于赏花。（按：此处评语《石淙诗钞》作“更于赏花有趣”。所评诗句为“莫道岁寒无玩赏，逸园梅竹旧曾栽。”）

《陆丞相祠用许豸史韵》

志作貔貅气作城，指天不作负恩生。中原殉国无坚垒，濒海勤王有义兵。手挽龙髯空报恨，令传虎旅竟吞声。新祠故国瞻依地，不尽怀忠吊古情。

梦阳曰：悲壮之气，读之发竖。

《徐少参过丁卯庄有诗次韵赠之》

梦阳曰：二篇更浑成，天然之句，对偶复工。（按：二句为“两岸青山江月晓，千章落木海天空。”）

《徐湾山庄即事二首》

梦阳曰：僧对鸟舌之作者尚之。二篇山林本色，大入胸次，何折不有？（按：诗中有句“野僧待客炊先熟，沙鸟忘机狎不疑。”）

《次具献臣亚卿游金山韵》、《再用韵寄献臣亚卿》

梦阳曰：二首结胜。（按：前首结句为“万古波心柱，天教障逝流”；后首结句为“风波向来恶，今日已安流”。）

《唐豸史虞佐擢任陕西副使，督学政，过予丁卯山庄，话旧久之，陕西，予旧莅地，不能不为一方之士喜之，漫赋三诗录以为赠》

梦阳曰：三篇平正之作。

《雁塔题名歌为许豸史伯诚赋》

梦阳曰：长篇，情事铺叙非不工，然格调近时。（按：“格调近时”，《石淙诗稿》评语原无“近”字，此据《石淙诗钞》补。）

《许豸史伯诚奉命刷卷南畿驻节镇江久之，精明振厉，无度奸隐慝，事毕将还朝，过余别，谓不可无述，因命童子书数字韵赋以赠之四首》

（其二）梦阳曰：二句活泼泼地。（按：二句为“西楼望眼虚明月，南浦归心逐暮云。”）

《江南久亢旱素翁至一雨将沾足志喜一绝句》

冬雪已悭春不雨，麦苗短短半枯荄。甘霖一注今三日，可是商严带得来。

梦阳曰：体面气象，调笑赞颂，四句尽之。

《老朽误蒙勅使存问有念旧尊贤之谕志感一首》

梦阳曰：自任自道。

《素翁将行晚过予家，夜宿联句次韵》

梦阳曰：温钓石，前人未之道。（按：诗中有句“坐久真看钓石温”。）

《夏于中员外以言得罪除名，新皇赐还复旧官，过镇江谒予，出邵二泉诗次韵赠之》

世事茫然一岸巾，梦阳曰：起句何等气象。写诗重赠素心人。相逢却醒三生梦，颇幸犹存七尺身。今向古求君不愧，人从天定语还真。请看阳道方亨日，蓽屋朱门各自春。

梦阳曰：物各付物，便只如此。

《席上次殷石溪韵》

佳期不爽兴还奇，颇恨寻幽已后时。目送孤云归远岫，手磨苍藓认残碑。酒中惯得山泉喜，花底长教野鹿随。复恐黄尘侵几席，绿阴深处坐频移。

梦阳曰：茅山此游化八首，此一首胜。

《送戴丝材司副奉使还朝》

梦阳曰："铁瓮"、"金台"天生对。（按：诗中有句"桑梓旧家依铁瓮，骅骝高价重金台。"）

《潘南山孔修先生自上虞命舟来访予，留数日归去，此风不见于天下久矣，先生高致当于古人求之，话间輙赋诗相投予亦次第和之》

梦阳曰：三篇平正之作。

《承南山白浦二公过余小园，得联句一首依韵奉答》

梦阳曰：此等作又自一种。

《南山翁尝诵所作月下独酌诗，余深赏"明月照人白发新"之句，翁疑取之太狭，嫌于先世"满城风雨近重阳"只以一句为人所传诵，余谓不可以辞害意，和韵赠之》

梦阳曰：把钓之身，天地能容之，亦不能不容之。（按：诗中有句"行岁随分意全真，天地能容把钓身。"）

《游焦山次南山韵》

梦阳曰：气象别。

《常山王太守寄所作诗稿并惠兰陵新酝附谢一首》

刺史功成献绩时，棠阴满地日迟迟。早知素学堪从政，却喜高情不废诗。冉冉风尘看独立，泠泠霁晓听孤吹。如兰未语心先醉，更向醇醪一解颐。

梦阳曰:雅调。

《张公洞四首》

(其二)梦阳曰:豪壮。(按:诗中有句“鬼斧何年凿混沌,神鞭万里驱蛟龙。春尘堕石水自洗,夜虎窥门云为封。”)

(其四)江山胜处奇偏积,纵横怪石如人立。丹青照眼画不成,虎豹当关势难入。啾啾石燕舞相捎,烨烨紫芝香外袭。桃花溪远望无际,白羽宴深步还涩。兴阑日黑趣归去,回首苍崖高岌岌。梦阳曰:不必见山,见诗即□。

《善卷洞》六首

(其二)梦阳曰:即不芟棘,断游亦可。(按:诗中有句“岁岁来游吾不厌,路间荆棘倩僧芟。”)

(其五、其六)梦阳曰:二洞诗胜茅山诸诗,语气豪纵。

《赋蟠桃图为萧侍御母茅太孺人寿》

梦阳曰:时调。

《七月二十五日纪异》

梦阳曰:大作。

《和马豸史君卿立秋日丹阳行台韵》

(其一)雨霁署留浔,叶飞山报秋。卷帷凉暗度,近水兴赠幽。封事馀丹悃,勋名正黑头。万方乐嘉靖,不作杞人愁。

(其二)送秋吟未几,那更赋迎秋。白发差差尽,闲居事事幽。云翘怀舞袖,楸叶学簪头。却恐西风急,翻增破屋愁。

梦阳曰:二篇好作。然结句皆未称,以唐宋之杂也。

《马豸史过丁卯庄限韵有作依韵二首谢之》

(其二)远院千千万万松,小溪流水亦朝宗。相过不遣佳期失,未去先愁别思浓。贫有图书千卷在,清怜花竹四时供。山灵怕识冰霜面,翻遣三秋作九冬。

梦阳曰:如此结却好。

《八月十六日马豸史刘尚宝过城南园池赏月,用所示中秋夜诗韵

二首》

（其一）梦阳曰：好联妙句。（按：所评句为“桂华宫里攀新色，鸩鹊观前怀旧吟。”）

（其二）梦阳曰：好理。（按：所评句为“净爱水精浮兔彩，远闻林籁杂蛩音。”）

《郡守滕侯为秋江之约醉歌荻岸中放舟，至焦山登佳雾亭，乘月而返，众客谓胜游不可无纪，偶侍者信口有“天开图尽长江里”之语，余遂请以此七字分韵赋诗，余得天字二首》

（其一）梦阳曰：此句想见裂石之志。（按：所评句为“豪吟下彻江龙渊”）

《吊竹逸何翁》

（其一）隔岁生刍奠始成，到门鱼鸟亦含情。长江自绕关山麓，故里犹存竹逸名。翁去耆英谁主社，我来凤日正秋晴。最怜蕙帐挥觞处，任听堂筵鼓吹声。

（其二）中年短发已毵毵，坐阅春秋八十三。毁誉任人心不啻，苦辛调我味同甘，乘舟每动寻幽兴。挥尘频同对客谈。空向元龙楼上卧，怀翁不见若为堪。

梦阳曰：以诗言之，至到之诗；以情言之，至到之情。读之下泪，传之敦俗。

《宿惠吉堂怀南山翁，时翁谢世两踰岁，襄葬伊迩此诗，付仲子思和俾执绋者歌之以相哀云》

梦阳曰：挽诗之冠，情味宛如。

《丹阳孙生育请余自七峰游沈山，循麓而西至，经山，山有寺，寺前有古杏一株，盖数百年物也，口占此诗，留之山中用记一时之兴云》

梦阳曰：此篇与古杏争奇。

《重游紫府观》

梦阳曰：二篇中正之作。

《前岁闲有以素翁及余姓名同荐者，且谓翁为宋璟，余为姚崇，近始见其全文，夫崇古称救时宰相，岂易得哉，闻而愧之，漫赋一首寄素翁》

梦阳曰：堂堂复堂堂，是宰相诗。

《登曹山绝顶次殷文济韵》

梦阳曰：曲曲差差，四字耳。水之长，山之重，千千万万。（按：所评句为"溪流曲曲东连海，山色差差北绕城。"）

《苦旱行》

梦阳曰：大作。

《京江之会，用成出吾友林素翁所题扇相示，予拙於书，不能书扇，用韵识意并书此卷》

良会那可数，旧游今不多。鹤声出苍玉，江色带青螺。眼病书难读，身闲客喜过。酒阑与君别，月彩散松萝。

梦阳曰：实事雅句。

《六月七日大热与用成小酌逸老园水竹居》

暑气林园薄，聊为避暑行。炎蒸从此断，水竹有馀清。挥觞坐池月，浩歌忘心倾。鱼鸟胡为者，悠然会我情。

梦阳曰：淡然。

《石淙诗稿》卷之十六　归田后类　门生北地李梦阳评点

《寄送俞良佐都宪，闻掌院之召，喜而有作，录奉识别亦少效古人赠处之义耳》

梦阳曰：以下九首无复斧凿痕，所谓此日中□自在行者也。

（按：九首指《见素林公九月十日访于石淙精舍看菊有诗次韵答之》《送素翁致政归云庄二首》《送素翁用京师留别韵二首》《次京师公卿赠素翁韵二首》《丁卯桥联句二首》）

《丁卯桥联句二首》

（其一）梦阳曰：自知自诗。

《与边汝成话旧有述》

春风函丈几抠趋，桃李门墙咏不虚。廿载诸生三及第，一时联省四尚书。高情屡展松楸祀，馀兴还过水竹居。老去挥毫吾已倦，聪明敢谓壮年如。

梦阳曰：门墙之盛，古今所罕。

《次伍都宪时泰韵赠屠文伯二首》

梦阳曰：非老人不知此语，不能此语。（按：诗中有句"摩挲鬓发稀年外，指点交游大梦中。”）

《江盗平凯歌》（有序）

（其一）大将旌旗拂曙开，鸣笳叠鼓震如雷。绿林小儿惊破胆，知是王师江上来。

（其二）令传虎帐应声齐，杀气腾腾咽鼓鼙。剑戟夜挥江月冷，旌旗昼压海云低。

（其三）宪帅舟师下海滨，沧波不动岸无尘。怪来捷报何神速，元是洪都灭贼人。

（其四）一鞭长啸指中流，海若震慑天吴愁。弓不离櫜刃不血，槛车满路驱俘囚。

（其五）渺渺江村沙作窝，凭陵自恃莫谁何？楼船一下风波静，但听三军唱凯歌。

（其六）中丞部下尽熊貔，天上分来龙虎旗。群盗累累归絷缚，始知江海是潢池。

（其七）江风不动海云收，直遣逆浪皆安流。闻道中丞屈群策，最多宣力是苏州。

（其八）沙人载路拥壶浆，共道军门不杀降。尽缚渠首来俟命，椎牛还许醉春缸。

（其九）谁云江上异边头，二月西风海气秋。若更迟回师易老，杨花万点乱乡愁。

（其十）鸡犬连村户不扃，似闻江面已澄清。君看道上随车雨，谁挽天河洗甲兵。

梦阳曰：十篇音调俱合辞事，各得铙歌之亚。

《竞渡谣》

君不见，湖南人家重端午，水马凫车鬪官渡。中流夺得锦幖归，人人共夸好门户。又不见，蓬莱宫中悬艾虎，舟满龙池竞箫鼓。大官角黍菰蒲香，云霞闪烁黄金缕。蓬瀛阻绝楚水长，老向京口逢端阳。联舟角胜袭楚俗，道旁观者如睹墙。东皋郡侯治清静，谓此民疵法当禁。佥言旧俗民所安，亦可禳灾祛疫病。侯闻曰：嘻，姑听汝，吾不汝嗔亦不喜。有奸五法吾治之，政在宜民而已矣。数船来往纵复横，扬枹击鼓轰雷声。绿旗照水潜蛟动，雪浪翻空飞鸟惊。愚民习争不爱力，两舟睥睨如仇敌。前船得幖欢声沸，后船面颈俱发赤。梦阳曰：如画，如此乃是竞。明朝竞罢各□然，尔东我西不顾□。虹霓收军霹雳散，采仗零落旗犹悬。三闾已矣遗事在，儿戏相传真可怜。吁嗟乎，傍人莫咲竞渡子，世上争名亦如此。梦阳曰：不可无此结。

《东园四首为魏国公子徐天赐作和希大韵》

梦阳曰：四篇细润。

《鸿恩堂二首为蔡主事父封君寿》

（其一）辉辉南极丽中天，人道高门乐事全。物理故应仁者寿，翁年方及老而传。丝纶帝锡岂幸尔，松竹手栽今郁然。合有声名动朝著，安车东帛待征贤。

梦阳曰：佳句。

（其二）白羊山下足徜徉，又揭鸿恩扁草堂。退早名随身共隐，取廉天以寿为偿。梦阳曰：亦是物理。中州化雨有真乐，圣代玺书褒义方。记取皇华称庆处，锦衣元自胜莱裳。

《金坛于参政莹中斋捧贺万寿表自贵州来，王主事汝陈考满自南京来，偶会于三峰，亦奇遇也，赋诗识之》

梦阳曰：灵活。（按：所评句为“有梦欲招双鹤下，不期而会两君来。雨深石壁生苍藓，坐久衣襟上绿苔。”）

《鉴赏歌赠燕山叶原静》

画家六法古有评，气韵生动由天成。妙品在意兼在骨，不然笔墨犹经营。前朝好手亦无数，残缣断素令人惊。王维郑虔不可见，后人但知宋苑名。近时愈变嗟愈下，模拟谁复探其精。少年爱画癖成性，购求至与人相竞。梦阳曰：清事故无损。当时能画三五家，常持卷轴求商定。匏翁谓我今刘庚，我咲不言心自庆。王事鞅掌三十春，图史不得随车乘。老归江南理箧笥，霉损虫伤能几剩。旧知零落不复存，晚得燕山叶原静。白岩鉴赏今鲜伦，昔曾向我夸叶君。闻君携家住淮甸，折柬招至留弥旬。果然名下无虚士，坐下咳唾生风云。诗才字画亦不俗，何止丹青能压群。坐君邃庵翻卷帙，信口高论吾不嗔。梦阳曰：公之前，人人得尽其肺腑，不独画师。（按：此处“兰”字，《石淙诗钞》作“前”。）判评品格入骨髓，不遣纯驳差毫分。丹丘博士已莫睹，如君者世间肉眼纷纷难共论。我有鹅溪七尺强，烦君为我图沧浪。墨汁淋盘试一扫，但见元云漠漠横。高堂远山霏微起，烟素东影弱水西。扶桑奔湍迸石三千丈，跳珠下溅寒声激烈，汇作江流长，苍茫直与鬼神接，奋迅恍若蛟龙翔，两翁笑语毛发动，山水之乐乐无央。王宰岂受人促迫。象先不与世低昂，得心应手自成趣。众工俗笔徒夸张，吁嗟乎，胸中丘壑故有真，未须论画先论人。古称孙阳善相马，脱略形似看风神。君不见陶云湖吴小倦，随意涂抹能卖钱。风尘意态花柳姿，纵有佳处名教之中奚取焉。梦阳曰：论陶吴稍过。爱君博雅服君识，一为歌行壮行色。君行踪迹寄何方，看尽吟诗两相忆。

梦阳曰：此作如登碣石，下观巨野，云风飞扬，一瞬万里。

《再游七峰漫兴五首》

（其一）（白云庵）缥缈庵居与世分，客来无语坐斜曛。主人心事清于水，不赠青松赠白云。

梦阳曰：故为低昂语。

《予访孙思和宿新堂三度矣，忽见楣间之扁曰青霞，不知何人所题，咲而赋之》

梦阳曰：翻出新意，不觉自咲。（按：所评诗句为“山人见我常留宿，不说仙家说相家。”）

《挽孙母赵孺人》

教子九熊日，留宾剪发时。君看孙氏母，不愧女中师。落月啼乌怨，西风过雁悲。通家吾最久，絮酒忍愆期。

梦阳曰：沉沉可痛。

《夏少卿于中谪守茶陵道镇江谒予，邃庵赋二诗识别》

（其一）议礼年来聚讼频，力持国是属吾人。圣皇不为求循吏，远郡安能屈近臣。世上令名完有几，古来公论定方真。亦知州牧非迁客，把酒临岐莫怆情。

梦阳曰：今果属公矣。

《王太史舜卿谪戍茂州，过镇江，相见怆然，因忆乃兄尧卿，感而有作，共得三首并录赠之》

梦阳曰：归田后，选诗入调以其宛也。

《自徐湾山庄历铁炉新庵二寺遂上曹山杂兴共得三首》

（其二）蹑磴穿云弯更弯，诗怀酒兴未容悭。仰攀萝茑疑无路，下瞰晴江却有山。扫尽岩花供野坐，濯残溪雨破尘颜。翻思车马天涯道，空在波波泯泯间。

梦阳曰：景意具足。

《钱屋舟新酿雪酒以二尊见赠，赋二诗谢之》

（其一）梦阳曰：工致。（按：所评诗句为"来从上界难论价，若比中泠也让清。胜赏正当三白后，奇方新酿六花成。"）

《林隐辞为潘隐翁赋》

梦阳曰：雅调幽思。

《石淙诗稿》卷之十七　督府类　门生北地李梦阳评点

《辞免不允温旨褒答，有卿素以体国自许，谅不在赵充国马援之下之谕强起力疾趣装再赋一首》

西北风尘帝顾多，老臣承诏出岩阿。便宜欲上赵充国，矍铄还非马伏波。十乘戎行新节钺，三边精采旧关河。极知君命如山重，感激浑忘两鬓皤。

梦阳曰：此篇雄浑天成，子美见之当竖降旗也。气概又气概，不必甲兵，眼中无匈奴矣。

《次韵答之》

部将门生半已翁，衰龄还复起临戎。百年气运时方泰，万里云霄日正中。出入敢云均将相，姓名深愧自儿童。相知莫谩勤推毂，廊庙经纶有钜公。

梦阳曰：亦是大作，韵如自出。

《再叠前韵自述》

唐鹏曰：堂堂整整。

《先是阴雨浃旬，启行之日始晴，风色尚猛，比登舟风顿止江波镜平，喜赋二绝句》

（其二）积雨颠风忽放晴，日华高射令旗明。江神解助天心顺，约束鱼龙不敢惊。

梦阳曰：神妙之筭，将驱役鬼神乎？

《予先年总制陕西，谢病归江南，宿郑州察院，有诗题壁，间人盖不知为予作也，比再起西征壁间时犹在，今过求之，壁新加泥饰，诗不存矣，默忆旧韵赋得一首》

唐鹏曰：有馀情且有馀响。

《原诗无稿并录之以纪一时之兴云》

梦阳曰：开口便是相业。

《三入关用旧韵》

云霄倦鸟早知还，又趁刚风上九关。举手未能扶日毂，弯弓犹欲射天山。消磨岁月频搔首，指点平生一汗颜。却忆江南山水窟，尽多名胜待跻攀。

梦阳曰：后四句似未称。

《望西岳》

万朵芙蓉锁翠烟，紫岩千仞入层颠。扶桑弱水苍茫外，积石龙门指顾前。独望丹梯怀捧日，浪传仙掌可擎天。斡旋造化须神力。早为苍生解倒悬。

梦阳曰：此诗前一联是登，后一联是望。

《谒寇莱公祠》

半亩荒基数尺墙，宋家贤相表新坊。楼台不用生前起，祠宇能延没后香。未拔一丁真负国，纵为孤注已尊王。后人不建亲征策，和议终成祸靖康。

梦阳曰：实取虚用，妙如点铁。唐鹏曰：五六亦断案。

《四月二十一日发陕城阻雨，越二日乃行，病目甚苦，风沙雨后浮尘尽洗，时方忧旱众情胥快，口占一诗志喜》

唐鹏曰：自是燮理语。

《祭王尧卿文》

唐鹏曰：嗟乎尧卿，当瞑目矣。

《和王巡抚韵》

金戈铁马驻岩城，苦为苍生独系情。屋外颠风惊客梦，车前甘雨慰农耕。病怀无那兼忧国，民力难堪敢论兵。塞上喜逢同调客。笑谈樽俎句先成。

梦阳曰：结似弱。

唐鹏曰：结亦有折冲气。

《六月赏蜀葵赠吕道夫宪长语意盖为道夫而发也》

抗炎朱夏未全痴，自保丹心似老葵。谁道看花非我事，也曾看向未开时。

梦阳曰：此等句最风韵有味。

《初见花》

家园有名花，夙昔梦见之。晨起步前除，葵生郁萋萋。轻风荐微馨，朗日耀其辉。居然避光春，抗兹炎熇威。金杯溢零露，玉伞纷素蕤。庇足岂不智，蔓引将何为。岂无桃李颜，缘多不入时。君子贵有恒，弃掷何足悲？

梦阳曰：此篇古调。

《醉西施》

熏风轻扬软红孤，零露微沾玉雪肤，好是西施沉醉后，鬟鬟斜插倩人扶。

梦阳曰：太近里，则嫌于脂粉。

《一丈红》

旌分幢列自成丛，突出阶前一丈红。莫是牡丹重换骨，要将殊色试秋风。

梦阳曰：好句。

《采葵词》

采葵复采葵，采采飡其英。佳蔬亦无数，何必葵之烹。惜芳吾不忍，把玩伤衷情。虽能断人采，终恐风露零。劝君采葵莫放手，放手伤根葵不生。

梦阳曰：惜之又惜。

《红白葵》

宫妆艳相竞，霓舞纷骈罗。芳姿不入赏，人情轻所多。

梦阳曰：此篇古调古句古意，唐以上之作。

《开府行》

旌旗画拂烟尘开，钲鼓动地声如雷。路傍群叟暗相语，不道我公今又来。当年从公玉关道，我是壮夫今已老。似闻军令尚精明，颇觉容颜半枯槁。弓刀万骑如云屯，多是当年鞭策人。部将生儿还拜将，部卒亦复称将军。自公八朝佐天子，功成身退诚善矣。胡为乎来复此行，远涉沙场千万里。圣皇求旧温旨褒，君臣之义安所逃。不然七十二衰叟，岂在绝塞风尘劳。黄河水深金城高，我士酣歌马胜槽。亦知保障乃良策，忍使赤子涂脂膏。羽书飞骑捷于鸟，猎猎西风卷沙草。剑气晴横紫塞秋，角声寒咽黄云晓。不用弯弓射虏营，坐销氛祲回光晶。将军帐前但饮博，士女自织农自耕。直遣羯胡齐北渡，我军旋指江南路。经过到处题姓名，他日知吾来几度。

梦阳曰：杜体。

唐鹏曰：公纪律图如此。

《贺万寿节后诣文庙行丁祭礼有述》

环佩趋锵肃汉仪，边城五夜漏声迟。请看玉振金声地，正及鸾鸣兽舞时。四海文明符泰运，万年吾道际昌期。不随百辟歌天保，聊效封人献祝词。

梦阳曰：大作。

《中秋偶吟》

玉露金波万里思，亦知天地本无私。请看沙碛碛中月，还似石淙淙上时。病眼不禁深夜坐，赏心已是隔年期。老来伎俩无多在，报答秋光但有诗。

梦阳曰：此篇宛曲，情胜于词。

《中秋值雨遂阻赏月之兴，闷赋一诗欲以明日为期不知天意肯从

否》

唐鹏曰：情景无限，等闲便尽。

《九日无菊堦下有葵花数株妍丽如昨酌酒赏之得三绝句》

（其一）边城风日此重阳，又负黄花一度黄。堦下老葵如我意，尚留佳色殿秋光。

（其二）猎猎秋风掠树枝，葵心一点似当时。芙蓉江上违清赏，留尔当轩侑酒卮。

（其三）烈日烧空色正荣，秋来霜露转多清。炎凉翻覆何须问，犹喜葵花不世情。

梦阳曰：三篇托物寓情，良不徒作。

《九月二十四日诸将官破贼献馘军门，予与巡抚王都宪共举犒赏之典，用曹黄门所寄诗韵一首》

偏师薄伐虏心寒，露布朝胜远近欢。早向军门传将令，不教时辈笑儒酸。西风落木山容净，白草黄沙雁影单。更喜中丞新驻节，满城花鼓诧奇观。

梦阳曰：此等句却不头巾，"单"字佳，前人少用。

《巡边偶吟》

一出频看陇月圆，朔云回首隔晴川。乡心已落征鸿后，行色还当小雪前。二十年来三建节，六千里外五筹边。亦知保障为长策，全陕苍生望息肩。

梦阳曰：唐调。

唐鹏曰：周雅。

《镇戎道中》

梦阳曰：二句佳，甚对之，皆未称。（按：二句为"日暖雪成泥，策马频经险。"）

《雪中用苏长公韵四首》

梦阳曰：四首皆稳帖。

《巡抚王公再用酸字韵见寄宁夏道中叠韵答之》

梦阳曰：亚于前和。

《破虏谣》(有序)

梦阳曰:既谓之谣,不当以格调言矣。

唐鹏曰:格调亦自不俚。(按:此诗共十首,现录其中两首以供参考。其七:千里沙场一掌平,草间残雪尚流星。莫言斩首无多级,帝德于今本好生。其十:卧听三军饱欲歌,亦知地利在人和。怪来精采非前日,刍粟陈陈比旧多。)

《巡边偶吟四首》

(其四)韩公遗迹不须问,范老经营说到今。今代舆图非弱宋,良工独苦是谁心。

梦阳曰:此首是杜格。

《塞上曲十首》

(其一)万里晴空宿霭收,弓刀千队拥貔貅。曈曈晓日旌旗暖,猎猎西风鼓角秋。

(其二)铁马金戈再入秦,边头老稚尽欣欣。谁知今日登坛将,还是当年仗钺人。

(其三)汉代封疆今虏巢,转输征调使民劳。犁庭扫穴非吾志,上策无如保障高。

(其四)张公受降不可寻,东胜一城到于今。遂使豺狼卧门阈,幸负山长河水深。

(其五)大河以南地方千,黄沙白草远连天。元是职方输贡地,望中沃壤尽良田。

(其六)黄河西来入城流,沟塍曲曲环平畴。地利尽多生意少,似闻财力尽诛求。

(其七)连年铁甲戍穷边,霜里栖身草上眠。为主戍边良不恶,忍冻妻儿还可怜。

(其八)漠漠深山连大沙,犬狼长此伏机牙。亦知田禽利搏执,不以远裔勤中华。

(其九)花马池连兴武营,东有清水西横城。上得边墙望环固,千里沙场如砥平。

(其十)王门金垒势崔嵬,百二秦关亦壮哉。天为华夷限疆域,河湟一水故西来。

梦阳曰：十首俱杜格，末二首更高。

《花马池官厅壁间有海山王公诗次韵一首》

万籁沉沉乍有无，中天寒月半轮孤。戍边甲士和霜卧，出塞将军藉草铺。白骨不销千载恨，金城谁献万全图。旃裘远遁烽烟息，不信兹行是畏途。

梦阳曰：平正英雄。

《任爹史象虞阅储固原以十二月一日将之庆阳，予留之不可，是日大雪，阻不能发，戏柬一首》

卧听寒声落瓦沟，起看庭下雪成坵。亦知柱史停骖兴，不为人留为雪留。

梦阳曰：足为谈柄。

《雪中偶作》

梦阳曰：纤细。

《固原与王昭大话间赋此因录赠别》

梦阳曰：铺叙流动。

《过王母宫》

广成遗迹此崆峒，东去仍过阿母宫。元鹤有灵还石窦，碧桃无语自春风。谁能学道超尘外，转觉谈仙是梦中。十度往回才一上，归骖今日又悤悤。

梦阳曰：唐调溜亮。

《永寿监军庄邮亭壁间有诗不知何人作次韵一首》

世情翻覆苦难降，悔却轻身下石淙。绝塞烟尘车辙半，畏途风雨鬓毛双。荆岐北绕遥连华，河渭东流直到江。尺寸未成归去早，空劳铁甲引朱幢。

梦阳曰：唐调句好，但河不通江耳。

唐鹏曰：何必方兴？

《除夜有述》

忽忽流光惊岁暮，天涯踪迹尚茫然。鸿钧暗逐三阳转，寅斗先从半月旋。老去形容非旧日，坐深灯火又新年。故乡骨肉成寥阔，空忆屠苏到我前。

梦阳曰：唐调。

《华山杂咏》

忽忽流光惊岁暮，天涯踪迹尚茫然。鸿钧暗逐三阳转，寅斗先从半月旋。老去形容非旧日，坐深灯火又新年。故乡骨肉成寥阔，空忆屠苏到我前。

唐鹏曰：庄列之意，以唐调发之。

《督府稿》卷之二　东札类（此卷为混入之文札，无评点）

《石淙诗稿》卷十八　玉堂后类（此卷无评点）

《石淙诗稿》卷十九　玉堂后类（此卷无评点）

（南开大学文学院）

《青芙蓉阁诗话》(下)

(清)陆元鋐　著　汪　洋　整理

律诗须争起手，一起得势，以下便迎刃而解。此力争上游法也。能得此法，思过半矣。近人中五律，如施愚山闰章《送梅子翔》云："朔风一夜至，庭树叶皆飞。孤宦百忧集，故人千里稀。"顾鹤巢大申《登歌风台》云："一剑收秦鹿，秋风万里心。悲歌谁掩泣，壮士已成禽。"汪于鼎洪度《送黄扶孟》云："从来经易水，谁不念荆轲。有客自驱马，秋风正渡河。"钱稼轩维城《诸葛武侯祠》云："若非天下士，何以拜先生。魏晋无良史，云霄自大名。"蒋心馀士铨《扫叶楼》云："落叶扫不尽，几年存此楼。天空群木老，寺古一山秋。"周汉川元涪《淮阴钓台》云："如何台下水，今尚作哀声。天靳王孙食，人传漂母名。"毕秋帆沅《漂母祠》云："谁知千载后，香火感荒村。我陋千金掷，人高一饭恩。"此皆起调之最高者，学者从此种著眼，骎骎乎入盛唐之室矣。又有一种以澹远胜者，如于涵一养志《不寐》云："秋风吹白帝，枕上落江声。"沈芝冈懋华《渡江》云："路尽鸟飞外，微茫一叶舟。"谢皆人芳连《溪村》云："早起杏花白，饭牛人出门。"吴縠人锡麟《晚渡》云："一鸟入寒色，数峰斜照余。"此数联亦为起手高格。

七律亦有破空而来，以起手争胜者，如冯文毅溥《汉文帝幸代图》云："汉帝当年歌大风，欢留父老乐融融。谁知将相和调后，更有君王赏谦同。"王子侧士祜《渡扬子江》云："长江不尽来荆蜀，天堑平分控五州。地近沈舟悲战伐，人从击楫想风流。"叶星期燮《京口》云："朔风动地大江鸣，犹说南徐北府兵。铁锁几人筹异代，布衣终古悔成名。"

朱竹垞《云中至日》云："去岁山川缙云岭，今年雨雪白登台。可怜日至长为客，何意天涯数举杯。"陈其年《秋日怀幔亭先生》云："秋日苍茫上佩刀，故人消息梦魂劳。石城剧报收袁粲，鲁国惊闻捕孔褒。"七律中难得此龙跳虎卧之笔，少陵"群山万壑赴荆门"诸诗，其先声也。若专于中二联求佳句，则浅矣。

宋左彝助教大樽，恬淡不乐仕进，好从释子游，诗亦绝去尘垢。所著《茗香诗话》，虽非以禅说诗，而造语微妙，使人不能言下顿悟。寓昭庆寺，一夕无疾而逝，有类于禅家之解脱者。

法时帆学士式善诗，能用短不能用长。五言多王、孟门庭中语，清远绝俗，未易问津。杨蓉裳序其诗云："桃花流水，灵源自通。桂树小山，清梦长往。"可以想其旨趣矣。

项墨林之孙孔彰，尝乞酒于友人。后来索瓮，而瓮已破，乃作《酒瓮桃花画幅》报之。此幅今为蒋春雨明经所得，索同人题句于上，汪云壑修撰如洋诗云："墨林之孙善画兼好酒，画日百幅酒一斗。酒干难佐笔墨豪，不谋诸妇谋诸友。书来索瓮瓮已破，报乏琼瑶情则那。折枝一幅聊解嘲，逸态宁容尘土涴。垂髫绰约神仙姝，淡素不买胭脂涂。残砖賸瓦少形似，酒香微润桃腮腴。曲生乌有墨濡吻，此中已觉仙源近。请君卧瓮寻醉乡，定有渔人赋《招隐》。蒋君嗜古癖最深，得来此纸珍璆琳。晴窗示我玉义挂，宛然携酒花下吟。诗成试问花知否，花已沉酣欲堕襟。"此诗《葆冲书屋遗集》不载，亟录之。

孙渊如观察星衍，嗜六书之学，于许叔重信之最坚。尝题李斯泰山石刻后云："我言嬴秦罪在废籀古文，改篆而篆亡，毁经而经尊。几令周孔字禁抑不得传，非有叔重功，六义无渊源。"

渊如夫人王采薇，著有《长离阁诗集》，亡后于乩上致《寄外八绝》，自言尸解仙去，居忉利东宫，掌上界书三百架。故孔㢸轩检讨广森序其诗集云："或者谓结璘有药，弄玉疑仙。三髻云鬟，蓬壶已隔。层波罗袜，洛浦重逢。偶作异闻，传诸好事，则绸缪赠答将皆戴胜之瑶觞，婉转音声尽入彩鸾之唐韵。其诗如春夕云，一院露光。团作雨，四山花影。下如潮，写难状之景。洵非尘壒中人所能吐属也。"

张瘦铜诗，亦有学杜之作，如《广州》云：“�鸟司南纪，苍茫海国间。虎门当绝檄，龙户界诸蛮。气类无藏蜇，精华不受闲。原为擎敛计，衣食到惸鳏。”气格不减杜陵。

黄莘田任诗云：“到底不知离别苦，后身还去化浮萍。”宋玉才乐诗云：“不如飞絮随流水，化作浮萍个个圆。”同一化浮萍，而用意各极其妙，绝不相犯，此足见诗人心思之巧。

孙文靖公士毅在四川时，闻逆苗滋事，即趣装前往视师。是时公年已七十有六，而军书旁午之余，犹能不废吟咏。初至秀山，即作四首寄僚属和韵。中有一联云：“流亡未复无分土，创痛方深仗稔年”，犹见大臣轸念民艰之意。

文靖公初征安南时，亦有诗云：“岂有夜郎能自大，果然飞将竟从天。”又有结句云：“军门执法臣应尔，圣德如天本好生”，尤为立言有体。其他如“寅雾蛟涎工搀日，丁男邪觜惯耕霜。”注云：“安南惟谅山百里内有霜，其地一面陨霜一面耕种，土人谓之‘耕霜’。”“耕霜”二字颇新。

“自从和靖先生死，见说梅花不要诗”，语虽近鄙，实为至论。梅花诗自来无佳者，和靖之“疏影”、“暗香”，差强人意耳。高青邱“雪满山中，月明林下”不免俗尘三斗矣。今人往往好作此题，以画牡丹之笔而欲为姑射仙人写照，宜为梅花之所唾弃也。此题总以不作为高。

周箌云上舍为汉，浙之浦江人。其先世官甘肃山丹县，遂流寓关陇，贫不能归。诗在昌黎、昌谷之间，时有用力太过处，而语奇句险，比之利剑，宁寸寸折，不为绕指柔也。《静宁州早发》句云：“虎睛灯远戍，虫响雨孤城”，亦工于造句者。杨升庵所云：“以电霜风雷实字为眼，惟初唐人有此句法。”

余秋室中允集，博奥媕雅，诗书画称三绝。甲寅夏，为余作《碧柳新蝉图》，题句云：“才从土壤舒新翼，便向青宵噪晚凉。多少池塘绿杨柳，被他调弄到斜阳。”语不必深，妙有隽永。

德州程正夫，自作一棺，题曰：“休息庵”，作诗云：“板屋萧然四壁周，愚人息矣圣人休”。渔洋载之《池北偶谈》。近山阳阮吾山司寇葵生，亦预制寿器，题诗其上，有"未死何妨暂贮书"之句。均可谓达者，而阮诗较隽永有味。余昔于冯鹭庭斋壁见之，惜不能全记矣。司寇又有《西曹判笔诗》云："狼籍云司黑与朱，朝朝依样画葫芦。三钱价本轻寒荻，一字锋能夺湛卢。几度停毫防出入，可怜落纸判生枯。淋漓敢快如刀笔，湘管何时泪始无。"芬芳悱恻，蔼然仁者之言，其不为"罗钳吉网"，可知矣。

季父竹坡公，少负隽才，人皆以大器期之，惜年甫踰冠即以瘵疾亡。诗学《才调集》一派，今亦散失无存。余幼时曾见壁上贴有《晓起诗》一首，犹记其中四句云："宿火沈香鼎，残花贴画栏。句多攲枕得，妆爱隔帘看。"语皆清丽，而"妆爱隔帘看"句，尤为入微。

春桥之侄，芗圃茂才鸿猷，以父含叔缘事留蜀，往省亲，复因母病归。有句云："殊方坐客忧疑并，两地教儿去住难。"悱恻动人，亦非至性人不能道，惜生命不谐，年甫四十而殁。

家中丞朗夫先生耀，居官清介，不名一钱，相传其殁后为神。癸卯岁曾谒见于嘉兴之切问斋，清言娓娓，俱可作格言读。著有《扣槃集》，余少时曾见之，尝有句云："诸事退飞如宋鹢，不妨吾作后时人。"胸次冲淡，已可略见。又尝作《王昭君词》，谓："世咏昭君都据《西京杂记》，谓元帝案图召幸，宫人皆赂画工，多者十万，少者亦不减五万。昭君自恃貌美，独无所赂。工人乃丑为之图，帝遂以妻匈奴。夫汉元即富过往时，而未幸之宫人，安所得此多金以赂画师哉？宫廷迹閟，谁代为游谈通赂者？至其辇金暮夜，亦岂漫无呵禁？固近诬不可信也。自梁王叔英妻刘氏诗曰：'丹青失旧仪，玉匣成秋草。'由是，陈后主则曰：'图形汉宫里，遥聘单于庭。'隋薛道衡则曰：'不蒙女史进，更无画师情。'沿至唐人，遂为典实。梁以前，初无此说。爰作此词，以贻好事。"诗不具载，节录《序言》以正文人沿袭之谬。

商宝意《上冢歌》云："生前有酒不成醉，酩酊年年到子孙。"较之鄂西林相云《扫墓诗》云："一陌纸钱三滴酒，几家坟上子孙来"，更为蕴藉有味。

毕秋帆《咏燕来笋》云："碧玉刚三寸，雕梁又一年。"人皆称之，然犹未离色相，不如金寿门《咏苔》云："小雨偏三月，无人又一年"，更为不著一字，天然凑泊。若意取双关，超脱而又精切，则莫若《随园诗话》所载《咏烛》云："只缘心尚在，不免泪长流"，犹见诗人咏物之意。

袁子才人皆推为诗人，未尝以循吏目之也。然如《沭阳杂兴》云："狱岂得情宁结早，判妨多误每刑轻。"使司牧者俱能常存此心，则百姓受益不浅矣。至如《丈洲绝句》云："长官作奏须珍重，赋入司农铁铸成。"则关系民生甚大，尤为通达治体。

袁子才有句云："不先诣客来还答，最爱看书过亦忘。"与吴梅村诗"不好诣人贪客过，惯迟作答爱书来。"风调相似而气味较薄。

吴榖人祭酒锡麟，工诗善书，美须髯，饮酒亦未尝见其醉，望之者如玉局仙翁也。所著有《正味斋集》，五言古、近体大约得力于其乡樊榭先生者居多，而七古则非樊榭所能抗行也。晚年刊定其稾，则集中如《泰山摩厓铭》、《出古北口》等篇俱已删去，殊为惋惜。或所诣益纯，别有所见，未可知也。

榖人笃于友谊，自严江归，闻其友人沈腰荞病剧，急往视之，但及一执手而已。哭之以诗云："我作孤游君独愁，独愁春去又成秋。半年怆我方归棹，一病闻君已卧楼。旧事可怜如梦过，轻帆幸不被风留。只争片刻犹相见，得见能教不泪流。"一气旋转，字字从肺腑中流出，今亦不载。

应酬诗以不多作为佳，而好名之人往往不免。遇有贵官上客及一时名下士，无论相知与不相知，辄勉作数首，登诸集中，以示其交流之广。何见之陋也。毛西河文笔纵横，雄视一代，当时浙中诸名家惟竹垞可与抗行。为诗近万首，尝自言"酬应者十九，宴游者十一，登临感寄无闻焉。工拙概可知矣。"西河集中不少登临感寄之诗，而其言犹若此，亦可见应酬之作，不宜多见，不必竟如搢绅一部也。西河诗以唐为宗，归愚宗伯谓其《打虎儿》一篇为集中拔萃之作，虽未足以概西河之诗，自是正论。近来阮芸台中丞称其"三月暮春行海畔，两年寒食渡江东"、"岁暮他乡还作客，春来何处不思君"两联为天然凑泊。则语太松脆，渐近宋人，恐非西河得意之笔也。

洪昉思昇为渔洋入室弟子，相传其道经乌程县之南浔，堕水而殁。或又谓其甲申夏泊舟乌镇，因友人招饮，醉归失足堕水死。身负异才而不免于“捉月”、“怀沙”之厄，良可悲已。偶阅仁和王百朋锡《读〈稗畦集〉诗》云：“乌鸟痛深寒雨夜，脊令音断白云天。关山暗洒思乡泪，花月都成恨别天。”知昉思少罹家难，客游京师，其《长生殿》诸院本俱以写其抑郁无聊之思，读者当哀其志，勿徒艳其词也。至谓杨妃以六月朔日生，明皇于是日命梨园小部奏《荔枝香》新曲于长生殿，故昉思亦以六月朔日死。则文人好奇之论，以资谐噱可耳。

嘉兴钱文端公陈群，生有异禀，读书得神解。尝谓昌黎《石鼓歌》“孔子西行”二句，一篇吃紧处也。若无此二句，则石鼓出落处未明。且“后人疑上”、“陋儒”二句，安知孔子非其人耶？作诗人不具此节，制作不得诗。著有《香树斋集》，冲和渊雅，风格遒上。诚有如陆堂先生奎勋所云：“当其弱冠，里居孝亲友弟，睦姻族戚。所谓仁义之人，其言蔼如。及乎壮岁登朝，忠于君，信于友，志在行道济时，兼利民物，则犹少陵之许身稷契，而昌黎之洞视万古，愍惜当时者也。”集中《古意》一篇，反《楚词》佚女之意，寓圣明遭际之隆，为自古词人所未及。蒙温旨褒赏，入国朝书画上等。母陈太夫人工绘事，自称南楼老人。文端幼时家中落，尝于纺绩之余，鬻画以饘粥，集中有《敬题〈夜纺授经图〉》一篇，并蒙御题二断句，以奖母德、子孝。如公诗，真有得于圣人教人学诗之旨矣。

袁子才诗如《巴陵道中》云：“山县城荒关店早，戍楼镫远泊船迟。”《到江口》云：“海色夜凉双雁语，江心人静一镫来。”《挂冠》云：“未能闭阁常思过，且乞还山再读书。”《题庆雨村诗册》云：“自无官后诗才好，但有春来病即消。”《病疟》云：“衰年一病先防死，骚客三生最怕秋。”此数联情景都到，令人擎结不尽。若“万古少圆惟月色，四时多恨是春心”，则力很而无余味矣。

沈青斋观察之母孔太恭人继英，幼习经史，兼事吟咏。于归后，家甚贫，观察兄弟皆亲自督课。尝有《寄外诗》云：“窗下看儿温《鲁论》，灯前教婢拣吴棉。”又云：“夜枕先愁明日米，朝寒又典过冬衣。”皆纪实也。及观察既贵，犹时以古来之先豪侈而后困穷者为戒。尝云：“惟俭可以自养，亦惟俭可以养人。”又尝谓观察云：“汝得廉俸已厚，毋虑不足而多取一钱，毋恃有余而多费一钱。庶缓急有足恃耳。”相国嵇文恭公喜其语，手书“慎一”二字以颜其斋。

翁覃溪视学广东，作《粤东金石略》，附记“苏佛儿”一条云：“乾隆三十五年，莅琼南，试竣谒苏文公忠祠。有青衿迎者，称文忠后人，持家谱一帙云：‘公在儋耳，娶符三婆。生一子名佛儿，留海南，今其后也。’然无由直断其伪。今年秋，学官来省，曰：‘此人所恃《谱》内一语与王氏《年谱》合。’曰：‘苏公渡海归至廉州，于合浦清乐轩有寄苏佛儿语’耳。因检王氏《年谱》，非‘寄’字，乃‘记’字。检公集，此文是八十老人苏佛儿来与公论，契而公记其语。岂公之儿哉？”阅之。按：此处或有佚文。

海盐家孝廉太冲以谦，目短视而好学，至老不倦。笃于内行，与其弟和仲明经以诚，恂恂友爱，犹不啻推梨让枣时也。丁酉秋，与余同寓吴山之青衣山房。山空月上，辄自诵其平生得意句，记其《林处士墓》云：“明时清节同巢许，盖世勋名让范韩。”

钱竹汀宫詹大昕，长于考据，诗不苟作。《荆轲里》云：“成败论人易，从容舍命难。”不用本传一语，自然入妙。又《安阳吊韩侂胄》云：“一样北征师挫衄，符离未戮首谋人。”尤为平心之论。尝手批渔洋《古诗选》，谓吴渊颖之学韩、杜，徒有其貌而已。议论似高于渔洋。

宋周方泉《金涂佛塔歌》：“钱王本是英雄人，白莲花现国主身。蛇乡虎落狗脚朕，何如锦袍玉带称。”功臣未曾确指为忠懿也。竹垞谓乡人蒋尔龄得一版，作“放下屠刀立地成”，佛像周青士所目击。是竹垞固未之见，固謪称武肃而系周诗于后。赵味辛舍人怀玉藏有一版，纵二寸有奇，横约寸半，阳面佛像已漫漶不可辨，其阴有“吴越国王钱宏俶敬造八万四千宝墖乙卯岁记”十九字。下有人字，盖编次意也。吴竹桥仪部蔚光，有长古一篇以证竹垞之失，惜其诗不称。竹桥又有《道士洑诗》云：“舟上与水争，若车锲其轴。十进九成退，以风鼓之速。舟师健于虎，至此牛觳觫。摄魄归一心，贯精入双目。”可谓游神溟滓，挫思毫芒。

萧山汪龙庄大令，内行纯笃，所著《佐治药言》、《臆说》、《庸训》等书，俱有关于世道人心，不徒作纸上空谈也。其令宁远时，舆中得句云："长忧官折儿孙福，难副人称父母名。"又病中自制挽联云："賸有余惭名过实，差无遗憾死如归。"真不负心语。

同年沈芷生清瑞，初名沅南。刘石庵参知视学江南，特加赏识，谓"此生如芝草凤皇，清时之瑞也"，因易其名曰清瑞。十六岁时，赋《广陵怀古诗》云："琼花有恨无双蒂，明月多情只二分。"为众所艳称，而年命不永之谶已兆于此矣。诗学齐梁而绝去其佻巧之习。殁后，石琢堂学使搜其遗集，刻之于楚中，卷页无多。昌黎所谓"流落人间者，泰山一毫芒也。"

李敬堂大令集，《梅里诗辑》谓其诗多雄伟奇杰之作，无纤靡佻巧之音。今读之，信然。尝见其《岳忠武墓诗》云："道服已传韦太后，墓门犹说贾宜人。"能洗去"三字狱"、"十年功"一切陈语。尤工古文，有云："书如水，我则如鱼。使一日无水，我能为涸辙之鱼乎？"非深知书味者，不能说得如许亲切。

槜李多诗人，而梅会里为尤称极盛，不独朱、李二公也。如王介人翃之"前路夕阳外，行人春草中。"沈山子进之"梅花高馆落，春草断垣生。"王迈人庭之"一艇独归雨，千山相对云。"张博山部之"老树得秋色，空庭留夕阳。"李敬堂集之"出郭野梅放，到门春水生。"许晦堂灿之"风雨又寒食，莺花非故国。"皆非涤笔于冰瓯雪椀，而寝馈盛唐诸家者，不能道也。

崔不雕华，太仓之直塘人。余主娄东书院时，询所谓"直塘一鹤"者，罕知其名。其诗如"丹枫江冷人初去，黄叶声多酒不辞"，殊未见其佳处，而人顾艳称之，目之为"崔黄叶"，不可解也。予谓不如其《宿灵隐寺诗》云："此中枕簟客初到，夜半梧桐风起时"，犹有生趣。

"浮渲梳头宫样妆，春风一曲杜韦娘"，刘禹锡《席上赠妓》句也。杨升庵谓："'浮渲'字妙。画家以墨饰美人鬓发谓之渲染。"近人罕有用此二字者，渔洋曾有诗云："黛螺几斛药奁随，浮渲新妆浅淡宜。记得藁砧诗句好，晚晴山色敛眉时。”此诗《精华录》不载。

余舅氏施借林曾锡先生，少有文名，兼工诗赋。曾记其《杏花春雨江南赋》云：“听消息于声中，明朝深巷。助断魂于村外，何处行人。”清丽中殊有恻怆之致，遂为生不永年之谶。丁卯年中副车后即殂谢，今后嗣不振，遗稿久已散失。配金孺人以节孝称，亦工吟咏，尝有《病中寄外诗》云：“多事日长添病课，一窗花影校医书。”为时所称。

康熙己未鸿博，两浙考取者尚有一等之倪灿，字闇公，钱塘人；汪霦，字朝采，钱塘人；陆棻，字义山，平湖人。二等之沈筠，字开平，仁和人；陈鸿绩，字子逊，鄞县人。此数人自必各擅词章，家有藏藁。阮云按：“云”当作“芸”。台学使辑《两浙輶轩录》，惜皆未曾采入。

扬州张士近《哭幼女诗》云：“闲中尚悔医师误，愁里偏逢乳媪来。”太仓黄鼎《悼亡诗》云：“无多奠酒谙卿量，未就埋香谅我贫。”情至之语，不减香山。

寿诗绝少佳者，然或述其生平出处之迹，彼此交好之素，尚有出语真挚，不落颂祷浮词者。至新婚诗，不过少年狡狯遇此等题，辄复涂饰满纸，备极搔头弄姿之丑态，存之稿中，读者欲呕。若袁子才《贺陈古渔新婚诗》：“阮修婚费名流助，张祜才华女子闻。贫士家原须健妇，高人妻亦唤先生。”超妙绝伦，足使却扇一顾，粉黛无色。

赵云崧《瓯北诗钞》，五古太涉议论，七古才力恣肆，或非正声。七律远宗放翁，近学初白，其使事典切处，正不易及。今录其尤者数联，如《邺城怀古》云：“英风马上鲜卑语，老泪尊前敕勒歌。”《赤壁》云：“乌鹊南飞无魏地，大江东去有周郎。”《金川门怀古》云：“削藩祸起书生计，负扆图悬叔父名。”《题吴梅村集》云：“仕隐半生樗散迹，兴亡一代黍离歌。”《昆仑关咏古》云：“何必梁公为远祖，不妨季布是黥奴。”皆不愧作者。

阳湖刘芙初嗣绾编修，杨蓉裳之高足弟子也。余未识其人，尝于蓉裳案头见其吟稿，中有《送巢松下第出都，将省亲潮州官舍四律》云：“酒客如尘散，离人共叶飞。开颜今日乍，识面此才稀。浪迹容歌哭，浮名有是非。大江休濯足，先浣洛阳衣。”“往者征南日，从军意气豪。诗篇追杜甫，羽檄数韦皋。马骨行边瘦，鲸身蹋浪高。即今摇笔去，天半落风涛。”“遽作风尘别，仍冲瘴疠行。流亡谁议抚，游惰尽谈兵。海鳄驱无力，天狼射有声。贾生能恸哭，何策答升平。”“海气南荒暗，河流北地浑。以余劳岁月，羡子侍晨昏。柳罢缠绵意，枫来黯淡魂。相思肠百转，一昔绕吴门。”悲壮淋漓，骨采内蕴，是真能以浣花翁为昆仑墟者。

杭堇浦世骏《道古堂集》尚不离乎学人之诗，而考据典博，自是竹垞、西河一流人物。即其《手批渔洋精华录》，如批《展子虔〈高欢归晋阳图〉》云：“元郝文忠经《陵川集》中亦有此题，乃高纬，非欢也。《宣和画谱》有《齐后主归晋阳图》六幅，益知郝集有所据也。绵津、渔洋惜未见此书，品题皆谬。”又批《颜修来寄孔庙碑十二种》云：“孔庙汉隶碑计七通：曰礼器碑，曰礼器碑阴，曰礼器碑侧，曰五凤二年碑，曰建宁元年碑，曰建宁二年碑，曰建宁三年碑，曰孔宙碑，曰孔宙碑阴，曰孔文礼碑，曰孔谦碑，曰孔彪碑，曰孔彪碑阴，曰孔宏碑，曰乙瑛碑，曰钟太尉碑，曰魏陈思王碑。除去碑阴、碑侧，应有十三种。其诗中‘龟龙或齾缺，蛟螭无错杂’二句，‘龟’指被碑阴，汉碑无饰龙，复何所指乎？蛟螭尤不可解。”其他评驳者，不胜偻指。或有意从严，亦可以正随手援引之误。

汉分乌程、余杭二县之地曰武康，浙西下邑也。时出异才，往往昌于诗而啬于遇。近时如高东井文照孝廉，风藻艳发，天才掞张，人皆以柯亭刘井闲期之。而生命不谐，卒以客死，且无子，其穷殆有过于东野者。诗多散失，所传者，仅见之诸家选本中，曾记其《金广文新葺楼亭落成》句云：“南人结屋都如舫，东里窥邻不隔墙。”虽偶然小咏，而娟秀如西湖春柳，绰约可爱。近又有徐渭扬熊飞孝廉，其才不减东井，而学不疗饥，亦不能不歌行路之难，而赋登楼之恨也。

桐乡朱仲瑜珏，余少时即来订交。题余《梦花楼初藁》，有“元鹤戾九天，詟彼燕与莺”之句。窃愧故人之称许过当也。其诗古体宗汉魏，近体亦不落大历以后。特以临摹太过，或不免痕迹未化。客闽中数年，殁于海外。壬戌岁，余奉讳家居，其子小鹤以遗稿乞余点定，则客中诸作皆颓放而不复向之遗响矣。犹记其少时拟昌谷《杂谣》一篇，情景逼肖，口角如生，音节俱从古乐府得来。

吴白华省钦总宪诗，人或以短饤病之，然尚不失为正派，如《蒲州》云："到海长河尊一柱，度关太华俛双旒。"《武昌怀古》云："周家班爵遥封子，鄂国分支竞僭王。"《南天门》云："直北关山浮魏阙，自西风雨蔽崤陵。"《鸡头关》云："豁达星辰中土断，萧寥钟鼓上方寒。"《赤甲山》云："晚照一天标石色，断流九地枕江声。"《雨抵荣经》云："人家聚落空严道，汉相威名始孟桥。"《初抵成都》云："岂有山川归李特，更无父老怨唐家。"《陈寿墓》云："劝进有文悬汉室，辨亡无论斥吴侯。"《王文成誓师处》云："卧壁条侯真破敌，行营丞相故悬军。"以上十数首，尚为七子中之矫矫者。

渔洋《蜀道集》自为《带经堂全集》之冠，叶文敏公谓其"有十二分力量，如狮子搏象，皆用全力，后此罕有能继之者。"白华诗《益门镇》云："前峰盘后峰，峰上太古雪。百虫不到处，石骨酿枯蘖。奇势抗蹇嵼，真气秘苑结。滜垂人涕长，血洒马蹄热。"《煎茶坪》云："随转随上坡，坌涌立四壁。烛龙儵吐空，炯碎荡心魄。孤青界积素，乘气混开辟。下坪魂稍苏，捽发受一掷。"《马鞍岭》云："磨牙伺奇鬼，猨玃伴宵哭。百上始绝陉，一下即堕谷。力持轩轾交，伎俩见差熟。"《观音碥》云："非无倒马虞，且努鳖行力。崚嶒几扁屏，扇扇逞欹仄。晴天打急雨，白练中深墨。"皆视学川中时作，尚堪继武渔洋。

渊明《乞食诗》云："衔戢知何谢，冥报以相贻。"古人一饭之恩，不敢忘报，然犹讬之于身后而已。蒋心馀诗云："更恐瑶环无处觅，可怜人怕受恩深。"用意更进一层。人能尝存此心，自不至徒呼负负矣。读之令人愧悔俱集。

查俭堂中丞礼，《石经洞观隋静琬法师所刻佛经诗》云："遥思隋时，欧褚犹未生。笔踪乃尔多精英，恐是贞范先生刘元平，或者司隶大夫薛道衡。"妙能从空落想，惜后幅太觉冗长，颇类仲宣体弱。

宋澹思鸣珂进士，恂恂自好，诗亦不染宋元习气。戊申中，需次在京，同作消寒会，酒酣辄自诵其诗，犹记其《读〈宋纪〉》云："定应再世生孙皓,可免中朝送彦回。”《行经泰山遂谒岳庙》云:“幽有鬼神资翊赞,古无封禅亦尊严。”相与激赏不置。嗣因中城指挥需人,澹思适得此缺,郁郁不乐,竟以佩刀自刭而死,亦文人中之命厄者也。戊辰,余重游蜀中,于其弟云墅鸣琦处见其新刊遗稿,则前二诗已删去不复存矣。

纪文达公《我法集》载其先德姚安公云:“诗须百錬而成,成时乃老妪可解,方是上乘。用典如水中著盐,饮水方知盐味。如所用典故非注则不省,为何语者?决不是天然凑泊之句。”此论深得诗家三昧。公不以诗名,而持论如此微妙,惜未得其家藏诗集读之也。

归愚宗伯尝有句云:“半壁夕阳山雨歇,一池新涨水禽来。”句不必奇警,而风华韶秀,自非中唐以下所能及。循诵一过,觉明七子之铺排门面,自诩盛唐宗派者,真不免伧父面目矣。宜尤沧湄之叹赏不置也。

敬堂之子厚斋明经旦华,生有异禀,童年即贯通《太元》、《元苞》、《潜虚》诸书,绘图默视,能探其底蕴。稍长,用力于史,著有《十六国春秋世系表》二卷,以补万氏之漏略。《后唐书》若干卷,起天佑四年至宋开宝八年,唐为正统,以正欧《史》及《十六国春秋》之失。其《题马令〈南唐书〉后》云:“君亡国未亡,正朔在天佑。”大义懔然,春秋之笔也。

元人诗曰:“老不甘心奈镜何。”钱文敏公有句云:“肯信吾将老,其如明镜何。”命意虽同,而用作起句,便觉突兀可喜。

咏物诗亦须小中见大。同年彭侍御希洛配陶庆余《咏鹦鹉》句云:“一梦唤回唐社稷,千秋留得汉文章。”超妙而不落小乘,不意出自闺门之笔。

吴梅村诗,人但称其七古、七律,而不知其五古沉雄悲壮、具体杜陵。如《遇刘雪舫》、《哭志衍》、《临江参军》、《南厢园叟》、《直溪吏》、《临顿儿》等篇,一时无与俪。至其情文相生,声有余哀,则各体皆然。读者略其迹,原其心可也。维阳王载扬藻《题梅村集诗》云:“百首淋浪长庆体,一生惭愧义熙民。”语欠蕴藉,绝似里老骂座,殊失诗人忠厚之旨。

温厚和平，诗之教也。故其入人也至深，而其感人也亦最捷。得其旨者，唯施愚山，为非诸家所能及。公由部郎分守湖西时，军饷严迫，属邑多逋赋，追呼急辄相聚为盗。公作《劝民急公歌》，召诸父老垂泣而谕之。父老见公长者，相率输，将恐后。又遍历崇山广谷，备悉民间疾苦，作《弹子岭》、《竹源阬》诸篇，以告诸长吏。读者感泣，比诸元道州之《舂陵行》。而民亦相劝输赋，各郡盗风皆由此息。仁人之言，其利溥，岂独"朔风一夜至"一篇为"惊心动魄，一字千金"，不愧《古诗十九首》也哉？

心馀编修《忠雅堂集》未尝不寝馈于山谷，而绝不为西江派所染。故其诗腾踔陵轹，如鞭赤虬苍螭，而上下于彩虹碧落之间，未许下界人窥其鳞鬣，而余所尤心折者。诗中遇有阐扬忠孝等事，不独激昂悲壮，感动一时，抑且详其姓名及其年月，使千载下如见其人，居然龙门史笔也。以视调脂吮粉、满纸妓名者，不啻蛲螂之于苏合矣。

潘稼堂诗，跳宕不及竹垞，而雄深浑厚，如对古尊彝，另有一种肃穆气象。集中七古如《别裁集》所选诸篇，虽同时被征诸公，罕有与之抗敌者。黄瘖堂之隽岂能驾乎其上哉？《随园诗话》乃谓瘖堂七古远胜稼堂，又谓潘稼堂不如黄瘖堂。以一木而一灵也，偏僻之论，令人作十日思，未得其解。

竹垞不喜黄山谷诗，《题王给事〈过岭集〉》云："江西宗派各流别，吾先无取黄涪翁。"可以识其意旨矣。自竹垞殁后，檇李之言诗者如钱载、王又曾、祝维诰、万光泰、及二汪孟鋗、仲鈖诸公，大率以山谷为宗，操唐音者如《广陵散》矣。梅里许晦堂灿，起而振之，雄豪磊落，纵横莫当，一扫生硬枯淡之习，不独《敦煌》一集有秋笳、晓角之音也。尝慕禹穴、兰亭之胜，游山阴，与越之诗人童二树钰相唱酬，人或比之皮陆。未足与言晦堂之诗也。

尝谓作诗者，必缠绵悱恻出乎心之不容已，而后借吟咏以宣其志，不如是，宁不作也。诗篇益富，诗道益衰，无所为而为之，可以已而不已，性情之不存，劝惩之无当，尚足以言诗哉？

吴澹川文溥《南野堂集》，七古尚未到家，五古学渊明，时亦有近太白者。五律宗尚王、孟，颇具标格，而于起调尤为著力。如《雪后晚眺》云："残雪欲无白，暮寒溪水生。"《沈二振鹏西行》云："不觉送君去，居然万里人。"《初夏泛舟白莲塘》云："不信春归去，出门眺斜阳。"《莲隐精舍访朴上人》云："一棹落花里，孤村春水香。"《淮南》云："自古悲秋地，淮南落叶多。"《苍鹰》云："白日走苍气，一飞无九垓。"《秋感别诸友》云："隔浦怨横笛，潇潇江上秋。"《送汪孝廉归吴门》云："海月对愁生，霜天送客行。"《和友人秋夜黄鹤楼相忆之作》云："万古青天月，飞来黄鹤楼。"《次沙县》云："峡树万行秋，沧江急暮流。"《寒食扫墓》云："目断荒岗外，高高但有天。"《独秀峰访小颠上人》云："看老青山色，云中一个僧。"《楚江秋思》云："秋色来天地，沧江一夕风。"《简杨二崇治》云："闻君归思急，未别已凄然。"《陶朱里》云："落日看飞鸟，孤踪何处寻。"此数首，自非寝馈于盛唐诸家者，不能道。芸台中丞称为"浙中诗士之冠"，未免推许过当，要不失为铁中铮铮者也。

诗以言情，情之正者，孰有过于忠孝。故圣人教人学诗，"兴观群怨"即继之以"事父"、"事君"，谁谓诗不本之于忠孝哉？乃世之言诗者，遇有谈忠说孝之作，辄目之为腐。曾记李天中开生有句云："鸡鸣梦讶参朝晚，乌哺心伤进膳违。"汪舟次楫亦有句云："客梦无多时上冢，君恩未报敢思乡。"忠孝之人，其言蔼如，何尝近于腐哉？人无芬芳悱恻之怀，而好为浮薄纤佻之语，甚或讥弹嘲笑等于刘四骂人，下而至于调铅吮粉，以韩致光香奁诗、王次回《疑雨集》为枕中秘，非不风流自赏，而不知其得罪名教已不浅矣。学诗者，尚其知所本哉。

郑板桥燮常刻一小印云："麻丫头针线"，又一印云："徐青藤门下走狗"。郑燮玩世不恭，足资谐噱。书画俱极怪恣，诗亦取其适意而已。如《扬州》云："千家养女先教曲，十里栽花算种田。"《秋夜》云："满阶蕉叶兼梧叶，一夜风声似雨声。"乃其集中之最佳者。丙辰成进士，初宰维县，后调范县，以岁饥为民请赈忤大吏，罢归。尝有诗云："长官好善民已愁，况以不善司民牧。"人初以狂士目之，而不知其实为循吏也。贤者不可测，吾于板桥见之矣。

曹习庵仁虎学士诗，余幼时于《七子诗钞》中见之，皆少作也。兰泉司寇《蒲褐山房诗话》载其七律中雄浑之语，如“双峡天低连雪岭，五丁地险接维州”、“校尉尽看红帓首，材官齐号黑云都”、“奸细几曾诛赵信，征人空见老班超”、“紫雾千盘开汉碣，碧霞四气拱秦封”、“西京专阃推横海，东汉登坛数伏波”、“初添蜀郡三城戍，更遣秦川四道兵”、“执法乌台秦御史，谈经绛帐汉儒林”、高华典贵，陈卧子、吴梅村之流亚也。而《湖海诗传》俱未载其全篇，七古录其叠韵之作多至十余首。人之嗜好，实有不可解者。

宋叶水心于《竹枝》、《柳枝》之外，刱为《橘枝词》，汪钝翁亦尝拟作。近见时人诗集中，顾涑园光别作《桃枝词》云：“昨日中酒今日游，日日醉归湖上头。美人到底不经老，桃花到底不经秋。吴中阿娘工刺船，独来渡口与门前。柳枝唱罢竹枝唱，若唱桃枝更可怜。”王竹所初桐又作《枣枝词》云：“秋来纂纂满山茨，又是豳风八月时。东土不歌洞庭橘，新翻别调《枣枝词》。乐氏移来樲棘场，乐氏枣，相传乐毅遗种。侬家自合枣名乡。枣花织就帘栊样，枣核烧为豆蔻香。”么弦独奏，惜无老铁诸公为之继响也。

江宁孙莲水韶，清才艳思，夙有诗名。杨蓉裳序其集云：“其为诗也，灵响独结，仙心自超。玉壶涤毫，金门鍊魄。餐九阳之清瀣，咀五色之华芝。平揖钱、刘，高视沈、谢。海内推之者，无异词也。”曾佐芸台学使衡文山左，輶轩所至，时有唱和之什，记其《登州试院》句云：“一城蜃气天长湿，四月羊裘夏不温。”《登蓬莱阁》句云：“一阁独临天尽处，三更先见日升时。”

海盐董东亭潮编修，本江南武进人。诗才清艳，以《红豆树歌》得名，人称为“红豆诗人”。惜年命不永，早赋《玉楼遗稿》，亦多散失，《蒲褐山房诗话》谓其词句凄锵。如《感事》云：“已悲阅世同刘峻，莫更逢人说项斯。”《芙蓉池》云：“豆泣釜中空有恨，浦生塘上更含颦。”《姑苏怀古》云：“歌残白苎春方醉，采得黄丝夏已销。”《料敌塔》云：“戍卷寒沙腾枥马，城荒晚角下鞲鹰。”《中山杂感》云：“郡控三关雄巨鹿，峰连千里走飞狐。”《刘去华词》云：“青史几人高谏议，白麻当日哭延英。"皆不愧作者。余犹爱其《易水旅壁，或题四断句，用其韵》云："潇潇易水乱云深，壮士千秋气未沈。我亦要离坟畔客，西风吹动少年心。""雕弓白卫记当年，巾帼英雄莫浪传。安得鱼肠三尺水，半生恩怨说尊前。""纷纷轻薄炫新妆，血染香丸一缕霜。不识缦缨灯下髻，丰神何似十三娘。""落日天涯感遇迟，故将绮语幻人疑。虬公心事猿公术，知是黄衫老剑师"。诗盖为剑侠蓉娘作也，声情悲壮，亦不减李十郎塞上之音。

同年仇一鸥养正，貌丰腴而性淡泊。官桐庐学博，簿书钱谷中，固未可位置此人也。尝梦人预以死期示之，醒后得句云："准烦宋玉招魂魄，莫向君平问吉凶。著屐算来能几两，骑牛从此话前生。"后果于是日怛化。

邹晓屏炳泰尚书，清介不名一钱，著有《午风堂集》。五言如："疏桐不藏月，深竹解迎秋"、"晚风渔火小，细雨估船稀"、"归僧松影外，清磐竹声中"、"细雨高城雁，秋声古戍笳"、"潮声到关尽，帆影上城来"、"人归谷雨后，门掩竹风初"。七言如："山钟过涧初知寺，江月升舟欲上潮"、"长廊古佛明灯夜，高馆秋槐听雨时"、"霜后园林如我瘦，溪前门巷几家新"、"山回晴郭犹含雾，风定寒芦不作秋"、"石磴茶香清暑后，书窗梧韵晚凉余"、"极浦帆樯浮郡郭，秋山风雨到城楼"。兰泉司寇谓"如列子御风，泠然而善"，洵不诬也。

吴蠡涛俊廉使，聪明精锐，有匡济才。诗亦戛戛生新，不肯拾人牙慧。五言佳者甚伙，记其近体二句云："境美最贪茶后睡，身轻差熟梦中归。"亦醰醰有味。

丹徒程荆南梦湘，有《松廖山馆诗》，造诣古淡，不染一点纤秾之习。五律如《促席》云："促席坐寥寂，素丝琴未张。高斋客久去，满院松花香。径僻喧山鸟，人间迟夕阳。稍看岩壑暝，衣袂早生凉。"《惠山》云："迢迢十八涧，路转复幽通。坐倚泉边石，时来松下风。携琴修竹里，蹑屐乱云中。欲就愚公隐，心期或许同。"《春晚雨余池上独酌》云："云薄不成雨，夕阳开又晴。园林极幽瑟，池馆悉空明。酌酒秾花发，怀人春草生。登楼起遐思，枨触谢公情。"《晚步甘露港看桃花》云："春雨过幽坞，芳林明晚霞。闲临清溪水，隐见碧桃花。欲问仙源路，还来就钓槎。何当入深处，一访隐沦家。"《立秋偶作》云："西堂不受暑，况复晚风清。一叶落无意，悄然秋思生。萝阴歇微雨，荷沼作新晴。为问淮南树，招人若有晴。"《优昙庵看梅》云："不复似人境，好风来自东。花明鸟影外，香满磬声中。径入春篱短，窗开雪涧空。只愁迷去所，隔水讯樵僮。"一勺水，可知大海味矣。王敬美谓"徐昌谷、高子业二家之诗，更千百年，李、何有时废兴，二君必无绝响。"此种诗亦复如是。

西泠朱青湖彭，豪于诗，老而不倦。为马秋药之外舅，秋药通籍后始学为诗，未必非泰山之力也。其论诗专以归愚宗伯别裁诸集为宗，故无纤靡之习。然句如："春当三月原知客，人过中年欲近僧"、"病余人比寒山瘦，秋晚诗如落叶多"、"人当晚节多怜菊，天为重阳特放晴"。声情俱佳，而谓得力于别裁之旨，则未尽然也。

同年何兰士道生水部，倾倒袁简斋，而其诗却不为小仓山房所染。简斋有《山右两贤歌》，其一即兰士也。由御史出守九江，再任甘肃、宁夏。少无宦情，二千石非其所乐，郁郁不得志以殁。人皆惜之。著有《方雪斋集》，兰泉司寇谓其"风骨青苍，如千金战马，腾溪注涧，无所不宜。"洵定论也。

阮芸台元中丞，德器温醕，才情宏富。自经史注疏以及《说文》算术，靡不参稽钩贯，盖非仅以词章名世者。诗不必力分唐宋畛域而格调自然入古，记其《邹县谒孟庙，晚宿孟博士第》七律云："霸王代谢百年间，夫子风尘又辙环。若使灵台开晋国，岂得秦石上邹山。道书赖有郊卿较，古庙惟余博士闲。今夜断机堂外住，主人灯火照松关。"视学浙江时，又有《谒会稽大禹陵》七古一篇，考据精核，笔力亦不在杜、韩以下。

上虞陈少亭，爱童二树钰五古，为《摘句图》，仿阮亭之于施愚山也。句如："蚁闲缘木过，蜂健负花归"、"野花含子放，林鸟带雏飞"、"竹新云影薄，梅熟雨声酸"、"立花蜂并翅，逐絮燕同声"。琢鍊太过，殊欠自然，逊于愚山远矣。余谓不如其《得舍弟书》云："昨接残冬札，开缄泪满巾。闻渠寒至此，使我愧为人。茅屋秋风坼，荒田苦雨湮。年来生计恶，何从慰亡亲。"孝弟之心，溢于言表。"王子击好《晨风》而慈父感悟；裴安祖讲《鹿鸣》而兄弟同食"，读此诗亦应油油然生感。

桐乡朱春桥方蔼《喜兄含叔赦还故里》二律，吴澹川《南野堂笔记》谓其诗，读者酸鼻，比于东坡出狱与子由相见时光景。阅之，信然。近见其《春桥草堂诗集》，如《北行有感》云："吴根越角近游频，又作三千里外身。此去不堪回首忆，十年前有倚闾人。"《哭女》云："砚匣尘封粉盝残，花前月下总悲端。旁人一语聊相慰，只作殊乡已嫁看。"二诗恻怆动人，字字从至性中自在流出。作诗而不本之至性，又何足以言诗哉？

韩城王文端师，入赞纶扉垂二十载，禔身清介，矢志公忠，不仅如曲江风度也。而尝引曲江诗"美服患人指，高明逼神恶"二语以自警。五典春闱，士论尤允服。蒋心馀《怀人诗》云："巍科康对山，直节李崆峒。关节不能到，孝肃将毋同。用以作人鉴，庶几明而公。"盖谓公也。生平不欲以文章自鸣，故著述不多见，尝见其与门下士汪龙庄祖诸书，名言至论，无非律己之道，大要以脚踏实地功夫为本。谨摘一二语，以志不忘。如云："息足杜门，安贫自守，益征定见不摇。贫无不可对人者，惟不贫足患耳。"又云："子孙不以能文得官为贤，惟愿以知廉耻、明道义为贤。穷通知有命在，读书不为利禄，则出处俱可自信。"又云："近日小暇，专温习经书。从前偶有识记，尚不为无见，亦不欲以此传名。籍以浇灌此心，所见渐觉不同。竟不但以之养心，可并以之养身。"又云："近日风气，经求古义，文讲金石，此各视其学识所至，大概近名之念为多耳。多一分近名之念，即少一分务实之念。后生小子能于此处划开界限，心地便另有一番潇洒光景。"又云："儿孙辈资质俱属中平，来书谓'官可不做，书不可不读'，与余愚见正同。天命人事，各居其半，解得此意足矣。"

先君尝馆于嵇文恭公家，课其四公子承群。以道义交，宾主相得无间。己丑报罢南还，出箧中《拂珊图》，索公题句。公即题云："两载深情惜我遐，一尊酒尽即天涯。披图并触思归兴，西定桥边日未斜。"

一往情深，溢于楮墨。

海盐俞丈是斋堤，能诗善画。少与沈云椒、董东亭诸公弦匏倡和，丽藻流传。献赋被放，奔走燕赵齐鲁间，为人司笔札。亦尝馆于嵇文恭公家，与先君论诗亦极相得。南还之时，绘《春雨人归舟图》以赠，并题句云："梨花酒熟双溪店，春雨人归八字桥。"先君藏其诗画甚多，至今四十馀年，俱已化为烟云矣。

乌镇天香阁，旧为唐武曾明经之凤读书之所。武曾弱岁寻亲铁岭，不愧孝子之目。秀水诸襄七宫赞锦，极称之，所著《天香阁集》。谨案：《钦定四库全书》录入别集存目，称其诗"多愁苦之音，拟古诸作亦颇具体，然未能变化。"余幼时曾见古诗一册，当时不甚爱惜，随手散去。今阁已屡易其主，问所谓唐武曾者，更不知为何许人矣。每过其地，不胜华屋山邱之感。

蒋心馀《李贞女诗》："上日月，下冰雪，女中央，共光洁。"即此十二字，而贞女之履洁怀清、皭然不滓，已无以复加。余第三女绘华，许字菱湖孙孝廉杓。因在京会试，尚未完娶。报罢南还，即以病殁。女闻之，即泣涕不食，誓不再字他姓，并欲即归孙门，以全其从一之义。金石之性，坚不可移，惜无此巨笔为之表扬。每当归宁时，见其裙布荆钗，心如止水，輙不觉泪之盈盈承睫也。

（贵州阳明文化研究院）

图书在版编目(CIP)数据

中国文论的诠释学传统/胡晓明主编. —上海：华东师范大学出版社，2015. 11
(古代文学理论研究；41)
ISBN 978-7-5675-4287-7

Ⅰ. ①中…　Ⅱ. ①胡…　Ⅲ. ①中国文学—古代文论—研究　Ⅳ. ①I206. 2

中国版本图书馆 CIP 数据核字(2015)第 270441 号

中国文论的诠释学传统
——古代文学理论研究第四十一辑

主　　编　胡晓明
责任编辑　陈庆生
封面设计　高　山

出版发行　华东师范大学出版社
社　　址　上海市中山北路 3663 号　邮编 200062
网　　址　www.ecnupress.com.cn
电　　话　021-60821666　行政传真 021-62572105
客服电话　021-62865537　门市(邮购) 电话 021-62869887
地　　址　上海市中山北路 3663 号华东师范大学校内先锋路口
网　　店　http://hdsdcbs.tmall.com

印 刷 者　常熟高专印刷有限公司
开　　本　890×1240　32 开
印　　张　12.75
字　　数　349 千字
版　　次　2015 年 12 月第 1 版
印　　次　2015 年 12 月第 1 次
书　　号　ISBN 978-7-5675-4287-7/I·1452
定　　价　40.00 元

出 版 人　王　焰